KB178482

번역은 사랑의 수고이다

번역은 사랑의 수고이다

초판 1쇄 인쇄 · 2020년 11월 2일
초판 1쇄 발행 · 2020년 11월 10일

지은이 · 이소영 · 정정호
펴낸이 · 한봉숙
펴낸곳 · 푸른사상사

주간 · 맹문재 | 편집 · 지순이 | 교정 · 김수란 | 마케팅 · 한정규
등록 · 1999년 7월 8일 제2-2876호
주소 · 경기도 파주시 회동길 337-16(서패동 470-6)
대표전화 · 031) 955-9111~2 | 팩시밀리 · 031) 955-9114
이메일 · prun21c@hanmail.net
홈페이지 · http://www.prun21c.com

ISBN 979-11-308-1716-3   93800
값 35,000원

학술총서 54

Translation is the Labor of Love

번역은
사랑의 수고이다

이소영 · 정정호

사랑하는 혜연과 혜진에게

"사이"의 대화 번역론을 향하여

사람들은 흔히 신화 속의 프로메테우스를 혁명가에 비유하는데, 불을 훔쳐 사람에게 가져다준 바람에 제우스에게 모진 시달림을 받았으나 후회하지 않았으니, 그의 박애와 인고의 정신이 똑같다고 할 수 있다. 그렇지만 내가 외국에서 불을 훔쳐온 것[번역]은 자신의 살을 삶기 위한 것이니, 맛이 좋아진다면 아마도 깨물어 씹는 자 역시 이로운 점이 더 많아질 것이고, 나 역시 육신의 수고를 허비하지 않은 셈이리라 여겼던 것이다.

— 루쉰, 「경역(硬譯)'과 '문학의 계급성'」,
『이심집(二心集)』『루쉰 전집』6권(2014)

이 세상의 모든 일은 사랑의 노동이 되어야 온전한 생산품을 마련할 수 있다. 번역 생산물이 사랑 노동의 산물인 경우는 매우 희귀한 듯이 보인다.… 친근한 정신에 의한 사랑의 노동이야말로 읽을 만한 번역시의 필요조건이라고 말할 수 있다.

— 유종호, 「시와 번역」, 『문학이란 무엇인가』(1989)

들어가며 : 번역자 "우울증" 해부

번역은 우리에게 이미 언제나 걱정거리며 골칫덩어리다. 외국어나 외국

문학을 공부하는 사람의 번역이 없어도 된다면 얼마나 좋을까? 번역은 우리 내부의 충동이기도 하고, 필요 때문에 아니면 주위의 권유로 마지못해 하는 때도 있으니 번역은 외국 문학도에게 피할 수 없는 하나의 숙명(?)이다. 번역은 한영이든 영한이든 고뇌의 연속이다. 출발어 단어에 대한 가장 적절한 도착어는 무엇인가? 의미의 등가어(等價語, equivalence)에 초점을 맞추는 충실한 직역(直譯)을 할 것인가, 아니면 맥락에 맞게 자유롭게 의역(意譯)할 것인가?

번역은 말들 간의 전쟁터에서 피어나는 꽃으로 장미처럼 가시가 있다. 평탄한 들길이 아니라 고단함과 외로움에 시달리는 험난한 번역의 길은 필자들에게는 한국어 사전, 영영사전, 유의어 사전(thesaurus)을 들고 완전히 다른 두 언어 집단의 "말"들과 그 말들에 대한 등가물을 찾느라 씨름하는 전투 같다. 번역은 반역이라는 말도 있으나, 글과 말의 노동자인 번역가는 대체로 직역과 의역 사이를 오가다 언제나 절충역이라는 타협의 늪에 빠져 허우적댄다. 부적절한 말이지만 여성에 빗대어 흔히 인용되는 표현을 빌리면 "정숙한 추녀"와 "부정한 미녀" 중 누구를 택할 것인가? 당연히 "정숙한 미녀"의 번역을 목표로 하지만 끝나고 나면 언제나 개운치 않은 작업이다. 아니 졸역(拙譯)은 그렇다 쳐도 오역(誤譯)의 공포(?)에 식은땀을 흘리게 되니, 번역은 정말로 몸과 마음을 지치게 하는 힘든 노동이다. 번역가는 중노동자이다.

번역에 대한 또 다른 갈등 요소는 우리나라에서 "번역" 작업 경시 그리고 번역가를 이류 지식노동자로 깎아내리는 점이다. 명예를 위한 허영심 때문에 번역작업을 한다는 것은 바보짓이다. 한때 번역의 주역이던 외국 문학 교수들은 이제 전문 학술지 구석에 처박혀 있어서 별로 읽히지도 않을 학술 논문을 만들어내는 기능공 노릇 하느라 바쁘기도 하지만 대학본부나 연구

재단에서 연구 업적으로 인정해주지도 않는 번역을 할 여력이 거의 없다. 사실 번역은 학술논문 쓰는 것 이상의 노력이 든다. 우선 작가를 연구하고 작품을 꼼꼼히 읽고 해석해야 하고, 작품에 나타난 주제, 형식, 기교, 수사학 등에 관한 연구도 꼭 필요하다.

게다가 번역을 꺼리는 이유는 그 노력에 대한 보상의 덧없음이다. 전업, 전문번역가들이 등장하였으나 일부 재능과 행운을 겸비한 일류급 전문번역가들을 제외하고 일반 번역가들은 번역으로 생계유지가 어렵다. 베스트셀러 작품 번역으로 대박을 터트리는 것은 하늘의 별 따기니 금전적 수입 때문에 번역하는 것은 절대 바람직하지 않다.

나아가 전업 번역가라도 가장 큰 어려움은 일상적 삶의 상당 부분을 포기하는 것이다. 물론 마감일에 쫓기기도 하지만 원문에 충실하면서도 모국어로 살아있는 좋은 번역을 위해 언제 어디서나 노심초사하며 지내기 때문이다. 번역은 창작 문인들의 노고와 고통에 버금가는 문학적 창조 행위다. 풀리지 않는 부분들에 대한 압박에 눌리거나 마감에 쫓기다 보면 가족이나 친척들은 물론 친구들도 마음 놓고 편하게 만나지 못한다. 인간의 교만으로 언어들을 혼란스럽게 만들어 버린 '바벨탑의 저주'인가? 번역을 취미로 하지 않는 한(그렇게 할 수도 없지만) 가족도 친구도 취미 생활도 조금씩(그러다 완전히) 잃어버리게 된다. 최근에는 설상가상 AI(인공지능)가 주도하는 "기계번역(machine translation)"으로 번역가들의 자리는 점점 좁아지고 있다.

그래도 번역가들이 계속 번역을 하는 이유는 무엇일까? 대답하기 쉽지 않지만, 세계시민주의 시대에 횡단하는 문화들 "사이"에서 유목민처럼 전달하고 연결하는 거간꾼으로서의 작은 보람 내지 기쁨이랄까? 이런 말 역시 번역에 지친 자신을 위로하기 위해 역자 자신마저 속이려는(속이고 싶은) 궤변인가? 아니면 제2의 창작과 생성작업인 번역작업에 대한 하나의 작은 자부심이나 허영심인가? 번역은 물론 순수한 창작 작업은 아니다. 공자의 "자신이 새로 쓰지 말고 이미 고전이 된 것을 설명하라는" "술이불작(述而不作)"의 가르침을 따라 스스로 순수한 창작을 만들어낼 수 없으니 좋은 책 번역을 통해 전달하고 재해석하여 이차적 만족과 보람을 느끼려는 것일 수도 있으리라. 번역은 사상적, 지적, 영적 선각자들의 어깨 위에 올라가 넓은 세상을 바라다보는 것일까? 태양 아래 새로운 것이 어디 있으며 무(無)에서 무엇을 창조하겠는가?

어떤 의미에서 순수문학창작이든 학술논문 제작이든 그것은 번역 또는 "다시" 쓰기다. 번역은 다른 언어로 "다시 새로 쓰기"다. "다시/새로"의 작업인 번역 과정 속에는 번역가의 창조적 작업이 개입될 수밖에 없다. 번역의 세 종류 중 하나인 직역은 출발언어에서 도착언어로 비교적 기계적으로 이동시키기다. 번역가에게 의역은 가장 자유로운 사유와 창작의 기회를 줄 수도 있지만, 지나친 의역은 최근 "초월 번역"이라는 말에서 볼 수 있듯이 오역으로 빠질 수 있다. 번역가 대부분이 채택하는 직역과 의역 사이의 중간 지대인 절충역이 있는데, 이 절충역에 가장 필요한 것은 "대화적 상상력"이다. 대화와 사이 속에서 번역은 예술의 경지가 되고 또한 "사랑의 수고"이다. 사랑의 수고가 없다면 결국 모든 번역은 영과 혼이 없는 보잘것없는 지적, 육체적 작업에 불과할 수가 있다.

번역가는 비평가다 : 대화 번역의 가능성

문학번역가는 본격적 번역에 앞서 우선 어떤 의미에서 문학비평가(해석자)가 되어야 한다. 비평가는 자신의 삶과 세계에 대한 태도에 비쳐 작품 내용과 의미를 찾아내는 사냥꾼이다. 비평가는 가능하면 작가(의도)와 독자(반응) 사이에서 작품의 의미를 중립적으로 객관적으로 전달해주어야 이상적 중개자일 것이다. 그러나 대체로 비평가는 자신의 기호와 철학과 세계관에 따라 작품을 보기 마련이므로 오스카 와일드는 비평작업을 "자서전적"이라고 언명했다. 비평가는 객관적 텍스트인 작품과 주관적 창작자인 존재 사이에서, 그리고 수용자 독자들까지 고려해 가며 작품을 이해하고 해석하고 평가한다. 이 과정에서 어쩔 수 없이 아니 자연스럽게 비평가의 자리매김이 결정되므로 비평가의 작업과 활동은 주관적이고 창의적일 수밖에 없다.

어떤 의미에서 번역가는 궁극적으로 작품 해석 작업을 주로 하는 비평가와 똑같은 입장이 될 수밖에 없으리라. 문학번역가는 처음에는 당연히 텍스트의 의미를 객관적으로, 나아가 작가의 의도를 그대로 살린 번역을 시도할 것이나 문학작품 번역 과정에서 어쩔 수 없이 비평가 처지에 놓이게 된다. 일차적으로 작품을 번역하기 위해 이해와 해석이 선행되어야 하고, 여기에 도착어 독자들의 문화 수준까지 고려하면 그 과정이 좀 더 복잡해진다. 문학작품에 따라서는 번역자에게 원문의 충실도나 작가 의도의 적절한 반영을 요구할 수는 있으나 독자의 바람과는 다를 수도 있다.

일례로 최근 번역비평가들에 따르면 영국에서 부커상을 받은 영국인 바바라 스미스의 영역 작품이 원문 충실도에서 벗어난 부분이 많다고 비판한 예가 있다. 그러나 현지 영국 독자들에게 잘 수용되어 번역상까지 받은 문학번역가 바바라 스미스의 번역을 얼마나 탓할 수 있을까? 이론적으로 따질 수는 있지만, 번역가가 작업을 수행하는 현장에는 수많은 변수가 있으므로 번역 비평의 한계가 있다. 문학번역가의 졸역이나 오역 또는 거의 번안 수준인 부분들에 대해 일부 수정을 요청할 수 있겠으나 번역가가 거부하면 더는 할 말이 없다. 문학번역가도 문학비평가와 같이 작품 해석과 그에 따라 번역할 권리가 있기 때문이다.

대화 번역으로의 길 : 바벨탑의 저주를 넘어서기

번역 과정에서 절충과 조화라는 유령은 반드시 나타난다. 그러나 중도(中
道)보다 어려운 게 어디 있단 말인가? 번역에서 중도란 무엇인가? 가능하기
나 한가? 중도란 어중간한 지점에서 엉거주춤한 행동을 취하는 것이 결코
아니다! 번역가로서 나는 이런 우울한 난관에서 돌파구를 마련하는 것이 바
로 전진과 후퇴를 반복하는 상호침투적인 "나선형적(spiral)" 상상력이라고
믿는다.

19세기 영국 낭만주의 비평가 S.T. 콜리지는 물 위의 "소금쟁이"를 소개
하며 "상상력(imagination)"을 대화하는 "중간능력"이라고 설명한다.

> 대부분 나의 독자는 작은 개천의 물 위에 떠 있는 소금쟁이가 햇볕이 잘 드
> 는 개천 밑에, 무지갯빛으로 테를 두른 다섯 개의 반점상(斑點狀)의 그림자를
> 드리우고 있는 것을 보았을 것이다. 그리고 이 작은 생물이 때로는 흐름을 거
> 슬러 올라가는가 하면 또 때로는 힘을 모아, 좀 더 앞으로 나아가게 하기 위한
> 순간의 발판을 마련하려고 몸을 흐름에 맡기면서, 수동과 능동의 운동을 교대
> 로 반복하며 개천을 거슬러 올라가고 있는 것을 보았을 것이다. 이것이 바로
> 사고 행위에 있어서 마음의 자기 체험의 아주 적절한 표상(表象)인 것이다. 확
> 실히 여기에는 수동과 능동의 두 힘이 상대적으로 작용하고 있다. 그리고 이것
> 은 수동적이고 동시에 능동적인 어떤 중간능력이 없이는 불가능하다.(철학적
> 으로 말해 보면, 모든 정도와 한계에 있어서 우리는 이 중간능력을 상상력이라
> 고 한다.)(S.T. 콜리지, 『문학 평전』, 김정근 역, 옴니북스, 2003, 229~230쪽)

여기서 능동과 수동의 중간능력은 대화 능력과 다름없다. 소금쟁이와 같

이 번역가란 수동(직역)과 능동(의역)의 중간 지대를 능란하고도 자연스럽게 구축하는 것이 아닐까? 그렇게 역동적으로 대화하는 능력이 번역가에게 가장 필요한 상상력일 것이다.

대화로 구축되는 중간 지대에 대해 19세기 미국 문학의 아버지 랠프 왈도 에머슨은 "중간 세계가 최상의 세계"라고 언명하면서 그의 긴 글 「경험」에서 다음과 같이 설명한다.

> 위대한 재능은 분석으로 얻어지는 것이 아니다. 좋은 것은 어느 것이나 노상에 있다. 우리 존재의 중간 지대는 온대 지역이다. 우리는 공기가 희박한 한대 지역인 순수 기하와 생명 없는 과학의 세계로 비상할 수도 있고, 감각의 세계로 내려갈 수도 있다. 이 두 극단 사이에 생명의 적도, 혹은 사상과 정신과 시의 적도 지대-그 좁은 띠가 자리를 잡고 있다.(랠프 왈도 에머슨,『자연』, 신문수 역, 문학과지성사, 1998)

콜리지의 "중간능력"과 에머슨의 "중간 지대" 이야기를 번역에 연계시킨다면 "대화 번역"의 특성이 잘 드러나리라고 본다. 번역 과정에서 우리는 직역과 의역 어느 한쪽으로 쏠리는 경향을 끈질기게 거부하면서 다시 말해 정반합(正反合)의 변증법적 통합으로 쉽게 빠지지 않고 긴장과 융통의 치열한 정신으로 상호침투하는 역동적 중간 지대를 유지해야 한다. 그러나 우리는 쉽게 말하고 있는 중간 지대의 길, 즉 중도(中道)의 심대한 어려움을 의식해야 한다. "가운데" 중간 지대에서 대화적 상상력을 실천하는 것은 이미 언제나 목숨을 거는 일이다! 중도란 칼날 위를 걷는 것만큼 지난(至難)한 행위이다.

이와 관련하여 영국 번역사에서 필자가 존경하는 존 드라이든(1631~1700)의 번역론에 대한 새뮤얼 존슨의 평가를 여기에 소개한다.

언어들은 서로 다른 원리들에 의해 형성되었기 때문에 표현이 똑같은 양태들이 양쪽 언어에서 모두 언제나 우아하게 되는 것은 불가능하다. 한 언어가 다른 언어로 번역되었을 때 원문에 가장 유사한 번역이 최상으로 간주될 수 있다. 그러나 그 언어들이 차이가 생겨 날 때는 각 언어 자체의 자연스러운 과정으로 나가야만 한다. 합치(合致) 즉 대응물을 얻을 수 없을 때는 등치(等値) 즉 등가물에 만족해야 할 필요가 있다. 드라이든은 "그러므로 번역은 의역처럼 느슨하지도 않고 직역처럼 엄격하지도 않다"라고 말한다.(새뮤얼 존슨, 『드라이든 평전』, 정정호 역)

존슨은 여기에서 드라이든 번역론의 요체를 잘 정리해주고 있다.

이것은 정체에 빠지기 쉬운 중도의 논리를 또 다른 관성에 빠지지 않고 벗어난다. 역동적 중도라고나 할까? 나선형의 상상력을 작동시키기 위해서는 출발어와 도착어의 상호관계 속에서 수축과 확장의 사유를 끊임없이 반복하는 것이다. 이것은 결코 일방적이고 단선적인 작동 체계가 아니라 상호침투적인 쌍방적 관계 맺기다. 아래 그림은 구체적 번역 작업에서 밀고 당기는 나선형의 의미를 설명할 수 있다.

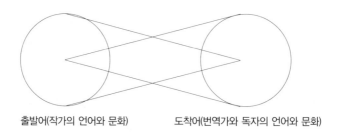

출발어(작가의 언어와 문화)　　　도착어(번역가와 독자의 언어와 문화)

위 그림이 분명히 보여주듯이 번역은 출발어와 도착어 "사이"의 문제이며 "상호성"의 문제다. 번역 과정은 출발어와 도착어의 집중적 협조로, 초역이 끝나면 어떤 번역 과정이라도 도착어에서 다시 출발어로 초점을 맞추어 재조명(재초점화)한다. 이렇게 사이의 교류와 이동을 상호적으로 소통시킴으로써 번역 과정을 역동적으로 작동시킬 수 있다. 출발어에서 출발하여 도착어에 도착하면 끝나는 단순한 작업이 아니고, 도착어에서 다시 새로운 기분으로 출발어로 되돌아가는 이런 나선형의 상호침투적 순환 과정에서 진정한 역동적 대화로서의 번역 과정이 원활히 수행될 수 있다.

우리의 번역작업을 도표로 표시하면 다음과 같다. 번역은 출발언어와 문화 그리고 도착언어와 문화 "사이"에 역동적 대화이기 때문에 그것을 "대화 번역(Dialogical Translation)"이라고 부르려고 한다.

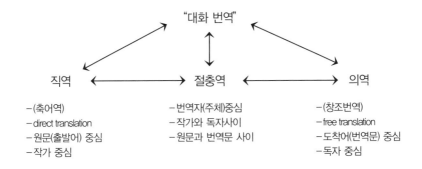

수동적 · 소극적 절충역과 대화 번역이 다른 점은 적극성 · 능동성이 활발하게 개입된다는 것이다.

실제 번역 경험 : 고통에서 "비극적 환희"로

필자는 1990년대 초 19세기 영국의 낭만주의 시인 셸리 시선 한국어 번역작업을 하며 깊은 좌절감을 맛보았다. 셸리 자신도 희랍 작품의 영어 번역을 시도했지만 "번역은 용광로에 백합꽃을 던지는 일처럼 무익하고 불가능하다"고 단언한 바 있다. 셸리 시 번역은 무력감, 배신감, 고통의 연속이었다. 셸리의 개혁사상과 시적 열정이 교묘하게 짜여있는 시편의 의미 전달도 문제지만 역자를 한층 더 슬프게 하는 것은 시의 음악성을 특히 강조한 셸리의 시가 지닌 음악성의 상실이었다. 영어 고유의 운율과 셸리 시의 오묘한 음악적 요소가 빠진 번역은 영혼이 빠져나간 허수아비일 뿐이다. 과격한 이상주의적 혁명사상과 고도의 서정성이 교직되어 있는 셸리 시의 음악성을 한국어 운율 질서 속으로 무리하게 편곡한다는 것은 너무나도 무모한 짓이 아닐까. 그러나 졸역이라 해도 한국 독자들에게 셸리 시 감상과 이해에 작은 디딤돌이나 마중물 역할을 하지 않았을까? 번역이 그렇게 무익하고 그대로 옮길 수 없고 원문을 훼손하게 되어 유해하기까지 하다면 어째서 번역을 계속해야 할까? 번역이라는 잿더미 위에서 좌절하는 우리는 무엇을 얻었을까? 번역이 비록 완전하지는 못하더라도 최소한 차선책은 된다고 믿고 싶다. (번역이란 "족쇄를 단 다리로 밧줄 위에서 춤추는" 것처럼 항상 부자연스러운 곡예임을 어쩌랴.)

최근에는 한국 시의 영어 번역을 시도해보았는데, 어떤 의미에서 30년 전 영시를 한국어로 번역할 때보다 그간의 연륜에도 불구하고 번역에 대한 더 깊은 좌절과 회의감이 들었다. 번역이 도착어 독자들에게 비록 어색하더라도 한국 고유의 사유와 풍습을 이해시키고 알리는 것은 필요하리라. 외국인 독자가 서투른 번역이라도 읽게 되면 자기들과는 다른 그래서 어떤 의미에서 새로운 세계를 알게 되는 것이 아닐까? 현대 중국 문학의 아버지로 불리는 루쉰은 번역이란 외국 불을 훔쳐다가 자기 살을 삶는 작업이라는 취지의 말을 했다. 번역이란 불은 희랍신화에서 프로메테우스의 불이 인류에게 문명을 시작하게 만든 것처럼 우리의 문화를 잘 삶아서 문화의 단계를 격상시키는 기능과 역할을 하는 것인가?

앞서 언급한 바와 같이 출발어의 이질적 낯설음을 희생시키고 도착어에 완전히 순종시킬 것인가? 그렇게 되면 도착어 독자들은 편하겠지만 이국적 타자성을 거의 경험하지 못한다면 번역을 통한 지적, 정서적, 영적 자극과 충격을 포기하는 것은 아닐까? 우리가 외국 문학이나 문화를 섭렵하는 것은 우리 자아의 정체성을 탈영토화하고 재영토화하는 것이 아닌가? 20세기 초 러시아 형식주의자들의 말을 빌리지 않더라도 문학의 본질은 "낯설게 하기"다. 문학은 우리의 기계적인 "자동화된 인식"을 일시 정지시키고 새로운 인식으로 이끄는 것이다. 시인과 작가의 역할은 잠들고자 하는 우리의 일상적 인식 체계를 흔들어 깨우는 것이다. 문학은 일상이란 인식의 감옥에서 탈출하는 열쇠가 아니던가? 번역작업에도 이 "낯설게 하기"가 개입될 수밖에 없다.

그런 경험을 통해 영어권 독자들은 인간의 삶과 사회에 관한 다양한 견해를 접하게 되어 인식 범위가 조금이라도 확장될 것이라는 바람을 가질 수 있을 것이다. 이것은 내가 영어권 작품을 한국어로 옮기며 느끼고 깨달았던 점이다. 우리의 고유한 정체성은 어떤 의미에서 타자들과의 통일성—타자성이라는 관계에서 생성되는 것이므로 외국작품을 한국어로 옮겼을 때와 마찬가지로 한국작품을 영어로 번역했을 때에도 "세계화" 과정이라는 피할 수 없는 단계에 이른다. 모든 번역은 출발어와 도착어 두 나라의 언어, 문학, 문화만의 문제가 아니라 결국 전 지구적 체계 속에서의 새로운 자리매김과 관계가 있다. 어떤 언어로든 하나의 번역은 기존의 세계문학 질서에 크고 작은 파문을 일으키는 것이리라.

따라서 우리는 이제 불완전에 대한 불안과 우울증을 가져오는 번역에 대해 적극적 자세를 취해야 한다. 번역의 생명은 모든 생명체처럼 결코 영원할 수 없고, 길어야 한 세대일 것이다. 새로운 세대의 새로운 사유방식과 문물 상황의 변화에 따라 모든 문학작품은 한 세대에 복무하면 충분하며, 그 다음에는 새로운 번역자가 새 시대 새로운 독자들의 감수성에 맞추어 오래된 작품들을 재해석하고 번역해야 할 것이다. 그러므로 번역도 자기 시대의 욕구와 필요에 따라 변해야 하기에 번역가는 영구불변 불후의 결정판 번역을 꿈꾸느라 지나친 사명감이나 의무감에 얽매일 필요는 없으리라.

필자는 번역에 대한 이런 태도를 W. B. 예이츠의 용어를 빌려 "비극적 환희(tragic joy)"라 부르고 싶다. 번역작업은 번역가의 관점에서 보면 과정에서뿐만 아니라 결과에 따라 갈등과 고통과 번뇌라는 비극적 작업인 것은 분명하다. 할 수만 있으면 안 하고 싶으나 거의 숙명적(?)으로 또는 사명감으로 수행할 수밖에 없다는 의미에서 비극적이다. 하지만 번역은 "사랑의 수고"라는 과정을 통해 일정한 열매를 맺을 수 있다. 사랑은 단지 말로만 되는 게 아니고 오로지 행위와 실천과 희생이 따라야만 구체적 열매가 맺힌다.

따라서 번역가는 이러한 수고 속에서 다른 사람들은 모르는 기쁨을 얻을 수 있다. 번역작업과 자녀출산 비교가 조금 낯설 수는 있지만, 여성들이 임신 10개월의 수고와 진통을 통해 출산의 기쁨을 맛보듯이, 번역도 고통과 수고 뒤에 따라오는 기쁨과 보람이 큰 것일까? (우리가 "번역하면 번역되는 언어 이외에 바뀌는 것이 하나도 없"는 번역을 할 수 있다면 얼마나 좋을까?) 그러나 고단한 번역작업이 가져다 주는 의외의 열매는 모국어인 한국어에 대한 훈련이다. 번역이라는 고도의 언어 활동은 결국 민족 정신의 요체인 모국어에 대한 관심과 사랑을 통해 언어주체성 확립 형성을 돕는다는 점이다. (취미 삼아 매일 조금씩 한국 작품을 영어로, 영어 작품을 한국어로 옮겨보는 것도 모국어 도야와 훈련에 큰 도움이 되리라.)

이 책은 우리 두 사람이 지난 35여 년간 수행한 다양한 번역작업에 대한 "중간보고서"다. 그동안 우리의 주요 관심사는 문학작품 번역과 비평, 이론 번역이었다. 그중에서도 이소영은 주로 영어권 문학작품 번역에 몰두했고, 정정호는 주로 문학 이론과 비평 번역을 하였고 간혹 한국작품의 영어번역에도 관심을 두었다. 그러던 중 신묘생 이소영이 올해 칠순을 맞아 그간에 우리가 수행했던 번역에 관한 글들과 각 번역의 역자 후기와 해설들을 묶어 책을 내기로 마음 먹고 나니, 한편으로는 이런 책의 출간이 과연 무슨 소용이 있을까 하는 강한 의구심이 들기도 했다.

국내에서 번역가로 더 알려진 소설가 김석희도 오래전에 두 번째 역자 후기 모음집인 『번역가의 서재』(2008)를 출간한 바 있다. 최근 시인이며 번역가였던 김수영의 번역 평론들만을 모은 『시인의 거점』(2020)이 발간되었다. 중국 근대문학의 수립자이며 대번역가였던 루쉰의 번역원문과 서문, 후기가 함께 실린 『루쉰역문전집』(2008)이 중국에서 10권으로 나온 바 있다. 국내에서 20권으로 출간된 『루쉰 전집』(2016)에 역자 서문과 후기만 모은 400쪽에 달하는 『역문서발집(譯文序跋集)』이 포함된 것을 보고 우리는 다시금 용기를 냈다.

우리는 번역이론가나 번역학자는 아니다. 그저 현장에서 일하는 준(準) 전업 문학번역가일 뿐이다. 이 책에서의 모든 논의가 전문적이거나 학구적이지 않고 현장 번역가의 실제적이고 잠정적인 논의지만 우리 시대의 번역 전선에서 함께하는 또 그 길을 가고자 하는 분들과 애환을 같이하고 우리의 경험들을 나누고 기록으로 남기고자 출간을 결심하게 되었다. 독자들의 너그러운 사랑과 이해를 부탁드린다. 지면 관계상 우리가 번역에 관해 쓴 글과 번역 후기 전부를 싣지 못해 아쉽다는 말도 남긴다.

이 책은 3부로 구성되어 있다.

제1부는 주로 이론적인 글들로 구성되어 있다. 영문학사에서 "번역의 황금시대"로 불리는 신고전주의 시대의 영국 시인이자 대표적 번역가 존 드라이든의 번역론을 맨 앞에 두었다. 왜냐하면, 말년에 드라이든이 현장 번역가로 직면했던 모든 문제가 근본적으로 21세기에도 유효하기 때문이다. 기

독교 성서 완역 100주년을 맞아 쓴 개화기 성서번역에 관한 글도 있고 루쉰, 피천득 등 몇 분 번역가의 작업을 논의한 글도 포함했다. 이 밖에 번역을 통한 한국문학 세계화와 관련된 글들도 넣었다.

제2부는 주로 문학 번역 과정에서 나온 역자 후기나 해설이 주를 이룬다. 물론 여기에 실린 글들은 번역가들을 위해 번역작업 자체의 기술적 문제들을 논의하기보다는 주로 일반 독자들을 위한 각 문학작품의 주제나 내용에 관한 것들이다. 영문학이 우리의 전공 분야라 아체베, 고디머, 애트우드 등을 포함하여 영어권 문학이 주류를 이룬다.

제3부는 문학이론과 비평 번역에 관한 후기들을 묶었다. 지난 35년간 비평 이론 시대에 역자들의 주 관심사였던 포스트모더니즘, 페미니즘, 정신분석학, 환경생태학, 문학이론, 문화연구 등에 관한 글들이다. 이 부분에는 작업 성격상 협업작업이 많아 공역, 공편역의 경우가 많은데, 공편역자들에게 머리 숙여 감사드리며 일일이 허락은 받지 않고 이곳에 실은 것에 너그러운 양해를 구한다.

지난 세월 우리의 문학작품 번역과 비평과 이론번역 작업을 회고해 보면 1980년대 초반부터 2010년 중반 이후까지 문학과 이론의 경향과 밀접하게 관련되어 있다. 따라서 우리의 번역작업은 지난 30~40년간 우리 시대의 궤적을 반영한 역사의 한 지점들을 표상하는 것으로 볼 수 있지 않을까 한다. (조각그림들이 모여 하나의 아름다운 모자이크가 되는 것처럼 우리 두 사람이 오랜 세월 하나하나 만들어놓은 조각 돌멩이들이 번역이라는 이름의 단단한 작은 디딤돌이라도 된다면……).

책 제목에 대해 한마디

이 글의 제사에서 유종호 교수가 번역을 "사랑의 노동"이라고 한 말에서 힌트를 얻은 우리는 더 멀리는 기독교『신약성서』의「데살로니가전서」1장 30절에서 사도 바울이 한 말 "믿음의 역사와 사랑의 수고와… 소망의 인내"에서 제목을 따왔다. "사랑의 수고"("labor of love" 또는 "labor prompted by love")란 진정한 사랑은 말과 혀로만 하거나 머리로만 하는 추상적 행위가 아니라 팔다리를 움직이고 발로 뛰면서 진실함으로 실천하는 구체적 활동으로 이루어진다는 의미다. 신약은 희랍어로 쓰여졌는데 여기서 "수고"로 번역된 원어의 "코피아오(Kopiao)"는 "애쓰며 지쳐 쓰러지기까지 노력하는 것"의 뜻이다. 영어 번역의 "labor"도 거의 같은 뜻이다. 한국어사전에서 "수고"도 "일을 하는데 힘을 들이고 애를 씀, 또는 그런 어려움"의 뜻을 가진다.

이것은 도스토옙스키의 소설『카라마조프가의 형제들』에 나오는 "실천적 사랑─그것은 노동이자 인내이며, 어떤 사람들에게는 아마 하나의 완전한 학문과도 같은 것입니다" (제2편)라는 것과 같은 맥락이다. 번역은 사랑과 같이 노동이자 인내이며 그것은 "완전한 학문"에 이르는 길처럼 사랑의 노력이다. 지상의 모든 가치 있는 일들이 다 그렇듯이 번역도 바로 이러한 "사랑의 수고"가 아니겠는가? 이러한 사랑의 수고가 헛되는 일은 결코 없을 것이다.

앞으로도 우리는 건강이 허락하는 한 외롭고도 고된 번역의 길목에서 "사랑의 수고"를 계속하고 싶다. "번역은 사랑의 수고이다"라는 명제는 번역가로서 우리의 이상이며 꿈이다. "불 속에서 끄집어 낸 나무 토막"같이 보잘것없는 우리는 많이 부족하지만 앞으로도 사랑의 수고의 통로로 계속 사용되기를 바랄 뿐이다.

앞으로는 우리나라에서 전 지구적으로 다양한 문학과 문화교류와 이동의 중요한 힘인 번역작업이 좀 더 인정받고 번역가들의 작업 조건들이 많이 개선되었으면 좋겠다. 한국문학번역원은 개원된 지 오래되었고 불과 2년 전에는 국제PEN한국본부 부설 번역원도 설립되었다. 우리 번역계가 각 언어권별로 분야별로 좀 더 많은 전문 번역가 양성, 번역의 업적 인정, 번역 비평의 활성화, AI가 주도하는 기계번역, 번역가 권리보장 등을 주요한 논의 과제로 삼기 바란다.

끝으로 모든 것이 이동하고 여행하는 시대에 모든 번역가의 과제는 외국문물을 번역하여 국내에 소개하는 것은 물론 우리 문화, 역사, 문학을 한류(韓流, Korean Wave)로 발전시켜 좀 더 다양한 외국의 언어들로 번역하여 전 세계적으로 소개하고 이동시키는 것이다. 끝으로 이 책을 위한 원고 입력 작업에 애쓴 중앙대 김동건 군과 원고 편집과 수정 등을 위해 애써준 푸른사상사 편집부 여러분들의 "사랑의 수고"가 없었으면 이 책은 나올 수 없었을 것이다. 고개 숙여 감사드린다.

2020년 9월 28일

서울 수복 70주년과
결혼 46주년 기념일을 자축하며

상도동 국사봉 우거에서
이소영, 정정호 삼가 씀

번역은 사랑의 수고이다

제2부 문학작품 : 역자 해설과 후기

제3부 **비평과 이론** : 역자 해설과 후기

제1부

번역 이론과 주제

: 이동과 여행

번역을 부업으로 삼은 지가 어언간 10년이 넘는다. 하지만 나는 분에 넘치는 단행본 번역을 벌써 여러 권 해먹었다. 물론 일본과 우리나라와는 번역만 하더라도 비교가 안되고, 나는 무슨 영문학자도 불문학자도 아니니까 번역가라는 자격조차 없고 도대체 비난의 대상조차 되지 않을지도 모른다. 사실 나는 수지도 맞지 않는 구걸번역을 하면서 나의 파렴치를 이러한 지나친 겸허감으로 호도해왔다. …

그래도 나는 얼마전까지는 내딴에는 열심히 일을 해주었다. 비록 선택권이 나한테 없는 뜨내기원고라도 나의 정성을 다 바쳐서 일을 했다. 나의 재산은 정성뿐이었다. 남보다 일이 더디고 남보다 아는 것은 없지만 나에게는 정성만은 있다고 자부해왔다. 그런데 요즈음에 와서는 그 자부마저 흔들리기 시작한다. 그전에는 원고를 다쓰고 난 뒤에 반드시 몇 번이고 되풀이해서 읽었다. 입에 침이 마르도록 읽고 또 읽고 했다. 그러던 것이 요즈음에는 붓만 떼면 그만이다. 한번도 더 안 읽는다. 더 읽을 만한 시간적 여유가 있어도 구태여 읽지 않고 그냥 출판사로 가지고 간다. 이런 버릇은 번역일에만 한한 것이 아니다. …

나는 번역에 지나치게 열중해 있다. 내 詩의 비밀은 내 번역을 보면 안다. 내 시가 번역냄새가 나는 스타일이라고 말하지 말라. 비밀은 그런 천박한 것은 아니다. 그대는 웃을 것이다. 괜찮아. 나는 어떤 비밀이라도 모두 털어내보겠다. …

일을 하자. 번역이라도 부지런히 해서 …

일하자. 일하자. 일하자.

민첩하게 민첩하게 일하자

— 김수영, 「번역자(飜譯者)의 고독」,
『김수영 전집 2 : 산문』(민음사, 1982), 79~81, 301, 338쪽

1. 번역 행위라는 위험한 균형

— 존 드라이든의 번역이론과 실제

> 시적 자유에 대해 제약을 부과하고 번역의 합당한 규칙과 예
> 증을 제공한 것은 드라이든의 공적이다.
>
> — 새뮤얼 존슨,『드라이든 평전』중에서

들어가며 : 영국 번역이론의 수립자

영국의 문학사와 지성사에서 왕정복고기(1660~1700)의 신고전주의 시대
를 시작한 대문인은 존 드라이든(1631~1700)이다. 드라이든은 후일 새뮤얼
존슨에 의해 "영국 산문의 법칙들"과 "번역의 올바른 법칙들"을 수립한 "영
국 비평의 아버지"로 칭송되었다. 궁정 내 모든 공직에서 물러난 뒤 드라이
든은 생애의 마지막 문학적 불꽃을 번역을 위해 태웠다. 그의 로마 시인 베
르길리우스의『아이네이드(*Aeneid*)』영역본은 아직도 읽힐 정도로 탁월하다.
그는 희랍과 로마의 고전문학 일부를 영어로 번역하였고, 특히 제프리 초서
등 중세영어 작가들의 작품들도 17세기 말 영국 독자들을 위해 동시대 영어
로 번역하기도 했다. 따라서 영국의 번역문학사에 남긴 드라이든의 공적은
눈부신 것이며 그의 번역이론과 실제는 오늘날까지도 우리에게 커다란 통

찰력을 제공해주고 있다.

17세기 말 드라이든과 18세기 초 포프의 시대는 "영국 번역의 황금시대"라 불린다. 만약 드라이든의 후기 저작이 논의된다면 그것은 번역에 관한 것일 것이다. 후기 비평적 담론의 압도적 다수는 번역 문제에서 시작되었고 문학번역의 원리는 그의 에세이와 번역된 서문에 나타나 있다. 드라이든의 번역이론은 독창적이라기보다 파생적으로, 에이브러햄 카울리(Abraham Cowley) 이래의 영국 번역이론의 종합이다. 드라이든이 사용하는 모든 용어는 오래된 것이지만 그 분석은 기억할 만하다.

3가지 번역이론

『오비디우스의 서한집』(1680)을 위해 드라이든이 처음으로 쓴 중요한 서문에서 드라이든은 번역의 3가지 형태를 논의하면서 번역 문제를 본격적으로 다루고 있다.

첫째로, 직역(metaphrase)은 작가가 한 언어에서 다른 언어로 한 마디 한 마디 그리고 한 줄 한 줄 바꾸는 것이다. 벤 존슨이 번역한 호라티우스 풍의 『시론』은 이런 방식으로 번역되었다. 둘째는, 의역(paraphrase)으로, 작가가 자신의 관점을 유지할 수 있는 번역이나 의역으로 그 의미는 상실되지 않지만, 그의 감각에 따라 그의 단어로 정확하게 번역되지는 않는다. 부연하는 것은 인정되지만 의미를 변화시키는 것은 허용되지 않는다. 그것은 베르길리우스의 4번째 『아이네이드』에 대한 월러의 번역과 같다. 셋째로, 자유 번역(imitation)이 있다. 그 이름은 단어와 감각을 다양화하기 위해서뿐만 아니라 그가 기회를 보았던 것처럼 그것 모두를 버리기 위해 자유를 가정하는 것이다. 그가 바라던 것처럼 원본으로부터 일반적 힌트를 얻어서 기초를 바탕으로 차이를 두기 위한 것이다. 그것은 영어로 된 호라티우스 풍 중의 하나와 핀다로스의 송시에 나타난 카울리 작품과 같은 것이다.(Kinsley, *John Dryden: Selected Criticism*, 정정호 역, Oxford Univ Pr, 184쪽. 이하 쪽수만 표기함)

번역의 기본적 태도인 3가지 방법을 차례대로 논의해보자.

1) 직역 방법

첫 번째 "직역" 방법은 언어 사이의 구조적 차이가 단어들의 정확한 번역을 허용하지 않기 때문에 박식한 체하는 것과 같고 실행 불가능하다. 드라이든의 설명을 더 들어보자.

> 요약하여 말하면 단어를 그대로 옮기는 번역은 한 번에 많은 어려움에 봉착하기 때문에 번역자는 그 어려움에서 벗어날 수 없다. 번역자는 동시에 그가 번역하는 작가의 사상과 어휘들을 고려해서 다른 언어로 대응되는 부분을 찾아내야 한다. 그리고 이것 외에도 번역자는 운율과 각운의 제약에 놓이게 된다. 이것은 마치 족쇄를 단 다리로 밧줄 위에서 춤추는 것과 아주 흡사하여 춤추는 사람은 조심해서 추락은 면할 수 있을지 몰라도 동작의 우아함은 기대할 수 없다. 기껏해야 이것은 어리석은 과업일 뿐이다. 제정신을 가진 사람이라면 목뼈를 부러뜨리지 않고 피했다는 칭찬을 듣기 위해 자신을 위험에 기꺼이 빠뜨리기를 원치 않을 것이기 때문이다.(185쪽)

드라이든은 이런 직역의 예로 호라티우스의 『시론』을 번역한 벤 존슨을 들고 있다. 호라티우스의 해석자인 존슨의 역할에 대해 드라이든은 계속해서 비판한다. 직역은 결국 그 부자연스러움 때문에 실패할 수밖에 없다.

2) 의역 방법

번역가는 작가의 관점을 "의역"으로 유지한다. 그러나 그의 단어는 자신의 감각을 엄격하게 따르지 않는다. 이 방법은 외부적 원천에 충실하고 내부적 미 그리고 언어적 특성에 대한 요구에 응하는 것으로 『아이네이드』 Ⅳ권의 1658년 번역에서 에드먼드 월러와 시드니 고돌핀(Sidney Godolphin)에 의해 도입된 방법이다. 번역가는 작가의 불필요한 화려함을 생략할 수 있으나 묘사가 더 나아질 거라는 변명으로 특징이나 윤곽을 바꿀 수 있는 특권은 없다(187쪽). 드라이든은 초상화가/번역가의 은유를 사용하여, 훌륭한 화가처럼 번역가는 다른 것에 대해 적절한 집중을 함으로써 그의 주제에 관해 연구한다.

> 그러나 각 언어는 자체의 특성들을 가지고 있으므로 한 언어에서 아름다운 것이 다른 언어에서는 야만적인 것이 될 수도 있기에 번역자에게 그가 번역하는 작가의 어휘들의 좁은 범위를 강요하는 것은 불합리할 것이다. 원문의 뜻을 곡해하지 않는 표현을 찾는 것으로 충분하기 때문이다. 번역자는 자신의 족쇄를 어느 정도 자유를 향해 뻗을 수 있다고 생각한다. 그러나 나는 원저자의 사상까지 새롭게 만드는 것은 어떤 범위를 넘어서는 것으로 생각한다. 원저자의 정신은 전환될 수 있으나 상실되어서는 안 되기 때문이다.… 따라서 표현에는 자유가 허용될 수 있다. 원작의 어휘들과 행들은 엄격하게 규제될 필요는 없으나 일반적으로 말해서 원저자의 의미는 신성하고 침해할 수 없다.(앞 책, 187쪽)

3) 모방(자유) 번역

드라이든의 세 번째 방법 "모방", 즉 "자유 번역"은 원본의 감각과 단어가 정확하지 않다. "모방"은 완전히 새로운 작품이 되기 위한 자유로, 완전한 새로운 작품이 되기 위해 아주 자유로워지는 것이다. "모방"이라는 용어에 대한 드라이든의 사용은 주목할 만하나 조금은 혼란스럽다. 그것의 부정적 함축은 플라톤의 모방이론으로 돌아간다. 그 모방이론은 실재와 이데아로부터 멀리 떨어진 것이다. 드라이든은 그 단어를 부정적으로 바꾸어 계속해서 다음과 같이 말한다.

> 나는 한 작가를 모방한다는 것은 같은 주제에 대해 후대 시인이 자신보다 앞선 선배 시인처럼 쓰는 것이라고 간주한다. 다시 말해, 그 선배 시인의 말을 번역하거나 원문의 의미를 지키지 않고, 그 시인을 하나의 본보기로 놓아두고 만일 그가 우리 시대에 우리나라에 살았다면 이렇게 썼을 것으로 추정하고 자유롭게 쓰는 것이다.… 공평하게 말한다면 한 작가를 모방하는 것은 한 번역자가 자기 자신을 보여주는 가장 유리한 방식이지만 죽은 작가들의 기억이나 명성에 가할 수 있는 최대의 잘못이다.… 예를 들어, 데넘 경(Sir John Denham)은『아이네이드』2권을 번역하면서 붙인 탁월한 서문에서 자기의 새로운 번역 방법 이유를 다음과 같이 제시한다. "시는 그 정신이 너무 미묘해서 한 언어에서 다른 언어로 옮길 때 그 정신은 모두 사라져버린다. 그리고 번역 과정에서 새로운 정신이 첨가되지 않는다면 그 번역에는 시체의 머리만이 남을 것이다." 나는 이러한 주장이 어리석은 직역을 반대하는 데는 유효하다고 생각한다. 그러나 누가 그러한 방만한 자유 번역을 옹호하겠는가? (앞 책, 186쪽)

드라이든은 우리가 흔히 알고 있는 "있는 그대로 베낀다"라는 의미의 "모방" 개념을 완전히 무시해 버리고 "원본"의 의미와 정신을 완전히 곡해하는 "그림자"로 간주하는 플라톤의 모방론에서 새로운 모방 개념을 차용한다. 번역자가 제멋대로 하는 창조적 번역을 드라이든은 인식론적으로 그리고 윤리적으로도 받아들일 수 없었다.

따라서 드라이든은 이 세 가지 유형 중 가장 균형 잡힌 방법으로 "의역"을 선택했다. 그것은 번역가에게 어떤 기준을 실행하도록 제공한다. 그의 법칙은 언어적 성실함과 활기차나 부정확한 자유 사이의 균형을 만들기 위해 고

안되었다. 시를 번역하기 위해 번역가는 시인이 되어야 하고 자신의 언어와 원작의 언어를 완전히 배워야 한다고 주장하였다. 작품에서 번역가는 그의 작가를 개별화하는 특성을 이해해야 한다. 드라이든이 번역한 첫 번째 주요 작품인『오비디우스의 서한집(*Ovid's Epistles*)』은 카울리와 데넘에 대한 저항을 나타내고 있다. 서문에서 드라이든은 피해야 할 양극단인 자유 번역 주의와 직역 주의를 반대하였다. 그는 번역에 대해 새롭고 온건한 방법을 제시하였는데, 그것은 직역과 자유 번역의 "중간 지대"이며 하나의 "타협"이었다.

드라이든은 작가의 의도를 나타내는 원본 의미의 중요성을 강조하였다. 드라이든은 우리가 하나의 권위를 가져야 한다고 생각하였다. 선택은 간단하여, 우리는 지배적 권위에 동의하거나 그렇지 않으면 주관과 혼돈에 굴복하는 것이다. 그래서 드라이든은 매우 규칙 의식적이고 규칙과 정의에 집착하는 것처럼 보인다. 전체 에세이는 그의 입장에 대한 정의와 논쟁으로, 핀다로스(Pindar)에 대한 카울리와 데넘의 번역을 허락한다. 시인의 "거칠고 억제할 수 없는" 파격은 허락되기도 한다. 그러나 오비디우스처럼 "규칙적이고 총명한 작가"를 다루는 데는 좀더 통제력이 요구된다. 번역가로서 시인 드라이든의 방법은 시 번역에서 통제와 조절이 필요하다는 것이다.

4) 절충적 방법

1685년 출간한 두 번째 번역본『실배(*Sylvae*)』에서 드라이든은 하나의 법칙을 더 첨가했다. 번역가는 작가를 "실제적인 성격에 위반하지 않으면서 가능한 한 매력적인 모습"(『실배』, 195쪽)으로 만들어야 한다. 드라이든은 이 작품에서 번역 규칙에 대한 강박관념을 계속해서 보였으나 테오크리투스(Theocritus), 호라티우스, 베르길리우스 그리고 루크레티우스(Lucretius)

를 번역하면서 시인으로서 번역가의 "자연스러운 충동"을 보여주었다. 드라이든은 "나는 여러 번 나의 권한을 초과한 적이 있었다. 왜냐하면, 나는 첨가하거나 생략을 했고 때로는 작가의 의도를 너무 대담하게 드러냈으므로 주석자 중 누구도 날 용서할 사람이 없다."라고까지 말했다. "아마도 특별한 구절에서 나는 어떤 아름다움을 발견했다고 생각했다. 그러나 그것은 현학자에 의해서는 발견될 수 없지만, 시인은 발견할 수 있다"(190쪽).

> … 나는 그 작가의 매력과 그 단어의 아름다움과 내가 첨가해야만 하는 단어들의 은유적 탁월함을 유지하며 내가 할 수 있는 한 작가에 가깝게 유지하기 위해 의역과 직역의 두 양극을 조정하는 것이 적합하다고 생각했다. 우리의 언어로 작가의 우아함을 유지하기 위해 나는 융합시키기를 노력해왔다. 그러나 그 장점들 대부분은 필연적으로 상실되었다. 왜냐하면, 그것들은 어느 곳에서보다 그들 자신만이 빛났기 때문이었다. 베르길리우스는 그 둘을 하나로 융합시켰지만, 우리 영웅시의 부족함은 하나가 되지 못했다. … 그런 것은 언어의 차이점이고 그런 기술에 대한 나의 부족한 점은 단어 선택이다. … 신성한 작가인 베르길리우스의 모든 소재를 취하려고 했고 나는 만약 그가 영국인으로 태어나 이 시대에 살았더라면, 이런 가정을 하면서 베르길리우스가 영어로 말하는 것처럼 만들려고 노력하였다.(190쪽)

드라이든은 어색한 이중적 용어 "모방"은 포기하였다. 그러나 "영어로 말하는 것처럼"이란 주제는 그대로 남겨두었다. 번역가의 기교에 대한 경계와 이상이 있다. 여기서 드라이든은 지나치게 빗나간 번역("자유 번역")과 단어를 일대일로 전환하는 번역("직역") 사이의 중간 자세를 고수하고 있다.

지금까지의 드라이든 논의 중 번역자가 지녀야 할 필수 조건은 다음과 같다.

1. 먼저 시인이 돼라.

2. 원문 언어와 번역 언어 모두에 통달하라.

그리고 번역 작품에 대해 번역자는 다음 과정을 따라야 한다.

3. 그 작가의 개성적 특징을 이해하라.
4. 번역자 자신의 정신을 원문의 정신과 일치시켜라.
5. 원문의 의미를 "성스럽고 침해할 수 없는 것"으로 유지하고 원문의 우아함이 유지되는 한 직역하라.
6. 원작 작가의 진정한 특성을 훼손시키지 않으면서 가능한 "매력적"으로 만들라.
7. 원작 시와 번역된 영어 시의 운문적 특성에 유의하라.
8. 원작자가 우리 시대 영어로 말하도록 만들라.

번역에 대한 드라이든의 법칙은 계속해서 창조적 상황을 다양화함으로써 지속적으로 실험하고 있다. 드라이든의 이론적 입장은 그의 번역에서 가필이나 현대화를 인정하는 부분에서는 실제 번역작업과 다소 차이가 있다. 드라이든의 번역에 대한 관점은 두 극단 사이의 중간이다. 드라이든은 단지 중간자적 태도를 보임으로써 두 가지를 관찰하고 성취할 수 있다는 것이나 필자는 이에 동의하지 않는다.

번역가로서 드라이든의 이론과 실제에 관한 정확한 탐구를 하다 보면 그의 번역이론이 점차 변화의 양상을 드러낸다고 볼 수 있다. "직역"과 "자유 번역" 중간자적인 그의 "의역"은 쉽게 실패하였다. 오히려 그 중간 지대의 균형은 그들 사이의 유희적 갈등으로 이동해 가는 것처럼 보인다. 다시 말해서 드라이든에서 균형은 직관적으로 자유를 더 선호하는 방향으로 변화된다.

드라이든 번역 작업의 변화와 유연성

드라이든은 무엇 때문에 자신의 엄격한 초기 기준에 변화를 주었는가? 첫 번째 이유는 그는 자신이 전에 생각했던 것보다 번역은 더욱더 복잡하여 그 광범위한 절차가 번역가의 다양한 작업에 적절하다고 인식하였다. 드라이든은 『오비디우스의 서한집』 서문에서 이미 다음과 같이 말하였다. "나는 내게 주어진 규칙을 벗어났다는 것을 인정할 준비가 되어 있다. 정당한 번역이 허락하는 것보다 더욱 더 많은 자유를 택했다"(188쪽). 모방예술과 같이 번역은 복제를 피해야 한다. 그것은 원본의 실재성을 제시하기 위해 선택하고 분석해야 한다.

번역가에게 이상적 모방과 같은 예술이론은 그것이 다른 것들을 해결하는 만큼 문제를 만들어낸다. 번역은 충실하고 자유로워야 한다는 두 개의 대립하는 요구조건은 모방이론이 때때로 제안하는 것처럼 쉽게 충족되는 것이 아니다. 그곳에 어떤 미적인 변화가 일어났다. 번역 자체에서 원본 작가가 가진 정체성을 번역가에게 종종 요구하는 때도 있다. 그런 요구조건은 관심을 원본작품에서 번역가의 특성과 작문의 과정으로 관심을 이동시켜 원작으로부터 전형적인 예술가 의식으로 방향을 전환하고 있다.

두 번째 이유는 드라이든이 엄격한 체제와 원리에 대한 관심보다 저자로서의 번역가의 창작하는 즐거움과 읽는 독자의 즐거움에 더욱더 많은 관심을 두기 시작한 것처럼 보인다. 『실배』 서문의 결론 부분에서 드라이든은 "나의 위험 부담률은 더욱 더 커지나 독자의 즐거움은 줄지 않는다"(207쪽)라고 했다. 드라이든은 바텐 홀리데이의 유베날리우스(Juvenal)와 페르세우스(Persius)의 번역에 관해 이야기하면서 "홀리데이는 명성을 위해 그리고 학자를 위해 썼다. 우리는 단지 학자는 아니지만 무식하지는 않은 이해력과 좋은 센스를 가진 보통 독자들의 즐거움과 오락을 위해 썼다.… 따라서 우리는 이런 종류가 줄 수 있는 가능한 모든 만족을 대중 독자에게 주고자 노력했다"(276쪽).

드라이든은 그 자신과 기질이 유사한 시인을 더 쉽게 번역할 수 있다고 경험으로 알게 되었다. 그는 호메로스의『일리어드』전부를 즐겁게 영어로 번역할 수 있다는 기대를 했다. "나는 번역이 노동보다 덜한 것이라고 말하지는 않았을지라도 호메로스 번역이 베르길리우스 번역보다 더 즐거운 작업이라는 것을 노력으로 알 수 있었다. 왜냐하면, 그것은 그리스인들이 로마 시인보다 나의 특성과 더 맞기 때문이다"(287쪽). 여기에서 드라이든의 태도는 번역할 때 번역가 자신의 표현을 강조하려는 경향이 있는 현대 번역 이론을 생각나게 한다. 번역의 의식 속에 흐르는 시는 이제 암시적인 재생산이라기보다는 언어적 경험에 대한 특별한 종류의 언어적 반응으로 간주되었다.

드라이든은 "원래 의미"가 "최고의 의미"라는 법칙을 포기하였다. 드라이든은 "일반적으로 작가의 의미는 신성하고 불가침한 것이다"(『오비디우스의 서한집』, 187쪽)라는 그의 믿음을 바꾸기 시작했다. 해석자로서 번역가는 작가의 세계적 관점이나 혹은 개성이 아니라 텍스트에 동기를 부여하는 기본적 관심을 찾아내어 그 자신의 것으로 만들어야 한다. 분명히 드라이든은 작가를 능가하는 텍스트의 의미를 인정하기 시작했다. 따라서 번역은 재생산의 절차가 아니라 오히려 또 하나의 새로운 창작이다.

드라이든이 번역 법칙을 버리지 않았다는 것은 명백하다. 그러나 그에게 발생한 변화로 인해 드라이든은 번역의 한계에 대한 인정, 모방의 충실함보다는 창작의 기쁨 그리고 자유에 대한 억제보다는 자유를 강조하고 있다. 번역 행위의 기본은 원본에 있는 것이 아니라 결국에는 번역가 마음에서 생성되는 재현에 있다. 그래서 읽기와 해석으로서의 번역 행위에 대한 활력은 텍스트가 번역가의 인식과 경험 그리고 독자의 기쁨을 만든다는 요구에서 찾아볼 수 있다. 드라이든이 점차 후기로 갈수록 특히 죽던 해에 펴낸 『우화들(Fables)』 서문에서 초기에 비난했던 카울리와 데넘의 엄격하지 않은 스타일로 다가갔다. 실제적 번역작업에서 드라이든의 번역이론은 새로운 길을 추구해 가는 과정에서 새로운 활력과 유동성을 요구하게 되었다.

희랍 철학자 루크레티우스에 대한 드라이든의 번역에서 그의 의도는 영국 독자들에게 그 철학을 상세히 설명하기보다는 오히려 루크레티우스가 독자들을 즐겁게 만들어주도록 하는 것이었다. 드라이든은 독자들에게 즐거움을 주는 영국 시를 창조해 내기 위하여 의역하는 데 전혀 구애를 받지 않았다. 그의 번역이론은 상당한 정도로 자유를 허락하였지만, 번역가가 치밀하게 그 작가의 사상을 따르는 것은 요구하였다. 첨가하고 생략하고 고치는 "더 많은 자유"에 대한 드라이든의 가정은 영웅시로 루크레티우스를 번역하는 데 특히 유용하였다. 이 번역작업에서 독자들에 대한 깊은 배려가 있었기에 새뮤얼 존슨은 『드라이든 평전』에서 독자 중심적인 원리에 의해 드라이든의 원문 변형을 옹호하였다: "독자들이 던져버리는 재미없는 책은 아무 쓸모도 없는 책이다."

나가며 : 영국 경험주의 번역가의 길

마지막 책 『우화들』의 서문에서 드라이든은 자신의 번역이론에 대한 중요한 개념을 반복하여 말하였지만, 영문학의 아버지인 중세시인 제프리 초서에 대한 당대 영어로의 번역에서 그는 종종 자신의 신조를 어겼다. 초서의 시를 번역하는 과정에서 드라이든은 "의역"에 대한 신념을 잃기 시작하여 확장, 요약 그리고 대치의 기법은 명백하나 어떤 경우에는 극단적인 관점을 지니기도 하였다. 드라이든의 번역된 시들은 주석을 확장하고 우화적 요소를 정교화하였고 일반적으로 적절한 구체적인 판단을 내렸다. 그의 번역시들은 자신의 번역에 관한 정의에 적합하지 않고 오히려 그들의 원작에 대한 언급이 없이 최상의 작품이 되는 새롭게 창조된 시적인 경험들이다.

직역과 자유역 사이의 중간에서 벗어나는 것은 항상 드라이든의 의도에 잘 맞아떨어졌다. 더 많은 자유는 번역가와 그가 번역한 시인의 장점을 하나로 융합하게 만든다.

> 나는 나 자신을 직역에 속박시키지 않았다. 나는 [초서의 원문에서]내가 불필요하다고 판단되고 훌륭한 사상을 드러내기에 점잖지 못하다고 생각되는 것은 종종 생략하였다. 나는 어떤 곳은 좀 더 대담하게 번역하였고, 초서가 완전하지 못하다고 생각되는 부분과 초서가 자신의 사상을 잘 표현하지 못한 곳에서는 내 자신의 말을 덧붙이거나 새로운 표현을 사용하였다. … 어떤 경우는 식자공의 실수로 누락되어 훼손된 의미를 복원시켜야 할 때도 있었다.(『우화들』, 298~299쪽)

새뮤얼 존슨은 영국 번역사에서 드라이든의 핵심적인 역할의 중요성을 다음과 같이 설명한다.

> "의심할 여지 없이 준수해야 할 방식이 있다." 드라이든은 일찍이 충실성이 작가의 감각을 가장 잘 보존하고 자유는 작가의 정신을 가장 잘 돋보이게 한다고 보았다. 그래서 그는 최고의 찬사를 받을 자격이 있다. 왜냐하면 그는 성실함과 즐거움 모두를 주는 번역을 할 수 있고 원작과 같은 우아함을 지니고 원

작자의 사상을 그대로 전할 수 있다. 드라이든이 번역하면 번역되는 언어 이외에는 바뀌는 것이 하나도 없다.(신문에세이 잡지, 『게으른 자』69호)

이론가와 실제 번역가로서 드라이든은 그 자신을 더욱 더 자유롭게 그리고 더욱더 활기차게 보여주었다. 왜냐하면 그는 법칙을 따르려고 노력하였고 직역과 자유 번역의 중간적인 태도를 고수하였지만 성공하지는 못했기 때문이다. 그는 점차로 자신의 번역에서 번역자 중심의 "표현론적"이고 "독자반응적"인 양상을 인정하게 되었다. 이러한 그의 노력은 찬사받을 만하다. 드라이든은 독자의 즐거움과 원문에서 시적 특질의 존재를 통합하여 영어번역이론의 미래 역사를 위해 확고한 기초를 마련하였다. 이것이 왕정복고기의 영국 문단에서 최대의 시인, 극작가였으며 최고의 번역가였던 존 드라이든의 번역사적 위치이다.

드라이든은 시적 법칙과 번역의 법칙을 지키고자 했고 또한 직역과 자유역 사이에서 균형을 잡으려고 노력했지만 자신의 실제 번역작업에서 그것들을 지키는 것은 거의 불가능했다. 그는 고전 원작과 영어번역 사이에서 17세기 말 영국 시인으로서의 자유로운 창조적 욕망과 고전 원작의 내용과 정신을 함께 살려야 한다는 번역 행위의 책무 사이에서 언제나 불안하게 균형을 유지하며 항해하였다. 그러나 바로 이 점이 실제 번역가로서 그리고 번역이론가로서 드라이든의 특징이며 장점일 것이다. 이것은 셰익스피어나 밀턴처럼 문학 원리나 법칙에 얽매이지 않고 영국의 경험주의적 역동성에서 값진 생동감과 활력을 드러내는 영국 문학의 전통과 맥을 같이하는 것이라 볼 수 있다.

2. 조선 개화기의 개신교 번역사역

— 한국 어문 근대화의 시작

> 우리나라에서도 성경이 한글로 번역되면서 기독교가 우리 민족의 근대화와
> 신문화에 끼친 영향은 결코 적은 것이 아니었다. ⋯ 정신생활의 매개체가 되는
> 중심과제는 어디까지나 언어와 문학이다. 정신생활에 있어서 내적 탐구의 구
> 체적 실현이 문학에 있고, 사고형식의 외적 실현은 언어를 통해서만이 가능하
> 기 때문에 우리문화에 끼친 기독교의 영향이 논의되려면 우리의 언어와 문학
> 에 끼친 그것의 영향에 대한 연구가 먼저 선행되어야 한다.
>
> — 유성덕, 「한글 성경이 우리 어문학에 끼친 영향」, 1쪽

들어가며 : 기독교가 한국 어문에 끼친 영향

기독교가 다방면에 걸쳐 한국의 근대화에 끼친 영향이 크다는 것은 주지
의 사실이다. 개화기에 기독교의 기본 텍스트인 『성경』의 순수 언문(한글)으
로의 번역이 한국의 언어와 문학의 근대화에 영향을 끼쳤으리라는 것도 쉽
게 짐작할 수 있다. 한 나라의 언어와 문학은 그 나라의 사회와 문화에 토대
가 된다. 언어란 일상적인 의사소통뿐 아니라 정보, 지식, 이론을 수립하고
축적하고 교류하여 문화와 문명을 발전시키는데 필수 도구이다. 이 글이 다
루고자 하는 주제는 외국의 개신교 선교사들이나 목사들이 본격적으로 입

국하여 선교 활동을 시작했던 조선 개화기에 초점을 맞추어 그 시기에 이루어졌던 성경 번역을 비롯한 문서번역 사역이 얼마나 우리의 말과 글의 근대화에 이바지하는지 살펴보고자 한다.

글의 서두에서 이 논문의 핵심적 개념 "개화기"와 "근대화"에 대한 논의가 필요할 듯하다. 개화기란 조선의 왕조체제가 붕괴되고 일제의 통치가 본격적으로 시작되기 전의 중간지점이다. 흔히 제3의 중간시대는 과도기로 폄하하는 경향이 있지만 "중간"이란 소극적인 정체성이 머무는 곳이 아니다. 오히려 더 역동적이고 대화적인 복합적 시기라고 볼 수도 있다. 우선 구한말 개화기를 1894년 갑오경장과 동학혁명이 일어났고 개신교 선교사들이 입국한 1890년대 초부터 한일합방이 있었던 1910년까지로 보는 것이 일반적인 추세인 것 같다.

유홍렬이 감수한 『국사대사전』은 "개화시대"를 "우리나라의 근대화를 이룩하던 데서도 선진문화를 받아들여 국민 생활에 직접 영향을 주던 시대이다. 즉, 병자 수호 조약 이후 종전의 봉건사회질서를 타파하고 근대적인 사회로 개화되어 가던 시기"라 적고 있다. 천관우는 한국의 근대사상을 개관하는 자리에서 개화사상을 "열강에 대한 문호개방을 도리어 한 계기로 삼아, 국내체제를 근대적으로 개혁하고 선진적인 과학기술문명을 도입하여 생산력과 군사력을 기름으로써 민족독립을 수호하고자 한 것"으로 정의를 내렸다. 천관우는 그 개화사상의 싹을 박제가 이후 조선 실학파의 영향과 서양문물에 관한 관심을 가지고 1860년대 양무운동(佯務運動)을 시작한 청의 자강(自强)운동의 영향, 그리고 메이지유신(1868년 이후)이 추구하던 문명개화 운동의 영향에서 찾고 있다.

개화사상에 큰 영향을 끼친 기독교의 개신교가 어떻게 들어왔는지 살펴보자. 18세기 말 천주교가 조선에 들어올 때 조선 지배층의 맹렬한 저항과 비교해보면 19세기 말 개신교는 비교적 순조롭게 조선에 유입될 수 있었다.

기독교가 조선에 들어온 상황은 인근 중국이나 일본의 상황과 달랐다. 중국이나 일본에서는 강한 저항을 받았고 크게 융성하지도 못했다. 물론 18세기 말엽에 처음 조선에 들어온 천주교는 당시 유교중심의 지배계급의 강력한 반발에 부딪혔다. 그러나 19세기 말 개화기에 개신교가 조선에 들어올 때는 저항이 많지 않았다. 일부 지배계급은 거부했지만 많은 백성이 기독교를 환영하였다. 따라서 서양의 총칼을 앞세운 제국주의 첨병으로서의 기독교 유입의 일반적인 과정은 개화기 조선에서는 일어나지 않은 것 같다. 이 문제와 관련하여 다음 홍덕창의 설명이 설득력이 있어 길지만 인용한다.

첫째 그 당시 한국은 전통적 종교의 사실상의 공백상태를 들 수 있다. 조선조의 배불숭유정책 하에서 국가의 지도 원리로 되어 있던 유교는 원래 종교적 측면이 결여되어 있었으며 한때 성하던 불교나 선교도 형식만 남아있어 조선조 말기는 사실상 신앙의 공백기였다고 볼 수 있다. 이와 같은 공백기에 새 종교에 대한 갈망으로 기독교는 급속히 수용되었던 것이다. 둘째로 청일전쟁[1894~95]에서 청국이 일본에 패한 것을 목격한 한국인은 근대화를 위해 전통적인 보수적 사고에서 벗어나 서양의 사상을 수용하려고 하였고 그리하여 기독교에 의지하려 했다고 생각할 수 있다. 셋째로 개국과 함께 밀어닥친 외세의 난무에 갈피를 못 잡던 한국인은 심리적인 안정을 추구하기 위해 기독교를 수용하였다고 볼 수도 있다. 넷째로 기독교가 을사보호조약[1905]의 체결을 계기로 더욱 급속히 팽창한 사실로 보아 무엇보다도 한말의 국가적 비운과 직결되어 있었던 것을 생각할 수 있다. 재언하면 일인폭도들에 국모인 민비가 시해[1895] 당하는 기막힌 비운과 한일합방이라는 국가자체가 멸망하는 사실을 지켜보고 통분과 좌절감에 헤매이던 이 민족의 대중은 어떤 박력과 조직력을 가진 개신교에서 그 대책을 찾으려고 하였는지도 모른다.(「기독교가 한국개화 및 학교교육에 미친 영향」, 115쪽).

개화기 계몽 활동으로서의 번역

개화기 초기 개신교 선교가 의료선교, 교육선교, 사회사업선교 전략으로 일단 시작된 것은 자못 의도적이었다. 우선 조선인들의 반감이나 저항을 약화하고 호의를 얻고 근대화 신교육을 통해 해외의 지식, 기술, 사상, 문화를 섭렵할 기회를 주고 가르쳐 조선인들을 개화시키기 위한 것이었다.

몇 개의 예를 들어보자. 1884년 미국 북장로교의 의료선교사로 한국에 최초로 들어와 미국 공사관 부속 의사로 있었던 알렌(H. N. Allen, 安連, 1858~1932)은 갑신정변 때 민영익을 치료하여 고종의 시의(侍醫)가 되었다. 그 후 1885년 4월 조선 정부의 지원을 받아 근대식 병원인 광혜원(제중원)을 설립하였고 동시에 선교 활동을 하였다. 베어드(W. M. Baird, 배위량, 1862~1931)는 1891년 3월 북장로교 선교사로 한국에 들어와 대구, 서울, 평양 지역 선교회 일을 보면서 1897년 숭실학당을 시작하여 1906년 한국최초의 4년제 대학인 숭실대학을 세워 교육 사역과 성서번역 사역을 하였다. 스크랜턴 부인(M. F. Scranton, 1832~1909)은 1885년 최초의 미국 감리교 여선교사로 조선에 입국하여 여성 교육사업을 하다가 1886년에 민비에게 교명을 하사받아 이화학당을 창립하였다. 그 후 한국에 남아 여성 선교와 교육에 일생을 바쳤다. 알렌, 베어드, 스크랜턴 부인 등과 같은 많은 선교사들의 개화와 계몽 활동은 보수적인 조선에 기독교가 쉽게 들어오게 하는 결정적인 영향을 미쳤다.

그러나 의료 사업과 선교 교육이라는 간접 선교 방법은 1894년 청일전쟁 이후에야 놀랄만한 효력을 내기 시작했다. 이전에 조선 사람들은 중국을 문명의 중심으로 생각했었고, 일본 사람들뿐 아니라 서양 사람들을 "야만인"으로 간주했으나 일본의 승리가 우월한 서양 문명과 기술을 받아들여 나라를 근대화시켰기 때문이라는 것을 깨닫기 시작했다. 메이지유신 이후의 일본처럼, 부유하고 강력한 국가를 건설하기 위해서는 조선 사람들, 특히 개화 엘리트와 그 추종자들은 일본이 수십 년 전에 이미 받아들였던 서양의 가치와 제도를 받아들여야 한다고 확신하고 주장했다. 그러나 이와 동시에 조선 사람들은 일본의 노골적 야욕을 경계해야만 했고 그래서 전후에 반일본 감정이 조선 사람들 사이에 급속히 치솟았다. 일본의 근대화를 극구 찬양하면서 조선의 사회적, 정치적 개혁을 위해 일본의 도움을 구했던 개화 엘리트까지도 청일전쟁 이후에는 반일본, 친서구적 태도를 보이기 시작했다. 심지어는 고종도 기독교 국가들이 침략적인 일본 제국주의에 직면해 있는 무력한 조선 사람들을 도와주리라 생각했고, 실제 미국과 같은 '기독교 국가들'에게 도움을 받고자 노력했다.

이 글의 주제와 관련된 연구는 이미 상당 수준의 작업이 이루어졌다. 그렇다면 이 진부한 주제를 또다시 논의하는 이유는 무엇인가? 이 작업은 지극히 개인적 필요에 의해 시작된 것으로 필자가 한국 신문학 형성에 대한 비교문학적 사유를 하던 중에 개화기 초기부터 한국 어문에 가장 영향을 끼친 요인은 무엇인가라는 문제와 마주하게 되었다. 언어와 문학에 큰 영향을 끼친 것은 교육전도 사역과 의료전도 사역으로 출발한 당시 개신교 선교사들이 번역한 성경과 찬송가가 아닐까 하는 지점에 이르렀다. 이미 지적한 대로 이 방면의 기초적인 연구는 고(故) 김병철 등의 노력으로 어느 정도 이루어졌다. 앞으로의 작업은 좀 더 심도 있는 구체적인 비교와 영향에 관한 연구가 계속되어야 할 것이다. 본 논문에서 필자는 다만 이 주제에 관한 지금까지의 내용을 다시 정리하여 앞으로 개화기, 근대화, 기독교, 번역, 비교학, 신문학 그리고 한글 운동에 새로운 방향을 모색하고자 한다. 다음에서 좀 더 구체적으로 개화사상과 기독교의 관계에 대해 논의해보자.

우선 육당 최남선은 주지하다시피 개화기에 한국어문과 사상의 모든 영역에서 서양의 근대화를 가장 치열하게 주장하고 신체시를 실험하는 등 본인이 직접 참여하여 춘원 이광수와 더불어 19세기 말과 20세기 초 가장 중요한 계몽지식인의 한 사람이었다. 육당은 해방 직후인 1946년『조선인 상식문답』이란 작은 책을 상재한다. 이 책은 조선에 대해 당시 사람들이 너무 무지하다고 한탄하며 육당이 짧은 시간에 쓴 책이다. 이 책에는 지금도 흥미를 끄는 여러 가지 사항들이 수록되어 있다. 본 주제와 관련해 필자의 눈길을 끈 항목은 "기독교가 조선에 끼친 영향"이다. 육당은 무려 9가지로 그 영향을 광범위하게 나열하고 있다. 그러나 여기서는 조선어문의 발전과 조선 근대문화 소개에 관한 2가지만 소개한다.

> 둘째는 국어, 국문의 발달이며, 기독교선교사가 경전번역과 책자작성을 위하여 조선어법 및 조선문체를 연구하여 종래에 향언(鄕言), 언문(諺文)이라고 경시되던 국어, 국문에 새로운 생명과 가치를 갖게 된 것은 진실로 우리 문화(文化)에 대한 일대공헌이라 할지니 저 천주교 전래 후에 교서역성(敎書繹成)의 일변에서 사전편찬이 수차 실행되고 신교[개신교]가 들어온 뒤에는 성서전역과 찬송가 번역 등을 위하여 어문의 用이 더 커지는 동시에 조선어의 문법연구가 그네들의 손으로 장족 진보되는 등 조선어문에 대한 기독교사들의 공적은 진실로 영원한 감사를 받을 것이요, 셋째 근대문화의 세례니 기독교사는 전도의 기구 또는 방편으로서 학교를 설립하고 따라서 근대 학술의 교과용서를 만들고 치료사업으로 인하여 근대의학을 전하고 근대적 인쇄술을 수입하고 신음악을 보급하고 집회, 오락, 교제, 연설, 토론 등 공동생활의 양식을 가르치고 그네의 사생활에서는 음식, 의복, 원예, 공작 등에 관한 가르침을 받는 등 기독교의 진행은 그대로 근대문화의 보급을 의미했다 하여도 과언이 아닐 것입니다.(『조선인 상식문답』, 220쪽)

육당은 이 밖에 정신적 해방의 큰 은덕인 미신 타파, 예배와 기타의 집회에서의 남녀회동에서 볼 수 있듯이 부녀의 해방(남녀평등), 의식의 간소화, 계급적 고습의 혁제(계급의식 타파), 교회를 통한 세계호흡의 교감(세계화 의식), 국권 상실 후에 민족운동 의지의 발견(자주 독립 정신), 조선적 문화와 사정이 선교사들의 저술로서 외국에 소개(한국 해외 소개)를 개신교 전래가 조선의 문화 및 조선인의 생활에 끼친 공적으로 꼽았다. 조선 민중의 각성을 가져온 개화기의 기독교와 교회는 당시 개화사상을 전개시킬 수 있는 유일한 수단이었고 나아가 조선의 교회는 애국주의, 민족주의, 독립사상의 온상이 되었다고 해도 과언은 아닐 것이다.

최초 『성경』 번역의 시작과 그 양상

한국 개신교의 선교 활동은 성경 번역에서부터 시작되었다. 최초의 성경 번역은 만주에서 이루어졌다. 당시 만주 봉천에서 중국어 성경을 가지고 선교 활동을 하면서도, 조선에 관해 관심이 많았던 존 로스(John Ross, 1841~1915) 목사는 한글 성경의 필요성을 절감하였다. 그는 존 매킨타이어(John Macintyre) 목사 그리고 한국 의주 출신 청년조력자들 이응찬, 백홍준, 김진기, 이성하, 서상륜 등과 함께 1875년부터 번역을 시작하였다. 그후 그는 만주 심양 문광서원에서 1882년 평안도 사투리가 강한 『누가복음』(56매)과 『요한복음』(54매)을 출간하였다.

공역자의 한 사람이었던 매킨타이어 목사는 최초 한글 성서번역 방법에 대해 다음과 같은 기록을 남기고 있다. "성서의 한글 번역은 나의 성경반에서 진행되었는데 먼저 조선인 번역자들이 나와 함께 한문 성경을 읽고 나서 그것을 한글로 번역하면 나는 그것을 다시 헬라어 원문과 대조하여 될 수 있는 대로 헬라어 원문에 가깝게 하였다"(김병철, 『한국 근대 번역문학사』, 33쪽에서 재인용). 그 이듬해『사도행전』,『말코복음』,『마태복음』이 발간되었고 일부 수정되어 재발간되었다. 1887년에는 역시 만주의 문광서원에서 신약 전체가 번역되어『예수성교젼셔』가 출간되었고 이것은 흔히 로스역(Ross Version)이라고 불린다. 최초의 한글 신약 전서는 로스 목사의 단독 번역이 아니라 앞서 소개한 여러 사람의 협업 결과였다.

김병철은 로스역의 의미를 "한글 성서가 개화기 이후의 소설 문학 내지 언문일치의 문장의 산모였다.… 한글 성서의 효시가 되는 로스역이야말로 한글의 발전과 언문일치의 신문체에 기여한 점은 다대하다."(27쪽)고 지적하였다. 개화기에 성경의 한글번역은 서구 문화의 토대인 기독교 사상을 구한말 개화기 시대에 조선반도로 이동하고 이식시켰다. 기독교 사상은 조선의 전통사상과 문화와의 새로운 만남을 통해, 새로운 번역을 통해 수용, 변용, 전용되어 오늘날 우리 모습의 일부가 되었다.

다음에서 구체적으로 살펴보자.『누가복음』1882년 초간본과 최종 수정 그리고 그 이후 최근까지의 역본들과 비교해보자. 비교 부분은 누가복음 2장 1절에서 10절까지이다.

A: 마즘그씨여기살아구스토가련하사름으게죄세하여호적을올리난듸쿠레뇨는수리아방빅이되여이호적이처음으로힝하고뭇사름은가호적을올리고각각그고을노돌아가난듸요셥은다빗의족보라고로가리틱의나살잇노붓터유듸에나아가다빗의고을에닐으니일흠은벳니염이라빙문한바마리암잉틴흔바더부러호적을올니거긔셔아나을긔약이차맛아달을나으니비로써싸말고말궁이에누이문긱졈에용납할곳이업사미라그디방에목인이이셔밧테셔바음에양의무리를 직키는듸쥬의사쟈겻틱셔셔쥬의영광이두루빗치우거날뎌딀이크게무셔워하니사쟈갈오듸무셔워말나너너의게듸희할긔별을보하노니이눈뭇빅셩을위할쟈라(초간본, 1882)

B: 1맛참그씨에 긔살아구스토가련하사룸으게죄세ᄒ여호젹을올리ᄂᆞᆫ딕 2쿠레뇨ᄂᆞᆫ수리아방빅이되여씨에이호젹이 처음으로힝ᄒᆞ미 3뭇사룸이가셔호젹을 올니고각각고을노돌아가ᄂᆞᆫ딕 4요셥은다빗의죡보라고로가ᄂᆞ니의 5나살잇노븟터유딕에나아가다빗의고을에닐ᄋᆞ니일흠은벳니염이라 6빙문한바마리암잉틱ᄒ온바더부러호젹을할시마참거긔셔아나을긔약이차미 7맛아달을탄생ᄒᆞ니뵈로써싸말고말궁이에 누이문긔졈에용납할곳이업ᄉᆞ미라 8그디방에목인이이서밧테셔바음에양의무리를 9직키ᄂᆞᆫ딕 쥬의사쟈겻틱셔니쥬의영광이두루빗치우거날목인이크게무셔워ᄒᆞ니 10사쟈갈오딕무셔워말나ᄂᆞ너의게큰깃분복음을보ᄒᆞ노니이ᄂᆞᆫ뭇빅셩ᄋᆞ위할쟈라 (개정판『예수셩교젼셔』, 1887)[1]

C: 二 一이 때에 가이사 아구스도가 令을 내려 天下로 다 戶籍하라 하였으니 二이 戶籍은 구레뇨가 수리아 總督 되었을 때에 첫 番 한것이라 三모든사람이 戶籍하러 各各 故鄕으로 돌아가매 四요셉도 다윗의 집 족속인 고로 갈릴리 나사렛 洞里에서 유대를 向하여 베들레헴이라하는 다윗의 洞里로 五그 定婚한 마리아와 함께 戶籍하러 올라가니 마리아가 이미 孕胎되었더라 六거기 있을 그 때에 解産할 날이 차서 七맏아들을 낳아 襁褓로 싸서 구유에 뉘었으니 이는 舍舘에 있을 곳이 없음이러라 ○ 八그 地境에 牧者들이 밖에서 밤에 自己 羊떼를 지키더니 九主의 使者가 곁에 서고 主의 榮光이 저희를 두루 비취매 크게 무서워하는지라 一○天使가 큰 기쁨의 좋은 消息을 너희에게 傳하노라(국한문혼용『관주성경』, 1964)

D: 예수의 탄생
1그 때에 아우구스투스 황제가 칙령을 내려 온 세계가 호적 등록을 하게 되었는데, 2○이첫 번째 호적 등록은 구레뇨가 시리아의 총독으로 있을 때에 시행한 것이다. 3○모든 사람이 호적 등록을 하러 저마다 자기 고향으로 갔다. 4○요셉은 다윗 가문의 자손이므로, 갈릴리의 나사렛 동네에서 유대에 있는 베들레헴이라는 다윗의 동네로, 5○자기의 약혼자인 마리아와 함께 등록하러

---

1   대조비교를 위한 참고로 번역에 많이 참고했으리라고 여겨지는 당시의 흠정영역성경(King James Version)의 해당 부분을 지면 관계상 여기서는 제시하지 않는다.

올라갔다. 그 때에 마리아는 임신 중이었는데, 6○그들이 거기에 머물러 있는 동안에, 마리아가 해산할 날이 되었다. 7○마리아가 첫 아들을 낳아서, 포대기에 싸서 구유에 눕혀 두었다. 여관에는 그들이 들어갈 방이 없었기 때문이다.

　목자들이 예수 탄생의 소식을 듣다

　8○그 지역에서 목자들이 밤에 들에서 지내며 그들의 양 떼를 지키고 있었다. 9○그런데 주님의 한 천사가 그들에게 나타나고, 주님의 영광이 그들을 두루 비추니, 그들은 몹시 두려워하였다. 10○천사가 그들에게 말하였다. "두려워하지 말아라. 나는 온 백성에게 큰 기쁨이 될 소식을 너희에게 전하여 준다.(『표준새번역』 개정판, 2001)

　A에서 D까지의 여러 번역 텍스트들을 비교해보면 그 차이가 그대로 드러난다. 최초의 순 한글 번역본인 A는 순 한글로 되어 있으나 띄어쓰기가 안 되어 있고 구두점도 없으며, 근대 어문 형식인 문장 끝의 종결어미 '-다'로도 안 끝나고 있다. 개정판인 B에서도 모든 것은 A와 같으나 절번호인 숫자를 붙이고 절 사이를 띄운 것도 다르고, 단어의 맞춤법도 조금 달라졌다. C부터는 비로소 띄어쓰기가 시작되었고 한문을 읽을 수 있는 독자들을 위해 한자를 사용하였고 본격적으로 띄어쓰기가 시작되었음을 알 수 있다. D에서부터는 장에 소제목까지 붙이고 맞춤법도 거의 요즈음 것에 가까워졌다. 무엇보다도 종결어미 '-다'가 이미 예외 없이 사용되고 있다. 여기서 각 텍스트의 번역 변천을 더 정확히 알기 위해서는 역자들이 참조한 중국의 한문 성경과 일본어 성경 나아가 히브리어 구약과 헬라어 신약까지 참조해야 할 것이다. 그러나 이 글에서 이 작업은 하지 못했다.

　그러나 그즈음 일본에서도 개신교 역사상 두 번째로 성경 일부가 학자 지식인 이수정(李樹廷)에 의해 한글로 번역되었다. 이수정은 1882년 8월 9일 박영효가 이끄는 수신사의 수행원으로 일본으로 건너갔다. 이수정은 원래 외국의 종교로 기독교를 반대하였으나 동경대학의 조선어 강사가 되고 난

후 기독교로 개종하였고 그 이듬해 4월 동경의 한 교회에서 안천형 목사에게 세례까지 받았다. 이수정은 그 후 헨리 루미스(Henry Loomis) 목사의 권유로 1884년 한문 성서 중 4복음서와 사도행전에 한글토를 달아『현토 한한 신약성서(懸吐 漢韓 新約聖書)』를 간행하였다. 이 당시 신약은『新約聖書 馬太傳(신약성서 마태전)』,『新約聖書 馬下傳(신약성서 마하전)』,『新約聖書 路加傳(신약성서 노가전)』,『新約聖書 約翰傳(신약성서 약한전)』,『新約聖書 使徒行傳(신약성서 사도행전)』의 이름으로 요코하마에서 미국성서공회에 의해 출간되었다. 그 후 마가복음 한글 번역을 시작하여 완성하였다. 루미스 목사의 번역방법은 매우 엄격했다. 그는 "먼저 이수정에게 한문 마가복음을 주어 그것의 정독을 요구하였고, 그리고 실제 번역에 착수하게 되었을 때는 일본어 성서, 영어 성서는 물론이고, 헬라어 원문까지 대조해가면서 거의 완벽에 가까운 번역을 진행시켰다"(김병철, 49쪽에서 재인용).

번역에 있어 어려운 점이 한둘이 아니었다. 먼저 "하나님"에 대한 번역이 문제였다. 한문성서에는 "상제(上帝)"로 되어 있고 일본 성서에는 "카미(神)"로 되어 있었다. 이수정과 루미스 목사는 결국 조선의 천주교에서 오래전부터 쓰던 "천주(天主)"라는 말을 쓰기로 하였다. 기타 고유명사는 "그리스도"는 "크리슈도스"로 하는 등 원전인 헬라어를 따르기로 했다. 그러나 한자에 익숙한 조선의 지식인들을 위해 주요 단어를 한자로 써주고 한글로 토를 달았다. 이들은 이 번역서의 이름을『신약마가젼 복음셔 언ㅎ(諺解)』라 붙였고 1885년 2월 요코하마에서 1,000부가 출간되었다. 이 마가복음서 언해는 같은 해 4월 5일 부활주일에 조선 선교를 위해 제물포항으로 입국한 미 북장로교회 선교사 언더우드(Horace Grant Underwood) 목사와 미감리교회 선교사인 아펜젤러(Henry Gerhart Appenzeller) 목사가 이수정이 번역한『신약전 마가복음서 언해』를 지참하고 있었다. 선교사가 선교지로 떠나기 전에 그 나라 사람에 의해 일부나마 이미 번역된 성서를 가지고 들어간 경우는 세계 선교 사상 초유의 일인 듯하다.

　조선에서 본격적인 선교 활동을 벌이기 시작한 초기 선교사들은 지금까지 번역한 성서들이 오류가 많고 한문의 고투와 지방 사투리가 있어 단순 수정이 아니라 전면적인 새 번역의 필요성을 느꼈다. 이에 그들은 1887년 4월 11일 성서위원회와 성서번역위원회(Committee for Translating the Bible into the Korean Language)를 조직하였다. 위원은 언더우드, 아펜젤러, 스크랜턴, 헤론, 레놀즈, 게일이었으며 한국인으로는 최병헌, 조한구, 정동맹, 이창식이었다. 이들은 수년간의 시험역, 임시역 등의 복잡한 절차를 거쳐 수정 · 보완판을 공동번역으로 하여 『신약성경』 전체를 1904년이 되어서야 출간할 수 있었다. 성서번역위원회는 1900년부터 구약번역을 시작하여 우여곡절 끝에 1911년이 되어서야 신구약을 모두 번역하여 『신구약성서』를 출간하기에 이르렀다(김병철, 58~66쪽). 이 성경은 빠른 속도로 일반 대중들에게 공급되어 1911년에 성경판매 부수가 26만 부를 넘어섰다고 한다. 한글 성경이 보급됨에 따라 한국 언어, 문학, 사상 등에 큰 영향을 끼치기 시작했는데, 조신권은 성경번역이 조선 문화의 근대화에 기여한 바를 다음과 같이 적었다.

　　그러다가 성서가 譯語로서 평이한 言文一致의 한글을 채용함으로써 문자생활과 언어생활에 일대 혁신이 일어났고, 동시에 문법과 어문 체계를 갖춘 국어로 발전시켜 주었던 것이다. 성경 국역에 자극을 받고서 개화기 이후에 등장한 소위 신소설과 몇몇 신문들이 한글 문체를 채용한 것은 言文一致運動의 일환이 되었다. 뿐만 아니라 성서의 국역은 우리 언어의 비유성과 풍자성을 더욱 풍부하게 해주었고, 우리나라의 諺解體 散文文章을 좀 더 근대적인 산문체 스타일의 문장으로 발전시켜 주었다. 이와같이 우리말의 思想性 및 文學性을 더해주었다는 점에서 성서번역이 갖는 문학사적 의의는 자못 크다 할 수 있지만 이에 못지않게 중요한 것은 한글의 대중화를 통해 한국 근대화의 터전을 마련해주었다는 것이다.(『한국문학과 기독교』, 69쪽)

문서 번역

개화기 초기 개신교 선교사들은 성경 번역이나 찬송가 번역 외에 문서번역에도 관심을 가지고서 1890년 언더우드, 헤론, 올리거 등이 중심이 되어 좀 더 효과적인 문서선교사역을 위해 장로교, 감리교의 연합문서 사업가 조직으로 조선성교서회(The Korean Religious Tract Society)를 설립하였다. 이곳에서 한 일은 주로 기독교서적 역출과 신문, 잡지를 창간하여 선교활동을 체계적으로 수행하는 것이었다. 이 기관의 첫 번째 사업은 기독교 교리의 핵심을 설명한 책으로 1890년『성교촬리(聖教撮理)』(Core Doctrines of Christianity, G. 존 지음)를 언더우드가 한글로 번역 출간하였다. 1892년에는 A. D. 사이츠(Sites)가 지은『셩경도셜(聖經圖說)』(Bible Picture Book)이 L. 로드와일러(Rothweiler)에 의해 번역 출간되었다. 숭실대학교 한국 기독교박물관의 도록에 의하면 이 책은 "구약의 유명한 사건 80가지를 삽도로 구성하고 그림에 대한 역사와 정황을 설명하였다. 에덴, 노아의 방주, 아브라함의 행적, 모세의 기적 등 구약의 지도적 인물의 행적을 중심으로 삽화와 설명"으로 편집한 책이다(258쪽).

1898년에는 기독교의 기본 교리를 해석한 것으로, 개화기에 가장 널리 읽혔다는 A.D. 밀른(Milne)이 지었고 마포삼열(馬布三悅, S.A. Moffett) 목사가 번역한『장원량우상론(張袁兩友相論)』(The Catechism between Two Friends)이 출간되었다. 이 책은 전통종교들인 유고, 불교, 도교, 점술은 잘못된 것이며 오직 기독교가 참 진리라는 내용을 장씨와 윤씨 성을 가진 두 친구가 대담 형식으로 진행한 것으로 회개, 중생, 부활, 천당과 지옥, 심판, 기도 등에 관한 내용이 담겨 있다.

기독교의 선교 활동에서 신문과 잡지의 발간은 중요한 역할을 했으며 한 국어문의 근대화에도 큰 영향을 끼쳤다. 우선 1892년 1월부터 1898년 12월까지 선교사들에 의해 간행된 한국 최초의 영문 잡지인『한국 보고(寶庫)』(The Korean Repository)를 살펴보자. 이 잡지는 배재학당 기관인 삼문출판사에서 월간으로 간행되었고 창간한 사람은 이 출판사 사장이었던 감리교 선교사 F. 올링거(Olinger, 1845~1919) 부부였다. 그 후 편집인이 여러 번 바뀌면서 계속 간행된 이 월간지는 당시의 정치, 외교문제, 사회와 문화, 선교사업과 선교정책 문제들을 다양하게 다루었다. 정치 문제로는 갑신정변, 동학농민운동, 청일전쟁, 갑오개혁, 을미사변 등에 관한 사설이나 논평이 있는데, 일례로 민비가 시해된 1895년 을미사변에 관해서는 왕비 암살, 사건조사, 장례식까지 9건이나 된다(유영렬 외,『19세기말 서양선교사와 한국사회』, 86쪽). 문화부문에서도 조선의 관혼상제, 세시풍속, 풍수지리, 무(巫), 놀이문화 등에 관한 기사도 많다.

성서번역 사업에 관한 한 기사를 살펴보자. 이 기사는「조선에서의 성경 번역(Bible Translation in Korea)」으로 성경을 우리말로 번역하는 과정을 설명하고 있다.

어떤 원고가 위원회에서 결정되거나 위원회의 최종본이 조심스럽게 준비되면 그 원고는 이사회의 "시험역본"(Tentative Edition)으로 출판을 위한 상임 성경실행위원회에 넘겨진다. 시험역본 준비에는 3단계가 있다.

(a) 동료역자들의 도움 없이 만들어진 개인 역본
(b) 다른 여러 역자들의 서면 비평과 제안에 토대를 두고 작성된 임시 역본

(c) 임시역본에서 논쟁이 된 번역 부분들에 대한 사후모임에서 다수결 투표에 의해 결정한 위원회역본 위원회의 계획이 시험역본에 도달하는 최선의 방법으로 여겨지면 마지막 역본이 시험역본으로 출간된다.(유영렬 外, 『19세기 말 서양선교사와 한국사회 - The Korean Repository를 중심으로』, 278~279쪽)

이와 같은 기사를 볼 때 초기 성서번역의 오류들을 수정하기 위해 매우 체계적인 방법을 사용했음을 알 수 있다.

이 밖에도 여러 종류가 함께 사용되었던 「조선에서의 주기도문(The Lord's Prayer in Korea)」의 통일문제에 관한 기사가 1897년 2월호에 실렸고 「조선 찬송가에 대한 고찰(Korean Hymns-Some Observations)」 기사는 외국 찬송가를 번역할 때 발생하는 실제적인 어려움들에 관해 논의하고 있다. 1898년 12월 정부 탄압으로 독립협회가 해산되고 『한국 보고』도 1898년 12호로 재정상의 이유 등으로 종간되었으나 당시 국내의 선교사들뿐 아니라 외국인들에게 큰 도움을 주었고 외국에 조선의 실정을 알리는 데도 큰 역할을 하였다.

조선 개화기 초기에 개신교 선교사들이 성경번역 사업과 동시에 시작한 작업이 문서선교이다. 초기 선교사들은 성경국역과 문서선교자료 번역 편찬 등을 위한 그 필수적인 예비 작업으로 한국어를 연구하였다. 이러한 한국어 연구는 한글 발달에 커다란 촉진제가 되었음은 말할 것도 없다. 개화기 선교사들이 성경번역을 통해 한국어 근대화에 이바지한 것에 대한 많은 국어학자의 언어학적 연구들을 여기에서 일일이 소개할 수는 없다.

그러나 분명한 것은 성경 번역을 통해 "한글"에 대한 가치를 알게 되고 자긍심을 가지게 된 것은 선교사들의 엄청난 기여임은 틀림없다. 세종대왕이 1446년 11월 한글창제 관청인 언문청(諺文廳)을 설치하고 최만리와 같은 한

문숭배 유학자들의 극렬한 반대에도 불구하고 훈민정음을 창제한 대의명분은 두 가지라 한다(이덕일). 이 대의명분을 살피는 이유는 개화 초기의 순 한글로 성경을 번역한 대의명분과 일맥상통하기 때문이다. 첫째, 한문을 읽고 쓸 줄 아는 양반계급의 일부 식자층만이 아니라 일반 백성들까지도 쉬운 언문(한글)으로 「용비어천가」 같은 시를 지어 조선 건국의 정당성을 알게 하기 위한 것이었다. 개화기 성경번역자들 역시 만고불변의 진리인 하나님의 말씀을 한자를 못 읽는 일반 하층 백성들이 하나님의 섭리를 이해하게 하기 위해서였다. 둘째, 세종은 옥사(獄辭, 법률용어)를 언문으로 기록해서 "지극히 어리석은 사람이라도 모두 쉽게 알아들어 억울함을 품은 자가 없게 할 것"이라고 말한 것으로 전해진다. 어려운 한자로 된 법률송사의 기록들을 한글로 기록해서 백성들의 위해를 줄이기 위해서였다. 개화기 성경번역자들의 목적도 조선의 일반 백성들이 성령으로 쓰인 하나님의 말씀을 빨리 쉽게 접근하여 이해하도록 하는 것이었다. 찬송가나 다른 교리문답서 등도 모두 한글로 번역하거나 출판한 것도 같은 맥락에서였다.

초기 성경 번역에 참여했던 선교사들은 한글 자체에 관한 연구나 가치 탐구를 했다기보다는 복음을 쉽게 전파하고 이해시킬 수 있게 하려고 한글을 도구로 사용하였다. 그러나 선교사들의 한글 번역작업은 의외의 열매를 맺어 한글의 과학성, 한글의 탁월성, 한글의 아름다움을 동시에 깨닫게 해주었다. "기독교의 급속한 발전은 곧 한글 발전에 대한 공헌이 그만큼 큼을 의미한다"고 주장하는 김윤경의 말을 들어보자.

> 그들은 전도하기 위하여 성경을 한글로 번역하며 愚民 男女 老幼에게도 그 성경을 읽히기 위하여 한글을 가르치며 이미 소개함 같이 학교를 처처에 설립하고… 자녀를 모아 교육하되 종래의 유교교육과 같이 순한문으로 하지 아니하고 순한글로 하였습니다. 종래에는 儒敎에 중독되어 한문이 아니면 문자가

아니라고 생각하여, 한문을 모르면 크게 부끄럽게 생각하지마는 한글을 모름은 태연할 뿐 아니라 도리어 모르는 것을 자긍할 만큼 한글을 경시하였던 것입니다. 그러나 보배가 언제까지 묻히어 있을 것이 아니기 때문에 마침내 기독교가 그 그릇된 생각을 깨뜨리고 한글의 가치를 천명하여 광채를 세계적으로 발휘하게 함에 큰 공적을 끼친 것입니다. 교도들은 한글 모르는 이가 거의 없다 할 만큼 되었다는 사실만으로 한글 발전에 대한 그 공헌이 얼마나 큰가 헤아릴 만한 것입니다.(『한국문자의 어학사』, 51~52쪽)

오늘날 한글은 사용 면에서 세계 15위이고 언어경쟁력 면에서 9위라고 한다. 발성 기관의 모양을 보고 만든 문자라서 컴퓨터에서도 세계 언어 중 가장 높은 음성 인식률을 가지고 있어서 유비쿼터스 정보화 시대에 가장 진가를 발휘할 수 있다는 것이다. 한글은 이제 디자인 분야뿐 아니라 미술의 소재로 사용되고 있다. 중국 선교사 부부의 딸로 일찍이 중국을 소재로 한 소설『대지』를 써서 1938년 노벨문학상을 받은 미국인 펄 벅(Pearl S. Buck) 여사도 한국에 관한 소설인『살아 있는 갈대(*The Living Reed*)』서문에서 한글을 "세계에서 가장 단순하고 가장 탁월한 글자"라고 극찬하였고 오늘날 세계 언어학자들은 "한글 자모는 꿈의 알파벳"이라고 칭송한다. 아마도 이런 이유들로 인하여 유네스코가 1997년 10월 한글을 세계문화유산으로 지정하지 않았겠는가? 이렇게 한글의 우수성이 전 세계적으로 알려지기 시작한 것에도 개화기 선교사들의 역할이 컸다.

나가며 : 개화기 기독교 번역 활동의 종합평가를 위하여

성경, 찬송가 그리고 각종 기독교 문서들의 번역, 사전 편찬과 한글 문법서 발간 그리고 신문 잡지 창간은 모두 개화기 기독교의 한글 운동이었다.

이 운동은 한자 중심의 어문생활에서 벗어나 한글 중심으로의 혁명적인 변화를 가져온 가장 전형적인 근대화 과정이다. 19세기 말과 20세기 초 한반도에서 서구 열강들과 중국, 일본과의 각축전 속에서 우리 민족이 문화적 주체의식을 가지게 되고 국민 대중이 주인이라는 민주주의 사상을 품게 된 것은 근대화 과정의 가장 핵심적인 전제조건이며 토대이다. 서구에서도 근대의 시작은 모국어 운동과 문맹타파, 민족국가의 수립 그리고 민권 사상이었다.

이런 맥락에서 개화기 개신교의 성경과 찬송가의 번역과 보급, 기독교의 급격한 신장, 그리고 교인들의 성경 읽기 확산을 통한 일반 국민의 문맹 퇴치가 시작되고 국민의식이 고양되었으며 한자를 중심으로 하여 지식과 정보를 독점한 지배계급이 붕괴하고 새로운 시민계급이 대두되기 시작했다. 나아가 서구의 각종 새로운 사상, 지식, 기술이 유입되어 근대적 국민의식인 주체적 한민족 이데올로기가 생겨나고 새로운 민주국가의 틀을 만들어 나가는데 커다란 원동력이 되었음이 분명하다. 『성경』 번역을 통한 사유방식과 언어생활의 혁신 그리고 『성경』이 교육·정치·경제·사회에 끼친 새로운 사상들은 개화기 조선인들에게 새로운 문화충격이었다. 따라서 개화기 기독교의 한글 운동은 조선이 모든 영역에서 근대이전의 질서에서 근대적 질서로 편입되는 중심적 역할을 했다.

그렇다면 영문학, 번역학, 비교학에 관심을 가진 우리에게 남은 과제는 무엇인가? 이 분야에 가장 탁월한 업적을 남긴 김병철은 개화기의 성서 번역사를 마무리하는 장에서 성서번역 문제가 "개화기 이후의 우리나라 사상과 언어 면에서 흥미 있는 문제를 제시하고 있다"라고 전제하고 앞으로 국문학, 국어학 그리고 번역(문학)을 전공하는 후학들에게 커다란 과업을 남겨주었다.

그러나 이 연구영역은 40여 년이 지난 지금도 본격적으로 이루어지지 못하고 있는 듯하다. 연구 작업량이 방대하고 방법이 정치해야 하기 때문일 것이다. 언어와 문학의 보물창고인 성경의 번역이 한글의 문법 규칙, 언어생활, 문학적 비유, 문학적 소재와 구조를 밝혀내고 나아가 성경에 들어 있는 다양한 사상이 우리의 사유방식에 어떻게 관계되고 있는지를 파악하는 것은 지난한 일임이 틀림없다. 이 작업은 한국어는 물론 중국어, 일본어, 영어, 히브리어, 희랍어도 정통한 국어국문학자, 외국문학자, 비교문학자, 그리고 성서학자들이 장기간에 걸쳐 비교언어, 비교문학, 비교문화적 관점에서 협업으로 이루어져야 하는 대과제다.

이 글은 필자 자신의 지난 30여 년의 학문을 반성하는 과정에서 생겨났고 필자에게 하나의 새로운 화두를 제공하는 지극히 시론(試論)적 글이다. 따라서 필자에게 앞으로 많은 과업이 남겨져 있으며, 개화기 창가와 신체시에 커다란 영향을 준 찬송가 번역을 주제로 하는 논의도 필요하다. 한국어문 근대화 과정을 추적하고 설명하기 위한 좀 더 구체적인 비교 설명과 본질적이고 체계적인 영향분석이 필요하고 성경 번역과 관련하여 전통문학, 신문학, 근대문학과의 관계 규명도 해야 한다. 성경번역 과정에서 반드시 참고해야 할 중국어 성경과 일본어 성경과의 비교 대조 작업은 물론 개신교 (1884)보다 100년이나 앞서 들어온 천주교의 문서번역 사업의 연구도 병행되어야 할 것이다. 개화기의 한글 보급 운동에서 지나치게 개신교 중심으로만 이루어진 경향에 저항해야 하고 개신교 번역과 천주교 번역의 대조 비교 작업도 앞으로 중요한 과업으로 남겨두고자 한다.

3. 루쉰과 번역

― 문화혁신 운동으로서의 번역 행위

번역은―원본의 내용을 중국의 독자에게 소개하는 것 외에도―중요한 역할을 담당하기도 합니다. 즉 우리가 중국의 새로운 현대 언어를 창조해 내도록 도와줍니다. 중국의 언어(문자)는 너무나 빈약하여 일용품의 명칭조차 없는 경우가 있습니다. 중국의 언어는 그야말로 '몸짓 언어'의 수준을 완전히 벗어나지 못한 상태입니다.… 물론 세세한 구별이나 복잡한 관계를 나타내는 형용사, 동사, 전치사 등은 거의 없습니다. 가부장적인 봉건중세의 여독(餘毒)은 여전히 중국인의 살아 있는 언어를 꽁꽁 얽어매고 있습니다.(노동대중뿐만 아니라!) 이러한 상황 아래에서 새로운 언어를 창조해 내는 것은 대단히 중대한 임무입니다. 유럽의 선진국은 이삼백 년 내지 사오백 년 전에 이미 보편적으로 이러한 임무를 완수했습니다.… 번역은 확실히 우리가 새로운 자구, 새로운 구법, 풍부한 어휘, 그리고 상세하고도 정밀하며 정확한 표현을 만들어 내는 데 도움을 줄 수 있습니다. 그러므로 우리가 현대 중국의 새로운 언어를 창조해 내는 투쟁을 진행하고 있는 이상, 번역에 대해 절대적 정확함과 절대적 중국 백화문을 요구하지 않을 수 없습니다. 이것은 새로운 문화의 언어를 대중에게 소개하는 일입니다.

― 루쉰, 「번역에 관한 통신」(1932), 『루쉰 전집』 6권, 2014, 244~45쪽

(이하 권수와 쪽수만 표기함)

들어가며 : 루쉰의 번역 대장정(大長程) 살펴보기

루쉰(1881~1936)은 한국의 춘원 이광수(1892~1950?)와 자주 비견되는 중국 현대문학의 수립자이다. 우선 그는 『아Q 정전』과 같은 소설작품으로 중국 근대 소설의 새로운 경지를 개척했으며 비판적, 풍자적 짧은 글쓰기인 촌철살인의 수많은 잡문(雜文)으로 중국 근대 산문 중 수필, 에세이 장르를 확립했다. 루쉰의 잡문은 소품문(小品文), 잡감(雜感) 등으로 불리기도 했다. 그는 원래 20세기 초 일본으로 유학하여 의학을 전공으로 공부하였으나 어느 날 러일전쟁에 관한 활동사진에서 건장한 중국인 청년이 일본군에 간첩 혐의로 체포되어 여러 사람 앞에서 아무런 항변도 못하고 심지어 동족에게서도 도움도 받지 못하고 무기력하게 공개처형을 당하는 모습을 보았다. 루쉰은 이 모욕적인 장면을 보고 큰 충격을 받는다. 지식도, 전략도, 힘도 없는 무기력한 20세기 초 중국 동포에 대한 분노와 연민으로 고뇌에 빠진다.

결국 그는 신체의 병을 고치는 의학을 포기하고 마음과 정신을 치유하고 고양시키는 문학으로 전공을 바꾼다. 루쉰은 오래된 유가의 봉건사상으로 뼛속 깊이 병든 청대 말과 중화민국 초기의 방향을 잃은 중국인들을 계몽시키고 근대적 개혁 사상을 고취시키는 데는 다른 어떤 분야보다 문학이 가장 적절한 도구라고 결론 내렸다. 루쉰에게 소설 쓰기와 잡문 쓰기는 잠든 중국인들에게 개혁적이고 비판적인 근대의식을 불어넣기 위한 일종의 계몽주의 기획의 하나였다고도 볼 수 있다.

20세기 초 중국에서 문학 활동을 시작한 루쉰에 대해 우리가 흔히 간과하는 점이 있다. 그것은 바로 그의 번역작업이다. 실로 루쉰의 번역작업은 양과 질에 있어서 우리의 상상을 초월한다. 이미 출간된 루쉰의 번역작업만 모두 합쳐도 전집 10권 분량이며 그가 쓴 역자 서문, 해설, 후기만 해도 수백 쪽의 책 2권 분량을 훨씬 상회한다. 루쉰은 일본어에 능숙했고 독일어는 사전을 가지고 읽을 수 있었다. 그러나 영어를 유려하게 번역할 만한 어학 실력은 갖추지 못했다. 그럼에도 전 세계 각국의 문학작품들과 논문들을 엄청나게 번역 소개했다. 물론 당시에 이미 번역 왕국이었던 일본의 번역을 저본으로 한 중역(重譯)이 많았다. 루쉰은 또한 번역 전문잡지『역문(譯文)』, 『분류(奔流)』 등을 창간하여 열심히 외국 문학작품과 사상을 중국 대중에게 번역 소개하였다.

그렇다면 루쉰은 왜 번역 활동을 중요시하고 그 자신이 그렇게 매진했을까? 앞서 언급했듯이 그의 활발한 번역 행위는 낙후된 중국 문화의 근대화와 사회 개혁에 도움을 주고자 하는 일종의 문화 운동 성격이 짙다. 그는 서구에서 정평이 나 있는 보편성을 가진 대작가의 대작 번역은 거의 하지 않았다. 더욱이 그는 외국의 대작가 번역을 통해 돈을 벌거나 자기 자신의 이름을 올리는 것이 결코 목적이 아니라고 언명한 바 있다. 덜 알려졌지만 20세기 초 당대 중국 인민의 계몽과 근대화에 도움이 될 만한 문학자들과 이론가들을 지속적으로 번역했다.

필자는 중국문학 전공자도 아니고 중국의 번역 역사도 잘 알지 못하는 비전문가이지만 2014년 한국에 처음 번역 소개된『루쉰 전집』(전 20권)에 의거하여 그의 번역에 관한 생각과 실제 번역 활동을 어느 정도 섭렵할 수 있었다. 본격적인 루쉰의 번역론을 논의하기 위해서는 중국어를 알고 원어와 대조, 비교하여 루쉰 번역을 구체적으로 자세히 분석해야겠지만 중국어를 모르는 필자로서는 큰 장애이다. 그런데도 필자는 영문학 전공자로 번역에 관심을 가진 사람으로서 용기를 내어 루쉰의 번역에 관한 대강(大綱)의 생각들을 정리해 보기로 한다. 필자의 이 무모한 시도에 대해 강호제현의 격려를 바라고 혹시 심하게 잘못된 부분이 있다면 호되게 꾸짖어 주시고 약간의 실수나 오류는 눈감아 주기를 바랄 뿐이다.

　루쉰은 상하이에서 죽기 1년 전인 1935년 7월 월간『문학』에 발표한 글 「'제목을 짓지 못하고' 초고(1~3)」에서 번역의 어려움과 번역가의 고통을 다음과 같이 토로하였다.

　　극히 평범한 예상도 종종 실험에 의해 무너진다. 나는 적어도 구상은 필요가 없기 때문에 줄곧 번역이 창작에 비해 쉽다고 생각했다. 하지만 정말로 번역을 하게 되자 난관을 만났는데, 예를 들어 명사나 동사 하나가 잘 생각나지 않더라도 창작 때는 회피할 수 있지만, 번역의 경우는 그렇게 되지 않으므로 생각하고 또 생각해야만 하니 머리도 어지럽고 눈도 침침해진다. 그것은 마치 머릿속에 서둘러 열지 않으면 안 되는 열쇠를 더듬어 찾았으나 없는 것과 같다. 엔유링이 "하나의 역어를 결정하는 데 열흘도 한 달도 고심했다."라고 했는데, 그의 경험에서 나온 말로서 적확하다.(『루쉰 전집』 8권 461쪽)

　루쉰은 엄청난 양의 번역작업을 하였으면서도 아직도 번역이 창작보다 어려울 수 있다고 겸손하게 언명한다. 그렇다면 루쉰의 구체적 번역 전략은 어떤 것인가? 다음에서 주제별로 논의해보기로 하자. 이 논의에서 필자는 나 자신의 주장이나 해석보다 루쉰 자신의 말을 가능한 한 많이 "직접 인용"을 할 것이다. 독자들이 필자의 말보다 루쉰의 말을 더 듣기 원하기 때문이다. 번역 각론에 들어가기 전에 루쉰의 번역 일반론 즉 번역의 목적에 대해 우선 알아보자.

번역은 "새로운 문화의 언어"를 대중에게 소개하는 것이다

　루쉰에게 번역은 무슨 의미인가? 우선 번역의 목적이라는 원론적인 문제들을 논의해 보자. 루쉰이 중화민국 초기인 20세기 초부터 매달렸던 번역작업은 무엇보다 먼저 낡은 중국에 "새로운 문화의 언어를 대중에게 소개하는 일"이었다.

루쉰은 번역에 거대한 책무를 지우고 있다. 당시 중국 사회에 새로운 관계, 현상, 사물, 관념의 창조를 위해 번역을 통해 "새로운 자구, 새로운 구법을 창조"해야 한다는 것이다.

1920년에 루쉰은 일본 희곡작가 무샤노코지 사네야쓰가 쓴 4막짜리 반전 희곡『한 청년의 꿈』을 번역 소개하였다. 루쉰이 이 희곡을 번역한 목적은 당시 호전적인 일본이 벌이는 전쟁에 반대하기 위해서였다. 그는 「역자서 2」에서 일본이 1910년 조선을 합병한 것을 거론하면서 다음과 같이 적고 있다.

> 전 편의 주제는 자서에서 이미 기술한 것처럼 전쟁에 반대하는 데 있고, 역자가 덧붙일 필요는 없다. 하지만 나는 일부의 독자가 일본은 호전적인 국가이고, 그 국민이야말로 본서를 숙독해야 한다, 중국에서 왜 이런 것이 필요한가라고 생각하지 않을까 염려된다. 내 개인적인 생각으로는 완전히 반대다. … 예를 들어, 지금 일본이 조선을 병합한 것[1]에 대해 논하고 있는데, 자주 "조선은 본래 우리의 속국이다"라는 말이 나온다. 이와 같은 말은 듣는 것만으로도 사람들에게 충분히 공포를 느끼게 한다.
> 그래서 나는 이 희곡이 많은 중국 구(舊)사상의 고질병을 치료할 수 있고, 그런 의미에서 중국어로 번역하는 의미가 크다고 생각한다.(12권, 313~314쪽)

놀랍게도 루쉰은 1910년 8월 29일 호전적인 제국 일본이 조선을 강제 합병한 사실을 언급하면서 이를 개탄하며 중국인들을 각성시키기 위해 바로 일본인이 쓴 희곡을 번역하였다고 적고 있다.

---

1 (원 역자주)1910년 8월 일본정부가 강제로 조선정부에게 병합조약을 체결케 하고 조선을 일본의 식민지로 전락시킨 일을 가리킨다.

루쉰은 사상과 문예에 관한 번역을 주로 했지만, 그 밖에 다양한 영역의 외국책들을 번역했다. 특이하게도 미술이나 미학의 번역도 적지 않게 수행했다. 그는 1928년 일본인 쓰루미 유스케의 수필집 『사상, 산수, 인물』을 번역 출간했다. 그는 그 서언에서 다음과 같이 말하였다.

> 여기서 몇 마디 성명을 덧붙여야겠다. 나의 번역과 소개는 원래 일부의 독자에게 옛날 혹은 지금, 이러한 일 또는 이러한 사람, 사상, 언론이 있다는 것을 알려 주고 싶은 것뿐이지 모든 사람들에게 언행의 지침으로 삼게 하기 위한 것은 결코 아니다. 역시 세상에는 전적으로 만족할 수 있는 문장은 없다. 그래서 나는 단지 그중에 유용 혹은 유익한 것이 약간이라도 있다는 생각이 들면, 앞에서 기술한 부득이한 때에 번역에 착수하게 된다.(12권, 510쪽)

이렇게 루쉰은 20세기 초 중국의 독자에게 유용하거나 유익한 문헌들을 골라 번역하였다. 이뿐 아니라 루쉰은 다른 곳에서 무엇보다도 자신을 위해 번역한다고 언명한 바 있다. 새로운 번역작업을 통해 자신의 교양과 사상을 넓히고 자신부터 변화시켜야 한다고 생각하였다.

루쉰은 번역할 때 서양을 중국으로 귀화시킬 것인가 아니면 서양을 보존할 것인가의 문제를 심사숙고하였다. 그는 번역이란 "새로운 작업"은 "서양의 종놈 노릇"이라고 규정하였다.

> 붓을 들기 전에 먼저 한가지 문제, 즉 힘껏 번역문을 귀화시킬 것인가 아니면 서양의 냄새를 애써 보존할 것인가를 해결해야 한다.… 이해하기 쉬운 것만을 추구하면 차라리 창작이나 개작을 하는 편이 낫다. 사건은 중국의 사건으로 고치고 인물도 중국인으로 바꾸면 된다. 그렇지만 번역이라면 첫 번째 목적은 외국의 작품을 널리 읽고 정감을 변화시키며 또 지식을 쌓게하여 적어도 어느 때 어느 곳에 그런 일이 있는지를 알아서 외국을 여행하는 것과 아주 비슷하게 하는 것이다. 여기에는 반드시 이국적 정서가 있을 것이니 이른바 서양

풍이다. 사실 세상에는 완전히 귀화된 번역문은 있을 수 없다. 만약 있다면 겉은 비슷하지만 속은 달라서 엄밀히 따진다면 번역이라고 할 수 없다.… 그것은 원래 서양 것이니 누구라도 낯선 것은 당연하다. 좀 보기 쉽게 하기 위해서는 의상을 갈아입히는 수밖에 없지만, 코를 깎아 낮추거나 그의 눈을 도려내서는 안 된다. 나는 코를 낮추고 눈을 도려내자고 주장하는 것이 아니다. 그래서 어떤 곳은 차라리 읽기 어렵게 번역한다.(「제목을 짓지 못하고. 초고(1~3)」 8권 464~465쪽)

루쉰은 번역을 통해 서양 것을 완전히 중국화하기보다 서양의 "낯설음"을 살리고자 일부는 "읽기 어렵게 번역"한다고까지 말한다. 이것은 이 낯설음을 통해 너무나 익숙한 중국적인 것들을 반성하고 다시 새로 인식할 수 있게 함일 것이다. 다음에서 구체적인 번역방법론을 논의하자.

경역(硬譯), 즉 직역이 번역의 대도(大道)이다

루쉰 번역론 출발은 직역주의다. 직역은 중국어로 경역으로 "축자식의 딱딱한 직역"을 의미한다. 루쉰은 단호하게 자신이 경역주의자임을 공언한다.

나로서는 그래도 이렇게 경역하는 것 외는 팔짱을 끼고 가만히 있을 수밖에 없으며, 나의 유일한 바람은 그저 독자가 억지로라도 꼿꼿이 읽어주는 것뿐이다.(6권, 「'경역'과 '문학의 계급성'」, 30~31쪽)

루쉰은 당나라 때 불경번역이나 원나라 때 조칙(詔勅) 번역의 사례를 들면서 "문법과 구문, 어휘의 쓰임"이 약간 어색하더라도 계속 사용하다 보면 이해할 수 있게 된다고 주장한다. 이제 서양 글을 번역할 때도 마찬가지로 문장을 쪼개서 의역하는 것보다 직역(경역)이 정도(正道)라고 주장한다.

다른 글 「번역에 관한 통신」에서 직역을 루쉰은 다시 한번 강조하였다.

　　번역은 원문의 본의를 완전히 정확하게 중국 독자에게 소개하여 중국의 독
자가 받아들인 개념이 영국이나 러시아, 일본, 독일, 프랑스…의 독자가 원문
에서 받아들인 개념과 똑같도록 하지 않으면 안 되며, 이러한 직역은 중국인이
구두로 이야기할 수 있는 백화(白話)로 써지지 않으면 안 됩니다. 원작의 정신
을 보존하기 위해 '다소 순통하지 않음'을 용인할 필요는 있습니다.(6권, 250쪽)

　같은 글에서 루쉰은 문예 번역의 경우에도 직역이 불가피함을 다시 역설
하였다.

　　문예 번역의 경우, 저는 역시 직역을 주장합니다. 제 자신의 번역 방법은, 예
컨대 '산 너머로 해가 진다'山 後太陽落不去라는 것은 비록 순통하지는 않을
지라도 결코 '해가 산 너머로 진다'日落山로 고치지 않습니다. 원래 의미는 산
을 위주로 하고 있는데, 고치면 해 위주로 바뀌어 버리니까요. 창작이더라도
작가는 이러한 구별을 해야 한다고 저는 생각합니다. 가능한 한 많이 수입하는
한편, 최대한 소화하고 흡수하여 사용할 만한 것은 전하고 남은 찌꺼기는 과
거 속에 남겨둔 채 내려벼 두어야지요. 그러므로 현재 '다소 순통하지 않음'을
용인한다는 것을 '방어'라 여겨서는 안 되며, 사실은 '공격'의 일종이기도 합니
다.… 따라서 저 역시 '순통하지 않음'을 용인하자고 주장하는 사람입니다.(앞
책, 260쪽)

　그러나 루쉰은 자신의 부족한 경역의 난해함과 부자연스러움을 수시로
독자들에게 사과하고 있다. 그렇다면 독자들이 이해하기 쉽게 대폭 의역을
하면 좋을 수도 있지만, 그는 경역 즉 직역을 절대 포기하지 않았다. 오히려
그는 의역(意譯)인 '순통(順通)한 번역'을 맹렬히 비난하였다. 다음에서 살펴
보자.

동서양의 번역사에서 직역과 의역의 논쟁은 가장 치열한 주제였다. 루쉰은 기회 있을 때마다 "충실치 않더라도 순통한 번역"의 문제점을 「몇 가지 '순통'한 번역」(1931)이란 글에서 아래와 같이 지적하였다.

> 그러나 위에서 든 몇 가지 예만으로도 우리는 이렇게 단정할 수 있다. 즉 '충실하되 순통치 못한' 번역은 기껏해야 읽어도 선뜻 이해가 가지 않을 뿐, 가만히 생각해보면 아마 이해할 수도 있다. 그렇지만 '충실치 않더라도 순통한' 번역은 독자를 미혹케 만들어, 아무리 생각해보아도 이해할 수가 없을테니, 만약 이미 이해한 듯한 느낌이 든다면, 그대는 바로 길을 잘못 든 것이다.(6권, 212쪽)

사실 위의 글은 루쉰이 순통번역(의역)을 주장하는 자오징선(1902~1985)의 글 「번역을 논함」(1931)을 반박하기 위해서 쓴 글이다. 의역주의자 자오징선의 글을 보자.

> 번역서는 독자의 입장을 고려하지 않으면 안 된다. 바꾸어 말해, 우선 독자 측에 중점을 두어야 한다. 번역이 옳은가 그른가는 둘째 문제이고, 가장 중요한 점은 번역이 순통한가의 여부이다. 만약 번역이 한 군데도 틀린 데가 없지만, 문장이 삐꿋거리고 더듬대고 어물어물 늘어져 읽는 이의 호흡을 끊어 버린다면, 그 해로움은 오역보다 심함에 틀림없다.… 그러므로 옌푸가 제기한 '충실함'(信), '의미 전달'(達), '우아함'(雅)으로 해야 한다고 나는 생각한다.(6권, 212~213쪽에서 재인용)

자오징선은 이 글에서 번역의 정확성이나 충실함보다는 독자 중심의 "의미 전달"에 더 큰 비중을 두고 있다. 그러나 루쉰은 "의미 전달"보다 "정확성과 충실함"을 더 강조했다. 루쉰은 의역하여 외국어 본문을 부드럽고 쉽게 넘어가는 것을 절대로 허용하지 않았다. 그는 중국 독자들이 번역을 통해 편안하게 읽는 것을 원하지 않았다. 오히려 그는 독자들의 의식을 깨우기 위해 번역을 불편하고 낯설게 만들기를 원했다.

> 나의 번역은 본래 독자에게 '상쾌함'을 얻기 위함이 아니라, 흔히 불편함을 안겨주고, 심지어 답답함과 증오, 분노를 느끼게 하기 위함이다.… 나 자신을 위하여, 프롤레타리아 문학비평가를 자처하는 몇몇 사람들을 위하여, 그리고 일부 '상쾌'함을 꾀하지 않고 곤란을 두려워하지 않으면서, 조금이나마 이 이론을 알고 싶어 하는 독자를 위해서라고.(「'경역'과 '문학의 계급성'」, 33쪽, 47~48쪽)

중역(重譯)의 불가피성 또는 필요성

오늘날 모든 번역자는 원문이 아닌 다른 언어로 번역된 것을 또 번역하는 것을 절대 금기시하고 있다. 어찌 보면 당연하다. 그러나 루쉰은 중역 예찬까지는 아니더라도 필요성을 역설하였다. 이것은 20세기 초 중국에서 루쉰이 번역활동을 한 시대적 특수상황 때문이었을 것이다. 당시 중국에는 외국 번역이 왕성하지도 않았으므로 (외국의 새로운 문물을 도입하기 위해서는) 될 수 있는 대로 많은 번역이 이루어져야 했고 번역가 루쉰의 개인적 한계도 작용했을 것이다. 그는 일본 유학 경험으로 일본어는 능통했으나 서구어 중 독일어는 사전의 도움으로 책을 읽는 수준이었고 영어도 많이 부족했고 프랑스어나 러시아어는 읽을 수 없었다. 그래서 그는 자연스럽게 일본어 번역본과 독일어 번역본에 의존할 수밖에 없었다.

루쉰은 당시 중국 번역계에 나타난 "중역에 대한 불만"에 대해 「'경역'과 '문학의 계급성'」(1930)이란 글에서 다음과 같이 옹호하고 나섰다.

중국에서는 일찍이 다윈과 니체를 떠들어 대다가, 유럽대전이 일어나자 그들을 한바탕 크게 나무랐지만, 다윈의 저작에 대한 역서는 지금까지 고작 한 종류뿐이고, 니체는 고작 반 권뿐이니, 영어와 독일어를 배운 학자나 문호는 되돌아볼 겨를이 없었는지 아니면 되돌아볼 가치가 없었는지 한쪽으로 밀쳐두었다. 그러므로 당분간은 남의 비웃음과 질책을 받더라도 일본어에서 중역하거나, 원문을 구해 일본어 역본과 대조하여 직역하는 수 밖에 없을 듯 하다. 나는 이렇게 할 작정이며, 더 많은 사람들이 이렇게 하여 속속들이 고상한 담론 중의 공허를 메워주기를 바라나니… (6권, 51쪽)

루쉰은 러시아 플레하노프『예술론』의 번역본을 내면서 그「서문」(1930)에서 이미 간행된 번역본을 참고할 수 있는 것에 대해 감사를 표하였다.

이 책이 저본으로 삼은 책은 일본의 소토무라 시로의 번역본이다. 이미 린바이슈씨의 번역이 있으니 새삼스럽게 번역할 필요는 없었지만, 총서의 목록이 일찌감치 결정되어 있었기에 하는 수 없이 헛수고에 가까운 품을 팔 수 밖에 없었다. 번역할 때에도 린씨가 번역한 책을 자주 참고하여, 일본어 번역보다 더 나은 명사들을 채택했다. 때로 구문도 아마 영향을 받았을 터인 데다, 앞선 번역을 거울삼아 자주 오역을 피할 수 있었으니, 크게 감사드려야 마땅하리라.(6권, 112쪽)

루쉰은 당시 마르크스와 사회주의 문예이론 소개를 열심히 하였으나 러시아어를 못했으므로 그는 어쩔 수 없이 당시부터 번역의 왕국이었던 일본 번역서를 번역의 저본으로 많이 사용했다.

루쉰은 1934년에 발표한「중역을 논함」에서 본격적인 중역옹호론을 펼친다.

가장 좋기로는 한 나라의 언어를 잘 이해하는 사람이 그 나라의 문학을 번역하는 것이다. 이러한 주장은 조금도 틀린 말이 아니다. 그러나 만일 그러하다면, 중국에는 위로는 그리스 · 로마에서부터 아래로는 현대문학의 명작에 이르기까지 그에 대한 번역본이 존재하기 어렵게 된다. 중국인들이 이해하고 있는 외국어는 아마 영어가 가장 많을 것이고 일본어가 그 다음일 것이다. 만일 중역을 하지 않으면 우리들은 그저 수많은 영미문학작품과 일본 문학작품만을 볼 수 있을 것이다. 입센과 이바녜스는 물론이고 유행하고 있는 안데르센의 동화나 세르반테스의 『돈키호테』조차 볼 수 없게 될 것이다. 이는 우리의 시야를 얼마나 빈약하게 만드는 것인가. 물론, 덴마크와 노르웨이, 스페인의 언어에 능통한 사람이 중국에 없다는 말이 아니다. 그러나 그들은 지금까지 아무런 번역도 하지 않고 있다. 우리가 지금 가지고 있는 것은 모두 영역본을 중역한 것이다. 소련의 작품들조차 대부분은 영문에서 중역한 것이다.(7권, 670쪽)

루쉰은 계속해서 번역에 대한 엄격한 잣대를 잠시 유보하고 원역이냐 중역이냐의 문제보다 "번역의 질의 우수성"을 강조하였다. 그는 "원역문에 깊은 이해가 있으면서 시류를 좇는 사람의 중역본이 때로는, 성실하지만 원문을 잘 이해하지 못하는 원역자의 번역본보다 좋을 수도 있다"라고 까지 말하였다. 그러나 루쉰은 원본을 정확하게 이해하지 못하면서 시류를 좇아 "속성중역본"을 내는 경우는 정말 용서할 수 없다고 단언하였다.

루쉰은『문예와 비평』의「역자 부기」(1929)에서 자신이 번역한 러시아의 루나차르스키의 문예평론집『문예와 비평』번역은 "중역의 중역"이라고 당당히 밝히고 있다. 이 밖에 루쉰은 보드레르의 산문시를 번역하면서 프랑스어를 못 읽기 때문에 일본어 번역본과 독일어 번역본을 비교하고 참조하면서 중국어로 번역하기도 했다.

루쉰은 러시아의 아동문학가 판텔레예프의 유랑아 교육소설인『시계』를 중역하였다. 그는「역자의 말」(1935)에서 다음과 같이 적었다.

저본은 아인슈타인(Maria Einstein)여사의 독일어 번역본이다.…

번역할 때 나에게 가장 큰 도움을 준 것은 마키모토 구스오의 일역본『금시계』이다. 이 책은 재작년 12월 도쿄 라쿠로쇼인에서 출판됐다. 이 책에서 그가 저본으로 삼은 것이 원서인지 밝히고 있지 않다. 그러나 후지모리 세이키치의 말(『문학평론』창간호를 보시오)을 보면 이것도 독일어본의 중역인 것 같다. 이는 내게 많은 도움이 되었다. 직접 신경 쓸 일을 줄였고 자전을 들춰볼 일도 덜 수 있었다. 그러나 두 책 사이에 다른 곳도 있었다. 이때는 전적으로 독일어 번역본을 따랐다.(12권, 657~658쪽)

20세기 초 루쉰이 중국에서 원어역을 하지 않고 이렇게 여러 나라 번역판을 다양하게 사용하면서 중역한 것은 번역이 워낙 활성화되지 않았던 시대 상황에서 기인한 것이다. 그러나 중역이 죄악시되는 오늘날의 시점에서 보면 부당한 것은 틀림없으나 루쉰의 지적대로 이미 간행된 외국어 번역본을 두루 참고하는 것은 오히려 고된 번역작업에 도움이 되는 것은 확실하다.

이 중역 문제와 아울러 루쉰은 "재번역" 문제에 대해서도 열린 마음을 갖고 있다. 모든 번역은 결코 이룰 수 없겠지만 완전함을 향하여 끊임없이 나아가는 부단한 과정이다. 판권 문제만 없다면 동시대에 서로 다른 번역가들에 의해 여러 권 출간될 수도 있고 시간이 지남에 따라 적어도 한 세대가 지나면 새로운 독자층을 위하여 끊임없이 재번역되어야 한다는 것이다.

재번역에 대한 루쉰의 말을 들어보자.

게다가 재번역은 단지 엉터리 번역을 격퇴하는 데 머물 수만은 없다. 비록 이미 좋은 번역본이 있다고 하더라도, 재번역은 여전히 필요한 일이다. 예전의 문언문(文言文) 번역본은 지금 당연히 백화로 다시 번역해야 하는 것은 말할 필요도 없다. 비록 이미 출판된 백화번역본이 훌륭하다고 하더라도, 만약 후대의 번역자들 자신이 더 좋게 번역할 수 있다고 생각한다면 다시 번역해도 무방하다. … 옛 번역의 장점을 취하고 자신이 새로이 깨달은 바를 덧붙인다면, 이것은 바로 완벽에 가까운 정본(定本)으로 완성될 수 있다. 하지만 언어는 시대에 따라 변화하기 마련이어서 장래 새로운 재번역본이 또 나올 것이다. 그러니 일고여덟 차례가 어찌 기이하다고 하며, 하물며 중국에는 아직 일고여덟 번 번역한 작품도 없다. 만약 이미 있다고 한다면, 중국의 신문예가 아마도 지금처럼 침체되어 있지는 않을 것이다.(8권, 「재번역은 반드시 필요하다」, 367쪽)

번역 비평이 필요하다

루쉰은 20세기 초 중국에서 난무하던 엉터리 번역작업에 대한 어떤 평가가 절대 필요하다고 느꼈다. 「번역을 위한 변호」(1933년)란 글에서 그는 다음과 같이 적고 있다.

번역이 나쁜 것에 대한 책임은 대부분 물론 번역가 탓이라고 해야 한다. 하지만 독서계와 출판계, 특히 비평가도 약간의 책임을 나누어 져야한다. 쇠락하는 운명을 구원하고자 한다면 반드시 정확한 비평이 있어야 한다. 나쁜 번역을 지적하고 좋은 번역을 장려해야 한다. 좋은 번역이 없다면 비교적 좋은 것도 괜찮다. 그렇지만 이것이 어떻게 가능하겠는가? 나쁜 번역을 지적하는 일은 힘없고 용기 없는 번역자에 대해서는 문제될 게 없다. 그런데 특별한 이력을 지닌 사람을 건드리기라도 한다면 빨갱이라고 뒤집어씌우면서 그야말로 목숨을 요구할 것이다. 이런 현상은 비평가로 하여금 하릴없이 대충 얼버무리게 만들어 버린다.(7권, 345~346쪽)

작가나 작품 본문에 대한 사전 검토나 연구 없이 "책을 펼치자마자 첫째 글부터 곧장 번역에 들어가는" 번역가를 루쉰은 "아주 무책임한 사람"이라고 비판하고 몇십 줄을 읽어도 도대체 이해가 되지 않는 번역에 대한 불만을 토로하였다.

그렇다면 번역비평가는 어떤 작업을 담당해야 하는가? 루쉰은 「번역가에 관하여」(하)(1933년)란 글에서 다음과 같이 상세히 번역비평가의 길을 제시하였다.

> 그런데 내가 「번역을 위한 변호」에서 비평가에게 바란 것은 사실 다음 세 가지였다. 첫째는 단점을 지적하는 것, 둘째는 장점을 장려하는 것, 셋째는 장점이 없다면 상대적으로 좋은 점이라도 장려하는 것이었다.…
>
> 따라서 나는 다시 몇 마디 보충하고자 한다. 상대적으로 좋은 점조차 없다면 나쁜 번역본을 꼬집어 낸 다음 그 중 어떤 곳들은 그래도 독자에게 이점이 있을 수 있음을 밝혀 주어야 한다는 것이다. … 좋은 번역이 다시 나오지 않으면 어떻게 해야 하는가? 내 생각에는 그래도 비평가들에게 문드러진 사과를 먹는 방법으로 응급처치를 좀 해달라고 부탁해야 할 것 같다.
>
> 이제까지 우리의 비평 방법은 "이 사과는 문드러진 상처가 있어, 안돼"라고 말하며 단번에 내던지는 것이었다. … 따라서 만약 속까지 썩지 않았다면 "이 사과는 문드러진 상처가 있지만, 썩지 않은 곳이 몇 군데 있으니 그럭저럭 먹을 만하다"라고 몇 마디 덧붙이는 게 제일 좋을 듯하다. 이렇게 하면 번역의 장점과 단점이 분명해지고 독자의 손해도 조금은 덜어 줄 수 있게 된다.…
>
> 그러므로 나는 각고의 노력을 기울이는 비평가들이 사과의 문드러진 곳을 도려내는 일을 하기를 희망한다. 이것은 '이삭줍기'와 마찬가지로 아주 수고롭지만, 그럼에도 불구하고 필요하고 사람들에게 유익한 일이다.(7권, 395~397쪽)

루쉰은 "번역비평"이 일반 "창작비평"보다 훨씬 더 어렵다고 단언하며 "원문을 이해함에 있어서 비평가는 번역자 이상의 능력이 있어야만 하고 작품에 대해서 역시 번역자 이상의 이해력이 있어야 한다"고 말했다. 번역비평가는 번역문이 원역이냐 중역이냐를 따지는 것보다 원문과 번역문을 자세히 비교 검토하여 번역의 장단점을 따져야 한다. 그러나 이 문제는 매우 미묘하고 어렵다. 엄격함만을 따지거나 지나치게 관용적인 태도 모두 지양되어야 할 것이다. 그러나 엄격과 관용사이의 균형을 어떻게 맞출 것인가? 이것이 번역비평가의 최대 난제이다. 번역비평가는 번역가의 권리와 이론을 무시해서도 안 되겠지만 명백한 오역, 졸역, 개작 등은 분명히 지적해야 한다. 그러나 이것도 쉬운 일은 아니다. 번역 논쟁은 인류역사상 가장 해묵은 논쟁이 아니었던가.

루쉰의 아동문학 번역

루쉰의 번역작업 활동 중 특이한 것은 아동문학에 관한 번역이 많다는 점이다. 그는 왜 아동문학 번역에 공을 들였을까? 그것은 아마도 20세기 초 중국의 상황에서 유일한 희망은 기성세대보다 어린이들을 교육시키고 계몽시켜 중국의 미래를 맡기고자 함일 것이다. 그는 낡은 봉건사상에 찌든 기성세대에는 희망이 없다고 보았다. 그는 1922년 상하이에서 번역 간행한 러시아 동화작가의『예로센코의 동화집』「서(序)」에서 아래와 같이 말하였다.

> 예로센코 선생의 동화가 지금 한권으로 묶여서 중국에 사는 독자의 눈앞에 등장했다. 이것은 예전부터 내가 바라던 것이기에 나는 너무 고맙고 기쁘다.…
> 내가 주관적으로 번역한 것은「좁은 바구니」,「연못가」,「독수리의 마음」,「봄밤의 꿈」이며, 그 밖에는 작가의 희망에 따라 번역한 것이다. 그런 까닭에 내 생각에는 작가가 세상을 향해 소리치고 싶은 것은 사랑하지 않는 것이 없는데 사랑하는 바를 얻지 못하는 비애이다. 그리고 내가 그로부터 추려낸 것은 동심의 아름다운, 그렇지만 진실성을 가진 꿈이었다. 이 꿈 혹은 작가의 베일일까? 그렇다면 나도 꿈을 꾸는 수밖에 없는데, 하지만 나는 작가가 이 동심의 아름다운 꿈에서 벗어나지 말며 또 사람들에게 이 꿈을 향해 나아가서, 진실의 무지개를 판별하도록 더욱 호소하기를 희망한다.(12권, 415~416쪽)

그러나 루쉰은『『물고기의 비애』 역자 부기』(1922년)에서 아동문학 번역의 어려움을 다음과 같이 토로하였다. 어린이가 잘 이해하고 공감하는 언어 찾기란 성인 번역가로서는 결코 쉬운 일은 아니었으리라.

　　최근 후위즈 선생이 내게 편지를 보내 저자 자신이 「물고기의 비애」가 만족
스러우니 내가 이것을 되도록 빨리 번역해주면 좋겠다는 말을 전해 왔기에 열
심히 번역했다. 하지만 이 작품은 특별히 천진난만한 말투로 번역해야만 하는
작품인데, 중국어로는 천진난만한 말투로 문장을 쓰는 것이 가장 어렵고, 내가
이전에 붓을 거두었던 이유도 여기에 있었다. 지금 번역을 끝내고 보니 원래의
재미와 아름다움은 이미 적지 않게 손상을 입었으니, 이것은 사실 저자와 독자
에게 죄송한 일이다.(12권, 426쪽)

　루쉰은 다른 자리인 네덜란드 아동문학가 반 예덴(1860~1932)의 동화시
『작은 요하네스』 번역본 「서문」(1928)에서 다음과 같이 말했다.

　　하지만 왜 더 빨리 착수하지 못했는가? 다망(多忙)은 구실이고 주된 원인은
역시 모르는 곳이 너무 많았던 것이다. 읽을 때는 알았는데 막상 펜을 들고 번
역하게 되자 또 의문이 생기는 것이, 한마디로 외국어 실력이 부족했던 것이
다. … 힘껏 직역하고자 하니 문장이 난해해진다. 유럽 문장으로는 명료하지만
나의 역량으로는 이것을 전하기에 부족하다. 『작은 요하네스』에서 사용하고 있
는 것은 폴 데 몬트가 말한 것처럼 '어린아이들이 사용하는 간단한 말'이지만,
번역해서 보면 어려움을 통감하게 되고, 역시 본의 아닌 결과를 맞게 된다.(12
권, 490, 492쪽)

　그러나 루쉰이 초기에 아동문학 번역의 어려움에도 불구하고 계속한 것
은 어린이의 마음과 어린이 세계의 소중함을 깊이 이해하고 있었기 때문이
다. 그는 "나는 인간의 사랑이 있고 아이와 같은 마음을 잃지 않았다면 어디
든 '인류와 그 고뇌가 존재하는 대도시'의 사람들이 있음을 느낄 수 있다고
예감하고 있다"(앞 책, 488쪽)라고 고백하였다.

나가며 : 번역은 활발한 문학 교류와 주체적 문화발전의 초석이다

 루쉰은 영원한 진리와 보편성을 추구하는 외국의 고전 문학을 번역하지 않았다. 그는 당대 중국의 문제들을 들여다보고 개선하는 데 초점을 맞추었다. 루쉰이 자신에게 번역은 외국의 불을 훔쳐서 자신의 살(삶)을 삶아 먹기 위한 것이라 했다. 이것은 무엇을 의미하는 것일까? 결국, 외국의 새로운 사상과 제도를 번역을 통해 도입 소개하여 우리의 문화를 발전시키고 윤택하게 만드는 것이다. 프로메테우스가 신에게 불을 훔쳐 인간에게 전해줌으로써 인간은 문명과 문화를 일구지 않았는가. 루쉰이 프로메테우스를 "혁명가"라고 부른 이유는 무엇일까? 비록 프로메테우스는 자신은 신으로부터 받은 벌로 모진 고생을 하고 있으나 후회하지 않는다. 그러나 그는 프로메테우스가 박애와 인고의 정신의 소유자라고 선언한다.

 이런 의미에서 번역가는 프로메테우스인가? 프로메테우스가 신에게는 반역자이듯이 번역자는 반역자인가? 아니면 번역가는 사랑이 충만하고 인내심이 출중한 사람인가? 루쉰은 번역작업에서 원문 전공자만을 고집하지 않는 듯하다. 그 자신은 기꺼이 이미 번역된 것을 다시 개역하거나 재역했고 중역도 꺼리지 않았다. 중요한 것은 원문의 뜻을 가능한 한 살리면서 잘 읽히는 번역문을 만들고자 부단히 노력하였다. 그러나 지나친 순통역(順通譯)을 위해 원문의 이질성을 희생시키기를 거부했다, 그리고 번역은 끊임없이 개역되고 재번역 되어야 한다고 믿었다. 이런 경우 다양한 번역이 많을수록 참고할 것이 많으니 좋다고 말했다. 다시 말하면 그는 중역의 중역도 마다하지 않았다.

 루쉰이 번역 활동을 하던 20세기 초엽과 오늘날 21세기 초엽은 상황이 많이 달려져서 그의 번역론과 방법을 그대로 받아들이기는 어려울 것이다. 그러나 번역에 대한 루쉰의 열린 태도는 눈여겨 볼만한 대목이다. 대번역가 루쉰은 오늘날 한국에서 번역활동을 하는 우리에게 번역 담론에 대한 많은 논의를 촉발시키고 있다. 그는 동아시아의 번역가들에게 정면(正面)교사가 될 수 있다.

루쉰은 번역가이기에 앞서 자타가 공인하는 창작하는 작가이다. 그렇다면 번역가 루쉰과 창작자 루쉰의 관계는 어떤 것일까? 그는 1933년 발표한 「번역에 관하여」란 글에서 창작과 번역의 상관관계를 비교적 소상히 다루고 있다.

> 창작은 확실히 번역보다 살가운지라 해결이 쉬울 수 있다. 하지만 조심하지 않으면 여기에도 '억지창작'과 '마구잡이창작'의 병폐가 발생하기 쉬운데, 이는 번역보다 훨씬 더 해악이 크다. 우리의 문화적 낙후함은 숨기려야 숨길 수 없다. 창작역량이 당연히 양코배기보다 떨어지다 보니 작품의 상대적인 박약이 필연적인 추세가 되었다. 게다가 시시각각 외국에서 방법을 취하지 않을 수 없다. 그래서 번역과 창작은 함께 제창되어야지, 한쪽을 억압해 창작을 시대의 총아로 만들고는 그냥 내버려 둠으로써 빈약해지게 해서는 안 된다.…
> 번역에 치중함으로써 창작에 거울이 될 수 있다. 다시 말해 창작을 촉진하고 고무한다는 것이다.(6권. 461~462쪽)

루쉰은 창작 작가로서 자신이 지금까지 읽은 잘된 번역이든 잘못된 번역이든 모든 "번역에 고마움을 느끼고 있다"라고 고백한다. 루쉰은 21세기를 살아가는 우리에게 소설가, 사상가, 잡문가, 번역가, 사회변혁운동가로서 "위대한" 작가인 동시에 "필수적" 사상가이다. 우리는 이제 20세기 초 중국의 대 번역가로서 루쉰의 업적과 위상을 그의 다른 활동들과 연계하여 종합적으로 고찰해야 할 것이다.

4. 국제PEN한국본부의
초기 한국문학 번역사업 다시 보기[1]
— 국제PEN한국본부 번역원 설립의 의미와 새로운 역할을 위하여

1. 문학은 각 민족과 국가 단위로 이루어지나, 그 자체는 국경을 초월하며 그 어떤 상황 변화 속에서도 국가 간의 상호교류를 유지하여야 한다.(헌장 2, 3, 4는 생략) 이러한 목적에 동의하는 모든 자격 있는 작가들, 편집자들, 번역가들은 그들의 국적, 언어, 종족, 피부 색깔 또는 종교에 관계없이 어느 누구라도 펜 회원이 될 수 있다.

— 「국제PEN헌장」에서

들어가며 : 한국 PEN 초기 역사 "다시" 보기

우선 국제PEN한국본부 창립 과정과 초기 활동들을 살펴보자.

1) 국제PEN한국본부 창립과 초기 활동

(1) 국제PEN클럽의 공식 명칭은 International Association of Poets, Playwrights,

---

1 이 글을 작성하는 데 큰 도움을 주신 국제PEN한국본부 김경식 사무총장님께 깊이 감사드린다. 김 총장께서는 그동안의 한국 펜 역사에 관련한 상당량의 소중한 자료를 모아 분류해서 현재 사무실 금고에 보관하고 있다. 필자는 이 자료들이 없었다면 이 글을 쓰지 못했을 것이다.

Editors, Essayist and Novelists이다. 1921년 영국의 소설가 C. A. 도슨 스콧 (C. A. Dawson Scott)과 존 골드워디(John Galsworthy) 주축으로 영국 런던 에서 영국 PEN 클럽 발족, 1923년 제1회 국제PEN 런던 세계대회 개최. 1948년 코펜하겐 대회에서 국제PEN헌장을 채택(4개항)하였고 현재 국제 PEN본부는 영국 런던에 있다.

(2) 국제PEN한국본부 발기, 창립, 대표 파견

1) 발기: 1954년 9월 15일 변영로, 주요섭, 모윤숙, 이헌구, 김광섭, 이무영, 백철 등

2) 창립: 1954년 10월 23일 서울대학교 치과대학 강당에서 창립대회로 공식 출범

3) 기관지 발행: 1955년 2월 기관지『펜 P.E.N.』창간호 발간

4) 한국 펜 회원가입 승인: 1955년 4월 20일 런던 국제 펜 클럽 본부 이사회에서 회원가입 통과

5) 국제PEN한국본부가 세계대회에 한국대표를 파견: 1955년 6월 제27차 비엔나대회부터 한국대표 파견하여 정식회원국으로 가입.(변영로 이사장, 모윤숙 부이사장, 김광섭 이사 참석)

(3) 국제PEN 세계대회 개최

제37차 국제PEN 서울대회: 1970년 6월 28일 ~ 7월 3일 (서울조선호텔)

주제: 동서문학의 해학   대회장: 백철

(4) 출판사업: 잡지 및 단행본

〈잡지〉

1)『펜 P.E.N.』(1955년 2월 20일) 창간호~5호까지 발간

2) THE KOREAN PEN NEWS(1964년 영문 및 불문판 창간호) 6호까지 발간

3) Asian Literature(1973년 창간. 1975년, 1979년 간행)

4)『펜 뉴스』1975년 창간. 1977년까지 발간

〈영문 단행본〉
    1) *A Classical Novel, Chun-hyang Chon*(1970)
    2) *Modern Korean Short Stories and Plays*(1970)
    3) *Modern Korean Poetry*(1970)

(5) P.E.N 아시아 작가 기금 지급(1965.7.~1970.2.)
    매년 2회 6명 선정하여 6개월간 생계비 일부 보조.

(6) 한국문학 번역사업과 번역문학상 제정
    1. 국제PEN이 "아시아 작가 번역국" 설치(1970년 6월) [*Asian Literature* 3
    회 발간]
    2. 1958년 국내 최초 번역문학상 제정(2019년까지 49회 수상자 배출)

2) 초기 회장 변영로, 정인섭, 주요섭의 활동

1954년 10월 23일 창립한 국제PEN한국본부는 초대 회장으로 시인 변영
로를, 부회장으로 김팔봉, 모윤숙을 추대했다. 2대 회장까지 역임한 변영로
이후 3대 회장으로는 정인섭, 부회장은 주요섭, 모윤숙을 선출했다. 4대 회
장으로는 주요섭, 부회장으로 모윤숙, 김광섭을 뽑았다. 이들의 활동을 대
략 살펴보자.

(1) 변영로(1897~1961)

초대 회장 변영로는 무엇보다도 영어 실력이 출중했다. 1913년 4월에 중
앙기독교청년회관 영어반을 2등으로 졸업했다. 3년 과정을 5, 6개월 만에
수료하여 그곳 영어반 교사가 되었다. 1927년 이화여전 교수로 초빙받아 영
문학과 조선 문학을 강의했다. 캘리포니아주 쓰초세 대학에 입학하여 1933

년에 졸업 귀국했다. 1946년에는 성균관대 영문학 교수로 부임했다. 6 · 25 한국전쟁 때는 부산에서 해군사관학교 영어 교관이 되었다. 변영로의 첫 작품은 1918년 6월 『청춘』지에 발표한 영시 "Cosmos"이다. 1947년에 영문시집 *Groves of Azalea*(진달래)를 출간했고 1955년에는 영문 시문집 *Korean Odyssey*를 냈다. 특히 당시 한국펜의 잡지였던 『펜 *P.E.N.*』(1955년 2월 창간호)에 영시 2편 "To the Candle"과 "A Night in Tochika"를 실었다. 그 후 변영로는 4호까지 매호마다 2편씩의 영시를 게재하였다. 이 밖에 그는 여러 외국작품을 한글로 번역하여 소개하기도 했다 (이어령, 『한국작가전기연구』(上), 1975년, 177~193쪽). 한국PEN 초대 회장 변영로는 창립 후 1년이 지난 1955년에 당시 도산 안창호가 창립한 흥사단의 종합교양지 『새벽』(발행인 주요한) 1월호에 「인간의 상호의존과 그 영향 – 한국 펜 클럽의 창설과 그 사명」이라는 한국PEN의 정체성을 보여주는 글을 발표하였다. 그는 한국PEN의 창립 취지에 대해 다음과 같이 언명하였다.

> 과거의 민족의 비운을 반성 분발하여 우리 독자의 면면한 민족성의 존숭과 나아가서는 민족과 국가를 초월한 인류의 자유를 위함에 있어서 특히 문학정신의 수호와 그 문학을 통한 인간 의식을 세계적으로 고조함으로써 오늘날 국제적인 정치, 경제적 혼란과 위기를 극복함에 그 유기적이요, 능동적인 활동으로써 이미 오래전부터 계속 노력하여 내려오는 국제 펜 클럽(민간 문필가 – 특히 시인, 극작가, 문예 편집자, 평론, 수필가, 소설가, 문예 번역가들 중에서 – 의 국제적인 우의와 연계의 조직체)을 통하여 기여하고자 하는 바이[다].(『새벽』, 1955년 신년호, 98쪽)

변영로 회장은 이어서 한국 펜의 사명과 사업에 대해 다음과 같이 6개항을 제시하였다.

해방 후의 혼란과 불의의 [6 · 25] 동란으로 말미암아 이제 늦으나마 발족한 "한국"에 있어서의 펜 클럽은 할 일이 너무 많다. …

월간잡지『펜』의 발행
우리 대표 또는 회원의 세계에의 파견, 또는 세계의 회원들과의 부절(不絶)한 친선 또는 초빙
우리나라 문화에 기여하는 세계 각국의 문학작품 내지 문화의 소개
우리나라의 우수한 문학 작품 내지 문화를 우리민족과 역사의 한 모습으로 해외에 소개
강연회, 낭독, 토론회의 수시 개최
그 밖의 문학 · 문화의 발전을 위한 제반 행사 (앞 책, 100쪽)

이 내용은 64년 전의 것이나 지금도 중요한 사업이 될 수 있을 것이다. 변영로 회장은 글을 마무리하며 "우리는 반성 분발하여 한 민족이 가지는 우수성의 교류(인간의 상호의존과 그 영향)에 이받이 하여야" 하고 "각 민족 간에 상호 존중과 이해와 친선을 도모함에 있어서 … 종족이나 국가 간의 증오심을 제거하고 평화한 생활을 하는 전인류의 이성을 위해서의 진력이며 그러기 위한 모든 국민(민족) 간에 사상의 자유스러운 교류의 원칙"이 필요하다는 결론을 내린다(앞 책, 100쪽).

(2) 정인섭(1905~1983)

제3대 회장 정인섭은 와세다 대학 영문학과를 졸업하고 1926년에 이하윤, 김진섭 등과 해외문학연구회를 결성하였다. 1936년에 이미「조선 현 문단에 소(訴)함」이라는 글에서 프롤레타리아파와 민족문학파 모두 비판하고 해외문학파의 활동을 옹호하였다. 연희전문교수와 영국런던대 교수(1950~53)를 지냈고 중앙대 대학원장(1957~1968)을 거쳐 1968년 이래 한

국외국어대학교 대학원장을 지내며 영문학 교수와 한국 시 영역에 주력하였다. 후에 국제펜클럽 아시아 작가 번역국 초대회장을 역임했다. 「영문학 연구의 조선적 방법론」 등의 논문과 저서 『세계 문학 산고』(1960)를 출간했다. 특히 *Folk Tales from Korea*(1952)와 *Plays from Korea*(1968)를 출간했다. 1957년 7월에 간행된 *THE KOREAN P.E.N. NEWS* 5월호에 실린 정인섭의 영어로 된 「머리말(Foreword)」을 읽어보자.

서로 다른 나라들의 문화들은 상호관계를 맺고 있고 이 관계 위에 우리는 세계는 하나라고 말할 수 있다.

우리 한국인들은 미국. 영국. 프랑스. 이태리, 일본과 세계 다른 나라에서 생산되는 문학적, 예술적 창작품들과 가능하면 빨리 그리고 정확하게 친숙하기 위해 최선을 다해야 한다. 우리는 지구상의 모든 민족들의 살아가고 생각하는 방식에 대해 결코 주의를 게을리 하지 않고 있다. 그러나 다른 나라 사람들이 4000년 이상 보존되어 온 전통을 매우 자랑스럽게 여기는 한국인들에 대해 무엇을 알고 있을까? 그리고 도대체 누가 현재 한국인들이 누구인지를 알기를 원할 것인가?

문명은 지구를 좁게 만들고 있다. … 그러나 세계는 그러한 견해를 가로막는 벽을 허물어트리지 못하고 있다. 그 장애물은 언어들의 차이에서 온다. 언어 장벽은 사상의 교환을 막는다. 언어들의 차이는 발전된 인간 문화 뒤에 발전되지 못한 지역을 만들어내는 가장 불행한 요소이다.

얼마나 많은 보물들이 언어들의 차이 때문에 상호 발견으로 숨겨져 있는가?

우리는 지구상의 모든 민족들이 회로를 이해하기 위해 다른 언어를 배워야 한다고 주장하지 않는다. 그러나 정말로 관심을 가진 민족들로부터 요구가 있다면 한국 P.E.N이 영어, 프랑스어, 또 다른 언어로 번역함으로서 한국 작가들의 문학 작품들을 기쁘게 보여줄 것이라는 것을 바라고 있다는 것은 분명히 하고 싶다.

1957년 7월 회장 정인섭

정인섭은 외국인들을 위해 영문으로 쓴「우리 시대 한국문학의 현장」이란 글에서 1950년대 후반 당시의 한국 문단의 문인들을 장르별로 다음과 같이 분류 소개하였다.

⟨시인⟩

1. 삶을 위한 시 : 변영로, 오상순, 양주동, 모윤숙, 김광섭, 정인섭, 노천명, 서정주, 유치환, 이양하, 조병화, 설창수, 장만영, 김남조, 박남수, 김춘수, 박두진, …

2. 자연 찬미 : 이하윤, 신석정, 박두진, 신석초, 박목월, 김관식, 김윤성, 장수철 …

3. 모더니스트 : 김종윤, 김동규, 김영삼, 김경인, 노영란, 전봉건, 고원, 박태진, 송욱, …

4. 사회 현실 : 김동명, 이인석, 김용호, 이상노, 김수영, 구상, 신동집 …

⟨소설가⟩

1. 역사 소설 : 김팔봉, 박종화, 송지영

1. 삶과 사회 : 안수길, 박화성, 최정희, 장덕조, 박영준, 유주현, 김성환, 임옥인, 김송, 김동리, 황순원, 김광주, 오영수

1. 이상주의 : 전영택

1. 농촌 : 이무영

1. 가정사 : 주요섭, 계용묵, 곽하신, 김이석, 이봉구, 최태응, 한무숙, 손소희

1. 대중소설 : 정비석, 김말봉, 박계주, 이명온, 방인곤

1. 프로이트 심리 : 손창수, 장용학

⟨극작가⟩

서항석, 유치진, 박진, 김진수, 이광래, 임휘제, 이정기, 오영진

⟨비평가⟩

1. 서평 및 문학비평 : 백철, 윤고중, 조연현, 곽종원, 이봉래, 최일수, 이어령

1. 국내외 문학 종합 평가 : 손우성. 이헌구, 정인섭, 권중휘

〈여성 수필가〉
전숙희, 조경희

〈번역(문학)가〉
피천득, 장익봉, 최완복, 이진섭, 양월달, 구원회

정인섭은 총 결론을 다음과 같이 제시하였다.

지금부터 한국문학의 성격(특징)은 3.8선 문제 해결에 따라 결정될 것이다. 우리는 이것을 전세계 국가가 알고 있듯이 잘 알고 있다. 세계의 가장 심각한 갈등인 세계 3차 대전의 축소판이 그 인위적인 선에 의해 한국에서 시작되었기 때문이다.(18~24쪽)

정인섭 회장 재직 시 한국펜 임원 명단과 회원 명부를 여기에 제시한다.

1957년 7월 국제PEN 클럽 한국본부 임원 및 회원 명단
[*THE KOREAN P.E.N. NEWS* No.5]

명예회장 : 변영로. 수필가, 편집자, 번역가
회장 : 정인섭. 수필가, 시인, 번역가, 교수
부회장 : 모윤숙. 시인
부회장 : 주요섭. 소설가, 번역가, 교수
상임이사 : 김광섭. 시인, 수필가, 교수, 편집자

이무영. 소설가, 교수	이하윤. 시인, 교수
백철. 문학평론가, 교수	김팔봉. 소설가, 문학평론가
전영택. 소설가, 편집자	양주동. 시인, 번역가, 교수
최정우. 수필가, 번역가	피천득. 시인, 번역가, 교수

노천명. 시인,　　　　　　　　　김용호. 시인, 편집자, 교수

구상. 시인　　　　　　　　　　 송지영. 소설가, 번역가

이헌구. 수필가, 교수

사무총장 : 주요섭

사무차장 : 이인석. 시인

회원 : 오상순. 시인. 윤영춘. 시인, 교수. 정비석. 소설가. 헬렌 김[김활란]. 수필가, 이화여대 총장. 조경희. 수필가. 장익봉. 수필가, 번역가, 교수. 최완복. 수필가, 교수. 설창수. 시인. 김진수. 극작가, 교수. 김종문. 시인. 이인석, 시인. 조병화, 시인. 손우성, 문학평론가, 교수. 이덕진, 시인. 이봉순, 시인, 도서관 사서, 교수. 박진, 극작가. 이진섭, 수필가, 번역가. 양명문, 시인. 고원, 시인. 김남조, 시인. 이기정, 극작가, 시나리오 작가. 양원달. 수필가, 번역가. 구원회, 번역가, 교수. 이영순, 시인. 주요한, 시인, 편집자. 정한숙, 소설가. 김영삼, 시인. 박정후, 시인. 김승한, 소설가, 번역가. 이봉래. 박영준, 소설가. 유주현. 소설가. 이상로, 시인. 김말봉, 소설가. 김재홍. 김성진, 수필가. 박계주, 소설가. 윤고종, 수필가. 김규동, 시인. 박연희, 소설가. 안수길. 소설가. 백기준, 수필가. 장만영, 시인. 서항석, 극작가, 번역가.

정인섭은 이 밖에도 『자유문학』 1957년 11월호에 기고한 「서양 문학과 현대한국 작가」란 글에서 다음과 같이 주장하였다.

서양 문학을 한국에 도입하는 데 있어서 가장 의의 깊은 활동은 "해외 문학 연구회"에서 시작하였습니다. 이 회는 1926년부터 세계문학의 한국어 번역 운동을 시작했던 것입니다. 그 자매단체인 "극예술 연구회"는 1929년에 창립되었습니다. 이 양 협회는 외국 문학과 세계 극예술을 감상하는 데 다대한 공헌을 했습니다. 그들은 쉬 해외문학파로 발전했습니다.

그뿐만 아니라 정도는 다르지만 여러분도 잘 아시는 모든 이데올로기적 사조들이 한국에서 활발하게 움직였습니다. 그러나 이 모든 사조들은 한국에서는 하나의 목적─즉 일본의 굴레로부터 조국의 자유와 독립을 획득하려는 열렬한 목적에 집약되어 있습니다.(211~212쪽)

정인섭은 이 글에서 계속 8 · 15해방, 해방공간 그리고 6 · 25 한국전쟁 중의 문인들의 활동에 대해 언급하고 나서 "오늘날의 저명한 한국 작가들의 다수가 4년 전에 시작된 국제 펜 클럽 한국 센터의 회원으로 되어 있습니다."(213쪽)라고 적고 있다.

(3) 주요섭(1902~1972)

주요섭은 시인 주요한의 동생으로 평양에서 태어났다. 그는 일본에서 중학교를 다니면서 영어를 배우기 시작하였다. 3 · 1운동 이후에는 상하이 근교 안세 중학교를 다니고 후에 후장대학(상하이대 전신) 영문과(또는 교육학과)에 다녔다. 그 당시 후장대학의 교수진은 모두 영미인들이어서 모든 강의는 영어로 이루어졌다. 당시 주요섭은 영어 웅변대회에서 수상하기도 했다. 1927년 스탠퍼드대 교육학 석사 과정에 들어가 1929년에 마치고 귀국하였다. 그 후 1934년부터 1943년까지 베이징의 가톨릭계 대학인 푸런(輔仁)대학 영문학과 교수를 역임하였다. 주요섭은 적지 않은 수의 단편소설, 중편소설, 장편소설을 창작했고, 영어로 수필, 단편소설, 장편소설을 써냈다. 또한 1953년부터 경희대학교 영문학과 교수를 1965년까지 봉직하고 퇴직했다. 1963년에는 1년간 미국 6개 대학에서 한국문화와 문학 순회강연을 하였고 이상의 「날개」와 「사랑손님과 어머니」 등 자신의 소설을 영어로 번역하기도 했다. 존 번연의 『천로역정』 등 많은 영어권 작품들을 한글로 번역 출간하였다. 주요섭도 『펜 *P.E.N.*』 창간호에 영문수필 "One Summer Day"를 게재하기도 했다.

주요섭은 1955년 2월 22일부터 동파키스탄(현 방글라데시)의 수도 다카에서 개최된 국제 펜 클럽 대회에 단독 참가하였다. 귀국한 뒤 서울에서 3월

25일에 동파키스탄 대회 보고와 문학에 대한 공개강연을 하였다. 다카 대회에 참석한 100개국의 문단을 소개하는 자리였는데 시작 부분에 벵갈어와 영어의 두 언어를 사용하는 동파키스탄의 문단 상황을 다음과 같이 소개하였다.

> 우리나라, 중국, 일본, 영·미를 제외한 다른 나라들은 둘 이상의 국어(공영어문)를 사용하기 때문에 작가의 고통이 매우 심하다는 것을 알게 되었다. 동파키스탄 문단 하나만을 예를 들면 1947년에 독립한 이 나라 국어문은 아직 영어문인데 작가들도 독자 수가 많기를 원할 때에는 영문으로 써야 하나 민족적인 양심에서는 자국 어문인 벵갈리문으로 써서 자국 어문의 발달과 보급을 꾀하지 않을 수 없는 것이었다. 더구나 어떤 작가는 벵갈리문에는 능하나 영문에는 그렇지 못하므로 벵갈리문으로 발표한 작품은 영문에 능한 작가에게 부탁하여 번역하는가 하면 또 어떤 작가는 그 반대로 영문작을 벵갈리문으로 번역해주기를 부탁하여야 되며 벵갈리문과 영문 둘 다 능하여 이 양국문으로 저술하는 작가도 있기는 하나 그것은 소수이었다.(21쪽)

『펜 P.E.N.』 2호(1955년 5월)에 국내 최초로 동파키스탄 작가 무크타 이사니 작 「한 목음만 더」라는 단편소설을 번역하여 실었고 「동파키스탄의 문단」이라는 장문의 논문을 게재한 주요섭은 1954년 한국PEN 창립부터 사무총장으로 지냈고 제4대부터 제9대까지 회장(1957~1963)을 역임했다.

주요섭은 초기에 가장 활발하게 PEN 활동을 한 문인이다. 제3대 정인섭 회장 재임 시 모윤숙과 함께 부회장과 사무총장을 모두 맡았다. 1956년 10월 4일에는 영국 런던의 문예지 *Adam*의 한국문학 특집을 위한 작품선정위원회가 구성되어 시 부문은 정인섭, 김광섭, 이하윤, 피천득, 김용호, 이인석이, 소설 부문은 주요섭, 이무영, 백철이 맡았다. 주요섭은 1957년 4월 18일 한국 펜 문학 세미나에서 「한국문학의 견지에서 본 비교문학」이란 주제로 강연을 하기도 했다.

제4대 회장 주요섭은 1958년 5월에 간행된 *P.E.N. NEWS* 6호의 영문으로 쓴 머리말을 다음과 같이 시작하였다.

1957년은 국제펜한국본부에게는 획기적인 해였다. 19명의 대표자들이 제29차 국제대회에 참석하였다. 그곳[동경대회]에 참석하였던 외국 작가들 중 13개국의 17명이 한국을 방문하였다.

국제 대회에 참석한 그렇게 많은 수의 외국 작가들이 한 번에 한국을 방문한 것은 한국 역사에 전무후무하였다. 외국인 작가들은 수백 명의 우리 작가들과 지식인들을 만나 연설하고 지방신문에 기사를 기고하고 한국의 고대문화와 예술을 배우려고 9일 동안 전국을 순회하였다.

중화민국[대만] 정부에 초청을 받은 12명의 작가들 중 8명이 한국 펜 회원이었다. 한국 작가들은 거의 10명에 가까운 중국 지식인들과 작가들을 만났고, 연설하고 중국 일간지에 시를 기고하였으며 16일 동안 대만을 순회하였다. 그 순회는 서로를 이해하는데 매우 유익했고 문학작품의 상호 교환의 목적을 위한 번역위원회를 설치하는데도 큰 도움이 되었다.(1958년 2월)

동양에서는 동경에서 처음 열렸던 29차 세계 펜 대회에 참석한 한국대표 명단은 다음과 같다.

공식대표 : 모윤숙, 정인섭
일반 참가자 :
김광섭, 시인. 이헌구, 수필가. 이하윤, 시인. 전영택, 소설가. 정비석, 소설가. 양명문, 시인. 송지영, 소설가. 구상, 시인. 김종문, 시인. 조병화, 시인. 최완복, 수필가. 장익봉, 수필가. 조경희, 수필가. 이영순, 시인. 설창수, 시인. 이인석, 시인

동경대회 참가 후 한국을 방문한 외국작가들은 17명으로 호주 작가 2명, 브라질 1명, 덴마크 1명, 영국 2명, 프랑스 1명, 헝가리(망명) 1명, 서독 1명, 인도네시아 1명, 이태리 1명, 레바논 1명, 네덜란드 1명, 태국 2명, 미국 2명이었다. 호주 작가 메미지 그레이그 여사는「여성과 문학」, 헝가리 작가 질라히는「헝가리 문학」, 인도네시아 작가 마루프는「인도네시아 문학 운동과 시」, 레바논의 작가 아부수안은「레바논의 문화와 문학」, 네덜란드의 작가 라스트는「네덜란드의 문학」, 미국 작가 제레미 인갈스 여사는「미국 시와 아시아」란 제목으로 강연을 하였다. 17명의 외국 작가들은 당시 경무대(청와대)의 이승만 대통령을 예방하고 문교부 등 여러 부처에서 환영 접대를 받았으며 서울대, 이화여대, 중앙대 등 대학들과 부산 지방자치단체에서 환영을 받았다. 휴전선과 부산 유엔군 묘지를 방문하기도 하였다. 외국작가 17명 전원이 한국인과 문단을 위한 메시지를 남겼다. 이들 17명은 모두 당시 정인섭 회장의 공식 초청으로 방한하였다.

이 중에서 당시 서독에서 온 시인이며 소설가인 리차드 프리텐탈 박사는 "독일현대문학"에 관한 특강을 했다. 최종고에 따르면 그는 당시 독일에서 『압록강은 흐른다』라는 소설로 널리 알려진 이미륵(1899~1950)과 매우 친밀한 사이였다고 한다. 그는 서울 반도 호텔에서 이미륵의 누님을 만나 동생 이미륵의 죽음을 알렸다고 한다. 이 밖에 시인 김광섭은 17명의 외국작가들의 방한의 의미를「외국작가단 내한과 그 문화적 의미」(『자유문학』1957년 8월호)라는 글에서 소상히 밝히기도 했다.

창간호부터 적극적으로 펜 활동에 참여한 여성문인은 모윤숙(1910~1990)이다. 그는 변영로의 이화여전 문과(영문학) 제자이며 문학 동료였고 경성대학교 단기 과정인 선과 영문학과를 수료하였으며 1947년 파리에서 열린 UN 한국대표로도 참석하였다. 한국PEN은 1955년 제27차 비엔나 대회에 변영로 회장, 모윤숙 부회장, 김광섭 이사를 파견하였다. 비엔나 대회에서 한국PEN은 국제PEN의 공식인준을 받았다. 세계 대회 참석 후 세 사람은 다른 회원들과 함께 한 "국제 펜 클럽 27차 대회 보고 좌담회"를 열었고 그 내용은 『새벽』(1955년 9월호)에 실렸다. 이 좌담회에 참석한 문인으로는 박종화, 유치진, 이하윤, 주요섭, 양주동, 손우성, 최정희, 오영진이었다. 이 좌담회의 한 대화를 소개해본다.

주요섭 : 한 가지 문제만 더 물어보겠습니다. 대회에 갔다 오셔서 앞으로 결론적으로 어떠 어떠한 것을 느끼고 무엇이 있었다는 것을 한마디 해주십시요. 다른 나라에서는 어떻게 하더라는 것을 말씀해 달라는 것입니다.
모윤숙 : 첫째는 우리가 편지 왕래를 하도록 해야한다고 생각합니다. 그 사람들은 모두 다 작가들이니까요. 책도 교환하고 하여 서로 사겨 놓을 필요가 있읍니다. 그리고 어학 실력을 길러 가지고 우선 영어라도 좀 해야 하겠어요. 이것을 갖추어 떠나지 않으면 정말 병신노릇을 해요. 우선 주소를 가져왔으니까 책도 교환하고 편지 교환하여 작품도 번역하여 보내야 할 것입니다. 대개 대회에는 왔던 사람들이 또 오는 수가 있으니 그러니 그런 사람을 미리 교제해 두면 다음에 가서는 퍽 편할 것입니다. 그리고 유명한 사람의 작품같은 것을 소화해 읽어 보았다는 것이 그 나라 사람들을 위해서 좋을 것 같습니다.(『새벽』, 1955년 9월호, 55쪽)

모윤숙은 제6대 한국PEN 회장(1959~1960)을 역임했고 그 후 20대, 21대, 22대 회장으로(1977~1982) 활동했다.(모윤숙의 한국 펜 활동에 대한 구체적인 논의는 다음 기회로 미룬다.)

1957년 가을 도쿄에서 개최된 제29차 국제펜 세계대회에서 「번역에 대한 결의안」이 통과되었다. 이것은 국제PEN이 각국 언어권 문학들의 번역 작업이 얼마나 중요한가를 인정한 결과이다.

이 글은 『자유문학』 1957년 11월호에 요약 소개되었다. 이 결의안의 주요 목적은 "번역가의 일반적 지위를 높이기 위한" 것이며 동시에 동양권 문학의 서구어 번역을 강조하는 것이었다.

1. 펜클럽 및 유네스코는 동양제국에 있어 다수의 서양인 번역가의 양성을 원조하고, 이를 인정하는 사람들 가운데에서 선(選)할 것. 한국에 있어서와 마찬가지로 서양인의 번역가를 얻지 못하는 아시아 각국에 있어서는 우리들은 그 나라 사람들에게 의하여 번역하는 일을 원조하기 위하여 유능한 고문 파견하는 방법을 강조할 것.
1. 상업상 수지 균형이 되지 않는 시와 같은 작품 번역 및 출판을 직접 지원하게끔 의뢰할 것.
1. 서양이 펜클럽 회원 작가들은 될 수 있는 한 판권에 대하여 전혀 명목만의 요금을 지불하는데에 동의하게끔 하여, 경제적으로 발달되지 못한 각국에 있어서, 그 작품을 번역 하는데에 편의를 줄 것을 추진할것.
1. 서양 이외의 각국에서 출판된 작품을 모든 나라에 있어서 우수한 번역에 대하여는 상을 주도록 하자는 제안이 이미 포-랜드 펜 대회에 제출되어왔고, 또한 금후에 유네스코에 제출시킬 예정인 요구를 지지해줄 것.
1. 우리들은 서양제국에 있어서 아시아에서 쓰여진 중요한 작품의 번역출판을 장려할 것을 지극이 직접적으로 필요한 것이라고 생각하고 있어, 서양제국에 있어서 보통 볼 수 있는 것과 같은 서평 제도는 이를 작품에 대하여, 불비한 것이라고 말할 수 없으니, 그러한 고로 우리들 서양에 있는 모든 펜클럽 센타가 이들 각국에 있어 이들 작품을 출판하기 전에 비평하는 제도를 설치하는 안을 촉진하는 입법을 추진할것.(『자유문학』, 1957년 11월호, 174~175쪽)

1957년 당시 도쿄 펜 대회에 참석했던 영국의 소설가 앵거스 윌슨(Angus Wilson, 1913~1991)은 「먼저 번역자들」이란 글에서 국제 펜의 목표를 달성하기 위해 무엇보다도 번역가의 중요성을 강조하였다.

> 결론으로 무엇보다도 먼저 번역자를 이렇게 말하고 싶습니다. 왜냐하면 동서가 각각의 작품에 의하여 서로 이익을 얻으려고 한다면, 만약 동서가 사멸한, 피곤한 세계를 부활시킬 수 있을 정도의 신선한 인생관을 얻으려고 한다면 그것은 우리들의 중개자 즉 번역자의 엄밀한 상상력, 재능, 인내에 의해서만 성공하는 희망을 가질 수 있는 것입니다. 따라서 번역자를 어디까지나 신용하기로 하십시다.(『자유문학』, 1957년 11월호, 180쪽)

한국PEN을 위한 백철의 기여

백철(1908~1985)은 저명한 문학평론가이며 국문학자로 동경고등사범 영어과를 졸업하였다. 그는 한국PEN을 위해 회장으로만 제10대부터 19대까지(1963~1976년) 13년간 봉사했다. 그는 1970년대 박정희 정권의 전폭적인 지지 아래 제37차 국제PEN 서울대회를 성공리에 마쳤다. 한국PEN 최초의 단행본으로 *A Classical Novel, Chun-hyang Chon*(1970), *Modern Korean Poetry*(1970)와 *Modern Korean Short Stories and Plays*(1970)를 출간하여 당시 서울 PEN 대회에 참석했던 세계 문인들에게 배포하고 세계 각지 유관기관들에 3권의 영문 한국문학 선집을 우송하였다. 지금부터는 백철의 한국PEN을 중심으로 한 한국문학 세계화 활동을 소개하고자 한다.

국제문화교류자로서의 백철은 외국문학의 주체적인 국내도입과 소개뿐 아니라 우리문학작품의 해외소개와 교류를 적극 강조하고 있다. 백철은 1955년에 쓴 「세계적 시야와 지방적 스타일 – 해외와의 작품교류에 관련하여」에서 문학작품의 해외 교류문제를 다음과 같이 논의하고 있다.

이제 우리가 한국문학을 과제하는데 있어서도 먼저 그 세계적인 관련 위에 시야를 두고 기본적으로 그 지적협력과 관련되고 거기 참여하는 일이 되어야 할 것이다. 구체적으로 무엇을 할 것인가. 우리는 이미 유네스코, 펜클럽 등의 국제적인 문화예술 기관에 연결되어 있는데 우선 금년은 그 국제기관의 활동을 한층 더 적극화할 필요가 있다. 예를 들면 펜클럽 한국 본부의 활동으로선 그 헌장에 나타나있는 모든 국제적인 협력의 일 즉 국경을 초월하고 국제간의 동란이나 혼란의 상태 등에 동요되지 않고 문학의 국제적인 상호교류를 확보하여 나아가서 그 문학을 통하여 각 민족이나 국가간에 상호존중과 이해와 친선을 도모하는데서 최대의 영향을 주도록 노력하는 동시에 종족이나 계급이나 국가간의 증오감을 타파하고 인류의 행복된 생장을 위한 인간성의 이상을 옹호한다. … 그것을 위하여 우리는 작가를 단 한사람이라도 국제적인 대회에 보내야 할 것이요, 또 외국의 유력한 작가를 초청하는 일 등에도 착수해야 할 것이다. 월전 펜클럽에서 한 행사를 외국대학의 소개를 주로 한 문학 강연회 같은 것도 하나의 유력한 수단이다.(『문학의 개조』, 296~297쪽)

백철은 문학의 국제적인 교류를 통해 세계시민주의의 이상을 실천하고자 했다. 그는 또한 같은 글에서 우리 작품을 세계로 내보내자고 다음과 같이 역설한다.

이제부터 우리 작품을 세계시장으로 내보내자! 나는 금년 우리 문학계의 일을 전망하는데 있어서 먼저 그런 의미의 어떤 출발이 있기를 희망하고 싶다. 그러나 작품을 내보낸다고 해서 어떤 빈곤한 작품도 좋다는 의미가 될 수 없다. 먼저 말한바와 같이 그 작품은 세계적인 지적협력의 일에 참여하는 일이라면, 우리작품의 참가가 단순히 수의 문제가 아니라 질에 있어서 세계적인데 대한 어떤 플러스가 있어야 할 것이다.(앞 책, 299쪽)

한국문학의 해외교류는 민족문학의 세계화를 위한 첫걸음이다. 백철은 이 문제를 「민족문학과 세계성」이란 글에서 논의한다. "절름발이 민족문학"

을 광정하는 길은 한국문학을 세계화하는 길밖에 없다고 주장한다.

> 오늘날 우리들이 민족문학의 과제를 새로 토의하게 된 것은 그 절름발이 민족문학을 수정하여 좀 더 통일의 방향으로 이끌어 가자는 것인데 그 새로운 특징은 정치성에 대한 맹렬한 반성과 문학인이 통일적으로 민족문학의 장소에 집결한 사실과 그 민족문학의 의미는 지방적인데 대한 감상적인 옹호의 문학이 아니라 그 허다한 민족재산의 누적에서 진실하고 아름다운 전통을 찾아내서 그 역량을 세계적 지위까지 끌어 올리는 일과 세계적인데 대해선 복잡한 민주주의적인 현실속의 깊은 본질을 파악하여 우리 것으로서 소화하는 일이 서로 표리의 유기적인 관련을 얻어 소위 민족적인 동시에 세계적일 수 있는 문학이 되는 것이다.(앞 책, 27~28쪽)

한국문학의 해외교류와 세계화는 물론 해외문학의 도입과 소개를 위해서는 번역이 중요한 문제가 된다. 백철은 당시 "외국작품 번역 운동의 태무(殆無)"를 한탄하기도 하였다.

문학의 해외교류를 통한 민족문학과 세계문학을 꿈꾸었던 백철은 세계적인 작가들의 모임인 국제펜클럽(International P.E.N.)에 적극적으로 가담하고 참석하게 된다. 백철은 1954년 10월 23일 국제 펜클럽 한국본부 창립에 관여했고 1956년 7월 런던에서 개최된 제28차 국제 펜대회에 처음으로 참석했다. 그 후 그가 한국 대표로 참가한 대회의 목록은 아래와 같다.

> 1957년 동경 국제 펜 대회 참가
> 1960년 브라질 국제 펜 대회 참가
> 1961년 독일 국제 펜 대회 참가
> 1962년 유고 국제 펜 대회 참가
> 1969년 프랑스 국제 펜 대회 참가
> 1970년 제37차 서울 국제 펜클럽 대회(조선호텔에서 6월 29일부터 5일간

계속) 대회장

백철은 1963년부터 국제펜한국본부위원장을 10대부터 19대까지 13년 간 재임하면서 활발하게 문학의 국제교류를 위해 헌신했다.

백철은 1970년 서울에서 개최된 제37차 국제 펜 대회를 대회장자격으로 치루고 나서 그 해 연말에 대회기간 중 발표된 글들을 묶어서 영문판 단행본으로 냈다. 1957년 도쿄대회이후 동양에서는 두 번째로 개최된 서울대회의 대주제는 「동서문학의 해학」이었다. 백철은 서문에서 이 대회의 목적은 긴장과 불안으로 교차되던 당시 냉전체제 세계질서의 상호이해와 화해를 위해 문학에서의 해학(Humor)의 확산이라고 선언했다. 이를 위한 4개의 소주제들은 해학의 지역적 특성, 현대사회의 해학의 기능, 연극에서의 해학, 국제적 이해 증진 수단으로서의 해학이었다.

당시 유럽에서도 거리가 멀고 미국과 소련의 양극화 냉전체제에서 미국과 밀착되어 있고, 남북대치, 유신 등 국내 정치 상황이 어려운 한국에서 국제펜대회를 개최하는 것에 대해 반대가 많았으나 어렵게나마 서울대회 유치에 성공한 것은 한국의 문화와 문학을 위해 크게 다행한 일이었다. 이 대회에는 한중일 작가들이 당연히 많이 참가했으며 국내 주요 발표자로는 이은상, 김동리, 피천득, 정인섭, 장왕록, 전광용 등 70여 명이 참석했고 임어당, 업다이크, 가와바타 야스나리 등 200여 명의 외국인 작가들이 참석했고 당시 박정희 대통령의 축사도 이채로웠다. 이 대회에서 아시아 작가 번역국 (Asia Writers' Translation Bureau)이 설치되고 영문저널 *Asian Literature*가 창간되어 그 후 아시아 지역 작가들의 작품들이 주로 영어로 번역되어 세계 각 지역에 널리 소개되었다.

백철은 제37차 서울 국제 펜 대회를 마친 직후 출간된 그 자신의 문학적 자서전인『진리와 현실』의「서(序)」에서 대회장으로 성공리에 마친 국제 대회에 대해 커다란 자부심을 나타냈다.

> 어릴 때부터 나를 알고 있는 몇 사람의 친구는 나를 보고 가끔 시골 논바닥의 올챙이가 용이 되었다고 농담을 하기도 한다. 그것은 생각할 탓이리라. 이런 것도 무슨 출세 같은 것이라고 할 수 있을는지. 만일 요즘 유행하고 있는 출세이야기라면 결코 오늘의 내 신분은 출세란 것이 될 수 없다.
> 나는 내 문단 생활 40년을 지나는 동안에 각별히 자기가 택한 인생길에 대하여 비관할 일도 없다. 나는 지금 이 글을 1970년 7월 6일 아침에 쓰고 있다. 마침 내가 주인 격으로 되어 70년도 37차 국제 펜 클럽대회를 비교적 성공적으로 끝내고 난 이튿날 아침의 시각이다.
> 하나의 감상일지 모르나 내가 주인이 되어 세계의 작가들을 서울에 모아서 대회를 가졌다는 자체가 내게는 벅참 감격이 아닐 수 없다. 40년의 문학생애에서 하이피크와 같은 행사였다고 생각하는 것이다.(백 철,『진리와 현실』, 6~7쪽)

누구보다도 한국문학의 세계화에 번역의 중요성을 절감한 백철은 1970년 번역의 중요성에 관해 다시 한번 다음과 같이 천명한 바 있다.

> 우리 한국문학과 같이 암만해도 우리 문학과 전진한 문학과의 연관이 되어 있지 않을 때는 이 쪽에서 우리 문학과 세계문학 사이에 통로를 개척할 노력을 기울일 필요도 생긴다. … 문학작품은 음악이나 미술과 같이 직접 시청각에 호소하는 미디어와 다른 언어예술이기 때문에 작품 진철에 이중의 작업, 즉 번역이 돼야 하는데 그 번역이라는 것이 문학작품인 경우에는 창작에 못지 않게 그 수준과 기술에 문제점이 큰 것이다. 오늘 우리 문학의 세계진출과 함께 번역 문제가 시급한 과제로 당면되어 있는 것은 그 때문이다.(「민족문학과 세계성」, 17쪽)

백철 회장은 대회에 참석한 외국 작가들을 위해 3대 번역서를 출간했다. 첫 번째 책은『춘향전』의 영역본이다. 한국의 대표적인 고전소설이며 가장 널리 사랑받는『춘향전』의 영역은 영문학자 진인숙 교수가 맡았다. 진 교수는 수십 편의 이본(異本) 중『열녀 춘향 수절가』를 선택하여 원문에 충실하게 번역했고 한국적 운율도 살리려고 노력했다. 외국인 독자를 위해 각주도 제시했다. 이 영역본에는 또한 당시 한국펜 회장 백철 교수의 해제도 들어 있다. 두 번째 책은 *Modern Korean Short Stories and Plays*이다. 백철은 머리말에서 한국 현대소설의 발생 배경을 논의하였다. 세 번째 책은 *Modern Korean Poetry*로 서문에서 백철은 한국 서정시의 역사적 맥락을 논의했다.

나가며 : 한국 펜의 "역사의식" 회복으로 초심으로 돌아가기

지금까지는 이번에 새로 발족된 국제PEN한국본부 번역원의 앞으로의 과제에 대해 논의하기 위한 예비 작업으로 PEN한국본부의 1954년 10월 창립 이래 초기 활동에 초점을 맞추었다. 어떤 의미에서 1950~1960년대 말까지 한국 PEN은 헌장에 나와 있는 PEN 불변의 사명과 의무에 충실한 활동을 했다고 볼 수 있다. 외국어에 능통한 임원들이 세계시민정신으로 인적교류를 활발히 하고 각국 문학의 번역을 통해 서로 교류하고 이해하는 작업에 몰두했다. 그러나 1970년대 후반 이후로는 외국어에 익숙하지 않은 문인들이 국제PEN한국본부를 운영해 오면서 PEN한국본부의 활동이 국내로 위축되고 국제적인 활동이 크게 약화되었다.

따라서 한국PEN은 이제부터라도 1950년대~1970년대의 초심을 회복해서 세계 각국 PEN본부들과의 인적 교류뿐 아니라 번역을 통한 문학교류를 더욱 활성화 해야 할 것이다. 또한 한국 펜 회원의 외연 확장이 필요하다. 지금은 (일부 외국문학자와) 순수한 문인들만이 가입되어 있다. 이 문호를 개방하여 편집자(Editor)와 번역가(Translator)들도 널리 받아들여야 한다. 이것이 다른 문인단체들과의 차별화를 이루는 명실공히 세계 작가 연합(A World Association of Writers)으로서의 한국PEN의 면모를 바로 세우는 길일 것이다.

위 내용들을 다시 정리하면 다음과 같다.

1. 회원 확충 : 회원 구성의 저변 확대

(전문) 번역가들의 영입(외국문학자들 포함) : 한국문학 세계화와 교류에서 외국어 문제를 상당 부분 해소할 수 있다.
(출판계, 학계) 편집자들(Editors, copy editors) 대거 영입
특별회원(한국문학 세계화에 관심이 있는 일반인들)

2. 출판물의 개편

(1) 세계 154개 각 국가 단위 펜 본부들과의 활발한 문학 교류의 일환으로 『펜 문학』 매호마다 필수로 각국 문학 번역 소개하는 동시에 그쪽 기관지에도 한국문학 번역 소개 요청
(1) 영문 잡지 *Korean Literature Today* 속간 필요(계간지, 반년간지 또는 연간지)

3. 한국 PEN 본부의 세계화

(1) 사무국에 English/French Secretary 상주 배치(해외 교류 사업 총괄)
(1) 세계 한글 작가 대회를 통해 한국문학 세계화를 위한 새로운 전략 모색
(1) 동아시아 한, 중, 일 펜 네트워크 개설

4. 한국 PEN 재정 확충 방안: 발전기금위원회 설치

⑴ 정부산하단체, 민간기업문화재단
⑴ 특별회원의 찬조금, 기부금
⑴ 각종 발전기금 납부 운동

두 개의 에피소드로 이 글을 끝내고자 한다. 국제PEN한국본부의 국민적 관심도나 사회적 위상을 제고시키는 방법도 크게 고민해보아야 할 문제이다. 한국PEN은 국내 최초로 결성된 문인단체이다. 그 후 한국문인협회와 작가회의 등의 결성과 관계없이 한국PEN의 위상이 국제 문인단체에서 국내 문인단체의 하나로 격하된 감이 있다.

필자가 우연히 초기 국제PEN클럽한국본부기관지였던『펜 *P.E.N.*』(1956년 5월 10일 발행, 발행인 변영로, 편집인 주요섭)을 뒤적이다가 16쪽에서 "펜 클럽 특별찬조 회원"란을 보게 되었다. 그곳에 찬조회원 명단을 잠깐 살펴보면 고재봉, 김유택, 이기붕, 이세현, 김태선, 임숙재, 백낙준, 임영신 등이다. 이 중 몇 분들은 필자도 이름을 기억하는 저명인사들로. 당시에는 많은 사회 명사들이 세계적 문인단체인 한국PEN에 관심을 가지고 특별 찬조를 하였다. 한국 펜은 문학의 위상과 한국 펜의 위상을 높이기 위해 문화계뿐 아니라 학계, 재계, 정치계의 명사들을 명예회원으로 모시고 가능하다면 한국 문예부흥을 위한 지속적인 기부금과 찬조금도 기대할 수 있을 것이다. 이것은 단순히 한국 펜의 재정보조뿐 아니라 사회지도층의 한국학과 해외 교류에 대한 관심을 제고시키기 위한 것이다.

한국PEN과 관련된 오래된 신문을 뒤적이다가 1957년 9월 13일자『동아일보』에 당시 9월 1일부터 9일까지 일본에서 개최된 국제펜클럽 제29차 세계대회에 참석하였던 외국 작가들 중 17명이 한국 대표단 19명과 함께 한국을 방문하기 위해 김포공항에 도착했다는 기사가 눈에 띄었다. 『동아일보』
는 서북항공(Northwest) 비행기에서 내리는 외국 작가들의 사진을 크게 실
으며 "해외 작가단 도착" "건국 이후 초유의 문화적 성사(成事)"라고 대서특
필하고 있다. 기사를 읽어보니 당시 문교부 장관, 서울특별시장이 환영하고
당시 국가원수인 이승만 대통령도 예방하였다. 1950년대 말은 한국에 외국
인이 많이 왕래하지 않았기도 했지만 당시 세계적으로 명망 있는 각국의 작
가들이 대거 17명이나 방문한 것은 큰 뉴스거리였을 것이다. 요즘과는 전혀
다른 세상이었던 것이 분명하다.

오늘날 문인들의 수가 엄청나게 늘었지만 사회적 지위(?)가 과연 얼마나
될까 생각해보니 갑자기 우울해진다. 문학의 위상이 후기 자본주의와 고도
과학기술시대에 점점 위축되고 있는 것일까? 우리 문인 모두는 어떻게 하면
한때 누렸던 사회의 "입법자"로서의 높은 위상을 지킬 것인가 고민해야 할
것이다. 무엇보다도 하나의 기능공으로 홀대받던 "번역문학가"의 위상 또한
전 지구적인 교류와 이동의 세계화 시대에 높아져야 할 것이다.

5. 번역문학가 피천득 재평가

― 쉽고 재미있게 옮기기

전원이 아니더라도 시가 말하는 것은 근원적인 회귀이다. 그것은 본래의 시의 마음으로 돌아가는 것을 말한다. 그러면서 동시에 그것이 열어주는 삶의 공간―자연과 삶, 나와 네가 조촐한 조화 속에 있는, 그리고 자연과 인생에는 어둠과 괴로움 그리고 허무와 죽음 또한 없지 아니하기에, 이러한 것들이 하나의 가슴 아픈, 그러나 아름다운 화해 속에 있는 삶의 공간으로 돌아가는 것을 말한다.

금아 선생이 우리말로 옮기신 세계의 여러 명편[시]들이 우리에게 다시 생각케 하는 것은 이러한 詩心에의 복귀, 마음의 고향에로의 복귀의 중요성이다.

— 김우창, 「날던 새들 떼지어 제 집으로 돌아온다」,
『착하게 살아온 나날』, 피천득 역, 민음사, 89쪽

시작하며 : 번역은 새로운 문학운동이다

번역은 인류문화사에서 가장 오래되고 중요한 어휘 중 하나다. 번역은 아주 좁은 의미에서는 한 언어를 다른 언어로 옮기는 작업이지만, 다른 사람의 인식 작용 자체를 받아들이고 해석하고 수용한다는 넓은 의미를 가질 수 있다. 그렇기 때문에 외국의 이론이나 사상의 섭렵과 수입도 번역이라는 소통 과정을 거칠 수밖에 없을 뿐만 아니라 일상적 독서 과정도 일종의 번역 작업이다. 요즈음 전 지구적인 문화의 이동, 그리고 수용과 변용 과정도 크게 번역 과정의 하나로 볼 수 있다. 특별히 우리가 사는 시대가 "번역의 시대"라고 불리지만, 어느 시대, 어느 문명권이고 간에 자아와 타자의 교환 관계가 지속된다면 이미 언제나 "번역의 시대"라고 부를 수 있으리라. 그러나 번역에 관한 논의를 좀 더 좁혀보자. 영어 단어 translation은 어원상 "한 장소에서 다른 장소로 옮긴", "언어와 언어, 국가와 국가, 문화권과 문화권 사이의 경계선을 넘어 이송된" 의미로, "어떤 언어로 쓰인 표현을 선택하여 다른 장소로 운반한 다음 정착시키는 것과 같은 작업"이다. 번역은 결국 여기와 저기, 우리들과 그들, 그때와 지금의 끊임없는 대화적 상상력의 결과물이다. 외국어와 모국어의 틈새에서—"출발어"와 "도착어"라는 두 언어의 치열한 싸움의 접합지역에서—문학번역자는 작가의 창조의 고통과 희열을 함께 맛보는 것이다.

그동안 우리는 금아를 수필가로만 알고 있었고 일부에서 시인 피천득에 대한 논의도 있었으나 문학번역가로서의 피천득에 관한 논의는 별로 없었다 해도 과언이 아니다. 피천득은 수필가로만 알려져, 거의 국민 수필가로써 인정받고 있다. 그러나 이러한 논의의 방향은 확대되어야 한다. 금아 피천득은 20세인 1930년에 이미 서정시를 『신동아』에 발표하며 시인으로 첫발을 내디딘 서정시인이었다. 피천득 자신도 자신이 수필가로만 알려져 있는 것에 대해 아쉬워한 적이 한두 번이 아니다. 실상 피천득 문학의 토대는 시다. 그리고 그의 문학의 영혼은 서정시라고 말할 수 있어서 향후 피천득 문학 연구는 수필과 더불어 시 쪽에 더욱 관심을 가져야 할 것이다.

그러나 피천득 문학에서 시의 중요성을 새롭게 부각시킨다고 해도 여전히 남는 문제가 있다. 바로 그의 외국 시 번역 작업이다. 워낙 과작인 그의 작품세계에서 양으로나 질로 보아 그의 번역 작업은 결코 무시 할 수 없는 분야다. 전집 4권 중에 번역시집은 그 중 반인 2권에 이른다. 더욱이 금아에게 외국 시 번역은 그가 시인으로서 성장하는 과정과도 밀접한 관계가 있다. 금아는 자신을 한 번도 전문 번역가라고 내세운 적은 없지만, 모국어에 대한 토착적 감수성과 탁월한 외국어(영어) 실력으로 볼 때 이미 준비된 번역가이다. 번역은 무엇보다도 사랑의 수고다. 번역가의 길은 많은 시간과 정력을 필요로 하여 고단한 순례자의 길과 같다. 금아는 거의 30년간 영문학 교수로 지내며 자신이 좋아하는 영미 시는 물론 극히 일부지만 중국 시, 일본 시 그리고 인도 시를 번역하였다. 이 글의 목표는 지금까지 별로 논의된 바 없는 번역문학가로서의 금아의 작업과 업적을 논의하는 것이다.(피천득은 외국 단편소설과 산문으로 된 단행본도 번역했으나 여기서는 다루지 않겠다.)

피천득의 외국 시 번역의 범위와 원칙

금아의 번역시 책제목의 일부인 "내 사랑하는"에서 볼 수 있듯이, 금아는 시 번역을 할 때 문학사적으로 중요성이 크다든가 대표적 장시(長詩)들은 한 편도 선택하지 않았다. 금아는 "평소에 내가 좋아해서 즐겨 애송하는 시편들"(『내가 사랑하는 시』, 8쪽)을 중심으로 철저하게 자신의 기질과 기호에 따라 주로 짧은 서정시들을 택하였고, 자신의 문학세계를 충실하게 지키며 발전시켰다. 다시 말해 금아는 번역되어야만 하는 외국 시와 자신이 번역할 수 있는 외국 시가 아니라 자신이 좋아하며 암송하는 시들만을 번역하여 자신의 창작 세계와 일치시켰다.

금아는 기본적으로 번역은 불가능하다고 전제하였는데, 그 이유를 "다른 나라 말로 쓰인 시를 완전하게 옮긴다는 것은 불가능한 일입니다. 시에는 그 나라 언어만이 가지고 있는 고유의 감정과 정서가 담겨 있기 때문"(앞책, 9쪽)이라고 밝혔다. 피천득은 자신이 "번역시"집을 내는 이유에 대해서 "내가 좋아하는 외국의 시를 보다 많은 우리나라의 독자들과 함께 나누고 싶"고 "외국어에 능통해서 외국의 시를 원문 그대로 감상할 수 있다면 가장 좋겠지만 현실적으로 그럴 수 있는 독자는 얼마 되지 않"기 때문이라고 말하였다(앞 책, 8~9쪽). 금아가 외국 시를 한국어로 "번역하면서 가장 염두에 두었던" 점은 다음 3가지이다.

> 첫째, 시인이 시에 담아둔 본래의 의미를 훼손하지 않으면서
> 둘째, 마치 우리나라 시를 읽는 것처럼 자연스러운 느낌이 드는 번역을 하자
> 셋째, 쉽고 재미있게 번역을 해보자.(앞 책, 9쪽)

금아의 시 번역 첫째 원칙인 "시인이 시에 담아 둔 본래의 의미를 훼손하지 않으면서"라는 말은 시의 본래의 뜻을 그대로 살리려는 "직역"과 거의 같은 것이며, 둘째 원칙인 "마치 우리나라 시를 읽는 것처럼 자연스러운 느낌이 드는"이라는 말은 "우리나라 언어인 한국어 질서와 어감이 맞는 느낌을 준다"는 뜻으로 "자유번역"과 부합한다. 그는 직역과 자유역 사이에서 균형과 조화를 잡으려고 노력하였다. 그러나 실제로 번역 작업에 있어서 이러한 균형을 맞추기란 매우 어려운 일이며 아마도 거의 불가능한 일일지도 모른다. 작품의 성격이나 번역자의 기질 때문에 잘못하면 한쪽으로 기울어지게 마련이다.

금아는 좀 더 자유로움을 택했다. 그는 공식적으로 번역의 셋째 원칙에서 그것을 표명하고 있다. "쉽고 재미있게 번역을 해보자"는 말은 역자인 금아

자신이 표현하고 싶은 자유와 소망, 그리고 시를 읽는 한국 독자들의 예상되는 반응을 염두에 두면서 그들이 용이하게 즐길 수 있도록 번역하고 싶다는 것이다. 이 문제에 대해 심도 있게 논의한 바 있는 저명한 평론가이며 영문학자인 유종호는 오장환의 에세닌 번역과 에즈라 파운드의 이백 시 번역을 논하는 자리에서 "분방한 자유역"(『문학이란 무엇인가』, 108쪽)을 이상적 문학 번역의 형태라고 주장하였다. 유종호는 한문을 못 읽었던 파운드의 중국 시 번역을 논하면서 "원시 제목에 대해서 생략, 변조, 축소, 보충을 마음대로 가하고 있다. 그러한 의미에서 대담한 자유역이지만 전체적으로는 원시의 정서와 대의에는 아주 충실하다."(앞 책, 113쪽)고 언명하였다. "쉽고 재미있게"라는 금아의 시 번역 전략은 여기에서 유종호가 말하고 있는 "분방한 자유역"에 해당된다.

금아는 자신의 전공분야인 영미 시뿐 아니라 일본, 중국, 인도시도 번역하였다. 그 이유는 "높은 차원의 시는 동서를 막론하고 엇비슷합니다. 모두가 순수한 동심과 고결한 정신, 그리고 맑은 서정을 가지고 있"(앞 책, 13쪽)기 때문이다. 여기에서 금아는 언어와 문화가 서로 다른 경우라도 인간성을 토대로 한 문학의 보편성을 믿고, 나아가 일반 문학 또는 세계문학으로써의 가능성도 인지하고 있는 듯 보인다. 자신의 번역 시집의 최종목표를 그는 다음과 같이 선언하고 있다.

> 이 책 속의 시인들은 아이들의 영혼으로 삶과 사물을 바라본 이들입니다. 그들의 시를 통해서 나는 독자들이 순수한 동심만이 이 세상에 희망의 빛을 선사할 수 있다는 믿음을 가질 수 있었으면 좋겠습니다.(앞 책, 13쪽)

금아의 시 번역 작업의 의미를 논하는 데 있어서, 우선적으로 번역시 자체에 대한 자세한 분석과 검토가 있어야 한다. 그 다음에는 다른 번역시나 번역자들과의 "비교"가 필요하다. 모든 논구의 과정에서 비교란 각 주체들의 정체성을 정립하는 데 필수적이다. 모든 것은 스스로 존재하지만, 때로는 다른 주변 존재들과의 관계 속에서 어떤 차이를 통해 변별성을 가질 수 있기 때문이다. 방법으로써의 비교는 문학 연구와 비평에서 기본적 선행 작업이 될 수밖에 없다. 여러 사람들에 의해 다양하고도 반복적으로 수행되는 번역 작업도 상호 비교를 통해 우선적으로 번역의 특징을 가려낼 수 있을 것이다. 그러나 비교는 우열판정을 위한 것이라기보다는 각 번역의 변별성과 특징을 찾아내는 것을 의미한다. 그 다음 단계인 우열판정의 문제는 논자에 따라 또는 필요에 따라 그 기준이 엄청난 편차를 보일 수 있다.

금아 번역의 구체적 사례와 비교 논의

피천득은 윌리엄 셰익스피어의 소네트 154편 전부를 번역하여 『셰익스피어 소네트 시집』이란 단행본으로 출간하였다. 번역 시집 뒤에 붙어 있는 피천득의 3편의 해설 「셰익스피어」, 「소네트에 대하여」, 「소네트 시집(詩集)」은 유익하고 재미있는 평설이다. 그리고 『내가 사랑하는 시』라는 번역 시집에 들어 있는 시들은 주로 영미 시편들로 윌리엄 블레이크(William Blake), 알프레드 테니슨(Alfred Tennyson) 등 14명 시인들의 비교적 짧은 시들이다. 그 외에 중국시인으로는 도연명과 두보의 시, 일본 시인으로는 요사노 아키코, 와카야마 보쿠스이, 이시가와 타쿠보쿠, 인도 시인으로는 R. 타고르의 두 편이 번역되어 시집 속에 포함되어 있다.

우리는 이 두 권의 번역 시집에서 시 번역가로써 피천득의 특징들을 모두 파악할 수 있다. 앞서 제시한 피천득의 번역방법에 비추어 볼 때, 피천득의 번역 시는 운율이나 흐름은 물론 그 내용에서 한국 시를 읽는 것처럼 쉽고 자연스럽다. 14행시인 셰익스피어 소네트의 경우 완벽하게 한국어로 14행을 맞추어 번역되었다. 그러나 소네트의 일부는 우리 시 형식에 맞게 4행시로 3·4조와 4·4조에 맞춘 축약번역(번안 또는 개작)이 새롭게 시도되기도 하였다. 피천득의 번역 시들의 내용과 형식, 기법을 좀 더 연구하면 한국에서 외국 시 번역의 새로운 모형을 찾아볼 수 있을 것이다.

1) 셰익스피어 소네트 번역

영문학자 피천득은 윌리엄 셰익스피어를 세계 최고의 시인으로 꼽았다. 금아는 수필 「셰익스피어」에서 그를 다음과 같이 높이 평가하고 있다.

> 셰익스피어를 가리켜 '천심만혼(千心萬魂)'이라고 부르기도 하고, 한 그루의 나무가 아니요 '삼림(森林)'이라고 지적한 사람도 있다.
> 우리는 그를 통하여 수 많은 인간상을 알게 되며 숭고한 영혼에 부딪치는 것이다. 그를 감상할 때 사람은 신과 짐승의 중간적 존재가 아니요, 신 자체라는 것을 느끼게 된다.
> … 그는 세대를 초월한 영원한 존재이다. 그의 이야기를 듣는 데는 노력이 요구된다. …
> 셰익스피어는 때로는 속되고, 조야하고, 수다스럽고, 상스럽기까지 하다. 그러나 그 바탕은 사랑이다. 그의 글 속에는 자연의 아름다움, 풍부한 인정미, 영롱한 이미지, 그리고 유머와 아이러니가 넘쳐 흐르고 있다. 그를 읽고도 비인간적인 사람은 적을 것이다. …
> 콜리자는 그를 가리켜 "아마도 인간성이 창조한 가장 위대한 천재"라고 예찬하였다. 그 말이 틀렸다면 '아마도'라는 말을 붙인 데 있을 것이다.(『인연』, 175~177쪽)

피천득은 모두 운문으로 쓰인 셰익스피어 극들도 좋아하였지만, 무엇보다 14행의 정형시인 소네트를 매우 좋아하였다. 금아는 자신이 좋아하는 시들을 암송하고 가르치며 번역하였다.

소네트는 유럽에서 13세기에 이탈리아나 프랑스에서 시작되어 영국에서는 16세기에 유행하기 시작하였다. 엘리자베스 시대 문인들은 대부분 소네트 시인을 겸하였다. 대표적 정형시인 영국 소네트는 1행이 10개의 음절로 되어 있고 한 행은 강세가 약강으로 된 운각(foot) 5개로 이루어진다. 이런 형식의 시를 아이엠빅 펜타미터(약강 5운각)라 부른다. 각운(end rhyme)은 두 행씩 짝지어져 있다. 14행 중 4행씩 한 연이 되어 3개의 연에 마지막 두 행이 결론의 장(후장)이 되며 대개 이것은 글의 순서인 기승전결(起承轉結) 형식과 흡사하다. 금아는 소네트를 "가벼운 장난이나 재담"이라고 볼 수 있고 "단일한 클라이막스에 간결한 시상(詩想)을 담는 형식"이라고 규정하였다. "작은 것은 아름답다"고 믿는 금아는 소네트 형식에 "영국 민족에게 생리적으로 부합되는 어떤 자연성"이 있다고 말한다.

금아는 셰익스피어의 소네트를 해설하는 「소네트에 대하여」라는 글에서 흥미롭게 영국 소네트를 우리나라의 대표적 정형시인 "시조(時調)"와 비교하고 있다. 우선 두 정형시 사이의 유사점을 보자.

첫째 둘 다 유일한 정규적 시형으로 수백 년간 끊임없이 사용되었다는 점, 둘째 많은 사람들이 써왔다는 점이 같고 … 셋째 소네트에 있어서나 시조에 있어서나 전대절(前大節)과 후소절(後小節)이 … 확실히 구분되어 있다. … 소네트의 마지막 두 줄은 시조의 종장(終章)에서와 같이 순조로운 흐름을 깨뜨리며 비약의 미(美)와 멋을 보여주는 것이다. 넷째 내용에 있어 소네트나 시조 모두 다 애정을 취급한 것이 많다.(앞 책, 174~175쪽)

피천득이 논하는 소네트와 시조의 서로 다른 점을 살펴보자.

평시조 한 편만을 소네트와 고려할 때 시형의 폭이 좁다고 할 것이요, 따라서 시조에서는 시상의 변두리만 울려 여운을 남기고, 소네트에 있어서는 적은 스페이스 안에서도 설명과 수다가 많다.

영시에 있어서도 자연의 미는 가장 중요한 미의 하나를 차지하고 있지마는, 시조에 있어서와 같이 순수한 자연의 미를 예찬한 것이 드물다. 시조는 폐정(閉靜)과 무상(無常)을 읊는 것이 극히 많으며, 한(恨) 많고 소극적이나 소네트의 시상은 낙관적이며 종교적 색채를 가진 것이 많다.(앞 책, 175~176쪽)

금아는 오늘날과 같이 복잡다단한 문명 생활 속에서 소네트와 시조 모두 주류적인 역할을 할 수 없다는 것을 인정하나, 영국과 한국의 생활 속에서 각 국민들의 "생리와 조화" 되는 점이 있다고 지적한다(앞 책, 176쪽).

피천득은 소네트 번역집 말미에 「소네트 시집」이라는 해설문을 제공하였다. 셰익스피어 소네트 시집에 실린 시는 모두 154편이다. 그는 "이 「소네트 시집」 각 편은 큰 우열의 차를 가지고 있다. 어떤 것들은 다만 기교 연습에 지나지 않고, 좋은 것들은 애정의 환희와 고뇌를 우아하고 재치 있게 표현하였으며, 그 속에는 진실성과 심오한 철학이 있다. … 대부분의 시편들이 우아명쾌(優雅明快)하다."(앞 책, 181~182쪽)고 지적하였다.

금아는 154편의 소네트 중에서 "영문학사상 가장 위대한 걸작품으로, 제12, 15, 18, 25, 29, 30, 33, 34, 48, 49, 55, 60, 66, 71, 73, 97, 98, 99, 104, 106, 107, 115, 116, 130, 146[번]"을 꼽았고, 자신이 번역한 이 소네트 시집을 "같은 빛깔이면서도 여러 종류의 구슬이 섞여 있는 한 목걸이로 볼 수도 있고, 독립된 구슬들이 들어 있는 한 상자라고 할 수도 있"(앞 책, 181쪽)다고 평가한다. 시인이자 영문학 교수였던 피천득은 자신이 세계 최고의 문학가로 꼽는 윌리엄 셰익스피어의 소네트 전편을 오랜 기간의 노력과 정성을 들여 번역함으로써 영문학자와 한국 시인으로서 중요한 기여를 하였으며,

문학 번역가로 금아의 업적을 평가하는 시금석을 제공하였다.

우선 윌리엄 셰익스피어의 소네트 번역부터 살펴보자. 금아는 소네트 29번을 다음과 같이 번역하였다.

> 운명과 세인의 눈에 천시되어,
> 혼자 나는 버림받은 신세를 슬퍼하고,
> 소용없는 울음으로 귀머거리 하늘을 괴롭히고,
> 내 몸을 돌아보고 나의 형편을 저주하도다.
>
> 희망 많기는 저 사람,
> 용모가 수려하기는 저 사람, 친구 많기는 그 사람 같기를,
> 이 사람의 재주를, 저 사람의 권세를 부러워하며,
> 내가 가진 것에는 만족을 못 느낄 때,
>
> 그러나 이런 생각으로 나를 거의 경멸하다가도
> 문득 그대를 생각하면, 나는
> 첫새벽 적막한 대지로부터 날아올라
> 천국의 문전에서 노래 부르는 종달새,
>
> 그대의 사랑을 생각하면 곧 부귀에 넘쳐,
> 내 팔자, 제왕과도 바꾸려 아니 하노라.

이 소네트 29번을 셰익스피어 전공학자였던 김재남(1922~2003)은 다음과 같이 번역하였다.

> 행운의 여신과 세인의 눈에게 얕보인 나는
> 자신의 버림받은 처지를 혼자서 한탄하며
> 무익한 울부짖음을 가지고 반응 없는 하늘을 괴롭혀 주고,

자신을 돌아다보고 자신의 운명(運命)을 저주하고 있소.

그리고 나는 좀 더 유망한 사람이 되기를 원하여
용모나 친구 관계에 있어 그 사람을 닮아 보고 싶어하고,
학식은 이 사람 같이 돼 보고 싶어하고, 역량에 있어서는 저 사람 같이 돼 보고 싶어하고 있소
그러나 나는 가장 원하는 것에 있어 가장 욕구 불만이오.

이렇게 생각하면 나는 나 자신을 경멸할 지경이지만,
다행히도 그대에게 생각이 미치면 나의 심경은
새벽녘 껌껌한 지상으로부터 날아오르는 종달새 같이
하늘의 입구에서 찬미가를 부르게 되오.

그대의 총애를 돌이켜 생각하면 굉장한 재보가 찾아와주니 말이요
이래서 나는 나의 처지를 왕하고도 바꾸기를 원치 않는 것이오.

김재남의 셰익스피어 전집의 한글 번역은 세계 일곱 번째 그리고 한국 최초로 1964년(총 5권)에 이루어졌다. 그후 1971년에 개정판(전 8권)이 나왔고 1995년 3차 개정판(총 1권)이 나왔다. 그러나 역자 서문 어디에도 김재남 자신의 번역 방법에 관한 구체적 논의가 없어 아쉽다.

그러나 1964년 판에 추천사를 쓴 저명한 문학 비평가이며 영문학자였던 최재서는 셰익스피어 전집 번역자로서의 자격을 다음과 같이 논하였다. 첫째 셰익스피어의 "작품들을 계통적으로 연구한 전문 학자"라야 하고, 둘째 "난해한 혹은 영묘한 셰익스피어의 표현을 우리말로 옮기는 데는 문학적 재능"이 필요하다고 전제하고 있다. 최재서는 김재남이 이 두 가지 조건을 구비한 "유려한 번역"자라고 추천하고 있다(11쪽). 1995년 판 추천사를 쓴 셰익스피어 학자 여석기도 이 3번째 개정판에서 김재남의 번역이 "우리말 표현

을 더욱 의미 있게 세련되게 하는 작업이 수반"(6쪽) 되었다고 적고 있다. 이렇게 볼 때 국내의 원로 셰익스피어 학자들이 김재남의 번역을 높이 평가하고 있음을 알 수 있다.

여기에서 시인 피천득과 전문 학자 김재남의 번역을 비교해보면 그 차이가 뚜렷하다. 필자가 이 두 번역을 비교하는 것은 번역의 우열을 가리기 위한 것이 아니고, 번역에 어떤 특징적 차이가 있는가를 살펴보기 위함이다. 피천득의 번역은 한국어 흐름을 볼 때 독자들을 위해 좀 더 자연스러운 의역인 반면, 김재남의 번역은 전문 학자답게 정확한 번역을 위한 직역에 가깝다. 피천득은 자신의 번역 방법으로 셰익스피어 소네트를 번역하여 일반 독자들을 위해 훌륭한 한국 시로 새로이 재창조하고자 한 노력이 역력하다. 반면 김재남은 시적 특성을 살리기보다 다른 학자들이나 영문학과 학생들을 위하여 정확한 번역시를 만들고자 한 것 같다. 이러한 비교는 소네트 거의 전편에 해당된다.

특히 피천득은 한 걸음 더 나아가 14행시라는 영국형 소네트의 형식을 완전히 무너뜨리고 다음과 같이 실험적으로 전혀 새로운 3·4조나 4·4조로 한국의 짧은 서정적 정형시로 번안하여 재창작하기도 했다.

내 처지 부끄러워
헛된 한숨 지어보고

남의 복 시기하여
혼자 슬퍼하다가도

문득 너를 생각하면
노고지리 되는고야

첫 새벽 하늘을 솟는 새
임금인들 부러우리

　피천득이 외국 시 번역 작업에서 위와 같은 과감한 실험을 한 것은, 영국의 대표적인 셰익스피어의 정형시 소네트를 한국의 일반 독자들이 쉽고 재미있게 즐길 수 있도록 철저하게 한국 시로 변형시키기 위함이었을 것이다. 영국 시형인 소네트의 14행시는 사라졌지만 그 영혼은 한국어로 남아 그대로 전달되는 것은 아닐까? 앞서 언급한 유종호는 이런 종류의 번역을 "분방한 자유역", 한 걸음 더 나아가 "홀로서기 번역"(113쪽)이라 부르면서 다음과 같이 언급하고 있다.

　　번역은 자체로서도 훌륭한 시로 읽히는 홀로서기 번역을 지향하고 있다. 우수한 시인들이기 때문에 가능한 노력이지만 이를 통해 정평 있는 번역시의 고전이 나오기를 기대한다. 그것은 우리 시의 성장을 위해서 좋고 무엇보다도 문학적 감수성의 적정한 행성을 위해서 필수적이다. …… 일급의 시인 작가들이 번역을 통해서 자기 세련과 모국어 문학에 기여하고 있다는 것은 기억해 둘만하다. …… 이러한 시들은 대체로 분방한 자유역이면서 우리말의 묘미를 활용하여 음율적이라는 점을 지적하였다. 쉽게 말해서 우리말로 충분히 동화되어 있어 투박한 번역이 들지 않는 것이다. …… 우리말로 잘 읽히는 번역시가 우선 좋은 번역이다.(116~117쪽)

　물론 외국 시를 우리말에만 완전히 순치시킨 번역이 최후 목표는 아닐 것이다. 가능하면 외국 시의 이국적이며 타자적인 요소들이 함께 배어나오면 좋겠지만, 잘못하여 생경한 축자적 직역을 그것과 동일시하는 것은 큰 문제가 될 수 있다. 금아의 외국 시 번역작업의 목표는 이국적 정취가 아니라 문학의 회생이다. 번역을 통한 외국 시와의 관계 맺기는 결국 외국 시를 하나의 새로운 시로 정착시키고 한국 시와 시인에게 또 다른 토양을 제공하여 외국 시와 한국 시, 외국 시인과 한국 시인(번역자) 사이의 새로운 역동적 확장으로 나아가는 길이 아니겠는가.

2) 영미 시 번역

영미 시 번역에서의 피천득의 작업을 살펴봄에 있어서 소네트의 경우처럼, 영미 시 번역의 거의 일인자로 알려진 영문학자 이재호(1935~2009)의 번역을 같은 선상에 놓아 금아 번역과 비교해보기로 한다. 그래야 그 두 사람의 번역의 변별성이 드러나고 차이도 확연히 드러날 수 있을 것이다.(물론 이번에도 번역의 우열을 가리고자 하는 것이 아니다). 우리는 이러한 차이를 통해 금아 번역의 특징을 더 잘 이해할 수 있을 것이다.

우선 19세기 초 영국 낭만주의의 대표적 시인인 바이런 경(Lord Byron)의 짧은 시 "She Walks in Beauty"의 번역을 살펴보자.

이 시를 금아는 아래와 같이 번역하였다.

> 그녀가 걷는 아름다움은
>
> 그녀가 걷는 아름다움은
> 구름 없는 나라, 별 많은 밤과도 같아라
> 어둠과 밝음의 가장 좋은 것들이
> 그녀의 모습과 그녀의 눈매에 깃들어 있도다
> 번쩍이는 대낮에는 볼 수 없는
> 연하고 고운 빛으로
>
> 한 점의 그늘이 더해도 한 점의 빛이 덜해도
> 형용할 수 없는 우아함을 반쯤이나 상하게 하리

물결치는 까만 머릿단
고운 생각에 밝아지는 그 얼굴
고운 생각은 그들이 깃든 집이
얼마나 순수하고 얼마나 귀한가를 말하여 준다

뺨, 이마, 그리고 보드랍고
그리도 온화하면서도 많은 것을 알려주느니
사람의 마음을 끄는 미소, 연한 얼굴빛은
착하게 살아 온 나날을 말하여 주느니
모든 것과 화목하는 마음씨
순수한 사랑을 가진 심장

이재호의 번역은 다음과 같다.

그녀는 아름답게 걷는다

구름 한 점 없는 별이 총총한 밤하늘처럼
그녀는 아름답게 걷는다,
어둠과 광명의 精華는 모두
그녀의 얼굴과 눈 속에서 만나서 :
하늘이 속되이 빛나는 낮에게 거절하는
그런 부드러운 빛으로 무르익는다.

그늘이 한 점 더 많거나, 빛이 하나 모자랐더라면,
온 새까만 머리카락마다 물결치는
혹은 부드러히 그녀의 얼굴을 밝혀주는
저 이루 말 할 수 없는 우아함을 반이나 해쳤으리라.
그녀의 얼굴의 맑고 감미로운 思想은 表現해 준다
그 思想의 보금자리가 얼마나 순결하며, 사랑스런가를,

매우 상냥하고 침착하나 웅변적인
그리고 저 뺨과 저 이마 위에서
사람의 마음을 사로잡는 微笑, 훤히 피어나는 얼굴빛은
말해 준다, 선량히 지냈던 時節,
地上의 모든 것과 화평한 마음,
순진한 사랑의 심장을.

위의 두 번역을 비교하기 전에 이재호의 영시 번역론을 살펴보자. 이재호의 널리 알려진 영미 번역시집 『장미와 나이팅게일』은 1967년 초판이 나왔고 그 이듬해에 개정판이 나왔다. 「서문」에서 이재호는 "원시의 리듬, 어문, 의미 등에 … 한국어가 허락하는 한 가장 충실히 따르"고자 했고, "원시를 가장 근사치(近似値)로 전달하고자 함이라고 언명하며, "의역(意譯)을 하게 되면 원시의 향기가 많이 사라진다"고 보았다. 이재호는 계속해서 "영시를 공부하기엔 의역보다 직역(直譯)이 큰 도움이 된다"(5쪽)고 말한다. 이재호의 영시 번역 전략은 철저하게 직역주의를 채택하였고, 이를 통해 "이 시집이 한국인의 감수성과 언어 감각에 새롭고 고요한 혁명을 일으키기를 기대"하였다(6쪽). 이재호는 의역을 통해 원시가 지나치게 순화되는 것보다 직역을 통해 한국 독자들에게 원시의 생경함을 주는 것을 중시한 것처럼 보인다.

피천득의 번역은 번역 투의 때가 거의 벗겨진 한 편의 자연스러운 한국 시로 읽혀서 번역시라고 눈치 채지 못할 정도이다. 반면에 이재호의 번역은 그 자신의 시 번역 소신인 원문 충실의 직역을 중시하다 보니, 번역된 시가 자연스럽지 못하고 번역 투의 어색함이 드러난다. 물론 이런 차이는 번역의 우열 문제가 아니라 두 사람의 번역에 대한 목적의 차이일 것이다. 또한 이는 한국의 서정시인으로써의 피천득과 영문학자이면서 동시에 영시 교수인 이재호의 번역의 방향과 전략의 차이일 것이다. 피천득의 대상은 한국의 일반 보통 독자들이고 이재호의 대상은 일반 독자뿐만 아니라 영시를 배우거나 공부하는 사람들을 위한 것이다.

피천득이 1937년 상하이 후장대학교 영문학과를 졸업할 때 학부 논문의 주제는 W.B. 예이츠였다. 20세기 아일랜드 시인 예이츠의 유명한 시 "The Lake of Innisfree"에 대한 두 분의 번역을 살펴보자.

피천득은 국정 국어교과서에도 실린 바 있는 이 시를 다음과 같이 번역하였다.

이니스프리의 섬

나 지금 일어나 가려네. 가려네, 이니스프리로
거기 싸리와 진흙으로 오막살이를 짓고
아홉 이랑 콩밭과 꿀벌통 하나
그리고 벌들이 윙윙거리는 속에서 나 혼자 살려네

그리고 거기서 평화를 누리려네, 평화는 천천히 물방울같이 떨어지리니
어스름 새벽부터 귀뚜라미 우는 밤까지 떨어지리니
한밤중은 훤하고 낮은 보랏빛
그리고 저녁때는 홍방울새들의 날개 소리

나 일어나 지금 가려네, 밤이고 낮이고
호수의 물이 기슭을 핥는 낮은 소리를 나는 듣나니
길에 서 있을 때 나 회색빛 포도(鋪道) 위에서
내 가슴 깊이 그 소리를 듣나니

이재호의 번역은 아래와 같다.

이니스프리 湖島

나는 이제 일어나 가야지, 이니스프리로 가야지,
나뭇가지 엮어 진흙 발라 거기 작은 오막집 하나 짓고;
아홉 콩 이랑, 꿀벌집도 하나 가지리.
그리고 벌이 붕붕대는 숲속에서 홀로 살으리.

그럼 나는 좀 평화를 느낄 수 있으리니, 평화는 천천히
아침의 베일로부터 귀뚜라미 우는 곳으로 방울져 내려온다;
거긴 한밤엔 온 데 은은히 빛나고, 정오는 자주빛으로 불타오르고,
저녁엔 가득한 홍방울새의 나래소리.

나는 이제 일어나 가야지, 왜냐하면 항상 낮이나 밤이나
湖水물이 나지막이 철썩대는 소리 내게 들려오기에;
내가 車道 위 혹은 회색 포도 위에 서 있을 동안에도
나는 그 소릴 듣는다 가슴속 깊이.

이 시의 첫 연의 2~3행을 다시 자세히 비교해 보자.

거기 싸리와 진흙으로 오막살이를 짓고
아홉 이랑 콩밭과 꿀벌통 하나 (피천득)

나뭇가지 엮어 진흙 발라 거기 작은 오막집 하나 짓고;
아홉 콩 이랑, 꿀벌집도 하나 가지리. (이재호)

이 두 번역을 비교해 보면 두 역자의 특징이 다시 드러난다. 피천득의 번역은 시상과 운율이 좀 더 시적으로 흘러가고 이재호의 번역은 약간은 산문적이다. 앞서도 잠시 지적하였듯이 피천득의 번역은 시인으로서 일반 독자들을 위해 좀 더 자연스러운 번역에 주안점을 두었고 이재호의 번역은 영시

교수와 학자로서 영시를 공부하는 학생이나 학자들을 위해 원문의 정확도로 다가가는 직역에 가깝다고 하겠다. 다시 말해 피천득은 외국시의 모국어화를 목표로 삼았고 이재호는 외국시의 이질성과 타자성을 그대로 살리려고 노력하였다.

3) 중국 시, 인도 시 번역

다음으로 중국 진나라 시인 도연명(365~427)의 시 한 수를 살펴보자. 금아 선생은 도연명의 시 중 유명한 「귀거래사」, 「전원으로 돌아와서」, 「음주」 3편을 번역하였다. 이 중에서 「전원으로 돌아와서」를 살펴보자.

젊어서부터 속세에 맞는 바 없고
성품은 본래 산을 사랑하였다
도시에 잘못 떨어져
삼십 년이 가버렸다
조롱속의 새는 옛 보금자리 그립고
연못의 고기는 고향의 냇물 못 잊느니
내 황량한 남쪽 들판을 갈고
나의 소박성을 지키려 전원으로 돌아왔다
네모난 택지(宅地)는 십여 묘
초옥에는 여덟, 아홉 개의 방이 있다
어스름 어슴푸레 촌락이 멀고
가물가물 올라오는 마을의 연기
개는 깊은 구덩이에서 짖어대고
닭은 뽕나무 위에서 운다
집안에는 지저분한 것이 없고
빈방에는 넉넉한 한가로움이 있을 뿐

긴긴 세월 조롱 속에서 살다가
나 이제 자연으로 다시 돌아왔도다

권위 있는 중국문학자 김학주의 번역은 다음과 같다.

전원으로 돌아와(歸園田居)

젊어서부터 속세에 어울리는 취향(趣向) 없고,
성격은 본시부터 산과 언덕 좋아했네
먼지 그물 같은 관계(官界)에 잘못 떨어져,
어언 30년의 세월 허송했네.
매인 새는 옛날 놀던 숲을 그리워하고,
웅덩이 물고기는 옛날의 넓은 연못 생각하는 법.
남녘 들 가에 거친 땅을 새로 일구고,
졸박(拙樸)함을 지키려고 전원으로 돌아왔네.
10여 묘(畝) 넓이의 택지(宅地)에
8,9간(間)의 초가 지으니,
느릅나무, 버드나무 그늘, 뒤 추녀를 덮고,
복숭아나무, 오얏나무, 대청 앞에 늘어섰네.
아득히 멀리 사람들 사는 마을 보이고,
아스라이 동리 위엔 연기 서리었네.
깊숙한 골목에서 개짖는 소리 들리고,
뽕나무 꼭대기에서 닭 우는 소리 들리네.
집안에 먼지나 쓰레기 없으니
텅 빈 방 안에 여유있는 한가함만이 있네.
오랫동안 새장 속에 갇혀 있다가
다시 자연 속으로 되돌아온 것일세.

피천득의 번역과 김학주의 번역 역시 시인과 학자 간의 번역의 차이가 드
러난다. 특히 첫 4행을 비교해보면 각자의 번역의 특징이 잘 나타난다. 피천

득의 번역은 거의 시적이고, 김학주의 번역은 번역투(산문적)가 엿보인다. 특이한 것은 피천득의 번역에 11~12행이 누락되어 있는데, 이것은 실수라기보다 의도적인 생략이 아닌가 싶다. 이것은 지나친 의역을 시도하는 역자의 오만일 수도 있지만, 금아는 이 두 시행을 군더더기로 보았을 것이다. 중국 시에서 한국 독자에게 불필요하다고 생각되는 부분을 과감하게 삭제하여 더욱 시적 효과를 높이는 것을 우리는 에즈라 파운드가 중국 시를 번역할 때도 자주 보았다. 이것은 거의 창작번역에 가깝다고 볼 수 있다.

금아는 어려서부터 당시 한반도에 열풍이 불었던 타고르의 시를 번역 또는 원문(벵갈어에서 영어로 번역한 것)으로 읽었음에 틀림없다. 1913년 아시아 최초로 노벨 문학상을 받은 인도의 시성 라빈드라나드 타고르(Rabindranath Tagore, 1816~1941)의 시집『기탄잘리(*Gitanjali*)』(1913)에서 선택한 두 편의 시 중 짧은 36번의 번역을 살펴보기로 하자. 타고르는 1920년대에 영국의 식민지였던 인도와 같이, 일본의 식민지 경험을 하고 있던 당시 조선에 대해 각별한 관심을 가졌고 조선을 "고요한 아침의 나라"로 부르며 1920년『동아일보』창간호에「동방의 등불」이라는 시를 기고했다. 윌리엄 버틀러 예이츠가 그 유명한「서문」을 써준『기탄잘리』는 당시 조선 문단에서 번역으로 많이 읽혔고, 타고르 열풍이라고 부를 정도로 대단한 인기를 누리고 있었다. 타고르에 대한 피천득의 관심도 이와 무관하지 않을 것이다. 금아는 다음과 같이 번역하였다.

> 이것이 주님이시여, 저의 가슴 속에 자리잡은 빈곤에서 드리는 기도입니다.
> 기쁨과 슬픔을 수월하게 견딜 수 있는 그 힘을 저에게 주시옵소서
> 저의 사랑이 베풂 속에서 열매 맺도록 힘을 주시옵소서
> 결코 불쌍한 사람들을 저버리지 않고 거만한 권력 앞에 무릎 꿇지 아니할 힘을 주시옵소서

저의 마음이 나날의 사소한 일들을 초월할 힘을 주시옵소서
저의 힘이 사랑으로 당신 뜻에 굴복할 그 힘을 저에게 주시옵소서

이 번역도 역시 한국 시를 읽는 것처럼 자연스러움이 그 특징이다. (여기
서는 『기탄잘리』의 다른 번역자의 번역과의 비교는 생략한다.)

나가는 말 : 번역과 창작의 상보적 관계

지금까지 금아 피천득의 번역시 몇 편을 중심으로 그의 번역문학가적
면모를 살펴보았다. 그의 번역은 영문학자나 교수로서보다 모국어인 한국
어의 혼과 흐름을 표현할 수 있는 탁월한 능력을 가진 토착적 한국 시인으
로서의 번역이다. 그는 『내가 사랑하는 시』의 「서문」에서 밝힌 바 있듯 자
신의 번역 방법과 목적에 충실하였다. 금아는 영시를 가르치는 것과 시 창
작 과정과 번역 작업을 분리시키지 않았다. 피천득은 필자가 대학시절 수
강한 영미 시 강의에서도 학생들에게 강조한 것은 낭독(읽기), 암송, 그리
고 번역이었다. 나아가 금아는 번역작업을 자신의 문학과 깊게 연계시켰
을 뿐만 아니라 번역을 부차적인 보조 작업으로 보지 않고 "문학 행위" 자
체로 보았다.

한국 현대문학사에서 개화기 때부터 시작된 다양한 서양의 번역시는 외
국문학으로만 그대로 남는 것이 아니다. 아니 남을 수 없다. 번역물은 우리
에게 들어와서 섞이고 합쳐져서 새로운 창조물로 거듭 태어나는 것이다. 피
천득의 번역시는 한국 독자들이 "우리나라 시를 읽는 것처럼 자연스러운 느
낌"이 들도록 "쉽게 재미있게 번역"되어 한국문학에 새로운 토양을 마련하
였다. 다시 말해 다른 역자들의 것과 비교하자면 그의 번역시는 번역 투를

거의 벗어나 한국어답게 자연스럽고 서정적이다. 또한 글자만 외국어에서 한글로 바뀌었지 원작시의 영혼(분위기와 의미)은 그대로 살아 있다. 이것은 바로 유종호가 말하는 "홀로서기 번역"이다(113쪽). 이것이 번역문학가로서 금아 선생의 가치이며 업적이다. 금아 번역시집 말미에 부쳐진 김우창 교수의 해설에서 다음과 같은 지적은 매우 적절하다 하겠다.

> 참으로 좋은 번역은 그대로 우리 시의 일부가 되고 아니면 적어도 그것을 살찌게 할 밑거름이 될 수 있는 것이 아닌가 한다. 이번의 금아 선생의 시 번역과 같은 것이 거기에 하나의 중요한 공헌이 될 것이다. 이 번역시집은 그 번역의 대상을 동서고금에서 고른 것이지만, 번역된 시들은 번역으로 남아 있기보다는 우리말 시가 됨을 목표로 한다.(앞 책, 124쪽)

피천득의 번역작업 배후에는 금아가 15세 무렵부터 읽고 심취했던 "일본 시인의 시들 그리고 일본어로 번역된 영국과 유럽의 시들"이 있고 그 후에 애송했던 "김소월, 이육사, 정지용 등"의 시들이 있었다(『내가 사랑하는 시』, 9쪽). 특히 금아는 수필 「순례」에서 조선시대 시인이며 명기(名妓)였던 황진이를 "멋진 여성이요, 탁월한 시인"으로 그리고, 자신의 "구원의 여상"(『인연』)으로 높이 평가한다. 금아는 황진이의 유명한 시조를 인용하면서 "진이는 여기서 시간을 공간화하고 다시 그 공간을 시간으로 환원시킨다. 구상과 추상이, 유한과 무한이 일원화되어 있다. 그 정서의 애틋함은 말할 것도 없거니와 그 수법이야말로 셰익스피어의 소네트 154수(首) 중에도 이에 따를 만한 것은 하나도 없다. 아마 어느 문학에도 없을 것이다"라고 말한다. 그는 황진이가 남긴 시 몇 편을 세계 문학 사상 최고로 평가하고 있는 것이다. 그의 이러한 면모를 볼 때, 금아의 번역 작업은 고전 한국 시 전통뿐 아니라 현대 한국 시 전통과도 맞닿아 있다고 볼 수 있다.

앞으로 번역문학가 피천득에 대한 접근은 그의 문학 세계 전체와의 관계 속에서 이루어져야 하며, 특히 그의 번역시들과 창작 시편들을 형식과 주제 양면에서 비교문학의 방법으로 연계시켜야 할 것이다. 다시 말해 금아는 자신의 외국시 번역 작업을 자신의 시 창작의 훈련 과정과 연계시켰다. 그러나 김소월(金素月, 1902~1934)의 경우처럼 시 창작 작업을 하나의 "부산물"로 간주하지 않았고, 번역 작업과 번역시 자체의 독립적인 가치를 인정하였다. 더욱이 그의 번역시에 대한 논의에서 좀 더 많은 번역시들을 포괄적으로 동시에 구체적으로 논의하기 위해서는 원시와의 상호관련성 등 비교 문학의 여러 방법들을 개입시킬 수 있을 것이다. 금아의 번역시를 하나의 새로운 한국 시로 접근하기 위해서는 비교비평적 방법과 번역이론 적용 등 우리에게 남은 과제가 아직도 적지 않다.

그러나 피천득의 외국 시 번역 작업이 한국 토착화에만 중점을 둔 것은 물론 아니다. 금아는 번역시 선집 『내가 사랑하는 시』의 서문에서 각 국민문학의 타자성을 포월하여 이미 양(洋)의 동서를 넘나드는 문학의 보편성 문제를 제기한 바 있다. 지방적인 것(the local)과 세계적인 것(the global)이 통섭하는 "세방화"(世方化, glocalization) 시대를 가로질러 타고 넘어가는 새로운 세계시민주의(cosmopolitanism)적 현상을 금아는 직시하고 있었다. 모국어인 한국어는 물론 중국어(고전 한문 포함), 일본어 그리고 세계어인 영어에도 탁월한 능력을 보인 피천득은 외국어 소양과 번역을 통해 보편 문학으로써의 세계 문학을 꿈꾸었다고 볼 수 있다.

번역은 이미 언제나 인류문명사에서 가장 중요한 문명 이동과 문화 교류의 토대가 된 소통의 방법이었다. 이러한 번역이라는 이름의 소통이 없었다면 인간세계는 결코 지금처럼 전지구화(세계화)를 이룩해내지 못했을 것이다. 이런 시각에서 우리는 피천득의 외국어 시와 산문 번역 작업을 앞으로는 다른 번역과의 단순 비교를 넘어서 한국 번역문학사의 맥락에서 나아가 한국문학의 세계화의 과제 앞에서 더 치밀하게 비판적으로 재논의해야 할 것이다.

6. "시(詩)"로 번역한 셰익스피어 새로 읽기
— 서거 400주기를 맞아 나온 이상섭의 『셰익스피어 전집』

셰익스피어는 모든 작가들, 적어도 현대 작가들보다 자연(道)의 시인이다. 그는 인류의 풍속과 삶을 비추는 충실한 거울을 독자들에게 들어 보여준다. 셰익스피어 극의 등장인물들은 세상 사람들에 의해 수행되지 않는 특수한 장소의 관습에 의해 변형되지 않고 소수 사람들에게 작동하는 연구나 전문성이라는 특수성에 의해 바뀌지 않으며 일시적 유행이나 시류에 맞는 의견들에 의해서도 영향 받지 않는다. 그의 등장인물들은 세계가 언제나 보여주고 우리가 언제나 찾을 수 있는 그러한 보편적 인간성을 지닌 진정한 인물들을 보여준다. 그의 인물들은 모든 인간이 수행하고 삶의 전 체계가 지속적으로 작동되는 보편적 열정과 원리 아래서 행동하고 말한다. 다른 사람들의 작품에서는 등장인물이 종종 너무나 개인인 반면에 셰익스피어 극에서는 보통 하나의 종(種)이다.

— 새뮤얼 존슨, 『셰익스피어 전집』, 「서문」, 정정호 역

들어가며 : 셰익스피어 다시 보기/새로 쓰기

윌리엄 셰익스피어(1564~1616)는 오늘날 세계의 많은 작가들에게 "한 번이라도 만나보고 싶은 작가"이고 무인도에 갈 때 가져가고 싶은 책으로 가장 많이 선정되는 작가이다. 21세기에도 셰익스피어는 전 지구적으로 영화,

연극, 오페라, 발레 등 다양하게 재창조(개작)되어 공연되고 전시되고 향유되는 "문화산업"이 되었다. 셰익스피어는 이제 영국뿐 아니라 전 세계 문화자본의 중요한 부분이 되었고 대학에서 전 세계적으로 연구되어 수많은 석박사 학위자들을 배출하는 고급문화뿐 아니라 일반 대중문화에서도 큰 위력을 발휘하고 있다. 그 이유는 셰익스피어 문학 자체가 고급문학으로서의 매력뿐 아니라 근대 초기에 새로 부상하기 시작한 대중 시민 계급의 취향까지도 배려했기 때문이다.

영국 정부는 2016년 "셰익스피어 라이브"란 글로벌 프로그램을 시작해 "셰익스피어의 지속적 영향력을 강조하는 한편 전 세계를 대상으로 읽고 쓰는 능력을 높이기 위한 교육적인 자원으로 셰익스피어를 활용하"고 있다. 셰익스피어는 이제 "전 세계가 모두 무대"라는 극 중 대사처럼 세계시민시대를 위한 새로운 문화교육 아이콘으로 등장하였다.

서양문학 정전의 중심에 있는 세계적 문호 셰익스피어의 영향은 이제 급속히 확장되어 『셰익스피어를 모르면 21세기 경영은 없다』, 『셰익스피어가 가르쳐 주는 세상 지혜』와 같은 책은 물론 다양한 인용어 사전 등도 여러 권 나와 있다. 셰익스피어 문학이 21세기에 어떤 의미를 가질까? 비극, 희극, 사극, 로만스 등 38권의 극과 154편의 소네트 등 시편들은 여러 분야의 사람들에게 현재와 미래를 위한 "상상력의 보물창고"를 제공하고 있다.

셰익스피어의 천재성은 다양한 인간성 창조에 있다. 그의 근대 인물들은 시공을 초월하여 5대양 6대주를 가로질러 전 지구적으로 공감하고 함께 살아가는 인간들이다. 민족, 종교, 성별, 계층을 넘어서는 보편적 인간성의 토대는 "사랑"이라는 점이 셰익스피어 문학의 위대성이다. 셰익스피어 서거 400주년을 맞이하여 우리의 세계시민으로서의 책무는 셰익스피어가 보여 준 인류에 대한 보편적 사랑과 공감의 상상력을 작동시켜 세계 각처에서 끊이지 않는 증오와 갈등을 치유하고 평화롭게 공존하는 지혜를 인식하고 실천하는 것이다.

영어를 세계어로 만드는 데 공헌한 셰익스피어는 세계문화시민의 필수 교양이 되었다. 한국에서 아직은 셰익스피어와 같은 세계적인 작가가 배출되지는 않았지만, 앞으로 세계 각처에 흩어져 살고 있는 750만 재외 동포들의 전 지구적 활약과 국제적으로 중요성이 점증하고 있는 한류와 한글의 세계화와 더불어 우리는 한반도의 셰익스피어를 탄생시키기 위해 노력해야 할 것이다.

극작가 셰익스피어는 천재적인 "시인"이다.

우리는 흔히 윌리엄 셰익스피어를 영국의 가장 위대한 "극작가"인 동시에 세계 최고의 "시인"이라고 부른다. 이것은 셰익스피어가 극을 쓰던 16세기 말과 17세기 초 엘리자베스 시대에는 모든 극을 운문으로 썼기 때문이다. 요즘은 극작가들이 대부분의 글을 산문대화체로 쓰기 때문에 운문으로 된 셰익스피어 극작품을 영어로 읽는 것이 쉽지 않다. 셰익스피어가 사용한 근대 초기 영어가 현대 영어와 어법이 많이 달라 이해하기 힘든 점도 있지만 그보다는 셰익스피어 극이 음운 체계가 우리나라 말과 전혀 다른 운문으로 쓰였기 때문이다. 한국인 독자들은 셰익스피어 작품을 접할 때 대체로 한글로 번역된 작품들을 읽기 때문에 어떤 의미에서 매우 불완전하다. 왜냐하면 시로 된 셰익스피어 작품을 운율까지 살려 한글로 적절하게 번역하기란 무척 어렵기 때문이다. 각 나라의 언어와 음운 체계가 서로 달라 시 번역은 본질적으로 불가능하다는 절망론도 팽배하다.

그런데 셰익스피어 전 작품을 우리말의 운율을 잘 살려 번역한 셰익스피어 전집 1,806쪽이 한 권으로 2016년 문학과지성사에서 출간되었는데, 이 것은 한국의 외국문학 번역사에 쾌거일 뿐 아니라 한국문학 발전에 큰 도움을 줄 것이다. 더욱이 이 전집은 국내 최초로 셰익스피어의 전 작품 44편을 모두 번역하여 싣고 있다. 이 새로운 전집의 역자는 영국 르네상스기 문학 전공자이며 문학비평이론에도 조예가 깊은 이상섭 교수이다. 지난 10년간 이루어진 이 번역작업은 이 교수 개인의 커다란 업적이기도 하지만 한국 영문학계와 번역계의 큰 경사가 아닐 수 없다.

시(詩)로 번역하는 새로운 전략
: 영시 운율을 한국 전통운율로 옮기기

우선 이상섭 교수는 옮긴이 「서문」인 「셰익스피어는 왜 시인인가?」에서 "셰익스피어의 '시인'으로서의 특별한 자질은 심각하고 복잡한 사상에 있는 것이 아니라 그의 특별한 예술적 집필 능력과 운율적 언어 사용에 있다"고 전제하고 다음과 같이 셰익스피어 작품의 시적 특성의 토대를 "영어의 기본적 운율"로 설명하고 있다.

셰익스피어의… 시적인 특성은 그가 이미 운문을 기막히게 잘 썼기에 멋있고 자연스럽게 드러난다고 말할 수 있다. 셰익스피어의 희곡에서 그가 거의 일관되게 사용했던 운율은 '5보격(pentameter)'이다.… 셰익스피어 희곡의 1행은 10음절로 구성되어 있고 다시금 이런 음절들이 강약의 2음절 단위(iambic이나 trochaic)로 나눠지는데 그 희곡의 1행은 5개의 약세 음절과 5개의 강세 음절로 구성되는 것이다.

운문번역자 이상섭 교수는 셰익스피어가 이런 "운문의 대가"였고 그의 "영어 구사는 억지로 꾸며낸 인공적인 운문이 아니라 의미와 멋지게 어울려 매우 '자연스럽다'"고 평가한다. 이어서 이교수는 음운 체계를 천재적으로 이용한 셰익스피어의 희곡을 한국어로 어떻게 번역할 때 그 "음악성"을 살릴 수 있을 것인가를 논의하기 시작한다.

그럼 우리말의 운문은 어떤가. 셰익스피어가 자신의 희곡에서 산문이 아닌 운문, 그것도 5보격이라는 운율을 사용했으니 우리말로 셰익스피어 작품을 제대로 옮기려면 산문이 아닌 운문으로 번역해야만 그 텍스트의 의도와 매력을 더욱 잘 살릴 수 있는 것이다. 약강 2음절이 영어의 기본 운율을 이루듯 우리말도 4음절 2마디가 기본 운율을 이룬다는 것이 내 생각의 대전제이다. "나비야, 청산 가자. 범나비 너도 가자"와 같은 옛시조는 물론이고 "새 나라의 어린이는 일찍 일어납니다." 같은 동요나 "꺼진 불도 다시 보자"라는 표어에 이르기까지 4.4조는 우리말의 기본 운율이다.

이상섭 교수는 이어서 우리의 민족 감정을 읊은 김소월의 대표시 「진달래꽃」도 "4 · 4조의 변형인 이른바 7 · 5조의 시"이고 "조지훈의 시 「봉황음(鳳凰吟)」"도 "7 · 5와 4 · 4조를 뒤섞은 운율"로 쓰였다고 주장한다. 그래서 셰익스피어 시행의 전형적 운율인 약강 5보격(iambic pentameter)을 우리말 4 · 4조와 그 변조로 옮겨야 한국 독자들이 "소리의 간결함과 가락이 주는 흥취"를 느낄 수 있다고 주장한다. 셰익스피어 번역의 경우 일부 학자와 전문가들이 주장하듯 "학술적 정확성"이라는 명분 아래 일부 일본 번역자들의 예를 따라 셰익스피어의 대사를 길고 현학적으로 옮긴다면 우리말로도 부자연스럽고 무대 위 연극대사로도 적절치 않다고 주장한다. 국내 학계에 한국 시가의 기본 운율이 4 · 4조냐 7 · 5조냐에 대해서는 아직도 확정된 이론

은 없지만 셰익스피어 텍스트를 한국어로 옮기는 경우 일단 이상섭 교수의
지론은 타당하다고 받아들일 수밖에 없다.

이상섭 번역과 다른 번역의 비교 : 햄릿 독백의 경우

이상섭 교수는 자신의 번역의 우수성을 국내의 다른 번역과 비교하여 보
여주고자 한다. 한 예로『햄릿』3막 1장에서 고뇌에 찬 햄릿 왕자의 유명한
독백 중 57~70행의 번역을 중심으로 살펴보자. 다음은 셰익스피어 전문 영
문학자이며 문학평론가였던 최재서 교수의 번역이다.

살아 부지할 것인가, 죽어 없어질 것인가,
그것이 문제다.
가혹한 운명의 돌팔매와 화살을 받고
참는 것이 장한 정신이냐?
아니면 조수처럼 밀려드는 환난을 두 손으로 막아,
그를 없이함이 장한 정신이냐?
죽는 일은 자는 일. 다만 그뿐이다.
잠들면 심로(心勞)와 육체가 받는 온갖
고통을 끝낼 수 있다 할진대
죽음이야말로 인생의 극치되어,
우리가 열렬히 바라 원하리라.
죽는 일은 잠드는 일.
잔다! 그래 꿈도 꾸겠지! 아!
꿈을 꾼다면 문제다.
대저 生의 굴레를 벗어나 죽음 속에 잠들 때에,
그 어떤 꿈이 우리를 찾아올까 생각하면
잠드는 죽음으로 발길이 내키지를 않는다.

그 염려가 있기에 우리 인생은
불행을 일평생 끌고 나가게 된다.

 최재서 교수는 "외국작품의 번역은 결코 외국문학을 위함이 아니요 우리 문학을 위함이다"라고 언명한 바 있다. 그의 번역이론은 한국문학에 도움이 되는 번역이 되어야 한다는 것인데 그것은 자연스러운 의역(意譯)이 되어야 한다는 말이다. 이에 대한 이상섭 교수의 평을 직접 들어보자. 이 번역은 "학술적 정확성"으로는 문제가 없지만 원문의 14행이 19행으로 길이가 늘어났을 뿐더러 이렇게 길어져 버린 번역은 연극무대 위에서 대사로 쓰기에 맞지 않다고 말한다.
 이 부분을 이상섭 교수 자신의 번역으로 읽어보자.

> 존재냐, 비존재냐, ─ 그것이 문제다.
> 억울한 운명의 돌팔매와 화살을
> 마음속에 참는 것이 고귀한 일인가,
> 만난의 바다에 팔을 걷어붙이고
> 저항하여 끝내는 것이 고귀한 일인가?
> 죽음은 자는 것, 그 뿐이다. 잠으로써
> 육체가 이어받는 아픔과 온갖 병을
> 끝낸다 할진대, 이는 진정 희구할
> 행복한 결말이다. 죽음은 잠자는 것.
> 잠은 혹시 꿈꾸는 것. 오, 문제는 그것.
> 썩을 몸을 벗은 후에 죽음의 잠에
> 찾아올 꿈에 망설이는 것이다.
> 그 때문에 이토록 기나긴 인생을
> 고난의 연속으로 이어가는 것이다.

이상섭 교수는 자신의 번역에 대해 변형된 4.4조가 "우리말의 생래적 운율에 좀 더 어울린다."고 전제하고 셰익스피어의 1행과 우리말의 1행을 맞추어 옮겼기에 원문과 번역문의 길이가 14행으로 같아졌다고 말한다. 분명한 것은 최재서의 번역은 길고 산만하나 이상섭 교수의 번역은 훨씬 짧고 압축된 느낌을 주어 우리말 대사로도 더 적절해 보인다.

여기에서 다른 셰익스피어 전문학자 김재남 교수의 번역을 살펴보자.

삶이냐 죽음이냐, 이것이 문제다.
가혹한 운명의 화살을 참는 것이란 장한 것이냐,
아니면 환난의 조수를 두 손으로 막아
이를 근절시키는 것이 장한 것이냐?
죽는다, 잠잔다─다만 그것뿐이다.
잠들면 모두 끝난다. 번뇌며 육체가 받는 온갖 고통이며.
그렇다면 죽음, 잠, 이것이야말로
열렬히 희구할 생의 극치가 아니겠는가!
잔다, 그럼 꿈도 꾸겠지. 아, 이게 문제다.
대체 생의 굴레를 벗어나 영원한 잠을 잘 때,
어떤 꿈을 꾸게 될 것인지, 이를 생각하니 망설여질 수밖에─
글쎄 이 주저가 있기에 인생은 일평생 불행하게 마련이지.

김재남 교수의 번역은 오히려 원문의 행수보다 2행 줄어든 12행이다. 그러나 눈으로 읽기로는 별문제 없고 무대 위에서 대사로 옮기로도 무난해 보인다.

셰익스피어의 극 중 가장 길고 가장 난해하고 문제적인 극 『햄릿』에서 학자들과 번역자들 간에 가장 의견이 분분한 부분은 이 독백의 첫 문장이다. 이 첫 행에 대한 역자 세 사람의 번역이 모두 다르다.

(1) 최재서 : 살아 부지할 것인가, 죽어 없어질 것인가.
　　　　　　 그것이 문제다.
(2) 김재남 : 삶이냐 죽음이냐, 이것이 문제다.
(3) 이상섭 : 존재냐, 비존재냐, ─그것이 문제다.

이 첫 행에서 "언어의 마술사"이자 세계문학사에서 최고의 천재시인으로 평가받는 셰익스피어의 의도는 무엇인가? 이 번역에서도 차이를 보이듯이 그 해석이 다양하다. 이상섭 교수는 이 행에 대한 자신의 번역을 각주에서 다음과 같이 옹호한다.

　　　"존재냐, 비존재냐, ─그것이 문제다"가 좀 더 원문에 가까운 번역이다. 작품 속의 햄릿은 독일의 비텐부르크 대학에 다니면서 심각한 책을 읽는 청년으로서 철학적 문제에 봉착해 있다. 아래에서도 햄릿은 비극적 수필가 살루스티우스의 글을 인용하며 "말, 말뿐이다"라고 외친다. 그러나 우리에게는 잘못된 번역, 즉 "사느냐 죽느냐, 그것이 문제로다"라고 널리 알려져 있다.

이상섭은 독일 비텐부르크대학 유학생인 덴마크의 비운의 왕자 햄릿의 이 진지한 독백을 그가 "철학적 문제"에 봉착한 청년이기에 "존재냐, 비존재냐 ─ 그것이 문제다"라고 번역하는 것이 가장 원문에 충실한 번역이라고 주장한다.

그러나 여기에도 논쟁이 있을 수 있다. 독일 유학 중에 부왕의 갑작스러운 죽음으로 긴급히 덴마크의 왕궁으로 돌아온 햄릿은 작은 아버지가 이미 왕위계승자인 자신을 제치고 왕위에 올라있고 게다가 자신의 어머니마저 숙부와 재혼해버린 비정상적 상황 앞에서 자신의 처절한 마음을 독백으로 토로한다. 젊은 왕세자가 도저히 이해하기 어려운 이런 혼란스러운 상황에서 한가하게(?) 진지한 철학적 문제인 "존재냐, 비존재냐"와 같은 독백을 쏟아

낼 수 있을까라는 의문이 제기될 수 있다. 그러나 모든 최종 판단은 독자들의 몫이리라. 이 텍스트에서 읽기의 초점을 어디에 맞추느냐에 따라 그 해석과 번역이 달라질 수 있다. 이런 의미에서 텍스트의 의미 확정의 어려움 즉 "불확정성(indeterminacy)"이 번역의 어려움/불가능성으로 이어지는 것이 아니겠는가?

나가며 : 셰익스피어 번역 방식의 새로움

모든 극을 운문(시)으로 썼던 영국 엘리자베스시대의 극작가 셰익스피어 극을 시로 읽어야 함은 너무나 자명하다. 극작가 셰익스피어는 누구보다 위대한 시인이었기 때문이다. 셰익스피어를 숭모했던 18세기 독일 근대 문학의 수립자 괴테는 당시 독일 독자들에게 영어를 배워서라도 번역이 아니라 셰익스피어 극작품을 영어 원문으로 직접 읽을 것을 권유했다. 한국 독자들도 셰익스피어를 원문으로 읽을 수 있다면 얼마나 좋을까? 그러나 영어에 조예가 깊은 독자들도 해독하기 어려운 엘리자베스 시대 영어와 한국인에게는 매우 생소한 영국시의 독특한 운율체계 때문에 상당한 어려움을 겪을 수밖에 없다. 차선책은 원문에 충실하고 우리말 질서에도 어울리는 번역을 통해 셰익스피어를 시로 읽는 것이다.

이런 맥락에서 인류 문학유산의 최고봉 윌리엄 셰익스피어의 서거 400주기였던 2016년 간행된 이상섭 교수의 『셰익스피어 전집』은 한국문학계에도 큰 자산이다. 그것도 44편 전편을 모두 시로 번역한 것은 진실로 이상섭 교수의 거의 종교적인 "사랑의 수고"이다. 이상섭 교수의 말을 다시 들어보자.

셰익스피어가 시인이라고 하는 사실과, 그러기에 그가 희곡을 정확한 5보격 운문으로 썼다는 사실과, 그리하여 대사에 운율을 실어주어 배우가 신명나게 가락을 읊을 수 있도록 만들어준 사실과, 그럼으로써 청중도 그 가락에 흥취를 느끼게 해준 사실과, 그래서 배우나 청중이 그 가락의 대사를 저절로 외울 수 있게 해준 사실이 내게는 중요하다. 이 '사실'을 무시한 번역은 적어도 연극의 대사 구실은 잘할 수 없다고 나는 믿어 의심치 않는다.

한때 극을 산문으로 쓰기보다 다시 시로 쓰자는 시극운동이 일어난 적이 있었다. 극을 좀 더 산문적인 평범성에서 벗어나 다시 시적인 고양(高陽)의 경지로 끌어 올리자는 것이리라. 그것이 요즘 하나의 중요한 문학운동으로 일어나고 있는 시낭송 운동이다. 그동안 우리는 시든 산문이든 너무 눈으로 읽는 시각 중심의 읽기 문화에 관숙되어왔다. 이제는 우리가 낭송을 통해 구강의 발성기관과 청각이 함께 울리는 "청각적 상상력"을 회복시킬 때이다. 문학 작품의 낭독과 낭송은 우리의 잠드는 영혼을 문학으로 끊임없이 깨우는 소중한 문학 행위이며 실천이다. 이런 맥락에서 이상섭 교수가 시로 번역한 셰익스피어 작품들이 현재 한국에서 일고 있는 시, 수필, 소설의 문학작품 낭송 운동에도 큰 견인차 역할을 하기를 기대한다. 이상섭 교수가 한국 전통운율에 맞추어 시로 다시 새롭게 번역한 셰익스피어 전집은 서거 400주기를 맞은 셰익스피어를 기념하는 한국인들에게 주는 최고의 선물이다.

7. 번역과 "여행하는 이론"

― 이론 번역의 새로운 효용

비평과 번역은 한 나라의 문화를 지탱하고 있는 두 개의 지주이다. 비평은 자기의 문화를 분석하고 설명하는 역할을 맡고 있으며, 번역은 다른 문화와의 접촉을 통해 자기의 문화를 변형시키는 역할을 맡고 있다. 번역이 없고 비평만이 있을 때 문화는 국수주의적 함정에 빠져들기 쉬우며, 비평이 없고 번역만이 있을 때, 문화는 새것 콤플렉스에서 벗어나지를 못한다. ··· 한국문화를 깊게 알면 알수록, 한국문화의 뿌리를 이루고 있으리라고 생각된 한국적인 것이, 여러 문화적 요소들의 얽힘이지, 단독적인 것이 아니라는 것을 지식인들은 알게 되고, 한국적인 것은 외래문화와의 싸움에서 생겨난다는 것을 확인하기에 이른다.

― 김현, 「문학이론 분야의 번역에 대하여」, 1984

들어가며 : "번역"이라는 이름의 "여행"

모든 것은 생명체처럼 여기저기로 이동하고 이주한다. 우리가 예상하지 못하는 시공간에서도 모든 것은 욕망처럼 합쳐지고 퍼뜨려지면서 흐른다. 바람에 날리는 씨앗은 정처없이 떠돌다가도 어디엔가 떨어져 뿌리를 내린다. 생명이나 욕망도 이렇게 생성된 것이 아닐까? 인간의 문명과 문화도 유목민적 여행으로부터 시작되었을 것이다. 전 지구적 생태계 체계에서는 정착하고 정주한다는 것이 오히려 부자연스러운 일이 아닐까? 이제 이주는 우리의 운명이고 과업이다. 고인 물은 썩고, 구르는 돌이 박힌 돌을 빼내고, 껍질을 벗지 못하는 뱀은 죽는다.

우리 시대의 놀라운 프랑스 철학자 질 들뢰즈의 메타포에 기대어보자. 이동과 이주는 우리의 유일한 "탈주의 선"이다. 이동과 여행은 단순히 직선적/선형적이지 않고 순환적이거나 환원적이지도 않다. 그것은 나선형의 미끄러지는 운동이며 동시에 "주름"을 만드는 창조적 행동이다. 나선형적 주름이라고나 할까? 주름은 이제 삶의 새로운 메타포이다. 주름은 안과 밖이 없으며 철학의 모든 이분법을 포월하는 끊임없는 생성의 윤리다. 주름은 들뢰즈의 또다른 개념인 좀더 이종잡배적이고 복합다기한 판짜기 놀이인 "뿌리줄기(rhizome)"로 바뀐다. 뿌리줄기야말로 우리의 삶과 문화를 위한 교차배열법이며 연합종횡으로 연결시키기이다. 우리는 "이미 언제나" 이주자이며 여행자이며 방랑자이며 유목민이다.

스피노자처럼 "신에의 지성적인 사랑"만이 죽음 때문에 영원히 이 땅에서 정착을 거부당하는 저주받은 인간들의 마지막 목적지일까? 그러나 죽음은 놀랍게도 우리를 끊임없이 살아있게 만든다. 이 지상에서 영원히 살 수 있다면 그것이 바로 죽음일 것이다. "죽음 속의 삶"은 오히려 "삶 속의 죽음"보다 더 축복이 아니겠는가? 이러한 삶과 죽음의 역설과 아이러니는 우리를 이미 언제 어디서나 "타자"로 만든다. "인간은 하나의 무한한 이주이고 인간 자체 내부에서 진흙에서 신으로의 이주이다. 인간은 그 자신의 영혼 내에서 이주자이다"라고 누가 말했던가? 우리는 여기에서 12세기 유럽 색소니 출신 성직자 생빅토르의 위고(Hugo von St. Viktor)의 영혼을 울리는 통찰력을 들어보자.

훈련받은 마음이 처음에는 조금씩 가시적이고 일시적인 것들에 관해 변화하는 것을 배우는 것은 위대한 미덕의 원천이다. 그리고 나서 나중에 그 마음은 그것들을 모두 뒤에 내버려두고 떠날 수도 있다. 자신의 고향을 아름답다고 생각하는 사람은 아직도 상냥한 초보자이다. 모든 땅을 자신의 고향으로 보는 사람은 이미 강한 사람이다. 그러나 전 세계를 하나의 타향으로 생각하는 사람은 완벽하다. 상냥한 사람은 이 세계의 한 곳에만 애정을 고정시켰고, 강한 사람은 모든 장소들에 애정을 확장했으며, 완벽한 인간은 자신의 고향을 소멸시켰다.(에드워드 사이드,『문화와 제국주의』, 김성곤・정정호 역, 564쪽 재인용)

오늘 우리의 주제는 "이론/번역"이다. 이론/번역을 "여행"에 연계시키는 작업은 오늘날과 같이 전 지구적 상호 침투 및 교환세계 체제인 "세방화(世方化) 또는 세계지역화(glocalization)"의 시대에 시의적절하다. "여행하는 이론"이란 개념은 에드워드 사이드의 유명한 논문 제목이지만 이제는 우리 시대를 위한 필수적 표어가 되었다. "번역"이란 말 자체가 여행이며 이론이란 뜻을 함축하고 있다. 이론번역에 특별히 관심을 가진 J. 힐리스 밀러의 말을 들어보자. 이론이란 언어를 통한 항해이며 여행이 아닐까?

이론적 통찰이란 언어가 어떻게 작용하는가를 곁눈으로 흘끗 일별하는 작업이며, 또한 개념화가 완전하게 이루어지기 어려운 것을 흘끗 일별하는 작업이다. 다른 말로 하면, 원래의 이론 자체가 어떤 언어로 이루어져 있건 간에 그것 자체가 이미 잃어버린 원본에 대한 번역이자 오역이라 할 수 있다. 이 원본은 결코 찾을 수가 없는데, 명시적인 말로 되어 있지 않은 그 무엇으로 또는 어떤 언어로도 명시화가 불가능한 그 무엇으로 존재했었기 때문이다. 따라서 이론의 번역은 오역의 오역이지, 무엇인가 권위있고 명쾌한 원본에 대한 오역은 아닌 것이다. 이러한 논리는 이론을 번역하고 새로운 환경에서 이론을 수행적으로 사용하는 사람들을 즐겁게 할 것이다. (『경계선 넘기-이론번역의 문제』, 장경렬 역, 279쪽)

이미 이론이 현실을 떠나 언어를 통해 새로운 담론의 세계로 이주/이민/여행한 것이다. 따라서 이론의 번역은 번역의 번역이다. 그렇다면 다음으로는 "이론"에 관한 이야기를 해보도록 하자.

(문학)이론의 효용과 오용 : 주체적 타작과 전화를 향하여

폴 드 만은 「이론에의 저항」이란 유명한 글에서 "이론에 대한 정의가 불가능하다는 점이 문학이론의 주된 관심사"라고 말한 바 있다. 그러나 이 글에서는 어색하고 제한적이지만 어떤 식으로든 그 정의를 시도해보자. 단도직입적으로 "이론"이란 (새로운) 사실과 현 상황을 설명하고 그것에 대항하는 논리와 개념을 창출하기 위한 하나의 지적/정서적 작업의 경험적 결과물이다. 이주하는 특성을 가진 이론은 다음과 같은 (모순적) 특징이 있다.

(1) 이론은 〈추상적〉인 동시에 〈구체적/실천적〉이다.
(2) 이론은 〈고정적〉인 동시에 〈잠정적/이동적〉이다.
(3) 이론은 〈보수적〉인 동시에 〈저항적〉이다.
(4) 이론은 〈순수적〉인 동시에 〈잡종적〉이다.
(5) 이론은 〈남성적〉인 동시에 〈여성적〉이다.
(6) 이론은 〈인지적〉인 동시에 〈수행적〉이다.

이러한 모순 때문에 이론은 난해할까? 이론이 난삽하고 곤혹스러운 것은 무엇보다도 이론이 우리에게 주는 "부자연스러움" 때문이다. 그것은 또한 유라시아의 동쪽 끝에 매달린 작은 반도국가 한국에 고래로부터 이질적인 불교, 유교, 도교, 기독교 등은 물론 80년대 서구 "이론"이 외부로부터 끊임없이 이동해 들어왔기 때문만이 아니라 우리 자신들 내부의 인식 이동이 더 어렵기 때문일 것이다. 상식과 통념, 선입견 (또는 편견)에 침윤된 외국인 공포증을 지닌 우리들에게 이론의 "기괴함(uncanny)"은 곤혹스럽기만 하다. 그 이유는 새로운 패러다임과 인식소들을 쉽게 받아들이도록 여행온 "이론"이 우리에게 변화를 강요하기 때문이다.

"이론"이 난해하고 기괴한 것임에도 불구하고 우리가 그저 내버리거나 외면하지 못하고 그것들을 공부하고 부둥켜안고 넘어졌다 다시 일어나기를 해야하는 이유는 무엇인가? 그것은 분명 새로운 문명의 〈전환기〉시대와 문학의 〈위기〉시대를 여행하는데 필요한 배낭(연장통) 또는 항해도구이기 때문이다. 이와 아울러 모든 이론이란 힐리스 밀러의 지적대로 "언제나 어떤 특정 작품 또는 작품들에 대한 독해"에서 나온 것이므로 제아무리 추상화되어 난해하게 보이는 "이론"일지라도 그것을 만들어내는 사람의 구체적 상황 속에서 경험적인 독서 또는 분석행위에서 나온다는 사실을 잊어서는 아니 될 것이다.

그렇다면 (문학)이론의 효용은 무엇인가? 첫째, 이동하는 이론은 새로운 인식론적 돌파구를 마련해줄 수 있다. 그것은 문명과 역사에서 우리가 지금까지 당연한 것으로 간주하던 여러 가지 개념, 이념, 용어들을 다시 돌아보고 반성할 수 있게 한다. 그런 다음 그것은 필요에 따라 우리가 현실에 개입하여 저항하고 전복을 시도하면서, 새로운 시도를 위하여 인식론적 구각을 벗게할 수도 있다. 지금까지 우리가 통념적으로 가지고 있던 자유주의적 인본주의 이념과 최근의 새로운 〈이론〉은 어떻게 다른가?

1. 실재는 언어에 의해 재현되는 것이 아니고 구성된다.

2. 언어는 가치중립적이 아니며 이미 언제나 정치적이다.
3. 진리는 절대적이거나 몰가치적이지 않고 잠정적이고 우연적이며 상황의 존적이다.
4. 의미는 잠정적이고 애매하여 언제나 불확정적일 수 밖에 없다.
5. 모든 해석은 공평무사하거나 중립적이지 않고 상대적이며 이데올로기적 이다.
6. 인간성은 시공간을 초월하여 불변하는 것이 아니라 변화가능하다. 그것은 대개 유럽중심적이고 남성중심적이다.
7. 지식은 권력의 아들들이고 사회해방이 아니라 사회통제의 수단이다.
8. 우리의 역할은 유희이고 퍼포먼스(수행)이며 차이를 창조적으로 춤추는 것이다.
9. 개인은 사회적으로 구성되며 욕망에 의해 그 주체는 끊임없이 해체된다.
10. 주인과 노예, 우리와 타자의 관계는 언제나 전복가능하며 상호침투적이고 잡종적이다.

두 번째로는 해석학적 효용일 것이다. 이론은 모든 종류의 텍스트 (그것이 문학작품이든 비문학적 서술이나 (대중) 문화 담론일지라도)를 가지고 〈다시 읽기/새로 쓰기〉를 가능하게 하는 새로운 해석학적 전략을 제공한다. 해체론, 포스트식민주의, 페미니즘, 동성애론, 독자반응이론, 마르크스 이론, 정신분석학 이론 등 일일이 예를 들지 않아도 될 것이다. 셋째는 정치, 문화, 종교적 효용을 들 수 있다. 이론은 해석학적 효용에만 국한되어서는 아니된다. 이론이 지닌 저항, 위반, 개입, 전복을 통한 세상읽기의 전략은 쇄신과 변혁의 문화정치학으로 전화되어야 한다. 우리는 레이먼드 윌리엄즈, 테리 이글턴, 에드워드 사이드, 가야트리 스피박, 폴 드 만, 자크 라캉, 엘렌 씨이주 등을 통해 그러한 예를 얼마나 많이 보고 있는가.

그러나 우리는 "이론"의 오용과 남용에 대해서는 응분의 주의와 경계를 늦추지 말아야 할 것이다. 우선 이론을 위한 이론은 피해야 한다. 이론 생산은 결코 추상적 사색에서 나온 것이 아니라 대부분 구체적 세상 읽기와 텍스트 분석에서 나온다. 이론이 지닌 그 실천성과 역사성을 외면한 채 하나의 정체적 지식체계로 또는 하나의 작품으로 읽기만을 탐닉하게 되면 허위의식이 조장될 뿐이다. 다음으로 이론의 창조적 오독(misreading)은 일단 불가피하다고 하더라도 자의적 이해와 견강부회식의 적용, 다시 말해서 국내의 특히 한국문학에 관한 논문과 평론에서 간혹 볼 수 있는 단순한 대입식 적용은 환원주의를 가져올 뿐이다. 끝으로 대학 내의 이론의 제도권화와 이론 산업의 급속한 신장의 결과로 이론의 신비화와 카니발화에 대한 반성이 필요함을 지적할 수 있다. 이론의 자가생산, 단순 또는 확대재생산으로 인한 제도권화는 이론이 지닌 변혁성, 잠정성, 저항성을 무력화하고 희석화할 수 있다.

그렇다면 궁극적으로 우리는 서구 (문학)이론을 타작하여 주체적 이론을 창출해야 하는 임무를 떠맡아야 할 것이다. 우리가 서구의 거대이론(Grand Theory)을 변형, 개선, 전화시키지 못한다면 우리 학계와 문화계는 이론의 식민지로 전락할 것이다. 서구 이론에 숨겨진 식민주의적 패권논리를 탈색시켜 우리 상황에 맞게 재조정하고 길들여야 할 것이므로 이러한 서양이론의 국지화/토착화 과업은 서양이론을 이해하고 수용하는 초기 단계 작업보다 훨씬 더 어려울 것이다. 이런 맥락에서 "이론은 여행한다"라는 메타포가 가능해지는 것이다. 모든 사상, 이론, 지식은 이곳에서 저곳으로, 저곳에서 이곳으로 이동되고 확산되고 전파된다. 이런 과정에서 그 본래의 이론은 그것이 도착한 지역에 연착륙하여 뿌리를 내리고 유익한 열매를 맺으려면 토착민들에 의해 그 토양에 맞게 재창조/재구성되어야 한다.

중국을 통한 인도 불교의 한반도내 유입과정과 토착화 과정을 보라. 주자학, 성리학 등 중국의 공맹 사상이 국내에 들어와 재해석되는 과정도 살펴보자. 우리의 선조들은 끊임없이 외래사상을 접하면서 그것에 먹히지 않고 살아남으려고 얼마나 노력했던가! 우리에게도 학문적 전용에 성공한 학자, 지식인들은 얼마든지 찾아볼 수 있다. 나아가 우리는 비교이론적 시각에서 원이론(Ur-Theory)에 우리의 통찰력과 실천력을 덧붙여 서구 이론에 되돌려줄 수도 있을 것이다. 앞에서 〈이론〉의 모순적 특징을 지적한 자리에서 이론이 순수적이기도 하지만 잡종적(hybrid)이라고 한 말의 의미나 남성적인 동시에 여성적이라고 한 말의 뜻이 이해되었으리라고 믿는다.

여행하는 이론 : 루카치와 골드만의 경우

미국의 문학이론가 에드워드 사이드는 「여행하는 이론」이란 글에서 이론이 여행하면서 어떻게 정착하는가에 관한 재미있는 예를 들고 있다. 헝거리의 마르크스주의 문학이론가 게오르그 루카치가 1923년 간행한 『역사와 계급의식』이 그것이다. 여기에서 루카치는 마르크스를 전화(轉化)시켜 자본주의 시대에 삶의 모든 영역에 영향을 끼치는 보편적 현상인 "물신화(物神化)" 현상을 분석하고자 시도한다. 자본주의하에서 인간의 삶과 노동은 인간적, 유기적, 유동적, 과정적인 것을 모두 격리되고 소외된 사물로 변화시킨다. 루카치에 따르면 계급의식은 단편과 소외를 통해 총합으로 이끄는 사상이며 그 주관성을 적극적이고 역동적이며 시적인 어떤 것으로 생각한다. 그리하여 계급의식은 비판의식으로 시작되며, 계급이란 의식이 자본주의가 강요하는 사물체계에 구속되기를 거부하는 소요적이고 전복적인 행위의 결과인 것이다. 바로 여기에서 의식은 사물의 세계에서 이론의 세계로 넘어간다.

사이드는 그것을 다음과 같이 요약하고 있다.

> 이론이란 의식이 자본주의 하의 모든 사물을 사물화하는 과정에서 자체의
> 끔찍한 화석화를 처음으로 경험할 때 시작되는 과정의 결과로 보여진다…이론
> 은 [루카치]에게 현실도피가 아니라 세속성과 변화와 확실하게 공약한 혁명적
> 의지로서 의식이 생산하는 것이었다. 루카치에 따르면 프로레타리아의 의식은
> 자본주의에 대한 이론적 반명제를 나타냈다. … 루카치의 프로레타리아는 결
> 코 음산한 얼굴의 헝거리 노동자들의 거칠은 모임으로 동일시될 수 없다. 프로
> 레타리아란 구체화를 거부하는 의식을 위한, 단순한 질료 위에서 힘을 주장하
> 며 조직하여 정신을 위한, 단순한 사물의 세계 밖의 더 좋은 세계를 만드는 이
> 론적 권리를 주장하는 의식을 위한 인물이다. 그리고 계급의식은 그런 식으로
> 일하고 자신들을 의식하는 노동자들에서 파생된 것이기 때문에 이론은 정치,
> 사회와 경제 내의 그 원천과 결코 유리될 수 없다. (233~234쪽)

루카치는 이와 같이 여행온 마르크스 계급이론을 1920년대 초 조국 헝거
리의 상황분석에 끼워서 빗대어 새로운 이론을 창출하여 보편 거대담론인
마르크스 이론을 국지화하는 동시에 비판담론으로서의 새로운 가능성으로
확장시킨 것이다.

루카치의 제자였던 프랑스의 이론가 루시앙 골드만은 1950년대 중반 자
신의 주저『숨은 신』에서 루카치의 이론을 원용하여 학문적인 이론을 만들
어냈다. 구조주의자였던 골드만은 16세기 프랑스의 대작가 파스칼과 라신
느를 연구하는 위의 저서에서 계급의식을 "세계비전"으로 바꾸었다. 세계관
의 개념은 집단의식과 관련된다. 골드만에 대한 사이드의 평을 들어보자.

> 정치적으로 참여적인 작가로서 글을 쓴 골드만은 파스칼과 라신느가 특권이
> 부여된 작가들이였기 때문에 그들의 저작은… 관련되는 변증법적 이론화의 과
> 정에 의해 부분이 전체와 관계 맺는 중요한 전체속으로 구성될 수 있다고 주장

한다. … 이렇게 개인적인 텍스트는 세계비전을 표현하는 것으로 보여진다. 두 째로 세계비전은 그 귀족그룹의 총체적인 지적 · 사회적 삶을 구성한다. 세째 로 이 그룹의 사상과 감정은 그들의 경제 · 사회적 삶의 표현이다. 이 모든 것 에서 이론적인 기도, 해석의 원은 부분과 전체의 사이, 세계비전과 작은 세부 묘사 속에서의 텍스트 사이, 결정된 사회현실과 그 그룹에서 특별히 재능있는 구성원들의 저작들사이에서의 일관성의 증명(논증)이다. 다른 말로 하면, 이론 은 연구자의 영역이며 분리된, 겉보기에 연결되지 않은 사물들이 ─ 경제적, 정 치적 과정, 개인작가, 일련의 텍스트 등이 ─ 완벽한 조응속에서 합쳐지는 공간 이다. (234~235쪽)

사이드에 따르면, 1919년 헝가리 소비에트공화국 형성이라는 투쟁의 한 가운데 있던 루카치의 경우 계급의식은 자본주의 질서에 저항하는 것이고, 2차대전 이후 소르본대학의 망명 역사학자였던 골드만의 계급 또는 그룹의 식은 무엇보다도 학문적인 것이고 파스칼과 라신느같은 특권을 누리는 작 가들에 의해 제한적 사회상황이 비극적으로 표현된 것이다. 따라서 루카치 와 골드만의 경우에서 볼 수 있듯이 "이론"이란 특정 시공간에 처해있는 상 황에 대한 반응이며 대응논리의 창출이라는 것이 분명해진다. 이론은 이렇 게 여러 곳을 그리고 서로 다른 시대를 여행하면서 변모되고 전환된다!

번역이란 다시 무엇인가?
: 가야트리 스피박과 힐리스 밀러의 경우

발터 벤야민은 일찍이 「번역가의 과제」(1923)라는 유명한 글에서 번역을 "하나의 (문학) 형식"으로 보고 훌륭한 번역을 "모든 문학 형식 중에서 원문 언어의 성숙과정과 그 산고를 지켜보는 하나의 문학 형식이라는 점에서, 두 개의 죽은 언어가 갖는 생명없는 동일성하고는 거리가 먼 것"(『발터 벤야민의 문예이론』, 324쪽)이라고 지적하였다. 유대인 특유의 신학적 사고 양식과 비의적인 문체로 유명한 벤야민은 처음으로 이 글에서 언어이론적 성찰을 보여주고 있다. 벤야민은 사물과 이름(언어)의 〈유사성〉이 있을 뿐 논리적 관계는 없다고 보는 언어의 알레고리적 성격을 크게 강조하였다. 따라서 그는 언어의 본질을 〈유사성〉을 만들어내는 〈모방적 능력〉으로 보아 번역의 과제를 〈순수한 언어〉를 재현하는 것으로 보았다. 재현이란 것도 결국 〈이동〉, 〈여행〉시키는 것이 아니겠는가.

그는 번역가의 과제를 "그가 번역하고 있는 언어에서, 그 언어를 통해 원문의 메아리가 울려퍼질 수 있는 그런 의도를 찾아내는 데 있다"(앞 책, 327쪽)고 지적한 바 있다. 벤야민의 문학작품 번역에 대한 설명을 직접 들어보자.

> 문학에서 본질적인 것은 설명도 전달도 아니다. 그럼에도 불구하고 무엇인가를 전달하려고 하는 번역은 정보, 다시 말해 비본질적인 것을 전달할 수 밖에 없을 것이다. 정보의 전달, 이것은 나쁜 번역의 한 특징이기도 하다. 그러나 정보 전달 이외에 하나의 문학적 작품에 존재하고 있는 것은—나쁜 번역가도 인정하듯—일반적으로 문학에서 본질적으로 간주되고 있는 측량할 수 없는 것, 신비적인 것, 번역가가 동시에 시인이어야 재현할 수 있는 〈시적인 것〉이 아닐까? (앞 책, 319~320쪽)

그러나 이론번역에서는 오히려 "정보"와 "전달"의 문제가 가장 중요한 것이 아닐까? 이론 번역에서도 물론 벤야민이 말하는 "원문의 메아리"를 살려내는 것은 중요할 것이다. 번역은 결국 저기와 여기, 그들과 우리들, 그때와 지금의 끊임없는 대화적 상상력이 아니겠는가? 외국어와 모국어의 틈새에서—말과의 치열한 싸움의 접합지역에서—번역자는 창조의 고통과 희열을 함께 맛보는 것이다.

자크 데리다의 난해하기로 이름난 『기록학에 관하여(*Of Grammatology*)』를 영어로 번역하여 일약, 저명한 이론가가 된 인도 출신 미국인 가야트리 스피박의 경우를 살펴보자. 「번역의 정치학」이란 글에서 스피박은 번역 작업의 정치성을 주장한다. 번역의 정치학은 만일 우리가 언어를 의미구성의 과정이라고 간주한다면 그 자체의 거대한 삶을 떠맡게 된다. 번역자는 원문 텍스트의 언어적 수사성을 따라야 한다. "논리와 수사학, 문법과 수사학 사이의 관계는 사회적 논리, 사회적 합리성 그리고 사회적 실천에서 비유법의 파괴성 사이의 관계이기도 하다"(『기계 밖에서』, 태혜숙 역, 186~187쪽). 이러한 관점은 자연스레 정치적 의미를 가질 수밖에 없게 된다.

> 번역자의 작업은 원문과 번역본 사이의 사랑 – 소통을 허락하고 번역자의 행위(힘)와 번역자의 상상의 또는 실제 청중의 요구를 견제하는 사랑 – 을 용이하게 만드는 것이다. 비유럽어로 된 여성 텍스트 번역의 정치학은 아주 자주 이러한 가능성을 억제한다. 왜냐하면 번역자는 원문의 수사성에 참여할 수도 없고 또는 불충분하게 취급되기 때문이다.(앞 책, 181쪽)

그 다음으로 스피박은 번역자란 원문의 영역에서 차별성을 구별할 수 있는 능력을 갖춰야 한다고 지적한다. 스피박의 경우는 번역하고자 하는 텍스트가 취하고 있는 여러 가지 정치적 입장 – 가령 (포스트)식민주의나 제국주의인가? 종족차별적인가? 페미니스트적인가? – 을 고려해보아야 한다는 것이다. 우리는 아직도 서구의 제국주의 언어에 길들어진 채로 서양문학이나 이론을 읽는 경우가 많다.

> 구세계에는 오래된 제국주의 언어로 읽는 사람들이 많다. 유럽어로 된 현재

의 페미니스트 소설을 읽는 사람들은 아마도 적절한 제국주의 언어로 그 소설을 읽을 것이다. 그리고 이것은 유럽 철학에도 똑같이 적용된다. 제3세계 언어로 번역하는 행위는 종종 다른 종류의 정치적 연습이다. 나는 이 글에서처럼 … 칼카타에 있는 자다브푸르 대학교의 고급 청중들 앞에서 해체론에 관해 벵갈어로 강연을 하는 것을 기대하고 있다. … 그것은 일종의 포스트식민주의 번역사의 시험이 될 것이라는 생각이 든다. (앞 책, 190쪽)

스피박이 벵갈어로 인도의 고급 청중들 앞에서 서구의 해체철학에 관해 강연하는 것은 어떤 의미에서 한국에서 한글로 서양이론과 비평을 번역하는 것과 마찬가지로 하나의 문화정치적 행위가 될 것임에 틀림없다.

스피박은 계속해서 일반적 의미의 번역의 정치학에 대해 그녀가 명명한 소위 "문화 번역"의 세가지 구체적 예를 들면서 좁은 의미에서 번역의 교훈이 더 나아가 어떤 정치적 목적을 이루는가를 보여준다. 스피박은 결국 자신과 같은—또는 우리와 같은—외부자/내부자로서의 포스트식민인이 서양이론을 읽으면서 어떻게 번역하여 원문의 영역에서 차이성을 구별해낼 수 있는가를 보여주고자 한다.

끝으로 이론 번역의 문제를 다룬 「경계선 넘기—이론 번역의 문제」라는 글을 쓴 힐리스 밀러의 경우를 살펴보자. 밀러는 우선 "번역"이란 말이 어원상으로 "한 장소에서 다른 한 장소로 옮긴," "언어와 언어, 국가와 국가, 문화권과 문화권 사이의 경계선을 넘어 이송된" 의미로, 그것은 "어떤 언어로 씌여진 표현을 선택하여 운반한 다음 다른 장소에 정착시키는 것과 같은 작업"이라고 정의한다. 밀러는 더 나아가 우리가 다른 언어나 문화권에서 나온 사람의 글—작품이든 이론이든—을 원문으로 그저 읽는 작업도 하나의 "번역" 활동이라고 했다.

밀러는 자신이 60년대, 70년대에 영문학을 공부하는 입장에서 조르주 풀레와 자크 데리다의 글을 읽을 때도 번역 활동을 한 것으로 생각한다. 이런 개념은 번역 작업의 영역을 확대해석하는 것이리라. 밀러는 "특히 그것이 문학 연구의 분야에 속해 있는 이론에 관한 글인 경우 이와 같이 다른 환경에 맞도록 '번역'이 될 것이고, 새로운 용도를 위해 전용될 것"(254쪽)이라고 주장한다. 사실상 2차 대전 중 유럽 대륙의 문학 이론이 미국으로 건너가 미국 문학으로 바뀌어 세계 각처로 번역, 수용되고 있음을 볼 때 "문학이론은 어느 곳으로든 운반이 가능하도록 진공포장되어 있을 뿐만 아니라 일단 뚜껑을 연 다음에도 오랜 동안 맛이 보존되는 포도주"(255쪽)와 같은 것이다.

밀러는 같은 글에서 "하나의 언어 및 문화권으로부터 다른 언어 및 문화권으로 이론적 텍스트를 포함한 여타의 텍스트들을 번역할 수 있다"(264쪽)는 전제 하에 번역 작업을 통한 "여행하는 이론"의 새로운 가능성에 대한 하나의 알레고리로 성경의 구약에 나오는 「룻기」를 들고 있다. 룻의 이야기는 수용의 이야기로, 기원전 1100년 구약의 사사시대에 모압 지방 출신의 룻이라는 여인이 유대문화를 수용하는 이야기이다. 『룻기』 1장 16~17절을 보면 룻의 시어머니 나오미는 남편과 아들(룻의 남편)이 모두 죽자 다시 본고향인 유다의 베들레헴으로 되돌아가기로 결정한다. 이때 모압 여인 룻은 자신도 모압을 떠나 유대인이 되기를 시어머니에게 간청한다.

> 룻이 이르되 내게 어머니를 떠나며
> 어머니를 따르지 말고 돌아가라 강권하지 마옵소서
> 어머니께서 가시는 곳에 나도 가고
> 어머니께서 머무시는 곳에서 나도 머물겠나이다
> 어머니의 백성이 나의 백성이 되고
> 어머니의 하나님이 나의 하나님이 되시리니
> 어머니께서 죽으시는 곳에서 나도 죽어 거기 묻힐 것이라

만일 내가 죽는 일 외에 어머니를 떠나면
여호와께서 내게 벌을 내리시고 더 내리시기를 원하나이다 하는지라.
『성경』(개역개정), 402쪽)

감동적인 이 룻의 충성서약은 새로운 세계로의 전환, 다른 사람으로의 변형을 의미한다. 룻은 유다로 가서 죽은 남편의 사촌인 보아스와 결혼하여 아들 오벳을 낳는데 오벳은 후에 다윗왕 가계의 시발점이 되며 궁극적으로는 예수의 탄생으로까지 연결된다. 만일 모압 지방의 이방 여인 룻이 유다로 옮겨 유대인이 되지 않았다면 ("번역"되지 않았다면) 예수를 정점으로 하는 기독교 역사는 어떻게 이루어졌을 것인가? 지금까지의 간략한 설명에서 우리는 "번역"을 통한 사람, 문물, 이론의 이동에 의해 새로운 땅에서 어떻게 새로운 역사가 시작될 수 있는가를 알 수 있게 되었다. 밀러의 말대로 모압지방의 이방 여인 룻은 여행하는 이론의 의인화이며 그녀의 이야기는 이론 번역에 대한 우화로 삼을 수 있다. 여행하는 이론은 당연히 정착되는 문화를 바꾸기도 하지만 그 자체도 변형된다.

이와 더불어 밀러는 "이론"을 놀랍게도 "강력한 가부장적 문화권 내 [유대문화]에 존재하는 여성적인 것[룻]으로 묘사"함으로써 이론이 "남성 고유의 지배의지의 산물"로 보는 통념에 도전한다. 한걸음 더 나아가 밀러는 "이론이 독해 행위 뿐 아니라 대상 국가의 문화적 과제와도 복잡한 관계를 맺고 있는데, 이 관계는 남녀 사이의 관계로 파악하되 이론을 남성적인 것이 아니라 여성적인 것으로 볼 때 한결 더 훌륭하게 파악할 수 있다"(273쪽)고까지 주장한다. 만물을 생산하는 대지처럼 여성이라는 이름의 이론은 인간의 문화와 문명을 잉태하여 출산하는 대모(Great Mother)에서 시작된 것이다.

나가며 : 새로운 번역문화와 정책을 위해

국내에서 "번역" 작업은 양적으로 엄청나게 수행되고 있지만 번역에 대한 체계적 논의(번역학 또는 번역이론)는 심도있게 진행되지 못하고 있다. "번역은 반역"이라느니 "번역은 예술이 아니라 기술에 불과하다"느니 심지어 "번역은 여자와 같아 아름다우면 원전에 불성실하고, 충실하면 못생겼다"는 성차별적 언명을 볼 때 재색을 겸비한 여자를 만나기 쉽지 않듯이 충실하면서도 아름다운 번역은 그만큼 어렵다는 말이다. 나아가 번역은 아직까지도 별로 중요하지도, 독창적이지도 못한 "2차적 작업"으로 폄하되어왔다. 대학에서도 교수나 학자들은 번역보다는 소위 학술, 연구 논문 쓰기에 열을 올린다. 그 이유는 명약관화하다. 번역은 그에 드는 정력과 시간에 비해 연구업적으로 인정되지 않을 뿐 아니라, 오역이나 졸역의 위험부담이 있고, 재정적으로도 별로 도움이 되지 않기 때문이다. 전문학술논문 생산에만 골몰하는 기능공이 되어버린 교수를 최고 미덕으로 삼는 대학교수 계약제 시대에는 "번역작업"은 더욱 더 어려운 지경에 이르렀다.

그러나 이제 우리는 "번역"에 대해 다시 생각해 보자. 제2의 창작인 번역은 문화를 형성하는 하나의 힘과 욕망으로 다시 태어나야 한다. 이것이 번역의 문화정치학이다. 이러한 문제에 관심을 가져온 김우창 교수의 말을 들어보자.

> 훌륭한 번역은 일시적인 상업적, 오락적, 장식적 활동이 아니라 한 문화의 토대를 구축하는 役事일 수 있는 것이다.… 번역에 보다 많은 노력과 자원이 투입되어야 한다는 것은 말할 필요도 없는 일이다. … 이것은 전문가 개인의 역량과 양심에 관계되는 문제이기도 하지만, 그것보다는 공적인 관심과 자원의 문제이다.(『법 없는 길: 현대 문학과 사회에 관한 에세이』, 316쪽)

이제 대학에 "번역학", "번역이론", "번역연습" 등의 과목이 개설되고 동서양의 고전의 경우 결정적인 비판적 (주석 딸린) 번역본을 유럽에서처럼 학위논문이나 중요 연구업적으로 인정해줄 수 있는 시점에 와 있다. 유럽에서 르네상스시대와 신고전주의시대는 번역의 황금기였다. 질 높은 많은 양의 번역을 통해 그들은 새로운 유럽문화의 정체성을 수립하고 근대문명의 정초를 세웠다.

19세기 말 동양에서 이미 번역왕국이 된 일본은 선진 서구제국의 이론과 지식을 엄청나게 번역함으로써 가장 먼저 소위 근대국가가 되었다. 각 분야에 열정과 능력 있는 전문번역가를 양성하기 위해서는 지속적인 재정 지원과 체계적인 공공정책의 수립이 새로운 번역문화를 위해 한국 문화의 현단계에서 가장 선행되어야 할 작업이다. 상황이 변하고 관심도 이동하면, 이론은 당연하게 다시 여행할 것이다. 이런 의미에서 여행은 끝이 없고 언제나 새로운 시작이 있을 뿐이다. 또한 한 텍스트의 번역도 완전한 것은 없으므로 시대나 세대에 따라 계속 다시 새로 번역되어야 할 것이다. 이론만 여행하는 것이 아니라 번역도 여행하는 것이다.

8. 세계시민주의 시대의 한글과 한글문학의 전 지구화

— "영어권"에서 한글문학 번역 문제를 중심으로[1]

시는 인류공유재산이라는 것, 또한 어느 시대에서도 수없이 많은 인간들이 있는 곳에서 탄생하고 있다는 것을 나는 요사이 더욱더 확실하게 깨닫게 된다네. … 그러나 사실 우리 독일인들은 우리 자신의 환경과 같은 좁은 시야에서 빠져나가지 못하면 아주 쉽게 현학적인 자만에 빠지게 되지. 그러므로 나는 즐겨 다른 나라 국민에게 눈을 돌리고 있고, 또 누구에게나 그렇게 할 것을 권하고 있어. 오늘날에는 국민문학이란 것이 큰 의미가 없어. 이제 세계문학의 시대가 시작되고 있지. 그러므로 우리 각자는 이런 시대의 도래 촉진을 위해 노력을 다하지 않으면 안 되네.

— 괴테, 『괴테와의 대화』, 곽복록 역, 233쪽

세계주의는 자국과 타국, 이 주와 저 주, 이 인종과 저 인종을 논하지 않고 똑같이 한 집안으로 보고 형제로 여겨 서로 경쟁함이 없고 침탈함이 없어서 세계 다스리기를 한 집안을 다스리는 것 같이함을 이름이[다].

— 한용운, 『조선불교유신론』, 30쪽

---

1 이 글은 필자가 2015년 9월 15~18일에 경주에서 개최된 제1회 "세계한글작가대회"에서 발표한 글을 일부 수정 · 보완한 것이다.

들어가며 : 2015년 세계한글작가대회 개최는 새로운 시작이다

2015년 9월 15~18일에 천년의 고도 경주에서 국제PEN한국본부가 주최하고 문화체육관광부, 경상북도, 경주시가 재정 지원하여 처음으로 "세계한글작가대회"가 "한글과 한국문학의 세계화"와 "한글, 문학을 노래하다"라는 구호를 내걸고 개최되었다. 세계 속의 한글문단, 한국문학, 세계화 시대의 글쓰기(이중언어, 소수언어), 한국어와 한글교육현황(국내외), 재외동포 한글문단, 모국어문학 활약상의 주제로 국내 문인, 학자들은 물론 중국, 러시아, 일본, 미국, 호주, 캐나다, 남미 등 해외 각국에서 한글교육을 담당하거나 한글로 창작하는 재외동포들이 다수 참여하였다. 노벨문학상 수상자인 프랑스의 르 클레지오 등 세계적인 문인학자들의 기조강연과 관련 주제 논문발표는 물론, 재외동포문학 현황과 발전 소개와 번역 문제, 나아가 해외 한글교육의 현황과 문제점 등이 다양하고 포괄적으로 논의되고 토론되었다. 제1회 대회의 잠정적 현안은 다음과 같다.

1. 한반도 최대의 문화유산이며 보물은 "한글"이며 세계에서 가장 독창적, 과학적, 민주주의적인 우수한 언어 한글로 글을 쓰는 우리 한글작가들은 기쁨과 보람을 느낀다.
2. 문학어로서도 감성이 풍부하고 사랑이나 情이나 색깔 등에 유난히 풍요롭고 아름다운 언어인 한글 교육을 해외교포 2, 3세대는 물론 관심 있는 현지 주민들에게도 세종학당과 같은 해외 한글전문교육기관을 통해 전 지구적으로 크게 확대할 필요가 있다.
3. 전 세계에 퍼져 있는 디아스포라 한민족 재외동포들의 2, 3세대에게 한글교육을 강화하며 한글로 문학작품을 쓰는 재외동포 한글작가들을 집결시켜 세계문학으로서의 한국문학의 미래를 한글의 가능성에서 찾아볼 수 있다.

4. 전지구화시대 또는 세방화(世方化, glocalization)시대에 한글문학을 영어나 현지어로 "번역"을 통해 한글문학의 지경을 넓히고 세계문학으로 진입할 수 있는 가능성을 탐구함으로써 한국문학의 탈영토화와 재영토화를 모색한다.

5. 한글문학을 세계로 확산시키기 위해서는 궁극적으로 각 지역 문화의 중심부로 들어갈 수밖에 없다. 이 과정에서 중요한 것은 또 다시 "번역"이다. 한국교민이 거주하는 지역의 현지어로 주요 한글문학을 번역하여 배포하는 것이다. 이를 위해 현재 남한의 한글 작가들의 작품만을 주로 세계 주요어로 번역하는 한국문학번역원을 확대 개편하여 해외한글작가들의 작품을 현지언어로 번역하는 것도 필요하다. 이를 위해 정부와 민간기업과 단체, 국내외 문인단체 그리고 재외공관 등에서 적극적으로 지원해야 한다.

우리는 이와 같은 목표를 위해 현재 전 세계적으로 약 750만 명 재외동포 중에서 생산되는 다양한 한글 작품들을 번역을 통해 어떻게 세계화할 수 있는가를 이제부터 논의해 보기로 하자.

"영어권" 국가의 범위

새 천 년이 시작되는 2000년 전후로 학계나 문단에서 재외동포의 한글문학에 관한 관심과 논의가 활발하게 부상하였고 이미 상당한 선행연구와 업적들이 축적되었다. 이것은 정보·기술·지식·노동의 이동과 이주의 시대로 규정되는 탈근대 다/복합문화주의와 탈/초 민족주의의 자연스러운 결과이기도 하다. 더욱이 고도전자매체와 광속 인터넷이 확산되면서 세계는 이제 시공간적으로 거의 상호 연계된 초연결 사회로 하나의 작은 지구마을이 되었다. 이 글에서 필자는 영어권 국가에서 한국 교포들이 한글로 쓰는 한글문학의 문제를 다룰 것이며 특히 번역의 문제와 연결 지어 논의하고자 한다. 이를 위해 우리는 먼저 몇 가지 용어, 즉 영어권 또는 영어권 국가, 한글문학, 그리고 번역의 의미들을 논의해야 할 것이다.

"영어권"은 "영어를 사용하는 나라들(English-speaking countries)"을 가리킨다. 영어권 국가들은 지난 수 세기 동안 대영제국의 식민주의와 제국주의의 결과로 이루어진 전 세계에 걸쳐 있는 영연방(Commonwealth) 국가들이었다. 영어는 중국어(33개국의 12억 명 사용), 서반아어(31개국의 4억 명 사용) 다음으로 3억 5천만 명이 사용하는 세계 3대 언어이지만 사용 국가 수는 99개국으로 가장 많다. 무엇보다도 영어는 세계 정치 · 금융 · 경제 · 무역 · 문화 · 군사 등 대부분 영역의 지식과 정보를 전달하는 "세계어(Lingua Franca)"이다. 영어를 모국어 또는 공용어로 사용하는 나라들은 전 세계 5대주 6대양에 걸쳐 크고 작은 지역들에 다양하게 분포되어 있다. 유럽에서 네덜란드, 스웨덴 등, 아프리카에는 남아공, 나이지리아 등, 아시아에는 인도, 필리핀, 홍콩, 파키스탄, 싱가포르, 말레이시아 등, 태평양 지역에도 파푸아뉴기니 등 그리고 중미 서인도제도의 버진 아일랜드, 푸에르토리코 등 여러 나라들이 영어를 공용어로 사용하고 있다. 공용어까지 안 가도 준 공용어 또는 영어를 읽고 쓸 수 있는 사람들의 수는 전 세계적으로 엄청나리라 추정된다.

그러나 이 중에서 한국 동포들이 집단으로 거주하는 나라들은 많지 않다. 재외동포 수가 가장 많은 지역은 중국으로 조선족을 포함하여 257만 명, 미국이 200만 명, 일본이 89만 명, 캐나다가 20만 명, 러시아가 18만 명 정도이다. 영어권 국가의 재외동포 수는 미국, 캐나다, 호주(약 16만 명), 필리핀(약 9만 명), 영국(4만 5천 명), 뉴질랜드(3만 명), 인도(1만 명)의 순이다. 한국 교민들로 이루어진 문학 단체나 한국 교민 문학잡지들이 간행되는 나라들의 한국문학을 모두 논의해야 하겠지만 이 글에서는 교포들의 문학 활동이 비교적 활발한 미국, 캐나다, 호주, 뉴질랜드를 주로 염두에 둘 것이다. (필리핀, 영국, 인도 등에도 많은 한국 교민들이 살고 있으나 그곳에서의 한글 문학 활동은 구체적으로 확인하기가 쉽지 않다.)

한글문학의 의미와 범주

넓은 의미의 한국어는 다양한 종류의 '한글'이 포함된다. 남한의 한글, 북한의 조선어, 일본의 조선어, 중국 동북 3성의 조선말, 러시아 고려인(카레이스키)의 조선말, 북미 등지의 한글이 모두 포함될 수 있다. "문학"의 범주도 이번 기회에 한번 논의해보면, 흔히 문학은 시(시조), 소설, 희곡, 평론, 수필을 포함한다. 그러나 이들은 순수 또는 고급문학의 영역으로, 해외 한글문학을 논의할 때는 문학의 장르를 확장할 수 있다.

우리는 문학을 작가의 독창성 있는 상상력에 근거한 좁은 의미의 문예를 포함하여 모든 일상적 글쓰기를 광범위하게 규정할 수 있다. 편지(서간문학), 일기(일기문학), 여행(기행문학) 등도 문학에 포함될 수 있다. 특히 해외 동포문학은 순수 고급문학 이외에 이러한 생활문학 영역을 배제할 수 없을 것이다.

"한글문학"이란 국내외를 막론하고 "한글"로 쓰인 모든 문학을 가리킨다. 그동안 "한국문학"은 주로 북한문학을 포함하는 한반도 내의 문학만 간주되었다. 따라서 한글문학은 종래의 한국문학의 범주를 넘는다. 전 세계 각처에서 생산되는 한글문학은 이제 "한민족 문학"의 개념으로 확장되어 그 지경을 넓힐 뿐 아니라 세계문학으로 서서히 진입하고 있다고 할 수 있다. 세계 11번째 무역 대국으로서의 한국의 위상과 음악, 드라마, 영화, 음식, 화장품 등 "한류"의 확산으로 세계인들의 한글에 대한 관심(한글학교, 세종학당, 한국어능력시험(TOPIK), 찌아 찌아, 제2외국어로 한글 채택 등)이 증가하여 한글에 대한 수요가 서서히 늘어가고 있다. 현재 한글은 2014년 4월 30일 기준으로 5개국에서 약 7,700만 명이 사용하는 세계 13번째 큰 언어이다. 18개국 7,800만 명이 사용하는 독일어보다 등위가 하나 아래이고 전 세계 51개국에서 7,500만 명이 사용하는 프랑스어보다는 한 등위 위이다. 한글의 과학적 우수성은 이미 입증되었고 이제 아름다운 문화 및 문학 언어로서의 가능성이 입증된다면 한글의 세계로의 확산 가능성이 크게 열릴 수 있을 것이다.

  일반적으로 재외동포문학은 한인 교포들이 모국어인 한글이나 현지어로 창작하는 모든 작품들을 포함할 것이지만 이 글에서는 한글로 쓰여진 한글문학만을 다루기 때문에 한인 교포들의 현지어 문학은 논외로 한다. 일반론을 위한 한글문학의 종류를 잠정적으로 다음과 같이 제시한다.

1. 남한의 한글문학
2. 북한의 한글문학
3. 해외동포 한글문학: 중국 조선족, 일본 조선인, 러시아 고려인, 북미주, 오세아니아 교포와 교포 1.5세, 2세, 3세에 의해 생산되는 문학
4. 탈북자 한글문학(북한 문학 또는 남한 문학인가?)
5. 국내 외국인 한글문학: 외국인 근로자, 국제결혼, 외국 유학생 등이 한글로 쓴 문학 (이것은 한국적 주제와 정서가 포함되어 있고 한글로 쓰인 문학이라도 작가의 국적을 따지는 속인주의(屬人主義)와 속지주의에 따라 달라질 수 있다.)
6. 국외 외국인 한글문학: 한글을 새로 배워 외국인이 해외에서 한글로 쓰는 문학(앞으로 가능성이 많다.)

이런 분류는 매우 자의적이지만 앞으로 한글문학이 세계화시대에 알맞은 한민족 문학의 범주와 영역에 대한 논의를 심화·확대시키기 위해서는 시도해 볼 만하다.

영어권 국가에서의 한글문학은 영어를 사용하는 나라에서 재외 한인들이 한글로 쓴 문학을 가리키므로 위의 분류 중 3번째이다. 영어권에서 한글로 쓰는 작가의 작품은 한글문학인가, 현지어 문학인가? 속문주의 또는 언어귀속주의에 따르면 이런 문학은 현지 국적을 취득한 한국계 사람이 썼다면 현지어 문학은 될 수 없을 것이다. 그렇다면 현지의 영주권이나 국적을 가진 한인 교포들이 한글로 쓴 문학은 한국문학인가의 문제가 대두된다. 최근 국내 국문학계의 동향은 일반적으로 교포들의 한글문학도 한국(민족)문학에 포함시키는 것으로 되어 있다. 언어귀속주의에 따라 당연한 논리이다. 현지의 배경과 환경이 작품의 배경이 되었더라도 한글로 쓰인 작품은 한국문학에 귀속되어야 한다. 물론 여기서 한국교포 작가에 의해 현지어(영어)로 쓰인 작품의 경우는 한국문학에 포함시킬 것인가 배제시킬 것인가의 문제가 대두된다. 국내 일부 한국문학자들은 비록 현지어로 쓰였더라도 창작 주체인 작가가 한국인이고 한국의 정서와 주제가 담겼다면 한국문학으로 보아야 한다고 주장한다.

그러나 여기에 문제가 있다. 왜냐하면 작가가 생각하고 있는 독자들이 누구인가도 매우 중요하기 때문이다. 현지에서 현지어로 작품을 쓰는 경우 독자는 당연히 현지 한국교민이나 한반도의 독자들만이 아니라 주로 현지어를 사용하는 주류집단의 독자들일 것이므로 이런 경우는 현지어 문학으로 보아야 할 것이다. 예를 들어 재미작가 이창래가 영어로 쓴 작품이 한국문학에 귀속될 수 있는가? 분명히 "한국계 미국인" 작가 이창래는 1.5세대로 한국 정서와 경험과 배경을 가지고 있다. 그러나 한국 독자 대부분이 영어로 쓰인 작품을 이해하지 못한다면 어찌 한국문학에 귀속시킬 수 있겠는가? 이것은 외국어인 한문으로 된 한국 고전문학이 한국문학에 포함되는 것과는 상황이 매우 다르다. 필자가 보기에 이창래는 분명히 한국계 미국 작가(Korean-American Writer) 또는 그저 미국 작가(American Writer)로 보아야 옳을 것이다. 배경과 상황이 좀 다르지만 영어로 작품을 쓰는 나이지리아(아프리카의 영어 상용 국가) 소설가 치누아 아체베는 영국에서 교육받았고 영어로 썼지만 속문주의(언어)가 아니라 속인주의(작가)와 속지주의(국가)에 따라 영국이나 미국 작가가 아닌 나이지리아 작가로 남아 있다. 『롤리타』를 쓴 러시아 출신 작가 블라디미르 나보코프는 러시아어로도 일부 작품을 남겼지만 미국에 귀화하여 대표작들을 영어로 써냈기 때문에 미국 작가로 분류된다.

영어권에서의 한글문학은 어떤 의미를 가질 수 있는가? 다시 말해 이민자, 이주자가 미국의 백인 중심 주류문화에서 주변부 타자로서 가지는 한글문학의 기능과 역할은 어떤 것일까? 사용언어가 한글이기에 한글 작품이 미국 주류에 직접적으로 다가가고 영향을 끼치기는 어려울 것이다. 그러나 영어문화권에서 이민자들의 경제사회적 그리고 문화적 소외감, 상실감, 박탈감이 표현된 소수민족문학이 될 수 있다. 그렇다고 소수집단문학이 어려운 상황에서 고단하게 살아가는 데서 생길 수 있는 단지 떠나온 고향에 대한 향수와 패배주의에만 빠지는 것은 아니다. 프랑스의 탈근대 철학자 질 들뢰즈와 펠릭스 가타리가 함께 쓴 『소수집단의 문학을 위하여-카프카론』에서 소수집단문학은 "소수집단 언어의 문학을 지칭한다기보다는 지배집단의 언어권에서 소수집단이 지탱해 나가는 문학"(조한경 역, 33쪽)으로 규정되었다. 들뢰즈/가타리는 소수집단이 오로지 문학을 통해 집단적 발화를 수행할 수 있으며 궁극적으로 "문학은 민족 문제"(36쪽)라고 선언한다.

들뢰즈/가타리는 계속해서 지배문학의 언어와 문화의 지배 속에서도 소수집단의 작가는 "지배문화권의 언어"로 "구멍을 파는 개처럼" 또는 "땅굴을 파는 쥐처럼" 글을 써야한다고 전제하고 그러기 위해서는 "자신의 고유한 물밑 세계, 자신의 고유한 사투리, 자신의 고유한 제3세계, 자신만의 황량한 세계를 고안"(37쪽)해 내야 한다고 역설하였다. 예를 들어 영어권에서 한글문학작가는 가능하면 한글과 영어의 이중 언어 능력을 갖추면 가장 이상적이겠으나 한글문학만으로도 (후에 논의하겠지만) "번역"을 통해 영향을 끼칠 수 있다. 국가언어, 공식언어로 복무하는 주류언어의 지배적 기능을 거슬러 "변신"을 꾀할 수 있는 것이 미국사회와 문화 속에서 한국계 미국인이 수행할 수 있는 한글 문학의 (영어 번역을 통해서) 가능성이 아닐까?

번역의 문제 : 영어권 내 한글 문학의 소개와 교류

오늘날과 같은 전 지구적인 이주와 이동의 시대에 넓은 의미의 번역은 시간과 공간의 벽을 허무는 세계 각처 사람들의 언어, 사상, 문학, 정보, 노동 등 각종 문물을 전달하고 교환하는 필수불가결한 도구이며 가장 위대한 사명이다. "번역의 유용성"에 대해 미국의 비평가 마크 반 도렌의 말을 들어보자. 그는 문학이 전 세계 각지에서 살아있는 기억을 가질 수 있다면 문학은 결코 사라지지 않을 것이고 이러한 역할을 "번역"이 맡을 수 있다고 언명한다.

> 번역은 그것이 존재하는 곳마다 우리를 (문학의) 위대함으로 다가갈 수 있게 하고 번역은 어느 곳에서나 존재가능하다. 한 문학이 쇠퇴하면 다른 문학이 다시 살아난다. 한 나라의 작가들이 그 주요 사명을 망각하는 동안 다른 나라의 작가들이 기억하고 있다는 것을 보여준다. 번역은 문학을 이 세상에서 계속 살아남아 있게 만든다.(『행복한 비평가』, 9쪽)

번역을 통해 어느 특정 민족과 지역의 문학은 전 세계로 여행할 수 있다. 이동과 이주의 시대인 21세기에 번역은 최고의 문화윤리학이다. 번역을 통해 문학적 상상력은 날개를 달고 전 지구적으로 돌아다니며 새로운 영감과 비전을 작동 시킨다.

문학이란 "구체적 보편"이다. 이미 언명했듯이 영어권의 소수집단문학으로서의 한인 동포들의 한글문학은 한국문학과 (번역을 통해) 미국문학이 되며 나아가 일반문학 또는 세계문학의 맥락 속에서 논의될 수 있다. 소수민족문학은 다양한 차이들 속에서 다성적이고, 역동적이며 평등한 사회로 나아가는 디딤돌이다. 따라서 소수집단문학으로서의 영어권 한글문학은 한국문학 뿐 아니라 번역을 통해 미국문학과 세계문학이라는 거대한 저수지에 새로운 수원(水源)이 될 수 있다. 여기에서 번역의 중요성이 다시 대두된다.

번역은 문화와 문학의 소통과 유통, 이동과 이주의 최고 수단이다. 번역의 언어들인 원천 언어와 목표 언어는 각기 주인 언어와 손님 언어가 되어 환대의 정신과 감사의 마음으로 그 관계가 일방적이 아닌 극도로 상보적이 될 경우 모국 문학이 세계문학으로 편입하는 통로가 되고, 세계문학이 모국문학을 돕는 이웃이 될 수 있다. 이것은 발터 벤야민이 「번역가의 과제」에서 인용한 "번역가는 자국어를 외국어를 통해 확대, 심화시키지 않으면 안 된다"는 루돌프 팔비츠의 말과 통한다(『근대문학의 종언』, 조영일 역, 20쪽에서 재인용). 벤야민 자신도 "이질적인 언어의 내부에 사로잡혀 꼼짝 못하는 순수 언어를 자신의 언어 속에서 구제하는 것, 작품 안에 갇힌 말을 개작 속에서 해방시키는 것이 바로 번역가의 사명이다. 이 사명을 위해 번역가는 자기 언어의 썩은 울타리를 파괴한다. 그렇게 하여 루터는 독일어의 한계를 확대한 것이다"(앞 책, 20~22쪽에서 재인용)라고 선언하였다. 우리는 외국어의 번역을 통해 모국어가 더 풍부해지고 확장되어 거듭 태어날 수 있다는 것을 알 수 있다.

번역을 통해 모국어가 거듭나는 것은 물론 세계문학을 생성시킨다. 넓은 의미로 번역이란 모방, 번안, 개작(改作), 변형, 전유, 재창조의 의미를 가진다. 이것이 우리 시대의 번역이 궁극적으로 중요해지는 이유이다. 문제는 다양한 언어권의 좋은 문학 번역가를 훈련시켜 양성하는 일이다. 이것은 어떤 개인이나 기관의 문제가 아니라 한 국가의 문제이다. 한국문학이 세계문학의 무대에서 아직도 주목을 많이 받지 못하는 이유 중 하나가 단순히 좋은 번역이 아닌 탁월한 최고 수준의 번역 부재 때문이다. 번역은 일상생활에서의 전기와 같은 것이어서 양질의 번역이 끊기면 문학적 소통, 교류, 이동은 즉시 불가능해진다. "번역"이라는 최고의 문학 소통 장치가 없다면, 외국 문학, 비교문학, 세계문학의 읽기와 연구는 거의 불가능하고 민족문학의 경우도 그 영역이 현저히 축소되고 다양성도 약화될 것이다.

국제PEN한국본부 회장을 오래 역임했던 백철도 한국문학의 세계화에 큰 관심을 갖고서 1970년 번역의 중요성에 관해 다음과 같이 설명한 바 있다.

> 우리 한국문학과 같이 암만해도 우리문학과 선진한 문학과의 연관이 되어 있지 않을 때는 이쪽에서 우리 문학과 세계문학 사이에 통로를 개척할 노력을 기울일 필요도 생긴다. … 문학작품은 음악이나 미술과 같이 직접 시청각에 호소하는 미디어와 다른 언어예술이기 때문에 작품 진출에 이중의 작업, 즉 번역이 돼야하는데 그 번역이라는 것이 문학작품인 경우에는 창작에 못지않게 그 수준과 기술에 문제점이 큰 것이다. 오늘 우리 문학의 세계진출과 함께 번역 문제가 시급한 과제로 당면되어 있는 것은 그 때문이다.(「민족문학과 세계성」, 17쪽)

여기서 백철이 말하는 한국문학에 필자는 광의의 한국문학인 재외동포들의 한글문학도 포함한다고 말하고자 한다.

　이런 맥락에서 영어권 내에서의 한글 문학 번역이 절대적으로 필요해진다. 영어로 번역된다면 현지 영어권 주민들 뿐 아니라 전 세계에 가장 널리 퍼져 있는 세계 언어 영어상용국 99개국 이상에 전달될 수 있다. 영어상용국이 아니더라도 전 세계적으로 영어 사용 가능자의 수는 엄청나기 때문에 한글문학의 영어번역은 그 파급효과와 영향력이 더욱 커질 수 있다. 그동안 한글문학의 세계화를 위한 번역사업은 한반도에서 생산된 주류 작가들 중심으로 이루어졌으나 이제는 영어권에서 생산되는 한글문학에서도 우수작들을 골라 번역을 시작해야 한다. 영어권 이외 다른 언어권 지역의 한글문학도 한국 정부의 재정지원으로 장기계획 아래서 번역에 착수해야 한다.

　구체적 번역 작업은 작가 자신이나 이민 1.5세대나 2세대 후손에 의해 직접 영어로 번역되는 것이 가장 바람직하다. 이것이 가능하지 않은 경우 영어권 현지나 한국 내의 문학 번역 전문가에게 의뢰할 수 있다. 또는 한국문학번역원이 예산을 대폭 늘리고 사업을 확장하여 재외동포들의 한글 문학을 영어 등 주요 외국어로 번역하는 사업을 시작할 수도 있다. 번역작업 자체도 중요하지만 전 세계를 상대로 홍보와 배포에도 주의를 기울여야 한다. 영어권 국가에서 생산되는 한글문학의 번역은 한국문학의 세계화에 크게 기여할 수 있을 뿐 아니라 영어권 국가 내의 소수집단문학으로서의 한글문학의 위상을 제고할 수 있다. 번역을 통한 교류와 소통의 증대로 중심부 영어권 문화와 주변부 한국어권 문화 간의 벽을 허무는 것이 가능해져서 한인 교포들의 문화적 지위 상승도 꾀할 수 있다. 나아가 번역을 통해 영어권 지역에 한국문화의 거점을 마련할 수도 있을 것이다.

나가며 : 한글문학의 세계문학으로의 진입을 향하여

영어권 국가에서 재외한인들의 한글 문학에 대한 번역작업은 21세기 한국문학 또는 한민족문학의 새로운 지형과 방향에 적지 않은 영향을 줄 것이다. 여러 가지 논쟁이 있을 수 있으나 배제보다는 세계화 시대의 포용의 원칙에 따라 중국, 일본, 러시아, 미국, 캐나다, 호주 등지에서 한인 동포들에 의해 생산되는 한글문학이 한반도 중심의 한국문학에 수용된다면 훨씬 풍요롭고 다양한 세계적 문학 담론이 전체 한국문학의 넓이와 깊이를 더해줄 수 있을 것이다. 북한문학을 포함하여 한반도 내에서 생산되는 한국문학이 번역을 통해 세계로 나아갈 수도 있다. 민족의 정서와 의식을 토대로 영어권 국가에서의 새로운 삶의 경험이 축적되어 보편화된 한글 문학은 한민족문학의 새로운 전 지구적 가능성을 한층 높여줄 것이다. 한반도 내 한국문학과 전 세계 한민족문학은 번역을 통해 현지어 문학과 세계문학을 이어주는 교량의 역할도 담당할 수 있을 것이다.

번역은 서로 다른 언어들을 이어주는 가교 역할을 하여 하나의 커다란 세계문학의 장을 열어주는 열쇠이다. 이런 의미에서 영어권 한글문학의 번역이 중차대한 의미를 가지는 것이다. 한글문학의 영역은 영어권 국가들 내에서 한글에 대한 관심도 크게 높여줄 수 있다. 번역보다 한글문학을 한글 원문으로 읽어보고자 하는 욕구를 일으키고 나아가 한국문화와 역사에 대한 관심으로 전환된다면 금상첨화가 아닐 수 없다. 현재 분단국인 남한이 세계 14대 경제대국이 되었고 각 분야의 한류가 확산되고 있는 상황에서 세계 각처의 세종학당과 한글학교에서 한글 교육을 통한 한글 보급도 점증할 것이다. 한글문학의 영어 번역은 초기 단계에서 영어권 국가 독자들에게 직접적 관심을 주지만 종국에는 한글, 한국문화 자체에 대한 관심으로 확대시켜야 한다. 이것이 바로 한국문학 세계화의 궁극적 목표가 아니겠는가?

2015년은 한반도가 해방 70년의 감격과 기쁨, 분단 70년의 슬픔과 고통을 동시에 맞이하는 뜻깊은 해다. 이 시점에서 통일은 우리의 소원이면서 이제 절대절명의 사명이 되었다. 아직도 남북한 통일이 이루어지지 않은 한반도는 진정한 해방과 평화가 없는 것이다. 현재 세계 유일의 분단국인 남한과 북한의 정치 · 경제 · 군사적 통일도 중요하겠지만 언어, 문화의 이질화 현상이 심각한 지금, 하나의 언어인 한글을 사용하는 남북한이 언어예술인 한글문학을 통해 대화와 관용의 정신으로 다시 만나야 한다. 머지않아 다가올 한반도 통일 시대를 대비하여 한국문학의 범주를 혁신적으로 개방하여 전 세계 한글문학을 모두 포괄하는 학계와 문단의 작업들이 활발하게 전개되어야 한다.

이런 의미에서 2015년 가을 경주에서 열린 제1회 세계한글작가대회는 한국문학 범주의 재정립을 위해 매우 뜻 깊은 "사건"이라고 볼 수 있다. 앞으로 국제PEN한국본부 주최로 정부, 학계, 문단이 지혜와 힘을 합쳐 이 대회가 매년 지속적으로 개최되어 북한문학을 포함한 세계한글문학을 포용하는 전 지구적인 한국문학 또는 한민족문학을 재정립하는 데 크게 도움이 되기를 희망한다. 앞으로 세계한글작가대회를 통해 한국정부와 한글단체인 한글학회 그리고 국립국어원 등은 물론 국제PEN한국본부와 같은 문인단체들은 세계 각처에 한글 보급과 한글문학의 확산과 번역을 위해 지속적으로 노력해야 할 것이다. 나아가 5대양 6대주에 퍼져 있는 178개국의 750만 명이상의 한인 디아스포라가 한글과 한글문학의 세계화를 위한 문화자본으로 쓰일 수 있기를 갈망한다.

제2부

문학작품

: 역자 해설과 후기

나에게 가장 긴급한 질문은 오늘날 작품을 쓰는 수천 명의 한국의 시인들 중 어떤 이들을 선택해서 번역해야 하는가이다. 특징적인 현대 영어로 자유롭게 번역한다면 영어권 독자들에게 친숙하고 따라서 쉽게 매력적으로 보이는 일부의 작가들도 있다. 나는 그 작가들에게 초점을 맞추어야 하는가? 그러나 내가 언급한 차이점들 때문에 어떻게든 번역되었다 하더라도 한국에서는 존경을 받지만, 비한국인 독자들에게는 거의 접근이 어려운 많은 시인들의 작품은 어떻게 해야 하는가? 한국 시인들의 이름은 영어권 독자들에게 획일적으로 친숙하지 않고 그들이 쓴 작품들은 다른 곳에서 쓰여진 시와 동일하지 않다. 나는 출판사와 독자들을 얻기 위해 한국시를 서양시처럼 들리게 만들려고 노력하기를 원치 않는다. 앞서 언급한 바와 같이 한국인들은 다른 모든 사람들과 같지 않다. 한국인들의 악몽의 역사는 부담으로 그들에게 부과되었고 그 언어는 그들에게서 빼앗아 갔고 한국인들은 아직도 이러한 문제들로 고투를 벌이고 있다. 아마도 시는 한국인들로서 그리고 인간으로 시가 한국인들에게 의미하는 것을 찾기 위해 아직도 고통스러운 기억들과 숨겨진 침묵들에 접근하는 수단으로 간주된다.

궁극적으로 나는 모든 시 번역자들처럼 그 독자들에게 어쨌든 살아 있는 번역된 시를 만들어내기 위해 절치부심하며 노력할 수 있기를 바란다.

"박제된 독수리보다 살아있는 참새가 훨씬 좋지 않은가."

— 안선재, 「한글문학에서 세계문학으로」(정정호 역, 2019)

1. 사랑의 철학

— 퍼시 비쉬 셸리, 『세상 위의 세상들 : 셸리 시선』, 1991

역자가 영국에서 1년간 체재하던 1984년 봄, 부활절을 맞아 유럽대륙을 40일간 일종의 문학 편력 여행을 하였다. 런던에서 출발하여 유럽 전역을 원형으로 일주하는 여행이었는데, 내가 들른 이정표가 나중에 알고 보니 160여 년 전 셸리가 편력한 곳과 상당히 일치하여 묘한 인연 또는 숙명 같은 것을 느꼈다면 지나친 억지일까? 높은 철학적, 정치적, 예술적 이상을 지니고 스스로 추방자가 되어 치열하게 시를 쓰다 요절한 천재 시인 셸리가 나의 무의식을 점령한, 나의 젊은 날 꿈속의 영웅이었기 때문이라고 볼 수는 없는 것일까?

셸리의 첫째 부인 해리엇이 투신자살한 런던 하이드 공원 내의 서펀타인 호를 바라보며 상념에 잠기는 것으로 나의 순례는 시작되었다. 셸리가 둘째 부인 메리와 유럽으로 도피 여행을 떠날 때 배를 탄 도버 항 부둣가에서 셸리의 편린을 찾을까 서성이기도 했다. 파리를 거쳐 셸리가 바이런과 함께—그들은 모두 조국인 영국에서 추방당한 사람들이었다—휴가도 즐기고 작품 구상도 한 제네바 호수에서 그들의 이상과 정열이 응결되어 호수 속에 남아 있지나 않을까 수심을 바라보며 가슴 설레기도 했다.

셸리가 한때 오래 머물렀던 피사를 지나 로마에 도착하였다. 이곳에서 나는 로마 문명과 문화, 이탈리아의 지중해성 기후와 영혼에 매료되어 죽을 때까지 이탈리아를 거처로 삼았던 셸리의 심중을 이해할 수 있을 것 같았고 그의 시 사상을 더 잘 알 듯하여 가슴이 뜨거웠다. 그 유명한 "스페인 계단" 밑에 있는 키츠와 셸리 기념관 앞에 주저앉아 그들의 모습을 기다려 보기도 했다. 또한, 그의 묘지를 찾아가 그의 이상향 속에서 영원히 살고 있을 그의 명복을 빌기도 했다.

나폴리, 피렌체, 베네치아를 거쳐 오지리, 독일, 네덜란드를 돌아 다시 런던으로 되돌아가 템즈 강변에 있는 웨스트민스터 사원으로 달려가 1954년 키츠와 셸리 기념 사업회가 셰익스피어 기념비 위에 세운 "시인 구역"의 추모패 앞에서 경배함으로써 역자의 셸리 순례 기행은 끝났다. (셸리와의 해후와 순례가 나의 혼의 울림을 가져와 이 한국어 선집 속에서 셸리의 시혼과 행복한 조율이 되었을까?)

우리는 영국 낭만주의의 대표적 시인 퍼시 B. 셸리의 짧은 서정시편과는 비교적 친숙하다. 그러나 별로 잘 읽히지 않는 장시나 시편들을 접하게 되면 이내 방향 감각을 잃고 만다. 그 이유는 무엇인가? 셸리의 감수성과 우리의 감수성에 어떤 간극이 있는 것인가? 셸리는 단지 효험 없는 서정시인인가? 알 수 없는 철학 시인인가? 과격한 사회혁명 시인인가? 그의 생애와 사상을 타작(打作)해 보면 아니 "해체"해 본다면 어떻게 될까? 그의 시를 균형 있게 이해하기 위한 어떤 낟알이 떨어질까? 19세기 초반에 영국에서 살았던 셸리와 20세기 후반기 한국에서 사는 우리 사이에 어떤 맥락이 형성될 수 있을까? 셸리에게서 우리가 배울 것이 있을까? 있다면 무엇인가?

현대의 저명한 영국 시인으로 한국을 방문한 바 있는 스티븐 스펜더(Stephen Spender)는 셸리에 대해 다음과 같이 평가했다. "오늘날 우리들의 문제는 셸리의 천재성의 빛을 이용하는 데 있다. 왜냐하면, 그는 예언적 시인 – 혁명적일 뿐 아니라 비전적 – 이었으며 서정성에 지성적 힘과 강렬함을 통합한 드문 시인에 속하기 때문이다. 현대 시인들이 그에게서 배울 수 있는 것들이 아직도 많다. 특히 철학적, 과학적, 그리고 정치적 사상들을 이해하기 쉬운 심상으로 환치시키는 능력은 꼭 배워야 할 점이다. 여기에서 그는 『파우스트』 2부의 괴테 – 자신의 모든 박식함을 위대한 장인의 기교로 시 속으로 퍼부었던 – 와 자기 시대의 사회적 악덕들을 예리하게 폭로하는 보들레르의 중간 위치에 서 있다."

그러나 신비평가들, 인습적 도덕가들, 반동적 보수주의자들이 셸리 시라는 장려한 건축물을 무표정하게 "폐허"로 만들었다. 해럴드 블룸(Harold Bloom) 같은 셸리 숭배자들의 영웅적 노력에도 불구하고 많은 사람이 이 "천상의 폐허"를 비켜서서 아직도 꾸물거리는 이유는 무엇일까? 셸리의 우주적 상상력이 아직도 우리보다 훨씬 앞서기 때문일까?

이탈리아 스페차 만에서 배를 타고 여행하다 폭풍우로 익사한 셸리는 밀턴의 "리시더스"처럼 (산호와 진주를 목에 걸고?) 물속에서 재생하여 부활 승천할까? 아니! 오히려 자신의 "아도네이스"처럼 죽음 속에서 뛰쳐나와 자연과 합쳐져 자연 속에 있게 되어 우리 주위 어디서나 그를 더욱 느끼고 그를 더 알게 될 때도 머지 않으리!

편역자는 본서에서 셸리의 시를 골고루 소개하려고 애썼다. 초기 시에서 후기 시까지 그의 시의 특성을 골고루 – 서정시, 서경시, 연애시, 송가에서 자연시, 소네트, 철학시, 정치시, 극시까지 – 드러내어 독자들에게 보여 주고 싶었으나 별로 만족스럽지 못한 것 같다. 특히 우리가 많이 다루지 않는 경향이 있는 현실 참여적 정치시도 다수 포함했다. 왜냐하면, 흔히 독자들이 셸리 시의 환상적이고 이상주의적인 면만 읽기 때문에 오해받고 있는 그의 시 세계가 균형 있게 평가될 기회를 얻게 하고 싶었기 때문이다.

번역은 반역이라지만 셸리 시 번역은 무력감, 배신감, 고통의 연속이었다. 사상과 열정이 교묘하게 짜여있는 시의 의미 전달도 문제지만 역자를 가장 슬프게 만든 것은 셸리의 시가 가지는 음악성의 상실이었다. 그것은 혼 빠진 허수아비일 것이다. 셸리의 음악을 한국어 질서 속에 무리하게 편입한다는 것은 아무래도 바보 같은 짓일까보다. 그러나 셸리 자신도 희랍 작품을 번역한 후 시의 음악성을 옮기지 못하는 좌절감을 그의 「시의 옹호」에서 다음과 같이 토로하고 있다.

그러므로 번역은 무익한 것이다. 시인의 창작품을 하나의 언어에서 다른 언어로 옮기려고 하는 것은 제비꽃의 빛깔과 향기의 본질적 원리를 발견하기 위해 그 꽃을 도가니 속으로 던져 넣는 것과 같은 어리석은 짓이다. 제비꽃은 다시 그 씨에서 싹을 내지 않으면 안 된다. 그렇지 않으면 꽃을 피우지 못할 것이다. ─이것은 우리에게 지워진 바벨의 저주인 것이다.

　* 이탈리아에서 셸리의 별명은 "뱀"이었다. 왜냐하면 "비쉬 셸리" Bysshe Shelley라는 이름의 발음이 이탈리아어로 bischelli인데, 이것이 "작은 뱀"이란 뜻이기 때문이다. 따라서 바이런을 비롯하여 피사에서 어울렸던 친구들이 셸리를 "뱀"이라 불렀다.

(1991년, 정정호)

2. 전 지구 여성들의 이야기 순례

— 도리스 레씽 외, 『일식 : 세계여성단편소설선』, 2002

서구에서 "여성의 글쓰기"는 18세기 이전에는 그리스 여성 시인 사포(Sappho) 등 극히 예외적인 경우를 제외하고는 거의 불가능하였을 뿐만 아니라, 있다고 해도 남아있는 것이 드물다. 수천 년 동안 가부장제 체제 아래서 펜(pen-is)을 휘두르는 남성들이 담론(discourse) 영역을 철저하게 독점해왔다. 글쓰기 자체가 비여성적이고 반사회적이어서 음산하고 위험한 일로 간주되어 엄청난 제약을 받았다. 일찍이 18세기 영국의 여류시인 앤 핀치(Ann Finch, 1661~1720)는 사후에 출간된 시집 「서시」에서 여성의 글쓰기에 대한 어려운 상황을 잘 노래하고 있다.

> 아아! [펜으로] 글쓰기를 시도하는 여자는
> 남성 권리를 침해하는 자
> 주제넘은 여자로 여겨지고
> 그 잘못은 어떤 미덕으로도 보상되지 않으리.
> 사람들은 여자들이 자신의 성과 갈 길을 오해한다고 말하네.
> 예의범절, 관습, 무용, 의상, 놀이가
> 여자들이 바라야만 하는 소양.

> 글쓰기, 책 읽기, 생각하기 또는 논구하기는
> 여성들의 아름다움을 약화하고 시간을 헛되이 소모하게 하며,
> 여성의 좋은 시절을 소진한다고 말하네.
> 심심하게 노예로 가득한 집을 다스리는 일이
> 여성들의 최상의 예술이요, 효용이라고 어떤 이들은 말하네.(9~20행)

그러나 정통성을 인정받지 못하던 여성의 글쓰기는 최초로 글을 써서 생계를 유지했던 영국 작가 아프라 벤(Aphra Behn, 1640~1689) 이래로 소설이란 장르의 발생과 더불어 새로운 국면으로 접어들게 되었다.

20세기 최고의 여성 소설가 버지니아 울프가 이미 그 유명한 「여성과 소설」에서 "소설이란 여성들이 가장 쉽게 쓸 수 있는 것"이라고 지적했듯이, 소설의 발생과정부터 여성과 소설의 관계는 숙명적이었다. 버지니아 울프는 시보다 소설을 쓰는 것이 여성에게 더 적합하다고 믿었다. 『화강암과 무지개』에서 울프는 다음과 같이 쓰고 있다.

> … 여성들은 여러 사람이 함께 쓰는 거실에서 사람들에 둘러싸여 살기 때문에 관찰하고 성격 분석하는 데에 그들의 온정신을 쓰도록 훈련받았다. 여성들은 시인이 아니라 소설가가 되도록 훈련받았다.

소설은 그 독특한 담론적 특성에 의해 지금까지 변두리 타자였던 여성의 내밀한 영혼의 울림이나 육체의 흐느낌을 가장 잘 재현할 뿐만 아니라 하나의 저항 담론으로서의 문학 장르가 되었고, 한 걸음 더 나아가 단순한 재현이나 저항이 아니라 여성들에게 새로운 비전과 가능성을 가져다주는 중요한 문학적 또는 문화적 담론체계가 되었다.

본 선집에 실린 여성들과 그들의 삶의 이야기들은 여자라는 것―여성으

로 태어나 성장하고, 딸, 누이, 아내, 어머니, 연인이 되는 것 - 의 특별한 경험을 다양하고 설득력 있게 다룬 주옥같이 아름다운 감동적 단편 소설들이다. 이 작품들 속의 여성들은 사랑, 성, 결혼, 일, 자녀 양육, 혼외정사, 재산, 가난, 여가, 이혼, 동성애, 고독, 성취, 우정, 나이 듦 등 수만 가지 경험들을 이야기한다.

본 선집은 장편소설이나 대하소설이 인기를 누리는 이 시대에 단일하고 강렬한 효과로 짜릿한 감동을 집중적으로 맛보는 "단편소설 시대"를 열고자 꿈꾼다. 문학에서 "작은 것이 아름답다(Small is Beautiful)"라는 생각을 견지한 예술가는 미국의 시인이며 소설가인 에드거 앨런 포(1809~1849)였다. 단편소설 이론을 처음 수립한 포는 간결성과 통일성의 결합을 단편소설의 특징으로 전경화시켰다. "장편 소설은 앉은자리에서 끝까지 읽을 수 없으므로 전체가 주는 박력이 약화한다. 독자에게 어떤 감동을 주기 위해 하나의 확실한 효과를 생각하고 그 효과가 나타나도록 사건을 꾸며 독자가 그 단일한 효과에 감동되도록 배열하는" 게 단편소설의 특징이다.

여성 소설가 도리스 레씽도 "어떤 작가들은 시장성 때문에 단편소설을 쓰지 않는다. 그러나 나와 같은 단편소설 중독자들은 계속 단편소설을 쓰고 개인 서랍 이외에는 보관할 곳이 없다 해도 계속 단편을 쓸 것이다"라고 말하지 않았던가? 그렇다. 하나의 점을 중심으로 우리가 그려낼 수 있는 원이 헤아릴 수 없이 많듯이, 여성 작가들은 엄청난 제약 속에서 아무리 사소하고 똑같은 주제를 다루더라도 수없이 많은 관점에서 가슴으로 느낀 자신들의 경험을 풀어내고 있다. 가정이나 사회에서 수없이 많은 역할을 감당해나가면서도 작품활동을 병행하는 여성 작가들은 그런 어려움이 작품의 질을 향상시킬 수 있는 방향으로 내면세계를 확장해 준다고 말한다. 모든 것이 다 도움이 된다고 생각하는 여성 소설가 메리 래빈은 자신의『단편선집』

서문에서 이렇게 말한다.

> 처음으로 글을 쓰기 시작한 뒤 집필 시간이 너무 적다는 것을 원망스러워한 때가 한두 번이 아니었다. 당시 나는 다소 비통한 마음으로 만약 내가 글쓰기를 완전히 중단한다 해도 몇 달 아니면 심지어 몇 년이 흐른 후에야 식구 중 누군가가 그런 일이 일어났다는 것을 알아차릴—혹시 알아차리기라도 한다면— 수 있을 것으로 생각했었다. 그러나 이제 그 모든 원망은 내게서 사라졌으며, 나의 시간을 빼앗고 또한 글쓰기에 투입되었을 수도 있었던 나의 창조적 에너지를 소진했던 그런 요소들이 내게 유익을 주었다고 나는 믿는다. 그런 요소들은, 들뜨기 쉽고 지나치게 왕성하기만 한 나의 상상력에 재갈을 물려 선택의 힘을 더해주었다. 그래서 설령 생활이 창작 활동에 제약을 가한다고 해도 나는 그것을 기꺼이 받아들인다. 나에게는 더 많은 이야기를 쓸 기회가 부족하지만, 기회가 더 많이 주어진다면 나는 작품에 들어 있어야 할 요소보다 더 많은 것을 무리하게 이야기 속에 집어넣으려고 시도할 것이다.

이 선집에는 세계화 시대의 다양성이라는 새로운 가치를 따라 영미권 작가들뿐만 아니라 프랑스, 독일, 스페인, 이탈리아 등 서구 각국은 물론 캐나다, 호주, 뉴질랜드, 남아프리카 공화국, 서인도제도, 인도 등 세계 각국 작가들의 작품이 번역되어 대륙별로 나뉘어 수록되어 있다. 편역자는 앞으로도 계속해서 서구의 최근 작품은 물론 중국, 일본, 한국 등 동아시아 여성 작가들의 작품과 제3세계 여성 작가들의 주옥같은 작품을 폭넓게 번역, 소개할 생각을 하고 있다.

아무쪼록 이 선집이 복합문화시대인 21세기에 여성과 문학 특히, 단편소설 세계의 새로운 가능성을 경험하는 좋은 계기가 되기를 바랄 뿐이다.

(2002년 여름, 이소영 · 정정호)

3. 한 고독한 영혼의 "탈주의 선" 마련하기

— 케이트 쇼팬, 『이브가 깨어날 때』, 2002

케이트 쇼팬(Kate Chopin)은 1851년 2월 8일 미주리주 세인트루이스에서 아버지 토머스 오플라허티와 어머니 엘리자 파리스 오플라허티 사이에서 태어났다. 아일랜드에서 이주해온 케이트의 아버지는 세인트루이스에서 사업가로 성공하여 사회적으로 상당한 지위를 누리고 있었으며, 프랑스 귀족 혈통의 외가는 독실한 가톨릭 신자들이었다. 케이트 쇼팬은 세인트루이스 성심학원을 다녔고, 그녀의 정신적 예술적 성장에 큰 영향을 끼친 사람은 강한 의지의 소유자였던 외증조할머니였다. 증조할머니는 손녀가 이야기꾼으로서의 재능을 연마하고 피아노와 프랑스어를 배우게 하려고 상당한 노력을 기울였다. 어린 케이트도 북군 병사들이 달아놓은 연방 기를 끌어내려 감춘 적이 있어서, 세인트루이스에서는 "꼬마 반역자"로 알려졌다고 한다. 네 살 때 아버지를 잃은 케이트는 열한 살 때 증조할머니와 이복오빠마저 잃고는 상당한 충격에 빠져 2년 동안 학교도 가지 않고 친구도 만나지 않으며 다락방에서 오로지 독서에만 몰두했다. 1868년 성심학원을 졸업한 케이트는 남편을 만나기 이전에 가수이자 배우였던 한 독일 여인을 사귀면서 그녀와 함께 담배를 피우고 거리를 활보하며 이미 신여성으로서의 면모를 드러냈다.

1870년 6월, 루이지애나주 출신인 8년 연상의 오스카 쇼팬과 결혼한 케이트는 미국 남부에 멕시코만을 향해 있고 프랑스풍의 귀족적 크리올 문화가 지배하는 무역과 상업의 중심지 뉴올리언스에서 신혼생활을 시작했다. 아름답고 국제적인 이 도시에서 보낸 9년간의 생활은 쇼팬의 생애와 작품에 지대한 영향을 미쳤다. 1879년 목화거래상으로 활동하던 남편이 사업에 실패하자 그들은 루이지애나주 중부에 있는 클루티어빌로 이사하여 부모로부터 물려받은 농장을 경영했다. 그러나 남편은 1883년 여섯 자녀를 남겨놓고 갑작스럽게 말라리아에 걸려 죽게 된다. 1884년 쇼팬은 아이들을 이끌고 친정어머니와 살기 위해 세인트루이스로 돌아오지만, 1885년 어머니마저 갑자기 돌아가시고 홀로 남게 된다. 바로 그때 유일한 친구라고 할 수 있었던 이웃의 한 의사가 쇼팬에게 창작 활동을 권유했다. 에밀 졸라와 모파상을 탐독하던 케이트 쇼팬은 루이지애나 주에서의 경험을 시, 단편소설로 써서 『보그(*Vogue*)』, 『아메리카(*America*)』, 『센추리(*Century*)』 등의 잡지에 발표하면서 작가로서의 길을 걷게 된다.

여섯 명의 아이들에게 둘러싸인 채 쇼팬은 글을 쓰고 싶은 충동이 들 때마다 무릎에 판자를 놓고 그 위에 써 내려갔으며, 의식적인 주제선택이나 문장을 세련되게 다듬는 과정은 거치지 못했다. 그리하여 쇼팬의 창작법은 신선함과 진지함을 보장해줄 수는 있었지만 치밀한 구도라든가 정확한 문법은 기대하기 어려웠으며, 일화적인 단편소설이 되기 쉬웠다. 10년 정도의 짧은 창작 기간에 쇼팬은 두 편의 장편 소설과 150편의 단편소설을 남겼다.

쇼팬의 첫 번째 소설 『중대한 과실(*At Fault*)』(1890)은 루이지애나주의 전원생활을 배경으로 이혼과 도덕적 이상주의의 문제를 감상적으로 다루고 있다. 당시의 비평가들은 성격묘사나 스타일 등에서는 후한 평가를 했으나 용어선택과 플롯의 미진함을 지적했다.

그러나 쇼팬이 향토작가로서의 명성을 얻게 된 것은 『늪지대 사람들(*Bayou Folk*)』(1894)이 출판된 이후이다. 23편의 단편소설을 모아놓은 이 선집에서는 구태의연한 유럽식의 관습을 견지하는, 이중언어와 말재주가 능란한 상류층의 가톨릭 크리올들과 케이전들[18세기에 캐나다 아카디아에서 추방당한 후 루이지애나로 이주해온 프랑스계 후손들]의 생활이 그려지고 있다. 푸른 숲으로 울창한 아열대 지방의 늪지대를 배경으로 이루어지는 보통 사람들의 여러 가지 형태의 사랑을 쇼팬은 아름답게 그려내고 있다. 그중 가장 유명한 단편 「데지레의 아기(Desiree's Baby)」는 루이지애나주에 명망 높은 집안 자손인 아르망의 분노를 극적으로 다룬 작품이다. 본능적인 소유욕에 사로잡힌 농장주 아르망은 열정적으로 사랑한 아내가 낳은 아이가 유색인의 특징을 가진 것을 알게 되자 아내를 비난하고 내쫓아버린다. 그러나 그는 아내가 아기를 안고 호숫가로 사라지고 난 후 아내의 소지품을 태우던 중 우연히 발견한 편지에서 아르망 자신의 어머니가 흑인의 피를 가졌다는 사실을 알게 된다. 이 단편을 보더라도 19세기 말 남부 사람들이 지녔던 흑백 사이의 결혼, 남부 귀족 사회의 신분제도, 흑인에 대한 편견에 관해 쇼팬이 어떤 생각을 지녔는지 잘 알 수 있다. 이 단편 선집은 사실주의적 주제를 신선하면서도 매력적으로 표현했다는 호평을 받았다.

케이트 쇼팬의 두 번째 단편 선집 『아케이디에서 보낸 하룻밤(*A Night in Acadie*)』(1897)에는 21편의 단편이 실려 있다. 『늪지대 사람들』보다는 주목을 덜 받았지만, 첫 번째 단편집보다 더 다양한 주제가 다루어져 사랑과 모성의 이중적 역할, 공적인 삶과 사적인 삶의 조화, 정적인 삶으로부터의 소생 등의 주제들이 서로 관련지어 등장한다. 쇼팬은 1897년부터 1900년 사이에 세 번째 단편 선집을 시도하나 실패로 끝난다. 이곳에 실릴 예정이던 작품 중 여러 편이 혼외정사를 다루고 있어서, 『이브가 깨어날 때(*The Awakeing*)』를 예견해주고 있다.

세 번째 선집의 대표작이라고 할 수 있는 「어떤 죽음에 관한 이야기("The Story of an Hour")」는 상당히 아이로니컬한 단편으로 아주 놀라운 결말을 보여준다. 심장병을 앓고 있는 말라드 부인은 사랑하는 남편이 열차사고로 사망했다는 소식을 접하고는 경악을 금치 못한 채 슬픔에 잠겨 자기 방으로 들어가 버린다. 그러나 방에 홀로 틀어박힌 그녀는 두려움에 떨면서도 새로운 해방과 자유의 비전으로 취해 있는 자신의 현실을 인정하지 않으려고 노력한다. 그러나 열차사고가 일어난 것도 모른 채 남편이 아무런 상처 없이 무사히 집으로 돌아오자, 말라드 부인은 치명적인 심장마비를 일으켜 죽음을 맞는다. 이때 의사들이 사망 진단 후 내린 판정, 즉 그녀가 "사람의 목숨을 앗아가는 환희"로 죽게 되었다는 결론은 무척이나 아이로니컬하다. 하지만 불행하게도 이 선집은 케이트 쇼팬이 살아있는 동안에는 빛을 보지 못했다.

쇼팬의 대표작 『이브가 깨어날 때』는 1899년에 출판되었다. 한 젊은 여인이 성적, 심리적으로 새로운 의식을 발견하게 되는 과정을 탐색한 이 소설은 당시 남부사회에서 무서울 정도로 손가락질을 당했다. 일부 비평가들은 "병적이다", "도덕적으로 유해하다", "천박하다", "품위 없다", "혐오감을 일게 한다"고 비판했다. 어떤 비평가들은 지저분한 것을 들춰내는 19세기 프랑스의 자연주의 작가 "졸라보다 한술 더 뜨는 소설가"라는 등의 비난을 퍼부었지만, 몇몇 작가는 이 작품의 예술성과 통찰력을 찬양하기도 했다. 쇼팬은 이러한 비난에 대해서 "나는 주인공 에드나 폰텔리에 부인이 실수를 저질러서 이처럼 매도당하리라고는 꿈에도 생각지 못했다"라고 답변했다.

이 책은 세인트루이스의 도서관에서 거부당했으며 쇼팬의 친구들과 지인들은 그녀를 경원시하였다.

쇼팬은 이 책이 출간되고 5년도 채 못되어서 1904년 8월 22일 이 세상을 떠났다. 반세기 이상 이 소설을 무명의 세계에 파묻게 한 혹독한 비판에도 불구하고, 이 작품은 시적 통일성, 산문 스타일, 주인공 에드나의 성격묘사, 상징성으로 인해서 1946년 프랑스의 문학비평가 시릴 아나봉(Cyrille Arnavon)의 주목을 받게 되었다. 뒤이어 미국에서도 저명한 문학비평가 에드먼드 윌슨(Edmund Wilson)을 비롯한 많은 비평가가 쇼팬에 대하여 새로운 평가 작업을 하게 되었고, 케이트 쇼팬은 단순한 여성소설의 차원을 넘어 종족 간의 문제, 환상에서 깨어난 인간들의 고통과 같은 보편적 주제를 다룬 작가로 재평가받게 되었다.

『이브가 깨어날 때』는 여러 면에서 시대를 앞섰던 작품이다. 켄터키주 태생의 여주인공 에드나 폰텔리에는 예상치 않게 미국 남부 루이지애나주 뉴올리언스로부터 그다지 멀지 않은 피서지 그랜드 섬에서 안전하지만 단조로운 결혼생활에서 탈피할 수 있는 삶의 가능성을 발견하게 된다. 신교도 집안에서 자라난 자신과는 아주 다른 가치관을 지닌, 유럽식 관습에 따라 살아가는 가톨릭 크리올 사람들과 함께 에드나는 휴양지에서의 여름을 보내게 된다. 나른하고도 늪이 우거진 아열대기후의 섬 분위기는 에드나가 정신적, 육체적으로 눈을 뜰 수 있는 적절한 분위기를 마련해준다. 그녀는 뉴올리언스에서 사업을 하는 부유한 크리올 남편과 두 아들을 둔 아내이자 어머니임에도 불구하고, 젊은 크리올 청년 로버트 르브런과 사랑에 빠져든다. 그러나 에드나와의 사랑이 진지한 국면으로 접어들게 되는 것이 두려웠던 로버트는 갑작스럽게 멕시코로 떠나가 버린다. 뉴올리언스로 돌아온 에드나는 그해 여름 새롭게 눈뜨게 된 자유롭고도 독립적인 삶의 길을 추구하고

자 한다. 그녀는 지금까지 반복해오던 손님맞이 접견 일도 없애버리고, 아이 돌보는 일과 살림살이도 소홀히 하며, 그림 그리는 일을 다시 시작하는 등 남편을 놀라게 한다.

물론 에드나의 남편 레온스는 못된 남편이 아니었다. 중년의 사업가인 남편은 나름대로 자상함과 사랑을 아내에게 베풀지만, 그는 아내에게 자기 집에 있는 귀중한 가구 정도의 가치를 부여하며 진정으로 아내를 이해하려 하기보다는 싫증난 아내에게 자신의 미안함을 물질로 보상하려 드는 그런 사람이었다. 아내인 에드나가 외면과 체면을 중시하는 사회로부터 자신의 내적 현실, 본질적인 자아로 관심을 돌리고자 할 때 남편인 레온스는 아내의 아픈 마음보다는 사회적 체면을 더 중시했고, 에드나에게서 일어나는 심적 갈등을 일시적 현상으로 치부한 채 무심히 아내를 남겨 두고 사업차 뉴욕으로 떠나버린다.

에드나는 그 여름을 지내고 난 후 함께 어울리는 친구들이 달라졌다. 그녀가 많은 시간을 함께 보내는 라이즈 양은 개성이 강하고 관습에 동조하지 않는 피아니스트나, 그 피아니스트가 암시하는 여성의 길은 고독과 빈곤과 소외의 참혹한 삶이었다. 또한, 크리올 문화를 전형적으로 대표하는 현모양처인 아델 래티놀의 삶에서 에드나는 친밀하지만, 기능적이고도 권태로운 가정생활을 느끼게 된다. 에드나는 또한 아무런 후회나 수치심도 없이 알세 아로빈의 유혹에 빠져들지만, 사랑하지 않는 사람과의 육체적 접촉은 에드나의 고독의 심연을 메워주지 못하고 오히려 그 심연을 더 깊게 만들 뿐이다.

멕시코에서 돌아온 로버트에게 "비여성적인" 방식으로 독립적 자아를 앞세우고 자신의 솔직한 감정을 고백하게 되는 순간 에드나는 아델 래티놀의 해산을 도와달라는 부름을 받게 된다. 아델의 해산 고통에서 생명의 잔인함을 목격한 후 찢어질 대로 찢어진 마음으로 돌아온 에드나를 기다리는 것은 인습에서 벗어나지 못하는 로버트가 떠나면서 남겨놓은 이별의 쪽지였다. 뜬눈으로 밤을 지새운 다음 날, 의식의 눈을 새롭게 뜬 에드나는 그랜드 섬으로 돌아가 모든 관습의 옷, 구속의 옷을 벗어버린 채 전라의 모습으로, 날개가 부러져 물속으로 떨어져 버린 한 마리 새와도 같이 넓은 바다로 헤엄쳐나간다.

새롭게 한 인간으로서의 의식을 갖게 된 에드나는 인습을 타파해야 하고, 현상을 유지하고 있는 가치들을 가차 없이 고발하고 도전해야 한다. 그녀는 일찍이 내적으로는 현 상황을 의문시하면서도 겉으로는 그것을 숨기고 순응하는 삶을 살아야 하는 삶의 이중성을 감지한다. 에드나가 눈을 뜨고 갖게 된 신여성으로서의 새로운 의식은 로맨스, 모성, 결혼을 모두 탈신비화하고 있으며, 여성에게 부과된 내부의 식민지적 상황에서 그녀를 해방하고 있다. 아델의 해산 고통을 목격한 후 닥터 만델라와 나눈 대화에서 에드나는 "결국, 잠에서 깨어나는 것이 고통이라 할지라도 일생 망상에 빠져 사는 것보다는 낫다"라고 말한다.

작가는 이 소설에서 근본적인 존재 형태의 관점에서 의식의 문제를 다루고 있다. 모든 것의 시작은 "반드시 애매모호하고, 뒤엉켜 있으며, 무질서하여 극도로 불안한 법이다"라고 작가는 말한다. "우리 중 그러한 시작을 극복하고 일어선 사람이 실제로 몇 명이나 되겠는가! 얼마나 많은 사람이 그 소용돌이 속에서 휘말려 스러지고 마는가!" 작가 쇼팬의 관점에서 스러져 버린다는 것, 특히 결혼생활에서 스러져 버린다는 것은 의식이 없는 삶을 의미한다. 에드나도 처음에는 여자에게 으레 할당된 몫이라고 생각하고 달콤한 "봉봉 과자"의 길을 걸어갔지만, 결국 잠에서 깨어난다는 것은 인습의 신화를 파괴할 수 있다는 불가능한 꿈을 달성하는 길이다.

그러나 문제는 남는다. 인습을 타파하고 궁극적으로 얻은 새로운 의식이 어떻게 이용될 것인가? 이중의 곤경에 빠진 여인이 잠에서 깨어나 봐야 초월은 없다. 무의식의 세계에서 의식의 세계로 나온 에드나에게 열려 있는 길은 또 다른 속박의 세계일 뿐이다. 환멸 속에서도 자신을 지탱해주던 로버트에 대한 사랑이 무위로 끝날 것을 인식하자, 그녀는 유혹의 목소리를 울려대고 있는 바다의 포옹 속으로 뛰어들어 죽음을 선택한다. 이 소설의 원제목 『고독한 영혼(The Solitary Soul)』은 에드나의 절대적 고독감을 상징적으로 보여주고 있다. 궁극적인 죽음을 향한 그녀의 헤엄은 문화적, 심리적으로 더는 살아갈 수 없는 인간이 취할 수밖에 없는 마지막 실존의 몸짓이다. 이 행위는 굴복이 아닌 좌절의 행위이지만, 이것을 통해 에드나는 신비함과 새로운 생명을 잉태하는 바다에서의 죽음을 넘어 새로운 초월을 실현하려 했다고 말할 수 있다. 쇼팬은 주인공 에드나의 비극적 딜레마를 잘 이해하고 동정을 보내면서도 소설의 결론에서 더 이상의 부연설명을 하지 않는다. 이 얼마나 우리 모두의 혼을 울리는 참신한 결말인가?

『이브가 깨어날 때』가 혹평을 받은 후 그녀의 세 번째 단편 선집이 출판사로부터 거부당했지만, 케이트 쇼팬은 1899년 4월 이후 아홉 편의 단편소설을 써 내려갔고 그 중 세 편이 죽기 전에 출판되었다. 그녀가 살아있는 동안 출간되지 못한 두 편의 단편 「폭풍우(The Storm)」와 「찰리(Charlie)」는 주목받을 만한 작품들이다. 시대를 앞서 살았던 그녀에게 적절한 지지를 보내준 편집자와 독자가 부족하긴 했지만, 쇼팬은 당시 금기시되던 성의 문제를 솔직하게 다루었고 이혼, 부정행위 등과 같은 문제들을 도덕과 관계없이 묘사했으며 자유, 결혼, 임신 등의 문제를 진지하게 다루었다.
　　케이트 쇼팬은 전통적인 미국 남성의 관점에서 보아도 자유롭고 위트와 정직성을 소유하고 있었다. 쇼팬은 현대적 여성해방론자나 여성 참정권론

자는 아니었지만, 19세기 미국 남부사회에서의 여인들의 상황을 웅변적으로 말해주고 있다. 더 나아가 그녀는 단순히 여성 문제가 아닌 인간의 보편적 문제라고 할 수 있는 자아와 사회의 관계도 폭넓게 탐구한 작가다.

이 소설의 주인공인 고독한 영혼, 에드나 폰텔리에는 21세기를 살아가는 우리에게 어떤 질문들을 제시하고 있는가?

에드나는 과연 중산층 여인의 허황한 몸짓으로 이 세상을 살다간 기생동물과 같은 존재에 불과한가! 미에 대해 남보다 뛰어난 감수성을 지닌 여인. 형식과 전통이 지배하는 19세기 미국 남부의 보수적이고 관습적인 사회에서 에드나가 걸어야 했던 여성의 길은 어떤 것이었을까? 풍성한 날개를 달고 천사의 역할을 자임하는 현모양처로서의 길을 걸어가야 했을까? 아니면 예술가로서의 고독, 가난, 소외의 길이었을까? 새장 속에서라면 주인이 부여하는 모든 권리와 사랑을 누릴 수 있는 새와도 같이, 에드나는 남편이 제공하는 봉봉 과자의 세계 속에서 얌전하게 달콤한 잠의 세계를 즐겨야 했을까? 꿈에서 깨어나 차디찬 현실 속에서 느끼는 절대고독과 마주할 때, 그녀가 가야 할 곳은 어디였을까?

모든 것을 포용하는 모체와도 같은 바다를 향해 그녀가 발걸음을 돌렸을 때, 우리는 그것을 어떻게 해석해야 할까? 시간과 공간의 구속에서 벗어나 무 시간의 세계를 향해 전라의 모습으로 헤엄쳐 가는 에드나에게 나무람, 차가운 조롱의 미소, 아니면 비난의 등을 돌리는 것이 우리가 취해야 할 바람직한 자세일까? 어머니로서, 아내로서, 화가로서의 무능함을 두고 그녀를 탓하기 이전에, 정신적 이유(離乳)도 하지 못한 채 정서적으로, 지적으로, 육체적으로 깨어나지 못하고 달콤한 환상에 얽매인 채 무지에서 비롯되는 용감함으로 한세상을 마감하는 군상들을 우리는 슬퍼해야 하지 않을까? 이러한 질문들은 19세기 미국 남부에 위치했던 에드나뿐만 아니라 앞으로도 주변부 타자로서 여성들이 짊어지고 가야 하는 실존의 문제들이 아니던가? 넓고 넓은 생명의 근원인 바닷속에서 "탈주의 선"을 마련하고 결국 죽음이라는 비상구를 찾아낸 주인공 에드나 폰텔리에는 새롭게 부활하여 질곡과 고통의 삶을 살아가는 우리 모두에게 새로운 인식의 충격을 가하고 있다.

　케이트 쇼팬의『이브가 깨어날 때』를 우리말로 옮기면서 에드나와 더불어 나 역시 어느 때보다도 지독한 고독의 심연을 건너야 했다. 에드나가 어려운 상황에서의 돌파구로 죽음이라는 방법을 택한 것을 보고 여성 문학이 지닌 단점이라 치부하며 거만스럽게 연민의 눈길을 보낸다거나, 아니면 성인 여성의 권리가 어린아이만큼도 보장되지 않던 19세기 미국 남부에서 그녀가 불가피하게 선택할 수밖에 없었던 방식이라고 손쉽게 생각할 수만은 없었다. 에드나 폰텔리에가 걸어갔던 그 길이 우리 모든 인간이 남녀를 불문하고 거쳐야만 하는 알에서 깨어나기 위한 아픔이라면, 지금에 와서 100년 전에 그녀가 받았던 수모를 한국의 독자들로부터 또다시 받게 되지는 않으리라 믿는다. 번역은 반역이라는 말도 있지만, "부정한 추녀의 모습"으로 비칠 옮긴 이의 오역이나 졸역에 대해서는 독자 여러분들의 관대한 질타를 바랄 뿐이다.

(2002년 4월, 이소영)

4. 헛된 삶에 의미 부여하기
— 수잔 올린, 『난초도둑』, 2003

"헛되고 헛되며 헛되고 헛되니 모든 것이 헛되도다 사람이 해 아래서 수고하는 모든 수고가 자기에게 무엇이 유익한고 한 세대는 가고 한 세대는 오되 땅은 영원히 있도다"

—「전도서」1:2~4

온갖 부귀와 공명을 다 누려보고 전무후무한 지혜를 소유했던 이스라엘왕 솔로몬은 인간사 전부와 만물의 존재 자체에 대해 자신의 체험을 통하여위와 같이 고백한다. 우리는 무엇인가에 홀려 어떤 일에 열중하며 이 세상을 살아간다. 솔로몬 왕의 탄식처럼 그 모든 것이 신기루로 끝나더라도 우리는 허망한 우상을 집요하게 추구한다.

작가 수잔 올린은 플로리다에서 발생한 난초 불법채취 사건을 통하여 토지 사기 사건을 알게 되고 또 그것을 통하여 인디언들의 수난 역사를 접하게 된다. 잡지사 기자인 올린은 소설보다 더 흥미진진한 현실과 접하게 되면서 독자들에게 그것을 전해주고 싶은 욕망에 사로잡힌다. 가장 객관적이고 냉정한 기자임을 표방하면서도 자신도 모르는 사이에 또 하나의 마니아가 되어 양파껍질을 벗기듯 이것저것 하나하나 파헤치면서 열정적으로 "글쓰기 작업"에 빠진다. 마니아 세계를 보고자의 눈으로 객관적으로 탐구해나가는 작가의 글쓰기 과정은 고통스러우면서도 남보다 앞서서 뭔가를 알게 되고 또한 그것을 독자에게 알려주면서 남모르는 희열을 경험하게 되는 하나의 여정인 것이다.

자본 추구와 자본 증식 욕망이 만연해 있는 백인 사회에서 주인공 라로슈는 백만장자가 되고 싶다는 "아메리칸 드림"을 추구한다. 그러나 수잔 올린이 그에게 매력을 느끼고 그를 주인공으로 삼아 이런 논픽션을 쓸 수 있었던 것은 백인 라로슈 역시 한탕주의에 함몰되어 있었지만 동시에 그는 아무 의식이 없는 단순한 탐욕가나 탈법자가 아니라 나름대로 자존심과 대의명분을 가졌기 때문이다. 라로슈는 스펀지처럼 모든 것을 빨아들이는 플로리다주에서 허술한 법망과 다른 사람들의 약점을 이용하며 살아가는 기생적 인물로 그려지고 있다. 아이러니하게도 그는 "유령난초"라는 기생식물을 추구하고 있지만, 보통 사람들과 달리 어떤 전통적 범주에 사로잡히지 않는다. 그는 자신의 복제 작업을 통하여 유령난초라는 귀하고 우아한 희귀종을 만인이 소유하고 바라보며 기쁨을 느낄 수 있게 해주고 싶다는 작은 창조자의 모습을 꿈꾼다.

작가는 이 이야기를 통하여 이 지구상에서 "한번 호흡할 순간"에 불과한 보잘것없는 우리의 인생살이에서 실패자면서도 실패자이기를 거부하는 삶을 살아가는 사람들의 모습을 표현하고 싶었던 것 같다. 라로슈나 작가 자신을 비롯하여 우리는 모두 헛되고 헛된 삶에 의미를 부여하기 위한 작은 몸짓들을 용트림하고 있다. 문자 그대로 무질서하고 비논리적 늪이라는 혼돈의 땅에서 유령난초를 찾아 헤매고 있는 라로슈, 그에 관한 이야기를 쓰겠다고 라로슈를 쫓아다니는 작가 수잔 올린, 수잔 올린의 글에 빠져 밤잠 못 자며 언어의 늪지를 헤매면서 번역 작업에 몰두한 우리들, 모든 인간이

너나 할 것 없이 혼란스럽고 무질서한 이 세상에서 어떤 질서와 의미를 추구하며 살아가는 미치광이들이 아니겠는가! 라로슈뿐만 아니라 우리 모두 어떤 의미에서 다른 사람의 욕망, 열망, 상황에 의존한 기생적 삶을 영위하고 있다. "우리에게는 우리만이 가야 할 길이 있습니다. 우리 일은 이 세상을 돌보는 것입니다"라고 하던 한 세미놀 인디언의 말처럼, 우리는 모두 자신의 길을 따라 묵묵히 걸어가며 승리자의 마음으로 살고 싶은 것은 아닐까. 그러나 우리가 무엇인가에 열광적으로 헌신할 수 있다는 것은 결과와 상관없이 분명 인간적 아름다움일 것이다.

역자들을 이 멋진 신세계의 늪으로 불러주어 번역의 미로를 헤매면서 좌절하지 않고 마지막 출구로 나올 수 있기까지 작가 수잔 올린은 유령난초를 찾아 플로리다주의 파카하치 스트랜드를 그토록 헤매지만, 결국은 유령난초를 보지 못했다. 만나는 게 두렵기도 한 그 요염한 유령난초를 찾아 헤매는 작가와 함께 플로리다주 서남부의 황무지 여행이라는 이 기이하면서도 새로운 경험을 한국의 수많은 독자도 공유하기를 바란다.

(2003년 4월, 김영신 · 이소영)

5. 1980년대 이슬람 국가에서 모험적인 미국소설 읽기

— 아자르 나피시, 『테헤란에서 롤리타를 읽다 : 금지된 소설들에 대한 회고』, 2003

나는 이 회고록에서 아자르 나피시 교수가 급진적 이슬람 전쟁 중 자신은 어떻게 대처했고 또 다른 사람들이 그것에 대처할 수 있게 어떤 도움을 주었는지를 여성을 대상으로 기록한 이야기에 매료되고 감동했다. 이 회고록은 신정정치의 폐해, 깊은 사려 그리고 자유의 시련에 관한 중요하고도 복합적인 사유를 보여주고 있다. 또한, 이 회고록은 위대한 문학과 영감에 찬 영문학 교수의 만남이 만들어낸 의식을 깨우는 즐겁고 감동적인 이야기다.

— 수전 손탁

모든 이야기의 시작은 1979년으로 돌아간다. 서구적 근대화를 추진해왔던 이란의 팔레비 왕조가 이란의 민족주의자들과 이슬람근본주의자들에 의해 무너지고 호메이니옹이 새로운 종교정치 지도자로 등장하며 이란을 이슬람 신정(神政)국가로 만들려는 혁명이 시작되었다. 그 이듬해에 이란-이라크 전쟁이 발발하였다. 혁명과 전쟁이 극심했던 이런 혼란기에 이란의 수도 테헤란의 대학에서 소위 외설, 괴기소설로 여겨지는 블라디미르 나보코프의 『롤리타』와 그 외에 사탄 국가로 지목된 미국의 대표 소설 『위대한 개츠비』를 읽고, 가르치고, 그리고 토론한다는 것은 어떤 것이었을까?

이 책은 1979년부터 1997년까지 18년간 이란 격동기의 한가운데서 테헤란에서 영미문학을 가르쳤던 한 여교수의 회고록이다. 저자 아자르 나피시 교수는 이란의 전통 있고 여유 있는 가정에서 태어나 스위스와 영국에서 교육을 받은 후 미국에서 영문학 박사학위를 받고는 테헤란 대학교 영문학 교수가 되었다. 나피시 교수의 회고담은 저항과 시위의 소용돌이 속에서 처음으로 영문학을 가르치기 시작했던 이란 혁명 초기로 되돌아간다. 이 광란의 시기에 학생들은 대학을 통제했고 교수들을 쫓아냈으며 교과과정을 바꾸었다. 나피시 교수의 강의를 듣던 급진 이슬람주의자 학생은 F. 스콧 피츠제럴드의 소설『위대한 개츠비』를 가르치는 것을 문제 삼았다. 왜냐하면, 그는 이 소설을 "거대한 사탄"인 미국의 잘못을 설파하는 부도덕한 작품이라고 생각했기 때문이다. 바로 그때 나피시 교수는『위대한 개츠비』를 모의재판에 부치고 그 소설을 변호하는 증인으로 나섰다.

테헤란 대학에서 이 년 만에 해직된 후 다른 몇 대학에서 시간강사로 몇 년간 더 영미 소설을 가르쳤던 나피시 교수는 1997년 이란을 떠나기 전 2년 동안 매주 목요일 아침 자신의 집에서 이란의 젊은 여성 7명과 함께 모여 서구 문학의 금지된 작품들을 읽고 토론했다. 그들은 모두 이란의 여러 대학교에서 나피시 교수가 이전에 가르쳤던 학생들이었다. 이들 중 몇 학생들은 보수적이며 종교적인 가정 출신이고 다른 학생들은 진보적이고 비종교적인 집안 출신이었다. 몇몇은 감옥 생활을 경험하였고 처음에는 이야기하는 것에 익숙지 못했다. 그러나 그들은 곧 입을 열기 시작했고 그들이 읽고 있었던 소설들에 관해서뿐 아니라 자신들의 꿈과 절망에 대해서도 좀 더 자유롭게 말하기 시작하였다. 그 여성들은 그들이 주로 읽고 있었던『오만과 편견』,『워싱턴 광장』,『데이지 밀러』,『위대한 개츠비』그리고『롤리타』에 관해 이야기를 전개한다.

이 감동적 회고록을 한층 더 실감 나게 읽고 적용하기 위해 이제부터 20

세기 이란 역사에 대해 간략하게나마 공부해보자. 1921년 쿠데타로 팔레비 왕조가 수립되었고 1935년 국호가 페르시아에서 이란으로 바뀌었다. 1941년 마지막 왕(샤) 무하마드 팔레비 국왕이 즉위한 다음 1950년부터 민족주의 세력과 이슬람주의가 결합하여 서구적 근대화를 추진하던 국왕 반대 운동을 전개하였다. 1979년 1월 결국 팔레비 국왕은 국외로 추방되었고 같은 해 11월 "반미의 화신"이던 호메이니옹은 수도 테헤란의 미국 대사관을 점거하여 52명을 인질로 잡고 444일간 억류한 커다란 사건을 일으켰다. 다음 해에 이라크와의 지루한 8년간의 전쟁이 일어났으며, 호메이니옹은 그 후 10년간 신정(神政) 통치로 이란을 근본주의 이슬람 공화국으로 만들었다.

이란 혁명 기간에 6만 명 이상이 희생되었고 팔레비 왕조 추종자 수백 명이 공개 처형되었으며 많은 반대세력을 가차 없이 구금, 체포, 투옥, 처벌하였다. 대학은 폐쇄되고 여성은 베일로 얼굴을 가리게 했으며, 반혁명적이고 퇴폐적이라는 이유로 서양문화, 특히 음주, 음악, 문학 등을 금지했다.

서로에게 막대한 피해를 준 이라크와의 전쟁이 유엔 중재로 1988년 끝났다. 다음 해 6월 최고지도자 호메이니옹이 사망하고 하메네이가 그 지위를 승계하였으며 같은 해 라프산자니 대통령이 취임하였다. 1995년 선포된 미국의 경제제재 조치와 무기수출금지 조항은 아직도 계속되고 있다. 1997년 대통령에 당선 취임한 개혁파 모하마드 하타미 대통령은 문명 간 대화를 주장하며 미국과의 관계개선을 모색하고 있다. 이란은 극단적 이슬람원리주의에서 서서히 벗어나 최근에는 여성들에게 머리카락이 조금 보이는 개방형 차도르를 허락하였고, 청바지와 짧은 치마가 허용되며, 가슴이 패인 웨딩드레스와 인터넷 카페가 등장하기도 하여 경직된 문화에서 유연성과 다양성이 조금씩이나마 나타나고 있다.

지난 수십 년간 이란의 경험은 맹목적인 근본주의 혁명, 무의미한 그러나 잔혹한 전쟁, 자기 파괴적인 일방적 문화혁명의 갈등의 소용돌이 속에 있는 우리 시대의 대표적 징후를 보여 주고 있다고 하겠다. 종족-젠더-계급의 모순 구조 속에서 파생되는 대립과 갈등이 첨예하게 각을 이루고 있는 상황에서 문학 공부, 소설 읽기는 어떤 의미가 있는가에 대한 깊은 통찰력을 나피시 교수는 이 회고록에서 탁월하게 보여준다. 혁명이나 전쟁에서 쏟아져 나오는 대의명분들이 허울뿐인 이데올로기를 생산해내는 맹목적 거대담론이 되는 경우가 얼마나 많은가? 평등·자유·정의라는 이름으로 우리는 잘못된 민주주의, 사악한 집단주의, 이분법적 신구논쟁(세대 간 갈등) 등 엄청난 대가를 치르고 있다. 아마도 문학(소설)은 이런 허위적 폭력성과 억압을 위반하고 저항하고 전복시킬 수 있는 도구이며 장치이리라. 나피시 교수의 회고록은 개인들의 사적 공간, 자유로운 사유, 타자의식과 공감, 꿈과 허구 만들기, 상상력과 대화의식의 의미와 중요성을 구체적으로 우리의 몸과 마음에 각인시켜 주고 있다. 다시 말해 회고라는 양식을 취한 나피시 교수의 논픽션은 소설의 힘에 관한 철학적 사유다.

소설은 서양이나 동양에서 정식 담론으로 떠오른 적 없이 항상 부도덕한 부차적 오락적 의미와 기능을 가진 것으로 간주되었다. 그러나 문학 중 특히 이야기(소설)의 역할은 이미 언제나 중심적이었다. 이야기하고 싶은 충동(narrative impulse)은 언제나 놀이하는 인간(homo ludens)의 무의식적 욕망이다. 더욱이 우리 이야기는 언제나 인간과 현실을 위반하는 비판적 태도를 보였다. 인간 자신의 모든 부도덕성과 약점과 치부까지도 적나라하게 드러내어 역설적으로 치유하는 계기를 만들었고 사회에 횡행하는 허위, 압제, 탄압, 거짓말, 착취 등에 대해서도 뒤로 물러서지 않고 개혁하는 저항적 태도를 견지하였다. 어찌 보면 문학은 인간이 만들어 낸 최고 산물인 언어를 통해 하나의 아름답고 추악한 현실을 추상적이거나 교훈적이 아니고 구체적이고 자유롭게 그려냄으로 이미 언제나 우회적으로 그러나 동시에 정면으로 인간과 사회의 문제를 파헤치고 드러내놓는다.

문학과 소설의 진정한 힘이 현실을 드러내기 어려울 때는 어두컴컴한 지하 세계와 불가능해 보이는 환상의 세계, 한마디로 허구 세계를 만들어낸다. 여기서 허구는 거짓이라는 나쁜 의미로 쓰인 것이 아니라 하나의 가치 창조와 새로운 저항의 중간 지대이며 이루고 싶은 꿈의 수립이다. 허구의 꿈은 우리가 현실에서 갖고 싶어도 가지지 못하는 불가능의 세계인 동시에 절대적으로 우리가 이루고 싶은 이상이다. 높은 이상은 우리의 현실을 위한 소망의 잣대이며 횃불의 광명이 아니겠는가? 이것은 피해자의 비겁함이나 용기없는 자의 도피가 결코 아니다.

소설 속에서 우리는 역경 속에서도 삶을 지탱시킬 수 있는 어떤 "힘"을 찾아낸다. 여기서 "힘(power)"은 세속적 의미로 타락하기 쉬운 정치사회문화의 "권력"의 의미가 아니라 탈주하고 포월하고 창조해 내는 니체적 영원 회귀의 능력이다. 소설은 보잘것없고 힘없고 타락하기 쉽고 부서지기 쉬운 인간을 적어도 인간답게 살려두는("살림") 마술적 장치이며 전략이다. 가장 약한 언어로 이루어진 "소설(문학)"을 통해 우리를 살려주는 가장 "강한" 환상과 꿈의 세계를 만들어낸다. 이것은 얼마나 다행스러운 역설인가? 소설을 통해 우리는 자유로운 생명의 "힘"을 얻는다. 결국, 소설의 "힘"은 무엇인가? 삶을 지탱시키는 힘을 부여하는 것은 소설 안의 허구적 등장인물들과 소설 밖 현실적 화자들의 "감정이입(empathy)"이나 "공감(sympathy)"이다.

이제 나피시 교수의 말을 직접 들어보자.

소설은 알레고리가 아니라… 소설은 또 다른 세계에 대한 육감적 경험입니다.

만일 여러분이 그 세계로 들어가서 등장인물들과 함께 숨을 죽이고 그들의 숙명에 연루되지 않으면 여러분은 마음으로부터 공감할 수 없을 것입니다. 그리고 공감은 소설의 핵심입니다. 이런 식으로 여러분은 소설을 읽어야 합니다. 여러분은 경험을 흡입하는 것입니다. 자 이제 숨을 쉬세요.(2부, 11장)

이런 의미에서 소설의 힘의 핵심인 "공감"은 여기에서 사랑과 다름없다. 사랑이란 자신을 비우고 타자를 받아들이는 "상상력"이다. 따라서 "소설의 힘"은 "타자적 상상력"이 아니겠는가?

우리가 번역을 마칠 즈음 2003년도 노벨 평화상 수상자 발표가 있었다. 놀랍게도 올해 수상자는 이란의 여성과 어린이를 위한 인권운동가이며 작가인 시린 에바디 여사였다. 이슬람 여성으로는 노벨 평화상을 처음으로 수상했다. 전 세계적으로 여성으로 노벨상 수상의 영예를 가진 사람은 지금까지 열한 명뿐이었다. 노벨상위원회의 수상 이유는 다음과 같았다. "에바디 여사가 조국 이란에서 판사, 변호사, 작가, 운동가로 활동하면서 인권문제에 관해 분명하게 소신을 밝혀왔으며, 자신에게 가해지는 신변의 위협에도 불구하고 용기 있게 맞서왔다."

우리가 여기서 에바디 여사의 수상 소식을 언급하는 것은 나파시 교수의 회고록과 관련지어 몇 가지 의미를 부여하기 위해서다. 첫째로 "이란인"이란 점이다. 이번 노벨 평화상 수상으로 "이란"에 대한 새로운 접근이 요구된다. 호메이니 옹의 이슬람 혁명 이후 이란에 대한 서구 시각은 공정하지 못했다. 미국의 부시 대통령에 의해 "악의 축"으로 불린 이란은 팔레스타인, 이라크 등 중동지역 아랍권 문명의 일원으로 언제나 우리에게는 영원한 "타자"였다. 아랍권 사람들은 모두 테러만을 일삼는 과격한 근본주의자 회교도고 근대화하지 못한 사람들이라는 오해를 받았다. 이것은 우리들의 주체적 견해라기보다 지나친 미국적 시각에 의존한 것이다. 이슬람 공화국인 이란에서 민주주의니, 여성의 권리니 하는 말 자체가 가능한 것인가에 대한 의구심도 있었다. 그러나 이번 수상으로 그런 편견은 불식되었다. 우리는 이제 이란의 과거 2500여 년 동안 지켜온 페르시아인의 찬란하고 거대한 전통과 그 지정학적 중요성에 대해 새로운 인식이 필요하게 되었다. 이번 수상을 계기로 이란뿐 아니라 이란 주위의 나라들에 관한 공부가 필요하다. 본서에서 나피시 교수가 극심한 혼란과 무질서 속에서도 보여 주는 것은 이란의 과거 전통에 대한 조용한 자긍심이다. 이런 믿음은 소설을 같이 공부하는 여러 계층의 여학생들이 공유하는 것이기도 하다.

둘째로 "여성(운동가)"이란 점이다. 이란이란 맥락을 떠나 여성이 수상했다는 것도 의미가 있다. 인간 문명사에서 대립, 경쟁, 전쟁(죽임)만을 주도해 온 이른바 남성적 원리 대신 화합, 공생, 평화(살림)를 상징하고 "평화를 짜는 사람(peace weaver)"으로서의 여성적 원리에 대한 가치부여다. 특히 에바디 여사는 투옥과 억압에도 불구하고 강철 여성으로서 용기 있게 여성, 어린이, 망명자, 난민을 위한 운동을 전개했다.

셋째는 인권운동가라는 점이다. 에바디 여사는 테헤란 대학교 법대를 나와 이란 최초의 여판사로 근무하던 중 1979년 팔레비 왕조가 무너지고 아야톨라 호메이니 옹의 이슬람 혁명이 시작되자 법복을 벗고 남녀 불평등법, 이혼법, 가족법 등의 개정을 위해 인권변호사라는 좁은 길을 과감하게 선택했다. 보수적인 이슬람 근본주의 사회 이란에서 여성 인권에 관한 법 개정을 이룩한다는 것은 결코 쉬운 일이 아니었을 것이다. 에바디 여사의 용기 있는 노력으로 현재 이란 여성들의 지위는 눈에 띄게 좋아졌다고 한다.

넷째로 "작가"란 점이다. 에바디 여사는 이슬람 문화의 가부장적 보수주의에 대항하여 "펜"을 들고 조용히 싸우는 "작가"다. 작가란 이미 언제나 삶과 사회의 본질적인 것에 대해 사유하는 사람으로 폭압적인 세상을 변혁하기 위해 또 다른 폭력을 사용하는 잘못을 저지르지 않는다. 그래서 펜은 검보다 강하다고 하지 않았던가! 작가란 작품을 통해 비민주적인 전체주의적 압제와 억압받기 쉬운 개인의 영혼을 위해 사적이고도 자유로운 내면적 공간을 마련해준다. "허구" 속에서 작가는 현실에서는 거의 불가능한 "시적 정의"도 실현할 수 있고 자신이 꿈꾸는 이상사회를 모형으로 우리에게 제시할 수도 있다. 에바디 여사는 이란인=여성 인권운동가=작가라는 등식을 성립시켰다. 이런 서로 다른 주체가 에바디 여사 안에서 분리되지 않은 상호침투적 복합체로 작동할 것이다.

이런 맥락에서 우리는 "20세기 말에 여성이라는 것 그리고 작가라는 것이 얼마나 신나는 일인지를 기쁘게 생각하면서 나는 내 갈 길을 재촉했다."라고 말한 나피시 교수의 말을 이해할 수 있다. 이 회고록의 저자 아자르 나피시 영문학 교수와 올해 노벨 평화상 수상자 시린 에바디 인권변호사는 크게 보아 같은 길을 걸어갔다. 문학교육과 인권 운동이라는 서로 다른 분야에서 싸웠지만 두 이란 여성은 같은 목표와 이상을 위해 싸웠다. 아무쪼록 이란 여성 에바디 여사의 민주화운동과 인권 운동이 노벨 평화상 수상으로 전 세계에 알려지고 인정받고 있듯이, 같은 혁명기에 같은 이란 여성 나피시 교수의 소설 읽기 운동도 널리 알려지고 인정받기를 기대해본다. 문학과 소설에 끊임없는 믿음과 열정을 가지고 있는 수많은 "보통 독자들"에게 이 책을 바친다.

(2003년 12월, 이소영·정정호)

6. 전세계 에이즈 치유를 위한 걸작 소설 모음집

— 나딘 고디머 외, 『내 인생, 단 하나뿐인 이야기』, 2007

도대체 어떤 이유에서 이 작가들이 자신들의 진귀한 이야기를 대가 없이 내놓는 일에 동의했을까요? 음악가들은 에이즈로 고통받는 전 세계 4천만 명의 환자들(그중 3분의 2가 아프리카인들임)을 위해 자신들의 재능을 바쳐 공연합니다. 우리 작가들 역시 창조적 일을 하는 사람들로서 우리가 지닌 능력을 발휘하여 세상에 기여하고 싶었습니다. 지금은, 이 무서운 질병과 떨어져 안전하게 살아갈 수 있는 사람도 나라도 전혀 없습니다. 그리하여 저를 포함한 작가 스물한 명은 우리가 할 수 있는 이 질병과 맞서 싸우는 일에 참여하기로 결심했습니다.

— 나딘 고디머, 「서문」

이 특별난 소설집은 남아프리카공화국 소설가로 1991년 노벨문학상을 받은 나딘 고디머가 20세기 말과 21세기 초 당대 전 세계적으로 유명한 작가 21명의 대표 단편 소설들을 모아 묶어 *Telling Tales*란 제목을 달았다. 고디머가 이 놀라운 이야기들을 모은 동기가 감동적이다. 이 책 판매의 수익금과 저작권료 모두를 전 세계 에이즈 예방교육과 에이즈에 감염된 환자들을 후원하는 데 쓰기 위해서다. 이 숭고한 목적을 위해 주옥같은 작품의 수록을 허락한 21명 작가도 훌륭하지만, 책 출간을 위한 경비를 모두 부담한 영국의 블룸스버리, 미국의 파라, 스트라우스 앤드 지룩스, 독일의 페어락, 프랑스의 그라셋 엣 파스켈레, 그리스의 카스타니오티스 등등 세계 각국의 유명 출판사들도 대단하다. (한국에서는 대표 인문사회 출판사인 민음사가 이 일을 맡았다.) 일종의 전 지구적인 문학적 자선사업인 이 기획은 매우 이례적이고 희귀한 경우로 전 세계시민들로부터 감사와 환호를 받을 만하다.

이 책에 모아놓은 21편 이야기들의 주제적 다양성은 편자인 나딘 고디머가 「서문」에서 훌륭하게 밝히고 있다.

> 지금까지 이토록 뛰어난 작가들의 다양한 작품들이 책 한 권에 수록된 경우는 거의 없었습니다. 여기에 모인 이야기들은 우리가 사는 세계에서 일어날 수 있는 다양한 감정과 상황을 포착해서 비극, 희극, 판타지, 풍자, 사랑과 전쟁을 다룬 드라마 등 여러 형태로 보여 줍니다. 다양한 문화를 배경으로 전개되는 이야기들을 통해 타인을 이해하고, 음악과 더불어 가장 오래된 인류의 오락거리인 '이야기하기'라는 마술을 통해 자신의 진정한 모습도 알게 될 겁니다. 스물한 가지 이야기들이 서로 다른 '목소리', 작가 나름대로의 선명한 문체로 표현되어 있습니다. 이야기를 하면서 작가들이 선택한 단어들을 보면 놀라울 따름입니다.(「서문」)

여기에 21편 전편의 작가들과 작가 자신이 대표작이라 선정한 작품명을 모두 나열하여 그들을 기리고 싶다.(괄호 속 연도는 그 작품이 처음 발표된 연도다.)

아서 밀러 [미국] 「불도그」(2001)
가브리엘 마르케스 [콜롬비아] 「사랑보다 위대한 죽음」(1978)
에스키아 음팔렐레 [남아프리카공화국] 「조용한 거리」(1954)
살만 루슈디 [인도] 「불새」(1997)
잉고 슐체 [독일] 「휴대폰」(1999)
주제 사라마구 [포르투칼] 「켄타우로스」(1984)
마거릿 애트우드 [캐나다] 「납의 시대」(1991)

귄터 그라스 [독일] 「증인들」 (1999)

존 업다이크 [미국] 「죽음을 향한 여정」 (1995)

치누아 아체베 [나이지리아] 「설탕쟁이」 (1972)

아모스 오즈 [이스라엘] 「바람이 가는 길」 (1965)

폴 서루 [영국] 「강아지의 온기」 (1997)

미셸 투르니에 [프랑스] 「당나귀와 황소」 (1997)

은자불로 은데벨레 [남아프리카공화국] 「아들의 죽음」 (1987)

수전 손탁 [미국] 「편지 장면들」 (1986)

클라우디오 마그리스 [이탈리아] 「과거의 영광」 (1991)

하니프 쿠레이시 [영국] 「마침내 만나다」 (1999)

크리스타 볼프 [독일] 「파랑에 얽힌 이야기」 (2003)

우디 앨런 [미국] 「불합격」 (2003)

나딘 고디머 [남아프리카공화국] 「최고의 사파리」 (1991)

오에 겐자부로 [일본] 「이 땅에 버려진 아이들」 (1990)

여기에 실린 이야기들 속에는 인류의 수천 년 동안의 보편적 주제들인 "사랑과 욕망, 전쟁과 평화, 삶과 죽음" 등이 반복되고 있다. 우리는 이 소중하고 진귀한 단편소설들을 번역하면서 "이야기"란 우리의 가장 중요한 생존 전략이고 기쁨의 원천이며, 인식 도구라는 것을 새삼 느꼈다. 어찌 그뿐이랴. 지난 20여 년간 번역작업을 하면서 이토록 보람을 느끼고 즐거움까지 누린 적은 드물었던 것 같다. 다만 한국 등 아시아계 작가들의 이야기들이 좀 더 실렸으면 하는 아쉬움이 있으나 역자들은 아무쪼록 많은 독자가 이 놀랍고도 희귀한 이야기책을 읽고 전 세계 에이즈 환자들을 돕고 무엇보다도 척박한 시대에 고단한 삶을 견디며 살아가는데 작은 기쁨과 위안이라도 얻기를 기대할 뿐이다. (이 "역자 후기"는 미리 써놓았으나 이 책의 성격상 실리지 못했음을 밝힌다.)

(2007년, 이소영 · 정혜연)

7. 역설적인 사랑의 연금술

— 카슨 매컬러스, 『불안감에 시달리는 소년』, 2008

놀랄 정도로 탁월한 재능을 지닌…매컬러스 양은 일상적인 것을 훨씬 뛰어
넘는 관찰과 회상의 능력으로 기억된 감각을 언어로 바꾸어놓는다.

— 디이아나 트릴링

카슨 매컬러스는 1917년 2월 15일 룰라 카슨 스미스(Lula Carson Smith)
라는 이름으로 미국 남부 조지아주 콜럼버스시에서 태어났다. 그녀의 첫 번
째 야망은 콘서트 피아니스트가 되는 것이었지만 열일곱 살 되던 해 줄리아
드 음악학교로 가던 길에 등록금을 잃어버리면서 음악가의 꿈을 포기하였
다. 그 후 인생 방향을 작가의 길로 바꾼 그녀는 열아홉 살부터 글쓰기 시작
하였고 뉴욕대학의 실비아 채필드 베이츠 교수와 컬럼비아 대학의 휘트 버
넷 교수와 함께 밤늦도록 공부하여 『스토리』지에 두 편의 단편소설을 싣게
되면서 전업 작가의 길로 들어섰다. 버넷 교수는 『스토리』지 편집자로 이 잡
지에 실린 「신동(神童)」(1936)은 매컬러스의 자서전적 첫 번째 단편이다. 또
한, 남부의 고딕 전통을 따라 집필한 그녀의 탁월한 첫 소설 『마음은 외로운
사냥꾼』(1940) 역시 남부의 작은 방앗간 마을을 배경으로 하였고 자전적 요
소가 강하다. 1937년 실패한 작가 리브스 매컬러스(Reeves McCullers)와 결

혼한 카슨은 이혼, 몇 년 후의 재결합 그리고 남편의 자살이라는 어려움을 겪었다. 몇 개의 문학상뿐만 아니라 구겐하임 기금도 두 번이나 받았지만, 카슨은 1967년 이 세상을 떠날 때까지 좋지 않은 건강 때문에 항상 재정적 곤란을 겪어야만 했다.

　매컬러스의 기이하고 괴상한 분위기가 물씬 풍기는 남부 고딕소설은 언제나 평범한 일상과 세계관에 순응하기 힘든 극단적으로 소외된 외로운 사람들, 범죄자, 난쟁이, 꼽추, 언어장애자, 거인, 성적으로 무능한 사회 부적응자들의 세계를 천착한다. 매컬러스 문학의 중심주제는 사랑과 정체성에 대한 헛된 추구다. 가장 특징적이고 중요한 소설『금빛 눈의 그림자』(1941)는 기이한 등장인물들의 병적이고 기괴한 사랑의 실패를 다룬 탁월한 작품이다. 처절하게 고통으로 점철된 사랑이 만들어 낸 왜곡된 성격을 그려내어 그녀의 최고작으로 꼽히는 중편소설『슬픈 카페의 노래』(1943)는 저명한 극작가 에드워드 올비(Edward Albee)에 의해 1963년 각색되어 브로드웨이에서 백스물세 차례나 무대에 올랐고 연극상을 휩쓸기도 했다. 황량하고 쓸쓸한 조지아주의 한 마을을 배경으로 이상하고 기이한 세 인물의 삼각관계를 통해 사랑의 본질을 탐색한 이 소설은 단선적 줄거리로 펼쳐진다. 독특한 인물들의 슬프고도 아름다운 연가는 사랑이 서로 주고받는 상호적 경험이 아닌 혼자만의 것으로 그려졌고 허무하게 가버린 사랑의 대상을 향한 인간 속에 있는 기적 같은 사랑의 힘을 보여 준다.

　좁은 범위 내에서 자신의 중심적 주제를 지속해서 발전시키는 매컬러스에 대해 스탠리 큐니츠는 이렇게 말한다. "그녀의 소설에서 창조된 작고 외롭고 잃어버린 세계 속에서 매컬러스는 확실하고도 꾸준한 예술성을 유지한다. 그녀는 그 세계에서 가장 많은 찬사를 받고 있으며 닮고 싶은 작가 중 한 사람이다." 매컬러스의 다섯 번째 소설『바늘 없는 시계』(1961)는 십오 년의 기다림 속에 출간된 작품이다. 서른도 되기 전에 이미 세 차례나 뇌경색으로 쓰러진 매컬러스는 계속되는 질병으로 입, 퇴원을 거듭하는 병치레에도 불구하고 글쓰기는 "신을 추구"하는 행위이고 "쓸 수 없다면 살고 싶지 않을 것이다"라고 말할 정도로 그녀의 창작열은 결코 식지 않았다.

미국 남부는 작가 매컬러스에게 소설 쓰기를 위한 상상력의 원천이었다. 이십삼 년 동안 남부를 한 번도 방문하지 않았지만, 작품 소재와 주제는 모두 자신의 뿌리이자 고통과 고뇌의 기억으로 남아있는 남부에서 가져왔다. 매컬러스의 단편소설에서 가장 지배적으로 나타나는 주제는 거부를 당하거나 보답을 받지 못하는 일방적 사랑이다. 고독한 개인은 타자와의 교류를 갈망하여 다가가지만, 그것이 언젠가 궁극적으로 깨어질 허상임을 발견한다. 하지만 그 허상은 삶을 살만한 것으로 만든다. 그 허상이 인간세계의 본질이라 해도 절망하지 않고 끈질기게 주위의 사랑하는 사람들과 의미 있는 관계를 맺기 위해 적극적이고도 자발적인 노력을 기울일 필요가 있다. 필연적인 인간 소외 문제, 깨지기 쉬운 인간의 꿈, 좌절되는 인간의 목적, 혼자 떠안아야 하는 인간의 고뇌, 어쩔 수 없는 자기기만으로 가득한 세상을 살아내기 위해 꼭 필요한 용기 있는 인내심, 이것이야말로 사랑과 배신, 사랑과 증오라는 갈등과 모순을 넘어서기 위한 "비극적 환희(tragic joy)"가 아닐까?

이제는 본서에 실린 단편 소설들에 관해 간단하나마 이야기해보기로 한다.

「불안감에 시달리는 소년」은 상처받은 청소년이 겪는 사랑의 거부에 관한 이야기다. 열여섯 살 소년 휴는 어느 날 학교에서 돌아와 사랑하는 어머니가 눈에 띄지 않자 극도의 불안감에 어쩔 줄 몰라 한다. 어머니의 자살 기도를 목격한 소년은 어머니에 대한 사랑의 고통으로 경험하게 된 적대감, 상실감, 원망, 죄책감에 시달린다. 그런 마음을 단 하나 믿고 싶었던 친구 존에게서 위로받고 싶어 하지만 무심한 존의 태도는 낯설기만 하다. 지난 몇 달 동안 "사방에 피를 묻힌 채 홀로 쓰러져 있는 어머니를 빈집에서 발견했던 '그때 그 시간'에도 울지 않"고 참았던 휴의 울음보가 터지고 만다. 안전하게 집에 돌아온 엄마를 보고도 "엄마 속을 태우고 싶"었고 엄마에 대한 사랑과 대치되는 지나간 슬픈 나날들, 분노로 인해 울음은 계속되었다. 인간은 가장 필요로 하는 사람을 미워하게 마련이기에 존도 엄마도 밉기만 하다. 그렇지만 울음이라는 몸짓과 눈물이 가져온 정화, 그리고 자신의 감정을 인정해주는 아버지의 세심한 말로 휴는 결국 분노와 사랑의 기묘한 결합을 경험한다. "휴는 뭔가 마침표를 찍었다는 것을 알았다. 이제 공포는 멀리 사라지고 없었다. 또한, 사랑과 대립하던 분노, 불안, 죄책감도 모두 사라지고 없었다." (35쪽)

「나무·바위·구름」에서는 열두 살 신문 배달 소년이 주인공이다. 아직도 어둠이 가득 깔린 아침에 신문 배달을 끝낸 소년은 커피 한 잔을 마시러 카페로 들어간다. 모두가 무관심한 가운데 한 남자가 소년에게 친근하게 "난 너를 사랑한다."라고 말하며 사진 한 장을 보여 준다. 자신을 완성시켜 주리라 믿었던 사진의 주인공 아내는 다른 남자와 도망갔고 남자는 사방팔방 아내를 찾아 헤맨다. 그러나 이상스럽게도 언제부턴가 아내의 얼굴이 기억나지 않게 되었지만 남자는 "기이하고 아름다운 공백 상태"에 빠져들며 터득한 "사랑의 기술"로 평화를 얻는다. 어떻게 그런 사랑의 기술을 터득했을까? 잘못된 일방적 사랑에서 벗어날 수 있었던 것은 "나무, 바위, 구름" 덕분이다. 이제 남자는 대상 불문하고 뭐든지 사랑할 수 있다. 오랜 여정 끝에 마침내 진정한 "사랑의 철학"을 깨달은 남자는 처음 보는 신문 배달 소년까지도 사랑할 수 있다. 조건적, 자기중심적 사랑은 실패할 수밖에 없다. 나무나 바위처럼 굳건해 보이는 부부의 사랑도 가볍게 사라지는 구름처럼 흩어져버리고 마는가? 그렇다, 타자에 대한 무조건적 사랑만이 평화를 가져다준다. 거대한 사랑의 뿌리는 역설이다.

인간 존재의 즉흥성과 미완성성을 다룬 「체류자」는 이루지 못한 사랑 뒤에 뒤늦게 깨달은 부조리한 삶을 이야기한다. 파리에서 신문기자로 체류하던 주인공은 아버지의 장례식을 위해 귀국했다 다시 파리로 돌아가던 길에 뉴욕의 한 호텔 방에서 비몽사몽 간에 잠에서 깨어난다. 서른여덟 살의 주인공 존 페리스는 우연히 이혼한 아내 엘리자베스를 보게 되면서 몸이 휘청거리고 심장이 떨리는 경험을 하게 된다. 새롭게 남편, 아들, 딸과 함께 화목한 가정을 이룬 이전의 아내가 한층 더 사랑스럽게 느껴지는 것은 어쩐 일일까? 페리스의 요청에 바흐의 서곡과 둔주곡을 연주해주고 자신의 생일을 기억하고 케이크를 준비해놓은 엘리자베스를 보면서 다시 한번 가슴 저리게 느껴지는 이 "비참한 고독감"을 어찌하면 좋은가? "즉흥적인 인간 존재, 미완성 노래만큼이나 인간 존재의 즉흥성을 인식하게 하는 것은 없다." (73쪽) 파리로 돌아온 페리스는 절망감 속에서도 사랑의 일시성과 무질서한 삶의 조각들을 보상하고자 현재 동거하고 있는 여인의 아들을 꼭 껴안는다. 인간의 처절한 고독과 두려움은 아무리 변화무쌍하고 일시적인 감정이라하더라도 사랑만이 치유할 수 있는 것이 아닐까?

「가정의 딜레마」는 제목이 말해주듯 전형적 "가정소설"이다. 교외에 아늑한 집을 짓고 아내와 두 아이와 함께 다정다감한 가족들이 모여 행복하게 살아가야 할 가정인데 무슨 문제가 있는 것일까? 자그만 남부 도시에서 북부의 대도시로 이주해온 아내는 외롭고도 엄격한 북부의 사회적 관습에 적응하지 못하고 알코올에 의존하게 되었다. 급행버스로 뉴욕으로 통근하며 힘든 사회생활을 하는 주인공 남편은 아내를 향해 "설명할 수 없는 증오심"과 "분노"가 일 정도로 과거 아내에게 느끼던 사랑이 훼손되었고 자녀들에 대한 불안감에 어찌할 바 몰라 한다. 그러나 아이들을 보살핀 후 아내가 잠들어 있는 방으로 들어온 남편의 마음속에서 신비롭게도 증오와 분노가 사랑의 감정으로 바뀐다. "조용히 잠들어 있는 아내의 모습을 지켜보는 마틴에게서 해묵은 분노의 유령이 사라진 것 같았다. 비난거리와 단점을 찾고자 했던 그 마음이 이제는 달아나고 없었다"(101쪽). 이 소설을 쓸 당시 카슨 매컬러스는 이미 남편 리브스와 동거 중이었는데 지독한 알코올 중독자 남편에 대한 작가 자신의 감정이 이런 것이었을까? 사랑-증오-분노의 악순환이 신비롭게도 사랑의 회복을 통해 선순환 구조로 바뀌었다. 미약한 우리 인간이 슬픔과 함께 찾아드는 "한없이 복잡한 사랑의 욕망"을 어떻게 감당할 수 있을까?

「누가 바람을 보았을까요?」는 후에 남편 리브스가 자살한 후『기적의 평방근』이라는 희곡으로 다시 탄생한 자서전적 단편이다. 소설 주인공 켄 해리스는 십삼 년 전 출간한 첫 소설 이후 제대로 글을 써내지 못하는 실패한 소설가로, 이 작품은 그런 열등감에 빠진 남편과 아내가 겪는 긴장과 불화의 과정을 섬세하게 그려낸다. "치솟아 오르는 경이로운" 열정으로 결합한 부부였으나 백지 위에 뭔가를 써내야만 하는 고독하고 두려운 창조행위가 이루어지지 못하자 남편은 "조그만 단편 하나짜리 재능"은 "신의 가장 큰 저주"라고 생각하며 열등감에 술에 의존하게 되고 부부관계 역시 소원해진다. 정신과 의사를 만나보라는 아내의 간곡한 권유도 단호하게 거절한 채 작가로서의 고독과 좌절과 모멸감으로 광기 어린 상태에 이른 남편은 아내를 가위로 협박하기에 이른다. 카슨 매컬러스의 남편도 죽기 전 아내에게 함께 자살하자고 집요하게 강요하였다고 한다. 소설 마지막 장면에서 천천히 "보이지 않는 바람처럼 정처 없이" 걸어가는 주인공의 모습은 삶의 목적과 방향감각을 잃고 황야 같은 이 시대를 머리를 수그리고 힘없이 걸어가는 우리 인간들, 나아가 부부들의 모습이 아닐까? 부부의 틈새 사이로 일기 시작하는 찬바람을 보지 못한 채 말이다.

서간체 형식의 단편 「편지」는 인간의 일방적 사랑과 단절을 극적으로 보여 준다. 펜팔이 한창이던 1940년대에 미국의 순진한 여고생이 브라질의 한 남학생에게 네 통의 편지를 보낸다. 여학생은 한 번도 보지 못한 남미의 남학생을 마음껏 상상하며 매일 만나는 친구들에게도 터놓지 못하는 자신의 마음속 깊은 이야기까지 터놓을 뿐 아니라 상호 방문이라는 거창한 장래계획까지 제안한다. 이런 일방적 사랑의 간청은 무응답으로 무시당하고 더는 참지 못하게 된 그녀는 일방적으로 모든 관계가 끝났다고 선포한다. 덧붙인 "추신"은 한층 더 매몰차다. "나는 당신에게 편지를 쓰느라 귀중한 시간을 다시는 낭비하고 싶지 않습니다"(169쪽). 이 단편은 『슬픈 카페의 노래』를 쓰던 도중에 쓴 작품이다. 계속해서 편지를 보내도 답장을 주지 않는 남편에 대한 의구심 때문이었다. 남편은 부부의 가장 친한 친구와 비밀리에 여행 중이었고 이것 때문에 이 부부는 결국 이혼에 이르게 되었다고 한다. 여하튼 이 단편은 인간(남녀)의 사랑이 상호적이기보다 일방적이라는 슬픈 사실을 극명하게 보여 준다. 사랑에 대한 기대와 희망이 컸기에 그만큼 절망감은 커질 수밖에 없을 것이다.

「예술과 청부업자 마호니 씨」에서 마호니 씨는 음악이나 미술에 문외한인 덩치 큰 사업가다. 그렇지만 "심미안을 지닌 아내의 인도대로" 유순하게 예술적 감수성을 훈련받아 상당한 수준에 이르게 되었으나 어느 날 밤 치욕적 망신을 당하는 비운을 맞는다. 이 엄청난 사태 앞에서 마호니 씨는 모든 사람 특히 평생 충성과 극진한 사랑을 바쳤고 인간의 슬픔과 기쁨을 가장 잘 이해해야 할 예술적 감수성이 풍부한 세련된 아내의 "얼음장처럼 얼어붙은" 얼굴에서 철저한 무시와 경멸을 맛본다. 위로를 구하는 남편에게 아내가 건넨 말은 단지 "분별력이 조금이라도 있는 사람이라면 다른 사람들이 손뼉을 칠 때까지 박수치지 않는다는 것 정도는 알 수 있잖아요."였다. 단 한 번의 실수로 모든 것은 끝났다. 아내의 허영심은 수치심으로 고뇌에 차 있는 남편을 보지 못하도록 눈을 멀게 하나? 사랑에 토대를 둔 인간관계가 체면이라는 비본질적인 것으로 이토록 쉽게 무너지는가? 그러나 뜻하지 않게 "은밀한 형제애"와 같은 하나의 위안을 모순적이게도 예술적으로 세련되지 못한 팁 메이베리에게서 얻으며 이 소설은 희망차게 끝난다. "그토록 많은 티켓을 팔아주었으니 당신에겐 가외로 박수 한 번 더 칠 수 있는 자격이 충분하지 않겠어요?"(180쪽)

미국 남부 특유의 분위기에 토대를 두고 소설을 쓴 매컬러스에게는 어떤 비평가가 지적한 대로 삶에 대한 "희비극적 비전(tragicomic vision)"이 있다. 그녀의 소설들은 찰스 브로크덴 브라운과 에드거 앨런 포까지 거슬러 올라가는 고딕적이고 그로테스크하며 기이하고 병적이지만 야릇하고 아이러니한 유머와 해학을 보인다. 어떤 의미에서 양립할 수 없는 이질적이고 대립적인 이런 특질들이 거칠게 혼재하고 형이상학적으로 결합하여 하나의 아이러니와 역설을 만들어 매컬러스 문학의 무의식을 이루고 있다. 이런 태도는 주변부적 삶 또한 일상적 삶의 심연 가운데 놓이는 피할 수 없는 모순에 대한 "비극적 환희"일 것이다. 우리가 매컬러스의 소설을 계속 붙드는 것은 이런 인간 본성을 재현하여 인간 삶의 보편성을 충격적으로 그려내는 데 있다. 폭력과 공포, 유머와 해학이 병존하는 우리 삶의 실존적 상황이란 2차 대전 후 매컬러스가 프랑스에 머물던 시기에 유럽에서 유행하던 실존주의 영향일 수도 있다. 유럽인들끼리 서로 잔인하게 죽이고 육백만 명이라는 이방인 유대인들을 무참하게 학살하는 유럽인의 잔인한 인간 본성에 대해 절망했을 것이다. 인간 사이의 소통과 교제의 단절, 소외, 부조리를 인간 실존의 본질로 파악한 그녀는 서구의 근대를 조소하며 허무주의에 빠질 수밖에 없었으리라. 매컬러스는 인간의 만남에서 서로를 지치게 하고 힘들게 하는 실존적 상황을 자신의 뿌리인 쇠락하는 남부 배경에 개입시켜 미국판 실존적 고독, 소외, 부조리 그리고 가치와 전통의 붕괴 속에서 자신만의 소설을 만들어냈다. 매컬러스의 문체는 사랑과 고통을 초월하여 인간적 비애의 신비를 꿰뚫고 지나가며 그녀의 인물들은 모든 인간을 위한 새롭고도 보편적인 은유가 된다.

매컬러스의 소설은 한 비평가가 지적했듯이 궁극적으로 사랑의 연금술과 고통의 미학을 보여 준다. 이것은 인간 개인, 부부관계, 부모 자식 관계 그리고 주위 사람들과의 관계 속에서 사랑의 뜨거움과 연약함, 관심과 증오, 환상과 환멸, 성실과 배신, 위악과 위선에서 생기는 사랑과 고통의 대위법적 관계에서 나오는 것이다. 나 이외의 타인을 사랑할 때 고통을 당한다고 해서 사랑을 포기할 수는 없지 않은가. 그렇다면 고통은 우리가 누군가를 사랑할 때 반드시 치러야 할 대가일까? 아니면 고통은 사랑을 더욱 견고하게 만들어 주는 피할 수 없는 신의 장치일까? 이런 맥락에서 매컬러스가 겉으로는 인간의 모든 관계가 실패할 수밖에 없다고 결론 내리는 것처럼 보이지만 사실은 그 반대를 말하려고 한 것일 수도 있다. 우리는 사랑을 포기할 수는 없다. 사랑만이 고독, 고통, 소외, 부조리, 증오, 배반, 이룰 수 없는 소망, 환희, 환상 등 모든 인간 정신과 영혼의 질환들을 치유할 수 있기 때문이다. 인간의 본능, 죄, 숙명까지도 바꿀 수 있는 사랑의 연금술은 고통을 당하면서도 치유와 회복을 가져올 수 있다. 이런 이율배반적이고 애증 병존적 인간 존재의 모순적이고 역설적인 본질에 대한 이해 없이는 인간 문제의 해결은 불가능하다. 이러한 인간과 사회의 본질에 대해 가장 가깝게 접근하는 작가가 바로 매컬러스다.

(2008년 3월, 이소영)

8. 소수 민족 흑인 여성들의 다양한 삶의 행렬
— 글로리아 네일러, 『브루스터플레이스의 여자들』, 2009

내 안에 있는 어떤 불가항력에 이끌려 글을 쓰기 시작했지만 내가 실제로 작가가 될 수 있다는 자신감을 느끼기까지는 꽤 오랜 시간이 걸렸다. 내가 애장할 수밖에 없었던 명작들은 대체로 백인이나 남성이 쓴 것이었는데 어떻게 내가 감히 랠프 엘리슨, 제인 오스틴, 찰스 디킨스, 브론테 자매, 제임스 볼드윈, 윌리엄 포크너가 대가가 아니라고 반박할 수 있었겠는가? 그들은 실로 문학계의 거장들임이 틀림없다. 하지만 내 안에서는 여전히 나지막한 속삭임이 울려나왔다. 어째서 아무도 내 이야기를 해주지 않는 걸까? 아무도 하지 않는 이야기를 내가 하는 게 주제넘은 짓은 아닐까? 그러던 중 토니 모리슨의 『가장 푸른 눈』을 만난 것이 내 인생에 중요한 전환점이 되었다. 모리슨의 소설은 이 사회에서 자신의 가치를 찾고자 고군분투하는 젊은 흑인 여성에게 너의 이야기는 널리 알릴 가치가 있고 또 마음에 사무칠 만큼 아름다운 언어로 표현되어 하나의 노래가 될 수 있다는 점을 깨닫게 해주었다.

— 글로리아 네일러, 「토니 모리슨과의 대화」 부분

2008년은 미합중국 대전환의 해였다. 미국 정치사상 최초로, "백인"이 아닌 버락 후세인 오바마가 제44대 대통령으로 선출되었다. 지금까지와는 매우 다른 미래의 시작이다. 미국은 유럽 백인들이 16세기부터 몰려와 토착 미국인(이른바 인디언)들을 멸절, 희생시키고 아프리카에서 강제로 데려온 흑인들을 노예로 부리면서 만든 나라다. "노예"로 시작된 흑인의 위상은 "검둥이(negro, nigger)"와 "흑인(black)"을 지나 1980년대부터 시작된 "정치적 정의(political correctness)"에 따라 "아프리카계 미국인(African-American)"에 이르렀다. 토착 인디언을 제외하면 미국 역사상 가장 착취되고 억압되고 차별됐던 미국 흑인의 지위가 날로 새로워지고 있음을 알 수 있다. 오바마 대통령 당선은 전 세계 주변부 타자들에 대한 상징적 사건으로 볼 수 있으리라.

미국의 흑인 여성 작가 글로리아 네일러의 첫 번째 소설 『브루스터플레이스의 여자들』(1982)은 소수자 담론이고 타자의 서사이다. 타자 중에서도 인종차별주의와 성차별주의라는 이중고를 겪는 흑인 여성들의 이야기다. 1960년대 흑인 인권 운동이 시작된 직후 미국 북부의 어느 도심 막다른 빈민가의 한 거주지에서 일어나는 서로 다른 흑인 여성들의 이야기가 가족 해체, 가난, 성차별, 인종차별, 정체성 혼란 등과 같은 사회적 문제들을 심도 있게 다루며 "사회적 리얼리즘" 기법으로 전개된다.

글로리아 네일러는 1950년 1월 뉴욕시에서 태어났다. 미국에서 가장 큰 도시 뉴욕에서 유년기를 보냈지만, 미시시피주에서 북부로 이주한 전직 소작농 부모를 통해 미국 남부 문화에서도 많은 영향을 받았다. 전화 교환원 어머니 앨버타와 이주노동자 아버지 루스벨트는 비록 자신들은 교육을 제대로 받지 못했지만, 장녀 글로리아 네일러에게는 자립심과 자신감을 느끼도록 장려했다. 내성적이고 조용한 성격의 어머니 앨버타를 많이 닮은 네일러는 어린 시절부터 도서관에 다니면서 독서에 깊은 애정을 보였다.

네일러가 10대였을 때 그녀 가족은 뉴욕 퀸스로 이사했고 어머니는 비슷한 시기에 "여호와의 증인"에 입교했다. 고등학교를 졸업한 해에 네일러도 어머니를 따라 여호와의 증인에 입교하였고 향후 7년 동안 뉴욕, 노스캐롤라이나, 플로리다 등 미국 동부 등지에서 선교사로 일하며 종교 활동에 헌신하였다. 선교 활동은 도시 소녀 네일러가 세상에 대한 시야를 넓히고 소극적 성격을 바꾸는 계기가 되었다. 그뿐만 아니라 교회 공동체의 지원으로 풍요로운 상상력과 창의력을 한층 더 키울 수 있었고 삶의 원동력을 발견하였으며 글과 문자의 중요성에 대한 믿음을 확인할 수 있었다. 그리하여 선교사로 일한 7년은 네일러가 작가로서의 소양을 배양할 수 있는 좋은 밑거름이 되었다. 그러나 다른 한편으로 네일러는 종교 생활로 인해 1960년대 당시 폭발적으로 발전한 흑인 문학과 흑인 문화로부터 고립된 생활을 영위할 수밖에 없었다.

여호와의 증인을 떠난 1970년대 중반에서 1980년대 초반까지는 네일러의 과도기로 볼 수 있다. 이 시기에 네일러는 전화 교환원으로 일하며 메드가 에버스 대학에서 간호학을 공부하다가 뉴욕 시립대학 부속인 브루클린 칼리지 영문과로 편입하였고 이곳에서 처음으로 페미니즘과 흑인 문학을 접하게 되었다. 그동안 단절됐던 흑인 문학의 전통을 발견하게 된 네일러는 인종차별과 성차별이라는 가혹한 이중 억압의 대상으로 전락한 흑인 여성의 사회적 입지에 대해 숙고하며 자신의 정체성을 더욱 굳게 확립시켰다. 특히 상상력의 원천과 작가로서의 목소리를 낼 수 있는 자신감을 발견하는 데에는 1977년 읽은 토니 모리슨의 『가장 푸른 눈(*The Bluest Eye*)』의 역할이 컸다. 1981년 브루클린 칼리지를 졸업한 네일러는 1983년 예일대에서 흑인 문학으로 석사 학위를 취득하였다. 지난 20년간 소설 여러 편과 영화 시나리오, 에세이, 회고록을 발표했고 『브루스터플레이스의 여자들』로 미국 도서 상 등 다양한 문학상을 받았다. 그녀는 여러 명문 대학에서 강의를 전담하게 되었으며 미국 문학 전반에 걸쳐 거장으로 자리매김했다.

스스로를 이야기꾼이라고 말하는 네일러의 작품들은 지극히 사적인 내러티브 속에 아프리카계 미국인들이 감내해 온 역사의 발자취를 고스란히 반영한다. 네일러는 자신의 작품들을 의도적으로 연작 성향을 띠게 하여, 인종차별 및 성차별의 원리가 지배하는 사회에서 생존과 성공을 위해 전력을 다하는 흑인 남녀의 모습을 구체적으로 그려낸다. 정전(canon) 작품과 성경의 재해석을 바탕으로 복잡다단한 인물들로 가득한 독특한 문학적 풍경을 창조함으로써 네일러는 현대 흑인 사회에 대해 자신만의 독창적 시각을 제시한다.

네일러는 조라 닐 허스튼, 넬라 라슨, 앨리스 워커, 엔토자케 샹게, 토니 모리슨 등의 맥을 잇는 흑인 여성 문학의 대표 작가로 인정받고 있다. 이 작가들은 미국 사회 전체에서뿐 아니라 흑인 사회 내에서조차 억압받았던 흑인 여성들의 삶의 질곡을 고찰하였고 이런 의지가 네일러의 작품에서도 뚜렷이 반영되었다. 흑인 여성 작가들은 미국 사회에서 주변화된 존재로 살아가는 경험에 대해 남성 작가들과는 차별화된 시각을 제시하며 특히 여성들 간의 우정, 사랑, 결속력이 그들의 생존과 성장 그리고 정체성 확립에 얼마나 필수적인 요건인가에 초점을 맞춘다. 다시 말해, 이들의 작품은 대체로 다양한 주체적 위치를 차지하는 흑인 여성들 사이의 유대 관계를 조명하여 더욱 생생하고 포괄적으로 흑인 여성 고유의 경험을 재현하고자 한다. 이들 작품 대부분은 남성 작가들이 등한시했던 흑인 가족의 역학 관계나 흑인 여성의 정신세계, 성 정체성 등 사적 영역에 집중하였다. 이렇게 재현된 사적 영역에서 왜곡된 부분을 바로잡는 것을 과제로 삼았으며 사회적 부조리를 표면화하여 궁극적으로 흑인 문학 전통의 재해석 및 재확립에 대한 필요성을 부각하고자 했다.

네일러는 자신의 다섯 작품을 통해 지난 20년간 흑인문학의 추이를 결정하는 데 크게 공헌하였다. 그녀의 소설은 하나의 단편적 카테고리 안에 인간을 가두기보다 그 경계선을 초월하여 다양하고 활력 넘치는 사회로 독자를 초대한다. 출판 당시에 대중과 학계의 관심을 동시에 사로잡은『브루스터플레이스의 여자들』은 흑인 여성 일곱 명의 삶과 그들의 끈끈한 우정을 통해 흑인 여성의 다양한 경험을 추적한다. 이 작품은 1989년 유명 방송인 오프라 윈프리가 감독, 주연한 TV 미니시리즈로 개작되어 방영되기도 하였다. 석사 졸업 과제를 발전시킨 두 번째 소설『린든힐스(Linden Hills)』(1985)에서는 저항과 부활의 소재를 다룬다. "린든힐스"는 브루스터플레이스로부터 그리 멀지 않은 곳에 조성된 흑인 중산층 동네다. 백인의 질서에 순응해 살아가는 이곳 흑인들이 흑인 고유문화, 즉 그들의 "영혼"을 상실하게 되는 과정을 파헤친다. 단테의『신곡』중 "지옥 편"에 빗대어 쓰인 이 작품은 단테의 도덕적 지형과 서술 기법을 빌려 아프리카계 미국인들에게 경고와 교훈의 메시지를 전달하고자 한 일종의 알레고리로 간주된다.『마마 데이(Mama Day)』(1988)에서는 윌리엄 포크너의 문체를 떠올리게 하는 다양한 화자를 통해 한동안 잊혔던 흑인의 과거를 말하고,『베일리의 카페(Bailey's Café)』(1992)에서는 흑인의 성 정체성을 다룬다. 그리고『브루스터플레이스의 남자들(The Men of Brewster Place)』(1998)에서는 다시 브루스터플레이스로 돌아가 도심 빈민가에서 생존하기 위해 전력투구하는 흑인 남성들의 삶을 유머와 연민으로 관망한다. 그녀는 또한 각색된 회고록『1996』(2007)을 발표했으며 2016년 66세 나이로 타계했다.

『브루스터플레이스의 여자들』은 다양한 이유로 도시 빈민가 "브루스터플레이스"에 종착하게 된 20대에서 60대에 이르는 흑인 여성 일곱 명의 삶을 다루고 있다. 브루스터플레이스라는 쇠락한 공간에서 자신들의 삶을 실험하고 연습하는 다양한 흑인 여성의 이야기가 옴니버스 형식으로 펼쳐지는

데, 네일러는 자신의 소설을 "생활의 단면을 사실적으로 보여 주는 이야기(slice of life tales)"라고 표현했다. 실제로 이 작품은 상흔으로 얼룩진 자신의 인생사를 독자에게 솔직하게 털어놓는 형식을 취하면서 아프리카계 미국인의 민속 문화와 역사적 전통을 엮어 독립적이면서도 서로 맞물린 일곱 주인공의 삶을 조명한다.

플롯 중심부에 있는 흑인 여성 "매티 마이클"은 브루스터플레이스 여자들의 구심점이라 할 수 있다. 20대에 미혼모가 된 매티는 격노한 아버지를 피해 고향인 테네시주 록베일을 떠나 홀로 북부로 올라와 "이바"라는 나이 든 흑인 여성의 도움을 받으며 어렵사리 아들을 키운다. 그런데 "금쪽같은 내 새끼" 바질은 불의에 살인 미수 혐의로 체포된다. 매티는 천신만고 끝에 얻은 집까지 저당 잡혀가며 보석금을 마련해주었건만 아들은 그런 엄마의 희생적 사랑도 배신하고 영영 사라져 버린다. 모든 꿈과 희망을 상실한 채 브루스터플레이스로 오게 된 매티는 자신의 불행에도 불구하고 다른 사람을 받아들이고 돌보며 치유하는 "어머니 역할"을 기꺼이 담당하여, 나머지 여섯에게 어머니 같은 존재로 무조건적 사랑과 위안, 보호를 베푼다. 하지만 억압적 아버지와 배신하는 아들 바질과의 갈등에서 짐작할 수 있듯이 매티 역시 남성 가해자의 피해로부터 예외는 아니다.

매티 마이클 외에 등장하는 여성들은 20대에서 60대, 보수주의자와 진보주의자, 어머니와 딸, 그리고 이성애자와 동성애자 등을 대변한다. 이들은 남자들의 가부장적 억압과 착취가 무겁게 드리워져 있는 가운데 경제적, 사회적, 정서적 어려움 속에서도 각자의 여성적 "힘"과 서로의 "돌봄"으로 살아간다. 자유로운 영혼을 지닌 매티의 어린 시절 친구 에타 메이 존슨은 금전적 지원과 자신의 주체를 정의하는 데 있어 남성에게 전적으로 기대지만 이들은 그녀에게 실망만을 안겨 준다. 순진한 이상주의자 키스와나 브라운은 흑인이 지녀야 할 인종적 자부심을 표방하여 이름도 부모가 지어 준 멜라니에서 아프리카계 이름 키스와나로 개명하지만 결국 어머니의 중산층 사고방식을 수용하게 된다. 브루스터플레이스 주민들 사이에서 "그들 둘"로 통하는 로레인과 테레사는 서로 연인 관계인데 동성애를 혐오하는 깡패들에게 로레인이 충격적 윤간을 당한다. 이외에도 정부의 생활보장 대상인 미혼모 코라 리는 출산에 중독된 나머지 여러 남자와 연루되어 일곱이나 되는 아이를 낳고 아기에게 과도하게 집착하는 어머니로 그려진다. 또한, 강제적 낙태와 어린 딸 세레나의 죽음 등 연속적 비극으로 타격을 받아 자기 파멸의 길을 걷는 루시엘리아 루이즈 터너도 등장한다.

서로 다른 라이프스타일, 나이, 사회적 지위, 교육 수준, 성장 배경을 가진 이들의 유일한 연결고리는 성차별, 인종차별, 빈곤의 희생양으로 전락한 흑인 여성들이 막다른 골목처럼 희망과 비전이 부재한 브루스터플레이스에 감금되었다는 점이다. 가난하고 소외된 피압박 흑인 여성들이 집단으로 거주하는 브루스터플레이스는 하나의 연옥과도 같은 공간을 연상시킨다. 하지만 네일러는 흑인 여성으로서의 "정체성"을 추구하면서 서로 돕고 돌보고 사랑하는 "자매애(sisterhood)"를 토대로 한 새로운 공동체를 이룰 가능성을 보여 주는 긍정적 메시지로 끝을 맺는다.

「새벽」으로 시작한 『브루스터플레이스의 여자들』은 세입자 모두가 벌이는 「구역 파티」라는 공동체 의식을 거쳐 「석양」이라는 장으로 마무리된다. 희망의 새벽에서 종말적 석양으로 끝나는 임종을 앞둔 브루스터플레이스 모습 앞에서 우리는 절망을 생각해야 하는가? 백인 주류 사회에서 흑인 여성으로 살아간다는 것이 정녕 순진하게 낙관적으로 말할 수 있는 문제는 아니리라. 그럼에도 브루스터플레이스의 일곱 여인은 궁극적으로 어머니와 딸, 자매, 친구, 연인으로 발전하는 서로의 관계 속에서 위로와 구원을 얻는다. 이들이 함께 거대한 벽을 허무는 데서 돌봄과 사랑의 공동체로 연대를 이루는 희망의 미래가 암시된다.

이 소설에서 주목되는 또 다른 주제는 극적으로 다루어진 동성애 문제다. 동성애 문제는 지난 세기말부터 가부장제 문명사회에서 성 정체성 문제나 성의 취향 문제와 함께 뜨거운 감자로 떠올랐다. 앞서도 말했듯 테레사와 로레인은 연인 관계로, 이 둘은 이성애 사회를 피하여 안전과 평온을 찾아 이곳으로 왔다. 그러나 그들은 가부장제 사회의 이성애 이데올로기에 침윤된 이웃의 편견과 불관용으로 성적 취향을 전혀 이해받지 못하는 상황에서 조롱과 경멸의 대상으로 힘들게 살아간다. 흑인 여성들의 거주 구역이지만 동성애 흑인 여성은 용납되지 못했다. 로레인과 테레사는 인종차별과 성차별로 이중고를 당하는 타자 중에서도 동성애자로서 또 다른 압박을 당하는 삼중고의 타자로 소외된 삶을 살아가다가 결국 비극을 맞는다. 로레인은 혼자 외출했다 돌아오던 중 그녀가 동성애자인 것을 못마땅하게 여기는 동네 깡패들로부터 성폭행당한 채 추운 길바닥에 내팽개쳐진다. 동틀 무렵 거의 실신한 로레인은 정신 착란 상태에서 아이러니하게도 브루스터플레이스에서 유일하게 그녀의 처지를 이해하고 지지해주는 건물 관리인 벤을 벽돌로 살해한다. 이 비극적 사건은 이성애를 토대로 한 가부장제 사회의 절대 금기인 동성애를 결코 용납하지 못하고 단죄하는 모습을 상징하는지도 모른다.

이렇듯 소설의 초점을 분산시켜 다양한 주인공을 기용한 이유를 네일러는 다음과 같이 설명한다. "한 인물만이 미국 흑인 여성을 대표할 수 없다고 생각했다. 그래서 나는 흑인 여성의 다양성과 복잡성을 포괄적으로 제시하기 위해 서로 다른 피부색에서부터 종교적, 정치적, 성적 취향이 다른 일곱 명의 흑인 여성을 주인공으로 삼았다." 결국, 이 소설은 "외강내유하고 까다로운 듯 보이면서도 쉽게 만족하는" 네일러의 일곱 여주인공이 협력을 통해 적대적 세상에 저항하는 모습을 추적하며 모성애, 사랑, 성, 죽음, 상실 등 다양한 주제를 다룬다. 이 작품은 20세기 초 흑인문학의 첫 번째 전성기로 간주하는 할렘 르네상스 시대에 강조된 자기 정체성 실현의 전통을 이어가고 있다고 평가받는다.

네일러는 이 소설에 왜 일곱 명의 흑인 여성을 등장시켰을까? "7"이라는 숫자를 일주일이라는 시간의 반복구조로 볼 때, 날마다 "새벽"에서 "석양"에 이르듯이 일곱 명의 흑인 여성은 일주일이라는 일상의 또 다른 반복구조는 아닐까? 우리의 일상적 삶은 7일이라는 수레바퀴를 따라 돌고 있다고 말할 수 있다. 이것은 일상성과 보편성을 모두 담보해 내는 장치다. 다시 말해 브루스터플레이스라는 연옥적 삶의 주기가 영원히 반복될 것이라는 말이다. 가난, 억압, 욕망, 편견, 폭력은 타자라는 인간 존재의 구성요소다. 그렇지만 일곱 명의 흑인 여인들은 그런 고단하고 비극적인 삶 속에서도 돌봄, 나눔, 베풂, 관용을 통해 희망, 기쁨, 사랑이 가능할 수 있음을 보여 준다. 결국 "7"이라는 행운의 숫자를 통해 일곱 빛깔 무지개처럼 다양한 무리가 하나의 공동체를 이루어 나갈 수 있다는 희망의 전주곡을 상징적으로 연주하는 것이리라.

네일러는 이 소설이 "미국 흑인 여성을 향한 연애편지"로 사회의 지배원리에 의해 짓밟힌 여인들이 자신들이 처한 난관을 헤쳐 나가는 끈기와 강인함을 보여 주고, 특히 흑인 여성에 대한 스테레오타입을 타파하여 백인만큼이나 흑인 여성의 경험도 다양할 수 있다는 것을 부각하려 했다고 말한 바 있다. 문학이 작고 소소한 이야기를 통해 구체적 보편을 추구한다는 점에서, 이 소설은 특정 지역 안 흑인 여성들의 작은 이야기들을 통해 인간의 삶을 논하는 프리즘 역할을 담당한다고 말할 수 있다. 이 작품은 새로운 역사적 상황이 전개되는 이때 더욱 의미 있는 중요한 소설로 앞으로도 계속해서 현대 흑인문학과 여성학 분야에서 꾸준한 사랑과 관심을 받을 것이다.

(2009년 봄, 이소영)

9. 교차로에 선 식민지 지식인의 기대와 시련

— 치누아 아체베, 『더 이상 평안은 없다』, 2009

우리는 문화의 교차로에서 살았다. 그것은 지금도 마찬가지이다. 그러나 교차로 시대가 부여하는 독특한 특징과 분위기를 나는 어릴 때보다 분명하게 감지할 수 있었다. 내가 여기서 얘기하는 문화는 물론 아프리카라는 이름에 부여된 소위 영적 공허니 정신적 스트레스라는 따위의 쓰레기 같은 편견과는 무관하다. 아프리카라는 어둠의 속을 역류해 나아가는 사악한 힘 혹은 비이성적 열정과도 아무런 관련이 없다. 이러한 편견의 배후에는 사실 인종 차별주의라는 신비가 도사리고 있다. 그러나 진정 큰 문제는 이러한 편견에 기대어 사는 사람들이 어떤 형태로든 자신들의 이성이 아프리카의 이성보다 더 우월하다거나 자신들의 삶의 태도가 아프리카의 그것보다 더 그럴듯하다는 따위의 증거를 보이고 있지 못하다는 점이다.

— 치누아 아체베, 이석호 역, 『제3세계 문학과 식민주의 비평』

앨버트 치누아루모구 아체베(Albert Chinualumogu Achebe)는 1930년 11월 16일 아프리카 서부 지역 기니만에 있는 나이지리아 오기디에서 태어났다. 아체베는 고향에서 기독교계 미션 스쿨을 다녔고 이바단대학에서 영문학을 공부했다. 그 후 수도 라고스에 있는 나이지리아 국영방송사에서 일했으며 시인 크리스토퍼 오킥보와 함께 출판사를 설립하기도 했다. 1967년 나이지리아 대학의 선임 연구원으로 활동하기 시작한 아체베는 나이지리아

및 미국 여러 대학의 영문학과 교수를 거쳐 1985년 나이지리아 대학의 명예
교수가 되었으며, 1996년에는 미국 하버드대학에서 명예박사 학위를 받았
다.

아체베가 "자신의 과거로 회개하며 돌아가는 방탕한 한 탕아의 제의적 귀
향과 맹세를 그린 작품"이라고 말한 그의 첫 번째 소설『모든 것이 산산이
부서지다』(1958)는 19세기 말과 20세기 초 선교사들과 손잡은 식민정부 세
력과 갈등을 일으키는 나이지리아 토착 부족인 이보(또는 이그보)의 반서구
적인 투쟁적 삶을 그리고 있다. 첫 번째 소설의 속편이라고 할 수 있는 두 번
째 소설『더 이상 평안은 없다』(1960)의 시대적 배경은 2차대전이 끝난 후인
1950년대로, 나이지리아 정부가 영국의 식민정부로부터 완전히 독립하지
못한 과도기다. 이 소설은 포스트식민 시대에 소위 서구식 교육을 받은 지
식인들이 통치하는 아프리카 국가들의 정치적 사회적 부패, 그리고 경제적
압박을 받는 젊은이가 겪는 가치관의 혼란 등을 다루고 있다. 아체베는 이
밖에도『신의 화살』(1964)과『민중의 사람』(1966)을 연이어 발표했다. 어떤
의미에서 1890년부터 1965년까지 나이지리아 역사를 기록한 4부작이라고
말할 수 있는 위의 소설들에서 아체베는 서구식민주의의 관습들과 가치들
이 전통적 아프리카 사회에 부과되는 과정에서 나타나는 사회적 심리적 해
체 과정을 냉철하게 묘사한다. 작가는 식민주의와 제국주의라는 문화적 위
기 속에서 아프리카 국가들이 어떻게 부상하는가에 초점을 맞춘다.

이 외에도 아체베는 시집, 단편 소설집, 에세이집 그리고 아동을 위한 작
품집도 출간하였고 비평집으로는『제3세계 문학과 식민주의 비평 – 희망과
장애』(1988)를 썼다. 이 평론집에서 아체베는 반식민주의 소설로 높이 평가
되는 조지프 콘래드의 중편소설『암흑의 핵심』에 나타난 인종차별주의를 냉
혹하게 추적함으로써 커다란 비평적 반향을 일으킨 바 있다.

『더 이상 평안은 없다』는 나이지리아 동부의 이보족 출신 오비 오콩코 이야기다. 고향 마을을 떠나 영국에서 영문학을 공부하고 귀국하여 식민지 공무원으로 일하는 오콩코는 서구식 삶의 방식을 받아들여 합리적인 삶을 살고자 노력하지만 결국은 뇌물 수수로 체포되어 재판을 받는다. 『모든 것이 산산이 부서지다』에서 영국의 식민 통치에 저항하며 투쟁했던 오비 할아버지 이야기를 기록한 아체베는 본래 그의 아들이자 오비 오콩코의 아버지인 이삭 오콩코에 관한 소설을 계획했다.

그러나 이보 전통문화를 버리고 기독교로 개종하여 교리문답 교사가 된 변절자에 관한 소설 쓰기를 포기하고 그 대신 손자 오비 오콩코의 이야기로 두 번째 소설을 꾸몄다. 소설 주인공 오비의 완전한 이보 이름은 "오비아줄루"로 "마침내 평안해진 마음"이란 뜻이다. 딸만 네 명을 내리 낳은 후 얻은 아들로 인해 드디어 평안해진 아버지의 마음을 나타내는 이름이다.

하지만 소설 주인공 오비의 삶은 결코 평안치 못하다. 이보족 출신으로 사년간 영국 유학까지 다녀온 오비는 이전에는 백인들이 도맡았던 고급 공무원직인 장학 위원회의 사무관으로 일하게 되어 "오직 하나뿐인" 이보족의 자랑거리가 되었다. 그런데 그는 그만 "교육도 받고 찬란한 미래가 약속되어 있는 젊은이가 어떻게 이런 일을 저지를 수 있었는지 도무지 이해할" 수 없는 존재가 되고 만다. 소설 주인공의 이름과 소설 제목은 각기 기대와 시련을 나타낸다. 소설 제목은 1922년 「황무지」라는 시를 발표하며 영어권에서 최고 시인으로 등극한 T.S. 엘리엇(1888~1965)의 시 「동방 박사들의 여행」에서 마지막 구절을 따온 것이다.

우리는 우리의 터전인, 이 왕국으로 돌아왔다.
그러나 여기에 *더 이상 평안은 없다*. 저희들의 신을 부여잡는 이방인들의 낡은 율법하에서는.
나는 또 한 번 달갑게 죽어야 하리라.(이탤릭체는 역자의 것)

성경의『마태복음』2장을 보면 동방 박사들이 그리스도의 탄생을 경축하기 위해 베들레헴을 방문한다. 동방의 현자인 이들은 여행을 마치고 고국으로 돌아와 삶과 죽음의 문제를 다시 한번 사유한다. 예수 탄생은 삶을 의미하지만 삶은 곧 죽음이기에 진정한 삶의 탄생은 그리스도의 죽음에서 나올 수 있다. 이런 역설 앞에서 그들은 방황한다. 이 사태를 돌파하기 위해 "나는 또 한 번 달갑게 죽어야" 하는 것인가?

새로운 문명의 빛을 찾아 영국에 갔다가 돌아온 오비 오콩코 역시 동방 박사들과 마찬가지로 두 세계의 교차로에 갇혀 있다. 전통적인 나이지리아 세계 그리고 영국과 아프리카가 뒤섞인 새로운 세계가 그것이다. 오비는 나이지리아가 식민지 시대를 마감하고 독립되기 직전의 전환기에 아프리카 전통과 서구방식의 갈등 속에 존재하는 여러 가지 모순을 드러내고 있다. 식민지 사회 공무원들의 부패 즉 뇌물 수수를 반대하고 그에 저항하던 주인공이 결국 영국 식민주의자들과 나이지리아 기득권층의 함정 수사에 빠져 뇌물 수수죄로 체포되는 아이러니를 보여주는 것이다.

이 소설에서 대표적 식민주의자 윌리엄 그린은 아프리카인을 두고 이렇게 말한다. "그들은 모조리 타락했어요. (중략) 우리가 그들에게 서구 교육을 가져다주었는데 그게 그들에게 무슨 소용이 되었단 말입니까?" 그린은 검은 아프리카를 문명화시키는 빛을 가져다주리라는 소위 "백인의 의무"로 아프리카에 왔을 터이다. 그러나 그린은 아프리카에 대한 편견으로 뒤틀린 식민주의자에 불과할 뿐이다.

그린 씨가 아프리카를 사랑하는 건 분명하지만 단지 어떤 일부만이었다.(중략) 본래 그가 이곳에 올 때는 분명 가슴에 어떤 이상을 품고 있었을 것이다. 암흑의 핵심에, 기묘한 종교의식이나 입에 담기도 무서운 관습을 수행하는 야만적인 부족민들에게 빛을 가져다주겠다는 이상이 있었을 것이다. 그러나 이곳에 도착했을 때 아프리카는 그를 배반했다. 인간 제물로 그득한 그의 사랑하는 오지는 도대체 어디에 있단 말인가? (중략) 1900년이었다면 아마도 그린 씨는 위대한 선교사 대열 속에 자리 잡았을 것이다. 1935년이었다면 그는 학생들 앞에서 교장의 뺨을 때리며 만족한 웃음을 지었을 것이다. 그렇지만 1957년에 그는 단지 악담을 퍼부을 수 있을 뿐이었다.

　　그린은 나이지리아에 온 지 십오 년이나 되었으나 아프리카 사람과 문화를 진정 사랑하지 못하는 철저한 식민주의자였고 인종차별주의자였다.

　　이 소설에는 이보 전통문화와 서구 근대문화 사이의 갈등이 확연히 드러난다. 무엇보다 명백한 예로 오비의 할아버지 오그부에피 오콩코는 전통수구주의자, 아버지 이삭 오콩코는 변절자인 서구문화추수자로 볼 수 있다. 그러나 은연중에 대립각을 세우는 인물들은 바로 오비의 아버지와 어머니다. 아버지 이삭은 일찍이 기독교를 믿기 위해 할아버지 집을 떠났고 그의 장례식에도 참석하지 않았다. 그는 교리문답 교사로 고향인 우무오피아로 돌아와 온 가족을 기독교인으로 만들고 전통적 관습들을 모두 이단적 행동으로 치부한다. 그는 아프리카의 풍요로운 옛날이야기까지도 아이들에게 말해주지 못하도록 아내를 단속했다. 그리고 기독교를 통해 우무오피아 마을의 전통문화를 몰아내고 그곳을 기독교화하려고 노력한다.
　　우무오피아 마을의 목사는 영국 유학을 떠나는 오비에게 "옛날이라면 우무오피아가 자네에게 전쟁에 나가 적의 머리를 집으로 가져오라고 명령했을 것이네. 그렇지만 이제 우리는 그런 어둠의 시기에서 그리스도의 보혈로 구원을 받았지. 오늘 우리는 지식을 가져오라고 자네를 보내는 걸세. 주님을 경외하는 마음이 지혜의 시작임을 반드시 기억하게나."라고 충고한다.

오비 아버지는 "백인들의 물건에 대해 철저하고 완벽한 믿음"이 있었다. 그는 특히 백인들의 활자화된 문어(文語)를 그들의 힘의 상징으로 보았고 서양인의 말의 신비에 대해 깊은 존경심을 표했다. 이것은 어떤 의미에서 영원하지 못한 아프리카의 구전 전통에 대한 거부라 할 수 있다. 아버지와 달리 오비와 특별한 유대 관계가 형성되어 있던 어머니는 아프리카 구전 전통의 하나인 이야기하기를 좋아했다.

> 어머니도 글을 읽을 수는 있었지만 가족의 성경 읽기에는 한 번도 참석하지 않았다.(중략) 어머니는 신앙심이 아주 돈독한 분이었지만 혹시라도 어머니 마음대로 해도 좋다고 한다면 자녀들에게 외할머니한테 들었던 옛날이야기들을 더 들려주고 싶어 했을지도 모른다. (중략) 실제로 어머니는 누나들에게는 그렇게 옛날이야기들을 해주곤 했다. (중략) 어머니는 아버지가 그렇게 하는 걸 금지하자 더 이상 하지 않았다.

어머니는 아버지 말에 절대적으로 순종하나 실천 측면에서 남편보다 훨씬 더 민첩하고 대담했고, 그런 아내를 남편은 철저하게 의지했다. 그리하여 그녀는 죽은 후에 "일을 한번 시작하면 제대로 마무리했던 여인"으로 오비의 기억 속에 남는다.

또 어머니와 관련된 일화로 초등학교 시절 이야기가 등장한다. 오비는 "구술하기" 시간에 급우들 앞에서 아무 이야기도 발표할 수 없어 수치심과 절망감에 빠진다. 그러자 어머니는 오비에게 옛날이야기를 들려주고, 오비는 후에 어머니한테 들은 새끼 양과 암표범 이야기를 멋들어지게 발표한다. 아체베는 창조로서의 이야기의 중요성을 여러 곳에서 언급한다.

보편적이고 창조적인 회선곡은 사람과 이야기를 중심으로 회전한다. 사람들은 이야기를 창조하고, 이야기는 사람들을 창조한다.(중략) 나이지리아는 무궁무진한 구전문학의 보고이다. (중략) 인간 사회의 창조도 마찬가지이다. 나이지리아가 지향하는 바도 새로운 환경과 새로운 민족의 창조에 다름 아니다. 따라서 나이지리아가 그 같은 일을 시행하고 유지하기 위해서는 이야기를 구성해 갈 창조적인 에너지가 필요하다.(치누아 아체베, 앞 책)

오비는 영국 유학 중에도 아프리카인으로서의 나이지리아에 대한 민족 주체성을 추구했다. 우선 모국어인 이보어에 관한 거의 무의식적 애정이 그것이다. 오비는 "혼자 있을 때조차 큰 소리로 말하지 못하고 마음속 깊이 숨겨 두었던 말들을 머릿속에서 되새겼다. 이상하게도 그런 말들이 모두 다 모국어였다." 영국 유학 시절 오비는 식민지하의 민족에게 집과도 같은 존재인 언어의 중요성을 깊이 깨닫고 기회만 되면 이보어를 사용하려고 애썼다. 또 나이지리아가 다민족국가여서 영어가 공용어인 터라 다른 종족 출신의 학생을 만나면 영어로밖에 의사소통할 수 없다는 사실을 굴욕스럽고 안타깝게 여겼다. 언어 없는 민족은 영혼 없는 민족이다. 오비는 자신들을 언어 없는 민족이라고 추정할 서구인들의 편견을 깨뜨리고 싶어 한다. "그들이 지금 우무오피아로 와서 훌륭한 대화술을 만들어 낸 사람들이 나누는 대화를 들을 수 있다면 (중략) 다른 나라 사람들에게 살아가는 방식을 가르친다고 큰소리치는 사람들의 지배하에서도 여전히 삶의 즐거움이 파괴되지 않은 채 진정한 삶의 모습을 보여주고 있는 남녀노소를 직접 볼 수 있으면 좋으련만."

오비는 또한 평범한 이보어 노래에 숨겨져 있는 심원한 의미도 발견한다. 이는 문맹률이 높은 아프리카에서 아프리카 정신이 노래와 속담 등을 통해 다음 세대로 효과적으로 전달됨을 보여주는 것이다. 오비를 영국으로 떠나

보내는 잔치 자리에서 기도회를 인도하는 무지몽매한 어머니 친구의 입에서도 고치에서 실이 풀리듯 속담이 술술 흘러나온다. 게다가 오비가 조국 나이지리아를 노래한 시를 두 번씩이나 소설에 실어 놓은 것에서 조국에 대해 꿈과 목적이 분명한 아체베의 주체의식과 문화적 자긍심을 느낄 수 있다.

　주인공 오비는 절친한 고향 친구 조셉으로부터 "기독교 집안의 양육과 유럽식 교육을 받으며 자라난 오비가 자기 나라에서 이방인과 같은 존재가 되었다."라는 평가를 받는다. 실제로 오비는 윌리엄 그린과 같은 식민주의자들에게 둘러싸인 채 아프리카와 나이지리아의 전통, 언어, 이야기, 노래 등을 회복시키려 노력하나 탈식민 시대를 살아가는 개화된 아프리카인으로서 일상생활에서 시련을 경험하지 않을 수 없다. 오비에게 가장 절망적인 경험은 연인 클라라에 대한 자기 부족의 편견과 오해였다. 클라라가 영국 유학까지 마치고 수간호사로 일하는 엘리트 여성이라 할지라도 나이지리아 전통 사회에서는 천민 계급인 "오수"에 불과하다. 나병 환자처럼 취급되는 그런 여자와의 결혼은 서구식 교육을 받은 계몽된 친구도 기독교로 개종한 부모도 결코 받아들일 수 없다. 오비는 독실한 기독교 신자인 아버지에게 강력하게 항의한다. "우리 조상님들은 무지몽매했기 때문에 우상들에게 바쳐진 무고한 사람을 오수라 불렀잖아요. (중략) 그렇지만 우리는 이제 복음의 빛을 보지 않았나요?"

　자신과 특별한 유대 관계가 형성되어 있다고 생각했던 어머니의 반대는 한층 더 완강하다. "그 아가씨와 결혼하고 싶으면 내가 죽을 때까지 기다려야 한다는 거란다. (중략) 내가 살아있는 동안 네가 그 짓을 하면 내 죽음에 대한 책임을 네가 져야 할 거다. 내 목숨을 끊어 버릴 테니까." "복음의 빛"을 본 사람들까지 이런 어리석고 부당한 관습에 매여 있음에 오비는 깊은 절망감에 빠진다. 사랑하여 약혼까지 한 여자와의 결혼을 부모 동의 없이 감행할 수 없단 말인가? 임신 중절이라는 목숨을 담보로 한 클라라의 선택에 오비는 어째서 그토록 무기력하게 추종적인 태도를 보이는가? 족장을 생각나게 하던 아버지와 난생 처음으로 직접적인 인간적 접촉을 이루었다는 행복감에 취해 오비의 마음이 약화한 것인가? 자신의 집을 버리고 선교사를 따라간 아버지를 할아버지는 저주했다. 부모의 축복이 아니라 저주를 받고 살아온 아버지에 대해 오비는 처음으로 연민의 감정을 느낀다. 현대 정신으로 아무리 투철하게 무장한 오비라 할지라도 다 그렇고 그런 세상사에 굴복할 수밖에 없는가?

이 소설에서 주인공이 겪는 마지막 시련은 식민지 관료 사회의 부정부패이다. 정부 고위직에 있던 오비는 계속되는 뇌물 수수 유혹을 물리쳐 왔지만 결국 받아들인다. 과연 오비는 타락한 젊은이에 불과하단 말인가?

작품 초반부에서 오비는 식민지 공무원 사회에서 뇌물이 자연스럽게 오가고 출세하기 위해서는 불가피한 수단이며 일단 높은 지위에 오르면 아랫사람들로부터 뇌물을 받는 게 당연시되는 현실을 탄식한다. 오비는 유학을 마치고 고국으로 돌아오는 배에서 관세를 깎아줄 테니 뇌물을 내놓으라는 젊은 세관원의 요청을 단호히 거절한다. 그리고 귀국 후 영국에서 공부할 수 있게 해 준 우무오피아 진보연맹에서 연설할 때 오비는 자신이 받은 교육이 독립 국가로 진입하는 나이지리아를 위해 봉사하기 위한 것임을 천명한다. 그 후 장학생 선발에 커다란 영향력을 미치는 고급 관리로 일하게 된 오비는 자기 여동생을 영국 유학 장학금 수혜자가 될 수 있게 추천해달라는 마크라는 신사의 청탁을 보기 좋게 거절한 후 묘한 승리감에 도취해 마치 자신이 "호랑이라도 된 것 같은 기분"을 느낀다.

뇌물을 받는 대신 거절하면 더 많은 문제가 발생할 수 있다. 마음 놓고 술에 취한 순간이라 할지라도, 말썽거리는 뇌물을 받는 데 있는 것이 아니라 뇌물을 받는 대가로 해야 하는 일을 해주지 못하는 데에 있다고 국무장관이 말하지 않았던가? 그리고 혹시 당신은 뇌물을 거절한다고 해도 당신의 '형제'나 '친구'가 자신이 당신의 대리인이라고 말하면서 당신 대신 뇌물을 받고 있는지 어떻게 알겠는가? 말 같지도 않은 소리! 청렴결백하기는 아주 쉬웠다. 그저 "아무개 씨, 죄송합니다. 하지만 전 이런 논의는 더 이상 지속할 수 없습니다. 안녕히 가십시오."라고 말할 수 있는 능력만 갖추면 되었다.

"현자(賢者)의 돌"인 대학 학위는 오비에게 말단 공무원보다 고액의 연봉을 받고 멋진 자동차를 굴리며 사치스러운 가구가 비치된 구역에서 살 수 있는 고급 공무원의 자리를 보장해주고, 유럽인에 버금가는 대우를 받게 해주었다. 하지만 그런데도 장학금 환급금, 부모님 생활비, 동생 학비, 자동차 유지비, 세금 등 내야 할 게 너무 많아 오비는 엄청난 재정적 압박을 받는다. 그러던 중에 다른 많은 나이지리아 젊은이들처럼 대학 교육을 열망하는 똑똑한 아가씨인 마크의 여동생은 오비를 직접 찾아와 몸이라도 바치겠다는 공격적 태도를 보인다. 또 뇌물의 속성에 대해 장시간 토론하는 장면에서 친구 크리스토퍼는 오비에게 "만일 아가씨가 자네하고 잠자리를 같이하겠다고 제의하면 그건 뇌물이 아니야. (중략) 그 아가씨는 자진해서 즐겁게 지내겠다고 왔던 거야. 뇌물 수수하고는 아무런 관련이 없다고 생각되는데."라고 말한다. 어느 사회건 간에 특히 후진 사회일수록 공무원 부패 지수가 높은 게 상식화되어 있다. 식민지 사회의 관료일수록 식민주의자 고위 직위자에게 성 상납을 포함하여 돈을 바쳐야 승진도 할 수 있다. 대민 봉사하는 하위직에도 액수 차이는 있으나 뇌물 수수는 같은 수준에서 이루어진다. 뇌물 수수와 같은 부정부패는 식민 통치를 경험하고 난 후 전통 사회에서 근대 국가로의 이행 과정에서 나타나는 고질적 사회 병리 현상이다.

다시 장학금 시즌이 돌아오고 오비는 새로운 유혹과 회유에 시달린다. 뇌물 수수와 성 상납을 수용한 오비는 그동안 진 빚도 갚고 어머니도 돌아가셔서 어느 정도 경제적 압박에서 벗어날 것만 같았다. 하지만 20파운드의 "표시가 되어 있는 지폐"를 받은 오비는 현장에서 잡히고 만다. "왜 그랬을까 모두들 이상하게 여겼다. (중략) 교육받은 젊은이가 어떻게 저따위 짓을 할 수 있는지 도저히 이해할 수 없었다." 자신의 소신을 끝내 지키지 못한 식민지식인 오비는 박학다식한 판사, 영국 문화원 직원, 확신에 차 있는 그린, 심지어 우무오피아 사람들 그 누구의 이해도 받지 못하는 난감한 상황에 부닥친다. 아슬아슬한 밧줄 타기는 이제 끝났다. 한 식민지 지식인의 도덕적 몰락은 징후적이다. 오비에게 이제 다시 평안은 없으리라.

치누아 아체베는 오늘날 영어로 글을 쓰는 아프리카 문인 중 가장 탁월한 작가로 평가받고 있으며 그의 작품과 비평은 수십 개 언어로 번역 소개되었다. 영어권에서 지금까지 영국 문학과 미국 문학이 독점적 지위를 누렸으나 이제는 영미 문학 이외에 영어로 쓰인 "영어권 문학(Literature in English)"에 대한 관심이 세계화와 다문화주의의 영향으로 크게 확산하고 있다. 호주 문학, 캐나다 문학, 뉴질랜드 문학, 남아프리카 문학, 인도 문학, 서인도 제도 문학 나아가 나이지리아를 포함한 아프리카에서 영어로 쓰인 문학들이 모두 여기에 속한다. 한때는 "영연방 문학(Commonwealth Literature)"으로 불렸고 제삼세계 문학으로도 간주하였다. 이제 영미 문학이나 유럽 문학 중심주의를 넘어서는 새로운 "세계문학(World Literature)"의 지형 속에서 나이지리아 문학 같은 주변부 문학이 오히려 중심으로 진입하는 추세이기도 하다. 이런 의미에서 아체베 문학은 우리에게는 오히려 신선하고 색다른 경험을 제공하며 우리의 상황과도 더 어울리는 새로운 영역이 될 수 있다. 이것이

현시점에서 아체베 문학이 우리에게 줄 가능성이다. 그가 소설에서 제시하는 포스트 식민주의(postcolonialism) 문제들을 우리는 다시 반추할 수 있다.

포스트 식민주의 문제는 한때 식민주의를 경험한 나라들의 공통적 문제다. "포스트"라는 접두어는 "후기"란 의미와 "탈(脫)"의 의미를 모두 내포한다. 우리는 식민주의 후유증을 삶과 학문과 문화의 구석구석에서 아직도 경험하고 있다. 그것은 우리가 아무리 털어내려 해도 젖은 잎사귀처럼 달라붙어 잘 떨어지지 않는다. 식민주의 잔재를 쉽게 떨어버릴 수 있다면 얼마나 좋겠는가? 우리는 아직도 "식민지 수탈론"과 "식민지 근대화론" 논쟁을 끝내지 못했다. 아마도 진실은 그 중간, 사이 또는 교차로에 있지 않을까.

우리는 이 소설을 읽으면서 위와 같은 무거운 문제와 씨름을 하지만 동시에 즐거움을 느낄 수 있다. 우선 아체베 소설을 통해 우리는 아프리카와 나이지리아의 다채로운 문화를 알게 되었다. 다양한 종족과 문화를 가진 나이지리아에서 작가는 이보 이야기들과 속담들을 차용하고 시와 노래도 도입한다. 그의 소설은 플롯도 역동적이고 제시되는 제재도 매우 흥미롭다. 오늘날과 같은 다문화 시대에 잡종(hybridity) 문학의 가능성마저 엿보인다.

> 대부분의 아프리카 작가들은 아프리카식 경험 및 아프리카식 운명에 기대어 글을 쓴다. 그들에게 그 운명은 현재의 도제살이를 염두에 둔 것이지 차제에 나타날 유럽인과의 동일성을 염두에 둔 것이 아니다.(중략) 평화를 지향하는 모든 문학은 반드시 특정지역을 그 이야기 중심에 담아내야 하며, 과거와 현재를 아우르는 그 지역의 역사적 필연성과 그 지역주민의 열망과 운명을 담보해내야 한다.(치누아 아체베, 앞 책)

아체베 소설은 무엇보다 고유한 전통 사회에서 식민지화를 겪고 근대화로 넘어가는 이행 과정을 그린다. 그의 문학 목표는 단순한 "서구 중심적 보편성"이 아니라 각 지역에 토대를 둔 "구체적 보편성"이다. 그는 문학을 그저 현실을 모방하거나 재현하는 예술 작품으로만 보지 않고 자기 발견을 통하여 독자들을 가르치고자 한다. 그는 결국엔 현재에 안주하지 않고 변화하는 힘을 요구한다. 아체베의 말로 이 해설을 마무리하자.

문학의 역할을 사물을 있는 그대로 보게 하는 일에만 국한해서는 안 된다는 점이다. 문학은 사회적 이동과 변화에 필요한 역동적인 힘을 제공하는 역할도 감당해야 하기 때문이다.(중략) 문학은 변화와도 깊숙한 관련을 맺어야 한다.(중략) 문학은, 그것이 말로 혹은 문자로 전수되든 현실에 대한 이차적 통제권을 부여한다는 사실이다. 그것은 허구적으로 만들어진 한 안전하고 통제 가능한 세계에서 우리가 현실 세계를 살면서 실제적으로 부딪칠지도 모르는 정신적 통일성에 대한 해체의 위협에 맞서 당당히 직면하도록 도움을 준다.(중략) 우리가 낯설고 혁명적인 현대 세계로의 여행을 시작할 때 이보다 더 바람직한 마음의 준비를 문학 외의 그 어디에서 마련할 수 있겠는가?(치누아 아체베, 앞 책)

이와 같은 문학의 역할은 나이지리아 아체베에게만 필요한 게 아니고 그것은 우리 그리고 전 세계시민들에게도 절실하게 필요한 것이 아니겠는가.

(2009년 4월, 이소영)

10. 다문화 시대에 사랑의 결핍을 겪어낸 새로운 인간상
─ 케이 기본스, 『엘렌 포스터』, 2009

내 기억으로 어린 시절 나에게 영향을 준 첫 번째 책은 샬럿 브론테의 『제인 에어』였다. 이 책을 읽은 후 나는 작가보다는 독자가 되고 싶다고 생각했고 책 읽기는 내 인생에서 가장 중요한 일이 되었다. 이 소설은 정말로 정상적인 책이었다. 나는 이 소설이 비밀스럽거나 괴상한 것이 아니라 지극히 일반적인 이야기라고 말하고 싶다.

─ 1993년 한 인터뷰에서 케이 기본스가 한 말

케이 기본스의 첫 번째 소설은 불우한 가정환경에서 벗어나 진정한 가족을 찾아 자신이 선택한 새엄마 집으로 들어가 살게 되는 어린 여주인공의 이야기를 담고 있다. 여기까지만 놓고 보면 다른 성장소설과 크게 다르지 않다. 하지만 주인공 엘렌의 이야기에 한 번이라도 귀를 기울이게 되면 이 소설은 여느 성장소설과는 확연히 다르다는 것을 금세 알게 된다. 이 소설의 첫 문단을 다 읽기도 전에 독자는 놀라움과 충격에 빠지고 만다.

어떻게 하면 아빠를 죽일 수 있을까? 어릴 때 나는 날마다 아빠를 죽일 방법을 생각하곤 했다. 이런저런 방법을 궁리해내어 그게 별로 어렵지 않다고 느껴질 때까지 머릿속으로 한 동작 한 동작을 확인해보았다.

어머니의 정상적인 사랑을 받지 못한 주인공은 억압된 상태이긴 해도 사회에서 적응하며 살 수 있게 만드는 "아버지의 법칙" 역시 배울 수 없는 해체된 가정에서 어떻게 살아남을 수 있을까? 주인공 엘렌은 엄마와 아빠를 차례로 잃고 여러 집을 전전하면서 모방에서 저항으로 그리고 창조로 가는 변신을 꾀한다. 자칭 똑똑한 엘렌은 능동적이며 진취적인 데다가 재치 있고 한편으로는 조금 냉소적인 모습마저 보인다. 어린 주인공이 위선적인 어른들을 꼬집는 한마디 한마디는 촌철살인이다. 여느 성장소설에서 보이는 마냥 여리고 착해서 꼭 구원받을 것만 같고, 그래서 실제로도 꼭 구원받는 인물들과는 매우 다르다. 이 소설에서는 여러 조력자가 등장하나 엘렌을 구하는 것은 결국 엘렌 자신이다. 이 아이의 대담한 말투와 때로는 용감한 행동, 그리고 이해하기 쉽지 않은 그녀의 생각들이 머릿속에 달라붙어 떨쳐내기 힘들다.

엘렌은 심심할 때면 현미경을 들여다보는 취미를 가지고 있는데 이 소설을 읽다 보면 엘렌이 마치 그 현미경으로 어른들을 관찰하는 듯이 느껴지는 경우가 많다. 현미경 렌즈 너머로 엘렌이 커다랗게 확대된 눈으로 내려다보며 당신이 지금 무슨 거짓말을 꾸미고 있는지 나는 다 알 수 있어요. 라고 말하는 것처럼 생각된다. 그럴 때면 왠지 어색한 미소라도 지은 채 엘렌을 향해 손이라도 흔들어줘야만 할 것 같다. 그리고 혹시 변명할 말이라도 꺼낼라치면 알아요, 제가 다 이해해 드릴게요 하고 심드렁하게 대꾸할 것만 같다. 한마디로 이 소설 주인공 엘렌은 어른보다 더 어른스럽고 어떤 의미에서는 무서운(?) 소녀다. 이 현미경의 시야에서 벗어날 수 있는 어른이란 그리 많지 않다. 태엽을 감아놓은 인간 장난감 같은 아빠, 위선적 이모, 엘렌을 구박하기 위해 태어난 것처럼 보이는 외할머니 등 어른들 대부분이 엘렌의 시야에서 자신의 치부를 드러낸다.

물론 엘렌이 태어날 때부터 어른스러웠던 것은 아니다. 엘렌을 둘러싼 어려운 환경이 소녀를 단련시킨 것일 뿐이다. 엘렌은 이야기가 전개될수록 책 앞부분에 수록된 랠프 왈도 에머슨의 시에서 보이는 것과 같은 "자립(self-reliance)"의 정신을 가지고 다시 태어난다.

> 꼬맹이를 바위에 던져놓고,
> 늑대의 젖꼭지를 물려라.
> 매와 여우와 더불어 겨울을 나게 하고
> 힘과 속력이 손과 발이 되게 하라.

매서운 겨울을 이겨내며 변화하기 시작한 엘렌은 자신이 아버지를 닮았다고 미워하고 구박하던 "엄마의 엄마"(외할머니라는 말은 한 번도 한 적이 없음)를 그녀가 죽을 때까지 극진히 보살핀다. 어린 엘렌은 엄마를 지켜주지 못했다는 죄책감에서 벗어나고 싶었기에 혼자 힘으로 외할머니를 병시중함으로써 자신이 지금까지 부모나 친척에게서도 받아보지 못한 사랑을 베푸는 훈련을 거친다. 진정한 가족을 찾아 떠난 엘렌의 오랜 방황의 여정도 거의 끝나는 것 같다. 이제 엘렌에게 남은 일은 자신을 돌보아주고 함께 사랑을 나누며 살아갈 가족을 얻는 것뿐이다. 엘렌은 교회에서 여러 차례 본 적이 있는 한 아주머니가 버려진 아이들을 위탁받아 양육한다는 사실을 알게 된다. 그녀는 이모 집에서 뛰쳐나와 그 아주머니를 "새엄마"로 삼고 그녀의 집으로 들어가 살겠다는 결단을 내린다. 그 날이 바로 크리스마스 날이었다.

드디어 엘렌은 항상 살고 싶었던 안정되고 포근한 "벽돌집"에서 살게 된다. 엘렌은 결국 그곳에 맡겨진 아이들과 함께 한 식구가 된다. 그러면서 엘렌은 수양을 뜻하는 포스터(foster)를 자신의 성으로 삼는다. 혼란 상태에서 완전히 벗어난 것은 아니라 해도 새로 탄생한 엘렌 포스터는 이제 분노, 원망, 증오에서 벗어나 용서, 화해, 화평을 받아들이면서 십 대 소녀로 다시 태어날 마음의 준비를 하게 되며, 드디어 주위를 돌아볼 수 있는 여유를 가지고 자신보다 더욱 불우하고 차별받는 친구에게 손을 내밀 줄 아는 진정한 용기를 지닌 사람으로 거듭나게 된다. 엘렌은 주위 타자들과 인간관계를 맺지만 가장 주목할 만한 관계는 어린 흑인 소녀 가족과 맺으면서 이 소설은 또한 남부 출신 작가에 의해 남부의 흑백 인종 문제가 다뤄진 남부소설이 된다. 부모나 친척(동일자)에게서 결코 받을 수 없었던 돌봄과 사랑을 이웃(타자)과 주고받게 된 것은 가장 큰 역설이다. 이것이 바로 작가가 이 소설에서 궁극적으로 말하고자 하는 다문화사회를 위한 새로운 윤리학은 아닐까?

엘렌이 강인해질 수 있었던 가장 큰 힘은 적극적으로 자신의 운명을 개척하려는 노력에서 나온다. 엘렌은 결코 불우한 자신의 운명에 굴복하지 않는다. 엘렌이 신을 향해 내뱉는 푸념과 기도 역시 수동적으로 자신을 구원해 달라는 모습과는 거리가 멀다. 자신이 이만큼 했으니 신도 이만큼은 해줘야 당연하지 않겠느냐는 식이다. 소설 마지막 부분에서 166달러를 들고 새 엄마의 집에서 살기 위해 "거래"를 하려는 장면에서는 이 같은 여러 가지 요소, 즉 조금은 치기 어리면서도 어린아이다운 소녀의 모습과 그녀를 둘러싼 힘든 현실, 그리고 이를 극복하기 위한 강한 결단력과 열정, 운명을 개척하려는 노력 등등이 커다란 감동으로 다가온다.

이 소설의 이야기 전개방식은 1인칭 소설로 참으로 효과적이다. 화자(서술자)의 시각으로 이야기를 전개하기 때문에 독자와 주인공 사이의 친밀한 관계가 빨리 만들어질 수 있다. 독자는 주인공의 호소력과 언변에 쉽게 공감하고 설득당하기 쉽기 때문이다. 작가의 어린 시절을 상기시키는 많은 자서전적 요소들이 들어 있다지만 흔히 그렇듯이 작가의 실제 경험과 소설의 서술 사이에는 분명 차이가 있을 것이다. 특히 이 소설을 원어로 읽을 때

쉽지 않은 것은 남부 소녀인 주인공 엘렌의 영어사용이다. 심지어 어떤 경우는 속어는 물론 비문법적 문장들을 사용하기도 하고 대화체에도 따옴표를 사용하지 않기 때문에 지문과 대화의 경계가 모호한 적도 많은데, 이것은 주인공이 처한 혼란스러운 상황을 재현하는 것이라고 볼 수 있다. 이 소설에서 특히 두드러진 서사구조는 과거시제와 현재 시제의 교차와 혼재이다. 불행하고 고통스러운 지나간 일들은 과거시제로 처리하고 훨씬 나아진 평안하고 행복한 지금의 일들은 현재시제로 진행한다. 작가의 이런 서술 장치는 과거의 현재성과 현재의 과거성을 끊임없이 서술자와 독자에게 상기시키는 전략일 것이다. 아니면 주인공 화자가 과거의 나쁜 기억들을 현재의 좋은 상황 속에 녹여버리는 무의식적 승화의 과정일까?

작가 케이 기본스는 1960년 5월 5일, 미국 노스캐롤라이나주 윌슨 시에서 담배 농사를 짓던 부모에게서 태어났다. 그녀의 대표작『엘렌 포스터』(1987)는 작가가 밝혔듯이 어린 시절 가장 큰 영향을 받았다고 말한 불후의 여성 정체성 탐색소설『제인 에어』(1847)와 닮은 데가 아주 많다. 굳이『제인 에어』가 출간되던 시기까지 거슬러 올라갈 필요도 없이 21세기인 현재에도 세계 곳곳에서 척박한 시대를 고단하게 살아가고 있는 어린 여성들이 많다. 앞으로도 이들이 새롭게 성장하며 거듭나는 놀라운 변형의 노래가 계속 울려 퍼져야만 한다. 그리고 그 노래 속에서 20세기 미국의 엘렌 포스터도 19세기 영국의 제인 에어처럼 우리에게 영원한 주인공으로 남기를 기대해본다.『엘렌 포스터』는 수 카우프만 문학상과 어니스트 헤밍웨이 재단 특별상을 받았으며 1997년에는 텔레비전 영화화되었고 오프라 윈프리 북클럽 추천도서로 선정되었다.

(2009년 10월, 이소영)

11. 식민지 나이지리아의 전통 토착 종교와
서구 기독교의 갈등과 비극

— 치누아 아체베, 『신의 화살』, 2010

나는 보편성이나 그 범주에 해당되는 개념들도 문제시하는 사람이다. 땅 위
의 인간에 대해서 구체적으로 논의하기를 좋아하는 편이기 때문이다.··· 나는
아프리카 문학을 다루는 유럽의 비평가가 자신들의 제한된 아프리카 경험을
인정하고 보다 겸손해질 필요가 있음을 강권했다. 또한 역사가 알게 모르게 그
들에게 전수한 우월성과 거만함을 벗어버릴 필요가 있음을 주장했다.··· 그러
므로 나는 아프리카 문학에 관한 논의 과정에서 "보편적"이라는 말의 사용을
금해야 한다고 생각한다.

— 치누아 아체베, 『제3세계 문학과 식민주의 비평』, 이석호 역, 1999

지난 2008년은 아체베의 첫 소설이자 출세작 『모든 것이 산산이 부서지
다』가 출간 50주년을 맞은 해였다. 이 소설과 여러 편의 후속 소설들로 아체
베는 2007년 영어권 최고의 문학상 부커상을 뒤늦게나마 받았다. 그의 첫
소설은 아프리카 소설사에서 하나의 새로운 전기를 이룬 문제작이다. 이 소
설은 19세기부터 서구문화가 아프리카의 나이지리아 이보 부족에 미친 다
양한 영향을 객관적으로 철저하게 고찰하고 아프리카 문화의 아름다운 가
치와 아프리카인의 확고한 정체성을 향한 대장정을 끌어냈다. 아체베는 이
소설을 필두로 같은 주제 아래 조금씩 다른 문제를 다룬 소설들을 계속 발

표했는데, 아체베가 1964년 발표한 세 번째 소설『신의 화살』은 나이지리아에 대한 영국의 식민통치가 점점 안으로 심화하고 밖으로 강화되던 1920년대에 작은 마을에서 일어난 이야기다.

『신의 화살』은 아체베의 첫 소설『모든 것이 산산이 부서지다』, 두 번째 소설『더 이상 평안은 없다』와 함께 아프리카 3부작이라고 불린다. 이 3부작은 나이지리아에서의 영국 식민주의 초기역사를 아프리카인의 시각으로 서술하여 아프리카 토착민들의 투쟁을 이해하는 데 좋은 사료가 된다. 앞서 나온 두 소설과 마찬가지로 이 작품은 서구 제국주의적 식민주의로 인해 남부 나이지리아 이보 부족의 전통사회 질서와 가치가 무너져 가는 상황을 울루신의 대사제 에제울루라는 인물을 중심으로 전개해나간다. 기독교와 토착 종교의 갈등 속에 이보족 내부에서부터 백인 종교인 기독교가 받아들여지는 상황에서, 영국이 간섭하는 힘에 놀란 대사제는 아들에게 백인의 비밀을 배울 것을 지시하는데 그 아들은 곧바로 열렬한 기독교도가 된다. 여기서 작가 아체베는 전통종교의 가치와 지혜를 일방적으로 편들지 않고 객관적으로 역사의 흐름을 관조하듯 묘사한다. 작가의 중립적 태도는 식민지 수탈론과 식민지 근대화론이라는 두 개의 극단적 주장 "사이"에 있다. 그는 이 작품에서 아프리카의 전통사회가 서구문화와 가치관의 영향을 받아 사회적, 정신적으로 방향감각을 잃게 된 상태를 담담하게 그려내어 갈채를 받았다.

아체베의 관심은 아프리카 신생 독립국이 처한 위기에 관한 것들이지만 이 소설의 암시와 상징을 볼 때 대사제 에제울루의 비극적 몰락을 통해 기독교의 급속한 전파가 점쳐진다는 점에서 절망적인 식민지 지식인의 탈식민에 대한 고뇌를 엿볼 수 있다. 탈식민이란 식민 상태를 전적으로 벗어나는 것은 아니다. 이것은 실제로 불가능하다. 필연적으로 변화를 가져오는 이입과 수용의 불가피성은 시공간의 이동과 교류로 점철된 모든 인류 역사의 진로가 아니던가? 소설의 결말 부분에서 이보 족의 대사제 에제울루가 맞는 갑작스러운 파멸은 어떻게 보면 아베체가 「작가와 사회」라는 글에서 직접 언급한 것처럼 그가 이보족의 전통을 어겼기에 발생한다.

> 그가 아무리 위대한 지도자요, 사제일지라도 그 역시 엄격한 의미에서 공동체 속에 소속되어 있는 한 구성원일 따름이다. 그러나 그보다 더 중요한 것은 에제울루는 우주 속에 있는 인간을 포함한 범자연적인 어떤 힘에 종속되어 있는 존재라는 사실이다.… 이보인들은 균형을 잡기 위해 즉각적으로 한 개인이 누릴 수 있는 무소불위의 범속성을 제한한다.… 1차적인 제한은 민주적인 것으로서 개인을 실천적, 사회적 문제와 관련하여 집단 밑에 종속시킨다. 2차적인 제한은 특권의 남용을 경계하는 도덕적인 타부로서 개인의 야망을 제한한다. (『제3세계 문학과 식민주의 비평』)

이런 의미에서 대사제 에제울루의 비극은 부족적 전통에서 나온 대사제 자신의 개인적 비극이기도 하며 전적으로 외방 세계 행정의 힘이나 기독교의 힘에 의한 불가항력적 비극만은 아니다.

에제울루와 경쟁 관계에 있는 은와카는 우무아로에서 권력을 휘두르는 에제울루의 권위를 인정하지 않고 그를 다음과 같이 비판한다.

> 신을 받드는 사람은 왕이 아니요. 그는 단지 신의 의식을 거행하고 신에게 제물을 바치기 위해 있는 겁니다. 나는 여러 해 동안 이번 에제울루를 유심히 지켜보았는데, 이 사람은 야망이 크더군요. 그는 왕, 사제, 예언자 그 모든 걸 원해요.… 하지만 우무아로는 이보족에게 왕이 전혀 필요 없다는 걸 그에게 알려주었지요.

대사제 에제울루는 "아무리 강하고 훌륭하다 해도 그는 절대로 자신의 치[개인 신]에 도전해서는 안"되며 부족이 모시는 울루 신과 부족민들의 뜻을 거슬러서는 안 된다. 에제울루는 식민지 시대를 살아가는 우무아로 부족의 대사제로서뿐 아니라 한 가정의 가장으로, 나아가 전환기를 살아가는 한 개인으로 부족의 오랜 전통과 급변하는 새로운 피식민의 근대적 상황에서 자기 생각과는 달리 유연하게 적응하지 못했다고 볼 수 있다. 어떤 의미에서 격변기 식민지의 종교 지도자로서 자존심이 강하며 소통하지 못하는 에제울루는 필연적으로 소외되고 실패할 수밖에 없는 운명이었는지도 모른다. 부족의 집단적 열망과 개인의 욕망을 전통과 변화 사이에 끼인 시대에 조화시키지 못하고 갈등과 긴장 속에서 불협화음을 낼 수밖에 없는 슬픈 식민지의 필연적 비극은 아니었을까? 결국, 아프리카의 커다란 독사와도 같던 대사제 에제울루는 가족의 와해도 막지 못하고, 자신의 종교도 지켜내지 못하며, 심지어 정신마저 혼란에 빠져 철저하게 패배당한다.

"이 사람들[이보 주민들]이 어린아이들처럼 대단한 거짓말쟁이"라고 믿는 영국인 식민지 행정관 윈터바텀 대위는 대사제 에제울루를 특별한 사람으로 인정했다.

> 유일하게 한 사람, 그러니까 우무아로의 사제이자 왕이라고 할 수 있는 단한 사람만이 마을 사람들과 반대되는 증언을 했다네. 그게 뭔지는 밝혀내지 못했지만 내 생각에 그 사람한테 커다란 영향을 미치는 어떤 강력한 금기 사항이 있는 게 틀림없네. 하지만 그 사람은 상당히 인상적인 인물이었어.

그래서 윈터바텀은 에제울루를 우무아로의 대 족장으로 임명하고 싶어한다. 하지만 식민지 행정관 앞에서 마을 사람들에게 불리한 증언을 한 에제울루는 결국 부족민들의 신뢰를 상실해 그들과 대립각을 세우게 된다.

> 그들의 신은 고집스럽고 야망에 찬 사제에 대항하는 부족민들과 한 편이 되

었다. 그러니까 개인은 아무리 훌륭하다 해도 부족민들보다 훌륭할 수 없으며 어느 사람도 부족민의 의견에 반하는 결정을 절대로 얻어낼 수 없다는 조상들의 지혜를 확인시켜 주었다.

피식민지의 토착민 대사제 에제울루는 식민지 상황에서 정체성을 찾지 못하고 주체가 분열하는 비극을 맞았다. 에제울루는 자기 아들 오두체를 백인의 종교로 보내면서 "이 세상은 탈춤과도 같단다. 네가 만약 그것을 잘 보고 싶다면 한 자리에 머물러 있어서는 안 된단다."라고 말한다. 만일 에제울루가 철저하게 우무아로의 전통에만 매달렸다거나 아니면 윈터바텀의 제안대로 식민지 행정관의 대리인이 되었다면 어떻게 되었을까? 피식민지 공간에서 "북으로 어떤 곡을 연주하든지 간에 그 장단에 맞추어 춤을 출 수 있는 사람"이 되어 양자택일한다거나 두 가지 선택을 적당히 타협하는 것은 쉬운 일이 아니다. 결국, 대사제 에제울루의 비극은 어떤 선택도 완전할 수 없는 식민지 상황이 그의 성격과 결합한 결과다. 식민지 주체인 영국을 위해 친영파가 될 수도, 철저한 부족주의자가 될 수도 없었던 에제울루는 개인적 결함과 동시에 역사적 상황이라는 두 개의 덫에 동시에 걸린 필연적 결과를 맞이한다. 제아무리 상상력이 뛰어나다 한들 역사적 굴레를 벗기 힘들고, 역사적 상황이 아무리 순조롭더라도 개인적인 욕망을 제어하기란 쉽지 않다.

여기에 어려서부터 기독교를 접해 세례까지 받은 작가 아체베의 모습이 보인다. 할아버지는 기독교 장로였고 아버지는 목사였으며 어려서 존 번연의 『천로역정』의 이보어 개역판까지 읽은 그는 자신을 "신실한 기독교인"이라고 부른다. 그러나 작가 아체베는 「빅토리아라 불리는 영국 여왕」이라는 글에서 어려서부터 고유한 종교 전통("이교도 축제")과 기독교 예배 사이

("교차로")에서 당황하지 않았다고 밝혔다.

> 당시 내 양가적인 입장 때문에 극심한 정신적 고뇌에 시달렸던 적은 없다. 근거 없는 불안에 떨었던 적도 없다. 내게 기억나는 것은 그 교차로에서 다른 한 팔로 우상에게 떡을 바치던 사람들이 행했던 제식과 삶의 아름다움이었다. 나는 당시 두 가지 것에 매혹되어 있었다. 하나는 호기심이었고 다른 하나는 짧은 거리감이었다. 그들의 삶과 내 삶 사이에 존재하던 거리감, 나의 특별한 탄생 배경으로 인해 조성된 거리감. 그 거리감이 분리나 단절을 의미하는 것은 아니었다. 오히려 캔버스를 보다 정확하고 충분하게 보기 위해 한 발 물러서 있는 한 명민한 관객의 거리감, 다시 말해 흩어져 있는 것의 종합을 위해 반드시 필요한 거리감 같은 것이었다.

작가 아체베는 자신이 유창하게 읽고 쓸 수 있는 토착어 이보어와 식민 언어인 영어를 모두 "양자택일의 갈등" 없이 자신의 언어로 받아들인 것처럼 정신분열증적 이분법에 빠지지 않았다. 아체베는 「작가와 사회」란 글 끝에서 "내겐 이것 아니면 저것이라는 이분법의 논리가 통하지 않는다. 나는 항상 양자의 동시추구를 시도하기 때문이다. 그것이 때론 내 삶을 어렵게 하고 깔끔하지 못하게 하는 것이 사실이지만, 그래도 나는 이렇게 사는 것이 좋다"라고 선언했다.

영어로 작품을 쓰는 아체베는 아프리카 고유의 문화가 지닌 가치만을 절대시하는 네그리튜드(Negritude) 운동을 지지하지 않는다. 네그리튜드 운동은 지난 수백 년 동안 이어진 서구식민주의에 대한 아프리카 작가들의 무조건적 거부인데, 사실상 문화란 일단 전달되면 문화의 높낮이와 관계없이 서로 영향을 주고받을 수밖에 없다. 모든 상황은 그 이전 상황으로 온전히 돌아갈 수도 없고 평안한 상태로 남을 수도 없다. 결국, 역사의 움직임은 문화의 교류와 혼합에서 다시 시작할 수밖에 없다. 식민주의 침입자들의 일방적 승리가 아니라 침입자들 역시 파괴된 것처럼 보이는 토착 문화에 불가피하게 오염(전이)된다. 이것이 탈식민의 고민거리이고 여기서 "대화"의 절대적 필요성이 대두된다. 식민주의와 근대성은 결국 동전의 양면과 같은 것이기 때문이다.

서로 다른 신을 섬기던 여섯 개 마을이 모두 위대한 신 울루를 함께 믿기로 하면서 형성된 우무아로 지역에서 에제울루는 각 부족의 사제들을 대표하는 대사제가 되었다. 소설의 도입부에서 에제울루와 우무아로는 이웃 마을 옥페리와의 토지문제가 발단이 되어 신성모독, 살인사건에 직면한다. 이때 영국의 식민지 감독관 윈터바텀의 개입으로 갈등은 갑작스럽게 끝나게 되고 에제울루는 백인 때문에 마을 사람들과 맞서게 된 자신의 처지에 분개한다. 이후에 니제르 델타 지역 출신으로 영어를 모국어처럼 구사하는 기독교 선교사 존 굿컨트리가 우무아로에 들어와 포교하는데, 이 토착민 선교사는 이곳 주민들에게 나이지리아의 전통적인 "나쁜" 습관들을 버리고 기독교로 개종한 다른 지역 사례들을 말해준다. 대사제 에제울루는 부족민들의 많은 원성에도 아랑곳없이 기독교에 대해 이중적 태도를 보이며 백인들의 종교를 습득하라고 자기 아들 오두체를 선교사에게 보낸다.

> 그는 이 종교를 어떻게 생각해야 할지 갈피를 잡을 수가 없었다. 처음에는 백인이 엄청난 힘을 앞세워 정복해 들어왔으므로 일부는 백인의 신에 대해 배울 필요가 있다고 생각했다. 그렇기에 그는 아들 오두체가 새로운 의식을 배울 수 있도록 그곳에 보내는 걸 찬성했던 것이다. 그는 또한 아들이 백인의 지혜를 습득하기를 원했다.

에제울루는 백인을 알 필요를 절실하게 느꼈다. 처음에는 거부하던 아들

오두체는 재빨리 백인 종교에 적응해 교회 사람들에게 인정을 받았고 굿컨트리 선교사는 15세의 오두체에게 "때가 되어 세례를 받게 되면 너는 베드로라는 이름으로 불릴 것이다. 이 반석 위에 내가 나의 교회를 세울 것이다"라고 말하게 된다.

원터바텀 대위는 현지인 통치정책[간접지배방식]에 따라 가장 정직하다고 생각되는 에제울루에게 식민지 행정을 맡기려 하지만 에제울루는 자신이 울루의 대사제일 뿐이라며 행운의 자리일 수도 있는 대족장 임명을 단호히 거부한다. 이에 화가 난 식민지 감독은 에제울루 대사제를 한 달 이상 투옥한다. 감옥에서 지내며 백인보다 부족민에 대해 노여움과 분노가 깊어진 에제울루가 화해의 상징인 햇얌 축제를 승인하지 않자 얌은 밭에서 썩어가고 마을주민들은 기근으로 고통을 당한다. 배고픈 주민들의 불평은 커져만 가고 대사제에 대한 신뢰는 땅에 떨어진다. 에제울루는 이제 식민 감독자와 마을주민들뿐만 아니라 가족, 친지 모두에게 인정받지 못하고 소외된다. 자신의 고집과 오만과 분노를 통제하지 못한 채, 부족민들에게 위험이 닥치기 전에 먼저 나서서 그 위험과 맞서 싸워야 하는 사제의 책임까지 망각한 에제울루는 자신의 경고에 귀 기울이지 않았던 우무아로를 서서히 파멸시키고 있었다.

부족민에 대한 분개, 원망, 오만으로 가득한 에제울루는 사제로서의 책무보다 사제가 지닌 힘을 강조한다. 그는 대사제인 자신을 신의 화살에 비유하면서 자신이 마을에 가져온 고난이 울루신의 의지라고 주장한다. 그러나 재앙은 시작되었다. 그의 분신, 그의 잘 생긴 외모를 가장 많이 닮은 자랑스러운 오비카가 전통적 장례의식 중에 사망하자, 에제울루는 아들의 죽음을 자기 죽음으로 받아들인다. 하지만 마을주민들은 이미 에제울루에 대한 신뢰를 잃었고 울루신이 사제를 버렸기 때문에 이런 불행이 생긴 거로 생각한다. 결국, 신의 화살은 어디로 날아갔는가? 이보족의 속담처럼 한 사람 또는 한 사건은 신의 의지를 나타낸다. 그렇다면 사제의 아들이 죽고 사제 자신은 부족민들에게 버림받은 것이 신의 뜻이던가? 모든 것의 붕괴와 파멸을 본 수많은 마을주민은 전통 신앙을 버리고 기독교로 개종한다. 전통적인 햇얌 축제 문제로 야기된 마을의 위기가 외부 종교에는 오히려 포교의 기회가 된 것이다. 오비카가 죽고 나서 며칠 후 맞은 기독교인들의 추수감사절에 심지어 굿컨트리도 예상하지 못했을 정도로 많은 사람이 나타난다. 곤경에 처한 많은 사람이 새로운 종교에 바치고 약속된 면죄부를 가져오라고 자기 아들에게 얌을 하나둘씩 들려 보낸 것이다.

아체베의 모든 소설에 반복되는 언어와 서사 기법의 문제가『신의 화살』에도 대체로 적용된다. 아체베는 아프리카 전통 구전문학인 이보 족의 속담, 구전 가요, 민담 등을 과감하게 작품 속에 빌린다. 아체베는 비록 영어라는 언어를 매개로 소설을 쓰지만, 그 밑바닥에 아프리카의 영혼과 지혜를 깔아놓는다. 또한, 이 소설에는 이보 족의 전통적인 결혼, 상례, 농사, 천문 등 여러 가지 세시풍습이 다양하게 묘사되며 아체베는 본문에서 그 의미를 추측할 수 있는 이보어 단어들을 전략적으로 사용한다. 이러한 이보족의 생생한 모습들이 소설을 읽는 재미를 더해준다.『신의 화살』은 하나의 탁월한 창작소설이지만 동시에 나이지리아 이보족의 전통과 역사에 대한 귀중한 자료이기도 하다.

이것은 확실히 아프리카 작가 아체베의 정체성 문제와 결부되어 있다. 아체베는 서구에서 세계 7대 단편으로 인정받은 조지프 콘래드의『암흑의 핵심』(1902)에 대해 신랄하게 비판한 바 있다. 아체베는 아프리카인을 서구의 영원한 이성과 논리로 풀 수 없는 신비스러운 비실재의 존재로 만드는 아프리카 식민지 담론을 거부한다. 그에게는 서구인들이 인정하지 않는 아프리카인의 정체성은 물론 서구인들에게는 "보이지 않는(invisible)" 아프리카 문화가 진정 독립적으로 존재함을 보여주고자 하는 심원한 의도가 있다. 아체베는 작가가 가지는 교사의 의무란 자신의 지역과 시대에 대한 "기억"을 기록하고 고유 "문화"를 전경화함으로써 서구인들에 의해 잃어버린 검은 노예 아프리카인의 정체성과 그들의 주인인 백인들과 동등한 인간의 존엄성을 보존하는 것으로 생각한다.

따라서 이 소설에서 "보편성"의 문제는 상당히 중요하다. 아프리카인인 아체베가 자기 출신 지의 특수한 상황을 구체적으로 그린 것이 자신들뿐 아니라 다른 모든 사람에게도 의미 있는 보편성을 가질 수 있겠는가? 문학이 어떤 지역의 지방색을 넘어서서 인간의 보편적 의미가 있으려면 소위 "구체적 보편(concrete universal)"을 가져야 하기 때문이다. "보편성" 문제는 제사에서 인용한 바와 같이 아체베 문학의 중심적 관심사 중 하나다. 아프리카 작가인 아체베를 읽는 한국독자들은 『신의 화살』에서 "구체적 보편"을 느끼는가? 만약 느끼지 못한다면 이 소설은 한낱 나이지리아의 특정 지역에 사는 이보족의 기이한 이야기에 지나지 않는 실패작일 것이다. 한 사람의 한국독자로서 역자는 인물이나 사건에 대한 아체베의 공들인 구체적 묘사를 통해 이해하고 공감하는 바가 크다. 그뿐만 아니라 미지의 세계에 대한 배움의 과정에서 삶의 기쁨을 새롭게 발견했다.

마지막 문제는 『신의 화살』이 소설로서 궁극적으로 성취한 것은 무엇인가 이다. 아체베는 소설을 포함한 모든 글쓰기에 대한 욕망을 아래와 같이 피력하고 있다.

어떤 상황 하에서도 현실을 개선해야 한다는 욕망, 그리고 이 세상에서 내가 기존에 허락받았던 공간보다 더 확장된 공간을 획득해야 한다는 욕망이 그것이다.… 우리의 세계는 지금 과거에도 그랬던 것처럼 변화의 기로에 서 있다. 우리의 작가들도 지금 그들의 작품에 이 변화의 문제를 반영하고 있다.… 이 작가들의 주된 관심은 역사가 전혀 다른 방식으로 취급한 특정 인물들, 다시 말해 자신들만의 경험과 운명적 가치 외엔 그 어떤 타당성도 인정하지 않았던 사람들을 흔들어 놓는 것이다.

번역은 반역이라지만 이번에도 역자는 번역 작업에서 반복되는 갈등을 겪었다. 이 소설에는 이보어가 가끔 등장하여 당황스럽기도 했지만, 의식의 흐름이 많은 고급 모더니즘 소설보다는 비교적 읽기가 쉬운 편이었다. 그런데도 역자는 직역과 의역 사이에서, 다시 말해 나이지리아의 식민지식인 작가 아체베의 영어를 느끼게 하도록 번역 투를 살릴 것인가 아니면 영어의 생경함과 기이함을 완전히 죽이고 매끈한 한국어 질서로 편입시켜 한국독자들의 가독성을 극대화할 것인가에 대해 고민했다. 물론 이 두 작업 모두 어려운 과제다. 대부분은 이것도 저것도 아닌 얼치기 번역이 되기 일쑤다. 이 둘 사이에서 균형을 맞추고자 노력했으나 모든 것은 독자들의 현명한 판단에 맡기고자 한다.

(2011년 8월 이소영)

12. 현숙한 아내 정의 내리기

— 케이 기본스, 『잭 스토크스의 아내』, 2011

왜 현숙한 아내인가?

『잭 스토크스의 아내』(1989)는 1997년 10월 오프라 윈프리 북클럽에서 "이달의 책"으로 선정된 이후 한 달도 지나지 않아 삼백만 부 이상 판매된 케이 기본스의 두 번째 소설이다. 기본스는 불우한 가정환경에서 벗어나 진정한 가족을 찾아 나서는 소녀 이야기를 그린 데뷔작 『엘렌 포스터』로 문단의 찬사와 독자들의 사랑을 동시에 얻었다.

『잭 스토크스의 아내』에 대해 이야기하기 위해서는 먼저 원제인 "현숙한 아내(A Virtuous Woman)"의 의미를 짚고 넘어가지 않을 수 없다. 왜 20세기 끝자락에 오래되고 고색창연하며 아내를 "가정의 천사"로 유도한다는 오해를 받을 수 있는 구절을 과감하게 소설 제목으로 정했을까? 혹시 고도로 발전한 문명시대에도 여전히 여성에게 강요되는 현숙한 아내라는 덕목을 은근히 풍자하고 비판하려는 것일까? 이는 이 소설이 남녀 관계, 부부관계를 탐색한 작품이라는 점에서 특히 주목할 만하다.

작가는 제사로 『구약성서』 「잠언」 31장을 인용하고 있다. 「잠언」은 주지하다시피 수천 년 된 유대 민족의 대표적 지혜 문학(wisdom literature) 중 하나다. 우선 "현숙한 아내는 루비보다 훨씬 귀하다"라는 표현이 나오는데, 여주인공 이름 루비는 바로 여기에서 착안한 것 같다. 제사에 인용된 부분 전체를 자세히 살펴보면 "현숙한 아내"는 남편과 가족뿐 아니라 동네(지역사회)의 여러 사람에게까지 두루두루 인정과 덕을 베풀어 사랑과 존경을 받는 여인이다. 그러니 이를 굳이 아이러니로 볼 필요는 없지 않을까? 그보다는 급진적이고도 과격한 페미니즘의 황폐화된 모습을 비판하고 새로운 형태의 페미니즘, 돌봄의 페미니즘을 주창하려 한 것으로 보는 것이 타당할 것 같다.

새로운 형태의 관계 맺기

유복한 중산층 집안에서 막내딸로 고이 자란 루비 피트 우드로는 열여덟 살에 망나니 같은 이주노동자와 눈이 맞아 가출해 결혼한다. 그와의 결혼은 이 년도 못가서 곧바로 파국을 맞고, 바람둥이 남편은 만취해 싸우다가 입은 상처 때문에 죽는다. 현실감각도 경험도 없이 환상만을 좇던 철부지가 마주하게 된 젊은 과부로서의 밑바닥 삶을 루비가 어떻게 영위해 나갈 것인가? 루비는 자신보다 신분적으로 하층민이며 마흔 살이 넘은 눈 깜빡이 노총각 잭 스토크스와 재혼한다. 나이 차이가 스무 살이나 되고 신분이나 교육수준, 외모로도 결코 어울릴 것 같지 않은 커플이지만, 결혼생활이 지속할수록 루비는 지난날의 어리석음에 대해 속죄하고 자존심과 정체성, 감수성을 되찾아간다. 가난하고 교육도 제대로 받지 못한 2등 시민 잭 역시 늦깎이 결혼으로 부부간의 관심과 돌봄을 통해 이전의 상처와 아픔을 회복시키며 충성심과 온화함을 얻는다. 이로써 루비와 잭은 통념적이고 고식적인 부부관계를 넘어서는 관계, 다시 말해 서로 돕고 화해하는 창조적 인간관계를 새롭게 구축한다.

이는 남녀 관계를 넘어 모든 인간관계로 확대 적용할 수도 있을 것이다. 이들 부부 사이에는 좀처럼 아이가 생기지 않지만, 루비는 준이라는 이웃의 아이를 친딸처럼 사랑으로 돌보고 잭도 준의 아버지 버를 친아들처럼 생각한다. 우리가 자아 중심에서 벗어나 이웃이라는 타자를 향해 적극적으로 나아갈 때, 다시 말해 좁게는 가까운 이웃인 부부와 부모 자식 관계, 넓게는 나와는 관계없을 것 같은 다른 나라 사람들, 그리고 인간 세상뿐 아니라 타자로서의 자연을 향한 배려와 돌봄과 사랑이 생겨날 수 있다. 영원히 여성적인 것만이 인류를 구원한다고 했던가? 고통 속에서 또 다른 생명을 잉태하고 분만하고 수유하고 양육하고 돌보는 여성적 원리는 급진적인 페미니스트들의 주장과 달리 결코 "저주"가 아니라 "축복"인 것이다.

대립적 이미지와 교차적 서사구조

『잭 스토크스의 아내』에서는 수많은 대조가 싱싱한 물고기 비늘처럼 빛난다. 소설 속의 세계는 아내(여자)와 남편(남자), 죽음과 삶, 농장 지주와 이주 노동자, 젊은이와 늙은이, 부모와 자식, 신앙과 불신앙, 지혜로운 아내와 어리석은 아내, 딸과 아들이 서로 대립하는 세계다. 특히 잭과 루비와 극명하게 대비되는 버와 타이니 프랜 부부는 주목할 만하다. 무엇보다도 이 부부는 사랑 없이 이해관계로 얽힌 사이다. 타이니 프랜은 남편과 아이를 제대로 사랑하지 못하는 데다가 이기적이고 고집불통으로, 그녀가 보이는 아들에 대한 사랑마저 집착에 가깝다. 그런데 이처럼 대립적인 이미지는 그저 무질서하게 놓인 것이 아니다.

작가는 이 소설의 전개를 독특한 대화 방식으로 이끌어간다. 1장은 남편 잭의 시각으로 시작하고 2장은 아내 루비의 시각으로 전개해, 홀수 장은 계속해서 잭이, 짝수 장은 루비가 일인칭 직접화법으로 이야기를 진행시킨다. 다만 마지막 장인 16장에서는 주요인물들이 차례로 등장하면서 3인칭 전지 화법으로 마무리된다. 작가가 이렇게 교차 방식의 서사구조를 택한 이유는 독자와의 소통을 위해서일 것이다. 3인칭 전지적 시점을 취하는 대부분의 근대 소설들은 독자에게 작가의 시각을 강요하는 반면, 이 소설은 모든 것을 독자에게 맡긴다. 다시 말해 독자를 대화에 초청하고 참여하게 하여 그들 스스로 느끼고 배우고 판단하게 하는 것이다. 이러한 소설 쓰기 방식은 작가와 독자뿐 아니라 등장인물과 독자 사이에 관계를 수립하여 대화가 시작되게끔 유도한다. 이는 작가–작품–독자 사이의 삼각관계에 일종의 대화적 상상력을 불어넣는다. 이렇게 되면 소설을 읽고 흐름을 따라가는데 그치던 독자의 수동적 자세가 능동적으로 변해 소설의 의미를 만들어 가는 과정에 독자가 역동적으로 참여할 수 있게 된다. 이 과정을 통해 모든 관계는 수행적이며 민주적인 관계로 발전되어 각 주체 사이에 소통과 조화의 관계가 수립된다.

기독교 비판과 사랑의 실천

이 소설에서 노골적으로 전개되는 루비와 잭 부부 그리고 세실 스팽글러라는 평신도 전도사의 논쟁을 통해 이루어지는 기독교 비판의 진정한 의미는 무엇인가? 일단 표면적으로는 제도권 교회에 대한 비판이다. 남편 잭이 격렬하고 충동적인 비판자인 데 비해 아내 루비는 좀 더 합리적 비판자라는 차이는 있지만, 이들은 한결같이 근본주의 기독교와 교조적인 독선, 강박적

광신을 비판하고 조롱한다. 특히 지옥의 심판을 강조하는 일부 광신자들의 협박적인 전도와 가르침에 반발하며 그들의 위선적 태도를 고발한다.

그런데 이 부분은 겉으로는 경직되고 형식화된 기독교를 비판하는 것처럼 보이지만, 실제로는 서로를 배려할 뿐 아니라 이웃을 정성으로 돌봄으로써 기독교 최고의 행동지침인 사랑을 실천한다. 믿음, 소망, 사랑 중에 제일은 사랑이라고 했듯이, 그 수많은 종교적 제도, 의식, 교리에 사랑의 수고와 실천이 없다면 무슨 의미가 있겠는가? 비록 의식과 교리는 없지만 루비와 잭은 삶 속에서 몸과 마음을 다해 실제적이고 구체적인 사랑의 실천을 보여줌으로써 잘못된 종교에 저항한다. 결국 이 소설은 기독교 자체를 근본적으로 비판한다기보다 기독교의 본질인 사랑을 잃어버리고 제도화되고 교조적인 잘못된 기독교를 비판하는 것이다.

인간은 땅으로 돌아간다

비교적 짧은 이 소설의 주제는 크게 여주인공 루비의 죽음, 나이와 계층을 초월한 결혼, 신앙과 종교의 차이로 볼 수 있다. 결혼의 행복을 만끽하던 남자 주인공 잭은 소설 후반부에 가면 아내의 죽음이 가져온 이별로 큰 충격과 슬픔에 빠져 사랑했던 아내에 대한 기억과 추억으로 간신히 연명할 뿐이다. 이때 버는 애정 없이 타협으로 이루어진 결혼에서 얻은 토지 일부를 잭에게 넘겨준다. 인간에게 땅의 의미는 어느 사람도 부인할 수 없지만, 특히 미국 남부의 가난한 하층민 백인에게 땅이란 재산 이상의 의미가 있다. 땅과 아내는 남성들에게 언제나 되돌아가고 의존할 수 있는 평화의 원천이다.

"땅의 영"으로 흔히 표현되기도 하는 땅은 잭에게 루비의 남편이라는 정체성 상실로 인한 허탈감을 보완해주는 정신적 등가물이다. 땅은 잭에게 여성과 마찬가지로 생명을 주고 구원을 가져다주는 상징물이다. 땅에서 우리는 생존에 필요한 모든 것을 얻는다. 이제 잭은 더는 소작농이 아니라 땅의 주인이 되었다. 홀로 남은 잭에게 땅은 토지의 여신이 된 루비의 환유다. 남편이 외롭고 고단한 삶을 연명하다 탈진하게 되자 죽은 아내 루비는 곧바로 그의 환영 속에서 되살아나 남편에게 새로운 힘과 용기를 불어넣는 구원자이자 수호천사로 새롭게 자리매김한 것이다. 오프라 윈프리가 말했듯이 이것이야말로 "우리가 기다려온 사랑 이야기"였다. 전혀 어울릴 것 같지 않던 부부가 살아서나 죽어서나 "돕는 배필"이다. 결국, 부부관계를 넘어 남녀 관계 나아가 모든 인간관계란 루비와 잭과 같이 돌봄과 사랑의 상호 관계가 형성되어야 길지 않은 우리의 삶 속에서 평화와 행복을 조금이나마 맛볼 수 있지 않겠는가.

번역은 무엇보다도 사랑의 수고다. 지금까지 수십 권의 이론서와 문학작품을 번역했지만 이번처럼 좌절하고 고통스러웠던 적은 드물었다. 비교적 표준어를 쓰는 중산층 출신 루비와 달리, 제대로 교육받지 못한 잭 스토크스의 성격을 드러내기 위해 작가가 전략적으로 미국 남부 사투리와 비문법적 구문을 빈번히 사용했기 때문이다. 미국 남부 영어에 대한 경험이 별로 없는 역자로서는 이번 번역이 악전고투의 전투장이었다. 번역가의 책무랄까 작은 사명감이 역자를 지탱시켜주었다. 기이한 언어와 괴팍한 말투를 자연스러운 한국어로 제대로 옮기지는 못했지만, 그래도 거창하게 말해서 독자들에 대한 사랑이 아니었다면 번역가로서의 책무를 끝낼 수 있었을까 조심스레 생각해본다.

(2010년, 이소영)

13. 미국 남부의 모계가족 공동체의 실험과 성과

— 케이 기본스, 『참 쉬운 인생』, 2011

『참 쉬운 인생』의 여성주의는 일반 독자들에게도 분명하다. 이 세상에서 자신들의 위치를 만들어 가는 개성 강한 세 여자를 중심으로 이 소설은 여성 독자들에게 역할모델을 창출해내는 여성주의 성향을 잘 보여준다. 이 여자들은 결코 남자들에 대해 열등감을 느끼지 않고 오히려 남자보다 더 우수하다는 것을 드러낸다. 그렇지만 이 세 여자는 각기 미국의 남부 여자들을 위하여 서로 다른 가능성을 생생하게 보여준다. 한 명은 반란자로, 또 한 명은 비교적 전통적 여성으로, 그리고 궁극적으로 마지막 한 명은 서로 다른 두 형태에서 최선을 조합해내는 여성으로 그려진다.… 그러므로 이 소설은 여성들의 삶을 위해 여러 가지 가능성을 보여주면서 궁극적으로 일과 사랑을 결합할 수 있는 해결책을 제시한다.

— 메어리 드마르, 『케이 기본스―비평 안내서』, 2003

케이 기본스는 주로 미국 남부의 여성 문제를 문학 제재로 다루는 소설가다. 1993년 발표한 『참 쉬운 인생』이라는 특이한 제목의 소설은 기본스의 네 번째 소설로, 어떤 의미에서 앞서 발표한 소설들의 연장선에 있는 연작 소설로 볼 수 있다. 자서전적 소설 『엘렌 포스터』(1987)의 주인공은 어린 소녀고, 두 번째 소설 『잭 스토크스의 아내』(1989)는 젊은 부인 루비의 이야기며, 본 소설은 주인공이 노부인이다. 어린 소녀, 젊은 부인, 노부인이라는 세대

별 여주인공을 중점적으로 다루었다는 점에서 이 작품들을 삼부작이라고 말할 수 있다.

모계가족 공동체의 실험과 성과

『참 쉬운 인생』은 주인공 "찰리" 케이트의 외손녀 "마거릿"이 서술자가 되어 소설을 전개하는 1인칭 소설이다. 마거릿은 자신이 태어나기 전인 외할머니의 결혼 시절부터 친근하게 비교적 객관적으로 이야기를 진행해 나간다. 남자 부재의 가정(외할아버지도 없고 아버지도 없는 가정)에서 외할머니, 어머니, 나의 모계 여성 3대가 탈 가부장의 가정 공동체라는 독특한 구조를 이루며 살아간다.

세 여인은 기본적으로 서로 의지하며 살아가지만 그중 가장 중심적이고도 선도적 역할은 자수성가한 외할머니 찰리 케이트 버치가 맡고 있다. 미국 남부의 농촌 지역에서 태어난 할머니는 정규교육도 별로 받지 못했고, 스무 살에 결혼한 남편은 바지선을 운전하는 하층민이다. 그러나 그녀는 믿기 어려울 정도로 매사에 적극적이고 진취적이며 학구적이어서 시대를 앞서나간다. 쌍둥이 여동생 커밀리어 가족의 연쇄 자살로 상심한 할머니는 고향을 떠나 노스캐롤라이나의 롤리라는 도시로 이주한다. 하지만 대도시 생활에 적응하지 못한 채 아내의 승승장구하는 모습을 바라만 보던 처량한 남편은 가출하여 다른 여자와 살림을 차린다. 그리고 혼자서 키운 딸 소피아는 졸부의 아들과 결혼하는데, 찰리는 사위를 못마땅하게 여겨 시집간 딸 집에 발걸음도 하지 않는다. 그러던 중 사위가 외도를 일삼다가 뇌출혈로 사망하자 할머니는 딸 집으로 들어가 같이 살면서 명실공히 3세대 여성 공동체 생활이 본격적으로 시작된다.

이 모계가족 공동체는 미국 남부의 과거와 전통을 기억할 만한 것으로 만드는 동시에 새로운 도시적 삶의 양식을 구축하여 1930년대 대공황시대와 2차 대전을 겪는 척박한 시대에 앞서가는 진취적 여성들의 모습을 보여주고 있다. 소설 끝 무렵에 소피아는 재혼하여 신혼여행을 떠나고 마거릿은 신실한 남자친구를 만나서 사랑에 빠진다. 바로 이 시점에서 1세대 주인공 찰리는 소파에 앉아 조용히 숨을 거둔다. 이로써 특별한 여성 공동체는 마감되나 그 실험의 성과는 적지 않다. 이 공동체를 통해 노년 세대, 중년 세대, 청년세대 여성들이 정체성을 찾고 주체성을 형성해 나가기 때문이다.

1900년대 초반 스케치 그리고 신여성

시골 마을에서 조산원으로 이름을 날리던 찰리 케이트는 도시에서도 자격증이나 허가증 하나 없이 여러 가지 의료시술은 물론이고 심지어 치과 치료에도 손을 댄다. 일찍이 계급적 차별이나 종족적 편견에서 벗어난 찰리는 가난한 백인, 흑인, 토착 인디언 등 모든 사람을 향해 평등하게 의술을 펼친다. 그녀의 집은 언제나 다양한 사람들로 북적이고 딸 소피아와 외손녀 마거릿은 간호사 역할을 한다. 이런 맥락에서 볼 때 찰리 케이트는 1930년대 미국의 경제 대공황과 2차 대전이라는 궁핍한 시대에 독립적 사고와 강한 의지를 지닌 "신여성(New Woman)"임에 틀림없다.

이에 대한 논의에 앞서 우선 할머니의 이름부터 살펴보자. 본명은 "클라리사"(Clarissa)지만 그녀는 자신의 이름을 "찰리(Charlie)"로 바꾸어 부른다. 무슨 이유일까? 이처럼 이름을 바꾸는 데에는 깊은 의미가 함축되어 있다. 원래 "클라리사"는 18세기 영국의 소설가 새뮤얼 리처드슨의 서간 소설 제목이자 여주인공 이름으로 유명하다. "한 젊은 부인의 이야기"라는 부제가 붙은 이 소설에서 클라리사의 상대인 남주인공 이름은 "러브리스 (Lovelace)"다. 그는 귀족 출신 미남이지만 지독한 바람둥이고 그 이름의 발음이 loveless(사랑이 없는)와 같다는 점에 유의해야 한다. 러브리스는 클라리사를 납치하다시피 끌어다 동침을 요구하고 결국에는 약을 먹여 성폭행하기에 이른다. 후에 클라리사는 그 수치심 때문에 자살하고 그녀의 사촌 모던 대령이 그를 응징하고자 결투를 신청하여 러브리스를 죽이는 것으로 끝나는 비극이다. 아마도 할머니는 클라리사처럼 나약하고 수동적이어서 결국은 남자에게 의미 없이 희생당하는 지극히 여성적인 이름이 싫었을 것이다. 그래서 남자 이름인 "찰리"(찰리는 찰스(Charles)의 애칭)를 스스로 선택해 아내와 가족을 사랑하지 않고 외도를 일삼는 남편(그리고 그런 부류의 수많은 남자)에 대항하여 독립적 이미지를 지니고 싶었는지도 모른다.

3세대에 걸친 이 여인들은 크게 보아 한 집안에서 서로 협력하며 잘살고 있으나 그들 사이의 미묘한 차이는 분명하다. 찰리는 현실적이고 실제적이어서 시대의 흐름을 읽고 사회의 변화를 인식해 그에 따라 살아가지만, 소피아는 낭만적이고 매사에 소극적인 편이어서 엄마 찰리와 보이지 않는 긴장 관계를 만든다. 소피아의 딸이자 찰리의 외손녀 마거릿은 일방적으로 한쪽 편을 들지 않고 비교적 차분하게 중립을 지키려고 하지만 외할머니에게 더 끌리는 것이 사실이다. 마거릿은 두 사람 걱정으로 대학진학도 연기한 채 할머니의 전통 민간의술뿐만 아니라 긍정적인 생활 태도를 배운다. 선각자적인 할머니는 치유의 사제처럼 가족과 이웃에게 신체적 치유는 물론 정신적 관계 회복까지도 가져다준다. 도시로 이주한 후 지역사회의 불합리한 의료제도 등 크고 작은 사회문제들까지 해결해나가며 언론의 찬사를 받는 할머니는 척박한 환경에 굴하지 않는 개혁가로 보아야 할 것이다.

한편 이 소설에서는 여성의 삶과 결혼이라는 주제가 두드러지게 나타난다. 서술자 마거릿의 시각에서 보면 외할머니와 어머니의 결혼은 실패작이다. 집을 떠났던 외할아버지가 어느 날 갑자기 찾아와 할머니와의 재회가 이루어지지만, 그것은 이틀 만에 끝난다. 이 만남은 재결합을 위한 것이라기보다 무책임한 남편과의 관계를 마지막으로 정리하고 완전히 결별하기 위한 절차인 것 같다. 어머니의 남편인 마거릿의 아버지도 빈번한 음주와 혼외정사로 가정에 충실하지 않았다. 이는 미국 남부 소도시의 많은 남성이 1930년대의 대공황과 미국이 참전한 2차 대전으로 이어지는 어수선한 변화의 시대에 제대로 적응하지 못했던 현실을 반영한 것인지도 모르겠다. 이 소설은 겉보기에는 비정상적 부부생활을 묘사하고 있으나 오히려 건강하고 정상적인 서로 "돕는 배필"로서의 부부관계의 중요성을 강조한다. 할머니는 비록 자신의 결혼생활은 실패했지만 궁극적으로 딸과 외손녀는 화목한 부부관계에 토대를 둔 가정을 만들어나가기를 원하며 적극적으로 돕는다.

인종과 계급을 초월한 사회적 약자에 대한 시선

남부가 배경인 소설에서 인종 문제와 계급문제가 등장하는 것은 자연스러운 일이다. 그런데 이 소설의 주인공 찰리는 백인이지만 인종차별주의에서 완전히 벗어난다. 그녀는 백인, 흑인, 토착 인디언을 구별하지 않고 미국 사회의 다문화적인 혼종성을 받아들인다.

인상적이게도 소설 첫 장면부터 찰리 가족은 백인들에게 린치를 당해 나무에 매달려있는 흑인 남자의 목숨을 구해준다. 또한, 도시로 이주해 온 주인공 찰리는 자기가 속한 지역의 백인 하층민들을 선도한다. 시 당국에 요청하여 보도블록도 깔고 양변기 사용법도 가르쳐준다. 찰리는 흑백, 남녀, 귀천을 가리지 않고 주변부 타자와 약자들을 돌본다. 백인 우월주의 집단인 흑인암살단체 KKK와도 소통하고 물에 빠져 익사 직전인 흑인 남자를 구조하기도 한다. 그러나 할머니가 인종차별주의를 타파하기 위한 노력의 백미는 가난한 흑인 여성의 아이를 실명에 이르게 한 의료사고를 저질러 놓고도 아무런 배상이나 잘못을 인정하지 않는 백인 의사와의 투쟁이다. 인종차별주의자이자 오만한 백인인 이 의사는 의료 과실을 밝혀낸 할머니 앞에 결국 굴복하고 조기 은퇴를 하게 된다. 이 일을 계기로 할머니는 이 지역에서 정의의 투사로 주목받는다.

이 소설에서 보여주는 또 다른 특이한 이야깃거리는 민간전승, 풍속, 전설, 설화에 관한 흥미로운 내용이다. 남부 사람들의 민속 생활양식 중 하나는 민간치료요법으로, 찰리는 자연 약재를 사용하는 약초치료법 등 다양한 민간요법을 사용하면서 근대의학 기술도 접맥하고자 노력한다. 부적이나 오줌 그리고 흰 고양이 꼬리 등을 이용하는 이 지역주민들의 다소 기괴한 치료 방법들도 작품에 등장한다. 작품에서 인상적인 "일곱 번 결혼한 사팔뜨기 흑인 여자가 보름달이 환히 비추던 날 한밤중에 묘지에서 잡은 흰 토끼의 뒷발"로 만든 행운의 부적은 찰리가 목숨을 구해준 흑인 남자가 감사의 표시로 찰리에게 건네준 것으로, 할머니의 놀라운 명성의 출발점인 동시에 마거릿의 사랑의 매개가 되기도 한다.

또 한 가지 주목할 부분은 특이한 죽음의 의식이다. 사망 직후 창문 커튼을 치고 거울을 천으로 가리고 시계를 정지시킨다. 이런 의식들은 죽은 자에 대한 최후의 예의인 것 같다. 그리고 죽은 후 입에서 거품이 많이 나오면 살아있을 때 할 말도 제대로 못 하고 불행하게 원망으로 가득 찬 삶을 살았다는 것을 보여주는 표시로 여긴다. 이런 맥락에서 찰리가 깨끗하게 숨을 거둔 것은 평소에 활달하게 자신의 의견을 솔직하게 표현하고 적극적으로 가난하고 약한 사람들을 도왔던 정갈한 생활의 결과라고 볼 수 있겠다. 마거릿은 할머니가 돌아가시자 민간전통(folklore)을 그대로 수행한다. 할머니 세대의 관습과 기억들이 손녀딸에게 소중하게 받아들여진다는 것은 그만큼 할머니에 대한 사랑과 존경의 표현이 아니겠는가?

독서를 통한 연대

끝으로 이 소설에서 꼭 짚고 넘어가야 할 사항이 있다면 그것은 독서와 교육에 관한 작가의 믿음이다. 이 작품에서는 남부의 백인 여성 3대가 공동체 생활을 하면서 끊임없이 책을 읽고 서로 읽어주기도 하고 토론하는 모습을 볼 수 있다. 실제로 할머니는 지나간 의학 서적이나 잡지를 읽고 새로운 의술을 습득한다. 그들은 고전뿐 아니라 1930~40년대 미국에서 출간된 최신 문학 작품들도 같이 읽고 토론한다.

특히 1936년 출간되어 남부뿐 아니라 전 미국에서 선풍을 일으켰던 마거릿 미첼의 『바람과 함께 사라지다(Gone with the Wind)』가 중요하게 다루어지는데, 찰리는 이 영화를 관람하다가 내용이 너무 감상적이고 천편일률적이라고 비판한다. 이는 영화라는 새로운 예술 매체에 대한 반응일 수도 있지만, 작품 속의 인종차별주의 때문일지도 모른다. 이 밖에도 이 작품에서는 20세기 초 미국문화를 장악했던 수많은 작가와 작품이 언급된다. 월터 스콧과 마크 트웨인, 어니스트 헤밍웨이, 윌리엄 포크너, 버지니아 울프, 스콧 피츠제럴드 등에 대한 주인공들의 애정과 비판, 열띤 토론을 지켜보는 것도 이 소설이 주는 즐거움 중 하나다.

중요한 것은 이 3세대가 함께 모여 살면서 독서공동체를 형성하여 끊임없이 지식을 습득하고 서로 생각들을 교환하며 토론하는 새로운 여성연대가 구성되었다는 점이다.

이번 소설은 『엘렌 포스터』와 『잭 스토크스의 아내』보다는 남부 방언이나 비문법적 표현이 적은 편이다. 서술자 마거릿이 정규교육을 받았으므로 영어가 거의 표준어에 가깝기 때문이다. 이 작가는 소설의 제재와 등장인물 등에 따라 차이를 두고 문체를 사용한다. 이번 번역 과정의 갈등은 얼마나 오역이나 졸역을 피하면서 자연스러운 한국어로 옮기느냐의 문제였다. 허나 한국화의 수위도 문제일 것 같다. 너무 자연스러우면 외국소설이나 등장인물이 가지는 타자성 또는 낯섦의 효과를 상실할 수도 있기 때문이다. 번역 텍스트 안에 건강한 긴장이 주어진다면 가장 이상적이겠지만 이런 경지는 이루기 쉽지 않은 고난도 작업일 것이다. 인내심을 요구하는 번역 과정에서 쉽게 풀리지 않는 구절들을 만날 때마다 언제나 기꺼운 마음으로 도움의 손길을 내미는 미국 문학을 전공한 큰딸 혜연에게 이 자리를 빌려 고마움을 전한다.

(2011년 4월 이소영)

14. 문학적 상상력으로 그려낸 선함과 사랑의 가치

— 찰스 디킨스, 『올리버 트위스트』, 2013

찰스 디킨스가 젊은 시절에 쓴 소설 『올리버 트위스트』는 1837년부터 다음 해까지 2년 동안 문예 잡지에 연재한 내용을 책으로 출간한 작품이다. 디킨스는 『올리버 트위스트』 3판 서문에서 "나는 작은 소년 올리버를 통해 모든 역경 속에서 살아남고 결국은 승리하는 선(善)의 원리를 보여 주고 싶다."라고 분명히 선언했으며, 그의 이런 의지는 매우 성공적인 결과로 이어져 오늘날까지 전 세계 많은 독자에게 깊고도 따뜻한 인상을 남겼다.

주인공 올리버는 고아 소년으로 빈민보호소의 냉혹한 환경에서 자란다. 어느 날 런던으로 가게 된 올리버는 빈민굴 아이들에게 소매치기를 시키는 악당 페이긴에게 끌려가 온갖 역경을 겪게 된다. 올리버는 소매치기 죄를 뒤집어쓰고 체포되는가 하면 자신을 범죄에 끌어들이려는 페이긴 일당의 음모에 휘말리기도 하고 총에 맞아 죽을 고비를 넘기기도 한다. 다행히도 부유하고 친절한 브라운로우 씨의 도움을 받아 악당들의 협박을 물리치고 가족을 만나 평화로운 행복을 누리게 된다.

올리버가 보호소 소장을 올려다보며 죽 그릇을 내밀었다.
"소장님, 제발 조금만 더 주세요."

한동안 소장은 아무 대답이 없었다. 잠시 후 그는 얼굴이 새하얘져서 낮게 신음하듯 말했다.

"더 달라고?"

곧 하얗게 질렸던 얼굴이 벌겋게 변했다.

"더 달라고?"

소장은 올리버의 목덜미를 거칠게 움켜쥐고 다시 소리를 질렀다.

"범블 씨, 당장 이리 와 보세요. 얘가 죽을 더 달랍니다!"

범블 씨는 달려와 올리버를 끌고 보호소 이사들에게 데려갔다. 그들은 올리버가 다른 아이들에게 나쁜 영향을 끼칠지도 모른다며, 올리버를 즉시 다른 곳으로 보내기로 결정했다.

빅토리아 여왕이 통치하던 19세기 영국은 산업혁명의 결과로 번영을 누리고 있었으나 사회문제도 많이 생겨났다. 돈 많은 부자들과 돈에 쪼들리는 가난한 사람들의 격차가 점점 벌어졌고, 도시에서 비참하게 살아가는 빈민과 부랑자가 늘어날수록 범죄도 증가하였다. 그래서 가난한 사람들을 범죄자처럼 바라보는 분위기였다. 이런 영향으로 가난한 사람들을 수용하는 빈민보호소는 죄수 수용소와 크게 다를 바 없었고, 다른 사람의 돈을 빌렸다가 갚지 못하면 그대로 채무자 감옥에 갇히기도 했다. 가난한 집안의 아이들은 살기가 더욱 어려워 빈민보호소 고아원에서 지내며 교육도 제대로 받지 못했으며, 일부 아이들은 품삯도 제대로 못 받고 일하기도 했고 도둑질이나 소매치기 등 나쁜 일에 내몰리기도 했다.

디킨스는 이런 시대를 살아가는 인간들을 다양하고도 사실적으로 그려낸 뛰어난 이야기꾼이었다. 그는 특히 아이들을 지극히 사랑했다. 그의 소설 세계를 떠받치는 한 축이 사랑스럽고 어리석고 서투른 말썽꾸러기에, 장난기 많고 장래성 밝은 아이들이라고 해도 무방할 정도다. 디킨스의 『올리버 트위스트』도 바로 그런 이야기 중 하나다. 그는 이 작품을 통해 당시의 불공

평하고 정의롭지 못한 사회를 고발하는 한편 그 속에서 순수함과 용기를 잃지 않고 끝내 도덕적이고 인간다운 가치를 지켜 낸 올리버의 모습을 감동적으로 그렸다.

> "제발 제게 도둑질을 시키지 마세요. 다른 건 다 할게요. 나쁜 짓만은 시키지 마세요."
> 올리버는 두려움으로 온몸을 부들부들 떨면서 말했다. 하지만 아무리 애원해 봐도 누구 하나 콧방귀도 뀌지 않았다. 오히려 일을 망치면 가만두지 않겠다는 협박만 되돌아올 뿐이었다.

디킨스보다 조금 앞서 살았던 영국의 낭만주의 시인 퍼시 B. 셸리는 그의 책에서 상상력과 사랑의 관계에 대해 이렇게 말했다. "사람이 크게 착해지기 위해서는 강렬하고 폭넓은 상상력을 작동시키지 않으면 안 된다. 다른 사람의 처지에 자신을 놓아보지 않으면 안 된다. 동포의 괴로움이나 즐거움도 자기의 것으로 삼지 않으면 안 된다. 도덕적인 선의 위대한 수단은 상상력이다." 즉 사람들이 풍부한 상상력으로 다른 사람의 아픔과 고난에 대해 그려본다면 저절로 그들을 돕기 위해 노력하고 사랑을 실천하게 된다는 뜻이다. 어쩌면 디킨스는 이 같은 사실을 통찰하고 사람들의 공감을 끌어내기 위해 작품을 썼는지도 모른다. 그가 의도하지 않았더라도 그의 작품을 읽은 사람들은 그의 상상력을 통해 그려진 세계에 공감했을 것이다.

디킨스는 많은 작품을 통해 누구보다도 적극적으로 사회의 문제에 대해 말하고 가난한 이들의 아픔에 공감하며 또 그런 아픔을 넘어서는 희망의 메시지를 전한 작가다. 그의 소설이 우리에게 주는 감동과 교훈 때문에 당시 빅토리아 여왕부터 이름 없는 어린이에 이르기까지 많은 사람이 그의 소설을 사랑했고 디킨스는 지금까지도 "영국 최대의 문호"로 불리고 있다.

(2012년, 정정호)

15. 포스트 식민주의 시대의 지속 가능한 국민국가 건설 이야기

— 치누아 아체베, 『사바나의 개미 언덕』, 2015

> "그러니까 이야기꾼은 위험을 초래하기 때문이지요. 그들은 모든 통제의 달인들에게 위협이 되고 국가, 교회나 회교 사원, 정당회의, 대학 또는 그 어디에서든지 인간 정신의 자유권을 빼앗는 사람들의 간담을 서늘하게 만들지요."

> "작가들은 결코 처방책을 내놓지 않아요. 그들은 다만 두통거리만 내놓죠."

『사바나의 개미 언덕』은 "아프리카 문학의 수립자"라는 평을 받은 나이지리아 작가 치누아 아체베의 다섯 번째이자 마지막 장편 소설이다. 아체베는 아프리카 대륙에서 서구 식민제국주의 지배가 물러난 다음 새로 건설된 국민국가에서 야기되는 다양한 문제들을 다룬다. 전 세계적으로 최고 작품이라고 손꼽히는 그의 첫 번째 소설 『모든 것이 산산이 무너지다』(1958), 두 번째 소설 『더 이상 평안은 없다』(1960), 그다음 『신의 화살』(1964)과 『민중의 사람』(1966)을 계속 출간한 아체베는 20여 년 동안 장편 소설 쓰기를 중단하고 오로지 단편소설, 시, 아동문학, 평론, 에세이집만을 펴냈다. 왜 그랬을까? 그것은 아체베 자신이 깊이 연관된, 나이지리아 동부에 비아프라 공화국을 세우기 위한 비아프라 전쟁(1967~1970) 때문이었다. 결국 실패로 끝난 이 공화국의 공보처 장관을 역임한 아체베는 아마도 오랜 서구 제국주의의 후유증 속에서 격변하는 새로운 포스트 식민주의의 문물 상황들에 대한 합리적 분석이라든지 대응책 마련에 큰 혼란을 겪었을 것이다. 이 기간이 아마도 아체베에게는 아프리카에 알맞은 새로운 국가 건설 전략을 수립하기 위한 긴 숙려기간이었을 것이다.

1983년 아체베는 『나이지리아의 문제점』이라는 논쟁적 책자를 통해 이 나라의 정치 경제 사회 문화의 다양한 문제점을 지적한 바 있다. 오랜 침묵 끝에 출간된 『사바나의 개미 언덕』이 주목받아야 하는 이유는 군사쿠데타와 내란, 부정부패, 정치적 압제 등의 악순환을 거듭하고 있는 신생 아프리카 국가 수립에 대한 새로운 가능성을 오랜 사유를 통하여 탐색하고 있기 때문이다. 이런 제3세계 신생국가의 혼란과 무질서 현상은 아프리카 대륙만의 문제가 아니라 서구형 제국주의의 착취와 식민주의의 수탈이 낳은 전 지구적 후유증이었다.

이 작품에서 노정된 민주적 국민국가 건설의 문제들은 어느 시대, 어느 지역에서든지 찾을 수 있는 보편적 문제다. 좀 더 일반화시킨다면 인간의 권력에 대한 의지와 욕망, 서로 다른 계층 간의 언어적 의사소통 부재로 인한 대립과 반목, 종족적 차별과 싸움, 종교 간 관용 부재, 지역 간 차별과 갈등, 이념 투쟁 등 다양하고도 복잡한 현상들은 인간 역사와 문명에 편재해있는 문제들이다. 절대 쉽지 않은 이런 상황 속에서 난제들을 해결하고 변화시키기 위해 실행 가능한 방책은 무엇일까?

『사바나의 개미 언덕』의 배경은 아프리카의 가상 국가 캉안이다. 이 나라는 아체베의 조국인 나이지리아 또는 아프리카의 국민국가 건설에서 여러 문제를 징후적으로 보여주는 전형적 포스트 식민주의 국가다. 아체베는 아프리카 국가들이 서구 제국주의적 식민주의에서 해방되어 새로운 독립 국가를 수립했으나 백인의 통치가 끝난 다음 아프리카인들이 국가 운영을 제대로 하지 못하는 모습을 그리고 있다. 석유 같은 풍부한 천연자원을 국부로 지녔음에도 불구하고 민간정부들의 무능한 국가운영과 부정부패 등으로 국민을 위한 새로운 민주국가로 발전시키지 못하게 되자 군사 엘리트들이 쿠데타를 일으켜 또 다른 군사 독재체제로 전환되는 악순환을 지적한다. 이런 혼란 속에서 엘리트 지식인의 역할과 사명에 대한 깊은 반성이 들어 있다. 현재의 문제점을 과거 서구 제국주의의 나쁜 결과라고만 탓할 수는 없다. 식민주의 수탈과 토착 전통 파괴, 서구식 제도 유입에 따른 후유증을 결코 과소평가할 수는 없지만, 이제는 현 사태의 책임을 아프리카인들이 스스로 져야 하는데 그들은 아직도 국가 운영의 역량을 제대로 발휘하지 못하는 것이다.

캉안의 정치 운영이 파행을 거듭하는 원인은 무엇일까? 이 소설 끝부분에 등장하는 토착민 노인은 그 이유를 "백인이 떠나간 후 캉안에는 너무 많은 문제가 발생했습니다. 계획을 세우는 사람들이 단지 자기 자신과 자기 가족만을 생각하기 때문이지요."라고 말한다. 이와 관련하여 이 소설의 주인공 이켐 오소디의 지적은 한층 더 현실적이다. 아체베의 분신이라고 볼 수 있을 『내셔널 가제트』의 편집장 이켐은 군사 엘리트인 샘과 그의 정부를 강력하게 비판한다. 이켐이 생각하는 "이 정권의 주된 실패는 우리 지도자들이 바로 국가라는 존재의 심장부에서 마음의 상처를 입은 채 고통스럽게 떨고 있는 이 나라의 빈곤층이나 경제적 파산자와 긴요한 연결고리를 확고하게 재확립하지 못"하는 것이다. "각하"라 불리는 샘은 이켐의 중고등학교 시절의 절친한 친구로 영국 육군사관학교를 나왔으며, 무능하고 부패한 민간정부를 무너뜨린 후 최고 권좌에 오른 인물로 종신대통령을 원하는 등 점차 괴물로 변해가고 있다.

이켐에 의하면 이러한 정치 체제하에서 주변부 타자들인 "시골 농민들", "도시 빈민층", "흑인들", "민족적 종교적 소수집단과 계층들"은 "특유의 지옥 생활"을 하고 있다. 그렇다고 혁명으로 억압 계층을 쉽게 해방할 수 있는 것은 아니다. 혁명은 오히려 환멸이나 또 다른 절망을 가져올 수 있기 때문이다. 캉안에서도 특히 낙후되고 소외된 북쪽 지역 아바존 출신인 이켐은 "흙과 더불어 살아가는 사람들"과 연결되고 싶은 열망을 지닌 엘리트 지식인으로 내란 선동의 누명을 쓰고 체포되어 살해당한다. 샘과 이켐의 또 다른 중고등학교 동창인 크리스토퍼 오리코는 샘의 정부에서 공보처 장관으로 일하며 이 두 사람을 중재하려고 노력하지만, 크리스 역시 내란 동조죄로 체포령이 내려지자 이켐 고향인 아바존으로 피신한다.

그러나 장거리 버스 도피과정에서 어린 소녀를 겁탈하려는 술 취한 경관의 총에 맞아 숭고한 죽음을 맞으면서 크리스는 어떤 위원회가 아무리 재능이 뛰어난 사람들로 구성되었더라도 이 세상은 그 위원회가 아니라 이 세상 사람들의 것임을 늦게나마 깨닫는다. 크리스토퍼의 여자친구 비어트리스는 크리스와 이켐의 훌륭한 장점을 "자기조롱"이라고 말한다. 자기 조롱은 겸손과 온유에 이르는 길이며 자신을 비우고 타자들과 소통하고 공감할 수 있는 미덕이기 때문이다. 샘 역시 부하의 모반 행위로 피살당하게 되어 캉안의 최고 엘리트 3인방 모두가 그들의 꿈을 펼치지 못하고 최후를 맞이한다. 그러나 작가 아체베는 남자들의 죽음으로 모든 것을 종결짓지 않고 살아남은 여자들을 통해 지속 가능한 민주적 국민국가 건설에 새로운 가능성을 타진한다.

여자 주인공 비어트리스는 영국 유학을 한 재원으로 크리스의 애인이자 이켐의 친구이고 샘 정부에서 재정부 수석비서관으로 일한다. 혹시 이 이름은 이탈리아의 시인 단테의 『신곡』에서 단테를 지옥에서 구해내는 영원한 구원의 여성 베아트리체를 암시하는 것은 아닐까? 이켐은 살해당하기 전 자신이 "무당" 그리고 "예언자"라고 별칭을 붙여준 비어트리스에게서 여성들에게 주어질 새로운 역할에 대한 통찰력을 얻었다고 그녀에게 고백한다. 아체베는 이전 소설에서 여자들의 능력과 역할에 대해 매우 인색했다는 비난을 받은 후 여자들의 정치적 잠재력에 대해 다음과 같이 말한다. "나의 모든 소설에서 여자의 존재는 항상 뚜렷하다. 생존이 위협당하는 위기에 이르기까지 여자들의 존재는 마치 중요하지 않은 것처럼 보이는데, 이것은 이보 사회의 표면적인 실제 상황이다." 마야 재기는 초판 서문에서 이렇게 밝힌다. "여자들은 점차 정치 문제에 개입하는데, 그것은 일직선은 아니지만 권력을 향한 투쟁이다."

혼자 타는 조개탄보다 여러 개가 함께 타는 조개탄의 빛과 열이 훨씬 강력하고 효과적이듯이, 비어트리스는 궁극적으로 교육수준이나 사회적 지위를 뛰어넘어 상점에서 일하는 하층 계급의 엘레와나 가정부 애거서에게 연민을 느끼고 연대감을 구축한다. 이켐이 살해당한 후 그의 아이를 엘레와가 출산한 후 비어트리스가 그 딸을 위해 마련한 명명식 장면이 이 소설의 절정이다. 캉안에서 이름을 짓는 역할은 으레 아버지의 몫이었고 그것은 한 인간의 정체성 결정의 중요한 과정이다. 비어트리스는 이 아가의 이름을 "길은 결코 닫히지 않을 것"이라는 뜻의 아마에치나로 정하는데, 명명식에 참석한 모든 사람은 이 아기가 캉안의 살아있는 희망이 될 "빛나는 이켐의 길"을 걸어가기를 기원한다. 이 명명식은 이 자리에 참석한 다양한 계층의 여자 남자 모두가 이제 캉안의 미래를 위해 새롭게 태어나 살아남은 자들의 사명을 감당하기로 다짐하는 지속 가능한 희망의 자리다.

소설가 아체베에게 이야기가 중요한 것은 너무나도 당연하다. 그렇지만 거기에만 머무르는 것이 아니라 이야기는 역사의 변화, 사회 개혁, 나아가 인간 구원에 이르는 길이다. "아침에 우는 수탉은 어떤 한 집의 소유물이지만 이 목소리는 동네의 자산입니다"라고 말하는 아체베는 글쓰기, 작가의 중요성을 강조하며 자기 부족에서는 "기억이 최고"라는 뜻의 은코리카라는 이름을 딸들에게 지어준다고 말한다. 이야기는 개인이나 민족에게 기록이며 역사며 살아남는 방식이다. "이야기는 우리의 호위병이지요. 그게 없으면 우리는 장님이에요. (중략) 우리 또한 이야기의 주인이 아닙니다. 그보다는 이야기가 우리의 주인이 되어 우리를 인도하는 거지요."

인간은 서사 충동을 지닌 "이야기하는 동물"이다. 이것이 바로 인간이 동물들과 다른 점이다. 이야기의 내용과 방식은 한 민족이나 국가의 정체성을 나타낸다. 이야기는 한 집단의 지혜로서 기억의 거대한 저수지며 보물창고다. 소설 제목인 "사바나의 개미 언덕"은 어떤 의미를 지니는가? 사바나란 아프리카의 거대한 초원지대로, 큰 나무나 숲이 없고 키 작은 관목만이 간간이 엿보이는 "아바존"과 유사한 황량한 지역이다. 사바나는 난제로 가득 차있는 아프리카 신생 독립국 캉안을 의미하는 것이 아닐까? 개미 언덕은 이 황량한 초원 위에 꿋꿋하게 서서 지켜보며 기록처럼 남아있는 이야기를 상징한다. 이야기는 계속 반복되며 영원하다. 인간은 이야기의 이야기의 이야기를 끊임없이 만들어내며 역사나 문명을 지탱시키고 궁극적으로 인간세계를 지속 가능하게 만든다.

아체베가 이 소설에서 이야기를 이끌어가는 서사 방식은 매우 역동적이다. 여러 주인공의 다양한 시점에 따라 이 소설의 서사 구조가 결정된다. 첫번째 증인으로 크리스토퍼 오리코가 등장하고 두 번째로는 이켐이 등장한다. 그다음에는 비어트리스의 시점이 제시되면서 간혹가다 작가인 아체베가 개입하지만 주로 세 사람의 시점들이 교차로 혼합되면서 이야기가 역동적으로 전개되어 이른바 다성적(多聲的) 소설 형태를 이룬다. 이외에도 남자 주인공 대 여자 주인공, 서구에서 교육받은 사람 대 교육받지 못한 토착민, 서구근대사상 대 토착민의 전통적 지혜(속담, 신화 등)가 거의 모순적으로 혼합되어 있다. 하지만 이런 모순과 불일치는 쉽사리 조화나 통일로 나가는 것이 아니라 그대로 대화적 역동성을 유지한다. 아체베의 대리인 이켐은 "모순은 제대로 이해되고 세심하게 관리만 된다면 발명의 불을 지필 수 있다. 우파든 좌파든 간에 통설은 창조력의 무덤이다."라고 선언한다. "현대 아프리카 문학의 아버지"라 불리던 아체베는 2013년 82세를 일기로 미국 보스턴에서 이 세상을 하직했다.

아체베는 이 작품을 통해 18세기 서구에서 처음 시작된 근대 소설이란 이야기 양식을 다양한 언어들로 변형시킨다. 이 소설에는 등장인물들의 표준영어, 토착민들의 이보어, 그리고 영어와 이보어의 혼합어인 피진 영어가 함께 뒤섞여 있다. 이 소설은 궁극적으로 영어로 쓰인 소설이다. 영어로 소설 쓰기를 포기한 케냐 작가 응구기 와 시옹오는 "아체베는 이보어와 영어의 긴장 상태를 넘어서는 제3의 자리를 만들어냈으며 그것이 그의 창조력의 토대가 되었다. 그의 작품에서는 아프리카의 목소리가 영어로 옮겨가는 것을 느낄 수 있다"라고 극찬한다. 그러나 아체베는 표준영어 구문을 수시로 비틀고 새롭게 조어를 만들어내며 단순한 문장들을 끔찍할 정도로 길게 만드는 악취미가 있다. 이것 역시 아체베의 글쓰기 전략의 일환일 것이고 많은 영어권 독자들에게 새로운 지적 자극과 언어적 흥취를 느끼게 할 것이다.

그러나 식민지 경험을 한 아프리카 작가 아체베의 주체적 글쓰기 전략으로 생산된 이런 복합적 문학작품을 한국어로 옮겨야 하는 번역자에게는 고문일 수 있다. 역자의 고통은 이것으로 끝나지 않는다. 나이지리아 이보 지역의 신화, 격언 등을 풍요롭게 활용하면서 서구방식과 이보 방식을 통 문화적으로 결합하는 고답스러운 방식을 따라가다 보면 아둔한 번역자는 감당하기 쉽지 않은 고통을 넘어 좌절에까지 이른다. 그렇지만 이런 과정은 언제나 번역이라는 사명을 통해 좁게는 아체베와 한국독자들을 위해, 넓게는 세계문학의 세계에 동참하고자 고통과 기쁨을 함께하는 모든 번역자의 "사랑의 수고"가 아니겠는가?

(2015년 4월 이소영)

16. 종말론적 위기에서 생존의 희망을 노래하라

— 마거릿 애트우드, 『홍수의 해』, 2019

문제는 희망을 배우는 일이다. 희망의 행위는 체념과 단념을 모르며, 실패보다는 성공을 더욱 사랑한다. 두려움보다 우위에 위치하는 희망은 두려움과 같이 수동적이 아니며 어떤 무(無)에 갇혀 있는 법이 없다. 희망의 정서는 희망 자체에서 비롯하는 것은 아니다. 그것은 인간의 마음을 편협하게 만든다기보다는 그 마음을 넓혀 준다… 이러한 희망을 찾아내려는 작업은 다음과 같은 인간형을 필요로 한다. 즉 고유의 자신을 되찾으려고 스스로 변모시키며 고유의 자신을 투영하려는 인간형 말이다…삶의 두려움에 대항하여 공포를 뿌리치는 행위는 근본적으로 (겉으로 모습을 드러내고 있는) 두려움과 공포의 근원에 대항하는 행위이다. 그것은 이 세상에 도움을 주는 무엇을 세상 속에서 발견해낸다.

— 에른스트 블로흐, 『희망의 원리』, 박설호 역, 15~16쪽

21세기 초반, 작은 행성 지구에 발을 붙이고 살아가고 있는 인간은 이윤만을 추구하는 나쁜 신자유주의 자본주의와 결과를 책임지지 못하는 과학기술주의의 소용돌이 속에서 조화와 균형을 잃고 허우적대고 있다. 게다가 이산화탄소의 과대한 배출 등으로 인한 지구온난화와 기후변화로 지금까지 겪지 못했던 각종 자연재해를 당하고 있다. 캐나다의 한 소설가는 이런 불길한 파국의 시대 앞에서도 무신경하게 잠에 취해있는 사람들을 깨우고자

펜을 들어 소리치고 있다. 새로운 패러다임 구축을 통해 치유할 수 없는 인간의 오만과 탐욕으로 물들어 있는 이 문명의 가을을 향해 희망의 봄을 노래하고자 감동적 디스토피아 소설을 내놓은 것이다.

소설가 마거릿 애트우드(1939~)는 인간종의 미래와 시들어가는 지구 자체의 운명을 진단해내고자 온갖 노력을 기울인다. 인간이 만들어 낸 문명이라는 질병을 진단한 결과는 무엇일까? 애트우드의 문학적 상상력은 이야기 형식으로 가까운 미래에 대한 예리한 진단을 내놓으면서 그 문제 해결에 독자도 참여하기를 원한다. 그동안 우리 독자들은 상황이 이 지경에 이르기까지 팔짱 끼고 방관한 채 그 책임을 남들에게만 돌렸던 건 아닐까? 그래서 19세기 후반 프랑스 시인 보들레르도 시집 『악의 꽃』 서시에서 "사기꾼 독자여, 나의 짝이여, 나의 형제여"라고 독자를 불러내지 않았던가?

우리는 이 방대하고 복잡한 소설을 어떻게 읽어내야 할까? 우선 이 소설은 성경에 대한 인유가 많아 성경 지식이 많은 독자는 소설 이해에 큰 도움을 얻을 것이다. 무엇보다 제목의 "홍수"란 말은 구약에 나오는 노아 시대 대홍수를 가리킨다. 그때의 홍수는 지구에 존재하는 인간과 동물들을 모두 사라지게 만드는데, 노아가 만든 방주 속에 들어간 노아 가족들과 온갖 동물의 암수 한 쌍씩이 살아남는다. 이 홍수 이야기는 분명히 지구의 종말론적 의미를 포함하고 있으나 이 소설에서는 홍수에서 대재앙이라는 뜻만 따왔다. 여기서 홍수란 물로 인한 홍수가 아니라 물 없는 홍수, 즉 인간의 생명공학 실험들이 만들어 낸 슈퍼 바이러스의 확산으로 인류를 멸절하는 대역병을 가리킨다. 애트우드는 인류 문명의 붕괴와 인간 종말을 가져올 수 있는 다양한 재앙 중에서 특히 전 지구적으로 급속히 창궐하는 전염병, 다시 말해 각종 생약학 분야의 실험으로 발생한 세균의 공격으로 말미암은 대역병을 자신의 계시문학 도구로 사용한다.

작품 구조는 세심하고도 의도적이다. "정원"이라는 제목의 서시로 시작하여 열네 개의 큰 제목 아래에 일흔일곱 개의 짧은 장들로 구성된 이 소설에서 작가는 과학이 만들어 낸 역병, 즉 물 없는 홍수 사건 이후에 살아남은 두 여자 주인공 토비와 렌을 중심으로 이야기를 전개한다. 여기에 온갖 수모와 고난을 기쁘게 자발적으로 실천하는 "신의 정원사들"의 정신적 지도자 아담 1은 그들이 신봉하는 평화주의와 채식주의 강령을 온 세상에 널리 전하고자 열세 차례에 걸쳐 설교 형식의 연설을 한다. 맨 처음 정원사들이 "정원"이란 찬송시를 함께 찬양한 다음 이어지는 서론 부문 1부에서는 25년, 대재앙이 휩쓸고 지나간 후의 이야기가 토비와 렌을 중심으로 그려진다.

이 소설은 사십 대 여자 토비 이야기로 시작하여 이십 대 초반인 렌 이야기로 끝난다. 이 지구는 인간이란 동물만이 아니라 삼천만 종의 다양한 생명체들이 함께 모여 사는 생명의 터전이다. 경쟁, 발전, 착취, 전쟁과 같은 남성적 원리에 의해 구축된 오만하고 척박한 인간 중심 문명이 파멸로 치달아 동물뿐만 아니라 모든 인간도 멸종될 위기에 처한 상황에서 과연 이 두 여자 주인공은 하나의 대안과 치유를 제시할 수 있을까? 모든 산 자의 어미로 명명된 여자들이 인간, 동식물, 더 나아가 이 지구를 보듬어 안고 살려내어 결국 평화의 꽃을 피워내는 살림과 돌봄을 맡아야 하지 않을까? 이런 여성 생태학적 비전이 이 소설 전체를 관통한다.

매 부 시작 부분에서 아담1이 연설한 다음 "찬양합시다"라고 말하면 "찬양시"가 등장한다. 열네 편의 찬양시 만으로도 하나의 독립된 시집으로 충분하리라. 천지 만물의 창조신화인 "창세기"에 의하면 인간은 신에게서 지구 경영을 위임받는다. "생육하고 번성하여 땅에 충만하라, 땅을 정복하라, 바다의 물고기와 하늘의 새와 땅에 움직이는 모든 생물을 다스리라."라는 하나님의 명령을 받은 인간은 관리자로서 정원을 경작하며 지켜야 하건만 탐욕과 무절제에 취한 인간들은 자기중심적으로 "정복하라… 다스리라."라는 말을 지나치게 자의적으로 해석하여 지구를 사유화, 사물화하고 "번성"이라는 이름으로 지구를 무절제하게 개발하고 다른 피조물을 무자비하게 억압, 착취하여 궁극적으로 아이러니하게도 인간 자신의 종이 멸절되는 상황에까지 이르렀다. 아담1의 연설과 열네 편의 찬양시는 바로 이런 인간의 지구 위임설을 강조하는 신의 정원사들을 위한 강령이다.

이 소설은 재미있게도 두 주인공 토비와 렌의 이야기가 번갈아 전개된다. 전체 일흔일곱 장 중 마흔한 장을 차지하는 토비 이야기는 모두 외부의 객관적 시점인 3인칭 서술방식으로 진행되고 서른여섯 장에 걸친 렌 이야기는 그녀의 주관적인 내면세계가 1인칭 시점으로 전개된다. 이 소설의 시간 구성은 "신의 정원사"가 결성된 원년으로부터 대재앙인 홍수가 터진 25년까지의 이야기로, 25년을 중심에 놓고 그 전후로 발생한 일들이 앞뒤로 교차하며 전개된다. 애트우드는 홍수의 해 이전에 그들, 아니 우리 인간이 한 일들을 기억하고 회상하며 역사의식을 환기하고자 한다. 그렇다면 작가가 이렇게 다양하고 복잡하게 이야기를 끌어나가는 이유는 뭘까? 그것은 종말에 이른 우리 문명의 문제점들에 대한 다원적 시각을 제시하고 단편적 이야기의 지루함을 피하기 위함이리라. 대화 구조를 지닌 서사 구조 즉 다양한 등장인물과 복수 시점 제시, 그리고 과거와 현재를 넘나드는 교차적 시간 배치는 이야기의 역동성과 박진감을 위한 수단이자 전략이며, 이 소설이 제시하는 경고성 메시지에 대한 긴급성을 환기하기 위한 소설적 장치다.

이제 작가가 등장인물에 부여한 배치와 기능을 살펴보자. 무엇보다 아만다나 섀키 형제들, 지미나 글렌도 그렇지만 토비와 렌은 부모 부재로 인하여 제대로 된 사랑을 받지 못한 결손 환경에서 자란 고아들이다. 작가는 그런 고아의식을 인간 문명의 현 단계에서 인간의 얼굴을 잃은 "나쁜" 자본의 논리와 맹목적이고 "무책임한" 과학 기술 결과와 관련시키는 듯하다. 복잡하게 얽혀있는 등장인물 지도를 그려보도록 하자.

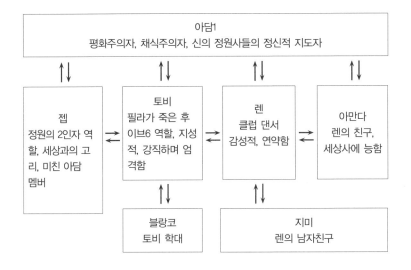

고아면서도 강인하고 절제력이 뛰어난 토비와 달리 렌은 인간의 정을 갈구하는 순수한 영혼이다. 렌이 고등학교에서 만난 지미 역시 고아의식에 사로잡혀 어느 한 사람을 진정으로 사랑하지 못한 채 어둡고 차가운 세상에서 방황한다. 이곳에 등장하는 거의 모든 아이가 밝고 따스한 사랑과 돌봄의 노랫가락이 흐르지 않는 어두운 사망의 골짜기를 헤매는 걸 볼 때, 이 소설은 돌봄과 사랑을 베푸는 어른이 존재하지 않는 황량한 인간 문명사회를 보여 주는 풍자문학이자 고발 문학 즉 디스토피아 소설이라고 말할 수 있다.

그러나 모든 제도와 조직이 완전히 파괴된 사회에 살아남은 토비와 렌은 "신의 정원사" 시절에 학습한 대로 살아남은 자의 의무인 새로운 삶을 구축하기 위해 힘을 낸다. 사랑, 인내, 충성, 용기를 통해 미세한 "희망"의 빛줄기를 흘려보내는 것이다. 일찌감치 인간 생존을 위한 생태학적 가치를 깨닫고 생명 정치학적 비전을 선포하는 아담1은 노아와 마찬가지로 정원사들이 이 세계의 지배자가 아니라 단지 관리자임을 누누이 역설한다. 토비는 정원사 생활에서 양귀비와 죽음의 천사인 독버섯에 관한 지식을 지니고 생명과 죽음을 책임지는 막중한 치유자의 역할을 떠맡는다. 반면에 육체를 상징하는 렌은 섹스마트 소속의 비늘 꼬리 클럽에서 댄서로 일하던 중 우연한 사건을 통해 대재앙에서 살아남는다.

이 소설에서 흥미를 끄는 또 다른 특징은 애트우드가 수많은 합성어를 만들어 사용한 점이다. 예를 들어 새론당신 스파(AnooYoo Spa), 성관계에서 환희를 맛보게 해주는 환각제 환희이상(BlyssPlus), 내용물을 알 수 없는 시크릿 버거(SecretBurger), 일종의 정부 기구인 조합의 치안을 위해 조직한 사설 경찰단체였는데 사회의 안전보다 공권력을 남용하는 기구로 변한 시체보안회사(CorpSeCorp) 등은 애트우드의 천재적 언어유희를 맛보게 하는 동시에 번역을 어렵게 하는 요소다. 그 외에도 우리는 너구컹크(라쿤과 스컹크의 접합), 사자양(사자와 양의 접합), 늑개, 돼지구리, 뱀쥐, 공작백로 등 유전공학이 만들어 낸 기이한 잡종 동물들을 만날 수 있다.

신의 정원사들이 숭배하는 수많은 성자(saint)의 등장 역시 색다르다. 종교에서 성인은 신앙을 지키기 위해 죽음을 선택한 사람들인데 이 소설에서 성인은 대부분 역사와 현실에 실제로 각 분야에서 지구를 살리기 위해 생태학적으로 두각을 나타냈던 환경론자들이다. 예를 들면 레이철 카슨처럼 자신의 삶에서 생태학적 비전을 구체적으로 실천했던 사람들이다.

소설 주제에 대해 조금 더 이야기해본다면, 애트우드는 이 작품을 "공상

과학 또는 사이버펑크소설(science fiction 또는 cyberpunk fiction)"이라고 부르기를 거부하고 "사변소설(speculative fiction)"이라고 불렀다. 왜 그랬을까? 그것은 이 작품이 공상과학 소설처럼 막연하게 앞으로 다가올지도 모르는 과학이 만들어 낼 세계를 상징하는 것이 아니라 현재 구체적으로 진행되고 있는 생태환경의 대재앙에 대한 독자들의 깊은 성찰과 사유를 요구하고 싶었기 때문일 것이다. 동시에 이 소설은 우리 시대의 대표적 재앙 담론 중 하나다. 21세기 초엽부터 우리가 엄청난 재난과 재앙에 시달리고 있다는 사실을 부정할 사람은 없을 것이다. 사스, 구제역, 쓰나미, 홍수, 오존층 파괴, 대지진, 지구온난화, 방사선 누출, 지나친 육식 문화, 인종과 부족 간의 끊임없는 전쟁과 종교 갈등, 난개발로 인한 자연환경 파괴, 나아가 금융자본주의의 무한경쟁과 승자 독식 사회에서 발생하는 빈부격차로 인한 양극화 현상, 청년실업, 극심한 소통 부재, 타락과 폭력이 난무하는 섹스 세계, 즉각적 쾌락추구와 성형기술에 대한 열광 등 인간의 정신과 영혼과 육체의 분열이 정점을 향하며 인간의 문명 역시 종말을 향해 달려가고 있다. 그러나 오늘날의 재앙은 이것뿐만이 아니다. 전 지구적 물 부족 현상, 제한된 에너지와 자원고갈 문제, 농토 감소로 인한 식량부족 사태, 기아와 질병의 창궐, 공기와 물의 심각한 오염, 유전자 변형 식품의 증가, 대량파괴무기, 전 세계적 금융체제의 붕괴 위기, 지구온난화로 인한 해수면 상승과 전면적 생태계 교란 등 인간 중심 문명이 붕괴할 징조는 곳곳에서 피부로 느낄 수 있다.

지금이 인류 문명사에서 가장 위험한 순간이고 우리는 현재 인간 문명 존망의 갈림길에 서 있는 게 아닐까? 이런 불길한 상황에서 우리는 지금까지 우리 자신이 깊이 의식하지 못한 채 저지른 생태학적 대죄에 깜짝 놀라며 불안과 공포에 빠질 수밖에 없다. 이런 한계상황에서도 우리는 불안이나 혐오, 냉소에서 벗어나 그 거대한 고통과 절망의 틈바구니에서 희망의 작은 빛줄기나마 잡아야 하지 않겠는가? 희망만이 우리를 지탱해줄 수 있을 것이다. 수수께끼 같은 인간은 엄청난 죄악을 저지를 수도 있지만 무한한 사랑을 실천할 수도 있는 모순적 존재다. 절망의 디스토피아를 희망의 유토피아로 바꿀 수 있는 디엔에이(DNA)가 이 소설의 두 주인공 토비와 렌처럼 우리 안에도 분명 있으리라. 우리는 당장이라도 "살림"과 "돌봄"과 "평화"라는 여성 생태학적 상상력을 작동시켜 생태학적 인간(호모 에콜로지쿠스)과 공생하는 인간(호모 심바이오스)이 되기로 결단해야 하리라! 이럴 때만이 재앙 담론 속에서도 희망의 갑옷을 입고 사랑 이야기를 써나갈 수 있을 것이다. 작가가 그려내고 있는 이 삭막하고 황량한 세계를 눈앞에 놓고도 우리 독자가 아무런 책임도 없는 것처럼 나태하고 무관심하게 눈을 감고 회피하기를 일삼는다면 언젠가 도적 같이 다가올 문명 붕괴와 인간 멸절을 맞을 수밖에. 이 소설이 21세기 우리 시대와 사회 미래를 위한 하나의 생존전략을 짤 수 있는 지혜의 책으로 기쁘게 받아들여지기를 기대해본다.

(2012년 2월, 이소영)

17. 포스트휴머니즘 시대의 비판적 반유토피아 "사변 소설"

— 마거릿 애트우드, 『미친 아담』, 2019

마거릿 애트우드 작품들의 그 모든 힘과 우아함과 다양성 속에서… 그 장대한 배열을 이해하는 것은 참으로 쉽다. 그 다양한 작품들의 배열을 생각하며 거기에다 그녀의 작가적 재능과 업적을 더하면 숨이 멎을 정도로 경탄스럽다.
— 앨리스 먼로(캐나다 소설가), 2013년 노벨문학상 수상자

들어가며

2013년 8월 출간된 『미친 아담』은 캐나다 작가 마거릿 애트우드의 미친 아담 3부작 중 마지막 소설이다. 첫 번째 소설은 『오릭스와 크레이크(*Oryx and Crake*)』(2003)이고 두 번째 소설은 『홍수의 해(*The Year of the Flood*)』(2009)다. 이 3부작은 작가 자신이 밝히듯이 흔히 말하는 순수한 공상 과학 소설(science fiction)이 아니라 사변 소설(speculative fiction)이며 모험 로맨스 소설이다. 여기서 "사변(思辨)"은 사색이란 뜻도 있으나 투기 또는 모험적이란 뜻도 있어서, 사변 소설이란 단순한 사실주의 소설을 넘어 공상적이면서도 현실적이고, 지금이면서도 미래지향적인 속성을 지닌다. 애트우드

의 SF에는 괴상하게 생긴 외계인과 지구인의 전투장면, 지루한 우주선 항해 장면 등이 거의 없고 오히려 있음직한 실현 가능한 과학기술 세계가 전개된다. 애트우드는 이 소설 끝에 붙인 「감사의 말」에서 "『미친 아담』은 허구적 소설작품이지만 지금까지 존재하지 않고 현재 만들어지지 않은, 그리고 이론적으로 가능하지 않은 어떤 과학기술이나 생명체는 등장하지 않는다"라고 언명한다.

이와 아울러 애트우드의 작가적 정체성도 『미친 아담』을 온전히 이해하는 데 중요한 요소다. 무엇보다 애트우드는 "캐나다" "여성" 작가다. 한 국가로서 캐나다적 특징을 살펴보면, 캐나다는 어떤 의미에서 북미대륙에서 미국 북쪽 변방에 있는 주변부 국가로, 애트우드의 문학적 무의식 속에는 이미 언제나 이러한 "주변부 타자" 의식이 들어 있다. 그가 주류를 이루는 미국식 공상과학소설 전통에서 벗어나 있는 것도 그렇다. 애트우드는 캐나다 최고 명문대 토론대학교 영문학과에서 저명한 캐나다와 영어권의 주요 문학비평가 노드롭 프라이(1912~1991) 교수의 제자였고 미국 하버드대학에서 영문학 석사학위를 받았지만, 그의 첫 소설 『먹을 수 있는 여인(*An Edible Woman*)』과 그의 출세작이자 대표작 『시녀 이야기(*Handmaid's Tale*)』 모두 캐나다성을 무시할 수 없다. 물론 그의 소설들은 세계적 보편성을 지니고 있으며 이것은 영국의 부커상 외 많은 문학상을 받은 것으로 증명된다. [2019년 9월 만79세 애트우드는 또 다른 소설 『증언들(*The Testaments*)』을 출간했고 부커상을 받았다.]

마거릿 애트우드는 전투적 여권주의자는 아니나 그의 문학에서 "여성적 원리"는 매우 중요한 주제다. 이 소설에서도 환경파괴와 첨단 과학기술로 변형되고 폐허가 된 반유토피아적 포스트휴머니즘 시대에 인간세계를 새로 조성하려는 인물은 주로 여성이다. 여성은 "생명"을 잉태하고 출산할 뿐 아니라 우리 모두를 살아가게 하는 대지 어머니처럼 생명을 살리고 지탱시키는 "살림"꾼이다. 여성성은 경쟁과 전쟁보다 공감과 평화의 가치를 중시하며 하나밖에 없는 "지구"라는 행성에서 인간 문명의 "지속" 가능성을 지탱하는 근본적 힘의 원천이다.

작가 애트우드는 소설만 쓰는 게 아니라 시, 여행기, 비평, 다큐, 일기, 시나리오 등 다양한 장르로 작품활동을 한다. 놀라운 그녀의 창작력은 다양하고 잡종적이며 엄청난 양의 작품을 생산해낸다. 이러한 문학의 다성성은 그녀의 문학사적 위상의 규정을 어렵게 만든다. 어떤 의미에서 우리 시대의 과거, 현재, 미래를 아우르는 예언자적 특징을 지닌 애트우드의 비전적 힘은 어디에서 오는 것일까? 아마도 그의 사변 소설 3부작, 특히 마지막 소설 『미친 아담』에서 그 단서를 찾을 수 있을 것이다.

『오릭스와 크레이크』 그리고 『홍수의 해』

애트우드는 『미친 아담』을 앞선 두 소설의 요약으로부터 시작한다. 세 소설의 연계성을 고려할 때 우리도 그래야겠지만 자세한 이야기는 어렵다. 첫 소설의 이야기를 전개하는 주인공 "눈사람" "지미"는 히말라야산맥의 신비한 원숭이처럼 생긴 예티를 연상시킨다. 인간은 유전자 변형으로 탄생한 혼종 동물들과 함께 거의 파괴된 세계에서 어떻게 살아남을까? 과거 이름이 글렌인 지미의 어린 시절 친구 크레이크는 광적인 과학자로 인간 세상을 제거하고자 시기와 증오로 가득한 과학자들을 유괴하고 인간종 멸종을 일으킨 약재를 만들어 인간세계를 구원하고자 했다. 결국, 글렌과 협조한 사람들이 훗날 "미친 아담들"이 된다. 크레이크는 지구에서 인간을 배제하고 이 위험한 종족 대신 좀 더 평화적인 환경 생태적 종으로 대치하고자 인구문제 해결과 함께 건강과 행복을 가져올 놀라운 신약 "환희이상"을 개발한다. 눈사람, 크레이크, 신비의 여인 오릭스의 애정의 삼각관계 속에 이 신약이 전 세계적으로 퍼지며 인간세계는 소멸하기 시작한다.

　렌과 토비가 주요인물인 두 번째 소설『홍수의 해』는 "신의 정원사들"이라는 종교집단을 중심으로 전개된다. 성서의 믿음과 현대 과학의 지식으로 이루어진 이 집단은 지구상의 모든 식물과 동물을 중시하고 보존하는 과업에 몰두한다. 인간종은 종말적 재앙인 "물 없는 대홍수" 즉 슈퍼바이러스의 전 지구적 확산으로 멸절될 것이다. 성서의 구약시대에는 대홍수로 인류가 일부는 남았지만, 지금은 역병 세균에 의해 절멸될 수 있다는 묵시론이다. 주인공 토비는 생물학적 대재앙 속에서 부모를 모두 잃고 힘겹게 살아가는데 자신의 조직에서 일하는 여성을 겁탈하고 살해하는 조직책임자 블랑코의 위협을 받는다. 결국 "신의 정원사" 그룹의 정신적 지도자 아담1에 의해 구출된 토비는 이 집단에서 중요한 임무를 맡는 이브가 된다. 여기서 후에 창녀로 전락하는 어린 소녀 렌을 만나는데, 운 좋게도 두 여자 모두 대재앙에서 살아남는다. 세 번째 소설의 주인공 젭 역시 "신의 정원사들"에 속하며 이들은 축제를 통해 부처와 예수는 물론 아시시의 성(聖) 프란치스코, 영국의 낭만주의 시인 로버트 번즈, 간디, 환경생태론자 레이첼 카슨, 슈마허(『작은 것이 아름답다』저자) 등 성인을 기념한다. 이 소설에서 인상적인 것은 14편의 합창으로 된 종교적 찬가다.

세 번째 소설 『미친 아담』

세 번째 소설『미친 아담』은 젭과 토비를 중심으로 앞 두 소설의 등장인물과 내용이 서로 교차하며 이 3부작의 놀라운 결론으로 나가는데 그 과정은 어떻게 진행되는가?『미친 아담』의 주요 화자 토비는 인간종 대부분이 멸절된 재앙 이후 살아남은 인간 무리와 살고 있다. 극도로 잔학한 고통공 죄수의 성적 노예로 잡혀있는 아만다를 성공적으로 구출한 토비와 렌은 크레이크가 생체공학적으로 만들어 낸 크레이커들과 함께 인간들이 모여 사는 미친 아담 진영으로 돌아온다. 그들은 아만다 구출 과정에서 크레이커들의 예언자격인 지미도 구출하는데 상처를 입은 지미 대신 토비가 크레이커들에게 인간종 이전의 혼란기 이야기와 그들의 출생 신화를 들려준다.

신비로운 존재로 크레이커들의 우상과도 같은 아담1의 동생 젭은 자연 약탈과 파괴 속에서 인간을 구원하고자 아담1이 설립한 "신의 정원사들"과 연결되고 그의 허세적인 영웅담이 풍성하게 펼쳐진다. 또한, 젭의 여인 토비는 그녀를 따르는 어린 크레이커 블랙비어드에게 글 쓰는 법과 의미 찾는 법을 가르치는데 고통공 죄수들과 전투할 때 블랙비어드는 미친 아담들과 인간 두뇌를 이식한 돼지구리들 사이에서 통역사 역할을 한다. 전투 과정에서 고통공 죄수들의 인질로 잡힌 아담1은 사망하고 지미도 자신을 희생시킨다. 그들은 아담1과 지미를 비롯하여 죽은 사람들을 위해 정중한 장례식을 치러준다.

한편 렌과 아만다는 크레이커 아이를 낳아 인간종이 단종되지 않고 이어진다. 토비와 젭은 결혼하여 크레이커들의 새로운 예언자 역할을 맡지만, 젭은 정찰 임무 중 죽고 상심한 토비는 숲속으로 들어가 독버섯을 먹고 생을 마감한다. 이 소설은 블랙비어드가 크레이커들에게 토비 이야기를 해주는 것으로 끝난다. 3부작의 이 마지막 소설에서도 애트우드 소설의 특징인 냉정한 비판과 이지적 풍자가 번득인다. 동시에 대역병으로 파멸된 인간 운명 이후에 인간과 동물의 연대 가능성의 희망을 품게 한다. 파멸 이후 살아남은 인간들과 매력적인 인조인간들에 대한 연민과 공감을 보여주며 나아가 인간과 인조인간 사이의 흥겨운 짝짓기를 통한 새로운 종의 가능성까지 드러낸다. 앞서 언급했듯이 주역은 대부분 여성으로 종말적 상황 앞에서 그들은 공포에 함몰되지 않고 현 상황을 타개 개선하기 위해 새로운 비전을 제시할 뿐 아니라 다양한 실험을 수행한다. 이것은 결코 값싼 행복한 결말은 아니다. 그들은 살해 협박하는 폭력세력에 맞서 싸우면서 협력체제를 구축한다. 그런 가운데 놀랍게도 파멸 이전의 지금 우리 세대와 전혀 다른 파멸 이후의 새로운 미친 아담 세대는 그들이 살아가는 새로운 세계에서 유머와 즐거움을 잃지 않는다. 여기서 "미친"으로 번역된 영어 단어 "mad"는 단순히 미쳤다는 뜻도 있지만 "미쳐야 미친다"는 말에서처럼 "열정적인, 신나는"의 뜻도 있다.

나가며

전 지구적 리얼리즘을 즐겁게 논의하는 "사변"소설 『미친 아담』은 쉽게 읽히는 통속소설은 아니지만 재미있게 읽을 수 있고 독자들에게 몇 가지 생각거리를 제시한다. 첫째, 생태 여성주의적 시각이다. 이 소설은 경쟁과 전쟁의 전사인 남성들이 퇴조하고 타자로서의 자연을 지배하고 착취하는 남성적 사유를 반성한다. 더 근본적으로는 인간이란 동물의 끊임없는 욕망에 대한 통절한 고발이다. 여기에서 파생되는 새로운 윤리학은 적과의 공감과 연계의 문화 윤리학이다. 그것은 초연결사회에서 새로운 관계를 구축할 수 있는 대화적 상상력으로, 이 소설에서는 문자 배우기와 이야기 만들기가 그 구체적 작업의 하나다. 지질학적으로 말해 21세기에 지구라는 행성의 운명을 좌지우지할 힘을 가진 존재는 인류다. 우리는 그것을 "인류세(Anthropocene)"라 부르기 시작했다. 인간이 홀로 지구를 운영하게 될 대격변의 인류세 시대에 우리는 어떻게 살아야 할까? 미친 아담 3부작 특히 마지막 소설에서 그 가능성이 엿보인다. 인류 문명 파멸 이후에 새로운 인간과 기계가 만들어내는 세계를 창조하기 위해서는 명철과 지혜가 필요하다.

미친 아담 3부작을 함께 놓고 보면 하나의 커다란 구조를 볼 수 있다. 첫 번째 소설에서는 유전공학자나 생명공학자의 믿을 수 없는 인간의 순수 이성으로 포장된 극단적 과학기술이 불러온 대역병으로 지구라는 행성 파괴의 대재앙이 시작된다. 두 번째 소설은 파괴에 저항하고 재앙을 치유하려는 "신의 정원사들"의 회복의 노력을 보여준다. 마지막 세 번째 소설에서는 파멸 이후의 인간과 바이오 인간, 즉 유전자 변형 생명체의 화해와 관계 회복이 이루어져 새로운 세계질서 구축의 걸림돌인 폭력집단과의 투쟁에서 승리한다. 이제 재앙에서 서서히 회복되면서 특히 새로운 생명의 잉태와 출산을 통해 "지탱 가능한" 새로운 문명, 즉 포스트 휴머니즘 시대의 가능성이 미약하나마 나타난다.

이 마지막 소설에서 가장 감동적인 부분은 토비가 어린 블랙비어드에게 글자를 소개하고 문장 짓기를 가르친다는 점이다. 이야기는 사라지지 않고 영원히 남는 한 문명과 역사를 지탱시키는 힘이요 지혜다. 이제 이 크레이커는 새로운 시대의 역사를 문자로 기록하여 이야기로 남길 것이다. 이것은 지구 파멸 이전의 문명에서처럼 새로운 지구의 미래 역사에 중요한 문제다. 문명을 지탱시켜주는 뿌리로 이야기하기(story-telling)와 글쓰기(writing)는 새 문명의 시대에도 영속적 가치를 지닌다. 마거릿 애트우드의 미친 아담 3부작도 이런 의미에서 오랫동안 우리 곁에 남아있을 이야기다.[1]

(2019년 10월 이소영)

---

1 이 역자 후기는 원래 마거릿 애드우드의『미친 아담』을 위해 썼으나 담당 편집자의 실수로 누락되었다. 이후 재판에서 삽입될 예정이다.

18. 사계절과 이야기들

— 너새니얼 호손 외,『기묘한 이야기 : 영미 사계절 단편소설집』, 2020

오늘날 디지털 시대는 조용한 활자의 책보다 움직이는 영상으로 가득한 화면이 대세다. 청소년들이 한창 책을 읽을 시기에 텔레비전, 영화, 인터넷, 스마트폰, 게임과 유튜브 등에 빠져 있다. 젊은이들은 책을 보더라도 종이 책보다 전자책의 선호도가 점점 더 높아지고 있다. 급격한 과학기술 발전이 라는 물적 토대의 변화로 생겨난 이러한 불가피한 현상을 안타깝다고 하면 시대에 한참 뒤떨어진 생각일 것이다. 그러나 문학은 아직도 우리에게 조용 한 즐거움과 뜨거운 지혜를 주고 있다고 굳게 믿기에 우리는 짧은 이야기들 인 영미 단편소설을 계절별로 묶어 보았다. 주로 19세기와 20세기 초까지의 영미 작가 작품을 선택한 이유는 20세기 초 난해해지기 시작한 모더니즘 소 설을 배제하고 작품을 이해하기에 큰 어려움이 없는 리얼리즘과 환상문학 을 소개하기 위해서다.

그동안 한국에서 작품소개가 별로 되지 않았던 루이스 캐럴, 오 헨리, 러 디어드 키플링, 길버트 체스터턴 등을 포함시켰다. 한국의 세계문학전집 시 장은 대부분 장편소설 중심이어서 단편소설을 소개하는 경우가 드물다. 우리 편역자들은 어렸을 때 문학작품을 재미있게 읽었던 시대를 다시 꿈꾸고 싶다. 이 선집이 주로 영미 작품의 번역이기는 해도 21세기 한국의 독자들이 여기에 수록된 짧고 재미있는 이야기들을 즐겼으면 좋겠다.

영국 낭만주의 시인 윌리엄 워즈워스(William Wordsworth)는 "어린이는 어른의 아버지다"라고 선언했다. 우리는 모두 어린이가 되어야 한다. 우리가 말하는 어린이란 나이를 불문하고 어린아이처럼 동심의 세계에서 살아가는 모든 사람을 지칭한다. 다시 말해 그들은 세상 풍파에 시달리는 어른이 되더라도, 혹은 이미 그런 어른이 되었더라도 문학작품을 통해 감동하고 깨달음을 얻어 자기 삶을 변화시킬 수 있는 여전히 풍부하고 예민한 감수성을 지닌 이들이다. 그들은 호기심 많던 어린 시절을 망각하고 마술을 믿지 못하며 상상의 세계를 잃어버린 경직되고 물신화된 어른이 아니다. 적어도 그들은 자연과 공감하고 타인을 사랑할 수 있는 사람들이다. 나이와 세대를 초월하여 우리는 모두 어린아이 같은 마음을 지닐 수 있다. 문학의 세계는 활자화된 언어의 경계를 넘어가기만 한다면 어린이건 어른이건 나이와 관계없이 모든 사람에게 감동과 지혜를 주기 때문이다. 따라서 이 책의 독자들은 문학을 읽고 즐길 수 있는 남녀노소 모두일 것이다.

이야기의 세계는 무서운 현실이나 황당한 환상이 아닌 중간 지대 또는 완충지대로 현실과 이상이 공존하는 몽상(夢想, reverie) 지대다. 이 지대는 대화를 통해 현실의 상처와 환영의 질병을 치유하여 지금 여기에서 새로운 삶의 질서와 조화를 역동적으로 창출하고 영원히 시들지 않고 썩지 않게 해주는 세계다. 인간 본성이 변하지 않는 한, 이 중간 지대는 정적이거나 수동적인 세계가 아니라 오히려 동적이고 능동적인 공간이다. 이 지대는 인간의 역동적 상상력을 통하여 생명력이 약동하고 육체와 영혼이 혼연일체가 되어 부드러우면서도 힘차게 흘러가는 제3의 지대다. 지금이 아무리 과학 우선과 경제

제일주의, 이념 과잉의 척박한 시대라 할지라도 이 문학의 지대는 우리가 지구 위 삼라만상과 더불어 우주적 질서의 한 부분으로서 합당한 역할을 할 힘과 지혜를 얻는 발전소다. 이것은 21세기에 문학에 주어진 소임이고 책무다.

감수성이 예민하고 문학적 흡수력이 빠른 사람들은 운문과 산문, 현실과 환상의 세계를 넘나들 수 있는 능력을 상실하지 않고 이성과 감성, 영혼과 육체, 의미와 무의미, 진지함과 경박함의 이분법을 극복할 수 있는 유머, 희화, 농담, 위트, 아이러니를 지닌다. 인간의 삶이란 이 두 영역이 공존하는 모순과 갈등의 수수께끼가 아닌가. 그러나 우리는 어른이 되면서 부드러운 쾌락(즐거움)의 원리(꿈의 세계/비논리/감정/상상의 세계)를 버리고 현실의 원리(이성과 논리/상징의 세계)로 들어가 진지와 엄숙이라는 경직된 이념 속에 스스로를 가둔 채 계속 굳어가다가 시체로 변하고 결국 사라져버린다.

편역자들은 단편 소설들을 영국과 미국, 출생연대 순 등으로 분류하지 않고 사계절로 구분하였다. 사계절은 지구의 온대 지방에 놓여있는 대부분의 나라에서 가장 보편적인 자연의 표상이다. 봄, 여름, 가을, 겨울이라는 사계절은 우리 인간 삶의 무의식 속에서 순환적 반복적 구조를 가지며 인간의 삶 전체를 사계절로 견주어 볼 수도 있다. 공자(孔子)는『논어』의 양화(陽貨) 편에서 제자인 자공과 다음과 같은 대화를 나눈다.

> 자공이 말했다. "선생님께서 만약 아무 말씀도 하시지 않으면 저희는 무엇을 따르고 전하겠습니까?" 선생님께서 말씀하셨다. "하늘이 무슨 말을 하더냐? 사계절이 운행하며 온갖 물건이 생겨난다. 하늘이 무슨 말을 하더냐?"

공자는 여기에서 자연의 봄, 여름, 가을, 겨울의 사계절이 대우주의 조용한 운행 원리임을 밝히고 있다.

그러나 우리의 사계절 분류가 여기 실린 모든 작품에 그대로 맞는 것은 아니다. 또한 요즘은 지구 온난화와 같은 기후 변화로 지금까지 우리가 향유하던 사계절의 변별적 차이들이 점점 사라지고 있다. 우리는 각 계절의 특징이 사라져가는 것을 아쉬워하며 가장 보편성을 지닌 이야기들을 계절별로 나누어 이 모음집을 배열했다.

봄, 여름, 가을, 겨울의 사계절로 나눈 이 모음집은 비, 바람, 눈, 햇빛, 언덕, 숲, 산, 개울, 강, 바다 등 자연과 더불어 살 수밖에 없는 인간적 삶의 생태환경적인 조건을 고루 갖추고 있다. 동양/서양, 북반구/남반구를 막론하고 지구 주민 대부분이 분포되어 살고 있는 온대지역 사람들의 무의식 속에 사계절은 어떻게 각인되어 있는가? 중국의 작가 린위탕(林語堂)이『생활의 발견(*The Importance of Living*)』(1937년, 뉴욕 출간)에서 구별한 사계절의 특징을 살펴보자.

> 봄 … 밝음, 고혹적 아름다움, 우아함, 우아한 아름다움, 빛남, 생기, 생동, 영(靈), 부드러움
> 여름 … 화려함, 무성함, 힘참, 위대함, 장대함, 강함, 영웅적 기상, 기이함, 위험함, 호방함
> 가을 … 부드러움, 연약, 순수, 소박, 고상, 관대, 가냘픔, 단순, 청명, 여유, 한가로움, 청량함, 실질적인 것
> 겨울 … 추움, 냉랭함, 빈한함, 정숙, 고요, 고풍스러움, 오래됨, 늙음, 원숙, 말라버림, 격리, 은둔, 숨겨짐

우리는 사계절 속에서 순응하며 자연의 섭리를 따라 겸손하고 온유하게 살아가는 우리들의 평범하고 소박한 삶을 생각하고 있다. 자연에 직접 감응하고 자연을 느끼며 살아가는 동식물처럼 지구 위 모든 생명의 길을 따르는 것이다. 문학은 우리 삶의 구체성과 보편성을 동시에 재현시켜주는 "구체적

보편"이다. 문학은 이런 의미에서 삼라만상의 상호관계 속에서 살아가는 인간의 모습을 넓고도 깊게 그려내는 정경교융(情景交融)이라는 특별한 표현양식이다.

이야기는 우리 삶의 중요한 토대다. 모든 예술의 이야기는 서사시와 로망스 등을 거쳐 소설 장르로 정착했다. 젊은이들에게 소설은 자연과 함께 살아가기 위한 정서 함양에 필수적이고 어떤 의미에서 거의 본능적인 충동이자 욕망이다. 또한 우리는 시나 이야기를 눈으로만 읽지 말고 큰소리로 읽고 외우고 낭송하기를 권장한다. 오래전에 공자가 이미 『논어』에서 말했듯이 무엇이든지 아는 것(知)보다는 좋아하는 것(好)이 낫고 좋아하는 것보다는 즐기는 것(樂)이 최고의 경지이다. 이 선집에 실린 사계절 이야기들은 소리 내어 읽고 외우면 우리의 감각이나 신체가 덩달아 같이 움직이고 춤추며 즐길 수 있는 것이 된다.

그러나 문학 그리고 독서행위가 우리 삶의 현장에 개입해 우리의 삶을 작동시키고 변화시키는 일은 그다지 쉬운 일은 아니다. 흰 종이 위에 까맣게 쓰인 글자와 단어들이 어떻게 살아나 의미를 만들고 감동을 만들어낼 수 있을까? 무엇보다 문학작품에 대한 애정과 신뢰가 있어야 한다. 그리하여 19세기 영국의 낭만주의 시인이며 문학이론가인 콜리지(S. T. Coleridge)는 "적극적으로 불신하는 마음의 지연"을 권유한다. 문학이 인간이 꾸며낸 "허구"라고 여겨서 문학에 적극적으로 가치를 부여하지 않고 능동적으로 기쁨과 즐거움을 느끼기를 거부한다면 문학은 영원히 우리에게 다가오지 않는 뜬구름이 될 것이기 때문이다.

그렇다면 상상력의 교본이며 안내서인 문학작품을 대할 때마다 우리는 콜리지의 제안처럼 어떻게 "불신하는 마음을 적극적으로 지연"할 것인가?

음 여기에는 의식적 노력과 훈련이 필요하다. 문학 읽기의 궁극적 목적은 사랑이다. 읽기 자체가 "사랑의 수고"가 되어야 한다. 다시 말해 상상력을 불러내는 훈련이 필요하다는 말이다. 상상력이란 문학 읽기과정뿐만 아니라 읽은 후의 결과를 논할 때도 중요하다. 이 용어에 대한 논의는 끝이 없을 것이다. 19세기 영국의 낭만주의 시인 셸리(P. B. Shelley)는 "상상력"을 모든 도덕의 요체인 "사랑"으로 정의하는데 여기서 사랑이란 "타자되기"로 타자에 대한 배려와 사랑을 뜻한다. 내가 다른 사람이 되어보는 것만큼 뜨거운 사랑이 어디에 있는가? 상상력을 동원하여 여성−되기, 남성−되기, 어린아이−되기, 가난한 사람−되기, 동물−되기, 식물−되기 등 역지사지(易地思之) 의 경지에 이르는 것이다. 부처는 대자대비(大慈大悲), 공자는 인애(仁愛), 예수는 〔이웃〕 사랑을 말하는 것처럼 말이다. 상상력을 동원한 사랑의 배출이 없는 독서행위는 영혼의 울림이 없는 기계적 행위다.

오늘날과 같은 광속의 시대에도 문학작품 읽기의 노고와 보람은 분명하다. 작품과 나 사이의 은근하고 지속적인 관계가 필요한 것이다. 타자와의 관계는 신뢰와 사랑과 존경을 바탕으로 할 때 원만하고 생산적이고 서로 위로하는 상보적 관계가 수립된다. 페이지 위에 무정하게 박혀 있는 까만 글자들은 나의 눈물 어린 노력이 없다면 죽은 척 꼼짝도 하지 않고 있을 것이다. 감동의 발전소이자 상상력의 보물창고는 문을 꼭 걸어 잠근 채로 남아 있을 것이다. 동영상이 막강한 힘을 발휘하는 제 4차 산업 시대(디지털 시대)에도 우리의 사고를 기계 중심이 아닌 인간 중심으로 전환시킬 수 있는 "힘"은 문학 안에 있다.

끝으로 번역에 대해 한마디만 하자. 문제는 이미 언제나 번역이다. 모든 번역은 반역이라고 한다. 산문 번역은 어느 정도 가능하다 해도 운문 번역은 거의 불가능하다고 본다. 영시의 육체인 음률, 그 영혼인 음악성이 번역에서는 거의 희생된다. 시가 주는 "청각적 상상력"은 거의 불가능이라 해도 과언이 아니다. 그러나 다행히 이 선집은 이야기인 산문이기에 시 번역보다는 용이하다. 문학이 아무리 보편적 인간의 사상과 감성을 표현하고 재현하는 것이라고 해도 언어와 전통이 전혀 다른 두 문화를 연결시킨다는 일은 무척 어렵다. 첫째 외국어의 낯설음과 새로움이 문제다. 독자들의 가독성을 위해 원전의 타자성을 모두 삭제하는 창조적 번역인 의역은 변장에 가까운 화장을 한 미인이지만 원문을 훼손한 지나친 우리 중심주의다. 그렇다고 모방으로서의 번역인 직역은 생경한 얼굴로 가독성을 떨어뜨릴 것이다. 이 둘의 균형과 조화를 통해 모국어인 한국어를 "변형"시키고 "확대"하고 "심화"시켜야 한다는 역자들의 책무를 생각할 때 번역은 언제나 반동적 창조행위에 불과한 것인가? 우리의 번역이 끝까지 "사랑의 수고"가 되지 못한 부분이 있다면 독자들의 너그러운 양해를 구하고 싶다.

사실 이 선집을 번역한 네 명의 역자들은 외국문학을 전공한 한 가족이다. 가족이 함께 책을 번역한 동기는 이 책이 가족 구성원들이 한 자리에 모여 자연스럽게 소리 내어 읽고 함께 이야기하는 책으로 거듭나길 원했기 때문이다. 문학은 태생적으로 독자 혼자만의 시각적 활동이 아니라 한 사람이 읽어주고 다른 사람들이 듣는 "입"과 "귀"의 협동 활동이 아니었던가? 올해 초 전혀 뜻 밖의 코로나 바이러스 팬데믹 사태로 인간관계가 더더욱 메마르고 궁핍해진 이 시대를 고단하게 통과하고 있는 많은 보통 독자들에게 이 선집이 작은 기쁨과 즐거움이 흐르는 물줄기의 통로가 되었으면 하는 것이 역자들의 작은 바람이다.

(2020년 8월, 이소영 · 정혜연 · 정혜진 · 정정호)

19. 한국전쟁 혼혈고아의 감동적 성장 이야기

— 줄리 헤닝, 『개천에서 피어난 장미 한 송이』, 2020

"나는 누구인가, 누구의 후예인가. 누가 나의 생활과 풍습과 언어와 문자를
가르쳐 주었는가. 내가 배울 말은, 글은, 나의 나라는 있는가. 한글을 배우고
영어를 익히고 우리는 단지 단순하고 참으로 선할 뿐입니다."

— 사진작가 주명덕, 『섞여진 이름들』

들어가며: 세 명의 엄마를 가진 미국계 아시아 소녀의 "섞여진 이름"

『개천에서 피어난 장미 한 송이(*A Rose in a Ditch*)』는 세 명의 어머니를 갖
게 된 한국전쟁 혼혈고아의 자서전이다. 저자 줄리 헤닝의 첫 번째 어머니
는 생모인 "엄마"다. "엄마"는 6·25 한국전쟁으로 북한에서 남한으로 내려
온 탈북 피난민이었다.

한국전쟁이 끝난 후 미군이었던 순이 아빠가 엄마와 순이를 두고 고국으
로 돌아가자 딸 순이를 데리고 온갖 고생을 하게 된 엄마는 결국 생존을 위
해 당시 미군 기지촌인 파주 법원리에서 미군을 상대로 매춘을 한다. 미국
에 가족이 있었던 순이 아버지는 한국으로 다시 돌아올 수도 도와줄 수도

없었던 것 같다, 전쟁 후 황폐한 땅 위에 내던져진 두 모녀는 힘들게 연명하였으나 지병이 있던 "엄마"는 13세 줄리를 펄 벅 재단이 운영하는 소사(현 부천시)의 희망원으로 보낸 후 딸의 미래를 위해 스스로 목숨을 끊었다. 아마도 자신보다 펄 벅 기회센터 희망원이 딸을 더 잘 보살필 것이라고 믿고 걸림돌이 되지 않기 위해 세상을 떠났을 것이다. 때는 1967년, 이름이 정송자였던 엄마 나이는 36세였다. 역설적이게도 이 시점에 1938년 미국 여성 작가로 처음으로 노벨문학상을 받은 펄 S. 벅 여사와 인연이 닿게 되는데, 인연은 운명일지도 모르겠다.

펄 S. 벅 여사는 1953년 7월 27일 한국전쟁이 휴전되자 국제적인 인도주의 정신에 따라 남한에 남겨진 수많은 미국 군인들과 한국여성 사이에 태어난 고아들을 돌보기 위해 소사에 기회센터(Opportunity Center, 당시 한국명은 희망원)를 설립하였다. 박애주의자 펄 벅 여사는 당시 중학생이고 학업성적도 탁월한 고아 소녀 구순이를 양녀로 삼아 그녀의 두 번째 엄마가 되었다. 한국전쟁의 결과로 생겨난 고아들에게 펄 벅 여사는 "아메라시안(Amerasian)"이라는 칭호를 붙였는데, 아메라시안은 넓은 의미에서 2차세계대전과 그 이후 아시아 지역에서 일어났던 전쟁에서 미국 국적의 군인들과 한국, 필리핀, 베트남, 라오스, 태국, 캄보디아, 일본 등 미군 주둔지 여성 사이에서 태어난 "미국계 아시아인"들이다. 그 후 아메라시안이란 용어는 미국이민국에서 공식적으로 인정되었다.

펄 벅 여사는 구순이가 우수한 학생임을 알아채고 미국에서 제대로 된 교육을 받게 하고 싶었다. 그래서 구순이는 미국 펜실베이니아주 펄 벅 여사의 저택에서 미국식 교육을 받으며 새로운 인생을 시작하였다. 구순이는 펄 벅 여사가 타계하던 1973년까지 착실하게 자신을 키워나갔고, 여사가 생을 마감한 후 대학에 입학한 구순이는 다시 세 번째 어머니를 만나게 된다.

이 자서전 저자의 영어 이름은 "줄리 헤닝"이고 한국 이름은 "구순이"인데, 저자가 자서전 마지막 장 본인의 사진 밑에는 "Sooni Goo Julie Comfort Walsh Price Henning"이라는 아주 기다란 이름을 적어놓았다. 이 이름은 저자가 의도적으로 "섞여진 이름"을 제시한 것으로 그녀의 정체성이 고스란히 드러난다. 맨 앞에 Sooni Goo는 한국의 생모가 지어준 한국이름이고 "Julie Comfort Walsh"는 두 번째 어머니 펄 벅 여사에게서 받았다. Comfort는 펄 벅 어머니의 중간 이름이기도 하고 줄리가 그녀에게 "위로"를 준다는 의미로 중간 이름(middle name)을 붙여준 것이며 끝의 Walsh는 펄 벅 어머니가 재혼한 남편 성(姓)이다. 여기서 끝나지 않고 다음에 붙은 "Price"는 세 번째 양부모 성이고 마지막 이름 "Henning"은 결혼한 남편의 성이다. 저자가 당당하게 내놓은 이 복잡하게 "섞여진 이름"은 "복잡문화"적 의미를 강조하고 세계시민 시대의 혼종성(hybridity)을 전경화하고 있다. 저자는 "나의 가계도 DNA"를 이 책 끝부분에 붙인 화보 중에 제시하였는데, 이 표에 따르면 유럽계 피가 50.2%(서유럽 40.2%, 동유럽계 5.9%, 유태계 4.1%)이고 아시아계 피가 49.8% 섞인 것으로 되어 있다. 그러니까 줄리 헤닝은 유럽계 미국인 아버지와 아시아계 어머니의 피가 거의 반반씩 섞여 있음이 유전학적으로 증명된 셈이다. 이것은 또다시 오바마 대통령과 프로골퍼 타이거 우즈와 같은 진정한 세계화 시대의 새로운 혼종 인간의 표징이다.

펄 벅 여사의 딸 : 기지촌 뒷골목에서 녹색 언덕으로

펄 S. 벅 여사(1892~1973)의 생애에서 가장 중요한 이력은 소설가일 것이다. 1931년 19세기 말 황폐한 중국 농민 가족의 끈질긴 삶을 그린 소설

『대지(The Good Earth)』를 발표하여 그 이듬해 미국에서 권위를 자랑하는 퓰리처상, 1938년에는 노벨문학상을 받은 펄 벅은 80여 권의 소설을 발표하였으며 한국에는 1960년 처음으로 방문하였다. 그중 세 편은 한국에 관한 소설로『대지』이후 대표작으로 불리는『살아있는 갈대』(1963)는 한국의 근대역사를 외국인이 다룬 최초의 장편소설이다. 이 소설의 첫 문장은 "한국은 고상한 사람들이 사는 나라다"로, 펄 벅 여사는 한국민족과 문화를 높이 평가했다.

그러나 펄 벅 여사는 소설가로서의 경력을 넘어서 박애주의자의 길을 걷기 시작했다. 40여 년간 중국에 거주했던 그녀는 동서양의 상호이해를 증진하고자 했으며 1941년에 동서협회(East West Association)를 설립했다. 그리고 미국 내 인종차별이나 장애로 고통받는 아이들을 위해 1949년에는 입양기관인 웰컴 하우스(Welcome House)를 세웠다. 태평양전쟁(1941~1945), 한국전쟁(1950~1953), 베트남전쟁(1968~1972) 중 아시아에 주둔했던 미국 군인들과 현지 여성들 사이에서 태어난 고아들을 위한 구제 사업도 본격화하였다. 펄 벅은 "아메라시안"들을 돕기 위해 1964년 미국 필라델피아에 "펄 벅 재단"을 설립하였으며, 그 재원은 주로 많은 소설 등의 인세로 충당하였다. 그 이듬해 아시아 국가에서는 처음으로 펄 벅 재단 한국지부를 설립했다.

1967년 소사 희망원(Sosa Opportunity Center)을 설립한 펄 벅 여사는 1,500~2,000명의 아메리시안 아동 및 그 가족들의 교육과 복지를 위해 노력했다. 이를 기념하기 위해 현재 예전 소사희망원 자리에 부천 펄 벅 기념관이 설립되었고, 1965년 설립된 한국펄벅재단은 국가 간 범인류적 박애주의와 인종 간 평등주의를 주장한 펄 벅의 사회사업 사상인 HELP(Health:보건, 의료 Education:교육, 장학 Livelihood:생계, 생활 Psycho-social:심리 정서) 정신으로 지금까지 활동을 이어오고 있다.

이처럼 펄 벅과 부천의 인연은 각별하다. 펄 벅 여사는 유한양행의 설립자 김일한 박사를 통해 한국 역사와 문제를 많이 알게 되었으며, 김일한 박사가 당시 소사에 있던 땅 만 평을 펄 벅 재단에 기부하여 펄 벅 재단과 소사 희망원이 세워졌다. 수도 서울과 항구도시 인천 사이에서 산업화의 전진기지로 발전한 부천시는 2017년 10월 31일 유네스코에 의해 세계에서 21번째로 그리고 동아시아에서는 첫 번째로 유네스코 문학 창의 도시에 선정되었는데, 선정 과정에서 중요한 역할을 한 것은 무엇보다 부천에 뿌려진 노벨 문학 수상작가 펄 벅 여사의 혼혈 가족을 위한 박애주의 정신이었다. 부천의 소사희망원에서 한때 아메라시안 고아로 성장한 이 자서전의 저자 줄리 헤닝(구순이)을 만든 것의 8할은 펄 벅 여사와 부천이라고 해도 과언이 아닐 것이다.

기독교인으로의 회심(回心) : 하나님의 돌봄으로 살아가기

1973년 펄 벅 여사가 폐암으로 타계하자 헤닝은 세 번째 부모 프라이스 부부에게 다시 입양되었다. 그들은 독실한 기독교인들이었다: "줄리는 크리스천 부모에게 입양되어 예수님과의 관계를 이루게 되었다." 그 후 대학 재학 중에 독실한 남자친구 더그와 사귀면서 신실한 기독교인이 되었다. 줄리의 남편이 된 더그는 현재 목사가 되어 목회 활동을 하고 있다.

순이가 기독교를 처음 접한 것은 1965년 행복보육원에 있을 때 법원리 근처 캠프 로즈에 있던 미국 교회에서였다. 초등학교 6학년이었던 구순이는 무슨 뜻인지도 모른 채 미국 교회에서 영어로 "거룩, 거룩, 거룩" 노래를 불렀고, 예배를 마친 후 보육원 아이들은 부대 구내식당에서 감사하게도 융숭한 대접을 받았다. 그는 언니 뻘 되는 친구 전순에게 묻는다.

> "전순 언니, G-O-D가 무슨 말이야?"
> "그것은 성경에 나오는 하나님이란 뜻이야. 하나님은 기독교도들이 믿는 신인데, 그들은 하나님이 하늘과 땅 그리고 또한 우리 사람도 만들었다고 믿어."
> "전순 언니, 언니도 그런 말을 믿어?"…
> "그럼."

그러나 순이는 자기 엄마는 하나님이 아니라 부처에게 소원을 빈다는 것을 알고 있었다.

순이는 교회 부목사였던 미국인 군목이 엄마와 자신에게 베푼 관심과 친절함에 크게 감동하여 나중에 그를 찾고자 무척 애쓰지만 성공하지는 못한다. 그녀는 엄마가 돌아갔을 때를 비롯해 어려운 순간마다 "아, 신이시여. 당신은 어디에 계십니까?"를 되뇌는 버릇이 생겼다.

구순이는 1968년 5월 30일 서울에서 미국으로 건너가 펄 벅 여사를 새어머니로 모시고 살면서 중고등학교에 다녔는데, 어려운 가운데 미국 시민이 되기 위해 확실히 적응해 나갔다. 한 번은 펄 벅 어머니와 교회, 성경, 예수에 관한 이야기를 나누었다. 펄 벅 어머니는 중국 선교사였던 부모님 밑에서 자신은 성경을 통독했고 많은 성경 구절을 암송했다며 "예수님이야말로 어느 다른 지도자보다 신자들에게 진정으로 더 많은 명예와 위엄을 준 놀라운 인도주의자"라고 말한다. 펄 벅 어머니는 선교사이기도 했지만, 누구에게도 기독교 신앙을 강요하지는 않았다.

줄리는 대학입학 전 부족한 과목을 보충하기 위해 기숙학교에 다녔는데, 이 기간에도 주일 교회 예배는 드렸다. 그녀는 프라이스 부부를 교회에서 처음 만났고, 펄 벅 어머니는 자신의 병세가 나빠지자 줄리를 프라이스 부부 집에 가서 지내게 하였으며, 구순이는 결국 "착한 기독교도"인 프라이스 부부에게 두 번째로 입양되었다. 그리고 얼마 후 더그 헤닝이라는 신실한 남자 친구를 만나 "청년 성경공부" 모임에 참석하게 되었다. 이때부터 성경을 정기적으로 읽기 시작한 줄리는 "누구든지 열심히 선행을 베풀어서가 아니라 누구든지 믿기만 하면 영생을 얻는다"는 말씀을 진정으로 믿게 되었다.

더그 헤닝과 결혼한 줄리는 모범적이고 자애로운 목회자인 남편을 사랑하고 존경하였으며, 남편을 보내주신 하나님께 깊은 감사를 드렸다. 쌍둥이 아들을 유산하는 등 고통스러운 아픔도 겪었지만 두 아들의 부모가 된 헤닝 부부는 "가족, 친구, 동료, 이웃 그리고 아직 예수님과 복음의 능력을 알지 못하는 사람들을 위해 기도" 하며 살고 있다. 2017년 말 이들 부부는 두 아들 내외와 손자들 가족 전체가 예수님을 구원자로 받아들이고 축복을 받았다고 고백하기에 이른다. 어린 시절부터 한국과 미국에서 차별받는 아메라시안으로 고통스럽게 살아온 줄리는 결국 신실하고 착한 그리스도인이 되어 자신뿐 아니라 주위 사람들의 사랑과 평화를 지키는 수호자가 되었다.

의회 증언과 카네기홀 : 아메라시안들을 위한 활동들

미국으로 건너가 아시아계 미국인이 된 줄리 헤닝은 주류사회에서 벗어난 타자(the other)로서의 정체성을 누구보다 예민하게 의식하고 있었다. 펄 벅 여사의 인도주의적 박애 사상의 영향으로 기회가 닿는 대로 미국 내 소수민족들의 권익과 복지를 위해 애쓰는 그녀는 어느 날 펄 S. 벅 재단으로부터 미국의 수도 워싱턴 D.C. 의회 청문회에서 아메라시안들의 지위 향상을 위해 증언해달라는 요청을 받는다. 여기서 그녀는 아메라시안을 유전학적으로 어떻게 확인하는가의 법적 문제 등 많은 어려움이 있음을 알게 된다. "주님이시여, 눈 또는 머리의 색깔 때문에 삶의 불의를 직면해야 하는 이 아이들, 성인이 된 남자들과 여자들을 도와주소서"라는 기도로 결의를 다진 줄리는 미국인들에게 아메라시안 아동들이 그들의 아들이나 남편의 아이들이라는 점을 깨닫게 해주려고 최선을 다했다. 어린 시절부터 부모로부터 당연히 받아야 할 관심과 사랑을 받지 못한 그들을 돕기 위해 미국 사회는 여러 가지 프로그램이 필요하다고 자신의 경험을 간증하며 역설했다.

줄리 헤닝은 필라델피아 지역의 라디오 프로그램에도 출연하여 미국이나 해외에서 아메라시안들의 어려운 처지를 대변하기도 했다. 1983년 2월에는 뉴욕시 카네기 홀에서 3,000명 청중 앞에서 아메라시안들에 관해 연설하면서 그녀는 아메라시안들의 곤경에 대해 많은 예를 들어 설명하고 그들을 도와주는 펄 벅 인터내셔날의 전신인 펄 벅 재단의 활동도 소개했다. 줄리 헤닝은 1993년 마침내 정식 수학교사로 가르칠 수 있게 되었는데 아이러니하게도 그녀가 아메라시안이기에 소수민족 우대정책으로 쉽사리 정식 직업을 갖게 되었다. 그 후 아들들은 대학에 진학하고 미식축구선수로 뛰는 등 가정생활은 안정되고 평화로웠다.

그러던 어느 금요일 그녀는 펄 벅 인터내셔널 책임자에게서 중요한 전화를 받았다. 그것은 한국에 가서 한국 대통령 부인인 이희호 여사에게 "올해의 펄 벅 상"을 수여해 달라는 것이었다. 어린 시절 고국인 한국에서 혼혈로 무시당하고 차별당한 아픈 기억들이 엄습했지만, 여하튼 줄리는 두 번째 어머니 펄 벅 여사의 이상과 꿈의 결정체인 펄 벅 인터내셔날을 대표하여 고국으로 돌아가 많은 사람 앞에서 연설하고 더욱이 모국의 대통령 부인에게 펄 벅 상을 수여할 기회는 지나칠 수 없었다.

줄리는 2001년 1월 12일 남편과 함께 대한항공으로 인천공항을 향해 출발했다. 실로 33년 만에 다시 고국 땅을 밟은 그녀는 청와대 정찬에서 "한국에 대한 추억들, 엄마와 가난 그리고 죽음, 펄 벅 어머니와의 만남, 그리고 미국에서 가정을 이룬 것까지 자신의 이야기"를 전했다. 이 얼마나 큰 명예인가. 그녀는 "엄마"와 펄 벅 어머니를 다시 한번 생각하며 감사의 기도를 드렸다. 펄 벅 인터내셔날의 제휴기관인 1955년 설립된 홀트 양자회와 펄 벅 기념관이 있는 부천시를 방문한 줄리 헤닝은 펄 벅 어머니가 주신 PSB 이름이 새겨진 여행 가방을 펄 벅 기념관에 기증하였다.

그 후 줄리는 300여 개의 학교와 교회와 시민단체에서 아메라시안에 대한 이야기를 나누었고 한국과 중국을 포함하는 아시아의 다양한 TV 프로그램에서 자신의 이야기를 전했다. 2006년에는 당시 미국 대통령 부인이었던 로라 부시에게 "올해의 펄 S. 벅 인터내셔날 여성상"을 직접 수상하는 영광도 가졌다. 2018년 부천에서 개최된 제1차 펄 S. 벅 레거시(유산) 심포지엄의 기조연설자로 선정되었으나 참석하지 못하였고 대신 7분짜리 영상 환영사를 보내기도 했다. 줄리 헤닝은 이제 아메라시안들의 권익 신장과 나아가 세계 주변부 타자인 소수자들의 평등과 화해를 위해 세계적인 박애주의 사회사업가 펄 벅 여사의 뜻을 이어받아 나머지 생애를 사랑을 실천하며 살아갈 것이다.

"개천에서 피어난 장미"에서 "골짜기 백합화"로

이 자서전 제목을 한번 살펴보자.

"개천에서 피어난 장미"란 제목은 한 친구가 저자의 가난과 굶주림과 차별로 점철된 이야기를 듣고 그려준 그림 제목에서 따온 것이다. 우리 속담에도 "개천에서 용 났다(開川昇龍)"라는 표현이 있는데, 어려운 상황에서 고난과 역경을 이기고 인격을 연마하고 합당한 지위를 얻은 경우를 가리킨다. 고전적인 예로 조선 초기 세종 시대에 측우기를 처음 발명하여 이름을 날린 장영실이라는 과학자가 있었다. 중국인 출신 아버지와 조선 기녀 사이에서 태어난 관노(官奴)였던 그는 신분과 차별을 뛰어넘어 발명가로 대업을 이룩했다.

장미꽃은 색깔과 향기 양면에서 아름답고 화려하다. 우리 민족의 최대 비극 6 · 25 한국전쟁 중에 참전했던 미국 군인과 한국여인 사이에서 태어난 줄리 헤닝은 혼혈아로 모든 불리함과 역경을 딛고 반듯한 인간으로 성장하여 서로 다른 문화 사이에 가교를 잇는 다문화 인물로 살고 있다. 정말로 대견스러운 아메라시안인 줄리 헤닝의 삶은 정말로 "개천에 핀 장미 한 송이"에 견줄 수 있다. 진실로 줄리의 삶에는 아름다움과 향기가 있다. 그러나 "장미에는 가시가 있다"라고 하듯, 장미의 아름다움과 화려함 뒤에 슬픔과 아픔이 있음을 알 수 있다. 이 자서전에서 우리는 감내하기 어려운 고통과 아픔을 느낀다. 작가가 드러내고자 하는 것도 아마 이 부분이었으리라. 또한, 장미 "가시"는 이 이야기를 독자들이 쉽게 수동적으로 수용하는 접근을 막는 효과가 있어서 한 혼혈 소녀의 자서전을 그냥 푹신한 소파에 앉아 쉽게 읽어 버릴 수는 없다.

줄리 헤닝은 타고난 현란한 이야기꾼은 아니다. 한반도의 해방공간과 6 · 25 전쟁 이야기의 전개가 단조롭고 기술적(記述的)이지만 독자는 이 자서전을 읽으며 6 · 25 전쟁 후 한반도의 정치 문화적 상황에 "역사의식"을 장착해야 할 것이다. 이것이 바로 독자의 적극적 참여를 통해 텍스트의 완성을 이루는 것이 아니겠는가? 독자는 하나의 텍스트 안에 숨겨진 의미를 찾아내는 보물찾기 놀이만이 아니라 텍스트에 벌려진 "틈"과 간극을 우리의 경험과 비전으로 채워 넣어야 한다. 이것이 바로 열린 텍스트에 독자들이 개입하여 텍스트를 완성하는 것이다. 자서전이란 담론(discourse)은 문학과 역사의 혼합체이기에『개천에서 피어난 장미 한 송이』에 노출되지 않은 틈까지 파고들어 그 텍스트의 문화와 역사의 맥락 속에서 다시 읽어야 한다. 이 작은 자서전에는 의외로 커다란 인류의 "야만의 역사"가 깔려있다. 전쟁, 고아, 빈부, 차별 문제는 물론 까다로운 인종 문제까지 들어 있다. 물론 이 작은 이야기 속에서 공감, 사랑, 헌신, 인권, 과거에 대한 회고, 현재에 대한 성찰 그리고 미래에 대한 비전을 그려봐야 할 것이다.

저자 줄리 헤닝은 자신을 "개천에 핀 장미 한 송이"로 불렀다. 여기서 개천은 일반적으로 더러운 물이 흐르고 때로는 악취까지 나는 도랑이다. 그러나 이 자서전의 후반으로 갈수록 "개천에 핀 장미"가 아니라 좀 더 깨끗하게 정화된 시냇물에 핀 들꽃의 인상을 받는다. 저자가 신실한 기독교도라는 사실을 염두에 두고『성경』에서 이미지를 찾아보자.

> "광야와 메마른 땅에 기뻐하며 사막이 백합화같이 되어 즐거워하며" (이사야 35장 1절)

> "나는 샤론의 수선화요 골짜기의 백합화로다"(아가서 2장 1절)

『구약』에 "개천에 핀 장미"를 대신할 "골짜기의 백합화"가 있다. 이제 줄리 헤닝에게 이 새로운 꽃을 증정하면 어떨까?

나가며 : 전기 문학 (자서전) 다시보기

『개천에서 피어난 장미』는 우리가 잘 알고 있는 정치가, 배우, 운동선수, 장군, 재벌가, 학자들과 같은 저명한 사람들이 쓴 회고록 또는 자서전이 아니다. 보통 여자 아니 한국에서는 혼혈아로, 미국 사회에서는 인종적 타자로 지내온 "삶의 이야기"라는 데 큰 의미가 있다. 자서전은 한 개인의 이야기지만 한 사회의 하나의 문화와 역사이기도 하다. 1950년 발발한 한국전쟁의 결과로 태어난 혼혈 여성의 사적 이야기는 한반도 공적 기록에 편입될 수 있다. 한 개인이 겪은 일들은 모두 당대의 사회, 정치, 경제, 문화와 밀접하게 관련되어 있으므로, 이런 의미에서 줄리 헤닝의 작은 자서전은 6 · 25 한국 전쟁을 전후로 한 한반도 역사를 드러내는 "구체적 보편(concrete universal)"의 서사이다.

"자서전"이란 분명 문학의 한 장르지만 시, 소설 등 주류 정통 창작 분야 장르보다 제대로 평가받지 못한다. 자서전뿐 아니라 시조, 수필, 아동문학, 기행문학, 서간문학, 일기문학 등도 제대로 학계나 문단에서 인정받지 못한다. 만해 한용운 선생은 일찍이『문예 쇄담(文藝 瑣談)』에서 글로 쓴 모든 작문은 문학이나 문예라고 선언했다. 어떤 의미에서 주류 장르로 시, 소설, 희곡에 국한한 19세기 서구 낭만주의 전통의 결과다. 그들은 시인이나 작가를 독창적 능력을 갖춘 천재로 보는 경향이 절대적이었기에 시, 소설 이외 일반인의 창작물은 고급문학 또는 순수문학으로 간주하기를 꺼렸다.

그러나 20세기 또는 21세기에 글쓰기 영역의 차별화와 확대가 일어남에 따라 장르 확산이라는 화두가 등장했다. 새로운 민주주의 사회에서는 천재적이고 독창적 시인, 작가가 아니더라도 문인(文人)이 될 수 있게 되었다. 이것은 당연한 일로 지금까지 소외당했던 주변부 장르의 활성화가 필요한 때다. 문학의 경계를 시, 소설, 희곡뿐 아니라 다양한 글쓰기 장르로 확산시켜야 한다. 이런 의미에서 줄리 헤닝의 특별한 자서전은 미국의 소수민족 여성의 담론으로 부각되고 인정되어야 할 것이다. 처음으로 한국에 소개되는 6·25 한국전쟁 아메라시안 고아의 이야기를 통해 우리 문단에 새로운 담론이 소개됨을 기뻐하며 환영하는 바이다.

(2020년, 6·25 한국전쟁 70주년을 맞으며 정정호)

제3부

비평과 이론

: 역자 해설과 후기

지금까지 계속 번역을 해오면서 소설가로서 좋다고 느꼈던 점이 몇 가지가 있다. 맨 먼저 현실적인 문제인데, 소설이 쓰고 싶지 않을 때에는 번역을 하며 시간을 보낼 수 있다는 점이다. 에세이 소재는 언젠가 바닥을 드러내지만 번역거리는 바닥날 일이 없다. 그리고 소설 쓰는 일과 번역 하는 일은 쓰는 머리의 부위가 달라서 번갈아하다보면 뇌의 균형이 좋아진다는 장점도 있다. 또 하나는 번역 작업을 통해 문장에 관해 많은 것을 배운다는 점이다. 외국어로(내 경우는 영어로) 쓰인 어떤 작품을 읽고 '꿍장하다'고 느낀다. 그리고 그 작품을 번역해본다. 그러면 그 글의 어디가 그렇게 훌륭했는가 하는 구조 같은 게 보다 명확하게 보이게 된다. 실제로 손을 사용해서 하나의 언어에서 다른 언어로 바꿔나가는 작업을 하다보면, 그 글을 단지 눈으로 읽을 때보다 보이는 것이 훨씬 많아지고 또한 입체적으로 다가온다. 그리고 그런 작업을 오랜 시간에 걸쳐 계속하다보면 '좋은 글은 왜 좋은가'라는 원리 같은 것을 자연스레 알아차리게 된다.

그런 까닭에 소설가인 나에게 번역 작업은 늘 변함없이 소중한 글쓰기 스승이자 허물없는 문학 동인이기도 했다. 내게는 실제로 스승이라 부를 만한 사람도, 문학 동인이라 부를 만한 사적인 친구도 없다.

— 무라카미 하루키, 『잡문집』(이영미 역, 2011), 340~341쪽

1. 이합 핫산의 문화 및 문학이론

— 이합 핫산, 『포스트모더니즘』, 1985

새로운 시작의 끝을 위해

1984년 4월 28일 토요일 오후 오스트리아의 비엔나, 오지리 친구가 경영하는 화랑에서 핫산교수 부처를 만났다. 당시 그들은 터키 이스탄불과 네덜란드 암스테르담에서 열리는 포스트모더니즘에 관한 국제 심포지엄에 초빙 강사로 가는 길이었다. 근처 찻집으로 자리를 옮긴 후 나는 그에게 물었다.

포스트모더니즘이 터키 같은 나라에서도 관심의 대상이 되는지요. 포스트모더니즘이 벌써 그렇게까지 전 세계적으로 널리 논의되고 있는지요?
물론, 아니 포스트모더니즘에 관한 논의는 벌써 과거지사로 돌아가고 있는 느낌이 들 정도랍니다.

나는 호텔에 돌아와서야 핫산이 다른 책에서 한 말을 상기해낼 수 있었다. 사실 문학에서 혁신의 문제에 처음부터 관심을 가졌던 그가 1961년 전후 미국 소설에 관한 저서 「기본적 순수성」을 펴내고 1967년에 세상에 나온 「침묵의 문학」과 「오르페우스의 사지 절단」(1971)에서 문학과 예술에서 일어나고 있는 침묵 문제를 다룰 때 사람들은 놀라고 실망하고 경탄하기도 했다. 이제 그런 주제는 완전히 안전할 뿐만 아니라 오히려 진부한 것이 되어 버린 느낌이다. 최근 들어 「파라 비평」(1975)과 「올바른 프로메테우스의 불」(1980), 「혁신과 쇄신」(1983) 등의 편서와 저서를 통해 문체 형식과 주제 면에서 혁신적으로 문학, 비평, 문화 현상에 접근했을 때 사람들은 소란스럽게 굴었는데 그것이 이제는 오히려 과거지사로 여겨지다니! 이 말은 핫산 이후 수많은 비평가, 이론가들이 여러 갈래의 이론들을 들고나와 백가쟁명의 경지에 다다름을 의미하는지도 모른다. 아니면 핫산 자신은 포스트모더니즘에 대한 치열한 이론 전개와 구축을 잠시 중지한 채(?) 요즈음은 파라적 자서전을 쓰기 시작해 일부를 내놓았고 특히 미국 문학 이론에 관한 새로운 저서를 준비하고 있기 때문인지도 모른다.

방백 I: 거대하고 사랑스러운 도시, 그리운 서울을 꿈꾼다. 18세기 영국 시인 새뮤엘 존슨의 표현을 빌리면 ── 그에게는 물론 또 다른 경이의 도시인 런던이었겠지만 ── "서울에 싫증을 느낀 자는 삶에 권태를 느낀 자이다." 얼마나 무한하고 다양한 가능성의 도시인가? 강과 산들이 조화를 이룬 유서 깊은 놀라운 도시! 은유와 풍자, 애수와 환희, 자랑과 조롱의 도시… 문득 시인 김해경이 떠오른다. 그와 함께 서울거리를 걷는 몽상에 잠겨 본다.
── 李箱과 理想과 異狀?
── 그를 打作한다면 어떻게 될까?
── 아방가르드, 나아가 (포스트)모더니즘의 싱싱한 비늘 껍질이 떨어지는 것은 아닐까?
── (자랑스럽고 진기한 한국인, 전위 비디오 예술가 백남준은 서울에 무엇을 흘리고 떠났을까?)
우리 한국 현대사회, 문화, 예술 및 문학에서의 변화란 어떻게 일어나는 것일까? 무질서와 혼란에 대해 명민한 감식력을 지닌 놀라운 이집트인에게 다시 한번 의존해 보자. 적어도 우리는 몇 가지 선견지명과 때늦은 지혜, 내적 통찰력과 외계 지각력, 거시적 인식력과 미시적 관찰력을 얻을 수 있으리라.

— 변화는 존재한다. 그것은 물리적 우주—폭발하는 큰 별, 지질학적 변화, 광합성, 무작위 돌연변이—뿐 아니라 인간세계에도 영향을 미친다. 정말로 변화에 대한 우리의 인식은 우리 자신들과 우주에 대한 지식과 더불어 확산한다.

— 인간세계에서 변화는—순수한 우연의 기능뿐만 아니라— 상상력과 욕망, 은유와 가치, 순수 이성적 구조와 정서적 관심의 기능을 수행하는 듯하다.

— 다시 인간세계에서 변화에 대한 인식은 언어에 의존하며 하나의 분명한 해석학적 차원을 지니게 된다. 또는 니체가 말한 바와 같이 모든 변화란 이미 하나의 해석이다.

— 변화의 가장 강력한 작인은 물질적 실재에 작용하는 동안에도 그 자체에 작용하는 정신이다. 즉 그것은 자기 변모의 조직으로 인공 두뇌학적이며 지식과 문화를 통해—더 좋게든 나쁘게든—변형시키는 자연 능력 속에 표면적으로 구성되어 있다.

— 변형의 보편적인 어떤 양식도 모든 인간의 노력에 적용되지 않는다. 왜냐하면, 어떤 변화는 순환 주기적이고 어떤 것은 직선적이고, 여기서는 변증법적이고 저기서는 극적이며, 한 종류는 친자 관계적이고 다른 것은 양자 관계적이기 때문이다.

— 그러므로 변화란—모던한 것이든, 포스트모던한 것이든, 혁신적이든, 쇄신적이든 간에—언제나 지적으로 단순한 것은 아니다. 붙잡기 어렵고, 모호하고, 완전히 불확실해서 우리가 만든 도식들을 거부할 뿐 아니라 놀라움이나 추측으로 그리고 아마도 궁극적으로는 소멸의 소문으로 표시되는 것이다.

— 변화란 언제나 자유와 통제 모두를 환기하기 때문에 도덕적으로 무기력하거나 정치적으로 중립적이지 않다. 우리 모두 사적으로나 공적으로 변화의 대가를 지급하는 것은 불가피하다.

장면 I : 꼭 2년 만에 다시 이곳으로 왔다. 밀워키는 깨끗하고 단아하나 조금은 차가운 도시다. 핫산교수 부처를 다시 만난다. 바다 같은 미시간 호수가 내려다보이는 그의 정원에서 나의 두 딸 혜연, 혜진과 모두와 공굴리기를 한다. 이제 우리는 포스트모더니즘 얘기는 하지 않는다. 우리는 최근 그가 쓰고 있는 상상적인, 파라적인 자서전 얘기를 한다. 집으로 돌아와 밤늦게까지 『캐년 리뷰』지에 실린 그의 자서전 일부를 읽고 깊은 사색에 잠긴다.

— 휴머니스트들이 다시 꿈꾸는 것을 배울 수 있을까? 꿈꾸다 깨어나서 문화와 욕망, 언어와 권력, 역사와 희망 사이를 활발하게 중재할 수 있을까?

— 어떤 보이지 않는 벌레들처럼 식민지 경험은 지나간 잘못들과 부족한 것들을 교정하려는 모든 것들에 몰두한다. 자기 혐오, 자기 의심이 그들의 오장 육부 속에서 뒤틀리고 잘못된 자부심과 함께 질투심이 소용돌이친다… 이렇게 해서 식민지 콤플렉스 원리가 생겨난다. 자신을 위안하는 차이점만을 격찬하고 다른 차이는 비난하거나 무시해 버린다… 이러한 도전은 — 아마도 도전이라기보다는 위안에 더 가까운 — 어떤 역사적 편집광 증세를 피할 수 없다.

— 나에 대해 말한다면 자부심이나 고통 — 식민주의 유산이 그렇게 많은 사람을 반신불수로 만드는 것을 보는 고통 — 에서 벗어나 일찍이 나 자신 속에 식민지 콤플렉스가 자리할 수 없도록 마음먹었다. 그런 결심이 나의 연민의 정을 축소하고 공감의 신경을 무디게 만든 것은 아닐까?

몽상: 나 자신을 정신 분석해 본다. 무엇 때문에 나는 이역에서 몇 년씩 방황(?)하고 있을까? 한국인으로 이곳에서 영문학을 연구하고 영어를 가르치는 나는 앞으로 무엇이 될 것인가? 영문학 논문을 쓰고 글을 쓰고 번역하는 일 등이 나에게 어떤 의미를 주는 것일까? 가장 진지한 한국인이 되기 위해 양학(洋學)을 한다고 말한다면 궤변일까? (누군가 진실로 민족적인 것이 가장 세계적인 것이라고 했던가.) 핫산교수를 다시 한번 되새김질해 본다. 이집트인으로 세계적 학자가 되어 미국에서 사는 그에게 조국 이집

트는 어떤 의미일까? 2차 대전 중 유대인인 에리히 아우어르바하가 터키의 이스탄불로 피해 와서 거작 「미메시스」를 썼고, 이 밖에 헝가리인으로 프랑스에서 활동하는 츠베탕 토도로프, 팔레스타인 출신으로 미국에서 활동하는 에드워드 사이드는 외국(유배?) 생활―잠시든 영원이든―의 실행적 가치를 어떻게 승화, 활용하는 것일까? 생 빅토르의 위고에 의하면 유약한 사람은 세상에서 한 곳만을 좋아하고 강한 자는 어느 곳이나 좋아하는 사람이고 완벽한 사람은 세계 어느 곳이든지 타향(이방)처럼 느낀다는 것이다. 나는 이 중 어느 편에 속할까? 이른바 지역 정신(spirit of place)에 집착하게 되는 나는 아무래도 유약한 자이리라. 조국의 혼을 상실한다면 본질적이고 독창적인 일은 도저히 못 할 것 같으니 말이다. ―솔직히 말하건대 이것이 최근에 내가 얻은 증후이다. ―방랑 삿갓 시인 천재 김병연이 근 40년간을 출렁이고 굽이치는 조국 산천을 돌아보며 무슨 생각을 했을까? 한(恨)의 현상학을 극복하고 영혼의 진정한 원초적 에너지를 발견하였을까? (아, 편집 증세와 분열 증세 사이를 오락가락하는 나의 내면에서 위험하나 아름다운 균형을 잡아 주는 그대 내 조국의 얼이여!)

그러나 다음의 평행선적 자극과 충동은 최근에 내가 얻은 편집증적 분열 증세다. 낮에는 영원한 외국어인 영어와 싸우고 밤에는 모국어 한글을 부둥켜안고 애무를 벌이며 (주중에는 미국 학생들 영어 가르치며 무감각해 있고 주말에는 교포 2세들 한글 가르치며 즐거워하고 보람[?]을 느끼고), 템스강과 센강을 바라보며 한강을 그리워하고, 워즈워스를 읽으며 윤선도를 상기하고, 존 로크를 읽으며 퇴계를 생각하고, 미국 중서부 평원의 프리웨이를 달리며 영동 고속도로를 떠올리고, 니체를 읽으며 장자를 갈구하고, 마이클 잭슨 들으며 조용필 카세트 틀고, 도리스 레씽 읽으며 박경리 소설이 다시 읽고 싶고… 이것은 단순한 향수병에서 오는 착란적, 신기루적 현상일까? 아니면 제3세계에서 온 한 지식인의 내면적, 본질적 변모의 시작일까? 시작 속에 이미 종말이 있는 것일까?

… 기다란 겨울잠에 빠진다.
이제 겨울이니 봄도 멀지 않으리!

우리나라 일반 독자 여러분과 포스트모더니즘을 논의할 기회를 만들어준 종로서적출판(주) 여러분께 진심으로 감사드린다. 비학천재(卑學賤才)인 역자의 본의 아닌 졸역이나 오역에 대해 독자 여러분들의 관대한 질타를 바란다.

(1985년 2월, 밀워키에서 정정호)

2. 1980년대 주요 포스트모더니즘 이론가들

— 프레드릭 제임슨 외, 『포스트모더니즘론』, 1989

정치 · 경제 · 사회 · 문화 전반에 걸쳐서 자본주의적 모순들이 심화하여 그 문제점들이 첨예하게 드러나고 있는 우리 사회에서 아직도 생경하게 들리는 「포스트모더니즘」이라는 다분히 서구적인 문화 현상에 대해 논의를 전개한다는 것은 어딘지 모르게 꺼림칙한 일이다. 보기에 따라 우리 사회는 지금 진정한 자주, 민주, 통일을 이룩해내기 위한 힘들고 가열찬 투쟁을 하는 중이라 할 수 있는데 한가하게 서구적 현상이나 들먹인다는 것은 현실도 피 또는 책임회피 인상이 짙기 때문이다. 그러나 이 책은 포스트모더니즘이 수용할 만하고 본받을 점이 있느냐 없느냐 하는 문제를 떠나 그것이 가진 병폐적 영향을 고려해서라도 그에 대한 논의가 심각하게 이루어져야 한다는 믿음에서 마련되었다.

우리는 지하철 노조가 현대 중공업, 대우조선, 모터 로라 노조 등과 더불어 공권력에 의해 탄압받고 와해되는 우울한 시대에 살고 있지만 동시에 서울 지하철이 가히 소비 왕국이라 불릴 수 있을 롯데월드와 연계된 시대에 살고 있기도 하다. 서울 지하철 잠실역과 롯데월드의 연계는 국가독점자본주의 체제 안에서 국가권력과 재벌기업의 금력이 결탁한 사례다. 세계적 규모의 대도시 서울의 대량교통 수단인 지하철 2호선을 타고 잠실역에 내리면 우리는 소비자본주의 화신으로 보이는 롯데월드 속에 "빨려" 들어가게 된다. 잠실역에서 내려본 사람이면 다 알다시피 역에서 롯데월드로 들어가는 입구가 가장 넓고 화려하므로 현대 소비생활의 "토대"를 이루는 욕망구조에 매여 있는 우리는 자신도 모르게 그곳으로 흡수되어 버린다. 모든 길은 로마로 통한다지만 여기서는 모든 길이 롯데월드로 통하게 되어 있다.

서울 지하철과 롯데월드의 이런 연계가 가진 의미를 파악하기 위해 우리는 정치한 사회과학적 분석을 시도할 수 있을 것이다. 우리 삶에 대한 총체적인 사회과학적 분석은 오늘날 우리 학계의 한 주류를 이루고 있다. 하지만 우리는 국가권력과 재벌의 결탁이 "문화적" 방식으로 이루어지는 데에도 주목해야 한다. 이때 "문화"란 우리가 살아가는 삶의 총체적 모습을 가리키며 특히 구체적인 삶의 결을 가리킨다. 위에서 언급한 "연계"와 "결탁"은 사회과학적 분석이 중시하는 하부구조적 차원에서만 일어나는 현상이 아니다. 그것은 우리가 매일 출·퇴근 혹은 외출할 때 일상적으로 겪는 실존적 경험의 일부로 나타나기도 한다. 다시 말해 하부 구조를 결정짓는 자본 논리가 구체적 삶의 방식으로 육화되어 나타나는 것이다. 이런 까닭에 우리는 잠실역에서 내려 롯데월드로 들어갈 때 칼과 돈이 결합되어 있는 모습이나 독재자와 배불뚝이 사장이 악수하는 장면은 보지 못하고 대중교통의 편의와 "기분 좋게" 소비할 수 있는 대규모 백화점이 교묘하고도 현혹적으로 어우러진 롯데월드 지하광장만을 보게 된다. 이 지하광장은 모든 길이 롯데월드로 통한다는 착각을 일으킬 정도로 유혹적으로 꾸며져 있다. 다시 말해 자본은 그 위협적 모습을 드러내지 않은 채 그것이 가진 지배 논리를 관철하고 있는 셈이다. 그리하여 우리는 스스로 "자발적" 소비자라고 믿으면서

"즐거운" 쇼핑길에 나서게 된다.

롯데월드 안에 있는 거대한 실내위락장인 롯데어드벤쳐가 보여주듯이 오늘날 우리의 일상을 지배하고 있는 소비자본주의는 환상의 제공처를 만들어낸다. 잠실역과 롯데월드는 분명히 자본의 논리로 연계되어 있는데도 그 연계는 "편리한 시민 생활" 등의 이유로 미화되고 합리화된다. 롯데어드벤쳐는 일종의 환상의 공간이다. 그것은 미국의 디즈니랜드나 디즈니월드와는 또 다른 차원의 공간으로 건축에 있어서 안과 바깥의 구분이 송두리째 부정되고 있는 포스트모더니즘적 공간이다. 잠실역을 통해 롯데월드로 흡수되어 다국적 자본이 "생산"해낸 갖가지 상품을 사는 수많은 서울 시민들은 자신도 모르는 사이에 이 새로운 공간의 미아가 되어 급기야는 환상의 나라로 불리는 롯데어드벤쳐에 도달하면서 현대적 삶의 성적 쾌감을 맛보게 된다. 그리고 그러는 사이에 서서히 "문화" 시민이 되고 롯데월드적 세계가 유일한 삶의 질서라고 내세우는 지배 이데올로기에 함몰되어버린다. 다시 말해 오늘날 권력의 지배는 문화를 통해서도 이루어지는 것이다.

포스트모더니즘 논의는 이상과 같이 소묘할 수 있는 자본의 문화적 양상을 이해하는 데 필요하다. 포스트모더니즘은 물론 우리에게는 아직 생경하게 들리는 문화 현상이기는 하다. 그것은 20세기 후반의 서구자본주의적 문화 현상으로 제국주의 지배 아래서 남다른 민족모순을 겪어온 우리에게 모더니즘이라 불리는 또 다른 문화 현상과 함께 여전히 남의 것이라는 인상을 준다. 그러나 국제교역량 확대 등으로 나타나는 한국 자본주의의 세계 체제로의 편입이라는 보다 근본적이고 지속적인 현실변화에서부터 서울올림픽과 같은 일회적이기는 하지만 커다란 여파가 있는 행사에 이르기까지 우리 사회의 세계화 추세는 계속될 전망이고 바로 그런 이유로 포스트모더니즘은 강 건너 불로 남을 것 같지 않다. 우리는 이미 제국주의를 통하여 서구자본주의에 편입되면서 근대화 과정을 겪고 그와 아울러 모더니즘 문화를 수용한 바 있다. 이제는 다국적 자본의 문화 논리라고도 간주되는 포스트모더니즘이 우리 사회에 만연될 게 거의 확실시된다. 포스트모더니즘에 관한 논의가 철저히 이루어져야 한다는 의견도 이런 상황인식으로부터 나온다.

　그러나 사실 포스트모더니즘 논의가 심각하게 이루어져야 한다는 당위성을 인정한다 하더라도 실제로 그 논의를 우리의 문화 상황과 관련지어 끌어가기에는 아직도 많은 걸림돌이 남아있다. 사회구성체론이라고 불리는 사회과학에서의 한국사회 분석과 논의 방식이 초기 종속이론에 경도했던 단계를 지나 이제는 주체적 역량을 확보하게 된 것과는 달리 우리 사회에 대한 문화적 분석은 만족스러운 이론 틀이 주어져 있지 않은 실정이다. 책임회피의 말로 들릴지 모르겠으나 이 책을 꾸밈에 있어서 우리 사회의 문화적 상황에 대해 일정한 문제의식을 느끼고 출발했으면서도 여기에 실린 논문을 번역 논문으로 채우게 된 것도 사실 이런 사정이 있었기 때문이다. 우리의 문화 판도를 놓고 우리식으로 포스트모더니즘 논의를 전개해야 한다고 믿으면서도 서구적 상황에서 생산된 이론들을 "소개" 하는 또 다른 이유는 포스트모더니즘 문화가 아직은 서구적 냄새를 짙게 풍기고 있기 때문이기도 하다.

　이렇게 볼 때 이 책은 서구적 현상을 서구적 이론의 틀로 보는 글들을 모은 것에 지나지 않는다. 포스트모더니즘 논의의 전개가 꺼림칙하다고 느껴지는 것도 이쯤 되면 당연하다 할 것이다. 그러나 편역자들은 여기 번역하여 실은 논문들을 소개 차원에서 싣지는 않는다. 다시 말해 서구적 문화 현상을 서구적 시각에서 수용하기 위하여 이 책을 준비하지는 않은 것이다. 물론 우리에게 닥쳐올 문화 현상에 대한 이해를 위하여 이미 유사한 경험을 한 바 있는 서구의 경우를 타산지석으로 삼을 필요가 있다는 점을 부정하지 않지만 우리는 가뜩이나 서구 문화에 짓눌리고 있는 상황에서 중요한 것은 서구 문화에 대한 정확한 진단과 분석마저 우리 문화에 대한 주체적 전망 속에서 이루어져야 한다는 점을 명심하고 있다. 따라서 이 책은 서구의 포스트모더니즘 논의들을 주체적 입장에서 자리매김하기 위해 그리고 그 준비작업으로 마련된다고 할 수 있다.(이와 관련하여 도서출판 터에서 가능하면 빨리 국내 연구가들이 집필한 논문을 모아 포스트모더니즘에 관한 주체적 논의를 할 계획을 하고 있다는 점을 밝혀도 좋을 것 같다.)

여기에 실린 논문들을 자리매김하기 전에 이 짧은 글에서 가장 중요한 개념으로 언급되기는 했지만, 아직 그 정체가 규명되지 않은 포스트모더니즘에 대해 잠깐 설명하고자 한다. 포스트모더니즘 논의는 1960년대 미국의 문학계에서 본격적으로 시작되었다. 이합 핫산(「침묵의 문학」, 1963), 수전 손탁(「캠프에 관한 소고」, 1964), 레슬리 피들러(「새로운 변종들」, 1965), 리처드 포와리에(「낭비의 문학」, 1967) 등이 종래의 모더니즘적 작품이 보여준 것과는 다른 감수성을 지닌 문학작품이 나타나는 것을 감지하고 그것에 대해 호의적 평가를 하면서 시작된 것이다. 그러나 여기에 실린 글들을 보면 알겠지만, 포스트모더니즘은 문학에 국한된 현상이라기보다는 문화 전반에 걸친 현상이다. 이 책에 실린 8편의 논문 중 문학에 국한하여 포스트모더니즘을 언급하는 경우는 피들러와 제랄드 그라프 뿐이다. 이런 점에서 포스트모더니즘을 20세기 문화 현상과 관련지어 살펴볼 필요가 있다.

앞에서 포스트모더니즘을 "20세기 후반의 서구자본주의적 문화 현상"이라고 지적한 바 있다. 포스트모더니즘이 서구자본주의와 밀접한 관련을 맺고 있다는 것은 사실이지만 그 특징을 좀 더 잘 이해하기 위해서는 소비자 자본주의라는 개념을 도출할 필요가 있다. 왜냐하면, 포스트모더니즘은 자본주의화 과정에서 일어난 상품의 대량생산 현상에 대한 예술 혹은 문화의 대응 양식으로도 볼 수 있기 때문이다.

　포스트모더니즘은 흔히 문화적 대중주의와 결부된다. 그리고 바로 이러한 대중주의 때문에 그것은 이전의 모더니즘과 구별된다. 모더니즘이 미학적 대중주의보다는 엘리트주의를 표방했다는 것은 프루스트, 조이스, 엘리엇, 파운드, 베케트 등 대표적 모더니즘 작가들의 작품을 보면 알 수 있다. 그들의 작품은 하나같이 작품의 상품화에 저항하고 예술의 자주성 혹은 독립성을 지키려는 몸짓으로 가득 차 있다. 모더니즘의 이러한 경향은 예술과 삶을 분리시키는 일체의 기도에 저항하고 예술의 사회화를 촉구했던 아방가르드 예술과도 대비되지만, 오늘날의 포스트모더니즘과도 구별된다. 포스트모더니즘 작품은 작품의 "안"과 "바깥"이 구별되지 않는다. 프레드릭 제임슨이 이 책에 실린 그의 논문에서 탁월한 솜씨로 묘사하고 분석하고 있는 로스앤젤레스의 보나벤투라 호텔을 살펴보면 포스트모더니즘적 예술 작품의 그러한 특징을 잘 알 수 있다. 그런데 이러한 안팎 경계의 붕괴가 문화적 혹은 미학적 대중주의와 어떤 관련을 맺는가? 포스트모더니즘 작품이 보여주는 작품 경계의 붕괴를 모더니즘 작품이 지향하던 예술의 독자성 고수와 비교해보면 전자의 대중주의적 특징을 알 수 있다. 상품의 대량생산 체제 안에서 작품의 독자성을 지켜 예술 세계와 비예술 세계를 구분한다는 것은 고급예술 중심적 태도이지만 양 세계의 경계를 미룬다는 것은 대중주의적 문화관에 입각하고 있다고 볼 수 있다. 이런 까닭에 포스트모더니즘 예술 혹은 문화는 상품화에 대해 전혀 거부감을 느끼지 않는다.
　하지만 포스트모더니즘의 "대중주의"에는 심각한 문제점이 도사리고 있다. 그리고 이 문제점은 그것이 모더니즘의 고급 문화주의에 등을 돌리면서도 슬그머니 화해의 손을 잡는 사실과 관련되어 있다. 백낙청 교수가 포스트모더니즘은 모더니즘의 한 "변종"이라고 지적했듯이 전자는 후자가 지녔던 기본적 현실 혹은 역사 인식을 큰 수정 없이 전승하고 있다. 이미 언급한 대로 모더니즘은 예술의 상품화 현상에 대한 한 대응 방식이었다. 따라서 모더니즘은 자본주의의 심화와 아울러 급격하게 이루어지고 있는 대량생산 체제에 항거하는 예술적 대응일 수도 있었다. 그러나 모더니즘은 그러한 항거를 사회현실 자체의 변혁과는 전혀 무관한 개인주의적 방식으로 치러냈기 때문에 궁극적으로 체제 순응적 반역사성을 갖게 되었다. 포스트모더니즘은 모더니즘이 가졌던 최소한의 저항의식조차 가지지 않는다는 지적을 받는다. 이는 테리 이글턴이 이 책에 실린 그의 논문에서 주장하는 바다. 물론 포스트모더니즘이 저항적이고 해방적인 요소가 있다고 보는 입장(가령 피들러, 료따르, 핫산, 후이센 등)에서는 이런 지적이 과도한 비난으로 보일 수 있으나 포스트모더니즘이 미학적 대중주의를 내세우고 예술을 상품시장 논리에 복속시키는 경향이 있음을 고려할 때 그것은 포스트모더니즘 옹호론자들이 결코 무시할 수 없는 지적이다.

포스트모더니즘은 소비자본주의 혹은 다국적 기업 시대 자본의 징후를 보여주는 문화적 양상이다. 포스트모더니즘 예술 작품에서 낭만주의 이래 강조되어 오던 주체의 자기표현이 약화되고 소위 주체의 해체라는 현상이 만연되고 있는 사실은 포스트모더니즘이 다국적 기업 단계의 자본주의 문화 논리라는 점과 밀접하게 결부되어 있다. 다국적 기업 단계에 이르면 국가 혹은 민족 개별단위의 자주적 영역보존은 불가능하게 된다. 프레드릭 제임슨은 여기에 실린 그의 글에서 이제 최후의 고립지역마저 "녹색혁명"이라고 불리는 제3세계 수탈전략에 의해 전 지구적 규모의 자본에 편입되고 말았다고 말하고 있는데 이런 상황에서 주체는 스스로를 고수하거나 사수할 근거를 잃고 말 것이다. 정신분열증이 포스트모더니즘 문화의 중요한 특징으로 부각하는 것도 따지고 보면 이러한 전 지구적 상황과 무관하지 않다. 물론 포스트모더니즘 문화 전체가 지금 말한 해체된 주체, 정신분열증에 걸린 개인의 병리 현상을 보인다고 말할 수는 없다. 포스트모더니즘 문화가 미국 등에서 소수 인종, 여성, 흑인 운동 등의 "소규모 정치"에 활용되고 있는 것을 고려할 때 포스트모더니즘에 어떤 건강성이 함유되어 있을 가능성을 배제하지는 못할 것이다. 그렇기는 하지만 우리는 포스트모더니즘이 제임슨이 지적하는 대로 후기 자본주의 시대의 다국적 자본의 문화 논리라는 점을 잊어서는 안 된다. 포스트모더니즘 문화가 주체의 해체를 기본적으로 요구하고 있는 다국적 자본의 한 징후로 나타나고 있다면 그것이 사회변혁을 위해 이바지할 공헌도가 그렇게 클 것 같지는 않다.

미학적 대중주의와 주체의 해체라는 포스트모더니즘의 두 가지 특징이 지닌 문제점을 편역자 나름대로 분석해 보았지만 여기서 내린 평가와는 다르게 평가할 수도 있을 것이다. 이 책에 실린 논문들 역시 포스트모더니즘에 관하여 다양한 견해를 보인다. 이제 이 책에 실린 8편의 논문을 간단히 비교하면서 각각의 논문에 대하여 우리 나름의 자리매김을 해보고자 한다.

여기 실린 8명의 논문 저자 중 5명은 미국인이거나 미국에서 활동하고 있는 사람들이다. 레슬리 피들러, 제랄드 그라프, 프레드릭 제임슨은 미국인이고 이합 핫산은 이집트 출신, 안드레아스 후이센은 서독 출신 미국인이다. 선정된 논문이 이처럼 미국 중심이 된 것은 물론 포스트모더니즘이 다분히 미국적 문화 현상이고 미국에서 그에 관한 논의가 집중적으로 이루어졌기 때문이지만 우리가 눈여겨보아야 할 것은 문화 보수주의자로 볼 수 있는 그라프를 제외하면 미국학자들은 대부분 포스트모더니즘을 쌍수를 들어 환영하고 있거나 혹은 그것이 엄존하는 현실이라고 받아들인다는 점이다. 이에 반해 오늘날 서독 프랑크푸르트학파의 대표 격인 위르겐 하버마스나 영국의 중견 마르크스주의 비평가 이글턴은 포스트모더니즘에 대해 비판적 견해를 밝힌다. 프랑스의 후기구조주의 철학자 장-프랑스와 료따르는 미국 학자들과는 또 다른 입장에서 포스트모더니즘을 수용하고 있다.

이상과 같은 편차는 각 학자가 속한 국가의 문화적 전통 또는 각각이 취하는 정치적 입장에 따라서 파생하는 것이다. 예컨대 피들러가 포스트모더니즘적 작품이 순수문학과 대중문학의 간극을 메운다고 주장하고 있는 것은 한편으로 그가 대중매체 시대의 문화적 현상인 대중문학과 대중 혹은 민중에 대해 깊은 신뢰를 하고 있기 때문이겠으나 다른 한편으로 이제는 시대착오적이라 할 수 있는 미국의 소박한 인민주의적 전통을 따르기 때문이기도 하다. 이러한 사정 때문에 피들러는 대중문학의 지향적이고 건강한 면만을 보려고 고집하고 그것이 다른 대중문화 형태와 마찬가지로 지배 이데올로기에 의해 조절되고 있다는 점은 간과한다. 이러한 점은 그가 현 단계의 미국 사회를 무계급적 사회라고 보는 데에서도 분명히 드러난다.

자신의 소박한 인민주의로 인해 피들러가 포스트모더니즘을 바람직한 현상으로 보고 있다면 그라프가 그것에 대해 비판적 견해를 취하는 것은 후자가 소위 휴머니즘에 입각한 보수주의 세계관을 고집하고 있기 때문이다. 그라프는 포스트모더니즘이 사람들이 주장하는 것과는 달리 결코 모더니즘을 극복한 것이 아니라 오히려 낭만주의, 모더니즘 이래 지속해온 허무주의, 주관주의, 회의주의, 반사실주의 등을 과정 상태로 나타내고 있다고 본다. 따라서 그는 포스트모더니즘에 매료되어 그것이 마치 이전의 문화 현상과는 질적으로 다른 계기가 있으며 또한 해방적 요소마저 있다고 열광하는 포스트모더니즘 옹호론자들에게 쐐기를 박는다. 포스트모더니즘의 체제 옹호적 요소를 상기할 때 그라프의 이런 지적은 적절하다 하겠으나 문제는 그의 포스트모더니즘 비판이 시대에 뒤떨어진 사실주의적 발상에 근거하고 있다는 점이다. 그라프는 포스트모더니즘이 낭만주의와 모더니즘처럼 외적 현실에 대하여 외면하고 있다고 보지만 그러한 외면 자체가 후기 자본주의적 사회구조가 만들어내는 현상이라는 사실을 간과하고 있다. 그리하여 그는 포스트모더니즘 문화 혹은 문학은 개인의 선택으로 배격 혹은 수용할 수 있는 것으로 생각한다. 그러나 포스트모더니즘이 전 지구적 문화 현상이라면 거기에는 어떤 합목적성이 내재해있는지도 모른다. 그렇다고 하여 그것을 쌍수를 들어 환영해야 한다는 말은 물론 아니나 그것이 가진 역사적 필연성을 인식하고 난 뒤가 아니면 그것을 극복할 방안이 모색될 수 없을 터이므로 그라프가 은연중에 제시하고 있는 개인 결단에 의한 포스트모더니즘 극복은 문제점이 있다고 하겠다.

이집트 출신으로 처음에는 공학을 전공하다 문학이론가로 변신한 핫산은 동시대를 담론 위기의 시대로 규정하고 철학, 과학, 생물학, 문학 이론 등 문화의 여러 분야에서 구체적 검증작업을 펼친다. 그 결과 그는 동시대가 의미생성 능력이 없는 "불확정 보편 내재"의 시대라는 결론에 도달한다. 이러한 상황에서 해체된 의미를 복구하는 작업이 필요하다는 것이 핫산의 견해인데 그 방책을 윌리엄 제임스가 주창한 실용주의에서 찾고 있다는 점에서 그의 포스트모더니즘론은 다분히 "미국적"이다. 핫산의 포스트모더니즘론이 미국적이라는 것은 그가 프랑스의 후기구조주의, 독일의 변증법적 문화 해석 등을 반대해 왔고 특히 프랑스와 독일의 문화 전통에 어느 정도 배어 있는 마르크스주의적 해석 방식에 반대하고 있다는 데에서 반증 된다. 이러한 판단은 미국의 실용주의가 오늘날 미국 사회의 주요한 특징을 이루는 다원주의와 맥이 통하면서 마르크스주의의 핵심인 변증법적 통일을 배척하는 철학적 바탕을 제공하고 있다는 사실에서 나온다. 그러나 핫산의 실용주의적 혹은 다원주의적인 미국식 포스트모더니즘론은 커다란 문제점을 안고 있다. 현대를 "불확정 보편 내재"의 시대로 본다는 점에서 정확한 분석을 내리고 있다고도 할 수 있겠으나 그 해결책을 미국의 실용주의 철학에서 찾는다는 것은 문제를 만들어낸 진원지에서 문제의 해결책을 찾는 것과 같다. 왜냐하면, 핫산이 인지해낸 포스트모더니즘 시대의 문제는 사실상 미국적 문제로 그가 옹호하는 미국적 다원주의 사회가 양산해 내는 현상이기 때문이다.

피들러, 그라프, 핫산 등이 하나는 미국의 대중사회적 성격, 다른 하나는 인민주의적 전통, 또 하나는 다원주의 혹은 실용주의 전통에 근거하여 포스트모더니즘론을 전개하고 있다면 하버마스는 독일의 변증법적 합리주의 전통에 근거하여 전개하고 있다. 하버마스는 포스트모더니즘이 계몽주의 이래 인류가 전력해 온 "근대화" 작업의 포기이며 또한 그것을 추진해온 원동력인 합리성의 포기라고 본다. 그는 또한 포스트모더니즘이 사회변혁을 지향한 아방가르드 예술을 포기하고 신보수주의의 포로가 되어 있음을 비난하고 있는데 이러한 입장은 그가 마르크스주의를 수용하고 있는 오늘날 프랑크푸르트학파의 대표라는 점을 고려하면 이해가 간다. 그러나 피들러, 그라프, 핫산 등의 포스트모더니즘론이 미국적 전통에 근거하여 각자가 지닌 세계관에 따라 전개되면서 그 나름의 문제점을 드러내고 있는 것처럼 하버마스의 포스트모더니즘론 역시 우리가 함부로 수용해서는 안 될 문제점을 가지고 있다. 그 문제점이란 하버마스가 서구 중심적 사고방식에서 벗어나지 못하고 있다는 점이다. 이 점에 대해서는 후이센도 지적한 바 있지만 어쨌든 하버마스는 서구적 이성에 대한 깊은 신뢰로 인해 합리성의 좋은 면을 일방적으로 강조해 서구적 이성이 시민사회 형성에 중요한 역할을 하는 과정에서 저지른 제국주의적 만행에 대해 일언반구도 없다. 포스트모더니즘론을 "신보수주의자"들의 문화이론으로 보고 그것이 체제 옹호적인 면을 가졌으며 아직도 진행되어야 할 사회변혁의 흐름을 자르는 역할을 한다고 지적한 것은 높이 사주어야 할 점이겠으나 그 비판이 계몽주의적 합리성에 지나치게 얽매여 있고 특히 제3세계적 안목에서 서구적 이성에 가할 수 있는 비난을 아예 배제하고 있다는 것은 우리의 처지에서 보면 문제가 아닐 수 없다.

료따르는 하버마스가 변호하는 합리성이 "지배적 담론"을 낳으며 그것은 곧 인류 역사에서 억압을 초래했다고 지적한다. 그는 『포스트모더니즘 상황』에서 합리성이란 권력의 한 특징이라고 말하며 동시대에 필요한 논리는 "배리"라고 주장한 바 있다. 여기에 실린 논문에서는 동시대 상황은 재현 불가능하다고 보고 거기에 대처하거나 혹은 그것을 "재현"하기 위해서는 하버마스가 추종하고 있는 헤겔의 변증법적인 종합적 분석 대신에 3대 불가사의를 인정한 칸트의 "숭고미" 개념을 중시해야 한다고 생각한다. 료따르가 볼 때 숭고미란 재현 자체의 가능성 유무를 시험하는 것으로 지배적 담론이 담아내지 못하는 대상이다. 지배적 담론은 총체적 재현을 지향하기 마련인데 동시대의 포스트모더니즘적 상황은 그러한 총체적 재현을 가능케 하지 않는다고 본다. 또 설령 총체적 재현을 시도한다 하더라도 그것은 결국 권력 의존적 성격을 띠게 마련이라고 생각한다. 료따르가 동시대 문제의 해결 방안으로 총체적 현실 파악에 근거한 "합리주의적" 논리 대신 반이성적 개념이라 할 "배리"를 이용하려는 것도 이 때문이다. 료따르의 이러한 입장은 자크 데리다가 유명하게 만든 "결정 불가능성" 등을 그 특징으로 삼고 있는 프랑스의 후기구조주의와 맥이 닿고 있다. 료따르의 입장은 얼핏 보면 하버마스의 서구 중심적 사고방식을 벗어난 서구 이성에 대한 비판의식을 나타낸 것으로 볼 수 있지만 그 입장 역시 서구적 상황에서 일어난 것임을 명심해야 한다. 료따르의 입장은 크게 보면 포스트모더니즘적 상황을 현실로 받아들인 서구인의 시각을 드러낸다는 점에서 그는 포스트모더니즘적 상황에 대한 서구적 해결방안을 모색하고 있다. 사회구성체론이 한창 진행되고 있는 우리 상황에서 필요한 것은 우리 사회의 총체적 현실 파악이다. 따라서 료따르가 주장하는 칸트적 숭고미에 입각한 재현 불가능의 미학은 우리에게는 적당하다고 할 수 없다.

후이센도 하버마스에 대하여 비판적 태도를 보이기는 마찬가지지만 후이센은 프랑스의 료따르와는 달리 독일 출신답게 아방가르드 예술에 대해 깊이 신뢰한다. 이점에 있어서 그는 하버마스와 같은 견해를 취하고 있는 셈이나 후자와는 달리 포스트모더니즘의 일정 부분을 수용해야 한다고 믿는다. 후이센은 하버마스가 아직도 중요하다고 주장하는 합리성이 역사적으로 억압의 도구로 전락한 면이 많았다고 하면서 이제는 새로운 인간해방의 논리를 찾아야 할 상황이 도래했다고 본다. 그리고 포스트모더니즘이 부분적으로 이러한 논리를 제공할 수 있는 것으로 생각한다. 따라서 후이센은 포스트모더니즘이 지닌 정치적이고 비판적인 잠재력을 인정하는 셈이다. 후이센이 포스트모더니즘에 아방가르드적 요소가 있다고 보고 그것을 일부 수용하고자 하는 것은 아방가르드 예술을 생산한 서유럽에서 출생 성장한 후 미국으로 이주해 가 서구의 것과는 다른 새로운 문화 현상을 경험했기 때문일 것이다. 피들러, 핫산, 제임슨 등과 같이 포스트모더니즘이라는 미국의 문화 현실 속에서 변혁의 실마리를 찾으려는 것도 이러한 문화 경험의 궤적을 가지고 있기 때문일 가능성이 크다. 따라서 우리는 후이센이 하버마스를 비판하면서 하버마스가 제3세계에 대한 고려를 전혀 하고 있지 않다고 말하는 것에 대해 긍정적으로 평가내릴 수 있지만 후이센의 그러한 비판 자체가 "뿌리 뽑힌 자"의 증상일 가능성이 있다는 점에 유의해야 할 것이다. 후이센은 포스트모더니즘이 서구 중심적 근대화에 제동을 걸고 여권운동 혹은 환경보존 운동에 이바지하며 특히 비서구 문화에 대해 비패권적으로 접근할 것을 기대한다. 서구인으로서 후이센이 서구 중심적이 아닌 문화의 태동을 기대한다는 것은 높이 평가할 일이나 우리 사회에서 일어나는 서구 문화의 범람과 관련지어볼 때 후이센이 기대하는 해방적 포스트모더니즘은 우리에게 억압적 외래문화의 한 형식이 될 수도 있을 것이다.

이글턴은 포스트모더니즘이 모더니즘과 아방가르드가 잘못 결합된 문화현상이라고 생각한다. 포스트모더니즘은 아방가르드가 시도한 예술과 삶의 융합을 모더니즘이 지녔던 비역사적 태도로 얼버무리고 있어서 모더니즘이 추구했던 예술의 자율성도, 아방가르드가 지향했던 예술의 사회화를 통한 현실참여도 하지 못하고 있다는 것이다. 이런 까닭에 이글턴은 포스트모더니즘을 배척한다. 그의 이러한 태도는 문화 상황이 다르고 예술의 대중화혹은 상품화가 만연되어 있지 않은 영국의 상황을 어느 정도 반영하고 있는 것인지도 모른다. 이글턴은 후이센처럼 아방가르드적 혁명의 꿈을 꾸고 있지만 후이센과 달리 그것을 포스트모더니즘에서 찾고 있지 않다. 그는 동시대의 새로운 혁명적 예술 혹은 문화가 포스트모더니즘처럼 아방가르드와 모더니즘으로부터 교훈을 얻어야 한다고 보지만 포스트모더니즘이 이룩해낸 탈정치적 방식으로 양자를 결합해서는 안 된다고 생각한다. 이런 점에서 이글턴의 포스트모더니즘론은 사회변혁 모색론이라고 할 수 있다. 그가 포스트모더니즘을 배격하는 것도 그것이 자본주의적 사회 제 세력의 현 상태 고수에 복무하고 있다고 보기 때문이다. 이글턴의 포스트모더니즘론은 따라서 현실 변혁적 예술과 문화의 역할이 어떠해야 할지 고심해야 하는 우리의 현실에서 시사하는 바가 크다 하겠다. 단지 우리가 잊지 말아야 할 것은 그의 포스트모더니즘론이 서구의 경험에 국한되어 전개되는 까닭에 포스트모더니즘 문화 현상에 대한 구체적 대안 제시가 없다는 점이다. 서구에서 새로운 사회 변혁적 예술의 태동이 어려운 실정을 이글턴의 포스트모더니즘론이 반영하고 있다고 할 수 있겠다. 이러한 사정은 우리의 경우와 커다란 대조를 이룬다. 왜냐하면, 우리의 문화 현실은 사물놀이, 마당굿, 걸개그림, 판화. 노동시 등의 예에서 볼 수 있듯이 예술과 문화가 과거 어느 때보다도 변혁의 꿈을 구체적이고도 절실하게 담아내고 있기 때문이다.

이글턴이 포스트모더니즘 예술을 비정치적 비역사적이라 보면서 배척하고 있는 것과는 달리 제임슨은 포스트모더니즘에 해방적인 것과 억압적인 것이 동시에 내재하여 있다고 본다. 그는 포스트모더니즘이 다국적적 성격을 띠고 있는 후기 자본주의의 문화 논리로서 동시대의 모든 문화 현상은 이 포스트모더니즘 문화 논리에 지배당하고 있다고 판단하고 변증법적 인식으로써 포스트모더니즘적 억압 상황 안에서 해방의 계기를 찾아내어야 한다고 말한다. 그에 따르면 포스트모더니즘적 상황에서는 비판적 거리가 소멸하는 경향이 있으므로 상황을 제대로 파악하고 또 거기서의 좌표를 바로잡기 위해 "인식적 지도 만들기"가 필요하다는 것이다. 이러한 까닭으로 제임슨은 오늘날의 문화정치는 인식적 지도 만들기 미학에 근거해야 한다고 말한다. 제임슨이 제창하는 문화정치는 이글턴이 지향하는 혁명적인 예술처럼 궁극적으로 사회변혁을 꿈꾼다. 하지만 이글턴의 경우에도 현재의 문화 상황에 대한 대안 제시가 미비하였지만 제임슨의 경우에는 포스트모더니즘적 상황 안에서 해방의 계기를 모색하는 구체적 실천 방식이 아예 배제되어 있다고 해도 과언이 아니다. 이것은 어쩌면 미국 자본주의가 어떠한 변혁의 계기도 용납하지 않고 어떤 세력마저도 흡수하여 그 변혁 의지를 해소해 버리는 사정을 제임슨의 포스트모더니즘이 반영하기 때문인지도 모른다.

이상 간략하게 이 책에 실린 8편의 논문을 편역자들 나름대로 정리해 보 았는데, 이 과정에서 느낄 수 있는 것은 필자가 펼치는 포스트모더니즘론 이 언제나 일정한 정치적 입장을 견지하고 있다는 점이다. 이와 같은 논문 을 읽으면서 우리는 어떤 태도를 지녀야 하는가? 이미 이 서문에서 간략하 게나마 포스트모더니즘에 대한 비판적 설명을 가하고 또 각 논문이 가진 국 가적 혹은 문화적 위상을 점검하면서 이 질문에 대한 편역자들의 "편견"이 어느 정도 노정되었다고 보므로 다시 상세한 답변을 할 필요는 느끼지 않지 만 이 말만은 다시 해야 할 것 같다. 포스트모더니즘은 우리에게 하나의 문 제 상황으로 제기되어 있으며 우리는 거기에 대해 능동적으로 대처해야 하 는데 그 능동적 대처가 언제나 우리의 주체적 조건과 판단에 근거하여 이루 어져야 한다는 것이다. 앞에서 살펴본 대로 포스트모더니즘은 후기 자본주 의적 문화 현상으로서 주체의 해체가 그 기본 명제의 하나다. 포스트모더니 즘의 이러한 면은 우리의 문화 상황 속에서 포스트모더니즘론을 전개할 때 반드시 염두에 두어야 할 점이다. 아직도 분단상황에 놓여 민족모순 해결을 지상 과제로 삼아야 하는 우리로서는 주체의 해체를 결코 당연한 것으로 받 아들일 수 없기 때문이다. 따라서 이 책에 실린 논문들 필자가 각각 개별적 특수상황에 근거하여 혹은 각자의 정치적 입장에 따라서 펼치고 있는 포스 트모더니즘론도 무비판적으로 수용할 것이 아니라 우리의 주체적 전망 속 에서 버텨 읽어내야 할 것이다.

끝으로 이 책의 편집과 관련하여 유의상황을 말하면, 이 책에 실린 논문들 은 서구의 포스트모더니즘 논의에서 주류를 이루는 미국, 영국, 프랑스, 독 일 학자들의 것들을 중심으로 선정했으나 미국을 중심으로 이루어진 편이 라 게재 논문의 범위가 포괄적이지는 못하다. 논문 배열은 될 수 있는 대로 발표된 연대순으로 하고자 했지만, 독자의 이해를 돕기 위해 포스트모더니즘 문화 현상을 지적, 설명하는 글들을 먼저, 포스트모더니즘 논쟁에 참여하는 것들을 그다음, 그리고 포스트모더니즘 현상과 그것에 관한 논쟁을 정리하는 것들을 나중에 넣는다는 기분으로 배열했다. 따라서 배열이 연대순으로만 되지는 못하였다. 이 책에 실린 논문들은 필자가 다르듯이 역자도 각각 다르므로 각 논문의 독립성과 역자의 해석상의 의견을 존중했다. 포스트모더니즘이란 용어를 제외하고는 다른 용어, 개념들의 번역은 각 논문에서 역자마다 조금씩 다를 수 있으니 독자의 이해를 바란다. 독자의 편의를 위해 각 논문 뒤에 간단한 요약문을 붙였다. 이 책의 기획과 발간에 뜻을 같이하고 바쁜 중에도 시간을 내어 번역해준 역자들에게 감사드린다. 그리고 현대문화문제연구회 여러분, 특히 반성완 교수에게 감사드린다.

(정정호, 강내희)

3. 초기 포스트모더니즘론 다시 보기

— 이합 핫산, 『포스트모더니즘 개론』, 1991

본서는 1985년 출간된 「포스트모더니즘: 이합 핫산의 문화 및 문학이론」의 수정·증보판이다. 원래 이 초역판은 포스트모던 문화이론의 주창자이며 이론가인 이합 핫산교수를 편자가 1983년 직접 만나 상의한 뒤 그의 글 중 여덟 편을 뽑아 편역한 것이다. 그 후 1987년 핫산 교수는 『*Postmodern Turn: Essays in Postmodern Culture and Theory*』(Ohio State Univ. Press)을 출간하였는데 이 책에는 핫산 교수가 새로 쓴 논문들이 몇 편 추가되었다. 마침 종로서적 간행 책이 절판되어 재판을 출간하고자 했으나 사정이 여의치 못해 미루던 중 이번에 1985년 이후 새로 나온 논문 4편을 추가 번역하고 초판 번역을 많이 수정하여 증보판을 출간하게 되었다.

포스트모더니즘이 처음으로 우리에게 나타났을 때 이 용어에 대한 우리의 태도는 상반된 것이었다. 대부분은 이 용어에 대한 거부감과 더불어 이를 서구 부르주아 예술의 새로운 출현 정도로 여기려는 경계심과 함께 수상쩍은 것으로 받아들였다. 반면 문화예술계의 일각에서는 새로운 대체문화이론의 가능성과 함께 막연한 기대감을 가지고 받아들였다.

그러나 2~3년 사이로 갑작스럽게 포스트모더니즘이 여러 분야에서 유행처럼 자주 사용되고 있다. 최근 언론매체에서도 포스트모더니즘에 관해 특집이나 대담을 다루기 시작했고, 주간·월간·계간 잡지들도 앞을 다투어 대담이나 특집을 싣고 있다. 그래서 여태까지 일방적 거부로 일관하던 사람들도 포스트모더니즘에 대한 새로운 시각을 요구받고 있다.

그렇다면 포스트모더니즘을 다시 한번 이해, 복습하기 위해 가나다순으로 그 현상과 특징들을 살펴보자. 롤랑 바르트의 지적대로 가나다(자모) 순은 무작위적이고 단편적이기는 하지만 소위 말 많은 체계에 신경 쓸 필요도 없고 발전이나 전개에 대한 수사학도 필요 없으며 뒤틀린 논리에서도 해방될 수 있고 현학적 논구도 회피하여 부담 없이 자연스럽게 보고 듣고 느낄 수 있는, 누구나 동의할 수 있는 방식이 아닐까?

ㄱ: 개념예술, 교환가치, 구성주의(3차원의 예술 작품), 깊이 없음, 고다르(Godard), 기계복제, 기성품, 기호, 기표, 글쓰기(écriture), 공상과학소설, 굿(이윤택), 고백시, (새로운) 고딕소설, 그라스노스트, 과정, (첨단) 기술주의, 「경마장 가는길」(하일지), …

ㄴ: 낙서(graffiti), 내파(보드리야르), 녹음기, 네오아방가디즘, 니체, 논픽션, 노동자 문학, 노스탤지어…

ㄷ: 데리다, 뒤샹(Duchamp), 디컨스트럭션(deconstruction), 데이비드 레터맨 쇼, 댄디이즘, 다국적기업, 단/파편/화, 담론(푸코), 대중주의, 대중문화, 대중예술, 대중화, 단일성(와홀), 다원주의, 다다이즘, 돌연변이, 동구 변혁, 다형태의, 다종교주의, 다성성(바흐친)…

ㄹ: 라캉, 라우센버그, 로망스 소설, 롯데 월드…

ㅁ: 매체, 물신(物神), 무표정(dead-pan), 민주화, 미니멀리즘, 멀티비젼 가라
오케, 미시정치학(micropolitics), 몽타쥬, 말장난, 문학(문화)의 위기, 민중
성, 메타픽션, 무정부주의, 모조품, 마당극, 미래주의…

ㅂ: 브리꼴라쥬(bricolage), 벤야민, 바르트, 보드리야르, 보르헤스, 바셀미, 백
남준, 빗나가게 하기(détournement), 반복가능성(데리다), 반문화운동, 반
지성적, 병렬적 구조, 불확실성의 원리(하이젠베르크), 반문학, 반전운동,
비동시성의 동시성(블로흐), 반복, 비디오, 비디오 예술(백남준), 「브이」(핀
천), 불확정성, 반해석, 불연속, 비 총체화, 보편내재, 변두리, 비트겐쉬타
인(후기), 북방외교, (지아니) 바티모("부드러운 사상")…

ㅅ: 소모, 소비문화, 소비자본주의, 사전, 신실용주의, 생태학, (각종) 신(新
neo), 스펙터클, 속도, 소변기(뒤샹), (개인) 사투리, 상호주관성, 상호의
존과 침투, 산종(散種), 수사학(드 만), 사소한 이야기와 역사, 성령(Holy
Spirit), 쉬르픽션, 신좌파운동, 숭고미(료따르), 설치미술, 소수 언술행위
(minority discourse), 상대성이론, 상보의 원리(닐스 보어), 새로운 변종들
(피들러)…

ㅇ: 우화, 애쉬버리, 우연, 욕망, 일상생활, 엔트로피(핀천), 영향의 불안, 영
화, 유행, 엠티비(MTV), 이종성(異種性), 이종혼합, 이미지, 아우라의 소
멸, 인용, 일시성(기호학), 엿보기 취미, 이론(산업)의 시대, 워드프로세서,
워크맨, 와홀, 야피(Yuppie), 「에스/지(S/Z)」, 애매모호성, 아이러니, 위기,
양성(androgyny), 없음(absence), 유희, 오독, 영지주의, 에너지 위기, 양자
이론, 음양 사상…

ㅈ: 전이, 정보사회, 제3의 기술혁명(다니엘 벨), 장치미술, 주변부화, 쟝르
의 혼합과 확산, 진부한 말, 즐거움(jouissance)(바르트), (최신)지식, 중층

구성, 자유구상주의(콩바스), 재동기 부여, 제럭스(Xerox), 정의해체(de-definition), 정신분열증, 자연보호운동(녹색당), 자유주의, 지구마을, 절충주의, 재현불가능(료따르), 장자, 주인으로서의 비평가(힐리스 밀러), 작가의 죽음(푸코), 전기문학, 지방자치제, 전쟁중계(CNN)…

ㅊ: 차이(차연), 침묵, 청년문화, 청바지, 추상표현주의, 창작적 비평, 참여…

ㅋ: "캠프"(camp), 콜라쥬, 컴퓨터, 콤팩트 디스크, (존) 케이지, (이탈로) 칼비노, 키치(kitsch), 카니발(바흐친)…

ㅌ: 탈공업사회, 탈중심, 텍스트상호성, 텔레비전, 통신위성, 텍스트성, 탈정전화, 타자화, 투사시, 「트리스트램 샌디」(로렌스 스턴), 탈사회주의, 탈공산주의…

ㅍ: 표면, 페미니즘, 평준화, 팬토마임(데리다), 패로디, 표절, 팩시밀리, 파라비평(핫산), 파타피직스, 페레이스트로이카, 팝송, 포크음악, 펄프소설, (각종) 포스트(후기/탈)주의(포스트맑시즘, 포스트휴머니즘, 포스트리얼리즘, 포스트낭만주의, 포스트식민주의, 포스트철학, 포스트비평, …), 포스트모더니즘 페스티벌(대학로), 퍼포먼스, 「피네간의 경야」, …

ㅎ: 핫산, 해체(탈구축), 행위예술, 혼성모방(pastiche), 헤테로그로시아(hetero-glossia)(바흐친), 핵, 회복(recuperation), 행위성, 해프닝, 환유, 흔적, 허무주의, 하이데거 …

위와 같이 포스트모더니즘 현상에 관한 품목(?)을 계속 적어나갈 수도 있으리라.(흥미 있는 독자들께서는 위의 품목에 더 첨가하기 바란다.)

그렇다면 포스트모더니즘 현상이 과연 90년대 우리의 문화구조에도 실재하는 것일까? 즉, 레이먼드 윌리엄즈가 말하는 〈느낌의 구조〉가 우리 삶의 현장에서 변화하고 있는 것일까? 실제로 우리 생활에서 일어나는, 그 이전과는 다른 〈새로운 인식소〉란 무엇인가?

우선 우리 주위의 사소한 생활 풍경들로부터 시작해 보자. 자동차, 컴퓨터, 비디오, 카폰, 팩스, 통신위성, 전자오락, 디즈니랜드식 놀이터, 콘도, 리조텔, 오피스텔, 아파트문화, 마약, 과소비, 신용카드, 토크쇼, 쇼핑센터, 헬스센터, 햄버거, 켄터키 치킨, 자몽, 바나나, 참치 등 농수산물 대량 수입, 청바지, 프로야구, 프로축구, 헤비메탈 팝송 등이 우리의 삶을 지배하는 〈시대정신〉과 어떤 관계가 있는 것일까? 롯데월드 어드벤처, 행위예술, 전위예술, 전위공연예술, 걸개그림, 민중 음악, 탈춤, 만화패, 국악과 양악의 혼합, 고전음악과 대중가요의 합성, 포스트모던 댄스, 쿤스트 디스코, 황지우, 박남철 시, 최승호, 하재봉 시, 김수경, 하일지 소설, 김영현, 최병현 소설 등이 우리 시대의 새로운 다원적 문화예술의 〈패러다임〉을 이루는 요소들인가? 이러한 현상들이 우리가 경험하는 소위 포스트모더니즘의 증후군인가? 아니면 다국적 기업과 소비자본주의의 거대한 유통구조와 체제 안에서 이론의 가수요 현상인가?

포스트모더니즘 문화 현상이 서구에서처럼 우리에게 본격적으로 나타나고 있는 것으로 판단되지는 않는다. 오히려 그 반대로 우리는 제1세계 다국적 기업의 소비자본주의가 교묘하게 부추기는 위장된 문화 제국주의와 신식민주의라는 포스트모더니즘 문화구조 한가운데서 완전히 무장해제당한 채 끌려가고 있는지도 모른다. 포스트모던적 유통구조 속에서 상품 소비문화가 가져다주는 기이함과 가벼움, 욕망구조의 끊임 없는 창출로 인한 과소비, 나른함, 무력한 행복감 등이 비판의식의 결핍이라는 정신적 풍경들을 보편내재적으로 퍼뜨리고 모든 것을 점차로 불확실하게 만들고 있는 것은 아닐까?

한국에서 포스트모더니즘의 자리매김과 수용 가능성에 관한 포괄적 논의는 일부 예술계를 제외하고는 거의 없었다고 해도 과언이 아니다. 부분적이나마 지금까지 나타난 포스트모더니즘의 자리매김에 대한 태도를 살펴보면 크게 두 가지로 나누어 볼 수 있다.

첫째 부류는 포스트모더니즘이라는 새로운 서구 문화 현상에 대해 즉각적 가치부여를 하고 그에 따른 포스트모더니즘 현상의 확산과 전파를 주장한다. 이런 사람들은 〈새로운 것〉에 대한 의미부여에 기민성을 보이는 — 대체로 80년대 이후에 구미(특히 미국)에서 유학하고 돌아온 — 사람들이다. 이것은 우리가 가장 경계해야 할 맹목적 무비판적 서구추수주의다.

둘째 부류는 외국의 것을 생리적으로 또는 전략적으로 일단 거부한다. 서구의 문예사조는 무조건 적대시하는 것은 일종의 식민지 콤플렉스일 것이며 이러한 거부와 외면은 서구인들의 덫에 걸리지 않는 안전판 구실은 될 수 있겠으나, 문화 국수주의는 서구 추수주의보다 별반 나을 것이 없는 변증법적·역사적 상상력이 모자란 단순 논리다.

그러나 우리가 그 본질과 수용 가능성을 타진하기도 전에 밀려 들어오는 서구 이론들과 맞서기 위해서는 싫든 좋든 — 역설적으로 들릴지 모르지만 — 이론화의 공동 전선이 필요하다. [근래 많이 논의되고 있는 반이론(against theory) 논쟁은 저네들 사이에서 일어나고 있는 내란에 불과하다. 이론 자체가 하나의 저항이라고까지 말할 수는 없겠지만 우리 관점에서 이론 없는 실천은 모두 〈비판적 거리의 소멸〉을 가져오는 딱한 일이 될 것이다.]

이와 같은 극단적 태도들은 현재 우리 문화와 사회에 대한 철저한 〈현실 인식〉과 〈역사의식〉의 결여에서 나온 것들이라 볼 수 있다. 전자의 무비판적 서구추수주의는 우리가 처해 있는 복잡한 경제·정치·문화구조를 간과한 것이다. 소위 후기자본주의 문화 논리로서 범세계적으로 확산하고 있는 포스트모더니즘이 교묘하게 위장된 또 다른 서구 중심의 지배 논리이자 허위지배 이데올로기일 수 있다는 점은 항시 명심해야 한다. 그러므로 우리 사회를 쉽사리 서구사회와 병치시키는 오류는 피해야 하리라.

후자의 국수주의적 태도 역시 비역사적이다. 우리나라는 어떤 면에서 자유민주주의와 자본주의에 등치 되는 서구적 세계주의와 보편주의 가치에 상당 부분 흡수되어 있다고 해도 과언이 아니다. 88 서울올림픽 이후 우리는 자의 반 타의 반 국제사회의 흐름 속에 편입되어가고 있으며, 자본주의 체제 내에서 타국의 견제를 받을 만큼 제법 비중 있는 위치를 차지하게 됐다. 우리는 후기자본주의의 국가 간 정치·경제·군사·문화적 상호의존도가 점차 확대·심화하고 있는 세계체제의 일원이 된 것이다. 힘과 자본의 논리가 지배하는 세계체제의 일원이 된 이상 그 질서체계로부터 유입되어 오는 문화 현상을 막는다는 것은 불가능하다. 소련을 위시한 동구에서 일어나는 일련의 변혁의 움직임과 더불어 양 진영 사이의 외교·무역 관계와 함께 문화의 상호교류(소련과의 정식 수교 관계)가 속속 이루어지고 있지 않은가? (어떤 이는 현재 동구 권의 민주화를 정치적 포스트모더니즘화라고 부르고 있다. 그 대부는 역시 고르바초프일 것이다.)

이러한 상황에서 우리는 좀 더 신중한 자세로 서구에서 일어나 전 세계로 퍼져가고 있는 포스트모더니즘의 경제적·정치적·문화적·인식론적 한계와 가능성이 무엇인가를 꼼꼼히 따져보아야 한다. 그러나 이러한 작업은 절대 쉽지 않다. 〈새로운 변화〉에 대한 우리 각자가 지닌 이데올로기의 차이, 우리나라 문화구조를 총체적으로 이해·분석하는 능력의 결여, 그리고 미래에 대한 비전이나 방향 정립의 차이와 갈등에서 오는 다양한 변수 때문에 쉽사리 현재의 문화구조에 대한 의견 일치를 보기는 심히 어려운 것이다.

한국에서 포스트모더니즘의 위상 정립과 수용방안의 제시가 힘들고 매우 어려운 작업이긴 하지만 지금과 같은 상황에서 그 가능성의 타진조차 묵과하고 지나갈 수는 없으리라.

필자는 1989년 10월 말 우리나라를 방문한 미국의 마르크스주의 문예 이론가 프레드릭 제임슨(또는 제머슨)의 견해가 이런 상황에서 우리에게 던져주는 시사점은 크다고 본다. 그는 중국·쿠바 등 제2세계와 제3세계에 각별한 관심을 가지고 각 지역의 정치적·경제적·문화적 상황을 자신의 이론에 포함하여 확대·발전시키고 있다. 제임슨은 타자(the other)가 가질 수 있는 통찰력을 가지고 잠시나마 우리나라의 경제·정치·문화생활을 관찰하였다는 점에서 우리에게 일종의 이론적 돌파구를 마련해줄지도 모른다.(이것에 관해서는 『창작과 비평』 90년 봄호에 실린 백낙청 교수와의 대담을 참조 바람) 제임슨에 따르면 우리나라는 서구와 다른 중층적 문화구조로 되어 있다. 즉 우리나라는 제1세계와 제2세계, 제3세계―신흥공업국, 민주화운동, 노동운동, 통일운동 등―가 공존하는 다차원적 복잡한 현실을 가졌다. 다시 말해 에른스트 블로흐의 이른바 〈비동시적인 것의 동시성〉이란 의미에서 한국의 상황은 각기 일차원적인 제1세계, 제2세계, 제3세계가 가질 수 없는 새로운 포스트모더니즘의 문화 정치학이라는 총체적 이론을 창출할 수 있게 한다는 것이다.

따라서 제임슨이 말하는 이른바 전 지구적 체제에 대한 비전이나 모델을 위한 〈인식의 지도 그리기(cognitive mapping)〉까지는 아니더라도 우리는 정치·경제·문화발전의 현 단계에서 구체적 처방이나 대응전략을 세우기 위해 우리 민족의 총체적 현실의 재현을 위한 그 예비단계로 문화 분석과 진단이라는 힘겨운 작업을 선행해야 할 것이다.

　이렇게 포스트모던한 문화정치이론은－우리가 처한 국제사회의 위치를 고려할 때－경제 · 정치 · 문화상호주의(최근 서구 주도의 국제 문화 상호주의에 대한 비판도 적지 않지만)로서의 세계주의와 퇴행적 국수주의가 아닌 하나의 저항 이데올로기로서의 진보적 민족주의(지역주의) 간의 변증법적 대화를 이룩할 수 있지 않을까.

　그러나 포스트모더니즘에 관한 낙관적 전망만을 제시하기에는 우리의 현실이 너무나 복잡하다. 또 포스트모더니즘 자체가 가진 부정적 영향도 무시할 수 없으리라.

　프레드릭 제임슨이 지적한 대로 포스트모더니즘의 소위 대중주의는 싸구려 상업문화와 소비문화, 향락 · 오락문화로 이끌어 우리를 가짜 행복감에 빠지게 하여 역사와 현실이 주는 중압감에서 벗어나게 한다. 따라서 이러한 포스트모던한 상황은 비판의식을 희석화시키는 반민중적 체제 순응주의로 이끌 위험이 있다. 소위 포스트모더니즘이란 이름으로 재포장되어 지구촌에 급속히 퍼져나가는 신식민지 · 신제국주의 자본의 논리인 것이다.

　프랑스의 포스트마르크스주의자 장 보드리야르는 기술과 매체 확산, 후기 자본주의 생산체계 확대에 따른 포스트모던한 서구사회의 보편내재적 성격과 그 〈기호론적 공상〉, 〈사회적인 것의 소멸〉, 〈흡수와 내파의 힘〉, 〈초현실적인 것에 대한 히스테리〉, 〈실제의 재현보다는 거짓 시뮬들의 세계〉를 잘 설명한 바 있다. 그는 상품을 인간적 가치의 표현적 투사로 보아, 이런 부호들과 언술 행위들의 확산이 겉보기에는 민주적이고 해방적 요소를 지닌 것으로 간주했다. 그러나, 최근 그가 포스트모더니즘을 사회적 주체의 행위를 방해하는 체계로 여기며 부정적이고 비판적인 시각을 견지하게 된 것에 주목해야 한다. 일상생활에서 계속되는 상품화는 인간 주체가 부호체계 속에서 하나의 부호로 전락하는 포스트모던한 상황을 그려내고 있다. 이에 포스트모던한 것은 하나의 탈출구가 아니라 우리 시대의 새로운 문화적 덫의 형태로 등장한 것이다. 다니엘 부스틴이 말하는 이른바 〈가짜사건〉들이 판치는 포스트모던한 사회는 그 정보 자체가 이미 자본의 교묘한 논리와 허위 지배 이데올로기에 조건 지워진 상태이기 때문에 우리에게는 양날의 칼처럼 치명적일 수 있다.

또 데리다, 푸코 등 포스트구조주의자들의 〈주체의 해체〉 역시 그 진보성에도 불구하고 경계해야 한다. 소위 그들이 말하는 2분법—서구/비서구, 남성/여성, 중심부/주변부 등—의 극복이라는 것도 사실의 은폐, 역사의 왜곡 혹은 저항에 대한 사전 〈봉쇄전략〉이며 서구중심 체제유지의 〈안전판〉 역할을 할 수 있다. 〈주체의 해체〉라는 것도 그동안 억압되고 분열된 파편적 식민지문화 속에서 알게 모르게 주체가 해체되어버린 상태에서는 받아들이기 힘든 논리가 아닐까?

미국의 사회학자 터드 기트린이 지적한 것처럼 포스트모더니즘의 또 다른 특성 중 하나인 신실용주의와 연계된 문화적 다원주의는 미국의 다민족 문화가 보여주는 문화양식이다. 이런 주제도 본질에서 다른 것보다 우수하지 않게 되고 표면상으로는 동등하다. (사실 그 속에는 백인의 지배 이데올로기가 큰 줄기로 자리 잡고 있다). 통속화된 다원주의는 자유 방임주의의 문화 논리이며 〈무엇이든 좋다〉 식의 모든 것을 흡수해버리는 거대한 흡입기가 되어버린다.

크리스토퍼 노리스의 말대로 〈이것도 좋고 저것도 좋다〉라는 논리는 사회적 갈등을 유발하는 요소는 사라져야 하고 모든 것이 받아들여짐으로 인해 비판의식 자체가 불필요하게 되어 현 상황과 체제를 그대로 유지하는 것이 최선이라는 자유 방임주의 옹호론이 되어버린다. 그렇다면 우리의 문화 구조도 과연 모든 선과 악을 초월한 포스트모던한 낙원으로 들어갈 수 있을까? 아니, 우리는 포스트모던한 아우라(aura)에서 벗어나 그 낙원의 선악과를 따먹음으로써 얻을 수 있는 허실을 생각해야 한다. 그러므로 포스트모더니즘에 대한 우리의 자세는 〈혼돈의 감식가〉 자세로 또는 "포스트모던 현상"에 대해 놀라거나 불안해하거나 하는 순진성만을 보일 것이 아니라 좀 더 세련된 알란 와일드(Alan Wilde)의 말대로 "미결의 아이러니(suspensive irony)"를 가지고 소위 "좋은" 포스트모더니즘과 "나쁜" 포스트모더니즘을 구별하고 "저항"의 포스트모더니즘과 "반동"의 포스트모더니즘을 구별하여 철저히 분석·극복·대처해 나가야 한다. 이제는 지엽적이고 지나친 또 다른 허위지배 이데올로기의 지배 담론을 위한 아카데미즘적 논쟁의 경계를 벗어나 포스트모더니즘이라는 우리의 일상적 삶에 침투되어 확산되고 있는 하나의 커다란 문화 상황 전반에 대처할 수 있는 총체적 문화정치이론의 창출과 실천을 위한 과학적이고 전문적인 현상분석과 가치 판단을 토대로 한 전망이 있어야 하지 않을까?

아무쪼록 본서가 국내의 포스트모더니즘 논의에서 기초적인 자료가 될 수 있기를 바랄 뿐이다. 본서 번역에서 이소영이 원저자 서론, 6장, 10장, 12장을 하였고 참고서지, 찾아보기를 작성하였으며 초판 번역을 전면적으로 교열하였다. 그리고 (신정현 교수가 번역한 11장을 제외하고) 그 나머지는 정정호가 번역하였다. 본서 번역을 쾌히 승락하고 격려해주신 이합 핫산 교수께 다시 한번 감사드린다. 또한, 표지 그림을 그려준 외우 Jon Erickson에게도 감사한다.(이 그림은 포스트모더니즘의 가장 핵심적 인식소를 잘 표현해주고 있다고 생각하기에 편자들이 특히 좋아하여 본서의 자매편이라고 할 수 있는 포스트모더니즘에 관한 주요논문 선집인 *Postmodernism: An Introductory Anthology*(한신문화사, 1990)에도 사용한 바 있다.)

(1991년 봄, 정정호 · 이소영)

4. 새로운 탈근대 문화 정치학을 위하여

— 토릴 모이 외, 『페미니즘과 포스트모더니즘』, 1992

　포스트모더니즘과 페미니즘 모두에 관심이 있던 편자들은 어느 날부터인가 이들의 관계에 대해 흥미를 느끼게 되었다. 여러 사람이 이들의 관계에 대해 다양하게 논의한 글들을 읽어보니, 페미니즘과 포스트모더니즘은 새로운 시대의 문화 정치학으로 목표나 전략을 공유하기도 하고 어떤 면에서는 서로 배치되는 면도 있었다. 우리는 이들의 제휴 가능성을 좀 더 적극적으로 모색해 보기로 하고 우리가 함께 읽어본 논문들을 중심으로 책으로 묶어 보면 어떨까 하는 생각을 가지게 되었다.

　편자들은 본서에 실린 글들을 4부분으로 나누었다. 제1부에서는 안드레아스 후이센과 프레드릭 제임슨의 두 논문을 나란히 실었는데, 그 이유에 대해 간단하게 밝히고 싶다. 우선 후이센 교수 논문은 포스트모더니즘 논의에서 가장 설득력 있는 접근을 하는 (초보자를 위한) 훌륭한 개설적 글로 모더니즘과의 관계, 특히 〈역사적 네오아방가디즘〉과 포스트모더니즘의 관계를 규명한 것이라든가 포스트모더니즘 현상이 결국 60년대 〈반문화 운동〉과 대중문화와 관련된 미국문화에서 파생된 것이라든가 포스트구조주의가 반드시 포스트모더니즘과 일치하지 않는다는 등을 논의한 포괄적 논문이다. 특히 이 논문에서 후이센 교수는 포스트모더니즘이 앞으로 우리에게 줄 수 있는 4가지 정치적 계획을 제시한다. 그중 하나가 페미니스트 운동에 관한 것이기에 편자는 이 글이 포스트모더니즘과 페미니즘을 연결시키는 자연스러운 서문으로 적당하리라 본다. 그리고 제임슨 교수의 논문은 포스트모더니즘 논의에 나타나는 서로 다른 4개의 이념적 입장－반 모더니스트/반 포스트모더니스트, 반 모더니스트/친 포스트모더니스트, 친 모더니스트/반 포스트모더니스트, 친 모더니스트/친 포스트모더니스트－을 잘 보여주고 있다. 이를 통해 우리는 논자들의 입장 견지의 토대를 쉽게 구분할 수 있게 된다. 따라서 편자들은 이 두 논문이 어떤 의미에서 포스트모더니즘과 페미니즘의 관계를 직접 논한 것이기보다는 이 주제에 대한 기본 논문의 성격을 띠고 있다고 판단하여 이 책의 서론 부문으로 간주한다.

그리고 2부, 3부, 4부는 본서의 중심적 목적인 페미니즘과 포스트모더니즘과의 제휴 가능성을 논한 글들을 가려 뽑았다. 2부는 페미니즘과 포스트모더니즘의 관계를 긍정적으로 검토하는 시각을 담은 글들이고, 3부는 이들 관계에 대한 부정적·거부적 견해가 강한 글이다. 4부는 이들의 긴밀한 관계에 대해 비교적 유보적이거나 절충적 견해를 주장하는 글들을 실었다. (그러나 이런 분류가 명확하게 결정되는 것은 아니어서 편자들의 분류가 어색할지도 모르겠다.)

부록에 대해서도 한마디 한다면, 빈센트 라이치의 글은 페미니즘에 관한 별다른 사전지식이 없는 독자들을 위한 것으로 페미니즘과 문학 비평 전반에 대한 좋은 입문이 되리라 믿는다. 그리고 마이라 젤렌의 글은 〈성별(gender)〉에 관한 용이한 접근을 보여준다. 왜냐하면, 마크 트웨인의 『허클베리 핀의 모험』을 구체적 예로 들어 〈성별〉 문제를 효과적으로 설명하고 있어 독자들에게 유익하고 즐거운 도움이 될 것으로 여겨지기 때문이다. 포스트모더니즘이나 페미니즘 모두에 비교적 생소한 독자들은 우선 1부의 후이센 교수의 논문과 부록의 라이치 교수 글을 읽고 제임슨 교수와 젤렌 교수의 글을 읽기 바란다.

그리고 독자들의 작은 편의를 위해 (어떤 독자들에게는 거추장스러운 것이 될지도 모르지만) 부록을 제외한 각 논문에 간략한 요약문을 붙였다. 또한 편자들은 여기 실린 논문들이 서로 독립적이듯이 역자들의 용어나 개념의 번역을 억지로 통일하지 않고 그대로 두었다.(가령 예를 들어 poststructuralism의 경우 역자들은 후(기)구조주의, 탈구조주의, 포스트구조주의로 번역하여 제각기 사용하고 있다). 국내외 참고서지는 책의 분량상 따로 부치지 않았다. 왜냐하면, 본서에 실린 몇 편의 논문 끝에 참고서지가 붙어 있으며 자세한 각주가 붙어 있어 아쉬운 대로 그것들로 대치할 수 있다고 보기 때문이다.

편자들은 바쁘신 중에도 힘들고 귀찮은 번역을 흔쾌히 해주신 역자 여러분께 머리 숙여 깊은 감사를 드린다. 교정을 도와준 심현찬 선생에게 고마운 마음 전한다. 아무쪼록 역자들과 편자들의 작은 노력이 포스트모더니즘과 페미니즘의 제휴 가능성 논의─페미니즘이 무엇인가, 포스트모더니즘은 무엇인가 등의 초보적, 비생산적 본질 논쟁이나 수용 논쟁보다는 이제는 페미니즘이 우리에게 무엇을 해줄 수 있는가, 포스트모더니즘이 할 수 있는 일이 무엇인가와 같은 좀 더 생산적이고 변혁적인 차원에서의 구체적 논의─를 통해 우리 시대의 새로운 문화 정치학을 모색해 보는 데 도움이 되었으면 좋겠다. 이 책의 모든 오류는 전적으로 편자들 책임이다. 아무쪼록 여러 가지 잘못된 점에 대해 독자 여러분의 너그러운 용서와 이해를 바랄 뿐이다.

(1992년 9월 28일, 이소영 · 정정호)

5. 문화 현상 속의 포스트모더니즘 이론
— 스티븐 코너, 『포스트모던 문화: 현대 이론 서설』, 1993

이 책의 저자 스티븐 코너 교수는 한국 영어영문학회 초청으로 1990년 8월 한국을 방문하여 현대문학 및 문화이론에 관해 강연한 바 있다. 그때 젊은 코너 교수의 해박한 지식과 명쾌한 논리에 강력한 인상을 받은 우리는 당시 이 책의 번역을 막 시작한 터여서 그에게 많은 도움을 받았으며 포스트모던 문화 전반에 걸쳐 그와 나눈 대담이 『외국문학』(1991년 봄호)에 실리기도 하였다. 그 후 코너 교수는 런던에서 우리에게 〈한국독자를 위한 서문〉과 참고서지도 보완하여 보내주었다. 그러나 우리 역자들의 사정으로 번역을 빨리 끝내지 못해 이제야 출간하게 되어 코너 교수에게 송구스러운 마음이다.

스티븐 코너 교수는 열음사 초청으로 지난 5월 처음으로 한국을 방문하여 포스트모더니즘과 문학 이론에 관한 강연을 한 바 있는 옥스포드대 테리 이글턴 교수의 지도로 박사 학위를 받았으며 현재는 런던대학교 벅벡대학의 〈문화 및 인문학의 학제적 연구소〉 소장을 맡고 있다. 위와 같은 그의 배경이 문학 및 문화 이론가로서 스티븐 코너 교수의 독특한 입장을 드러낸다. 그는 기본적으로는 좌파적 시각을 가지면서도 우리 시대의 다양한 문화 현상에 대해 유연하면서 탄력적인 태도로 그리고 또한 고고학적 또는 계보학적 통찰력으로 포스트모던 문화를 분석 비판하고 나아가 그것의 어떤 가능성까지 조심스럽게 탐색한다.

이 책의 원제는 『*Postmodernist Culture: An Introduction to Theories of the Contemporary*』(Oxford: Basil Blackwell, 1989)이며 번역은 전반부 1장, 2장, 3장, 4장은 김성곤이 맡았고 후반부 5장, 6장, 7장, 8장, 9장은 정정호가 맡았다. 그리고 〈찾아보기〉를 작성해준 중앙대 대학원 박사과정 박두현군에게 감사한다. 무엇보다도 이 책에서 개진하고 있는 현대문화에 대한 코너 교수의 분석과 견해들이 현재 국내에서 이상하리만치 경직되고 편향된 포스트모던 문화에 대한 논의에 새로운 활력을 불어넣기를 우리 역자들은 바라 마지않는다.

(1993년 7월 25일, 김성곤 · 정정호)

6. 문화비평 핵심용어들의 행진

— 프랭크 랜트리키아 · 토마스 맥로린, 『문학연구를 위한 비평용어』, 1994

본서는 프랭크 랜트리키아와 토마스 맥로린 교수가 함께 편집한 *Critical Terms for Literary Study*(Chicago and London: The University of Chicago Press, 1990)를 번역한 것이다.

〈비평〉의 시대를 거쳐 〈이론〉의 시대라고 불리는 것만 보아도 알 수 있듯이 오늘날 문학연구에서 〈문학이론(literary theory)〉이 차지하는 비중이 점점 확대되고 있다. 우리는 이제 어떠한 종류이건 간에 문학을 순진하게 읽고 감상하고 분석하고 비평할 수 없게 되었다.(이론 없이 텍스트를 읽는다는 것도 엄연한 하나의 이론이기 때문이다). 순진무구(innocence)의 시대는 지나고 경험(experience)의 시대가 왔단 말인가? 엄청난 문학 이론과 비평개념의 홍수는 즐거운 혼돈인가 아니면 과소비인가?

본서 편집자의 한 사람인 맥로린 교수는 문학 이론을 "구조주의 언어학과 문화분석의 뒤를 이은 글 읽기와 글쓰기의 본질과 기능에 대한 논의"라고 정의 내린다. 문학 이론은 이제 어떤 문학도 그것과 관계를 맺지 않고는 존재할 수 없을 만큼 확고한 자리를 차지했다고 볼 수 있다. 그러나 〈이론〉산업(?)에 대한 저항도 만만치 않다. 난해한 이론적 용어나 개념이 끊임없이 생겨나고 전통적 방식들에 혼란과 불확실성을 주고 있기 때문이다. 이런 맥락에서 볼 때 비평용어에 대한 개념규정은 모든 비평과 해석에 선행 작업이 되었다.

용어들은 각기 독특한 역사와 용법이 있고 그것은 상황이나 시대의 변화에 따라 그 개념 영역도 달라진다. 비평용어에 대한 항구적이고 변하지 않는 의미는 쉽지 않다. 본서에서는 현재 비평이론에서 가장 폭넓게 논의되고 사용되고 있는 22개 용어를 중심으로 그 의미를 심도 있고 체계적으로 그 분야의 권위자들이 천착하고 있다. 나아가 각 용어는 〈문학〉 연구의 영역에서 〈문화〉 연구의 영역으로 확장되어 사용되고 있음을 보여준다.

필자는 서로 다른 용어에 대한 22명의 소논문을 번역하는 데 있어 역자마다 조금씩 의견 차이가 있으나 억지로 통일시키려 하지 않고 그대로 두었음을 밝힌다. 계획했던 것보다 책이 많이 늦게 나와 역자들에게 미안할 따름이다. 힘만 들고 별다른 소득도 없는 이런 번역작업을 바쁘신 중에도 오로지 사명감으로 흔쾌히 맡아주신 역자 여러분께 다시 감사드린다. 무엇보다도 〈찾아보기〉를 위해 애쓴 중앙대 대학원 김영호군에게 각별한 고마움을 전한다. 아무쪼록 본서가 국내에서 문학 비평과 이론 논의나 연구에 조금이나마 도움이 되기를 바랄 뿐이다.

(1994년 3월 1일, 정정호)

7. 포스트식민주의 문화의 심층 분석
― 에드워드 사이드, 『문화와 제국주의』, 1995

    민중문학과 대중문학, 민족 문학과 제3세계 문학에 대한 논의가 한창이던 지난 80년대 우리 문단과 학계에서 아마도 가장 부당하게 조명받지 못했던 인물이 있다면 그것은 바로 미국의 문학비평가 에드워드 사이드(Edward W. Said)일 것이다. 참으로 이해하기 어려운 것은 당시 제3세계 문학을 그렇게도 열렬하게 주창하던 한국인들이 어째서 서구 문단과 학계에서 서구의 지배 이데올로기에 대항하는 강력하고도 새로운 비판 이론을 펼치면서 제3세계 문학과 문화를 대변해 온 사이드에 대해서는 그렇게도 무관심했는가 하는 것이다.

    그 이유 중 하나는, 어쩌면 사이드가 자신을 "좌파 지식인"이지 "마르크스주의자"가 아니라고 밝힌 데 있었는지도 모른다. 물론 테리 이글턴 같은 마르크스주의 비평가들도 강력한 영향력을 가진 당대의 비평가 사이드를 동반자로 갖지 못하는 것에 대해 대단한 유감을 표명하고 있는 것은 사실이다. 그러나 사실 사이드의 이론은 그 어느 마르크스주의 비평가의 이론보다도 더 강도 높게 자본주의와 제국주의의 병폐를 비판한다.

사이드가 유독 한국에서 논의되지 않았던 또 하나의 이유는, 아마도 그가 옹호하는 것이 중동일 뿐 극동이 아니어서 우리와는 별 상관이 없다는 편협한 생각을 하는 사람들이 많았기 때문인 것 같다. 그러나 사이드가 말하는 "오리엔트"란 결코 아랍 국가만을 의미하는 것이 아니라 궁극적으로는 모든 아시아 국가들을 포괄적으로 상징하고 있다는 사실을 깨닫는 것 역시 중요하다. 사실은 한국인들의 바로 그와 같은 편협한 사고방식이 한국에 직접적 피해를 주지 않았다는 이유만으로 제국주의의 종주국이었던 영국을 80년대 반제국주의 운동의 비판 대상에서 제외하는 놀라울 만큼 비논리적 현상을 초래하기도 했다.

국내에서 사이드가 널리 알려지지 못한 또 다른 이유는, 아마도 그의 이론과 저서가 보여주는 박식함과 난해함 때문이기도 할 것이다. 그러나 엄정한 논리와 세련된 수사학을 내세우는 서구의 이론가들을 이론적으로 논박해 이길 수 있으려면 그들에 못지않은 해박한 지식과 예리한 통찰력이 요구되며, 그 과정에서 다소의 난해함이 수반될 수밖에 없다는 점 또한 이해할 필요가 있다.

에드워드 사이드는 영국령 예루살렘에서 태어나 카이로에서 성장하다가 미국으로 건너가 대학을 다닌 팔레스타인 출신 동양인이다. 그는 미국 프린스턴대(학사)와 하버드대(석 · 박사)를 졸업하고 컬럼비아대 석좌교수가 됨으로써 미국 사회가 제공해주는 명예와 풍요와 안정 속에 안주할 수도 있었겠지만, 그것을 거부하고 서구의 제국주의적 지배 논리를 비판하는 비평작업을 시작했다는 점에서 특이한 지식인이라고 할 수 있다. "한 시대를 움직인 책"이라는 평을 받는 『오리엔탈리즘』에서 사이드는 다음과 같이 말하고 있다.

나의 문학 비평은 영국 식민지 두 곳(팔레스타인과 이집트)에서 성장하면서 느낀 〈동양인〉으로서의 자의식으로부터 시작되었다. 그 두 곳과 미국에서 내가 받은 교육은 모두 서양 교육이었다. 그런데도 동양인으로서의 자의식은 내 마음속에 끈질기게 남아있었다. 그러므로 어떤 의미에서 나의 문학 비평은 바로 나 자신의 존재를 탐색하고 추적하는 작업이라고 할 수 있다.

서구 제국주의 문제들을 즐겨 다룬 소설가 조셉 콘라드 연구로 박사 학위를 받은 사이드가 갑자기 세계 문단과 학계의 주목을 받기 시작한 것은 두 번째 저서『시작: 의도와 방법(Beginnings: Intention and Method)』이 나온 1975년부터다. 〈다이어크리틱스〉라는 문학 이론지로 하여금 「에드워드 사이드 특집」(1976년, 가을호)까지 꾸미게 만든 이 책에서 사이드는 서구 형이상학의 중심 개념이 되는 절대적이고도 신성한 "근원(origin)"을 부정하고, 그에 반하는 상대적이고도 세속적인 "시작(beginning)"을 주장한다. 사이드에 의하면, 그동안 서구인들의 사고 체계를 지배함으로써 그들에게 경직된 중심 의식과 부당한 우월의식을 심어 주었던 "근원" 의식을 해체하는 것 자체가 곧 비서구인으로서의 새롭고 자유로운 "시작"을 의미한다. 그러므로 "시작"은 고정된 중심과 경직된 사고의 틀에서 벗어나 창조적인 자신만의 세계를 여는 것을 가능하게 해준다. 그러므로 사이드에 의하면, "시작"은 "일종의 행동이자 정신의 틀이고, 새로운 자세이자 의식"이 된다.

자신의 "시작 이론"을 펼치면서, 사이드는 신의 시대보다는 인간의 시대를, 신성한 정통 역사보다는 세속적인 이방인 역사를 더 중요시했던 18세기 이탈리아의 사상가 비코 그리고 문명보다는 광기에, 정상보다는 비정상에 더 많은 관심을 가졌던 푸코의 이론들에 주목하게 된다. 특히 그는 광기와 비정상을 차별하고 다스리기 위해 "지식과 권력"이 담합하여 어떻게 "담론 행위(discourse)"라는 것을 만들어내는지에 대한 푸코의 성찰을 원용하여 그의 세 번째 저서 『오리엔탈리즘』을 쓰게 된다.

　1978년 출판되자마자 대단한 논란을 불러일으킨 『오리엔탈리즘(Oriental-ism)』에서 사이드는 동양에 대한 서양의 편견이 푸코가 "담론 행위"라고 부르는 것을 통해 어떻게 하나의 학문체계와 진리로 굳어졌는가 하는 것을 추적한다. 그는 서구인들이 보는 동양은 동양 본래의 모습이 아니라 부정확한 정보와 왜곡된 편견을 통해 투사된 허상일 뿐이며, 그런 의미에서 동양은 그동안 스스로 존재하지 못하고 서구인들에 의해 정의된 형태로만 존재해왔다고 지적한다.

　이 책에서 사이드는 수많은 서구의 문학 작품들과 문헌들의 분석을 통해, 그러한 서구인들의 허상이 지식과 권력의 담합을 통해 그동안 어떻게 하나의 공인된 진리와 학문체계로 탈바꿈했는지를 설득력 있게 보여준다. 사이드는 그렇게 해서 굳어진 동양에 대한 서구인들의 편견을 "오리엔탈리즘"이라고 부른다. 그는 "오리엔탈리즘"의 형성과정에 대부분의 서구 작가들이 의식적이건 무의식적이건 일익을 담당해 왔다고 말한다. 그의 비판 대상에는 심지어 아라비아의 로렌스로 알려진 T. E. 로렌스, 그리고 찰스 디킨스와 칼 마르크스까지도 포함되어 있어서 우리를 놀라게 한다.(가장 최근 저서 『문화와 제국주의』에서도 사이드는 디킨스가 영국의 제국주의적 성격을 은폐하는 데 일조했다고 지적한다.)

　『오리엔탈리즘』에서 사이드는 또 서구의 동양학과들이 원래는 제국주의적 필요로 창설되었으며, 서구인들이 교수나 학과장으로 헤게모니를 쥐고 있고 동양인들은 전혀 승진의 기회가 주어지지 않는 어학 강사에 머무르는 사실을 지적함으로써, 동양학을 전공하는 많은 서양 학자들의 분노를 샀다. 그들은 이 책이 나온 직후, 이제는 "오리엔탈"이라는 말을 쓸 수 없게 되었다고 불평하며 "동양학과"라는 학과 명칭을 모두 "중동학과"나 "극동학과" 또는 "동아시아 학과"로 바꾸는 소동을 벌였다. 이와 같은 책을 동양인인 우리가 아직도 모르고 있거나 읽지 않고 있다는 것은 참으로 당혹스러운 일이라고 할 수 있을 것이다.

1983년 나온 『세계와 텍스트와 비평가(*The World, the Text, and the Critic*)』에서 사이드는 "오리엔탈리즘 이론"에서 한 걸음 더 나아가, 문학 비평은 더는 상아탑 속에서 은둔하지 말고 세상으로 나가 우리의 현실과 역사와 상황과 서로 맞물려야 한다는 "세속적 비평이론"을 주창한다. 이 책에서 그는 최근 세계적으로 유행하는 프랑스의 탈구조주의 이론과 포스트모더니즘 그리고 이론 만능주의를 지향하는 서구 비평계가 "현실을 외면하고 텍스트와 언어의 미궁 속으로 침잠해 들어가고 있다."라고 비판하며, 문학 비평은 역사와 상황의 산물이므로 순수해서는 안 되고 오히려 현실에 더 많이 "오염"되어야 한다고 주장한다. 이 책에서 사이드는, 충분히 세속적이지 못하다는 이유로, 심지어는 평소에 경의를 표하던 프랑스의 두 대표적 탈구조주의 사도인 데리다와 푸코까지도 강력하게 비판한다.

바로 그런 이유로 사이드는 학술 서적만 쓰지는 않았다. 그는 1980년 『팔레스타인 문제(*The Question of Palestine*)』, 1981년 『이슬람 취재(*Covering Islam*)』라는 책을 출판해 팔레스타인과 이슬람에 대한 서구의 편견을 신랄하게 비판했다. 그러면서 그는 차츰 현재 세계적으로 주목받는 신사조 "탈식민주의(post-colonialism)"(최근의 노벨문학상과 콩쿠르상도 탈식민주의 계열의 작가들에게 돌아갔다)의 대부가 되어 갔다. 예컨대 사이드는 『크리티칼 인콰이어리(*Critical Inquiry*)』지에 발표한 글, 「차이의 이데올로기(*The Ideology of Difference*)」(1985년 가을호)와 「식민지를 재현하기(*Representing the Colonized*)」(1989년 겨울호) 그리고 같은 잡지 1989년 봄호에 실린 이스라엘

학자들과의 치열한 논쟁 등을 통해 제3세계인들의 정신적 · 문화적 식민 상황의 탈피와 제국에 대한 반격을 주창함으로써 탈식민주의 계열 작가들에게 이론적 준거틀을 마련해주고 있다.

1993년 나온『문화와 제국주의(*Culture and Imperialism*)』에서도 사이드는 서방 세계의 문화적 제국주의에 대항하는 자신의 탈식민주의 이론(이 이론은 그동안 식민지 상황 속에서 살아온 우리에게도 대단한 호소력을 갖는다)을 설득력 있게 전개하고 있다. 매슈 아놀드의『문화와 무정부』에 대한 명백한 패러디인 이 책에서 사이드는 아놀드 같은 고급 문화론자들이 세속적 오염으로부터 보호하려고 했던 "문화"가 결국은 유럽의 "제국주의 문화"였음을 날카롭게 지적하고 있다.

사이드는 바로 그 "제국주의 문화"로 인해 자신은 조국을 잃어버렸으며 잃어버린 조국에 대한 향수와 자신의 정체성에 대한 탐색이 곧 자신의 문학 비평이라고 말한다. 자신의 삶과 자신의 문학 비평을 일치시키고 있다는 점에서 그는 우리 모두의 귀감이 된다. 태어날 때부터 나라가 없었던 그는 지금도 자신을 "망명객"이라고 부르며 조국을 빼앗아간 서구 제국주의에 대한 비판의 목소리를 높인다.(그는 "자신의 조국이 달콤하게 느껴지는 사람은 아직 미숙한 어린아이와도 같다. 외국이 모두 자기 조국처럼 느껴지는 사람은 이미 성숙한 어른이다. 그러나 세계가 다 외국처럼 느껴지는 사람이야말로 완전한 사람이다."라는 생 빅토르의 위고의 말을 가장 좋아한다.) 사이드의 이와 같은 탈서구적 이론은 서구 제국주의의 피해를 본 모든 동양인에게 그리고 리얼리즘과 포스트모더니즘 모두에 한계를 느끼고 있는 90년대 젊은 지성인들에게 새로운 인식의 혁명을 가져다주는 또 하나의 기폭제가 될 수 있을 것이다.

사이드는 자신의 정신적 망명을 부정적으로만 보지 않고 오히려 두 세계를 다 포용하고 조화시킬 수 있는 긍정적 계기로 전환하는 데 성공한다.

내가『문화와 제국주의』에서 지적하려고 하는 마지막 요점은 그것이 한 망명객의 책이라는 점이다. 나는 어쩔 수 없는 객관적인 이유로 인해 서구 교육을 받은 아랍인으로 자랐다. 내가 기억하는 한, 나는 언제나 자신이 그 둘 중 하나에만 속한다기보다는 그 두 세계에 다 속하는 것으로 느끼며 살아왔다. 그러나 내 생전에, 내가 가장 긴밀하게 연결되어 있던 아랍 세계가 내란이나 전쟁으로 인해 완전히 변해 버렸거나 이제는 아예 존재하지 않게 되었다. 그래서 오랫동안 나는 미국에서 아웃사이더로 살아왔다. 특히 미국이 (완전과는 거리가 먼) 아랍 세계의 문화와 사회와 전쟁을 하거나 그것에 대해 강력하게 반대할 때마다 나는 언제나 국외자일 뿐이었다. 그런데도 내가 "아웃사이더"라고 자신을 부를 때, 그것은 슬프거나 박탈당한 것을 의미하지는 않는다. 오히려 그 반대로, 제국이 나누어 놓은 두 세계에 다 속해 있다는 것은 그만큼 그 두 세계를 더 잘 이해할 수 있다는 것을 의미한다. 더욱이 이 책이 쓰인 뉴욕은 대단히 강력한 망명객의 분위기를 가진 도시이다. 뉴욕은 파농이 묘사한 대로, 식민지 도시의 매니키언(Manichean) 스타일을 내부에 가진 도시다. 어쩌면 바로 그러한 요소들이 내가 이 책에서 시도한 관심과 해석을 고무시켜 주었는지도 모른다. 그리고 그런 상황은 나에게 자신이 하나 이상의 역사와 그룹에 속해 있다는 느낌을 가져다주었다. 그러한 상태가 다만 한 문화에만 속해 있고 한 나라에만 충성심을 느끼는 것보다 더 이로운 대책이 될 수 있는지는 이제 독자들이 결정할 문제이다.

『문화와 제국주의』에서 사이드는 19세기 영국 리얼리즘 소설들이 필연적으로 제국주의 중심 문화를 반영하고 있다고 날카롭게 지적한다. 찰스 디킨스와 조지 엘리엇과 조셉 콘라드와 러드어드 키플링 역시 예외는 아니다. 그의 비판으로부터 면죄부를 받는 빅토리아 시대의 작가는 거의 없다. 그러나 사이드의 목적은 단순히 그들을 비판하는 것이 아니다. 그는 다만 제국주의 문화와 관념이 당대의 문학과 예술 작품들 속에 어떻게 스며들어 있고 투사되어 있는가를 밝혀내는 데에 관심이 있다. "작품을 읽으면서 만일 그러한 요소들을 발견해 내지 못한다면, 우리는 책 읽기를 제대로 못 하는 셈이 되며, 많은 것을 놓치고 있는 셈이다."라고 『문화와 제국주의』에서 사이드는 말한다. 그러므로 사이드에게 있어서, "문화"란 순수하고 지고한 것이 아니라 정치적·사회적 이념들의 혼합체이다.

그런 의미에서 문화란 여러 가지 정치적·이념적 명분들이 서로 뒤섞이는 일종의 극장이라고도 할 수 있다. 아폴로적인 점잖음의 온화한 영역과는 거리가 먼 채, 문화는 대의명분들이 백주에 드러내 놓고 싸우는 전장이 될 수도 있다. 예컨대 타국의 고전보다는 자국의 고전을 먼저 읽도록 가르침을 받은 미국과 프랑스와 인도의 학생들이 거의 무비판적으로 자기 나라와 자기 전통을 받아들이고 거기에 충성스럽게 속해 있는 반면, 타국의 문화나 전통은 격하시키거나 대항해 싸우는 싸움터가 될 수도 있다는 것이다.

이제 문화 개념에 대해 발생하는 문제는 그것이 자기 문화에 대한 과대평가뿐만 아니라, 문화가 일상 세계를 초월하는 것이기 때문에 일상 현실과는 다른 것으로 생각한다는 데에 있다. 그래서 대부분의 전문적 인문학자들은 노예제도나 식민주의나 인종적 억압이나 제국주의적 종속 같은 오래되고 야비하며 잔인한 행위를 그러한 행위와 연관된 시나 소설이나 철학과 연결하지 못한다. 이 책을 쓰면서 내가 발견한 어려운 진리 중 하나는, 내가 존경하는 영국이나 프랑스의 예술가 중, 영국이나 프랑스의 관리들이 인도나 알제리를 지배하면서 행한 "종속"이나 "열등한" 인종 개념을 다룬 사람이 거의 없다는 사실이었다. 그러한 태도는 사실 널리 유포되어 있었으며, 19세기를 통틀어 제국들이 아프리카를 점령하는 데 연료의 역할을 했었다. 카알라일이나 러스킨 또는 디킨스나 새커리에 관해 이야기하면서 비평가들은 식민 팽창주의나 열등한 인종이나 "검둥이들"에 대한 작가들의 생각을 문화와는 전혀 다른 것으로 분류하고 있다. 마치 문화가 그들이 "진정으로" 속해 있으며 "진정으로" 중요한 작품들을 써내는 고양된 영역인 것처럼 말이다.

『문화와 제국주의』가 이 시점에서 특히 우리의 관심을 끄는 이유는 우선 그가 얼핏 별 상관이 없어 보이는 "문화"와 "제국주의" 사이의 긴밀한 상관관계를 방대한 문헌들의 분석과 해박한 지식을 통해 밝혀 주고 있기 때문이다. 그러나 문화와 제국주의에 관한 사이드의 연구와 성찰이 더욱 값지게 느껴지는 이유는 그가 궁극적으로는 제국주의에 대한 단순한 비판을 초월해 예전 제국과 예전 식민지 그리고 동양과 서양의 화해를 주창하고 있기 때문이다. 그런 의미에서 그는 그 두 영역의 "공동의 경험"과 "겹치는 영토"를 중요시하며 우리 것만 옳다고 주장하는 국수주의적 태도에 신랄한 비판을 가한다. 예컨대『문화와 제국주의』서론에서 사이드는 다음과 같이 말한다.

> 부분적으로는 제국으로 인해 모든 문화가 서로 연결되어 있다. 그 어느 문화도 단일하거나 순수할 수는 없고, 모든 문화는 혼혈이며, 다양하고, 놀랄 만큼 변별적이며, 다층적이다. 그것이 바로 "비미국주의"의 위험과 "아랍주의"에 대한 위협을 겪은 오늘날 미국의 모습이며 현대 아랍 세계의 모습이다. 방어적이고 보수적이며 심지어는 편집증적 국수주의가, 유감스럽게도 어린이들과 청소년들이 "자신들" 문화의 독창성을 숭상하고 찬양하는 (대개는 타문화를 비하하면서) 교육 현장에서 가르쳐지고 있다.『문화와 제국주의』가 대상으로 하고 있으며, 또 다른 가능성을 제시해주려는 것도 바로 그러한 무비판적 무사고적 교육 형태다. 이 책을 쓰면서 나는 대학에 의해 아직도 제공되고 있는 유토피아적 공간─즉 그러한 중요한 문제들이 조사되고 논의되고 반영되는 장소로 남아있어야만 하는 공간─을 이용했다. 대학을 사회 정치적 문제들이 실제로 부과되고 해결되는 장소로 만드는 것은 곧 대학의 기능을 없애고 권력을 잡은 정당의 부속 기관으로 만드는 셈이 되기 때문이다.

그러므로 사이드는 필연적으로 "다문화주의(multiculturalism)"를 옹호하게 된다. 그는 다문화주의가 매슈 아놀드가 걱정했던 것과는 달리 "혼란과 분열"을 가져오는 것이 아니라 오히려 "통합과 공존"을 가져온다고 말한다.

그래서 지배 문화는 "유연함과 관대함", 즉 "열린 태도"를 가져야 한다고 사이드는 말한다.

다문화주의에 대한 현재 논의의 결과가 미국의 "레바논화" 같은 것은 아닐 것이고, 그렇다면 그 논의가 정치적 변화와 여성과 소수 인종과 최근의 이민자들이 자신을 바라볼 수 있도록 해주는 변화를 의미한다면, 그러한 변화는 결코 두려워하거나 방어적으로 바라볼 필요가 없다는 것이다. 기억해야만 되는 것은, 이 가장 강력한 형태의 해방과 계몽의 내러티브가 분리가 아니라 "통합"의 내러티브—즉 주요 그룹으로부터 제외되어 온 사람들이 그 속에서 자신들의 위치를 찾으려는 통합의 내러티브—라는 사실이다. 만일 주요 그룹의 낡고 관습적인 관념이 이 새로운 그룹을 허용할 만큼 유연하고 관대하지 못하다면 그런 관념들은 변해야만 된다. 그러한 변화는 새로 등장하는 그룹들을 단순히 거부하는 것보다 훨씬 더 나은 행동이기 때문이다.

『오리엔탈리즘』을 쓴 이후 급변하는 세계정세 속에서 제국주의와 문화의 관계를 성찰한『문화와 제국주의』에서, 사이드는 서구의 제국주의 담론과 더불어 냉전 시대 이후에 등장한 제3세계의 국수주의와 복고주의도 신랄하게 비판한다. 그는 궁극적으로 동서 문화의 조화와 공존을 주장함으로써, 새뮤얼 헌팅턴의 "문명 충돌론"을 정면으로 비판하고 있다. 서울대학교 "서남 초청 강좌" 초청으로 95년 5월 말에 있을 사이드의 방한에 맞추어 출간되는『문화와 제국주의』는 그런 의미에서 중요한 의미가 있는 이 시대 필독서라고 할 수 있다. 이 책은 미국의 Alfred Knopf 출판사와의 정식 판권 체결과 에드워드 사이드 교수의 공식적인 허락을 받아 번역한 것이다.

(1995년 5월 20일, 김성곤 · 정정호)

8. 페미니즘과 정신분석학의 절합

— 엘리자베스 라이트 편, 『페미니즘과 정신분석학 사전』, 1997

많은 페미니스트들이 프로이트를 적으로 인식했다. 그러나 정신분석학과 프로이트를 거부하는 것은 페미니즘에 치명적이다.

— 줄리엣 미첼, 『정신분석과 페미니즘』

페미니즘 논의가 현대 지성적 담론의 큰 흐름으로 형성된 지는 이미 오래다. 그중에서도 페미니즘을 정신분석학과의 관련 속에서 논하려는 시도는 이 운동의 가장 중요한 부분을 차지해 왔다. 이러한 시도의 하나로 『정신분석학과 페미니즘』 혹은 『페미니즘과 정신분석학』이라는 제목의 책들이 이미 여러 권 출판되어 이런 운동을 이론적으로 뒷받침해주었다.

여기에 번역된 『페미니즘과 정신분석학 사전』도 이러한 지적 노력의 연장선에서 나온 것이다. 그러나 이 책은 비슷한 이름을 가진 기존의 책들과는 여러 면에서 크게 다르다. 우선 이 책은 〈비판적 사전〉이라는 부제가 붙어 있듯이 한 권의 사전류의 종합 저서로서 그 넓이와 부피가 단연 압권이다. 이 책의 저술에 동원된 학자들만 해도 현재 정신분석학 관련 페미니즘에 종사하고 있는 전 세계 중요인물들이 거의 다 망라되어 있다.

그리고 〈비판적〉이라는 표현에 주목할 필요가 있다. 이 책은 정신분석학이나 페미니즘의 용어들을 풀어 설명하고 있을 뿐만 아니라 두 담론의 만남이나 상호 포함 관계라는 관점에서 바라본 비판적 시각을 견지한다. 그래서 어떤 표제어는 작은 논문으로도 읽힐 수 있다. 그리고 이 책은 그러한 용어들의 역사적 맥락, 사회·문화적 함의를 여러모로 조명하고 있으며 포스트모더니즘과 포스트구조주의의 통찰력을 소중히 평가하면서 서술되고 있다.

이 책의 책임 편집자 엘리자베스 라이트 교수도 서론에서 지적했듯이, 이 책의 제목에 페미니즘을 앞에 쓰고 정신분석학을 뒤에 쓴 것은 전자의 관점에서 후자를 수용한다는 의미가 강하다. 따라서 이 책은 수용되는 학문인 정신분석학에 대한 다양한 지식과 정보를 제공한다. 이 지식과 정보의 제1차 공급처는 물론 정신분석학의 원조 지그문트 프로이트다. 그러나 페미니즘 운동과 관련하여 프로이트 못지않게 중요한 인물은 영국의 멜라니 클라인, D. W. 위니콧, 프랑스의 자크 라캉이다. 클라인과 위니콧을 중심으로 한 이른바 〈대상 관계 학파〉 이론은 북미주로 전파되어 현재 영·미 계열의 정신분석학적 페미니즘 운동의 이론적 지주를 형성하고 있다. 반면에 라캉의 (포스트)구조주의적 정신분석학에 기초한 페미니스트들은 상징 질서 속에 여성적 담론의 공간 확보라는 차원에서 활발한 이론 전개를 하고 있다. 이 두 계열의 페미니즘 운동은 상당한 접근법상의 견해 차이를 보이지만 현재 이 둘 사이에 어떤 대화가 이루어지고 있으며 특히 이 책 속에서 그렇다.

사실 프로이트나 라캉 자신은 현대적 의미의 페미니스트는 아니었다. 그들은 오히려 전자는 남성적 힘과 권위의 상징인 가부장적 태도로 인하여 그리고 후자는 〈팰러스 중심주의적〉 사고로 인하여 페미니스트들로부터 많은 공격을 받기도 한다. 이 책의 페미니스트들이 관심을 기울이는 것은 그 정신분석학 대부들의 텍스트를 정밀하게 읽어보는 가운데 그것이 가진 여성과 관련된 함축적 의미를 찾고 그 속에서 성이나 성차와 같은 페미니즘의 중요한 개념들을 새롭게 뜻 매김 하는 일, 그리고 이러한 과정을 통해 남성과 구별되는 여성의 독특한 목소리를 정박시키는 일이다.

우리는 이 책의 독자들이 일정한 지식층이라는 전제하에 가능하면 원전 체재의 골격을 유지하면서 번역에 임했다. 우선, 표제어의 순서를 알파벳 순서로 하면서 우리말 표기어를 달았다. 우리말 번역어를 중심으로 순서를 매길 경우, 원전의 순서를 완전히 바꾸는 것은 물론 독자들에게 적지 않은 혼란과 불편을 초래할 것으로 생각했기 때문이다. 독자들의 편의를 위해 원문에는 없는 표제어 목차를 달았고 중요한 용어에 대한 우리말 번역어 다음에 원어를 첨부하였다. 인명이나 지명 등 고유 명사도 우리에게 낯익은 것들만 가독성을 높이기 위해 우리말로 번역했을 뿐 나머지는 원어 그대로 두기로 했다. 이 책에 빈번히 등장하는 화살표 부호는 사전류 책의 강점인 상호 대조와 참조의 기능을 할 것이다. 각 표제어 뒤에 있는 참고 문헌도 원전의 것을 그대로 옮겨 그 방면에 대해서 더 많은 독서를 원하는 독자들의 길잡이가 되도록 했다.

이 책의 번역에 가장 힘들었던 부분이 바로 전문 용어의 통일과 토착화 문제였다. 그리스, 라틴어를 비롯해 세계 각국 언어로 되어 있는 전문 용어를 일거에 우리말로 정착시킨다는 것은 참으로 어려운 일이다. 영어권에서도 아직 이 문제가 완성된 것이 아니라고 한다. 아니, 이 문제에 대해서 완성이란 있을 수 없다. 새로운 용어가 계속해서 쏟아져 나오고 있고 그것을 자국어로 번역·차용하는 일은 계속될 것이기 때문이다. 〈정신분석학〉이니 〈페미니즘〉이니 하는 말들이 사용되고 토론된 역사가 지극히 짧은 우리의 현실을 고려할 때, 이 용어 통일의 문제는 사실상 하나의 희망 사항이다. 용어에 관한 한 우리는 각 표제어 논문을 쓴 필자들과 특히 역자들의 의견을 최대한도로 존중하였으나 표제어나 기본 용어들은 통일하려고 노력하였다. 우리의 노력을 넘는 문제는 위에서 말한 대로 용어 뒤에 함께 적은 원어가 책임질 것이다. 아무쪼록 이 책의 발간을 계기로 우리나라에서 페미니즘과 정신분석학 연계에 관한 논의가 좀 더 활발하게 일어나고 페미니즘 연구가 한 단계 높은 수준으로 발전하기를 기대해본다.

바쁘신 중에도 번역에 참여하여 전력을 다해 작업해주신 역자 여러분께 머리 숙여 감사드린다. 모두가 페미니즘과 정신분석학의 절합을 위한 신념이 있는 분들이다. 애석하게도 일차 번역을 끝내고 갑작스럽게 타계한 고 (故) 김활 교수님의 명복을 빈다. 이 사전 번역에 앞서 페미니즘 부문은 정정호가, 정신분석학 부문은 박찬부가 조정자 역할을 하기로 하였으나 과연 그 소임을 다했는지 부끄러울 뿐이다. 어려운 찾아보기 작업을 해준 중앙대 대학원 김영호 학형에게도 감사한다. 끝으로 역자들의 게으름을 지긋이 기다려준 박태근 사장님께 감사드린다.

(1997년 10월 3일, 박찬부 · 정정호)

9. 호주 페미니즘의 이해

— 칠라 불벡 외, 『행동하는 페미니즘』, 1998

페미니즘이란 단어가 일상적 어휘가 되어버린 지금 우리나라에서 여성은 과연 어디에 위치하는지 다시 한번 생각해보게 된다. 다행스럽게도 최근 국내에서 우리나라 상황에 토대를 둔 주체적 여성 운동을 위해 이론과 방향을 정립하려는 바람직한 노력들이 이루어지고 있다. 그러나 IMF 구제금융 체제가 시작되자 제일 먼저 여성을 정리해고 대상자로 간주한다거나 6 · 4 지방선거에서 선출된 여성의원들의 비율이 이전보다도 훨씬 줄어드는 등, 제도권 안팎으로 페미니즘 이론이나 여권운동을 냉소적으로 바라보거나 백안시하려는 "내부의 적"이 페미니즘을 전반적 사회 개혁 운동으로 전환하는데 커다란 걸림돌이 되고 있다.

오늘날 서구의 페미니즘 운동은 일대 전환기를 맞고 있어서 영미 페미니즘이나 프랑스 페미니즘은 어떤 의미에서 막다른 골목에 다다른 느낌이다. 이런 시점에 영미나 프랑스가 아닌 호주의 페미니즘 이론과 여성 운동은 우리가 새로운 시각과 의미로 한반도의 여성 운동을 반성하고 재정립하는 데 큰 도움을 주리라 생각한다.

호주는 세계에서 두 번째로 여성들이 선거권을 획득하였을 뿐만 아니라 확립된 전통이 없는 젊은 나라이기에 오히려 실천적 면에서 진보하여 복지 실험으로 주목받고 있다. 나아가 호주는 영미 페미니즘 이론과 프랑스 페미니즘 이론을 자유롭게 호주 특유의 정치, 역사, 문화, 사회상황과 접맥시켜 정부 정책이나 제도뿐 아니라 사회 각 분야에서 여성의 권리가 영미나 프랑스보다 훨씬 앞서가고 있다고 보인다. "페미니스트 관료제도"[페모크라시]를 창출하여 페미니스트들이 국가 경영의 제도권 내로 진입하여 실질적으로 여성에게 도움을 주는 행정을 추구하였고, 밖에서는 페미니스트 운동가들이 육아, 교육, 동등임금 등 주요 현안에 집중적으로 관심을 쏟아 제도권 내 페미니스트들에게 힘을 실어주었다.

편역자는 인종적, 문화적으로 다양한 남반부 호주에 1년간 머무는 동안 동질성만을 강조하던 문화에서 용렬한 사고를 고집하던 모습을 되돌아보고 열린 마음으로 차이의 가능성을 받아들이는 자세를 새롭게 취할 수 있었다.

지금은 남호주 주 아델라이드 대학의 여성학 석좌교수로 자리를 옮겼으나 역자가 호주에 머무는 동안 퀸즐랜드주 브리즈번에 있는 그리피스대학교 교수로 재직하고 있던 페미니스트 이론가 칠라 불벡 교수의 헌신적 도움으로 편역자는 호주 페미니즘의 핵심적 논문들을 선정할 수 있었다. 이 자리를 빌려 불벡 교수에게 다시 한번 감사드린다.

이 번역 논문들이 하나의 책으로 자리하여 아무쪼록 국내의 페미니즘 논의가 영국, 미국, 프랑스 중심에서 벗어나 여성해방운동에 행동과 실천을 강조하는 호주 여권운동의 새로운 자극과 전략으로까지 확장되기를 바랄 뿐이다.

(1998년 10월, 이소영)

10. 생태 여성주의의 이해

— 로즈마리 통 외, 『자연, 여성, 환경 : 에코 페미니즘의 이론과 실제』, 2000

21세기는 인간 문명의 최대 전환기다. 새 천 년대의 선도적 핵심어는 자연, 여성, 환경, 문화다. 자연은 여성이고 여성은 자연이다. 자연은 근대문명의 타자이며 여성은 가부장제의 타자다. 자연과 여성은 타자문화 정치학의 주체며 환경과 문화의 중심이 된다. 자연에 대한 인간의 폭력을 광정하여 새로운 상호 관계적 존재 양식을 회복하는 것이 생태학이라면, 여성을 남성의 속박에서 해방시켜 새로운 상보 관계를 부활시키는 것이 페미니즘이다. 여기에서 자연=여성이라는 등식이 자연스럽게 만들어진다. 자연과 여성 연대의 전략적 효과는 반파시스트적이며 비폭력주의적이다. 따라서 인간 중심 문화와 남성 중심 문화의 광정과 쇄신을 위해 자연의 원리와 여성의 원리가 동시에 부활하여야 한다. 전 지구적 환경은 자연과 여성의 원리로 탈영토화, 재영토화 되어 인간 문명의 환경이 "지탱 가능한" 문화로 재구성되어야 한다. 자연과 여성은 막다른 골목에 다다른 근대적 개발주의와 가부장적 남성주의의 유일한 "탈주의 선"을 만들어주고 돌봄의 윤리학과 책임의 정치학으로 전 지구적 치유의 방략이 될 수 있다. 문명/남성, 자연/여성이라는 지배—피지배 구조는 가장 오래된 억압과 착취 기재의 하나다. 문명/남성에 의해 식민화된 자연/여성은 "탈"식민화되어야 한다.

자연과 여성은 "에코 페미니즘"이라는 전략적 접속을 통해 공동 전선의 장을 구축할 수 있다. 그렇다면 인간 문명의 현 단계에서 생태학과 페미니즘의 협업 작업은 어떤 의미가 있을 수 있는가? 서구근대주의의 진보신화와 발전 이데올로기에 따라 삼라만상의 집인 지구라는 몸뚱이는 깊은 상처를 입었다. 지구는 삼라만상의 상생(相生) 주체가 아니라 인간이란 탐욕스러운 동물의 착취 대상이었다. 근대주의보다 더 오래된 가부장제는 여성의 역사와 현실을 왜곡하고 착취하여 인간 문명 자체를 위태롭게 만들었다. "여성의 원리"는 남성 중심 문명의 쇄신을 위해 시급히 소환되어야 한다. 타자로서의 지구와 여성이라는 메타포는 생태주의와 여성주의라는 쌍끌이 작전의 복음이다. 이제 생태주의와 페미니즘의 절합인 에코 페미니즘은 21세기 새로운 지혜의 문화 윤리학이다.

새 천 년대의 또 다른 핵심어인 "환경"이란 무엇인가? 환경은 자연이나 생태와 엄연히 구별되어야 한다. 환경이라는 개념 자체는 엄격한 의미에서 인간 중심적이지 자연 친화적이 아니다. 인간 냄새가 풍기는 환경론은 표층생태학(shallow ecology)이다. 그러나 인간이란 동물이 삼라만상이라는 종의 다양성 속에서 하나에 불과하다고 환경을 전 지구적 관계 속에서 사유하는 방식은 "심층 생태학(deep ecology)"이다. 전 지구적 생태계 파괴와 훼손의 심각성을 고려할 때 우리는 급진적 환경주의인 생태학이 필요하다. 여기에서 "급진적"이란 말은 "근본적"이란 말이다. 근본적 사유는 언제나 급진적일 수밖에 없고 급진적인 것은 언제나 근본적인 문제 제기 방식이기 때문이다. 인간 중심의 문명과 문화를 위해 자연을 재구성하는 것이 환경학이라면 생태학은 전 지구 삼라만상의 상호 관계적, 상호 침투적 존재 방식을 배려하고 관심을 가지는 것이다.

21세기 우리의 "문화"를 어떻게 이끌 것인가? 생태학에 페미니즘을 절합시키는 것은 억압적 가부장제 문화와 착취적 남성 중심 사회 체제를 자연, 생태 문제와 연계시켜 기존의 가부장제 근대문화에 개입하고 위반하고 전복시키고자 함이다. 자연, 여성, 환경, 문화를 아우르는 에코 페미니즘의 목표는 평등과 호혜의 본질적이고 급진적인 평화 윤리학을 수립하는 것이다. 우리 문화가 들꽃, 쇠똥구리, 새들의 생태에 관한 관심과 배려를 연료 과다 사용, 그린벨트 훼손, 준농림지 폐지, 대단위 아파트 단지 조성 등의 문제와 연계시키고 병치시킬 수 없다면, 우리의 단기적 환경론은 재앙을 불러올 것이다. 에코 페미니즘의 사유방식은 주체와 객체 사이의 상호 침투성뿐 아니라 객체의 입장이 되어보는 타자에 대한 사랑의 능력이다. 21세기 새로운 문화 윤리학으로서의 에코 페미니즘을 통해 우리는 인간 이외의 식물, 동물은 물론 대기물, 돌멩이와 같은 무생물과의 관계를 회복시켜야 한다.

서구의 여러 에코 페미니스트 학자들의 글을 모아 번역한 본서는 크게 서론과 3부분으로 나뉜다. 서론으로 로즈마리 통 교수의 긴 글을 배치한 것은 그의 글이 에코 페미니즘의 입문적 소개로 가장 포괄적이고 탁월하기 때문이다. 에코 페미니즘을 처음 공부하는 독자들은 반드시 이 서론부터 읽기 바란다. 제Ⅰ부는 페미니즘과 생태학의 관계를 다룬 글을 비롯하여 에코 페미니즘 "이론"에 초점을 맞춘 글들로 구성되어 있다. 제Ⅱ부는 문학 비평, 개발, 평화 문제 등 에코 페미니즘의 "실천"적 측면을 다룬 글들로 이루어진다. 제Ⅲ부는 에코 페미니즘에 대한 비판적 조망을 다룬 글 2편으로 꾸몄다. 편역자들은 본서를 준비하면서 좀 더 많은 논문을 포함하여 종합적 에코 페미니즘 연구서를 만들고자 했으나 여건상 그렇게 하지 못해 서운하다. 편역자들은 에코 페미니즘적 사유가 21세기 한반도의 새로운 문화 윤리학 수립에 개입되고 뿌리내리기를 희망한다. 끝으로 아쉬우나마 본서가 일반 독자들을 위해 접근하기 쉬운 입문서가 되기를 바랄 뿐이다.

끝으로 본서의 여러 가지 오류와 부족한 점에 대해서 독자들의 따뜻한 질정을 바란다.

(2000년 7월 25일, 정정호, 이소영)

11. 문화 연구의 호주적 방법

— 스튜어트 홀 외, 『호주문화학 입문』, 2000

남반구 오세아니아의 거대한 섬나라 호주는 2000년 시드니 올림픽이 아니더라도 우리에게 이미 새로운 문화적 호기심으로 다가왔다. 그러나 2001년 독립 100주년을 맞는 호주에 대한 편자의 관심은 이러한 정치, 경제, 무역, 관광, 교육 분야 교류에만 있는 것이 아니고, 최근 이론 실천 분야에서 독특한 행보를 보이는 호주 "문화학(Cultural Studies)"에 흥미 이상의 지적·이론적 호기심이 발동했다.

요즈음 대학 구조조정에 따른 인문학 위기와 학문체계 개편 논의가 한창이다. 신자유주의적 경제 논리에 따라 대학이 기업체나 정부 부처와 같은 방식으로 운영되어서는 안 되겠지만, 대학사회도 문물 상황이 급격히 변화하는 것과 발맞추어 능동적으로 새로운 시대를 이끌어갈 지식과 이론을 생산해 내야 할 때이다.

우리는 현상을 단지 뒤따라간다든지 타의에 의해 강제로 대학교육 쇄신과 개혁작업을 수행할 수는 없다. 대학은 서구주도의 전 지구적 자본주의 현실이라는 이권 투구 속에 함몰되어 지배 이데올로기를 생산해 내기보다

반헤게모니적 저항 담론을 창출해 내야 한다.

이런 맥락에서 대학의 학문체계 중 특히 인문학은 예전처럼 수구적으로 과거에만 집착할 것이 아니라 오히려 전방위적으로 새로운 인간과 문명에 대한 비전 수립을 위해 욕망과 이데올로기를 비판적으로 창조해내야 하는 책무를 수행해야 한다.

따라서 "문화학"은 폭넓게 문화 개념을 포용하는 동시에 인문학 테두리 안에서, 또는 인문학의 경계를 뛰어넘어 학문적으로 문제를 제기하고 해결하는 새로운 학문적 방법을 추구해 나가야 한다. 편자가 "호주 문화학"에 특히 주목하는 이유도 여기에 있다. 호주 문화학은 영국이나 미국의 문화학과는 다른 맥락에서 세계화 시대에 인문학 영역을 확대하려는 우리에게 이론과 실천 양면에서 놀라운 타산지석의 예가 될 수 있을 것이다.

지난 10여 년간 호주 대학들의 영문학과는 거의 혁명적 변화를 겪고 있다. 『킹리어』가 『킹콩』보다 위대한 문학이라는 전통적 신념이 흔들리고 있다. 영문학은 이제 문학이론, 언어학, 여성학, 커뮤니케이션, 문화학을 과감하게 받아들이고 신문기사, 대중음악, 만화, 영화, 대중소설, 패션, 잡지. 패스트푸드 등을 분석한다.

정전에 들어 있는 여러 문학 작품을 고급예술로 보고 읽고 감상하던 영문학 공부방식이 위기에 처했다고 하겠다. 물론 전통적 연구나 교수방식과 내용이 사라진 것은 아니지만 엄청난 지각변동이 일어나고 있음은 확실하다. 그러나 대부분 대학의 영문학 교수나 연구자들은 물론 학생들조차도 놀라거나 분노하지 않는 듯하다. 오히려 새로운 학문구조 개편에 학제적으로 대처해 나가고 있다.

앤소니 이스트호프가 "문학 연구의 미래는 문화주의와 구조주의 사이에서 균형을 견지하고자 하는 수정된 문화학과 함께 하는 데 있다."라고 지적했듯이, 소위 "이론"이 가져온 무혈혁명은 (영)문학 연구와 교육의 미래를 순수주의와 칩거주의를 버리고 문화와의 난잡한(?) 교접을 불가피한 것으로 만들었다. 이것은 슬픈 일이라기보다는 역사적으로 정직한 변화의 문화 윤리학인지도 모르겠다.

그러나 여기에서 이런 문제들을 모두 다룰 수는 없어서 편자는 호주의 영문학과 내에서 수행되고 있는 "호주 문화학"에 대한 단편적 논의만을 수행하고자 한다. 영국에서 60년대 후반부터 정립되기 시작한 문화학은 현재 영국, 미국, 호주, 캐나다. 뉴질랜드 등의 대학에서(특히 영문학과를 중심으로) 하나의 새로운 학제적, 통합적 방법론으로 정착되고 있다. 그러나 이러한 영국 문화학 이론의 국제적 확산과 여러 나라에서의 급속한 정착 과정에서 나타나는 문제점에 관한 우려의 목소리도 있다.

그 한 예로 "미국 문화학"을 보자. 미국은 영국 문화학의 초석이라고 할 F. R. 리비스와 레이먼드 윌리엄즈에 이르는 좌파 전통, 계급분석의 오랜 전통, 하위문화로서의 대중문화분석 등의 전통이 없다. 미국학계는 20여 년 전 프랑스의 포스트구조주의를 해체론이라는 이름으로 재빨리 미국화하였듯이, 원래 영국 문화학이 가지고 있는 정치성과 비판성을 배제한 채 또 다른 하나의 방법론으로 제도권 속에 쉽게 편입시키고 있다는 비난을 받고 있다. 미국식 문화학의 탈정치화는 기존체제나 문화에 대한 저항과 위기를 제도화 또는 전략화시키지 못하게 되어 문화학은 또 다른 유행하는 학문적 소비상품으로 전락해 버리기 때문이다.

그러나 호주의 문화학은 영국 문화학의 정치성과 역사성을 견지하여 "미국 문화학"처럼 제도권과의 위험한 타협에 응하지 않으면서 많은 문화 현상들을 호주 특유의 문물 상황과 잘 접맥시켜 호주화하여 새로운 실천 가능한

"문화학"을 잘 수행하는 듯하다. 편자가 호주 문화학에 주목하는 이유는 그들이 다른 곳에서 만들어진 이론을 자신들의 시공간 속에서 전화시켜 새로운 실행 가능한 이론으로 다시 만들어내는 "토착화(주체화)" 과정 때문이다. 호주의 문화학 성립에는 물론 영국 문화학의 영향이 절대적이지만 호주의 자체적인 전통도 무시할 수 없다. 당연한 얘기지만 호주 문화학은 지난 30여 년간 호주의 정치·사회 운동, 그리고 그에 대한 참여결과로 생겨난 것으로 철저하게 호주적 문제와 차이의 상황에서 배태된 것이다.

호주 문화학 형성의 계보 중 중요한 것을 열거하자면 다음과 같다.

- 우선 60년대와 70년대에 성인 교육 프로그램인「근로자 교육 연합」(WEA)의 존 플라우스가 주도한 영화 여름학교다. 이와 함께 60년대 후반부터 일기 시작한 호주의 민족주의적 영화제작 부흥 운동을 들 수 있다. 그리하여 영화와 매체비평 활동이 활발했다.
- 많은 소잡지, 신문 등의 출현이다.『개입』『민진』『영화이론』『호주 문화학』『호주 여성학』 등 수많은 잡지에서 호주의 문화적 주제들에 대한 분석과 논의가 이루어졌고 이와 더불어 저널리스트 비평가들과 문화정책 비평가들이 대거 나타났다. 문화정책에 관한 논의는 호주 문화학의 중요 과제 중 하나다.
- 그리고 강력한 실천을 병행한 페미니즘 운동과 이곳 원주민인 어보리지날 문화 그리고 최근 들어 아시아 이민개방으로 인한 동아시아 문화의 유입으로 구성된 복합문화주의를 빼놓을 수 없다.
- 70년대와 80년대에 토니 베넷, 존 피스크, 존 하틀리 등과 같은 영국 문화학 연구자들이 호주로 건너와 호주 대학에 자리를 잡고서 문화 연구소를 개설하고 연구지를 창간했다.
- 그밖에 유럽의 다양한 이론가들의 영향도 빼놓을 수 없다. 무엇보다 미셀 푸코, 료따르, 보드리야르, 르뾔브르, 부르디외 등의 문화 분석이론과 방법이 있다. 이런 영향 하에 시작된 호주 문화학은 훨씬 복잡하고 잡다한 속성을 가지게 되었다. 그램 터너에 따르면 호주 문화학은 유럽문화의 "중

심"과 "주변부"의 갈등 속에서 "비독창성"(unoriginality)과 "비방법론"(un-discipline)적 성격을 가지게 되어 잠정성, 실천성, 저항성을 지니게 된다.

이렇게 호주인들이 "중심부"로서의 미국이나 심지어 영국의 문화학 이론이 빠질 수 있는 보편주의 경향에 저항하여 "주변부"로서의 자신들의 주체적 이론과 실천을 성공적으로 시도하는 것을 보면서 "이론은 여행한다"는 에드워드 사이드의 명제를 다시 한번 상기하게 된다. 각 "이론"의 문화적 특수성을 고려할 때 현재 우리나라에서 수행되는 문화학의 이론과 실천들도 철저하게 우리의 문물 상황 속에 토대를 두면서 새로운 지식이나 이론의 생산과 저항의 문화 정치학을 창출해 내야 할 것이다.

이 편서는 필자가 1996년 8월부터 1997년 7월까지 호주 동부 지역의 브리즈번시 그리피스 대학교 인문대학에서 방문 교수로 지낸 결과물이다. 여러 사람의 의아심에도 불구하고 필자가 남반부의 호주를 연구 방문대학으로 결정한 이유는 무엇보다도 호주인들이 영미나 유럽전통의 이론들을 어떻게 수용, 변용, 전환하는가에 대한 남다른 지적 · 이론적 호기심 때문이었다. 과연 호주인들은 독특한 지정학적 위치에 있는 포스트식민지 국가답게 자신들의 특수한 역사와 사회의 문제틀 속에서 서구이론을 주체적으로 타작하고 있는 듯했다.

이곳에 실린 글들은 대부분 호주 문화학 분야에서 현재 가장 대표적이라고 할 만한 글들을 고른 것이다. 제1부는 문화와 방법론, 제2부는 문화와 국가, 제3부는 주제와 논쟁들이라는 제목을 붙이고 모두 12편의 논문을 실었다.

영국의 문화학과 호주 문화학의 관계를 논의하는 첫 번째 글「영국문화학, 호주문화학, 호주 영화」에서 탁월한 호주 문화학자 그램 터너는 영국의 문화학이 각국으로 수출되고 발전을 거듭함에 따라 점차 보편화하는 경향을 보이면서 호주에서도 상당히 깊은 영향을 미쳤다고 지적한다. 필자는 문화학의 보편화 과정이란 문화의 재생산이 아니라 그 문화를 다른 문화가 볼 수 있도록 드러내는 것이라고 강조하고 있다. 이 글은 문화학이 이렇게 보편화되면서 생기는 몇 가지 특별한 문제점, 즉, 영국의 문화학이 다른 정치적 · 국가적 문맥들, 특히 호주에 미친 문화적 특수성과 유용성에 관해 설명해준다.

문화학의 실천과정에서 드러나는 가장 일반적 문제점은 문화 내부에 존재하는 차이보다는 오히려 여러 문화 간의 차이를 제대로 감지해 내지 못하는 데 있다. 그러므로 터너는 문화학의 궁극적 목적이 이러한 지역적 차이들을 최소화하는 것이라고 강조한다.

이 책의 두 번째 개괄적인 글「호주 문화학」을 보면 호주 문화학의 중심인물 존 프로우와 미건 모리스에게 호주에서 "문화"라는 단어는 단순한 문화와 예술의 영역을 넘어서 새로운 해결책을 의미한다. 이제 문화 자체는 정치적으로 우세한 사회의 엘리트가 마음대로 만들어 낼 수 있는 인공적 매체로 상상된다.

호주에서 문화란 국제적 사고방식을 이루려는 관심 속에서 인종과 성별관계를 개선하고 호주의 역사 및 정전적 신화의 가치에 의문을 제기하는 것이다. 이런 호주의 문화학은 호주의 문화적 유산과 정부의 정책에 대한 인식을 발전된 새로운 복합문화주의 형태로 창출해 내었다. 호주의 문화는 토착 원주민과 백인문화 사이의 대립과 갈등구조를 그들 자신이 어떻게 처리하고 재현할 것인가에 대한 해결책의 문제로, 호주의 민족적 다양성, 국가의 복합문화주의, 그리고 경제적 국제화의 상황에서 하나의 국가로 되는 과정을 의미한다. 그 과정에서 매체가 작동되고, 원주민과 백인이 아시아 국가로 귀속되어가기 위한 이론가들의 담론이 논의된다.

세 번째 글「문화학·주저하는 학문연구방법」에서는 호주에서 가장 권위 있는 "문화 및 문화정책연구소" 소장이던 토니 베넷이 문화학에 관한 학문 연구 방법론의 지위에 대한 최근의 논의들을 점검한다. 문화학이 그 자체를 하나의 학문 방법론으로 규정짓는 것을 회피하려는 경향을 문제 삼고, 특히 최근 호주에서 문화학이 학문 방법론으로서의 모든 제도권적 도구들을 갖추게 된 경위를 검토한다. 문화학을 제도권화하는 것을 제도권 학문에 편입되는 것으로 간주하는 시각들은 문화학의 초기역사나 교육제도와의 관계에서 볼 때 잘못된 생각에 근거한 것이라고 베넷은 암시한다.

문화학의 지적 특징을 볼 때 문화학은 권력과 주체성의 관계에서 문화 역할분석에 대한 접근방식의 많은 특징을 가진다는 것이다. 문화학이 인문학 안에서 학제적 "정보분류 정리국"으로서 좀 더 보편적 역할을 부여해온 것이 바로 이러한 특질들이라고 베넷은 주장한다. 이 글은 결론에서 호주 문화학을 가장 적절하게 특징짓는 몇 개의 사항들을 언급하는데, 베넷은 강력한 페미니스트적 요소, 문화와 민족 사이의 이해에 대한 기여, 또 문화학을 문화정책과 연계시키는 역할을 호주 문화학의 3가지 중요한 특성으로 꼽는다.

「민족에 대한 재정의: 순수에서 잡종으로」에서 그램 터너는 기존의 반민주적이고 억압적인 "민족주의" 개념과 단일성, 동일성, 순수성을 고집하던 "민족국가" 개념을 비판한다. 터너는 최근『제3의 길』로 유명한 영국의 사회학자 앤소니 기든즈의 "국가민족" 개념을 끌어들여, 기존 민족주의 담론의 편협성을 극복하고 그 의미를 더욱 확장하는 작업을 하면서 이종성과 잡종성을 통한 새로운 창조와 생산의 복합문화주의를 주장한다.

그에 관한 구체적 사례로 호주 SBS 방송과 호주의 영화와 음악을 예로 들어 복합문화적 성격을 설명한다. 특히 복합인종 음악그룹인 "요투 인디"의 활동을 호주문화의 토착성을 중심에 두면서 동질화보다는 차이를 중시하는 민족주의화의 범례로 여기고 그들이 순수성에서 잡종성으로의 운동을 활짝 열어가고 있음을 밝힌다.

　미건 모리스는 「파노라마: 생방송, 죽은 사람과 산 사람들」이라는 글에서 파노라마적 특징을 보이는 호주 건국 200주년 기념 텔레비전 프로그램인 "생방송 호주: 조국 찬가"가 호주인을 비롯한 세계 전역의 사람들에게 호주를 방문, 투자, 탐험, 개발을 위한 공간으로 만들기 위한 일종의 선전물이라고 피력한다. 그는 보드리야르와 제임슨의 논의를 통해 역사의식과 비판적 거리가 사라지고 있는 오늘날의 문화적 특징을 지적하는 한편, 어네스틴 힐의 묘사적 여행기를 오늘날의 매체 풍경과 생생한 파노라마들, 그리고 공간 축제들을 미리 형상화한 것으로 읽어가면서 힐의 수사학과 여행 담론의 수사학을 비교한다. 이런 과정을 통해 모리스는 오늘날 미디어가 국가를 상품화하면서 소비 주체로서의 전 세계적 대중들을 유인하는 방식으로 작동하고 있음을 지적한다. 또한, 변화된 매체 환경 속에서 삶-역사의 매개방식에 대하여 숙고하기를 제안한다.

　「복합문화국가 호주의 예술」에서 스네자 그누는 복합문화적 호주의 예술과 문화의 의미를 명확히 하고자 하며, "복합문화주의"란 용어와 함께 문화에 관련된 새로운 잡종화된 문화예술을 인식해야 한다고 언급한다. 그누는 이제 이와 같은 "잡종성"이 호주에서 인정되어야 하며, 소수민족 예술가들의 실험적이고도 아방가르드적 생산성을 인정하면서 상상적 민족문화와 주류문화의 균질성에서 탈영토화해야 한다고 제시한다. 즉, 그는 호주의 힘이 바로 자국의 다양성에만 있는 것이 아니라 다양성, 곧 잠정적 종족성에 관하여 인식하고 지지하는 데에 있다고 확언한다.

「쿡 선장과 죽음: 쿡 선장의 흑인 역사」에서 크리스 힐리는 쿡의 토착 원주민 흑인사에서 19세기와 20세기에 원주민들이 주변화된 점을 지적한다. 또한, 호주에서 토착민과 비토착민 사이의 문화적 대화의 가능성이 여전히 매우 애매한 상태로 남아있다고 말한다. 쿡 선장의 유럽사와 토착민사를 나란히 읽을 때 어떤 일이 일어날 것인가를 독자들에게 질문하는 힐리는 스태너, 오베예서커리, 사힐린즈, 콜리그, 다나이야이리 등의 주장과 이야기를 중심으로 이 글을 전개하고 있다. 쿡 선장에 대한 여러 소재를 함께 제시하면서 쿡 선장을 통한 호주의 과거와 역사를 거슬러 올라가 호주의 역사에서 배제된 토착민들의 목소리를 통해 호주의 역사와 과거 "다시 쓰기"를 시도한다.

「호주의 아시아화」에서 이엔 앙과 존 스트래턴은 "비판적 초국주의(critical transnationalism)" 관점을 현재 호주의 지엽적 문화와 정치적 맥락에서 전개하고 있다. 비판적 초국주의는 국제관계 속에서 호주의 위상이라는 지배적 담론의 화두인 소위 "아시아로 진입하기"라는 주제들과 아울러 최근 백인 정착민 식민지로 시작된 호주 민족국가의 지리·경제적, 지정학적 관심사들을 다룬다.

특히 이 글이 목표하는 것은 "아시아"와 "서구"라는 근대적 이분법을 대체하는 것이다. 이를 위해서는 세계가 상호연결되고 서로 의존하면서도 변별성을 지닌 구성체라고 이해하는 것이 필요하다. 이것은 식민지 팽창을 통해 보편화되는 서구의 근대기획이 성공하면서도 실패하고 있음을 동시에 암시한다.

이런 관점에서 아시아와 호주 역시 절대적 이분법의 항으로 나타나지 않으며, 유럽 근대화 기획의 역사적 산물들로만 간주되지 않는다. 따라서 이 글은 서구적이면서도 아시아라 할 수 있는 호주의 특수한 위상을 비판하는 작업이기도 하다. 제국주의의 산물인 근대성을 보편적인 하나의 기획으로만 볼 수 없으며, 세계는 다원적 근대성으로 구성되었다는 점, 그러므로 근대성이 만들어 놓은 경계들이 더는 영토상의 민족국가 간의 경계와는 필연적으로 일치하지 않음을 인식하는 것이 중요하다. 그랬을 때 비로소 "아시아"속의 "호주"를 수용하는 개념, 즉 "아시아"이며 동시에 "아시아가 아닌" 이중적 (탈)근대적 존재로서 호주 자신의 상상력을 가지게 될 것이다.

비판적 초국주의 문화학은 현대 세계체계에서 민족국가의 중심성을 당연한 것이 아닌 문제적인 것으로 받아들여야 한다. 민족국가란 세계 자본주의의 유동적이고도 역동적인 힘들 안에서 복합적이고 모순적인 역할을 강조함으로써 초국가적 틀 속에 둘 수 있다. 이 글은 비판적 초국주의 논의에 있어서 문화학과 포스트식민주의 이론 사이의 대화의 필요성을 잘 보여준다.

예술은 전통적으로 작가 개인의 노력 산물로 인식되었다. 공동체 예술이라는 개념은 이러한 전통적 예술개념과는 단절된 의식을 반영하는 것이며, 이것은 곧 고급예술의 영역과 대중예술의 경계설정을 전복하는 것이다. 호주에서 정부 기금으로 기획된 공동체 예술기획들은 제도와 예술 기획자와 참여자, 그리고 수용자들의 집단적 수행을 통해 형성된다. 게이 호킨스는 「긍정의 미학」에서 호주인(Australian)이 본질에서 통합된 범주가 아니며, 이런 점이 문화적이라는 것은 미학보다는 인류학적 맥락에서 구성된다고 본다. 왜냐하면, 문화 자체를 미학적으로 정의하는 것은 "대중" 사회로부터 문화적 "엘리트"를 구별하는 담론이 사회에서 유동적으로 기능하는 것을 의미하기 때문이다.

이러한 관점에서 호킨스는 고급문화와 대중문화 사이의 구별을 거부하고 문화와 가치에 대한 이데올로기들의 힘의 맥락에서 그 구별을 시험한다. 가치 담론들의 주요 기능이 사회적 차별화를 전제하기 때문에, 어떻게 예술에 대한 지원을 구조화하는 지배 담론들과 관련해서 "공동체"를 기록화하는가를 보아야 한다. 호킨스는 예술의 "뛰어남"과 반대로 공동체 예술이 가치화되는 것은 서로 다른 집단들 사이의 의식에 대한 집단적 정체성을 유지하는 메커니즘 때문이라고 밝힌다. 그러나 이 글은 예술적 "훌륭함"과 "공동체"의 진정성이라는 좌파적 공동체 개념들을 비판하면서, 공동체 예술프로그램(Community Arts Program)의 "뿌리 깊은 애매성"을 추적한다. 이처럼 공동체 예술을 연구하는 것은 공동체 예술을 찬양하거나 그것을 함몰시키기 위한 것이 아니라 공동체 예술을 이해하기 위한 것이다. 즉, 공동체 예술의 역사적 형성의 복잡성과 정치적, 미학적, 그리고 이데올로기적 상황과 순환의 결과로서 공동체 예술의 차이들과 특이성들을 이해하는 것이다.

톰 그리피스의 논문 제목은 「사냥 문화」다. 여기서 사냥문화란 유럽인들이 호주문화를 사냥하는 것을 의미하는데, 사냥을 당하는 호주의 문화란 주로 원주민들의 토착문화다. 물론 구체적으로 원주민도 사냥의 대상이 되기도 하고 호주의 생물들은 물론 생태환경 일반을 포함한 모든 것이 유럽인들의 문화사냥 대상이다. 이 글에서 그리피스가 사냥이라는 메타포를 유럽의 제국주의를 설명하는 데 사용하는 이유는 명백하다. 지나친 단순화지만, 그것은 제국주의의 식민지 획득, 경영, 유지방식이 일반적 사냥방식과 다를 바 없다는 점에 그 의미를 두고 있다. 그리피스는 이 글에서 사냥을 유럽의 제국주의적 침탈의 추상적 메타포로만 사용하는 것은 아니다. 그는 구체적으로 유럽인들이 호주에서 사냥했던 방식과 그 가죽을 박제하고 표본화하여 이를 전시함으로써 호주의 자연환경을 유럽의 "생물학적 제국주의"에 편입시켜 왔던 방식을 설명하고 있다.

토니 베넷의 「문화학에서 정책을 개입시키기」는 의미화 실천 중심으로 이루어졌던 문화연구가 구체적인 제도적 실천을 담은 문화정책 연구로 방향

전환되어야 한다는 점을 강조한다. 그는 문화정책의 이론적 개입을 4가지 조건으로 설명하는데, 첫째 문화를 지배(government)의 특정한 장으로 간주하면서 문화의 정의에 정책적 고려사항들을 포함할 필요성, 둘째 전체적 문화의 장 내에 존재하는 각기 다른 문화영역들을 그 영역들과 특정하게 관련된 정치체계의 목적들, 목표점들, 기술들에 따라 변별할 필요성, 셋째 서로 다른 문화영역들과 구체적으로 관련된 정치적 관계들을 아주 분명하게 규정하고 그 정치적 관계들에 참여할 구체적 방식들을 개발할 필요성, 넷째 지적 작업이 그 실체나 스타일에 있어서 그 작업과 관련된 문화영역 내부 간에 서로 동일한 담지자들의 행동에 영향을 미치고, 그 행동에 이바지할 수 있는 방식들로 실행될 필요성이다.

이 책의 마지막 논문 「문화학 이용하기: 미래의 전망」에서 제니퍼 크레이크는 자신이 관여했던 호주의 세 저널 ─『문화와 정책(Culture and Policy)』, 『서던 리뷰(Southern Review)』, 『문화학(Cultural Studies)』─ 의 발전과정을 일별하면서, 호주 문화학 역사를 개괄하고 있다. 문화 비평에 대한 "학제적 접근법"을 옹호했던 이 저널들은 지난 80년대에 들어와서 우리나라에도 익히 알려진 여러 문화연구자 ─스탠리 피쉬(Stanley Fish), 앤소니 이스트호프(Anthony Easthope), 콜린 맥케이브(Colin MacCabe), 테리 이글턴(Terry Eagleton) 등─ 를 편집진으로 기용하면서 새로운 생명력을 얻었다고 필자는 평가한다. 이때부터 이 저널들은 본격적으로 "문학과 문화적 텍스트들, 실천과 제도들을 이론적으로 분석할 필요성을 인정하고 통합하는 것"을 그 목표로 삼았다는 것이다.

필자는 이러한 새로운 흐름이 광범위하게 그 세력권을 얻게 되자 호주학계에서는 우선 영문학과의 의제가 혁신되었으며 점차 기호학, 영화이론, 정신분석, 포스트식민주의, 페미니즘의 성과들이 광범위하게 논의되었다고 말하는데, 그 결과 "문화학에 대한 전통적 접근법을 옹호했던 학자들과 다양한 상호학제적 접근법들을 실험하던 학자들 사이의 특정한 긴장 상태"가 유지되기 시작했다고 진단한다.

필자는 호주 문화연구가의 이와 같은 문화정책 개입이, 문화학이 "학습되고 응용될 수 있는 일련의 분과 학문적 속성들을 통합시켜야만 한다."는 목적을 달성한 결과라고 보고 있다. 결론적으로 크레이크는 "문화는 언제나 정치적이며 정치는 언제나 문화적"이라는 점을 지적하면서 문화학이 자신의 성과와 입지를 확대하기 위해서는 "'공론장에 영향을 끼칠 수 있는 능력'을 확보해야 하며, 이를 위해서는 문화학이 학구적인 생활 너머에 있는 독자들을 고려해야 한다."고 주장한다.

편자가 이 책을 꾸미는 데에는 실로 여러분들의 도움이 컸다. 우선 편자가 호주 그리피스 대학에 1년간 머무는 동안 끊임없는 관심과 배려를 가지고 직접 이 책을 위해 논문 선정을 도와준 당시 호주 국립문화 및 정책연구소장이었던 토니 베넷 교수에게 감사드린다. 베넷 교수는 현재 스튜어트 홀 후임으로 영국 개방대학(Open University)의 사회학 석좌교수로 재직하고 있다. 그와 함께 한 여러 번의 토론과 대화는 편자에게 호주문화에 대한 통찰력을 가져다주었다.

또한, 이 책을 출간할 수 있게 해준 중앙대학교 호주학연구소 전 소장이신 김형식 교수에게 감사드리고, 어려운 상황에서도 호주학 연구총서를 마련해준 지구문화사 주병오 사장님께 고마움을 전하고 싶다. 변변치 못한 이 편역서가 새 천 년대를 맞아 국내의 문화학 연구와 호주학 연구에 작은 도움이 되기를 바라마지 않는다.

(2000년 8월, 정정호)

12. 21세기 문명과 유목민적 상상력

— 마이클 루이스, 『넥스트 : 마이너들의 반란』, 2001

어린이는 어른의 아버지이다.

— 윌리엄 워즈워스, 『틴턴사원』에서

　노자는 이 세계에서 진정한 힘을 가지는 것을 "물," "여성," 그리고 "어린이"로 꼽았다. 어린아이의 거침없는 상상력은 조직화되고 경직된 문명체계에서 새로운 것을 만들어 내는 사유능력이다. 그것은 불가능한 것을 가능하게 만들고, 딱딱한 것을 부드럽게 만들며, 정지된 것을 움직이게 만드는 변형의 능력이다.

　이 책의 저자 마이클 루이스는 인류역사상 새롭고도 새로운 상상력의 산물인 인터넷 매체의 가능성을 극대화하는 "어린이들"에 대한 이야기를 흥미진진하게 진행시키고 있다. 정말로 이 어린이들은 통념에 빠진 기성세대들이 엄두도 못 낼 창조적 에너지로 문명에 새로운 "탈주의 선"을 마련하고 있다.

　새로운 인터넷 세계는 전혀 새로운 공간인 사이버 공간을 만들어 우리를 가부장적 피라미드형의 세계에서 자율적 팬케이크 형의 세계로 인도한다. 그리고 디지털적 상상력을 지닌 어린이들이 이 새로운 패러다임 변화의 주역이 되었다. 인터넷은 새로운 중세, 나아가 탈근대 세계를 위한 아주 광활한 유목지다. 젊은이들은 기존의 세계를 탈영토화하고 재영토화한 새로운 유목지의 주민들이다. 탈근대 시대의 새로운 유목민들은 기존의 아날로그적 이성을 전복시키고 디지털적 상상력을 가진 신인류다.

21세기 인류 문명의 미래는 이 젊은 신인류들에 의해 대격변을 맞이할 것이다. 인터넷이라는 세계는 앞으로 더욱더 새로운 젊은 검투사들에 의해 점령당할 것이다. 빠르고 새로운 이들은 단순히 "무서운 아이들"이 아니라 이 오래된 문명 전선에 새로운 돌파구를 마련해줄 전위병들이다. 젊은 컴퓨터 도사들의 시간은 미래의 "다음(Next)"이 아니고 이미 "지금(Now)"이다. 그들은 우리의 일상을 낯설게 하며 끊임없이 새로운 "다음" 즉 "지금"을 만들어낸다.

마이클 루이스의 책이 국내에서 어떻게 수용될지 모른다. 그러나 루이스가 우리에게 커다란 숙제를 안겨준 것만은 확실하다. 온고지신, 법고창신, 장유유서 등의 말에서 보듯이, 유난히 전통과 나이를 중시하는 유교적 역사의식을 가지고 있는 우리에게 젊은이 문화가 지금 가져오고 있는 새로운 혁명에 대해 우리는 어떻게 대응할 것인가?

아마도 우리는 엘리트와 일반 대중, 전문가와 아마추어, 내부자와 외부자의 경계를 해체하는 청년문화의 새로운 가치들을 더는 거부할 수 없을 것이다. 젊은이들의 유목민적 상상력을 높이 평가해야 하리라. 컴퓨터가 가져올 이상향(콤퓨토피아)을 거부하는 새로운 기술혁신 반대주의 또는 반기계주의(러다이즘, luddism)가 등장하는 것도 사실이다. 그러나 인간과 자본과 기계가 새롭게 대화하는 법을 배우지 못한다면 21세기 인간 문명은 초위기(Megacrisis)에 몰릴 것이다. 이런 문제들을 해결하기 위해 앞으로 우리는 젊은이들과 서로 가르치고 배워야 할 것이다.

이 책은 이런 맥락에서 여러 가지 다양한 사유의 화두를 제공한다. 기존의 정치 사회적 권위는 약화하고 있고 전 세계를 대상으로 치열한 경쟁을 힘겹게 해야만 하는 전 지구적 신자유주의 경제 체제 속에서 살아남기 위해서는, 이제 유동적이고 다원적이며 자율적인 사고로 젊은이들이 지닌 인터넷 문화창조자로서의 가능성과 문제점을 진지하게 논의할 시기인 것 같다.

이 책을 번역하면서 역자는 내내 새로움에 대한 긴장을 풀 수 없었고 인터넷이 새롭게 펼쳐주는 넷 세계로의 여행을 마음껏 할 수 있었다. 아무쪼록 컴퓨터, 인터넷, 벤처사업, 주식투자, 연예기획, 광고, 마케팅, 반기계주의, 컴퓨터 해킹, 재택 사업 등등에 관심 있는 분들뿐만 아니라 반동을 꿈꾸는 젊은이들을 포함한 일반 독자 여러분들에게 이 책이 "부정한 추녀"의 모습이 아니라 미래의 새로운 상황에 대한 생산적 사유의 마당을 마련해주기를 바랄 뿐이다.

(2001년 11월, 이소영)

13. 미국문화의 새로운 접근

— 닐 캠벨 외, 『미국문화의 이해』, 2002

"미국"이란 과연 어떤 나라인가?
"미국인"이란 도대체 어떤 사람들인가?

2001년 9·11 테러, 아프가니스탄의 극단 이슬람 원리주의자들인 탈레반 세력과 테러 배후로 지목된 오사마 빈 라덴에 대한 응징인 "테러와의 전쟁", 2002년 대통령 연두교서에서 북한을 "악의 축"으로 지칭한 조지 W. 부시 대통령의 발언, 그리고 솔트레이크시 동계 올림픽에서의 판정시비 등은 세계 속에서 "미국"이란 나라와 "미국인"이란 사람들에 대해 다시 한번 생각하게 만든다. 우리와는 판이한 역사와 경험을 가진 미국은 이제 우리가 잘 아는 나라면서도 이해하기 어려운 나라가 되었다. 미국은 이제 가깝고도 먼 나라가 되고 있는가? 그러나 미국은 결국 이상 국가도 불량국가도 아닐 것이다. 미국인들도 별종이 아닌 보통사람들일 것이다.

우리는 이제 미국을 좀 더 냉철하게 총체적으로 이해하고 공부하는 것이 필요하다. 21세기 한반도 분단상황에서 한미관계의 재정립뿐 아니라 동아시아에서의 미국의 역할이 재조명되어야 할 것이다. 이런 의미에서 영국학자들이 쓴 미국문화에 관한 이 책은 미국이라는 "텍스트"를 좀 더 객관적으로 다시 읽는 데 도움이 될 것이다.

이 책은 미국을 공부하는 미국학 전공자나 미국 문학 연구자는 물론 미국 문화 일반에 관심을 가진 일반 독자들에게도 재미있고 유용하게 읽힐 수 있을 것이다. 미국문화에 대한 새로운 개론서인 이 책은 전문가들에게는 평이한 책이 될 것이고, 일반 독자들에게는 약간 깊이 있는 책으로 비칠 것이다.

이 책의 저자들은 서문에서도 밝혔듯이 미국이라는 나라의 국가적 정체성을 잡종성과 다원성으로 파악한다. 저자들은 이 책에서 이런 문화 정치학적 분석 작업을 수행하기 위해 다양한 조망과 접근법을 채택하였으며, 1970~80년대 영국에서 수립된 새로운 학문연구 방법인 "문화학"(또는 "문화연구") 방법론을 광범위하게 채택하고 있다. 영국식 문화학의 방법은 광범위한 영역의 문화적 텍스트들(고급문화 정전들은 물론 대중문화, 영화, 비디오 예술, 컴퓨터 패키지 등)을 다룰 뿐 아니라, 접근방법도 레비 스트로스, 바르트, 푸코, 데리다, 들뢰즈 등 프랑스 포스트/구조주의 이론들을 이용한다. 영국 저자들은 미국문화를 종족-계급-성별(성적 취향 포함)-세대-지역의 측면에서 새롭게 바라보기 위해 지금까지 배제된 주변부 타자들에 대한 배려와 관심도 보이고, 유럽대륙이나 영국 자체뿐 아니라 미국의 문화인류학자, 문화학자들의 이론도 원용한다. 제임스 클리포드, 폭스-제노비스, 자일즈 건, 조단과 위든 등은 그들 중 일부다.

이들의 방법을 한마디로 요약한다면 20세기 최고의 문화 이론가인 러시아의 미하일 바흐친의 대화주의라 볼 수 있다. 그것은 차이가 있는 서로 다른 힘들이 교차하고 충돌하면서 대화하는 일종의 역동적 상상력이다. 이렇게 여러 가지 목소리들이 섞여 있는 잡종적 미국문화를 논의하는 데 있어서 공저자들은 "탈-학문적(학제적)"이고 "비판적, 복합문화적, 그리고 다중조망적"이며 "다성적" 문화라는 담론구성물을 분석하는 넓은 의미의 "담론분석(discourse analysis)" 방법을 적용한다. 따라서 공저자들이 미국문화의 정체성에 대한 새로운 접근을 위해서 다양한 인종과 이민의 여러 문제, 아프리카계 미국인 문화의 특성, 미국인들의 종교 생활, 서부와 남부를 포함하는 지역주의에 관한 관심, 오래된 대립성을 가진 미국의 도시문제들, 성별과 섹슈얼리티에 관한 논의, 억압적 세상 밖으로 나가려는 청년문화 문제, 과학기술과 미디어 문화, 그리고 미국이라는 경계를 넘어서는 외교정책과 해외 전쟁 수행에 관한 논의들을 포함하고 있다. 따라서 이 책은 지금까지 국내에서 출간된 20세기를 중심으로 한 미국(문화)에 관한 책 중 주제 면에서 가장 다양하고 방법론적 면에서 가장 참신하고 깊이가 있다.

이 책에서 "문화"는 "역동적이고 대립적인 이념적 세력들과 해석들"로 간주할 뿐 아니라 총체적 "생활방식"을 인식하는 넓은 의미로 해석되고 있다. 다시 말해 "문화"란 "의미들이 생산, 유통, 교환되는 사회적 과정들의 총체"이며 "느슨하고 때로는 모순적으로 연결된 집합체"이다. "텍스트" 개념도 포괄적이어서, 가령 "도시"를 하나의 텍스트로 보듯이 세상을 하나의 텍스트로 읽는다.

새로운 미국문화 담론을 위해 최근의 역사를 다시 들춰보자. 80년대 말과 90년대 초 동구 사회주의권과 소련연방의 붕괴가 가져온 냉전체제 소멸은 미국의 지위를 새롭게 부각했다. 이들의 붕괴는 미국식 자본주의의 승리로 간주되어 프랑시스 후쿠야마와 같은 신보수주의자에 의해 "역사의 종언"으로 선언되기도 하였다. 미국의 힘에 균형을 유지해주던 적대세력이 궤멸하자 미국은 거대한 자본, 최첨단 과학기술, 끝없이 쇄신되는 대중문화, 강력한 군사력 등을 토대로 전 지구적으로 무소불위의 힘을 행사하는 유일한 초강대국이 되었다. "세계화"와 "신자유주의 전략"도 결국 미국식 지배체제를 공고히 하는 전 지구화 과정일 뿐이다. 여기에서 미국문화의 모순적 모습이 나타난다. 자유와 평등을 강조하면서도 자국 내 소수민족(특히 토착 미국인인 인디언들)에 대한 억압과 차별, 그리고 비서구국 또는 약소국들에 대한 경제, 국사, 문화적 횡포가 그 예들이다. 미국과 미국인들은 그나마 힘의 균형을 이루던 이데올로기적 적대세력 구소련이 붕괴하자 민족적, 종교적 적대세력으로 이슬람권을 새로운 적으로 만들고 있다. 그런 과정에서 9 · 11 테러가 일어났다. 부시 대통령은 80년대 레이건 대통령이 구소련을 "악의 제국"이라고 불렀듯이 새로운 적대세력들을 "악의 축"이라고 부르고 있다. 이 시점에서 미국은 내부결속을 위해 또 다른 적을 만들어 낼 필요가 있는 것일까? 21세기 초 유일한 초강대국 미국은 "의무"와 "권리"를 모두 가지고 있다는 사실을 인식해야 한다.

2차 대전 이후 해방과 더불어 3년간의 미 군정과 6 · 25 전쟁 이래 노근리 양민학살사건, 매향리 사건, 용산기지 이전문제, 용산 미8군 기름 유출 및 독극물 한강 방류사건 등 어느 때보다 반미감정이 고조되고 있는 가운데 우리는 미국에 대해 "다시" 공부할 필요가 있다. 이 책의 번역 소개가 그런 공부에 조금이라도 도움이 되었으면 좋겠다. 이번에 같이 번역하게 된 젊은 미국학자들에게 도반(道伴)으로써 감사드린다.

이 책의 번역분담은 다음과 같다. 정정호가 서문, 에필로그를, 추재욱이 6장, 10장을, 정은숙이 4장, 5장을, 신진범이 2장, 8장을, 박용준이 1장, 9장을, 그리고 정혜연이 3장, 7장을 번역하였다. 미국문화를 함께 공부하고 토론하며 번역하는 가운데 우리 자신이 미국이란 나라와 미국인들을 좀 더 총체적으로 이해할 수 있었던 것이 큰 보람이다. 앞으로 기회가 되는 대로 화보와 부록을 더 많이 싣고자 한다. 독자 여러분들의 질정과 격려를 바란다.

(2002. 4, 정정호)

14. 세계화 시대의 현대 호주 문학의 가능성

— 캐더린 프리차드 외, 『호주 현대문학의 이해』, 2003

호주의 국가적 정체성과 현대 호주 문학의 특징

남반구 오세아니아의 거대한 섬나라 호주는 우리에게 새로운 문화적 호기심으로 다가오고 있다. 2000년 시드니 올림픽을 환경 올림픽으로 성공적으로 치렀고, 인구대비(1,800만 명) 최다 메달을 획득하는 기록도 세웠다. 많은 여성 선수의 눈부신 활약도 인상적이었고, 무엇보다도 토착민들과 이주민들 사이의 화해장면들은 가장 감동적인 순간들이었다.

2001년은 호주가 영국의 식민지에서 연방정부로 독립한 지 100년이 되는 해다. 이제는 영연방에서 탈퇴하여 공화제(republic) 정부수립을 통해 "새로운 국가"로 거듭나려고 노력하고 있다. 호주는 이제 캥거루나 코알라 같은 희귀한 동물을 가진 관광의 나라도 아니고, 영어를 배우러 어학연수를 떠나는 나라도 아니며, 우리가 쇠고기 등 농산물을 수입하는 나라만도 아니다. 북반부에 있는 우리나라는 지금까지 유지해온 일본-중국-러시아-유럽-미국 등 수평적 북북 관계뿐만 아니라 남반부 나라들과의 수직적 남북관계에도 합당한 관심을 가질 때가 되었다.

호주라는 나라는 형성과정부터 특수한 상황이었다. 영국적 가치와 제도를 토대로 세워졌으나 지리적으로 아시아 태평양권에 속한 일종의 복합문화적 포스트 식민지 국가인 호주는 제1세계 일원으로 중심부와 주변부가 병존하는 모순적 갈등 속에서 "영국적 과거/아시아적 미래"라는 기치 아래 새로운 진로를 모색하고 있다.

21세기는 자본, 정보, 지식, 노동 등이 끊임없이 그리고 재빠르게 전 세계적으로 확산 이동되는 전 지구적 자본주의의 세기가 될 것이다. 이러한 소위 세계화 · 경제 · 금융 · 과학기술의 측면과 아울러 문화예술의 측면에서도 상호교류가 활발하게 일어날 것이다. 이미 문화상품 · 문화자본 · 문화권력이라는 말과 함께 문화도 하나의 교환가치를 지닌 상품이 되었고 문화 제국주의라는 말이 생겨난 지도 오래되었다.

그러나 전 지구화는 일방적으로 확산적인 세계화 과정만이 아니라 축소적인 지방화 과정도 동시에 일어나는 모순적 문화 상황이 연출되고 있다. 특수한 것의 보편화, 보편적인 것의 특수화라는 과정에서 서구주도의 세계화라는 맹목적 "동일화" 과정과 거세게 저항하는 국지화라는 "차별화" 과정이 동시에 발생하기 때문이다. 이러한 이율배반적 상황 속에서 지역적 민족적 정체성을 유지하려는 노력이 포스트식민주의적 시각으로 줄기차게 진행되고 있다. 세계화 과정에서 중심부와 주변부 사이의 이러한 긴장 관계는 문학의 영역에서도 새로운 문제점으로 제기되고 있다. 지금까지 주변부 문학으로 치부되던 "새로운 영문학," 다시 말해 과거에 영국의 식민지인 영연방국가에서 영어로 쓰인 문학들인 캐나다 문학, 호주 문학, 뉴질랜드 문학, 인도 문학, 남아프리카 문학, 카리브해 문학 등에서 전 지구화 시대의 제반 문제들에 대한 여러 가지 가능성을 찾을 수 있기 때문이다.

세계화 시대를 맞이하여 호주 문학의 특성이나 가능성은 영국 문학이나 미국 문학이 줄 수 없는 "제3의 시각"을 제시한다. 호주 문학의 특수성과 보편성은 국가 · 사회 · 역사 · 문화의 구성과정과 밀접한 관계가 있고, 이런 맥락에서 호주 문학은 세계무대에서 독특한 위치를 차지하게 되며, 그로써 새로운 문제 제기를 가능하게 한다.

　호주 작가들이 현대 영어권 문학에서 활발한 활동을 하고 있다는 것은 패트릭 화이트의 노벨문학상 수상을 위시하여 많은 작가가 부커상 등의 국제적 문학상을 받는 것을 보아도 알 수 있다. 특히 최근 호주 문학은 점차 아시아~태평양 문화를 반영하기 위해 한국계 호주 작가 도노 김의 경우처럼 이 지역 국가들이 공유하는 관심사를 호주 문학의 주제로 삼고 있다.

　지구상에서 몇 개 남지 않은 강우림을 보호하는 생태 환경주의를 가장 중요한 국가정책으로 삼는 나라, 세계 각국으로부터의 이민으로 야기된 엄청난 다양성과 잡종성을 미덕으로 삼는 복합문화주의의 나라, 제4세계 주민인 토착민 어보리진에게 권리와 토지반환을 인정하는 나라, 계층을 초월하려는 민주적 만민평등주의(egalitarianism)의 나라, 세계 최초로 고위 여성 관료직 할당제도인 페모크라시(Femocracy)를 실시한 강력한 여권주의 나라, 차세대 주인공인 어린이에 대하여 각별한 관심을 베푸는 나라, 영국(유럽)적 문화 전통에서 벗어남으로써 환태평양 국가의 새로운 국가 정체성과 남반부의 문화 정체성을 수립하려는 포스트 식민주의적 노력을 하는 나라, 세계화 물결에 신속하게 편승하여 선도적인 초국적 국가가 되고자 노력하는 나라, 이는 바로 오늘날의 호주 모습이다.

　현대 호주 문학이 위와 같은 특수성을 재현하려고 하는 것은 당연하다. 우리는 호주 문학을 통해서 인간 문명과 자연의 화해, 남녀 간의 대화, 토착민과 이주민의 공생, 유럽과 아시아의 새로운 절합, 계층 간의 평등, 새로운 것과 오래된 것의 변증법 등 세계화 시대에서 중요한 화두가 되는 여러 주제를 접할 수 있다.

호주 문학은 전 지구적 보편성을 위와 같은 호주적 특수성으로 담아내려는 치열한 과정을 겪고 있다. 호주 문학은 이미 세계어로 자리를 잡은 "영어"라는 언어가 주는 매체의 이점을 이용하여 영어권 문학에서 특별한 가치를 지닌다고 할 수 있다.

호주는 단일민족이 지고 있는 민족 이데올로기라는 역사적 퇴적물의 무게에서 좀 더 자유로우므로 세계화 과정에서 겪는 민족적 주체성의 동요 현상을 비교적 쉽게 넘을 수 있다. 또한, 호주는 국가적·문화적 정체성과 세계화의 보편성을 동시에 이루려는 전형적 모순·갈등·긴장을 경험하고 있어서, 어떤 의미에서 호주는 세계화의 모든 요건을 골고루 갖춘 "탈근대적 이상 국가"라고 말할 수도 있겠다.

이러한 문제들은 사실상 오늘날 세계 어느 나라나 일정 부분 겪고 있지만, 호주가 당면한 정치·경제·사회·문화적 문제들은 징후적이면서도 동시에 전 지구화((세계화)-지방화(국지화)라는 모순적 상황에 부닥쳐 있는 우리에게도 어떤 긍정적 의미를 줄 수 있지 않을까? "제3의 지역"인 호주가 유럽식(영국식)이나 미국식이 아닌 "제3의 길"을 제시할 수도 있을 것이다.

60년대 이후 호주 문학의 전개

현대 호주 문학을 논하는 출발점으로 1973년 노벨문학상을 받은 패트릭 화이트(1912~1990)가 가장 적절할 것이다. 화이트의 소설들은 호주 경험의 영적 가능성을 다양한 상징과 비전을 사용하여 정교한 문체로 탐구하였다. 화이트 이후의 호주 문학은 지방색을 벗어나 세계적 수준에 이르게 되었다. 이는, 호주 역사상 가장 위대한 작가의 반열에 올라있는 인물을 통하여 이룩한 성과다.

이러한 일은 또한 호주 문학에 대한 세계인의 관심을 끌어들이는 계기가 되었다. 화이트는 이제 "새로운 호주 대륙을 영문학 범주에 포함시켰다"라는 평가를 받고 있다.

화이트 이후의 호주 문학을 주제별로 살펴보자. 우선 여성 문학의 경우, 호주는 전통적으로 여권운동이 유럽이나 미국보다 강력했으며, 이러한 경향은 문학에 바로 반영되고 있다. 작가적 재능이 탁월한 여성들이 의도적으로 여권주의 관점에서 소설을 쓰고 있다. 엘리자베스 졸리(Elizabeth Jolley, 1923년생)는 연민과 페이소스가 배합된 작가로, 비극과 희극의 혼합, 여러 가지 서술기법 사용이 특징이다. 소설가로서 졸리의 참모습은 웃음 뒤에 있는 고통, 삶의 기괴성, 희생의 필연성, 여성들 사이의 깊은 유대와 그 실현의 어려움을 묘사하는 데 있다. 최근의 3부작 「나의 아버지의 달」(1989), 「선실의 열병」(1990), 「조지의 아내」(1993) 등은 이런 경향을 잘 보여 주고 있다.

1970년대 호주 상황을 가장 잘 그린 여성 작가로 헬렌 가너(Helen Garner, 1942년생)가 있다. 1977년 출간된 소설 〈돈가방〉은 멜버른의 이민자 및 하층계급이 모여 사는 지역의 정서와 풍토를 그린 작품이다. 주변부 삶의 방식을 추구하는 이들은 생활 저변에 있는 약물중독, 섹스, 로큰롤 음악, 편모슬하에서의 생활을 통해 기성의 가치관과 도덕관에 풍자적으로 저항한다. 1992년 출간된 『코스코 코모리노』는 가너로서는 일종의 "마술적 리얼리즘" 세계에 대한 새로운 시도였다. 이 소설은 가너가 초기 리얼리즘 세계를 뛰어넘는 소설가로서의 영역을 확대한 작품이다.

케이트 그렌빌(Kate Grenville, 1950년생)은 「릴리안의 이야기」(1985)로 유명한데, 이 소설은 어려서 아버지에게 상습적으로 매를 맞고 성인이 되어서는 성폭행을 당하는 비극 속에서도 명랑함을 잃지 않는 여자의 이야기다. 이 소설은 어린 시절에 대한 서정성을 환기하고 주인공을 엄습하는 광기를 잘 재현하고 있다. 그렌빌의 수사학과 기교는 패트릭 화이트나 크리스티나 스테드와 같이 호주 문학의 주류 전통을 자리매김하게 했고 국제적 명성도 얻게 했다.

호주에서는 다른 나라보다 문화적 삶에서 대학의 위치가 더 크기 때문에 포스트모더니즘과 같은 새로운 이론이 진지하게 수용되었다. 다시 말해서 호주의 지성계와 문단은 다양한 서구의 새로운 이론들에 대하여 개방적이고 동시에 이를 토착화시키는 데 노력을 기울였다.

허구와 비허구 사이의 구별이 무너지는 현상이 최근 호주 문학의 특징 중 하나다. 존 브라이슨(John Bryson, 1935년생)의 소설 「사악한 천사들」(1985)은 호주 재판사상 유명한 사건을 다루고 있다. "린다 챔버린"이라는 여자가 어린 딸 "아자리아"를 살해했다는 혐의로 기소되어 투옥된 사건인데, 이 소설은 결국 이 사건을 다시 심리하게 했고, 린다 챔버린이 무죄 방면되도록 만들었다.

대학교수였던 드루실라 모드제시카(Drusilla Modjeska, 1946년생)는 소설 〈포피〉(1990)에서 신경쇠약에 걸린 서술자의 삶과 그 어머니의 부활에 관한 이야기를 쓰고 있다. 동시에 사회적 희극의 방법을 사용하는 내면적 삶에 대한 균형 잡힌 탐구를 위해 지적 논쟁을 제공하는 이상한 소설이다. 두 번째 소설 〈과수원〉(1994)은 에세이식이기도 하고, 친밀하고 자의식적이고 허구화된 좀 더 통제된 작품이다.

호주의 주요 문학상을 휩쓴 피터 케리(Peter Carey, 1943년생)는 이미 고전으로 평가받고 있는 〈오스카와 루신다〉로 1988년 영국의 저명한 문학상인 부커상을 받았고, 이 작품은 영화로도 제작되어 큰 성공을 거두었다. 현재 영어로 소설을 쓰는 가장 훌륭한 작가로 불리기도 하는 케리는 환상과 사실을 배합하는 독특한 기법으로 가벼운 희극처럼 보이지만 현대적 삶의 모순적 양상을 풍자하는 우화적 작가다. 케리의 이러한 마술적 요소는 보르 헤스나 바셀미와 같은 포스트모던 작가들과 비교되기도 한다.

시 장르의 경우는 1960년대 말, 특히 〈68년 시〉로 알려진 시운동에 포스트모던 시가 출현하였는데, 자유 형식, 미국풍, 단아한 각운시 등이 그 특징이다. 놀라운 복합성과 형이상학적 깊이를 지닌 주요 시인 프란시스 웹 (Francis Webb, 1925~1973)은 일생을 정신병에 시달렸고 생의 상당 기간을 정신병원에서 보냈다. 그러나 그의 시는 이러한 정신분열증에 오염되지 않았다.

1961년 첫 번째 시집『소크라테스와 다른 시편들』이 출간되었고, 1964년에는『수탉의 유령』이 나왔다. 여기에서도 그의 시적 특징인 난해성·기이성의 배합, 격렬한 비전의 진정성 등이 잘 드러난다. 68시인 중 가장 영향력 있는 시인은 존 트란터(John Tranter, 1943년생)로, 그의 시는 자기 반영적이고 도덕적이다. 첫 시집『변위(變位)』(1970)에서 트란터는 지시성과 해석학적 유령 사이에서 세련된 포스트모던한 시를 써냈다.

호주에서는 최근 국가 정체성 문제와 연계되어 토착 원주민들의 문학이 독특한 목소리를 내고 있다. 토착민 흑인 시인으로 가장 잘 알려져 있고 원주민 작가의 선구자인 오드제루 누너칼(Oodjeroo Noonuccal)[또는 케스 워커(Kath Walker, 1920~1993)]은 토착민의 권리와 교육증진을 위해 여러 기관에서 강의를 하였고 여러 개의 문학상도 받았다. 시집으로는『우리는 간다』(1964),『새벽은 다가왔다』(1966),『아버지 하늘 어머니 땅』(1985) 등이 있다.

반토착민 무드로루 나로긴(Mudroroo Narrogin)[또는 콜린 존슨(Colin

Johnson, 1939년생)]은 최초의 토착민 소설가이며, 첫 번째 소설「야생 고양이의 추락」(1965)은 자전적 소설이다. 주인공은 반토착민이어서 흑인이나 백인과도 섞이지 못하고 방황하는 전형적 토착민 젊은이의 모습으로 그려지고 있다. 그러다가 나이든 토착민을 만나 자신에 관한 믿음을 일부나마 회복하게 되는 이야기다. 시집과 비평집도 출간한 그는 호주의 여러 대학에서 토착민 문학 강좌를 개설하는 데 커다란 역할을 했다. 이 밖에『유령두목의 꿈』(1991),『야생 고양이의 비명』(1992) 등의 소설이 출간되었다.

토착민 작가 중 가장 널리 알려진 여류작가 샐리 모건(Sally Morgan, 1951년생)의 감동적인 자서전『나의 자리』(1987)는 토착민 뿌리를 찾아내어 토착민들이 자행하는 신성모독에 관한 문제와 씨름하는 젊은 여성에 대한 반허구적 이야기다. 이 밖에 소설「와나머라간냐」(1989)와「나르는 이유새」(1991)를 발표했다.

토착민 문화의 특징은 희곡이나 극장 무대에서 가장 잘 나타난다. 토착민 출신의 대표적 희곡작가 잭 데이비스(Jack Davis, 1917년생)는 서호주 출신으로 어려서부터 글쓰기에 관심을 가졌고 영어를 독학으로 배웠다. 그는 토착민들의 권리와 자유를 위해 다양한 활동을 하였고 문학 활동을 통해 토착민 해방운동을 수행했으며, 1977년 대영제국 메달도 받았다. 그의 극『쿨라크』는 토착민들과 백인 정착민들 사이의 여러 가지 문제들을 다루고 불평등 착취구조 속에 있는 원주민들의 어려운 생활을 묘사하고 있다. 이 밖에 희곡작품으로『설탕은 싫다』(1985)가 있다.

이민과 이주의 나라인 호주는 1973년 소위 백호주의를 포기하였다. 이보다 앞서 2차대전 후 호주의 이민정책은 과거의 영국 중심에서 동유럽·동남아시아까지 확대되어, 이에 따라 폴란드, 러시아, 베트남, 스리랑카, 중국 등에서도 많은 이주자가 건너왔다. 이렇게 해서 호주의 문화적 잡종성과 민족적 다양성은 복합문화주의를 낳았다. 특히 아시아 태평양 지역 국가로서의 호주의 국가적 성격과 방향이 재정립되고 있다. 해외에서 이주한 작가들은 호주 문학에 세계화의 감각을 가미시켰다. 니콜라스 조지, 알렉스 밀러, 버나드 스미스, 도노 김, 야스민 구너라트네 등 아시아 태평양 연안 국가 출신의 작가들은 호주 문학의 영역을 확대시키고 있다.

주다 워턴(Juda Warton, 1911~1980)은 러시아 오데사 출신의 유대인으로 1914년 서호주로 이주하였다. 어려서부터 유태 작가, 러시아 작가 등 광범위한 독서를 했고, 1930년대 초에 처음으로 런던에서 단편소설이 잡지에 실렸다. 1957년 단편집「외국인 아들」이 출간된 이후로 활발하고 다양한 문학 활동을 벌였다.

야스민 구너라트네(Jasmine Gooneratne, 1935년생)는 스리랑카 출신의 소설가로 시와 단편을 발표하다가 1990년에는 첫 장편소설『하늘의 변화』를 출간하였다. 스리랑카 이민자가 호주 시드니에서 새 생활에 적응해 나가는 모습을 그리고 있는 이 소설은 새로운 삶의 터전인 호주에서의 이민 생활이 불안하고 고되지만, 복합 문화 국가인 호주에서의 다양한 문화 충돌이 오히려 풍요로운 삶으로 이끌 수도 있다는 사실을 보여 준다.

외국 출신 작가 중에 한국계 호주 작가 도노 김(Don O'Kim, 1938년생)이 있다. 북한에서 태어난 도노 김은 중국 · 러시아 · 일본 · 베트남 등을 여행한 후 1961년 호주에 정착하여 시드니대학 등에서 언어학과 문학을 공부하였다. 1968년 발표한 월남전에 관한 그의 대표소설 〈내 이름은 티안〉은 한국전쟁뿐만 아니라 민족의 분열과 동아시아의 가족 간 유대관계의 붕괴를 가져오는 동아시아 지역의 전쟁들에 관한 깊은 성찰을 보여 주고 있다. 이 밖의 그의 소설로 〈암호: 정치적 음모〉(1974), 〈중국인〉(1984) 등이 있다. 그는 희곡도 몇 편 썼고, 오페라와 오라토리오 대본도 몇 편 만들었다. 2000년에 도노 킴은 창작을 위해 6개월간 한국을 방문하기도 하였다.

현대 호주 문학은 전 세계적으로 수준 높은 호주의 영화산업과도 밀접한 관계를 맺고 있다. 1993년 스티븐 스필버그가 감독한 영화 〈쉰들러 리스트〉로 더 유명한 소설가 토마스 키닐리(Thomas Keneally, 1935년생)는 대중적 소설도 많이 썼다. 그의 소설 주제는 역사적·사회적으로 중요한 시점에 내던져진 보통사람의 삶이다. 이를 통해 키닐리는 순수문학과 대중문학에 다리를 놓아서 호주 문학을 또 다른 차원으로 올려놓았다. 아카데미 수상작인 영화 〈쉰들러 리스트〉의 원작인 그의 소설 『쉰들러의 방주』는 1982년 영국 최고의 권위 있는 문학상인 부커상을 받았다. 이 소설은 2차 대전 중 유대인 대학살의 실화와 허구를 교묘하게 결합한 새로운 유형의 소설이다.

이 밖에 현대 호주 문학의 특징은 아동 청소년 문학의 강세다. 이는 어린이와 청소년 독서 교육에 각별한 주의를 기울이고 있는 호주의 교육 정책과도 밀접하게 관계되어 있고, 매년 엄청난 양의 다양한 아동 청소년 문학 작품들이 생산되어 전 세계로 전파되고 있다. 2000년 봄에는 청소년 문학 작가 존 마스덴(John Marsden)이 번역 출판기념으로 서울을 방문하였고, 2001년에도 어린이날 전후로 아동 문학가 엘리자베스 허니(Elizabeth Honey) 등이 한국을 방문하였다.

호주 문학의 새로운 가능성: 탈근대국가와 탈식민문학

2000년 간행된 새로운 글쓰기 잡지 『그란타(Granta)』(70호)는 「새롭고도 새로운 세계」란 제목으로 남반부의 『운좋은 나라(Lucky country)』인 호주 문학 특집호를 낸 바 있다. 이 잡지의 주간 이안 잭은 서론에서 다음과 같이 말한다.

> 새롭고도 새로운 세계!
> 장래성과 낙관주의가 널리 퍼져 있다. 그러나 호주 문학은 두 가지 특별한 방식을 고집한다. 첫째는 자연환경에 대한 지속적 관심이다. 둘째는 정체성 문제와 관련된 오래된 경험이다. 우리는 누구이며 우리는 무엇이 될 것인가?
> 민족적 정체성이 약화하는 것은 세계적 현상이다. 현재 상황은 혼란에 빠져 있다. 단일민족이 아닌 호주인들은 자신들이 오래된 민족 게임에서 뒤떨어져 있다고 생각하지만 사실상 새로운 국가 게임에서는 앞서가고 있다. 스포츠 분야에서와는 다르게 국기의 선명성과 국가의 단호성은 점점 더 지나가버린 20세기의 유물이 되어 가고 있다.

2000년 출간된 『노턴 영문학 사화집』(7판)에서 제프리 눈버그는 영국 이외의 지역에서 영어로 생산되는 작품들에 대해 다음과 같이 말하고 있다.

> 더욱 중요한 것은 영국이나 미국 이외의 다른 지역에서 영어로 쓴 문학들이 놀랍게 번성한 20세기 후에 현대 영국이나 북미 작가가 다른 영어공동체의 문학에 의해 직간접으로 크게 영향을 받지 않는 경우가 없다는 사실이다.
> 예이츠, 쇼, 조이스, 베켓, 히니, 월콧, 레씽, 고디머, 루시디, 아체베, 나이폴과 같은 작가들의 기여가 없는 현대 영국 문학을 상상하는 것은…감자, 토마토, 옥수수, 국수, 가지, 올리브유, 아몬드, 월계수 잎, 카레 또는 후추를 사용하지 않는 "영국" 요리를 상상하는 것과 마찬가지다.

위의 글에서 눈버그는 영국 출신 이외 작가들의 작업의 다양성을 인정하고 있으나 그 각각의 정체성은 인정하지 않고 영국 문학의 테두리 속에 넣어 풍요로운 "영국" 요리를 만들어 주는 요소로만 한정 짓고 있다.

과연 영국 이외 지역에서 쓰인 영어로 된 문학들이 영국 본토의 문학을 풍요롭게 만드는 조미료에 불과한 것인가? 물론 아니다. 영국 중심의 제국주의적 기존 문학을 탈영토화하여 새로운 영역으로 재영토화함으로써 소위 〈새로운 영문학(New English Literature)〉 또는 〈영어권 문학(Literature in English)〉으로서의 정체성을 새롭게 부여 받아야 한다. 호주 문학은 영문학의 한 지류가 아니라 새로운 문학이다.

그렇다면 흔히 "포스트 식민문학"이라고도 불리는 "새로운 영문학" 또는 "영어권 문학"이란 무엇인가? 가장 최초의 정의에서 이 말은 "영연방 문학" 그리고 특히 1970년 후반과 80년대 후반에 포스트 식민문학들에 대한 대안으로 사용된 용어다.

> "새로운 문학"은 포스트 식민지화된 사회에서 부상하는 작품의 측면을 강조했고 새로움과 차이를 의미했다. "새로운 문학"은 식민지들과 피식민지들 사이의 역사적이며 끈질긴 권력의 불평등을 지칭하는 것으로 비판받아 왔다. 그리하여 "영연방"이라는 용어의 문제점들을 피할 수 있었다. 아직도 "새로운 문학"은 간혹 "포스트 식민주의적"이라는 용어와 동의어로 사용되기도 하지만 1990년대에는 그 사용 빈도가 훨씬 줄었다… 이러한 문제들을 피하고자… 이 용어는 "영어로 쓰인 새로운 문학"이라는 표현을 총칭해서 사용하였다. 이 용어가 다양한 비유로 유럽 밖에서 계속 사용되는 것은 흥미 있는 일이다. 예컨대 어떤 비평가가 이 용어를 "해방적 개념"으로 수용했고, 벤 오크리라는 아프리카 작가는 포스트 식민주의 용어에서 "뒤에 온다"라는 의미로부터 자신을 격려해 새롭게 부상하는 정신을 가진 문학으로서 "새로운"이란 말을 더 선호한다고 공언하고 있다.

그렇다면 호주 문학과 같은 "새로운" 영문학의 목적은 무엇인가? 지배-피지배의 구조 속에서 지배와 억압의 담론을 저항 · 비판 · 해체하고, 대안까지 제시하는 차이와 해방의 담론을 만들어내기 위함이다.

새로운 영문학의 등장은 영문학의 영역을 엄청나게 확장시킬 뿐만 아니라 이론적 사상 · 개념 · 문제 · 논쟁 등의 새로운 문제설정을 가능케 해주고 있다. 새로운 영문학의 텍스트를 도입하여 역사, 텍스트, 욕망, 이데올로기, 주체, 차별, 식민성 문제 등을 모두 논의할 수 있다. 포스트 식민문학으로서 호주 문학의 가능성은 바로 여기에 있는 것이다.

호주 문학이라는 새로운 보물창고는 우리에게 엄청난 가능성을 열어줌으로써 근대주의·식민주의·제국주의를 광정하고 진정한 세계/보편/일반문학을 수립하기 위한 중요한 실마리를 제공할 것이다.

(2003년 5월, 정정호)

15. 난해한 현대문학이론 용어의 풀이

— 제레미 호손, 『현대 문학이론 용어사전』, 2003

오늘날 문학 읽기와 문학연구에서 우리를 가로막는 것은 1960년대 이후 구조주의와 1970년 이후 포스트구조주의 이래 우리 시대의 거의 모든 영역에서 봇물 터지듯 쏟아져 들어오는 다양하고 기이하고 어려운 개념들과 용어들이다. 문학 작품 자체를 꼼꼼하게 자세히 읽고 해석하고 평가를 한다는 신비평적 읽기와 연구방식은 이제 거의 불가능해 보인다. 우리는 어느 날 갑자기 문학 공부를 하며 작품 읽기보다는 이론을 공부하고 이해하는 데 더 많은 시간을 할애할 수밖에 없게 되었다. 이른바 "이론산업" 시대가 되었고 이론을 읽고 공부하는 것이 문학 작품을 읽는 것만큼 재미있고 보람 있는 일처럼 느끼게 되었다. 이러한 조류는 분명 잘못이지만 이제 난삽한 이론에 경도되는 이러한 경향은 무조건 반발하고 무시할 수 없는 어떤 의미에서 "필요악"이다. 다양한 문학 "이론"이 우리가 세상을 관찰하고 정세를 분석하고 작품을 읽을 때 중요하고도 값진 통찰력을 제공하는 것을 부인할 수 없기 때문이다. 달리는 교활한 현실을 포획하기 위해 우리는 좀 더 세련된 이론으로 무장하는 "이이제이"(以夷制夷)의 전략을 실행할 수밖에 없지 않은가.

우리가 번역한 제레미 M. 호손의 『현대 문학이론 용어사전(*A Glossary of*

Contemporary Literary Theory』(2000년 개정 4판)은 오늘날 문학 공부를 하는 사람들에게 가려운 곳을 긁어주는 2000년까지 출간된 사전으로는 가장 좋은 참고서다. 특히 최근까지의 모든 문학 이론들이나 비평 유파들에서 빈번히 논의되는 주요 개념과 용어들을 포괄적으로 다루고 있는 것이 가장 큰 특징이다. 이 용어사전은 전통적 의미의 문학 용어들을 표제어로 잡지 않고 최근 것만을 주로 선택하였다. 따라서 제레미 호손의 사전은 거의 고전으로 정평이 나 있는 M. H. 에이브럼즈의『문학 용어사전(*A Glossary of Literary Terms*)』을 보완한다. 그리고 최근 국내에서도 번역 출간된 조셉 칠더즈 외가 편집한『콜럼비아 현대문학 · 문화 비평 용어사전(*The Columbia Dictionary of Modern Literary and Cultural Criticism*)』보다 최신 문학 용어의 경우 매우 포괄적이고 비교적 상세한 설명을 제시하고 있다. 이런 점들이 이 사전의 큰 장점이라고 할 수 있다.

우리는 이 최신 문학 용어사전을 번역하면서 실로 느끼고 배운 바가 적지 않다. 지식과 정보의 전 지구적 소통수단으로서의 중요한 문화적 기능을 가진 "번역"이 요즈음 같은 학술논문 만능시대에는 연구업적에도 제대로 인정받지 못하고, 힘만 들고 돈은 안 되고 오역과 졸역 같은 위험 부담률이 높은 3D 작업 중 하나로 전락했다. 이런 상황에서 사전 번역은 거의 미친 짓이거나 바보 같은 짓이리라. 인문 지식인을 몇 사람밖에 읽지 않는 학술논문 제작 지식 기능인으로 봉쇄하는 척박한 현실에서 번역은 시대조류에 역행하는 일이 아닌지 모르겠다. 사전 번역은 다른 것보다 더 어렵다는 생각이 든다. 어려운 개념들과 용어를 이해하기 쉽게 우리말로 풀어내야 하는 것이 사전번역작업이므로 특히 그러했다. 더욱이 여러 역자가 나누어 번역하다 보니 어려움이 한둘이 아니어서, 형식적 통일성, 문체적 차이 등의 문제 외에도 표제어 자체의 적절한 번역 선택에도 의견 불일치가 있었다. 번역 도

중 여러 번의 위기도 맞았으나 어렵게 여기까지 왔다.

지금의 번역이 최상이라고 생각하지 않기에 독자들에게 내놓기가 부끄럽고 두렵기까지 하지만 일단 세상에 내놓기로 한다. 독자 여러분들의 너그러운 질정을 기다린다. 우리는 마지막 단계에서 거의 매주 토요일마다 그리고 간혹 일요일에도 만나 의견교환 및 공동수정을 했다. 역자들의 노력이 아무쪼록 좋은 결과를 가져와 이 사전이 우리나라의 문학 연구자들에게 조금이나마 도움이 되기를 바란다. 이 사전의 제목에 대해서 한마디 한다면, 동시대의 뜻을 가진 "contemporary"를 넓은 의미의 "현대"로 번역하였다. 공부기간이 짧은 우리 번역자들은 문학을 읽고 문학 이론을 함께 공부하는 도반(道伴)으로서 앞으로 계속 오역, 졸역들을 수정해 나갈 것을 독자들에게 겸허하게 약속드린다. 독자들의 편의를 위해 원서에 없는 "인명 색인"을 마련했으며, 이 사전을 이용하기 전에 "사전 활용법"을 반드시 읽어보라고 권유하고 싶다. 언젠가 번역이 아닌 집필로 우리의 문학 용어사전을 주체적으로 낼 수 있도록 실력과 경륜을 쌓아 가고 싶다.

이 문학 용어사전 번역이 끝나기까지 우리는 여러분들의 도움을 받았다. 특히 초기 단계에서 역자 중 한 사람 故 한병호 교수께서 초역 완성 직전에 타계한 일은 우리에게 너무나 가슴 아픈 일이었다. 이 자리를 빌려 다시 한 번 삼가 고인의 명복을 빈다. 이 번역작업을 하면서 무엇보다도 우리는 이 사전의 저자인 제레미 호손 교수의 뜨거운 관심에 감동했다. 이력서, 사진, 서명을 신속하게 보내주었고 마지막 단계에서 "한국의 독자들에게"도 보내주었다. 호손 교수의 적극적 협조에 경의를 표하는 바이다. 마지막으로 끝까지 포기하지 않고 끝내준 역자 모두에게 크게 감사하고 각종 연락 등 궂은 일을 도맡아 해준 추재욱 교수에게도 고마운 마음을 보낸다.

(2003년 6월 5일 환경의 날, 정정호)

16. "소설 읽기"와 "소설의 힘"에 대한 단상

— 헨리 토마스 외, 『서양소설가 열전』, 2004

소설이란 다양한 "텍스트 읽기"에 대한 단상

소설이란 텍스트를 어떻게 읽을 것인가? 나는 이 서양 소설가들에 대한 흥미진진한 이야기를 번역하면서 "소설"에 대해 특히 "소설 읽기"에 대해 다시 한번 생각하게 되었다.

모든 읽기란 궁극적으로 롤랑 바르트의 말을 빌리면 "쓰기적(writerly) 읽기"가 되어야 한다. "읽기적(readerly) 읽기"는 단순하고 수동적이고 비생산적이고 비참여적이고 소비적인 작업이기 때문이다. 소설이란 텍스트 읽기가 좀 더 창조적이고 능동적이고 공감각적이고 역동적이 되기 위해 우리는 콜리지처럼 "불신의 마음을 의연히 떨쳐 버리는(willing suspension of disbelief)" 자세로, 초현실주의 화가인 살바도르 달리처럼 편집광적으로, 조루지 풀레처럼 현상학적으로, 루이 알튀세처럼 징후적(symptomatic)으로, 미셸 푸코처럼 계보학적으로, 그리고 바흐친처럼 카니발적으로, 바르트처럼 텍스트를 육감적으로 읽는 것이 어떨까? 그러면 텍스트의 황홀경(textasy=text+ecstasy)에 다다르지 않을까?

이번에는 들뢰즈/가타리처럼 텍스트를 우리에게 작동하는 문학기계로 보는 것은 어떨까?

> 하나의 텍스트를 읽는다는 것은 그것이 의미하는 것, 즉 기의를 찾기 위한 학문적 훈련이 결코 아니고 기표를 찾기 위한 고도의 텍스트 훈련은 더더욱 아니다. 오히려 텍스트 읽기는 문학기계를 생산적으로 사용하는 것이며, 욕망하는 기계들을 다양하게 배치하는 것이며, 텍스트로부터 혁명적 힘을 추출해내는 정신분열증적 훈련이다.(들뢰즈와 가타리, 『앙띠-오이디푸스』)

이 밖에 "몽상적" 읽기도 있다. 불의 정신분석가이며 상상력의 이론가인 가스통 바슐라르에게 "몽상(reverie)"은 (가능한) 현실의 세계도 (불가능한) 꿈의 세계도 아니다. 그것은 현명한 중간 지대(twilight zone)다. 문학은 현실[지옥]과 이상[천국]의 중간에 있으므로 언제나 매력적이고 건강하다. 연옥에서 우리는 삶을 직시하며 천국으로 갈 희망을 품는다. 몽상이란 형식과 내용, 의식과 무의식, 이념과 기교, 안과 밖, 이성과 감정, 남성과 여성, 문명과 야만, 중심과 주변 등 억압적이고 차별적인 이분법을 일시에 용해해 새로운 종합을 창조하는 일종의 정치적 행위다.

이 중간 지대에서는 기표와 기의가 고정불변이 아니다. 자크 라캉이 지적했듯이 기표와 기의의 관계는 기표가 기의가 되고 기의가 다시 기표가 되는 항상 미끄러지면서 의미가 확정되지 않고 끊임없이 새로운 의미의 고리를 형성한다. 현실과 꿈, 선과 악, 미와 추, 정의와 불의의 관계도 항상 고정된 것이 아니다. 문학이나 예술의 세계에서만은 (또는 인간의 무의식 또는 우주창조자의 의식 속에서는) 현실(현실원칙)과 꿈(쾌락원칙)의 끊임없는 자리바꿈이 일어나야 할 뿐 아니라 이들의 대화적·역동적 관계 속에서 새로운 의미망과 관계망이 형성되어 일종의 생태적 체계가 생성되어야 하지 않을까?

"몽상"이란 현재와 같은 실용적, 물질적 사회에서는 비생산적, 비실제적, 심지어 비도덕적인 것으로 치부된다. 그러나 이제 이 무감각한 우리 시대에 몽상의 가치와 의미를 되살려내야 한다. 21세기 소설은 궁극적으로 삶의 중간지대를 가로질러 횡단하는 몽상의 담론이 되어야 할 것이다. 몽상의 이론가 가스통 바슐라르의 소설 읽는 법을 마지막으로 소개한다.

소설을 읽을 때 우리는 고뇌하면서도 희망을 품고 공감하게 되는 다른 삶으로 들어간다. 그러나 그것은 자유를 누리는 상황에서도 우리는 고뇌하며, 그 고뇌는 급진적이지 않다는 복잡한 인상과 아주 유사하다. 그러므로 고뇌하게 만드는 책은 고뇌를 경감시키는 기술도 제공한다. 고뇌하게 만드는 책은 고통당하는 사람들에게 고뇌에 대한 동종요법(어떤 질병과 같은 증상을 일으키게 하는 약을 소량 투여하여 그 질병을 치료하는 요법)을 제공한다. 그러나 이 동종요법은 무엇보다도 문학적 관심으로 수립된 명상적 독서 중에 작동한다. 그러면 영혼의 힘은 두 개의 층위에서 분리되고 독자는 두 개의 층위에서 참여하게 되어 독자가 "고뇌의 미학"을 확연하게 의식하게 되면 그는 거의 사실성을 발견하는 데까지 이른다. 왜냐하면 고뇌는 사실적이기 때문이다. 그런 다음 우리는 편하게 호흡한다.… 저위 하늘의 천당은 거대한 도서관이 아닐까?… 우리는 많이, 더 많이 읽기를, 언제나 읽기를 원해야 한다.(바슐라르,『몽상의 시학』서문)

우리 시대 "소설"을 위한 7개의 비망록

이 서양 소설가들의 전기를 번역하면서 끊임없이 나의 뇌리를 떠나지 않는 또 다른 문제는 21세기라는 우리 시대 소설이 가진 의미 또는 소설의 "힘"에 대한 생각이었다. 영화나 TV가 중심인 고도영상 매체 시대에 문자와 인쇄매체와 운명적 관계를 유지하고 있는 소설이 이 궁핍한 시대에 우리에게 어떤 힘을 부여할 수 있을 것인가? 나는 다음의 7가지 항목으로 나누어 다소 현학적으로 사유해보았다.

소설은 "사랑"이란 상상력의 기계이다

소설이란 무엇인가? 소설이란 무엇보다도 우리의 혼을 울려 "사랑"을 실천하는 상상력의 기계이다. 사랑은 상상력이다. 상상력은 타자의식을 격동시켜 사랑을 이루는 추동력이다. 이것이 소설의 핵심이다. 사랑의 입법자인 영국의 낭만주의 시인 P. B. 셸리의 감동적 문학론인 『시의 옹호』에서 상상력에 관한 선언을 들어보자.

> 도덕의 요체는 사랑이다. 즉 자기 본성에서 빠져나와 자기의 것이 아닌 사상, 행위 혹은 인격 가운데 존재하는 미와 자신을 일체화하는 것이다. 사람이 크게 선해지기 위해서는 강렬하고 폭넓은 상상력을 작동시키지 않으면 안 된다. 다른 한 사람, 다른 많은 사람의 처지에 자신을 놓아보지 않으면 안 된다. 동포의 괴로움이나 즐거움도 자기의 것으로 삼지 않으면 안 된다. 도덕적인 선의 위대한 수단은 상상력이다. 그리고 시는 원인인 상상력에 작용함으로써 결과인 도덕적 선을 조장한다. 시는 언제나 새로운 기쁨으로 가득 찬 상념을 상상력에 보충하여 상상력의 범주를 확대한다. 이와 같은 상념은 다른 모든 상념을 스스로의 성질로 끌어당겨 동화시키는 힘을 가지고 있다.

셸리는 모든 도덕의 요체가 사랑이고 사랑의 추동력은 공감(共感, Sympathy), 즉 "상상력"이라고 선언하였다. 소설=상상력=타자의식=사랑=공감이라는 등식이 성립된다. 인간, 사회, 문명을 끝까지 지탱시켜 주는 것은 "사랑" 뿐이다. 이것은 소설에서 우리를 작동시키는 상상력에 의해서 가능하다. 사랑 없는 인간세계는 암흑과 혼란으로 가득 찰 것이다. 희랍어를 예로 들면 "사랑"은 적어도 4가지 의미가 있다. "에로스"는 남녀 간의 육체적, 성적 매력이며 감정이다. "필리아"는 부부간, 동성 간, 친구 간의 교제를 맺는 사랑이다. "아가페"는 대가를 바라지 않고 상대방이 필요한 것을 제공하는 이타적 사랑이다. "스톨게"는 가족 간의 사랑을 주로 가리킨다. 사랑은 이 4가지 모두다. 여기에 자연에 대한 사랑과 스피노자의 "신(神)에로의 이성적 사랑"도 포함될 수 있다. 소설은 사랑이다, 소설은 사랑 기계다.

소설은 흔들리는 삶을 지탱시키는 생존 기계다

포스트구조주의 철학자 질 들뢰즈는 철학자들의 예수라고 하는 16세기 화란의 철학자 스피노자의 주저『에티카』의 요체를 "삶에 대한 긍정"이라고 간파하였다. 스피노자의 삶의 철학은 기쁨의 실천 윤리학이며 긍정의 철학이다. 삶의 복합성, 역동성, 실험성은 스피노자 철학의 핵심이다. 들뢰즈는 스피노자 철학의 삼위일체를 "개념 혹은 새로운 사유방식, 지각 혹은 새롭게 보고 파악하는 방식, 그리고 정서 혹은 새로운 느낌의 방식"으로 제시하였다. 철학이든 윤리학이든 스피노자에게는 결국 삶에 귀착되려면 이 3가지 모두를 동시에 적용해야 한다. 그래야만 삶이라는 하나의 오페라가 역동적으로 작동된다.

들뢰즈는 이를 다음과 같이 풀어서 설명하고 있다.

(우리의 처지로 인해 우리는 자연 속에서 나쁜 만남과 슬픔을 가질 수밖에 없는데) 어떻게 즐거운 정념의 극한에 도달해서, 그로부터 자유롭고 능동적인 감성으로 이행할 것인가? (우리의 자연적 조건으로 인해 우리는 우리의 신체, 우리의 정신, 그리고 다른 사물에 대해 부적합한 관념만을 가질 수밖에 없는데) 능동적 감정들을 가능케 하는 적합한 관념들을 형성하는 데까지 어떻게 이를 것인가? (우리의 의식은 환상들과 분리될 수 없는 것처럼 보이는데) 어떻게 자기 자신, 신, 그리고 사물들을 어떤 영원과 필연성에 따라 의

식할 것인가? (질 들뢰즈, 『스피노자: 실천철학』, 28쪽)

위와 같은 맥락에서 스피노자의 윤리학은 소설(문학)의 요체와 그리 멀지 않다. 소설은 말하자면 "개념," "지각," "정서"의 복합체인 삶을 다양하게 그리고 역동적으로 작동시키는 하나의 긍정적 문학 기계다. 소설이란 문학 기계는 삶을 끊임없이 창조하는 가장 비실용적인 것으로 보이지만 궁극적으로는 가장 실천적인 변형과 생성의 추동력이 된다. 그렇다면 기계란 무엇인가? 기계란 체계적이고 수동적인 폐쇄회로가 아니다. 소설은 삶의 불꽃을 지피고 지탱해주는 생존 기계다.

스피노자의 인식의 삼위일체인 개념, 지각, 정서(느낌)가 위계질서 없이 서로 상호침투하면서 동시에 작동되어야만 우리는 우리의 삶을 "부분적"이 아니라 "전체적"으로 파악할 수 있는 것이 아닌가? 이런 의미에서 스피노자의 인식의 삼위일체는 소설이 작동하는 방식과 크게 다르지 않다. 문학 기계로서의 소설이 우리의 삶의 기계와 생존 기계로 다가온다.

소설은 개인의 창조적 공간이고 사회비판의 토대다

소설은 무엇보다 "개인"의 창조적 공간을 만들어 내는 시공간이다. 시민사회가 시작된 18세기 유럽에서 근대 소설 생성의 인식론적 토대는 공적 영역(사회) 속에서의 사적 영역(개인)에 대한 인식이다. 소시민으로서의 개인은 집단의 기본단위이며 사회는 개인의 집합체다. 소설이 개인 문제에 천착하는 이유는 개인이 사회의 일차적 징후이기 때문이다. 18세기에 개인의 시민적 권리와 자유가 등장한 것은 소설의 생성과 밀접한 관계가 있다. 혁명이나 전쟁과 같은 억압적인 집단적 광기 속에서 인간의 자유로운 사색공간을 어떻게 확보할 것인가? 자본이 판을 치는 신자유주의의 전 지구적 무한

경쟁 가운데 욕망의 폐쇄회로에 갇힌 우리는 어떻게 사적 공간을 유지할 것인가?

그렇다. 소설은 가장 민주적인 담론이다. 시민으로서의 개인들이 전면으로 등장하던 이 시기에 소설도 등장하였다. 자유로운 내면적 공간을 가질 수 있는 인간이 인류역사상 최초로 근대적 시민이 아니었던가? 이제 개인으로서의 시민들은 소설에서 자신의 사적 공간을 지키고 보이지 않는 압제적 큰손에 저항하는 힘을 얻게 되었다. 소설이 소멸하면 민주주의도 소멸할 것이다. 진정한 민주주의 체제 안에서 개인은 상상력을 통해 모든 공적 압제로부터 자신만의 사적 공간을 지켜낼 수 있을 것이다.

소설은 이념(정신)을 전복시키는 몸(신체/육체)담론이다

소설은 (통합을 꿈꾸는 변증법이 아니라) 억압적 이분법을 단번에 해체하는 대위법적 또는 나선형 대화주의다. 소설은 추상성, 단순성, 논리성, 정체성을 거부하고 주체성, 복합성, 비논리성, 역동성을 담보해내는 문학 양식이다. 소설은 "몸"의 장르다. 소설은 정신이나 영혼에 빠져 있던 우리의 사유체계를 끄집어내고 지금까지 업신여기고 중시하지 않았던 몸을 전경화시킨다. 소설은 몸의 잠재성과 가능성을 탐구하고 나아가 정신에 대한 몸의 우위성을 확보하려 한다.

16세기 서구 근대철학과 데카르트로부터 시작한 영혼/신체의 이원론에서 20세기 후반의 새로운 신체 담론으로 뛰어 넘어가기 전에 우리는 스피노자와 니체를 반드시 거쳐야 한다. 서구 신체담론에 관한 한 스피노자라는 디딤돌이 없었다면 니체도 없었을 것이고 니체가 없었다면 우리 시대의 푸코와 들뢰즈도 없었을 것이다. 데카르트를 거부한 최초의 철학자는 화란계 유대인 철학자 베네딕트 스피노자(1632~1677)였다. 스피노자는 일원론으로 데카르트의 이원론 해결을 시도하였고, 신체에 대한 철학적 칭송 그리고 관용에 대한 옹호를 내세워 당시 서구 철학계는 물론 유대인 사회에서도 추방당한 이단자였다. 17세기의 스피노자가 우리에게 가져다준 커다란 통찰력은 정신과 신체의 동일성이다. 정신의 결정은 신체의 결정과 분명 동일하다는 것이다. 인간의 마음과 신체는 상호적이기 때문이다. 스피노자는 심지어 마음의 본체론적 토대가 신체 속에 있다는 암시까지도 보여준다.

19세기의 또 다른 이단자 프리드리히 니체는 스피노자를 이어받아 새로운 신체론을 논하였다. 니체는 감각이나 신체처럼 당시 기존 철학에서 다루기를 꺼렸던 주제들을 과감하게 다루기 시작했다. 신체에 대립하는 의식이 이제는 겸손해져야 하는 시대가 왔다고 니체는 선언하였다. "신체는 역사를 통해 생성하고 투쟁한다. 그리고 영혼과 신체의 관계는 신체의 투쟁, 승리 그리고 반향의 전조일 뿐이다.… 우리의 신체는 고귀해지고 부활된다. 즐거운 마음으로 신체는 영혼을 창조자, 숭배자, 애호가, 그리고 모든 종류의 은혜를 베푸는 사람으로 만들 것이다"라고 말했다. 니체의 새로운 가치체계에서 신체는 복합적이고 언제나 정치적이다. 복합적 신체는 권력과 통치의 관계 속에 있고 다른 외부 신체들과의 관계에 따라 불안정하고 변화에 민감하다. 주어진 신체의 정치적 가치나 실천뿐 아니라 윤리적 가치와 실천들은 역동적이며 도전과 수정에 민감하다.

소설은 빛나는 이성적 정신의 안티 테제로서 몸을 복권시킨다. 소설은 몸의 가능성을 극대화함으로써 해묵은 몸—정신의 이분법을 해체하는 전복의 담론이다.

소설은 타자 "되기(becoming)"와 변형의 도구다

니체는 미래를 위한 예언서『짜라투스트라는 이렇게 말했다』(1888)의 첫 장에서 자신의 철학적 삶의 3단계 변모를 다음과 같이 비유를 들어 설명한다.

나는 여러분에게 정신의 3가지 변형에 관해 이야기하고자 한다. 정신이 어떻게 낙타가 되고, 낙타가 어떻게 사자가 되고, 사자가 결국에는 어떻게 어린아이가 되었는가?

많은 무거운 짐이 정신에게 부여된다. 강력한 짐을 지는 정신이 생겨났다… 이 모든 무거운 짐들을 낙타가 지고 사막을 간다. 정신도 사막의 황야로 들어간다.

그러나 가장 외로운 황야에서 두 번째 변형이 일어난다. 여기서 정신은 사자가 된다. 사자는 자유를 잡고 황야의 주인이 된다… 자신에게 자유를 주고 의무까지도 버리기 위해 우리는 사자가 필요하다… 그러나 사자도 할 수 없는 것을 어린아이가 할 수 있는 것이 도대체 무엇인가. 백수의 왕이 어째서 아직도 어린아이가 되어야 하는가?

어린아이는 순진성, 망각, 새로운 시작, 유희, 스스로 구르는 바퀴고 첫 번째 움직임이며 신성한 긍정이다. 창조의 경기에서는 삶에 대한 신성한 긍정이 필요하다… 그 자신의 세계가 버려진 세계를 얻는다. 정신의 세 가지 변형이 이것이다.

소설은 삶의 변형이라는 신화를 현실화시켜준다. 니체는 현실의 질곡을 짊어지고 사막을 건너야 하는 "낙타"에서 자신의 정체성 수립을 위해 포효하고 싸우는 "사자"가 되었다. 동물의 왕 사자가 된다는 것은 물론 신나고 황홀한 일이다. 사자 되기를 통해 우리는 우리 자신을 박제화하고 무력화시키는 현실의 무게로부터 벗어나 고단한 삶을 구해내고 부정적 삶을 긍정하고 염세적 삶을 낙관적으로 만들며, 수동적 삶을 창조적 삶으로 만드는 "힘에의 의지(will to power)"의 화신이 된다. 낙타 같은 노예적 삶을 생동감 있고 기쁜 삶으로 변형시키는 "힘"을 가진 사자 되기는 손쉽고 단순한 초월이 아닌 타고 넘어가는 포월의 "초인(overman)" 되기에 다름 아니다. 그러나 니체에 따르면 사자 되기로만 끝나서는 안 된다. 우리는 여자 되기, 남자 되기, 동물 되기, 나무 되기, 꽃 되기, 바람 되기… 등 수많은 타자되기라는 변형신화를 경험해야 한다. 그렇지만 아직도 남아있는 것은 무엇일까? 그것은 어린아이 되기다. 영국의 낭만주의 시인 윌리엄 워즈워스는 "어린이는 어른의 아버지"라고 하지 않았던가? 어린아이 되기는 이처럼 철학의 꿈이요 문학의 꿈이다. 고대 동양의 해체주의자였던 노자(老子)도 "무위(無僞)"를 실현하기 위해 어린아이 되기를 꿈꾸지 않았던가?

우리는 소설이라는 환상과 꿈을 통해 낙타 되기→사자 되기→어린아이 되기의 단계를 체험할 수 있다. 소설은 어린이 되기를 통해 니체가 말하는 "영원 회귀(eternal return)"에 이른다. 영원한 것으로의 회귀는 과거의 단순한 반복이 아니라 끊임없는 개선이고, 위반이고, 전복이다. 영원 회귀는 "차이"의 반복이고, 차이의 반복은 인간, 사회, 문명 등에 대한 새로운 주체 형성과 이론창출의 길이다. 이러한 다양체, 복합체로서의 삶은 잠정적 가능성을 활성화하여 끊임없이 과거와 현재를 부둥켜안고 뒹굴면서 미래를 향해 긍정적으로 나아간다. "영원 회귀"로서의 어린이 되기는 소설이라는 삶의 도구가 수행하는 "되기"의 궁극적 단계다.

소설은 다성적, 대화적 복합체다

20세기 초반에 러시아의 놀리운 문학이론가 미하일 바흐친이 등장했다. 바흐친은 소설의 새로운 생명의 불꽃을 정교하게 이론화하였다. 그것은 소설의 다성적 구조다. 소설은 나쁜 변증법처럼 끊임없이 통합만을 꿈꾸는 것은 아니다. 소설은 인간 사회의 다양한 목소리, 다시 말해 불협화음, 잡음 등으로 시끄러운 야시장 바닥과 같다. 이것은 진정으로 건강한 보통사람들의 삶의 호흡이요 맥박이다.

바흐친의 언어관부터 살펴보자. 바흐친은 언어가 어떤 의미에서건 고정되거나 안정된 것이 아니라 언제나 불확정한 흐름의 상태에 있다고 했다. 의미란 결코 단선적이거나 비논쟁적인 것이 아니라 다원적이며 논쟁적이다. 바흐친에게 언어란 투쟁의 장이다. 서로 다른 것을 의미할 수 있다는 언어의 가능성을 그는 "대화적(dialogic)"이라고 부른다. 대화적이라 함은 언어를 소쉬르 언어이론의 단일화 현상이 아니라 왕복 또는 복잡한 과정으로 보기 때문이다. 바흐친은 언어를 단선적, 고정적 의미를 부과하려는 구심적 힘과 단선적인 것을 다원적, 복합적 의미로 저항하거나 파편화시키는 원심적 힘의 투쟁의 장으로 본다.

바흐친은 또한 카니발적(carnivalesque)이라는 개념으로 문학이 위계적 구조나 모든 형태의 공포, 존경, 경건성 또는 그와 관련된 에티켓을 연기(지연)시키기 위해 권위가 아닌 기존 언어 밖의 담론을 끌어낼 수 있다고 말한다. 카니발은 침투할 수 없는 위계적 장애물에 의해 삶 속에서 분리된 사람들이 자유롭고 친숙한 접촉을 하게 되고 나아가 기존의 공식적 질서를 저지시키고 새로운 관계들이 부상하는 것을 허용한다. 바흐친에게 카니발은 본질적으로 모호하고 이중적이어서 대화적 관계를 공개적으로 허락하고 자극을 준다. 공적 세계의 영역이 완전히 전복되지는 않지만 변형되고, 이러한 대립을 통해 좀 더 참을 수 있는 타협적인 해결이 모색된다.

문학, 언어, 문학 비평에 대한 바흐친의 이론이 지니는 의미는 중요하다. 문학은 무시간적이며 보편적인 안정된 지식 체계가 아니다. 언어도 통합되고 동질적이며 추상적인 체계가 아니다. 그것은 지식과 의식을 구성하는데 이질적이고 물적인 토대가 된다. 문학 비평은 그 자체의 대화적 속성이 있고 역사적 상황에 의해 변화될 수 있는 언어나 담론의 복합체라고 말할 수 있다. 따라서 바흐친의 이론들은 소설에 있어서 좀 더 대화적이며 열린 반응을 독려한다.

소설은 여성에 의한, 여성을 위한 여성의 문학장르다

많은 소설의 주제는 무엇보다도 여성 문제다. 특히 남성적 권위주위에 토대를 둔 사회에서 살아가는 여성들의 문제다. 소설의 발생부터 여성의 역할은 얼마나 컸는가? 그리고 그 후 얼마나 많은 여성 소설가들이 나왔는가? 다른 어떤 예술 분야나 장르보다 바로 이 "소설"에서 여성들이 탁월하고도 놀라운 재능을 발휘하고 있다. 그러므로 소설은 본질에서 여성적 장르다. 소설이란 장르가 나오기 전에는 여성들의 글쓰기는 실로 미약했다.

영어의 "novel(소설)"이란 개념 자체가 전통적인 시나 희곡보다 "새로 나온" 장르란 뜻이다. 서구에서 17, 18세기에 자본주의가 생겨나고 산업화, 도시화가 이루어지는 과정에서 문학을 소비하는 중산계급의 독자층이 형성되었고, 이러한 민중 시대에 보통사람의 작고 사소한 이야기〔중국에서 대설 大說(?)인 경전과 대비되어 생겨난 小說(또는 패설)이란 개념과 일치된다〕가 자리를 잡게 되었다. 그리하여 중요한 독자층인 여성이 새로운 장르인 소설의 생산과 소비에 대거 참여하게 된 것은 당연한 일이다.

또한 소설은 그 독특한 담론적 특성에 의해 지금까지 변두리 타자였던 여성의 내밀한 영혼의 울림이나 육체의 흐느낌을 가장 잘 재현할 뿐만 아니라 하나의 저항 담론으로서의 문학 장르가 되었고, 한 걸음 더 나아가 단순한 재현이나 저항이 아니라 여성들에게 새로운 비전과 가능성을 가져다주는 중요한 문화적 또는 문학적 담론체계가 되었다.

21세기에도 "소설의 힘"은 지속 가능한가?

오늘날 전 지구화라는 세계 체제 속에서 문학의 적은 무엇인가? 누구인가? 보이지 않는 적은 보이는 적보다 항상 치명적이다. 오늘날과 같이 소위 신자유주의 시대의 더욱 순수해진 자본주의하에서 자본의 교란작전에 휘말려 무한경쟁 속의 실용주의, 업적주의, 일류주의에 함몰되어버린 인간사회에서 소설은 무엇을 할 것인가? 인터넷 속도와 경쟁하는 바쁜 삶 속에서 "소설"은 설 자리가 없는 것은 아닌가? 그리고 고도 전자영상 매체 시대에 문자 문학인 소설이 갈 길은 무엇인가? 더욱이 갈 데까지 가버린 실용주의, 과학주의, 경제주의로 "무엇이든 좋다(anything good!)" 식으로 모든 것이 녹아 없어지는 거대한 용광로 속에서 문학은 단지 "그들 중 하나(one of them)"가 되어 그 마술적 힘을 상실하는 것은 아닌가? 주적(主敵) 개념이 사라지고 만 상황에서 소설은 중심부가 아닌 변두리 지역에서 서성이고 있는 것은 아닌가? 어떤 의미에서 오늘날 문학(소설)은 어떤 정치적 억압, 이념적 탄압, 그리고 전쟁의 폭력 속에서 겪었던 어떤 "위기"보다 더 순수해진 다시 말해 더 큰 (그러나 잘 보이지 않는) 위기에 빠진 것이다.

소설은 허구의 세계를 만들어 낸다. 여기서 허구는 거짓, 가짜, 꾸미기라는 나쁜 의미만 있는 것은 아니다. 그것은 하나의 가치창조와 새로운 저항의 중간 지대이며 이루고 싶은 꿈의 수립이다. 허구의 꿈은 우리가 현실에서 가지고 싶어도 가지지 못하는 불가능의 세계인 동시에 우리가 가지고 싶어 하고 이루고 싶어 하는 이상세계다. 높은 이상은 우리의 현실을 위한 소망의 잣대이며 횃불의 광명이 아니겠는가? 그것은 결코 피해자의 비겁함이나 용기없는 자의 도피가 아니다. 소설 속에서 우리는 어떤 환상을 통하여 역경 속에서도 삶을 지탱시킬 수 있는 어떤 "힘"을 찾아낸다.

여기서 "힘(power)"은 세속적 의미로 타락하기 쉬운 정치사회문화의 "권력"이 아니다. 여기서 "힘"은 탈주하고 포월하고 창조해내는 능력이다. 소설은 보잘것없고 힘없고 타락하기 쉽고 부서지기 쉬운 인간을 적어도 인간답게 살려두는("살림") 마술적 장치며 전략이다. 우리는 역사의 아이러니를 잘 알고 있다. 중세의 기독교가 보여준 횡포, 억압과 야만성을 보라. 20세기 후반기에도 회교 이슬람 근본주의를 부흥시켜 새로운 신정사회를 만들기 위해 얼마나 많은 보통사람들이 억압당하고, 투옥되고, 죽었단 말인가? 인간에게 평등과 자유를 준다는 현실 "정치"가 역설적으로 얼마나 많은 고통과 억압을 가져왔는가? 평등을 내세우는 공산주의 이데올로기는 그동안 얼마나 많은 무고한 사람들을 잔인하게 희생시켰는가? 볼셰비키 혁명, 한국전쟁, 월남전 그리고 무엇보다도 인구의 3분의 1이 살해당한 캄보디아의 킬링 필드를 보라. 높은 이상을 가진 "종교"와 "정치"는 오히려 억압과 착취, 살인의 도구가 되지 않았는가? 이것은 분명히 역설(paradox)이다. 부조리한 현실을 역설로 대처하는 것이 "소설"이다. 가장 약한 언어로 이루어진 "소설(문학)"을 통해 우리를 살려주는 가장 "강한" 환상과 꿈의 허구 세계를 만들어 내고 있다. 소설을 통해 우리는 어떠한 억압과 착취를 타고 넘어가는 자유로운 생명력의 "힘"을 얻는다. 생의 비극적 환희를 가져오는 소설의 "힘"은 어떠한 종교의, 정치의, 경제의 "힘"보다 끈질기고 항구적이다. 그러나 우리는 여기서 "소설(문학)"을 신비화해서는 안 된다. 소설은 권력, 욕망, 이데올로기를 "탈신비화"하는 최전방 부대이기 때문이다.

이 책은 원래 1983년 종로서적에서 『위대한 소설가』란 제목으로 출간되었다. 이 책의 원제는 *Living Biographies of Famous Novelists*(1943년 초판)이다. 그 후 이 책은 절판되었고 이제 종로서적마저 문을 닫았다. 그러나 나는 이 책의 내용이 전문적이지도 않고 일반 독자들이 재미있게 읽을 수 있기에 절판된 것이 너무나 아쉬웠다. 그래서 2003년 여름 미국을 방문하였을 때 번역권 문제로 이 책에 대한 정보를 수집하였으나 미국에서도 이 책은 절판되어 있었고 저자와 출판사도 찾을 수 없었다. 번역권을 얻을 수 없어 낙심하였다. 그러나 역자는 1983년도 번역을 대폭 개역하고 여류소설가 샬럿 브론테와 조지 엘리엇을 추가하여 다시 출판하기로 하였다. 이 열전에 서양 소설가들이 모두 포함된 것은 아니다. 독일이나 이탈리아 출신 소설가들이 포함되지 않았고 허만 멜빌과도 같은 일부 주요 19세기 소설가들과 콘래드, 로렌스, 조이스 등 20세기 소설가들도 포함되지 않아 아쉬움이 크다. 그러나 일단 이곳에 모아놓은 22명의 주요 소설가만으로도 충분하다는 생각이 든다. 그들의 부활이 이 소설의 위기시대에 교양 있는 일반 독자들에게 새로운 자극제가 되기를 바란다. 소설이 우리 삶의 한가운데 있던 시대는 지나갔을지 모르나 인간의 생존 양식 또는 생존 기계로서의 소설 정신만큼은 영원히 사라지지 않을 것이다. 아무쪼록 서양의 주요소설가들에 관한 간략하면서도 재미있는 전기들이 독자들의 고단한 삶에 작으나마 유익한 "힘"을 주기를 기대한다.

(2004년 6월 11일, 정정호)

17. 지금은 성별 차이에 다시 주목할 시기다

— 레너드 삭스, 『남자아이/여자아이』, 2007

"여자는 태어나는 것이 아니라 만들어지는 것"이라는 말이 있다. 수천 년 동안 당연시되어 온 남녀의 성 역할과 기능에 토대를 둔 남성 우위의 성 경계는 허물어져야 한다는 의미다. 그러나 과연 남자와 여자는 정말로 똑같을까?

2005년 봄 시사주간지 『뉴스위크』에 실린 "젠더에 관한 진실"이라는 기사에 의하면 남성과 여성의 유전학적 차이는 인간과 침팬지 차이만큼이나 크다고 한다. 생물학과 유전학 분야에서 이루어진 최근 연구들도 1960년대 이래 여성해방운동이 그토록 폐기하려고 애썼던 남녀 간 차이(이전에 우리가 통념적으로 알고 있던 남녀 간 차이와는 다소 다르지만)가 사실임을 확인시켜 주고 있다.

레너드 삭스의 『남자아이/여자아이』는 생물학, 심리학, 교육학, 유전공학 등 다양한 분야에서 최근에 밝혀진 연구 성과들을 근거로 남자와 여자의 본질적 차이를 생생하게 보여주면서 어떻게 하면 우리 아이들이 자신의 능력을 최대한 발휘하며 조화롭고 행복하게 살아갈 수 있을지에 대한 깊이 있는 고찰과 그 대안을 제시하고자 노력한다. 특히 가정의학과 의사이자 임상심리학자인 저자는 자신의 경험을 토대로 지금까지 우리가 통념적으로 가져왔던 남녀에 대한 무조건적 선입견과 선천적 성차까지 무시하는 극단적 태도 때문에 우리 아이들이 얼마나 많은 편견에 시달렸으며 자신의 잠재력을 제대로 발휘하지 못하고 소외된 삶을 살았는지 구체적 실례를 들어 설명하고 있다. 이 책을 우리말로 옮기며 과거에 자녀들을 키우며 궁금해했던 점들을 이해하게 되었을 뿐 아니라 나 자신의 양육 태도를 돌아보게 되었다. 이 책을 읽을 많은 부모와 교사들 역시 때로는 무릎을 치며 감탄하기도 하고 때로는 안타까워하리라 믿는다.

이 책에 실린 사례 중 몇 가지, 특히 성 문제나 중독, 성적 경향에 관한 논의는 우리 상황과 다소 거리가 있다고 느낄 수도 있지만 남의 나라 일로 방관하고 무시할 때만은 아니라고 본다. 지금은 전 세계가 하루 생활권으로 좁혀졌을 뿐만 아니라 수많은 우리 아이들이 외국 땅에서 교육받고 있는 것이 현실이다. 이 책에 제시된 수많은 생활과 교육 현장 사례들은 자녀들을 진심으로 사랑하고 이 나라의 미래를 진정으로 걱정하는 부모와 교사들에게 훌륭한 타산지석이 되어줄 것이다.

알게 모르게 남성 우월적 성별 고정관념과 여자는 여자로 태어나는 것이 아니라 여자로 길러진다는 "사회적 구성주의"에 사로잡혀 있는 사람들에게 "남자와 여자는 생물학적으로 다르게 프로그램되어 있으며 그 차이는 성장기에 더욱 크다"라는 사실을 입증하기 위해 저자는 수많은 이론과 사례들, 그리고 통계자료들과 전문적 주들을 삽입하였다. 아이들을 키우고 가르치는 부모와 교사들에게 너무 전문적이라고 생각되는 부분과 난삽한 내용은 읽기 쉽게 정리하였다. 그리고 좀 더 깊이 알고자 하는 독자들을 위해 원서에는 없는 인명 색인과 용어 색인을 만들고 단행본 중심으로 참고문헌을 넣었다. 아무쪼록 이 책이 수많은 부모들, 교사들, 교육학자들, 교육 정책 입안자들에게 널리 읽히고 활용되어 아름다운 생명들의 타고난 잠재력이 충분히 개발되고 양성평등 사회가 이루어지는 데 일조할 수 있기를 바란다.

남녀 차이는 우열의 문제가 아니라 상보적 문제, 즉 여성적 특성과 남성적 특성은 대립적이 아니라 서로 보완적이어야 한다는 말이다. 서로의 다름을 인정하는 것은 지혜의 문제다. 우리는 남녀 간 "차이"를 전략화하여 남성과 대비되는 신체적, 생물학적, 인식론적, 정서적 차이에서 나오는 여성적 특성을 "여성적 원리"라 부른다면 우리는 이 여성적 원리를 계발하고 확산시켜 남성 위주의 근대문명을 광정하는 계기를 마련할 수 있을 것이다. "계단식 사고"의 뇌 구조를 타고난 남자와 "거미집 사고"의 뇌 구조를 타고난 여자의 역할은 분명 다를 것이므로 그동안 지나치게 강조되던 남녀 차별에 대한 "사회문화적" 구성론 논의에 균형추를 달아주기 위해서라도 지나치게 폄하되던 남녀 성차에 대한 "생물학적 유전학적" 사실이 진지하게 재고되어야 한다.

황폐해지는 이 땅에 아침이슬 같은 우리 아이들이 불같이 일어나 가슴에 푸른 꿈을 안고 새로운 길을 개척해나가기를 소망해본다.

(2006년 늦가을, 이소영)

18. 페미니즘 사상의 종합적 이해와 접근

― 로즈마리 통, 『21세기 페미니즘 사상』, 2010

페미니즘이라는 용어는 이미 우리 생활 속에 한 부분이 되었다. 그러나 그 용어를 입에 올리는 사람들조차도 그 용어에 어떤 부정적 의미를 함축시키고 있음을 우리는 느낄 수 있다. 사실 이 용어는 애초부터 존재하지 말았어야 했을 용어다. 수천 년 동안 모든 것을 이분화하여 흑백, 또는 우열의 관계 이외로는 이해하려 하지 않았던 우리 사고의 용렬함은 불모화된 공동체라는 막다른 골목으로 우리를 몰아내었다. 그런 궁지에서 벗어날 해결책을 위하여 페미니즘이라는 용어가 차용되었다면, 우리는 우선 그 용어를 환영해야 한다. 그러나 또한 페미니즘의 근본 목표가 여성은 물론 남성도 다 함께 존중받고, 상호 간 존엄성이 확보되는 양성 평등사회에서 인간다운 삶을 살도록 이끄는 데 있다면, 이 페미니즘의 과업은 가능한 한 빨리 성공을 이루어야 하고, 그런 다음 이 용어는 하루빨리 쓸모없는 용어로 폐기되어야 할 것이다.

그러나 습관의 노예인 우둔한 우리 인간은 아직도 형식, 전통, 관습에 얽매인 채, 오래된 잘못된 사고를 그대로 이어받아 체제 보존적, 순응적, 성차별적, 남성 중심적 사고에서 벗어나지 못하고, 오히려 그 속에서 안락과 쾌락을 찾고 있으며, 의식의 반란이 혹시 있다 해도 아주 미미한 순간에 불과할 뿐이다. 인간인 우리가 느끼고 안다면 행동으로 실천하는 일이 정도(正道)가 아니겠는가? 자아−타자라는 흑백논리에 사로잡혀 내가 아닌 타인의 목소리를 참을성 있게 듣지 못하고, 너무나 쉽게 남의 소리에 귀를 닫아버리는 우리의 완고하고도 조급한 어리석음이 있을 뿐이다. 그러나 이제 페미니즘이라는 작고도 거대한 조약돌은 고요한 수면에 끊임없이 파문을 일으키고 "메두사의 웃음"처럼 전 세계로 울려 퍼졌다. 그리하여 페미니즘은 1980년대 이래 가장 중요한 문화정치학으로 드러났고, 우리에게 수천 년 지속된 가부장제 중심의 문명사를 전반적으로 되돌아보고 반성할 계기를 마련해주고 있다.

로즈마리 통의『페미니즘 사상』은 이 다양한 "마녀들"의 목소리를 차분하고 명민하게 요약해서 우리에게 골고루 들려주고 있다. 통은 모든 의견에 골고루 존경심을 표명하고 교통신호 체계의 역할을 떠맡았으면서도, 단지 객관성, 중립성만이 아닌 나름의 안목으로 비판적 목소리를 내고 있다. 페미니즘 용어에 대해 무조건적 거부반응을 일으키든 아니든 간에, 새로운 시대(모든 인간의 존엄과 평등이 보장되고, 자유와 정의가 이루어지며 진정한 인간성 실현이 가능한 다원주의 사회)를 꿈꾸는 사람이라면 이 책에서 논의되는 문제에 귀 기울일 필요가 있다. 우리가 모두 "하나"는 될 수 없지만 "여럿"이 되어 다양한 색깔의 사랑의 공동체를 엮어나가자면, 미래지향적인 동시에 기존의 인간 이해에 대한 획기적 전환의 의미를 지닌 페미니즘이라는 주요 사조를 열린 마음으로 맞아야 할 것이다. 이런 마음을 갖고자 하는 우리의 소박한 꿈이 페미니즘 사회 운동에 활발히 참여하는 대신 이론번역이라는 소극적 방법을 택하게 했다. (이론 창출이나 이론 번역도 참여 지식인의 하나의 실천작업이며 생산작업이 아니겠는가?)

로즈마리 통 교수는 우리 시대의 다양하고 풍요로운 서구 페미니즘 사상들에 정당성을 부여하는 작업을 또다시 성공적으로 해내었다. 1998년 출간된 개정 2판에서는 제1판에서 논의된 기존의 이론들에 최근 이루어진 논의들을 포함했을 뿐만 아니라 새롭게 복합문화 페미니즘, 전 지구적 페미니즘, 성별 페미니즘, 에코 페미니즘 항목을 추가하여 페미니즘 이론의 주요 전통들을 최근 이론까지 총망라하여 명료하고도 종합적으로 검토하였다. 통 교수는 어렵고 복잡하기로 악명 높은 서구 페미니즘 사상가들과 이론가들을 분명한 논리와 쉬운 문체로 소개한다. 독자들은 18세기 울스톤크래프트로부터 존 스튜어트 밀, 엥겔스를 비롯하여 드 보브와르, 프리단, 디너스타인과 댈리, 씨이주, 미첼, 워렌 그리고 마이즈와 쉬바에 이르기까지 서구 페미니즘 전통의 핵심적 이론가들을 두루 만날 수 있었다. 그렇지만 로즈마리 통 교수가 2009년 8월 출간한 이 제3판에서는 이전의 2판과도 사뭇 다르게 『21세기 페미니즘 사상』으로 대폭 개정 증보하였다. 2판의 5장 "실존주의 페미니즘"을 아주 삭제해버리고 21세기의 새로운 이론에 토대를 둔 "돌봄 중심 페미니즘"으로 대치했으며, "포스트모더니즘"에는 최근 논의되고 있는 "제3의 물결 페미니즘" 논의가 추가되었다. 2판의 7장 "복합문화 페미니즘과 전 지구 페미니즘"은 "포스트식민주의 페미니즘"이 추가되어 내용이 대폭 보완되었다. 이 책을 통해 독자들이 여성의 삶과 직접적 관련이 있는 광범위한 견해들에 공감하면서 동시에 비판적으로 생각할 좋은 기회를 얻고 복잡 다양한 페미니즘 논의의 이론적 근원을 이해할 수 있게 되기를 기대한다.

이 책의 제목에 대해서 한마디 덧붙이면, 원제에는 21세기라는 말이 없지만, 책의 곳곳에서 저자가 새로운 천 년대인 21세기를 언급한 점을 고려하여 책 제목을 『21세기 페미니즘 사상』으로 잡았다. 제6장 제목은 영어 "multicultural"을 "복합문화(적)"으로 번역하였다. 이 단어는 흔히 "다(多)"로 번역되지만, 역자들은 단순히 수동적인 "많다"의 뜻이 강한 "다"보다 좀 더 복합적이고 역동적인 뜻을 살려 "복합문화"로 옮겼다. "global"은 단순히 "세계(적)"보다는 "전 지구(적)"로 번역하여 전 세계가 하나의 마을이라는 의미를 강조하였다. 끝으로 "postcolonial"의 번역도 흔히 "탈식민(적)"으로 번역되지만 "포스트식민"으로 옮겼다. 그 이유는 오늘날 식민지 이후 상황이 우리가 바라는 대로 "탈(脫)" 또는 "후기"만이 아니고 "포스트"의 의미 속에 "탈"과 "후기"의 의미가 모두 포함되기에 역자들은 "포스트"의 뜻을 그대로 살려 "포스트식민주의(적)"로 번역하였음을 밝혀둔다.

끝으로 바쁜 중에도 한국 독자들을 위해 초판 머리말을 보내준 통 교수에게 감사드린다. 번역상의 미흡함에 대해서는 독자들의 많은 질정과 용서를 바랄 뿐이다.

(2010년 1월 20일. 이소영 · 정정호)

19. 20세기 후반 문학비평이론의 조감도

— 라만 셀던 외,『현대 문학이론』, 2014

번역은 반역(反逆)이란 말에서 보듯이, 번역은 원문을 그대로 옮기는 모방이기보다 제2의 창작인 경우가 많다. 번역은 다른 문화와의 접속을 통해 자신의 문화를 변형시키는 중요한 지적 작업이다. 그러나 "여행하는 이론"을 전화시켜 국내 문화판에 새로운 자극과 관점을 가져다주는 번역작업은 사실상 학자들에게는 뜨거운 감자다. 특히 이론번역의 경우 이 작업에 들이는 시간과 노력에 비교하면 역자들에게 오역, 졸역 등의 위험 부담도 있고 재정적으로도 별다른 도움이 되지 않는다. 그러나 무엇보다도 이론번역에서 가장 큰 문제는 번역이 연구 업적으로 별로 인정을 받지 못한다는 점이다. 그런데도 앞으로는 이론 번역(고전 번역과 더불어)에 대한 학자들의 합당한 관심과 노력이 경주되어야 할 것이다. 그리고 질 높은 다양한 번역이 계속 생산될 때 교수들의 연구 업적 평가에도 정당하게 인정되는 제도적 정착도 가능해지리라 믿는다.

우리가 "이론(Theory)" 공부를 시작할 때 커다란 걸림돌은 일부 이론이 추상적이고 난해하고 비교(秘敎)적이며 심지어 기괴(uncanny)하기까지 하다는 점이다. 초기 단계에서 이러한 붙잡기 어려운 이론을 손쉽게 포장해서 초보자가 소화하기 쉽게 만든 사람이 바로 1985년 본서의 초판을 썼던 故 라만 셀던 교수다. 당시 그의 입문서가 이론을 처음 배우던 우리에게 얼마나 편리한 도구였는지 우리는 분명히 기억하고 있다(국내에서 그 초판본 번역이 3종이나 중복 출판된 사실만 보아도 알 수 있다). 원저자 셀던 교수가 초판을 약간 수정 보완해서 1989년 재판을 내고 불행하게도 뇌종양으로 갑작스레 타계하였다. 그로부터 4년 후인 1993년 당시 영국 브라이튼 대학교의 "역사 및 비평 연구 학부"의 장이었던 피터 위도우슨 교수가 개정 3판을 내놓았다. 위도우슨 교수는 3판에서 신비평과 F. R. 리비스, 포스트모더니즘 이론, 포스트식민주의 이론을 다룬 장을 추가하였고 나머지 부분도 대폭 개정하였다. 그러던 중 1997년 영국 노스햄프톤주 넨 대학의 현대문학 및 문화 연구 교수로 있는 피터 브루커 교수와 협동으로 본서에 문화유물론 논의가 추가되고 포스트모더니즘 이론과 포스트식민주의 이론을 다룬 장이 분리되고 마지막에「게이, 레즈비언 및 퀴어 이론」이 새로 추가되어 개정 증보 4판이 상재되었다. 21세기에 들어와 위도우슨과 브루커는 또다시 "포스트 이론"의 시각에서 일부를 수정, 보완하였다. 이처럼 이 책의 개정 증보의 작은 역사는 우리가 소위 "이론의 시대"라고 부르던 1980년대 중반 이후부터 최근에 이르는 현대문학 이론과 비평에 관한 급속한 변화의 흐름을 조감할 수 있게 만든다.(물론 아직도 정신분석비평이나 문화연구에 대한 독립된 장이 마련되지 않았고 환경/생태학 비평에 대한 언급이 별로 없는 점은 본서에서 아쉬운 점이다.)

문학(작품)은 영원하고 이론(비평)은 유행이라는 말이 틀린 말은 아니다. 그리고 읽기와 문학연구에서 이론은 "필요악"이라는 말도 일리가 있다. 오늘날 "이론(Theory)"이 우리의 철없는 열광이나 고집스러운 거부와 같은 극단적 태도만 아니라면 하나의 비판적 문화 정치학으로서 쇄신의 페다고지를 위한 유용한 도구가 될 수 있다는 점에는 이론(異論)이 없을 것이다. 한 때 후기 자본주의 시대에 계속되는 서구 중심의 세계 체제에서 소위 "이론 산업"은 우리에게 또 다른 문화 식민지를 강요하는 면도 없지 않았으나 이 제 분명한 것은 "이론이 필요 없다"든지 "서구 이론은 거부되어야 한다"든 지 하는 주장도 하나의 이데올로기이며 봉쇄 이론이 될 수 있다는 점이다. "혁명보다 개혁이 더 어렵다"라는 현실의 무게에 대한 마키아벨리의 주장 은 무엇을 의미하는가? 사악해지는 현실의 중층적 담론 구성을 분석, 대처 하고 미래를 전망하기 위해서 좀 더 교활한 이론과 전략이 필요한 것인지도 모른다. 그래서 우리는 이론서가 베스트셀러가 되는 이론의 국제화(Theory International) 시대에 살고 있었다.

그러나 이제 우리는 이론 "이후(After theory, Post-theory)"의 시대와 이론 의 종말(Ends of Theory) 시대로 접어들었다. 이 책의 "결론"에서 논의되고 있듯이 이제는 "이론" 이후의 문학, 비평에 대한 새로운 이론들을 모색해야 할 것이다. 새로운 문물 상황에 따라 새로운 "이론"이 언제나 만들어져야 한 다. 시대의 진단과 전망을 위한 이론 생산은 척박한 현실과 유리된 추상적 작업이 아니라 현실과 대적하는 이론의 치열한 실천(praxis) 작업이다. 그러 나 30년 이상 난삽한 서구 이론을 공부하다 보니 갑자기 자괴감으로 마음이 심란해진다. 우리는 우리 상황에서 생산되는 주체적 자생적 이론창출을 언 제 할 수 있을 것인가? 서양의 거대이론(Grand Theory)에 주눅이 들어 우리 는 저항 담론이나 이론의 창시자가 되기보다 이론의 식민지 주인이 되어 지 적 사대주의 기능공으로 만족하며 살아갈 것인가? 우리의 선배 세대는 그렇 다 치고 우리 세대는 후배세대에게 이론적으로 무엇을 남겨 줄 수 있을 것 인가? 그저 답답하고 부끄러울 뿐이다.

우리는 본서의 원본으로 2005년 간행된 이 개정 증보 5판을 사용하였다. 우리는 현대문학 이론과 비평에 관한 가장 작은 부피를 가진 이 책이 어떤 경향성도 띠지 않는 중립적 입장에서 가장 쉽고 단아하게 쓰인 최상의 입문서이며 개설서라고 믿는다. 본서의 번역에는 4명의 전공자가 참가했다. 정문영 교수가 서론, 1장, 6장, 10장을, 윤지관 교수가 3장, 5장을, 여건종 교수가 4장, 8장, 9장을, 정정호 교수가 2장, 7장을 각각 맡아 번역하였다. 번역 과정에서 상당한 지연이 있었다. 이미 1995년부터 3판으로 시작된 번역이 완료되어 1996년도 상반기에 출간하기로 되어 있었는데, 1997년 상반기에 개정 증보 4판이 영국과 미국에서 동시에 출간되어 4판 번역 출간을 위해 한신문화사에서는 프렌티스 홀 출판사와 다시 번역 계약을 하였다. 이에 역자들은 4판을 대조하면서 개정 부분과 새로 추가된 부분을 다시 번역하고 수정하였다. 2010년부터 시작한 개정 5판 번역은 역자들의 사정과 중간에 한신문화사가 폐업하고 새로운 출판사를 찾는 과정에서 또다시 많은 시간이 흘렀다. 이러한 과정에서 역자들의 노고가 매우 컸다. 더욱이 번역 기간 중 공교롭게도 번역자 일부가 연구 교수 등으로 해외에 나가게 되어 본서 출간은 더욱 늦어지게 되었다. 개정 증보 5판이 나오고 8년이나 지나 이제야 번역본을 상재케 되었으니 감개가 무량할 따름이다. 역서 이름도 『현대문학 이론』으로 새로 정했다.

끝으로 본서의 용어와 인명 번역에 관해 몇 마디 남겨두고자 한다. "포스트"라는 접두어 번역에 약간의 편차가 있을 수 있다. 포스트구조주의나 포스트모더니즘의 경우, "포스트"를 "탈", "후", "후기" 등으로 번역하지 않고 그대로 두었다. 물론 모더니즘은 관례대로 번역하지 않고 그대로 두었다. 포스트콜로니얼리즘도 "탈"이나 "후기"를 쓰지 않고 그대로 "포스트식민주의"로 번역하였다. 이 밖에 국내에서 "해체주의"로 많이 번역되고 있는

deconstruction도 "해체론"으로 통일하였고 narrative와 narratology는 "서사"와 "서사학"으로 옮겼다. 인명 발음의 경우 관례에 따른 것도 있으나 가능하면 원음에 가깝도록 표기하였다. 일례를 들어 국내에서 씨이주, 씨수, 식수 등 여러 가지로 발음되고 있는 북아프리카 출신의 프랑스 페미니즘 이론가 Hélène Cixious는 1995년 간행된 웹스터 세계 문학 백과사전에 표기된 대로 "씨이주"로 확정하였으니 독자들의 착오가 없기를 바란다(외래 용어의 번역과 발음표기를 통일하는 작업도 앞으로 우리 학계가 시급히 해결해야 할 작업 중 하나다). 작가나 저자 이름은 글의 흐름을 방해하지 않기 위해 본문에 원어를 넣지 않고 찾아보기에만 표기하였다. 그러나 서명이나 논문명은 대부분 원어를 달아 두었다. 그리고 내용상의 혼란을 일으킬 소지가 있는 어휘, 용어, 개념은 부득이한 경우 원문을 주었다. 찾아보기에 관해서도 한마디 하고 싶다. 국내 독자들의 편의를 위해 표제어가 원서에 등재되지 않는 경우라도 중요한 용어, 개념, 인명의 경우 역자들이 삽입했음을 밝힌다.

이 책의 출간을 위해 막바지 단계에서 교정과 번역 그리고 찾아보기 작업으로 크게 도와준 송은영 박사와 한우리 선생(중앙대 박사과정)에게 머리 숙여 고마움을 전하고 싶다.

(2014년 1월, 역자를 대표하여 정정호)

20. 영국 낭만주의 최고의 문학론
— P. B. 셸리, 『시의 옹호』, 2018

P.B. 셸리(1792~1822)가 이 대표적 낭만주의 시론인 『시의 옹호』를 쓰게 된 동기는 당시 T. L. 피콕(1785~1866)이라는 평론가가 약간은 희화적으로 써낸 소책자 『시의 네 시대』(1820)를 반박하기 위함이었다. 피콕은 19세기 초 당시 영국 문단의 극단적 낭만주의, 감상주의, 정서주의, 막연한 형이상학에 반대해 이성(理性)을 주장하며 "시란 퇴락하는 가치와 사회적 유용성에 대한 원시적 관습 행위"라고 당대 낭만주의 문학을 시대에 반동적인 것으로 비판했다. 이에 의분을 느낀 셸리는 열정적으로 시를 옹호하고 시인들을 변호하는 작업을 완성하였다.

셸리는 1821년에 썼으나 사후 1840년에 출간된 『시의 옹호(*A Defence of Poetry*)』 첫 부분에서 인간의 내면에 들어 있는 시적 능력을 역설하면서 사회에 대한 시의 사회적, 역사적 영향력을 논한 다음 마지막으로 예술에 대한 그의 신념을 열정적으로 토로한다. 셸리는 시란 모든 형태의 질서와 미를 표현하고 있고, 시인은 "영원하고, 무한하고 거대한 하나인 것"에 관여하나 논리나 이성을 통해서가 아니라 영감을 통해서 그렇게 한다고 역설한다.

"상상력"은 분석적이고 공간적이고 양적인 특징을 지닌 "이성"과 달리 인간 경험의 가장 가치 있고 진실한 모든 것을 질적으로 전체적 보편적 형태로 드러내 준다는 것이다. 그리고 상상력이 질서와 미의 보편적 법칙을 인식할 수 있게 하고 독자에게 전달할 수 있게 한다고 믿었던 셸리는 시인을 "세계의 인정받지 않은 입법자"라고 선언한다.

셸리는 원래 이 옹호론을 더 길게 쓸 계획이었다. 현재 남아 있는 부분은 제Ⅰ부이고 제Ⅱ부에서는 제Ⅰ부에서 제시된 원리들을 적용하는 문제를 논하고자 했으나 갑자기 죽는 바람에 미완성으로 남았다. 또한 『시의 옹호』는 크게 보아 첫 부분과 뒷부분은 시의 원론적 논의지만 많은 분량을 차지하는 중간 부분은 유럽 시 문학의 역사에 관한 비교적 긴 논의다. 그리스, 로마 등 서양의 고전문학에 대해 익숙지 못한 한국 독자들에게는 간혹 지루하고 난삽하게 느껴질 수도 있을 것이나 번역자는 주요 부분만 발췌하지 않고 전문을 소개하고자 한다. 그리고 원문에 없는 소제목을 독자들의 편의를 위해 달았다. 아무쪼록 이 작은 작업이 21세기 국내 문단에 서정과 혁명의 천재 시인 셸리를 다시 읽고 재평가하는 기회가 되기를 바란다.

『시의 옹호』 중 앞부분에서 셸리는 주로 극문학에 관한 논의를 이어간다. 먼저 시의 사회적 기능과 효용에 관한 비교적 상세한 설명에서 셸리는 기쁨과 지혜를 주는 시의 상상력이 도덕적 선에 다가갈 수 있는 위대한 도구라고 언명한다. 셸리는 일찍부터 그리스 극에 큰 관심을 가졌고 특히 극 중의 코러스(합창)를 효과적으로 사용하는 그리스 비극의 형식과 효과에 주목했다. 초기에 순수 서정시와 명상시를 주로 지었던 셸리의 짧은 생애 중 후기 문학창작의 궁극적 목표는 그리스풍의 시극(poetic drama)을 쓰는 것이었다. 단순한 시나 극보다 시와 극이 결합할 때 극적 효과가 가장 극대화된다고 보았기 때문이다. 셸리가 현대 서양극 중 가장 탁월한 희곡으로 평가한 셰익스피어의『리어왕』도 시로 쓰였다. 셰익스피어가 살던 엘리자베스 시대는 극이 주요 문학 장르였고 모든 극이 오늘날과 달리 대부분 시로 쓰였다. 이를 따라 셸리도 불같은 열정을 가지고 1820년『해방된 프로메테우스』와『첸치가의 비극』이라는 탁월한 시극을 남겼다.(20세기 초중반 영어권 최고의 모더니즘 시인 T. S. 엘리엇이 그의 문학적 생의 후기에 시극 창작에 몰두했던 것도 같은 맥락이었으리라.)

셸리는 또한 그리스 문학과 로마 문학에 관한 해박한 지식과 명민한 감식력을 보여준다. 19세기 낭만주의 시대 유럽은 서양문화(문학, 예술, 철학 등)의 뿌리인 고대 그리스에 대한 열풍에 휩싸여 있었다. 신플라톤주의자이기도 했던 셸리는 플라톤의『향연』을 그리스어에서 영어로 번역 출간했을 정도로 그리스주의자였다. 셸리는 살아서 그리스를 직접 방문하지는 않았지만 1818년 영국을 떠나 30세에 죽을 때까지 고대 그리스 문화의 후계자인 로마제국의 땅 이탈리아의 여러 곳을 옮겨 다니며 그리스를 자신의 마지막 문학적 영감의 근원지, 나아가 자신의 영혼 거처로 삼았다. 이 밖에도 셸리는 이 글에서 자신이 살던 19세기 초 낭만주의 시대 이전인 영국의 왕정복고기와 18세기 시대(1660~1798) 문학 중 특히 퇴폐적이고 음란한 왕정복고기 희극에 대해 날카로운 비판적 시각을 보여준다.

셸리는 또한 서구 시 역사의 맥락 안에서 시가 사회에 끼치는 영향을 폭넓게 논의한다. 중세유럽 문학의 발흥을 기독교 및 기사도 제도와 연결하여 논의하며 유대교 전통 기독교에 끼친 고대 그리스 특히 플라톤의 영향을 말한다. 예수 그리스도는 고대 시와 지혜의 교리들을 신비스럽게 그러나 분명하게 드러냈다는 것이다. 셸리는 11세기 이후 유럽에서 시작된 노예와 여성의 일부 해방 역시 기독교 영향이라고 지적한다.

가정에 속박되었던 여자들의 지위가 상승하면서 12~3세기 중세 유럽 이탈리아의 페트라르카와 단테를 중심으로 연애시가 시작되었다. 구원의 여성 베아트리체가 나오는 단테의『신곡』「천국 편」을 최고의 사랑시로 평가한 셸리는 서양 문학사에서 최고의 기독교 문학으로 여겨지는『신곡』과『실낙원』을 볼 때 시인의 시적 교리와 일반 신도의 교리가 다르다고 말한다.『신곡』의 이교도는 천국에 들어가고『실낙원』의 사탄은 영웅으로 등장한다.

셸리는 나아가 서구문학 전통의 다양한 시인 중 진정한 서사시인으로 호메로스, 단테, 밀턴을 꼽는다. 영문학의 아버지로 간주하는 중세 영국 시인 제프리 초서의 뿌리가 르네상스 시대의 이탈리아임을 밝힌 셸리는『시의 옹호』의 본 주제가 지금까지 서구 시의 비평사적 논의와 시의 사회적 효용 논의로 빠졌다며 시의 옹호 문제로 되돌아가자고 말한다. 셸리는 도구적 이성주의자들이 주장하는 시의 유용성 문제점을 지적하여, 도구적 이성주의자들인 과학자나 정치 경제학자를 따르면 사회적 정의가 오히려 역방향으로 흘러간다고 비판한다. 예를 들어 초기 자본주의와 산업주의 사회로 진입한 19세기 초 영국은 "부익부 빈익빈" 문제가 더 악화하였다.

셸리는 다음 주제로 시의 즐거움 문제를 제기하며 정의 내리기의 어려움을 토로한다. 가령 비극에서 아리스토텔레스식으로 "연민"과 "공포"의 고통스럽고 슬픈 순간을 거쳐 "카타르시스"라는 즐거움으로 나아가는 것은 어떤 의미에서 역설이나 시에는 사랑과 우정이 주는 즐거움, 자연이 주는 황홀감, 시 창작의 기쁨 등 전적으로 순수한 즐거움도 있다고 했다.

셸리는 다시 19세기 과학 중심주의와 분석적 이성의 한계를 지적하며 상상력에 뿌리를 두는 시의 가능성과 중요성을 언급한다. 만약 인류에게 호메로스, 단테, 보카치오, 초서, 셰익스피어, 칼데론, 밀턴 등의 시인뿐만 아니라 서구의 예술전통이 없었다면 오늘날의 인간 정신은 어떻게 되었겠느냐고 반문하며 셸리는 근대 이후 시의 상상력의 가치를 깎아내리고 분석적 이성만을 강조하는 당대의 서양 시대정신에 강력하게 맞선다.

셸리는 물론 과학이나 근대학문을 모두 거부하는 반동적 지식인은 결코 아니다. 그는 다만 인간 능력의 두 개의 원동력 "이성"과 "상상력"에서 시적 상상력은 무시하고 도구적 이성을 우위에 두는 불균형한 상황을 비판하여 광정하고자 하는 것이다. 셸리는 문학적 상상력의 복원과 활성화를 통해 근대 인간의 도덕적 감수성과 사회적 정의를 다시 일깨워 역동적으로 작동시키기를 강력히 희망했다.

서구 낭만주의 시론의 대표작 셸리의『시의 옹호』마지막 부분은 결론에 해당한다. 셸리는 이 옹호론을 쓰기 시작한 1820년 이전 18세기 산업혁명을 거치고 자본주의 체제에 들어선 영국의 정치, 경제, 사상 풍토에 대해 논의한다. 당시 영국은 과학적 경제적 지식의 축적으로 많은 재화와 부는 증가시켰으나 그것을 사회 전 계층에 공정하게 분배하는 데는 실패했다는 것이다. 다시 말해 인간의 계산하는 이성적 능력은 뛰어났지만, 성찰과 지혜를 주는 시적 능력이 위축되었다.

셸리가 보기에 19세기 초 영국은 이미 소화할 수 있는 것보다 더 많은 것을 먹고 있는 셈이었다. 국민의 노동시간을 단축하고 집약하는 데 어느 정도 성공했으나 "부익부 빈익빈"이라는 불평등을 완화하는 데 실패했다. 결국, 돈의 신이 시의 신을 지배하는 형국이 되었다. 셸리에 따르면 이런 타산적 시대 상황에는 지식과 즐거움, 미와 선을 창조하는 시가 바야흐로 필수 불가결한 해독제가 되어야 하고, 인간 문화의 총합이며 절정인 시가 모든 사상과 학문의 중심이 되어야 한다는 것이다. 지금까지 인간 문명을 지탱해 오던 다양한 도덕적 가치들이나 미적 가치들이 시를 통해 부활해야 한다. 셸리의 몇 가지 핵심적 시사상을 요약정리해 보자.

시 창작은 시인이 의식하지 못하는 상태에서 수행된다

시인은 의식적 노력과 사전 계획으로 "시를 짓는다"라고 말할 수 없다고 셸리는 생각한다. 시인의 무의식에서 태어나는 시 창작을 태아가 어머니 자궁 속에서 자라나는 과정에 비유한 셸리는 낭만주의 시대의 대표적 창작관의 하나인 윌리엄 워즈워스의 "회상 속에 남겨진 감정들의 갑작스러운 흘러넘침"을 믿었다. 셸리는 18세기 문학 이론인 "모방론"에 입각한 제작으로서의 시 창작론을 거부하고 시의 생성은 식물처럼 자연스럽게 자라는 것이지 훈련과 노력에 의해 기계적으로 창조되는 것이 아니라고 말했다. 시적 창조란 천재적 시인의 독창적 비전의 순간에 거의 무의식적으로 발현되는 것이라는 낭만주의 시론에 입각한 것이다. 시 창작은 이렇게 "이 세상에서 최상의 그리고 가장 아름다운 것을 영생불멸의 존재"로 만드는 작업으로, 이렇게 창작된 시는 신성한 비전으로 장막에 가려진 세계를 벗겨내고 재창조함으로 세속화되고 황량한 세상에서 우리에게 기쁨과 아름다움을 준다. 이러한 셸리 시론의 핵심은 영감설을 주장했던 플라톤의 영향이다. 셸리는 서구 낭만주의시대에 가장 충실한 플라톤주의자였다.

시인은 기쁨, 행복, 지혜, 미덕, 영광을 주는 사람이다

셸리는 시인을 시대와 민중을 위한 현명하고 선량한 사람으로 추대한다. 물론 시인 중 비난받아 마땅한 사람들이 더러 있기는 해도 그들의 잘못은 사소한 것이며 시인들을 무조건 훼평할 때에는 자기 자신을 돌아보고 과연 돌을 던질 자격이 있는지 자신에게 먼저 물어보라고 권고한다. 시인은 보통 사람과 다른 탁월한 상상력과 고매한 감수성을 가지고 있지만, 영감이 떠오르지 않을 때도 많다. 이때에는 시인도 보통사람들처럼 지낼 수밖에 없다. 플라톤주의자인 셸리는 여기에서 플라톤의 "영감설"을 주장한다. 따라서 함부로 시인을 비난하기 전에 옳은 시인과 못난 시인을 엄하게 구별하는 엄정한 판단력이 앞서야 한다고 지적한다. 셸리의 이러한 시인 옹호는 1820년대 토머스 러브 피콕에 의해 시인들이 "오용의 무리"라며 자연과학이 발전하고 풍요로운 산업사회와 민주시민 사회에서 시인은 더는 존재가치가 없다고 무시했던 생각을 강력히 거부한 것이다. 셸리는 오히려 도덕과 윤리가 흔들리고 미와 선이 없는 황폐하고 비루한 시대일수록 시인은 더욱더 필요한 존재라고 주장한다. 거의 200년 전에 셸리가 주장한 이러한 문학사상은 오늘날에도 그대로 적용된다고 하겠다.

시인은 이 세상에서 선출되지 않은 입법자다

마지막으로 셸리는『시의 옹호』결론 부분에서 "시인은 세계의 인정받지 않은 입법자들"이라고 선언한다. 그 이유는 무엇일까? 현대사회, 즉 시의 기능과 역할이 점점 축소되고 있는 자본주의 시대에는 상상력과 창조력이 넘치고 정의와 사랑으로 유지되는 사회를 만들기 위해 오히려 시의 계발이 절실히 필요하기 때문이다. 낭만주의 시대라는 용어는 셸리가 죽은 후대에 부여된 명칭이지만 셸리의 시와 시인 옹호론은 낭만주의 문학관의 정수다. 시인은 부정과 부패가 만연한 인간사회라는 전쟁터에서 올바른 방향으로 힘차게 전진하게 하는 나팔수다. 시인들은 공감하고 정의로운 사회 구현을 위한 여러 가지 사상과 제도를 만들어내는 모든 사회의 입법자들이다. 다만 대중 선거를 통한 투표로 선출되지 않은 의미에서만 "인정받지 않은" 입법자일 뿐이다. 셸리는 근대사회에서 시인의 역할과 기능을 그 누구보다 확실하게 주장한다. 원래 본격적으로 3부로 나누어 쓸 계획을 세웠던 이 옹호론을 셸리가 30세라는 젊은 나이에 불의의 익사 사고로 죽는 바람에 완성하지 못한 것은 매우 아쉽다. 하지만 셸리가 우리에게 남긴 이 글에 시에 대한 그의 핵심 사상이 대부분 들어 있다는 믿음에서 약간의 위안을 받을 수 있으리라! 나아가 바로 이것이 21세기 초반에 "셸리의 유령"을 제도권화된 한국 문단에 다시 불러내야 하는 이유이다.

(2018년, 정정호)

21. 운문으로 된 영국 신고전주의 비평론

― 알렉산더 포프, 『비평론』, 2020

알렉산더 포프(Alexander Pope, 1688~1744)는 영국 문학사에서 신고전주의 시대(1660~1798) 절정기인 오거스틴 시대(1670~1744)의 최고 시인이었고 초기 시로는 『머리 타래의 강탈』, 『고독의 송가』, 『목가』, 『앨로이즈가 아벨라르에게』, 『아버드노스 박사에게 보내는 편지』 등이 있다. 그의 시는 풍자와 해학으로 가득 차 있고 영웅체 2행시(heroic couplet)의 시 형식을 주로 사용하였는데, 후기의 주요시로는 철학시 『인간론』과 대풍자시 『우인열전』 등이 있다. 신고전주의 시풍으로 당대 최고의 위치를 확고히 차지했던 포프의 주요 비평적 저작은 『비평론(*An Essay on Criticism*)』(1711)으로, 744행의 운문으로 쓰인 비평론이다. 산문이 아닌 시 형식(verse essay)으로 쓴 영문학사 상 최초의 장시 비평론인 이 글은 당대 유럽의 신고전주의 시대 문학론을 집대성하여 영웅체 2행시로 각운을 맞추어 쓴 최고의 걸작이다. 약관의 나이에 포프가 이런 종합적 비평론을 썼다는 것은 믿을 수 없을 정도다. 그리스와 로마의 고전 시 이론과 프랑스의 브왈로, 이탈리아의 비다, 그리고 영국의 드라이든 등 여러 시인의 영향을 받았고 많은 인용과 요약으로 이루어진 이 비평론은 어떤 의미에서 독창성은 떨어지지만, 제설 통합주의와 절충주의에 따라 18세기 초까지 유럽의 신고전주의 문학 이론을 집대성한 것이라 할 수 있다. 이 비평론을 통해 개신교 계통의 영국 성공회가 국교인 영국에서 가톨릭교도로 살았던 포프는 명실공히 영국 "문학의 교황(Pope)"이 되었다.

이 비평론에는 격언처럼 인구(人口)에 회자하는 유명한 구절들이 많다. "조금 아는 것은 위험한 것이다." "어리석은 자들은 천사들이 밟기를 두려워하는 곳으로 몰려간다." "인간은 실수하고 신은 용서한다." 등의 예가 있지만 이 비평론의 핵심어는 "자연(Nature)"이다.

> 우선, "자연"을 따르라. 그리고 항상 변함 없고 올바른
> 자연의 정당한 기준에 의해 판단력을 구성하라.(68~9행)

여기서 자연은 오늘날 우리가 알고 있는 유럽의 낭만주의자들이 말했던 야생적이고 신비로운 자연은 결코 아니다. 오히려 이것은 현상 뒤에 숨어 있는 보이지 않는 보편적 질서에 가깝다.(역자 생각으로는 이 비평론의 자연을 철학적으로 확대해석해 본다면 노자의 『도덕경』에 나오는 자연 즉 도(道)에 가까운 것이 아닌가 한다.) 포프의 자연은 인간의 취향이나 글쓰기에 지혜롭고 합당한 제약을 부여하여 작가의 지나친 열정과 변덕스러운 독창성을 억제하는 힘이다. 그리스와 로마의 고전 작가들도 자연에 창작원리의 토대를 두었다.

> 오래된 법칙들은 만들어낸 것이 아니라 발견된 것으로
> 하나의 자연, 법칙화된 자연이다.
> 자연은 자유처럼 맨 처음 그 자체를 만든
> 바로 그 동일한 법칙에 따라 제약을 받을 뿐이다.(88~91행)

로마의 대표적 시인 베르길리우스(70~19 B.C.)도 원대한 야심과 무한한 능력을 갖춘 대시인이었지만 자연의 법칙에 의지하였다.

> 아마도 그는 비평가의 법칙 따위는 초월하며
> 자연의 샘터 밖에서 얻어진 것을 경멸했다.
> 그러나 모든 부분을 자세히 검토하게 되자
> 자연과 호메로스가 하나임을 깨달았다.(132~35행)

베르길리우스는 자연을 서양 문학의 아버지인 그리스의 대서사시인 호메로스(800?~750B.C.)와 같은 것으로 보았다. 이처럼 균형과 상식과 절제를 아는 자연을 창작가나 비평가 모두에게 필수적 자질로 간주했다. 과거의 법칙과 전범이 중요한 것은 그것들이 단순히 오래된 것이어서가 아니라 자연의 법칙을 완벽하게 구현했기 때문이다.

포프는 진정한 시적 능력은 무절제하고 자유분방한 것이 아니라 보편적 자연과 절제 있게 연계되어야 한다고 말한다.

> 진정한 예술이란 우월하게 꾸며진 자연이고
> 자주 생각은 했으나 한 번도 그렇게 표현되지 않았던 것이다.(297~98행)

오늘날 문학 풍토에서는 시인 개인의 분방한 상상력이 중요시되지만, 포프는 이 비평론에서 새로운 것을 찾아내기보다 이미 있는 것(자연과 고전작가)을 모방하여 더 좋게 꾸미는 것을 강조한다. 그래서 전통적 시어(詩語)가 중시되고 수사적 표현력이 더 높이 평가된다.

포프에게 좋은 시인의 필수 덕목은 타고난 천재성이다. 그리스 로마의 고전문학과 시의 법칙을 숙지한 그러한 지식에 교양과 우아함이 곁들어져야 한다. 다시 말해 타고난 천재성과 좋은 양육(교육)이 선행되어야 오래된 문학 법칙들을 익혀 좋은 비평가나 시인이 될 수 있다. 포프는 18세기 신고전주의 시어(poetic diction), 영웅체 2행시, 추상적 사상의 의인화 등을 확고한 기준으로 수립하였으며 감정의 분출과 자유시는 유별난 세련되지 못한 것으로 평가절하했다.(유럽에서는 포프가 이『비평론』을 발표한 한참 후인 18세기 말 그리고 19세기 초에야 시와 비평에서 신고전주의 시대에 억제되었던 상상력, 자유, 감정 등의 새로운 가치들이 주목을 받게 된다.) 결국, 포프가 지향했던 신고전주의적 비평기준은 법칙, 전통, 절제, 좋은 취향이며 이런 것들은 모두 고전문학에서 나올 수 있는 것들이다. 그가 생각하는 비평가의 책무는 변화무쌍한 문화 상황에서 불변하는 고전적 가치를 지키는 문화의 옹호자이며 파수꾼이다.

포프는『비평론』끝부분에서 서구문학 비평사의 황금시대를 호메로스, 아리스토텔레스(384~322 B.C.), 호라티우스, 롱기누스(217~273)의 시대로 본다. 이들 고전작가들이 조화롭고 질서화된 자연의 보편적 문학 법칙을 발견했기 때문이다. 결국 "자연을 모방하는 것은 고전작가들을 모방하는 것이다"라고 선언한 포프에게 시인이나 비평가의 의무는 이러한 고전작가들을 공부하고 모방하는 것이다. 이것을 공자(551~479 B.C.)의 말로 풀어보면 술이불작(述而不作)이 아닐까? 새로운 것을 창작하는 것보다 옛것을 따르고 갱신하는 온고이지신(溫故而知新)의 정신이 바로 신고전주의 문학 철학에 다름아니다.

앞서 지적한 황금시대에서 중세의 암흑시대를 거쳐 르네상스 시대에 이르러 다시 그리스, 로마 문학이라는 서양 문학 비평의 황금시대가 부활하고 있다고 보았던 포프는 이 비평문의 마지막 부분에서 18세기 초 당대 프랑스와 영국의 문학 비평을 비교한다.

그러나 비평학은 프랑스에서 가장 번성했다.
섬기기 위해 태어난 한 민족[프랑스]은 법칙들에 복종하여,
브왈로는 여전히 호라티우스의 권위에 속해있다.
하지만 우리 용맹한 브리튼[영국]들은 외국의 법칙들을 무시했고,
정복당하지 않았지만, 문명화도 없었다.
상상력의 자유를 위해서는 흉포하고, 또 과감해서
옛사람이 그랬듯이 우리는 여전히 로마인들에 대항했다.
분별 있는 사람들이 거의 없어 소수의 사람만 있었고,
증거 없이 추측했던 사람 중에는 더 많이 알았던 사람들도 있었다.
그들은 감히 고전의 명분이 더 정당하다고 주장했으며,
이곳에 상상력의 근본 법칙들을 회복했다.(710~20행)

　17세기 프랑스는 니콜라 브왈로(1636~1711) 같은 비평가에 의해 신고전
주의 법칙을 지나치게 존중한 나머지 얽매이게 되었다고 비판하는 동시에
포프는 법칙을 너무 무시하는 경향을 보인 당시 영국의 문학 비평 태도를
꾸짖으며 좀 더 건전한 중간의 길을 제시한다. 그렇지만 포프의 지나친 고
전주의 문학에 대한 경도는 고전 법칙에 얽매인 문학이 새로운 변화 상황에
대처하는 것을 어떤 의미에서 막았다는 문제점을 드러낸다. 이것은 서양 문
학 비평사에서 그의 역할의 한계점으로 지적될 수 있다. 물론 포프는 말년
에 호메로스의 대서사시 『일리아드』와 『오디세이』를 영어로 탁월하게 번역
하면서 문학에서의 상상력, 자유, 감정 문제들에 대해 좀 더 개방적인 자세
를 취했으나, 이 문제는 다음 기회에 논의하기로 한다.
　포프는 이 비평시에서 오늘날 비평가가 수행하는 구체적 작품 해석과 비
평이라는 실제 비평을 시도하지 않았는데, 그것은 그의 시대가 근대 시민을
위한 본격적 현장 비평이 막 시작된 때였기 때문이다. 그런데도 우리가 300
년이나 지난 이 『비평론』을 다시 읽는 이유는 무엇일까? 그것은 18세기 유

럽의 신고전주의라는 한 시대 문학과 비평 정신이 영웅체 2행시라는 절제된 정형시 형식으로 아름답고 정연하게 요약되어 있기 때문이다. 그가 요약한 신고전주의 시대정신이 문예사조적으로 아직도 21세기 포스트낭만주의 시대를 살아가는 우리 시대와 다르다고 해도 18세기 유럽의 최고 비평론을 읽으며 시인과 비평가로서의 우리 자세를 성찰해 보는 것은 바람직할 뿐 아니라 필요한 것이다. 포프는 한 시대의 유행이나 조류를 넘어서는 시 창작과 비평 쓰기의 근본적 문제들을 전형적으로 보여주고 있다. 문학에서뿐 아니라 우리가 사는 세계에는 시대가 바뀌어도 창작과 비평에서 변하지 않는 게 있기 마련이다.

퇴임 후 뒤늦게 문학비평가로 문단에 데뷔한 필자는 영문학자로 지내던 그 시절부터 일 년에 두세 차례 포프의『비평론』을 숙독하였고 비평적 지혜를 얻기 위해 지금도 계속하고 있다. 그때는 영문학 학술논문을 쓰는 교수와 학자로서 그리고 지금은 한국작품을 평론하는 현장 비평가로서 이『비평론』을 또다시 읽으며 "비평적 겸손과 절제"의 자세를 가다듬는다. 독자 여러분도 격언처럼 정형시로 쓴 비평 원리들을 천천히 읽으며 음미하면서 혼란스러운 이 시대에서 작품 쓰기와 비평하기에 대해 성찰하는 시간을 가지기를 바란다. 2020년 초 시작된 전 지구적인 코로나바이러스 사태의 원인이 된 인간이란 동물들의 무절제한 개성과 질풍노도의 오만의 시대 한가운데서 우리 모두 개인과 사회와 자연 속에서 균형과 절제라는 고전주의 가치와 기준을 겸손하고 지혜롭게 다시 사유해야 할것이다.

(2020년, 정정호)

찾아보기

용어 및 인명

찾아보기

도서 및 작품

저자 소개

이소영 李素英

서울대학교 영어교육과를 졸업하고 영국 리즈대학교 대학원 영문학과와 한국외국어대학교 통번역대학원에서 수학했다. 미국 위스콘신(밀워키) 대학교에서 영문학 석사학위를 받았다. 호주 그리피스대학교에서 여성학을 연구했고, 중앙대학교 사회개발대학원에서 석사학위를 받았으며, 경희대학교, 고려대학교, 중앙대학교, 한양대학교 시간강사를 역임했다. 옮긴 책으로는 『페미니즘』『포스트모더니즘』『행동하는 페미니즘』『읽기 이론/이론읽기』『사바나의 개미언덕』『신의 화살』『더 이상 평안은 없다』 『홍수의 해』『미친 아담』 등 다수가 있다. 현재 전문 번역가, 자유기고가로 활동하고 있다.

정정호 鄭正浩

서울대학교 영어교육과를 졸업하고 같은 대학원 영어영문학과 석, 박사과정을 수료했다. 미국 위스콘신(밀워키)대학교에서 영문학 박사학위를 받았으며 홍익대학교, 중앙대학교 영문학 교수를 역임했다. 한국영어영문학회 회장, 한국번역학회 부회장, 제19차 국제비교문학대회(서울, 2010) 조직위원장, 제2회 세계한글작가대회(경주, 2016) 집행위원장 등을 맡았다. 저서로 『피천득 평전』『문학의 타작: 한국문학, 영미문학, 비교문학, 세계문학』 등이 있고, 옮긴 책으로는 『세상 위의 세상들: 셸리 시선집』『현대 문학 비평』 등 다수가 있다. 영역집으로는 서기원 장편소설 『이조 백자 마리아상』과 손해일 시선집 『빛의 탄주』 등을 출간했다. 현재 문학비평가, 국제PEN한국본부 번역원장, 중앙대 명예교수이다.